安东·巴甫洛维奇·契诃夫

Антон Павлович Чехов

（1860.1.29—1904.7.15）

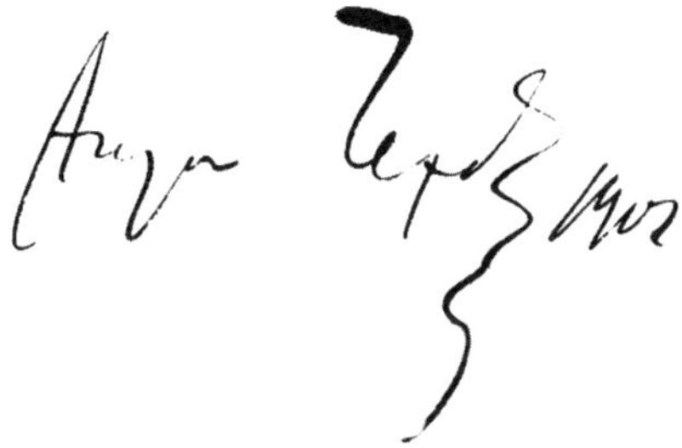

Антон Павлович Чехов

СОБРАНИЕ СОЧИНЕНИЙ

朱逸森 郑文樾——译

契诃夫中短篇小说全集 I

上海译文出版社

А.П.ЧЕХОВ
СОБРАНИЕ СОЧИНЕНИЙ
В 30 ТОМАХ. ИЗДАЛЕЛЬСТВО “НАУКА”, МОСКВА
本书根据苏联科学院“科学”出版社 20 世纪 70 年代出版的 30 卷本《契诃夫全集》前 10 卷俄文版译出。

图书在版编目(CIP)数据

契诃夫中短篇小说全集/(俄罗斯)安东·契诃夫著;王守仁等译.—上海:上海译文出版社,2020.11
ISBN 978-7-5327-8235-2

Ⅰ.①契… Ⅱ.①安… ②王… Ⅲ.①中篇小说—小说集—俄罗斯—近代②短篇小说—小说集—俄罗斯—近代
Ⅳ.①I512.44

中国版本图书馆 CIP 数据核字(2020)第 156859 号

契诃夫中短篇小说全集(全 8 册)

[俄]安东·契诃夫/著　王守仁/主编　王守仁 朱逸森 邓蜀平　等/译
策划/冯　涛　责任编辑/刘　晨　装帧设计/张志全工作室

上海译文出版社有限公司出版、发行
网址:www.yiwen.com.cn
200001　上海福建中路 193 号
南京爱德印刷有限公司印刷

开本 889×1194　1/32　印张 138　插页 50　字数 2,614,000
2021 年 6 月第 1 版　2021 年 6 月第 1 次印刷
印数:0,001—4,000 册

ISBN 978-7-5327-8235-2/I·5053
定价:988.00 元

契诃夫中短篇小说全集

主 编 王守仁

译 者

第一卷：朱逸森 郑文樾
第二卷：邓蜀平 刘 若
第三卷：刘 若 裴家勤
第四卷：裴家勤 廖鸿钧
第五卷：王 燎 王福曾
第六卷：王福曾 陈殿兴
第七卷：陈殿兴 王守仁
第八卷：廖鸿钧 温佳琦
姜明河 孙维韬
温致雨 王守仁
朱逸森 郑文樾

欣悉《契诃夫小说全集》隆重推出，我谨代表全体译者向上海译文出版社的有关人员表示衷心感谢，希望广大读者能喜读这位俄国经典作家，世界公认的“短篇小说之王”契诃夫的作品！

读书吧，朋友：

书中自有地球小，

书中自有内心大。

主编 王守仁于北京

2019年8月22日

85周岁欣然命笔

主编寄语

序

隆冬时节，我正在金陵的一个山村别墅卧病。昨夜，北风乍起，带着南国特有的潮湿气息，吹皱房前的一泓池水，松涛轻柔地叩击着窗扉。啊，冬天真的来临了！病榻上，我时常沉思在往事的回忆和怀恋之中，儿时乡间的嬉戏，旧式学堂老师的教鞭，大学的幽静校园，雨夜的更声，莫斯科郊外的晚霞，雅尔塔契诃夫纪念馆的夹竹桃……我轻声哼着普希金的那句千古绝唱：“逝去了的，将变成亲切的怀恋。”

邮递员送上北京来鸿，中国社会科学院外国文学研究所研究员、翻译家王守仁同志兴奋地告诉我《契诃夫中短篇小说全集》（八卷本）全部竣稿付梓。这是他和知名出版家郭锷权编审多年策划并组织国内一批优秀的俄文翻译家几载寒窗首次从俄文直接翻译的精品，修正了以往出版的契诃夫作品译本的谬误。有些误译也不能怪罪译者，因为是从英译本转译的。契诃夫八卷本的出版是王守仁等翻译家为我国读者做的一件功不可没并为后人称颂的工作。作为《契诃夫中短篇小说全集》的顾问，我感到由衷的欣慰。

世人喜爱契诃夫和契诃夫作品的原因很多，其中最主要的是作家笔下人物的社会性、人民性、艺术性的深刻内涵。他塑造的好人、乞丐、囚犯、小官吏、男爵、“古典中学生”、“坏孩子”、“胖子和瘦子”、“老爷和小姐”、“变色龙”、“女巫”、“药店老板”、“歌女”、“小偷”、“跳来跳去的女人”、“妻子”、“太太”、“宝贝儿”、“带狗的女人”、“脖子上的安娜”、“万尼亚舅舅”、“乡下人”等人物形象有血有肉，跃然纸上，让你阅读时欲罢不能。入木三分的幽默、诙谐、讥讽更叫人读后拍案叫绝。这就是契诃夫的永恒魅力。

被世界文坛誉为“短篇小说之王”的契诃夫大师，建造了世界短篇小说的金字塔，这个高峰至今还很难说有后来居上者。契诃夫的短篇力作不是以故事情节、曲折、离奇、玄妙、华丽取胜，而是以其忠于生活本身的真实感人并紧扣读者心弦。在世界文学短篇小说家中，像契诃夫这样拥有读者之众多、影响之深远的，恐怕很难数得出几个来。

在契诃夫的二十二年创作生涯中，他独具匠心地创造了契诃夫式的“言简意赅”的文风——短篇小说的灵魂。作家真实地告诉世人，写作并不神秘，写作的艺术就是提炼艺术；天才的姊妹就是简练，写作的本领就是去劣存真。作为一个世纪老人，我想说一句，在行文的文风方面，我们今人应该师法契诃夫。“王婆婆的裹脚布——又臭又长”是当代行文和创作的劣根性。21 世纪需要契诃夫倡导和身体力行的“言简意赅”。这是我阅读欣赏契诃夫短篇小说的又一体会。

安东·巴甫洛维奇·契诃夫有一个坚强的信念，他说：“现在的文化是为了伟大未来工作的开端，这一工作也许将要继续几万年，以求人类哪怕是在遥远的未来认识到关于真正上帝的真理。”为了使俄罗斯摆脱愚昧，契诃夫先后在塔列日、诺沃肖尔基和梅里霍沃乡建立了三所学校，我称它们为“19 世纪的希望工程”。这就是契诃夫的人格魅力，他关怀民众摆脱文盲和愚昧的桎梏。

契诃夫（1860—1904），一个 19 世纪杰出而又使人振奋的名字，他只在人世间停留了短暂的四十四个春秋。啊，契诃夫，英年早逝的你却给世人留下了五百多篇脍炙人口的短篇小说，同时也给世人留下了多少正义、善良、劝慰、告诫、忠诚、凄清、哀婉、叹惜和无穷无尽的怀念之情!

回忆在俄罗斯先后客居多年的岁月里，我曾多次寻觅契诃夫的踪迹。在一个大雪纷扬的日子里，我曾在位于莫斯科新处女修道院内的契诃夫墓前徘徊，聆听修道院悠扬的教堂钟声，我捧起契诃夫墓座上飘落的一掬白雪，我吻着它，轻轻地抿入口中，那飘雪是芬芳的，犹如在欣赏作家的佳篇《春天》。在俄罗斯的避暑胜地雅尔塔，我前往契诃夫博物馆参观，寻觅契诃夫的精气神韵，寻觅契诃夫的生活轨迹。我久久地瞻仰着契诃夫的纪念石雕像，那是一尊用花岗岩石雕琢得十分逼真、亲切且有动感的契诃夫坐像。契诃夫安详地坐在扶手椅上，双目炯炯有神，好像在说：

“我从前身体健壮时总是坐三等车厢，这倒是饶有趣味的。在二等车厢里吸烟的人比较多，而且他们往窗外看，在一等车厢大家有的打牌，有的观赏风光。”

啊，我理解你，尊敬的契诃夫，你乘坐三等车厢的理由无非是拉近你和社会和生活和民众的距离，这一切才是你创造智慧的源泉。

残阳如血。暮年的我似乎又来到雅尔塔契诃夫博物馆陈列室里的契诃夫的卧室里，坐在那张我曾坐过的木椅上，聆听契诃夫在亲切地讲述“万尼亚舅舅”的故事……

戈宝权*

1998年隆冬于金陵半山寓所

* 戈宝权（1912—2000），我国著名作家、翻译家、俄罗斯文学学者、社会文化活动家。

目录

1880—1882

1880—1882

致博学邻人书[1]

勃里内-斯耶杰内村[2]

贵邻。

玛克辛……（我已忘令尊大名，务请宽大愿谅！）[3]请愿谅并宽恕我这个老朽和人间的荒唐生灵，我斗胆致函闲扯，使足下不得安宁。足下定居世间鄙地，与我小人物比邻而居，足有一年。可是我迄今尚不认识您，而您也不知晓我这个可怜的蜻蜓。为此务请贵邻容许鄙人至少借助这些老迈的辽草字与足下建交，在想象中握一握科学家的贵手，庆贺足下自圣彼得堡驾临我们这块配不上您的大陆，此地住的尽是庄稼汉和务农的百姓即贱民。我久矣寻求机会同您结交，如饥似渴，因为科学在某种程度上乃是我们的胞母，如同文名一般，又因为我平素由衷仰慕文人学士，他们名声赫赫，备受颂扬，头顶桂冠，胸挂勋章绶带，手执证书文凭，他们犹如雷电轰鸣，名震寰球四方，在此有形和无形的月下世界中人人皆知。我热爱天文学家、诗人、玄学家、副教授、化学家以及其他献身科学者，而足下通过您的深奥学事和科学部门，即成品及成果，自亦包括在内。据闻足下智力工作于试管、温度计以及大堆附有诱人插图的外国图书，出版了许多书本。不久前本地最高祭司盖拉西莫夫神甫光临我的可怜领地，我的废墟和瓦砾场，此人秉性狂热，他痛骂和否定足下的思想和观念，如关于人类起原以及有形世界的其他现象等，他激烈反对足下的智力领域以及布满星球和陨石的思想地平线。关于足下的深奥观念，我不同意盖拉西莫夫神甫的见解，因为我全靠科学维持生命和供给营养，上帝把科学赐给人类就是为了从有形和无形的世界的深处挖掘珍贵金属、非金属和钻石。不过，老兄，尚请宽恕我这个隐约可见的虱子，如果我斗胆以老人之见推翻足下关于自然本质的某些观念。据神甫盖拉西莫夫告知，足下编有一本著作，其中足下表述了一些由关人及其原始状态和太古时代生活的不甚本质之观念。足下云，人原自猴属长尾猿猩猩之类。请宽恕我这个小老朽，反正在这个重大问题上我不同意您的观念，而且向您作一番大可不必的阐释。人，世界的主宰，呼吸生物中之最聪慧者，如果原自不学无术的蠢猴那他就会生有一条尾巴和一副古怪的嗓音。如果咱们都原自猴子，那现在吉卜赛人就会牵着咱们在城里表演，咱们就会化钱观看彼此的表演，听从吉卜赛人的指挥而跳舞或者关在动物园的铁栅栏里。难道咱们周身复盖着兽毛？难道咱们不是穿着猴子没有的衣服？如果娘儿们身上哪怕有一点猴子气味，难道咱们还会爱她们而不轻视她们？每星期二我们在首席贵族家里总见到猴子。如果我们的祖先原自猴子，那就不会把他们安葬在基督徒的墓园里，例如，我的高祖父阿木甫罗西，当年他住在波兰王国，他就不是照猴子一般下葬。而是同天主教修道院院长阿基木·肖斯塔克葬在一处，这位院长写的有关温带气候和无节制饮用烈酒的札记迄今仍保管在家兄伊万（哨校）处。修道院院长者乃天主教神甫。请愿谅我这无知之徒干涉足下的学术事务，以我这种老朽之见大发议论，把这些鄙野而粗糙的观念硬塞给足下，这类观念在有学问的文名人那儿更可能是装在肚里，而不是装在头脑中。如

---

① 这篇作品讥嘲了一个不学无术、但又自命不凡的地主。为突出人物性格，作者在文字上下了功夫，在信文中使用了大量的别字、错误的标点符号、文绉绉的用语、不当的词句等。我们在译文中尽力传达原作风格，下文不再一一加注。

② 勃里内-斯耶杰内是两个俄语词（Блины, Сьедены）的音译，它们的意义分别是“油煎薄饼”和“已经吃完”。契诃夫的早期作品中常常出现一些滑稽或怪诞的人名和地名。

③ 俄国人相互称呼时，为表示尊敬，一定需用上对方本人的名字和他父亲的名字。

果科学家头脑中思想不正，我就不能沉默和无法忍耐，就不得不反驳足下。盖拉西莫夫神甫告知我说，您关于月亮即明月的想法不对。在天色昏黑人们睡觉的时刻，月亮给咱们替代太阳，而足下却要到处安上电灯，而且还胡思乱想。请勿见笑老朽说傻话。足下云，在月亮即明月上有人和部族在生活和居住。这是绝不可能的，因为如果月亮上有人，其房屋和肥沃的牧场就会遮住我们神奇的月光。人类没有雨水不能生存，而雨总是向下落到地上，不是朝上落到月亮上。人如果住在月亮上，他就会跌到地面上来，然而亘古未有此类事。月亮上住了人，污秽之物和泔水就会洒落到咱们大陆上来。月亮只在夜间才存在，一到白天它就消失，那么人能在月亮上生活吗？政府也不可能允许人在月亮上生活，因为月亮距离遥远和不可企及，在那里能够非常容易逃辟种种徭役和捐税。足下确是犯了一点儿错误。据神甫盖拉西莫夫告知我说，足下在您深奥的作品里撰写和刊印道，似乎在最大的天体太阳上有一些黑斑点。这是不可能的，因为绝不可能有这种事。如果凡人的肉眼不能直视太阳，那么足下怎能看见太阳上的班点？既然没有班点也过得去，那为什么在太阳上要有班点？如果那些班点至今尚未烧尽，那它们究竟由何种潮湿物体构成？也许足下衣为，太阳上还有鱼生存着？请愿谅我这个狠毒的曼陀罗①如此愚蠢地打趣说笑。我对科学是非常忠诚的！卢布这个十九世纪之帆在我心目中没有丝毫价值，在我的眼里科学早已用其巨大的双翼使之黯然失色。任何发明都像背上插钉似的折磨着我。虽说我是个无知之徒和老派地主，然而我这个老化的碌碌之辈仍然研究着科学和亲手进行发明，以各种思想和整套极其伟大的知识填满我无道理的脑代和未开化的头卢。大自然母亲是咱们都该阅读和观赏的一本书。我凭个人的聪明才智生产过许多发明，还没有一个改革家想出过这种发明。我可以不吹嘘地说，关于教育程度我并非属于最差之列，不过这是靠胼手胝足取得的，而不

① 一种有毒的茄科植物。

是仰仗于双亲即父母或保护人的钱财，他们常常凭财富、奢华和配备有奴婢及电铃的六层大楼坑害了自己的子女。现在请看我的微未才智所发明的东西。我发现，在复活节那天清晨，太阳，我们这件火红的光芒四射的大氅，在戏要五彩缤纷的颜色，引人入胜，美丽如画，以它神奇的闪烁产生一种活泼的印象。另一个发现。为什么冬天日短夜长，而夏季则相反？冬天之所以日短，是由于它类似其他有形无形的物体遇冷则缩，还由于太阳下山早，而夜由于点燃蜡烛灯火而扩张，因为烤热了。我还发明，狗像山羊春天吃青草，咖啡对多血质者有害，因为它在头中生产头眩，在眼中制造视野模糊，诸如此类。而且除此之外我作了很多发明，虽说我没有文凭和证书。贵邻请您徕我家，真的。咱俩一块儿发明些什么，一块儿搞搞文学，而您教教我这个下等人各种计算方法。

不久前我在一个法国学者书中读到狮脸完全不像学究们想的那样，同人面的确不像。关雨这一点我们也谈谈。请徕哪怕就在明天。目前我们正在吃斋，但为足下我们将准备荤菜。我女儿娜达宪卡求您随身帮几本深奥的书来。她是我家的介放派女子，她认为所有人都是傻瓜只她一个人聪明。我对您说清年人如今令人注意。上帝保佑他们！过一个星期家兄伊万（哨校）将来我家，是个好人，不过您别对外人说，他是行伍出身，不喜欢科学。这封信应由我的仓库管理人特罗菲姆于晚上八点正送到足下。如果他送信池到，那足下照教授派头打他双颊，对这种人没什么可客气。假如他送信池到，那是他该死的上酒店了。访邻风俗不由我们发明也不由我们结束，因而请您一定徕临，带上一些小机器和书籍。我本可亲自到府上一行，可是我生性怕羞，勇气不足。请愿谅我这个碌碌之辈打扰。

尊敬您的贵族出身的顿河部队退伍下士，您的邻居

瓦西里·谢米-布拉托夫

在长、中篇小说之类的作品里最常见的是什么？

伯爵、风韵犹存的伯爵夫人、邻居男爵、自由派文人、落魄的贵族、外国乐师、愚笨的听差、保姆、女家庭教师、德国籍管家、乡绅、来自美洲的财产继承人。他们相貌不美，然而可爱、动人。男主人公从狂奔的马蹄下搭救女主人公，他果断大胆，一有机会便显示拳头的力量。

高深莫测的天穹，看不透的无边无际的远方……一句话，难于领悟的大自然！！！

长着淡黄色头发的朋友和长着棕红色头发的仇敌。

富有的舅舅，他是自由派还是保守派视情况而定。在主人公的心目中，舅舅的死亡比他的教诲更为有益。

住在坦波夫的姑姑。

面色忧虑但有希望治愈重病的医生，他常常拿着圆顶手杖，头顶光秃；有医生的地方，总有因诚实劳动而患上的风湿症，总有偏头痛和脑炎，也总有对决斗受伤者的护理和少不了的赴温泉疗养的建议。

老主人在世时就已经当差的仆人，他愿意为主人赴汤蹈火，他还擅长说俏皮话。

什么都懂只是不会说话的狗、鹦鹉和夜莺。

莫斯科近郊的别墅和已经抵押掉的南方庄园。

电灯，在大多数场合下是驴唇不对马嘴地闲扯上的。

俄国皮革制作的皮包、中国瓷器、英国马鞍、百发百响的手枪、挂在襟儿上的勋章、菠萝、香槟酒、地菇和牡蛎。

无意的窃听是重大发现的诱因。

不可胜数的感叹词，千方百计想把专门用语使用得恰到好处。

对显而易见的事作明显不过的暗示。

常常没有结局。

一开头七种滔天大罪，结束时却是结婚典礼。

完。

贪心不足，一无所得

中午，时钟敲了十二下，千万俄亩土地和一个少俊妻子的拥有者谢尔科洛包夫少校从花布被子下伸出秃头，大声谩骂。原来是他昨天走过凉亭时，听见了他年轻的妻子——少校太太卡罗丽娜·卡尔洛甫娜在同外地来的表哥谈话，她十分仁慈地把自己的丈夫谢尔科洛包夫少校叫作公羊，还以女人的轻佻口气论证说，她从未爱过自己的丈夫，现在不爱，将来也不会爱，因为他，谢尔科洛包夫，糊涂昏庸，举止粗野，还有精神错乱和经常狂饮的趋势。妻子的这种态度使少校惊讶，愤慨，怒气冲冲。昨夜和今晨他都没有睡觉。他头脑里一反常态，闹腾起来。他的脸灼热，红得比水煮龙虾还要红。他紧捏的双拳在抽搐着，心中乱腾腾的。这种心境就连在卡尔斯[1]打仗时少校也未曾经历过。他从被子下探头瞥了一眼上帝创造的这个世界，谩骂了一通，然后从床上跳下，挥动拳头，在房间里走了起来。“喂，傻瓜们！”他嚷道。

房门咯吱一响，少校的侍从、理发师、擦地板工人潘捷列出现在他面前。这人穿着一身老爷穿过的旧衣服，腋下夹着一只狗崽。他身子靠着门框，恭敬地眨起眼睛来。

“听着，潘捷列，”少校开口说，“我要跟你像人一样、像人对人一样坦率地谈谈。立得正一些！把手放平，倒好像你拳头里捏着一只苍蝇似的！这就对了！你能坦白地从心底里回答我的问题吗？”

“能，老爷。”

“别这么惊奇地看着我。不可以惊奇地瞧着老爷。把嘴闭上！你是条牛，伙计！你不知道在我面前你应该怎样一举一动。你要直接回答我，别打奔儿！你打不打老婆？”

潘捷列用手捂住嘴，傻笑了一下。

“敏[2]星期二打，老爷！”他献媚地笑着说。

“很好。你笑啥？谈这种事不准嬉皮笑脸！把嘴闭上！别在我面前搔痒，我不喜欢这种样子，”少校想了想，“我认为，伙计，处罚自己老婆的不光是粗野汉子，关于这一点你怎么想？”

“不光是，老爷。”

“你举个例子！”

“城里有个法官，叫彼得·伊万内奇……您老认识他吧！十多年前我在他老家扫院子。他是一个好老爷，没话说……不过，只要他稍稍喝了点酒，你就得小心。有时他老爷喝了点酒回来，就举起大拳头朝太太的腰上打。您要不信，我可以马上去死！有时连我也倍[3]上，无缘无故对着我的腰狠揍一通。他老爷一边打太太，一边说：‘你这个蠢婆娘，你不爱我，为此我要打死你，结束你的小命……’”

“哦，那她怎么样？”

“她说：‘您饶了我吧。’”

“哦？真的？这太妙啦！”

少校高兴得搓了搓手。

“这是实话，老爷！怎么能不打呢？老爷！比方说我的老婆……怎么能不打？她一脚踩坏了手风琴，她把老爷家的馅饼吃了……这还了得？哼！……”

“傻瓜，别议论！有什么好议论的？你一句聪明话也不会说，不是吗？别做不是你该做的事！太太现在在做什么？”

“在睡觉。”

“好，听天由命吧！你去，告诉玛利亚，让她把太太叫醒，请

---

① 土耳其东北部城市。19 世纪俄土战争期间，俄国军队于 1877 年占领了它。

② 是“每”字之误。

③ 是“陪”字之误。

太太到我这儿来……等一等！……你怎么看：我像个庄稼汉吗？”

“为啥您要像呢，老爷？哪儿有这种事，要老爷像庄稼汉？没有的事！”

潘捷列耸耸肩膀，房门又咯吱一响，他走出去了。少校脸上露出心事重重的神色，动手漱洗和穿衣。

“亲爱的！”穿好衣服的少校用极其阴险的口气对走进房间的漂亮的二十岁上下的太太说，“你能不能从你的于我们极为有益的时间中腾出一个钟头来陪我？”

“非常乐意，我的朋友！”少校太太回答说，她把额头凑向少校的嘴唇。

“亲爱的，我打算散散心，在湖上划划船……我的美人儿，你肯做我最愉快的游伴吗？”

“不会太热吗？好吧，亲爸爸，我乐于奉陪。你划桨，我掌舵。我们是不是该带上一点凉菜？我非常想吃些东西……”

“凉菜我已经准备了。”少校摸摸口袋里的短鞭子回答说。

这次谈话后半个钟头，少校和少校太太坐着小船朝湖中心划去。少校流着汗划桨，少校太太掌舵。“她是个什么婆娘呀！什么婆娘！什么婆娘！”少校喃喃地说，他心急火燎，怒气冲冲地看着沉浸在幻想中的妻子。小船到了湖的中心，这时响起了少校低沉的声音：“停！”小船停下了。少校面孔发紫，两腿哆嗦。

“你怎么啦，阿波洛沙？”少校太太问道，她惊讶地瞧着丈夫。

“就是说，”他自言自语起来，“我是一头公……羊？我……我……我到底是什么？我糊涂，我昏庸？你从来没有爱过我，今后也不会爱？你……我……”

少校大吼一声，高举双手，在空中挥动短鞭，于是小船上……噢，时代啊，噢，风气啊！①……乱腾起来，像这种混乱别说加以描

① 原文中的外文，除特殊情况外，本书中均以楷体排印，若无注明则为法语，若遇法语外的其他文种，则一一注明。此处为拉丁语。

绘，就是想象也未必能想象得出来。发生在小船上的事情，即使是在意大利生活过并且最富有幻想的画家，他也无力加以描绘……谢尔科洛包夫少校尚未感到他头上没有毛发，而少校太太也还没来得及动用从丈夫手中夺来的短鞭，小船就翻了身……

这时少校原先的管家、现在在乡公所当书记员的伊万·巴甫洛维奇正在湖岸上散步。他正在等待幸福的时刻：农村少女来湖上洗澡。他打着唿哨，吸着纸烟，心里玩味着散步的目的。突然他听见撕心裂肺的叫声。他听出这是他原先的两位主人的声音。“救命啊！”少校和少校太太喊叫道。书记员犹豫一下后就脱下外套、长裤和皮靴，在胸前画了三次十字，游向湖中心去救人。他游泳的本领比抄写公文和整理公文的本领强一些，所以才过了三分钟左右他已经游到行将丧命的人附近了。伊万·巴甫洛维奇已经游近两个即将没顶的人跟前，但他却不知所措。“该救谁呢？”他暗想，“真见鬼！”他根本没有力量一下子救两个人，救一个人就相当费劲了。他做出一副怪相，露出十分困惑的神情。他开始一会儿抓少校，一会儿抓少校太太。

“我只能救一个呀！”他说，“我怎能拉你们两个呢？难道我是一条鲸鱼？”

“万尼亚①，亲爱的，你救我吧，”全身哆嗦的少校太太尖叫着，她使劲揪住少校的衣襟，“救我！如果你能救我，我就嫁给你！我以我认为是神圣的一切起誓。哎哟哟，我要淹死了！”

“伊万！伊万·巴甫洛维奇！拿出骑士的气概来！……是啊！”呛了水的少校说话声音低沉，“救救命吧，老弟！我送你一个卢布买酒喝！你就做我的父亲和救命恩人吧，别让我盛年夭折啊！……我会让你从头到脚都戴上金器……快救命呀！你这个人呀，真是的……我娶你的妹妹玛利亚做妻子……真的，我娶！她是你家的美人。你别救少校太太，去她的吧！你不救我，我会打死你，不让

① 伊万的爱称。

你活！”

伊万·巴甫洛维奇头晕起来了，差一点儿沉下去。他觉得，两个人的许诺都对他有利，而且一个赛过一个。该选择什么呢？时间又是如此紧迫！“把两个人都救了吧！”他暗自决定，“得两份报酬比得一份强。真的，就这么一回事。神不会出卖我，猪也不能把我吃了。主啊，给我赐福吧！”伊万·巴甫洛维奇在胸前画了个十字，将少校太太夹在右胳膊下，用右手的食指钩住少校的领结，呼哧呼哧地向岸边游去，“你们俩摆动两腿！”他命令道，一面用左手划水，一面幻想着灿烂的未来，“少校太太是我的妻子，少校是我的妹夫……太棒啦！加油，万尼亚！是啊，会有这么一天我甜点心可以吃个饱，还能吸上名贵的雪茄烟！主啊，荣耀归于你！”伊万·巴甫洛维奇游得很费力，他一条胳膊拉着两个人，而且还逆着风游。不过，一想到灿烂的未来，劲就来了。他笑盈盈地，感到非常幸福，甚至嘻嘻嘻地笑出声来。他终于把少校和少校太太送上了岸。他可真是高兴极了！但是，他一眼看见少校和少校太太亲热地粘在一起，他……突然间脸色煞白，用拳头敲打自己的额头，放声大哭，根本无心理会那许多刚爬出湖水的姑娘，她们正团团围住少校和少校太太，惊讶地看着勇敢的书记员。

第二天，由于少校耍了花招，伊万·巴甫洛维奇被乡公所辞退了，而少校太太则把玛利亚赶出了豪华住宅，吩咐她“去找她亲爱的老爷”。

“唉，人们啊，人们！”在不祥的湖边散步的伊万·巴甫洛维奇大声地诉说着，“你们究竟把什么叫做报恩？”

贵族女中学生娜晶卡的假期作业

“俄语”部分

（甲）“造句”五题

(1) 不久前俄路斯同国外打仗，其许多被打死人土耳其。[1]

(2) 铁路嘶嘶地响，它载运人们，是用生铁和料子灶成的。

(3) 牛肉用公牛和母牛制成，羊肉是用小母羊和小公羊制成。

(4) 在职务上没有提升爸爸，也没有给他勋章，他生气了，于是因家庭情况而退休。

(5) 我热爱我的女友杜尼雅·彼谢莫烈彼烈霍嘉宪斯卡雅，因为她上课时候勤奋用心，而且因为她会扮演骠骑兵尼古拉·斯皮利多内奇。

（乙）“词的一致”[2]题

(1) 大斋期间司祭和助祭不愿意给新郎和新娘举行结婚仪式。

(2) 农夫住冬天和夏天在别墅，打马，可是非常不干净，因为身上沾着黑焦油，而且不雇用女仆和看门人。

(3) 父母们把姑娘们嫁给有财产和房屋的军人。

(4) 男孩啊，你要敬重爸妈，为此你就会变得好看，被世界上所有的爱你了。

(5) 他连哎呀一声都没来得及喊，熊就已经扑到他身上了。

（丙）“作文”

我怎样度过假期?

我刚考完试，就立刻同着妈妈、家具、我的弟弟三年级学生约翰一起到别墅去了。到我们家来聚会的有卡佳·库节维奇和他的爹娘，有济娜，有小叶戈鲁希卡、娜达霞和许多我的其他女伴，她们跟我一块儿在新鲜空气里散步和刺绣。有很多男人，可是我们这些姑娘站在一旁，根本不理睬他们。我读了许多书，顺便说说有美谢尔斯基，有玛依科夫，有仲马，有里瓦诺夫，有屠格涅夫，有罗蒙诺索夫。大自然美极了。幼小的树木长得很密，还没有任何人的斧子碰过它们的苗条树干。小树叶形成一片不浓重但几乎接连不断的影子，落在柔软的细草上，而草丛中满是毛茛的金黄色小花、风铃草的小白花、石竹的深红色小十字花（以上抄袭自屠格涅夫的《寂静无声》）。太阳时而升上去，时而落下来。在朝霞放光的地方有一群鸟在飞。在一个什么地方，有个牧人在放牧他的畜群。有些白云在比天空略低的地方飘飞。我非常喜欢大自然。我的爸爸整个夏天都在担忧：不中用的银行无缘无故地要卖掉我们的房子，妈妈老是跟着爸爸来来去去，怕他自杀。如果说我假期过得好，那是因为我从事了学术和举止良好。完。

“算术”部分

〔算题〕三个商人合资开办一家商号，一年后得到利润 8 000 卢布。第一个商人投资 35 000 卢布，第二个投资 50 000 卢布，第三个投资 70 000 卢布，问每个商人各得多少利润?

〔解答〕为了解答这个算题，首先必须算出他们哪一个投资最

---

① 是一句错字不少、文理不通的句子。在这篇中学生作业里还有许多类似的错误，我们不再一一注出。

② 俄语中有些品词有词形变化，连用的词在变化上要一致。

多，因为他拿出来的钱不是35 000，也不是50 000，而是70 000。好。现在我们要算一算他们每一个人分得多少，为此就得把8 000分成三份而让第三个商人分得最多的一份。我们用除法：8里有两个3即3×2 =6。好。8减6，余2。移下一个零来。20减18，又余2，再移下一个零来，照这样一直算到完。结果我们得出2 666 2/3，这就是要求证明的东西，即每个商人分得2 666 2/3卢布，而第三个商人分得的想必稍微多一点。

（经查以上作业确系原本，特此证明——契洪特①）

① 契诃夫早年用的一个笔名。

好爸爸

像荷兰青鱼一般细长的好妈妈，走进书房，来到像甲虫一样胖胖圆圆的好爸爸身旁，并咳嗽了一声。在她进书房的时候，有个女仆从好爸爸膝头上轻快地站起，迅速溜到了门帘背后。好妈妈对此毫不介意，因为她对好爸爸的这种小缺点早已习惯，并且用理解自己文明丈夫的聪明妻子的眼光来看待这种缺点。

"我的小圆面包，"她在爸爸膝头上坐下说，"我是来同你商量的，我的亲人。把嘴唇擦干净，我要吻你。"

爸爸眨巴着眼睛，用袖口擦了擦嘴唇。

"你有什么事？"他问。

"是这么回事，小爸爸。我们该拿我们的儿子怎么办呢？"

"出什么事了？"

"你还不知道？我的上帝啊！你们这些做父亲的多么粗心大意呀。这真可怕！小圆面包，如果你不愿意……不能做个好丈夫，至少也总该做个好父亲嘛！"

"又来你那一套了。我已经听过一千回了！"

爸爸做了个不耐烦的动作，妈妈差一点儿从爸爸膝头上摔下来。

"你们男人都是这个样子，不爱听真话。"

"你是来讲真话的，还是来讲儿子的？"

"得啦，得啦，我不说了，我的小圆面包，我们的儿子又从学校带回了不好的成绩。"

"哦，那又怎么样？"

“什么怎么样？要知道，那就会不准他参加大考！他就会升不上四年级！”

“就让他升不上吧。这也没什么要紧，只要他好好读书，在家里不淘气就行。”

“可是要知道，小爸爸，他十五岁了！这么大还能读三年级吗？你猜怎么着，那个不中用的算术教师又给他打了个两分……哎，岂有此理！”

“应该揍他一顿，岂有此理！”

好妈妈用小小的指头摸了摸好爸爸的肥嘴唇，她觉得自己已娇媚地皱起了眉头。

“不，小圆面包，你别跟我谈什么惩罚……我们的儿子没有错……这里头有阴谋……我们不必谦虚，我们的儿子智力挺发达，说他不懂什么愚蠢的算术，那是不可思议的事。他全都懂，理解得很好，对这一点我是深信不疑的！”

“他是个骗子，就是这么一回事！如果少淘点气，多念点书，那就……你坐到椅子上去吧，孩子他娘……我不认为你坐在我的膝头上会舒服。”

好妈妈从爸爸膝头上轻轻地跳下，她觉得自己迈着天鹅般的步子走向圈椅。

“上帝啊，多么冷酷无情！”她在圈椅上坐好，闭起眼睛说，“是啊，你不爱儿子！我们的儿子这么好，这么聪明，这么漂亮……阴谋，阴谋！不，他不应该留级，我不答应！”

“你会答应的，既然这个坏小子学习很糟糕……唉，你们这些做母亲的！……得啦，你去吧，我在这儿有点事……要办……”

爸爸向桌子那边转过身去，低下头，向一张什么纸凑近，同时又像狗看菜碟似的斜起眼睛看了看门帘。

“小爸爸，我不走……我不走！我知道我成了你的累赘，不过你得忍耐一下……小爸爸，你应该到算术教师家里去一次，叫他给我们的儿子打上一个好分数……你应当告诉他，我们的儿子很会做算术，不过他身体差，所以才不能使人人满意。你得逼一逼算术教师。那么个大男子汉还能再读三年级？你出把力吧，小圆面包！你猜怎么着，索菲雅·尼古拉耶芙娜认为我们的儿子挺像帕里斯①呢！”

“这话使我感到荣幸，可是我不去！我没有工夫去游荡。”

“不，你得去，小爸爸！”

“我不去……我说话算数……是啊，你走吧，我的心肝……喏，我想要做些事……”

“你得去！”

好妈妈站起身来，提高了嗓门儿。

“我不去！”

“你得去！！”妈妈大叫一声，“如果你不去，如果你不肯怜惜你的独生儿子，那么……”

妈妈尖叫了一声，用发狂了的悲剧演员的姿态指了指门帘……好爸爸顿时发窘了，慌张了，无缘无故地唱起歌来，并且匆匆将礼服脱下来……每逢妈妈向他指他的门帘的时候，他就会狼狈起来，变成一个十足的呆子。他让步了。夫妇俩把儿子叫来，要他讲一讲情况。儿子却生气了，他皱眉头，蹙前额，说他的算术知识比老师知道得还多，所以不能怪他，为什么这个世界上的五分都给女学生、富家子弟、马屁精拿去了。他号啕大哭起来，他把算术教师的住址详细地说了一遍。好爸爸刮好胡子，拿起梳子在秃顶上移动了几下，打扮得更体面一些，起身去“怜惜独生子”了。

像大多数好爸爸通常所做的那样，他不经传达就闯进算术教师家里。如此不经传达就直闯进去，会有什么事看不见，什么话听不见啊！他正好听见教师对妻子说：“你对我来说代价可真太高，阿莉雅德娜！……你的任性要求简直没完没了！”他还看见教师的妻子扑

① 希腊叙事诗中的特洛伊王子，他诱拐斯巴达国王墨涅拉俄的妻子海伦，从而引起了特洛伊战争。

过去，搂住教师的脖子说：“你原谅我吧！你没叫我破费什么，但我对你估价很高！”好爸爸认为教师的妻子身材挺好，如果她穿戴整齐，倒不会这么迷人了。

“你们好！”他说着，放肆地走到那对夫妇跟前，略打鞋跟作响，立正敬了个礼。教师一时间不知所措，教师的妻子面色发红，一溜烟跑进了隔壁房间。

“对不起，”好爸爸含笑开口说，“我，也许，那个……稍稍打搅您了……我十分明白……您身体好吗？我有幸向您自我介绍……您可以看得出，我不是无名之辈……也算是个老军官呢……哈哈哈！不过您别张罗！”

教师为顾全礼貌，略微笑了一笑，指了指椅子。好爸爸单脚转了个身，在椅子上坐下。

“我，”他接着说，向教师显露了一下金怀表，“我是来找您谈谈的……嗯，是啊……您，当然，会原谅我……我说话不善于咬文嚼字……我们这号人，您知道，做啥都不转弯抹角。哈哈哈。您念过大学吧？”

“是的，念过。”

“是啊！……嗯，是啊……今天天气可真暖和啊……您，伊万·费多雷奇，给我的小儿子打了个两分……嗯……是啊……不过这也没什么，您知道……该给甜头就给点甜头，该给苦头就给点苦头……嘻嘻嘻！……不过，您要知道，总感到不愉快。难道我儿子不懂算术？”

“该怎么跟您说呢？不是他不懂，不过，您要知道，他不用功。是的，他学得很差。”

“为什么他学得很差呢？”

教师睁大眼睛。

“为什么？”他说，“因为他学得差，又不用功。”

“哎呀，伊万·费多雷奇，我的儿子用功极了。我自己也帮助他学习……他常常开夜车……他什么都明白……哦，有时候他会淘气……不过，他毕竟还年轻……咱们中谁不是从年轻人过来的呢？我打搅您了吧？”

“哎，您说什么啦？……相反，我非常感谢您……你们，家长们，都是我们教师的稀客……另外，这又表明你们十分信任我们。信任是最主要的。”

“当然了……主要的是我们别过问……那么我儿子肯定升不到四年级了？”

“是的。因为他不光只是算术一门课的学年成绩是两分。”

“别的教师那儿我也可以跑跑。哦，关于算术，嘻嘻嘻！……您能改一下吗？”

“我不能，先生！”教师微微一笑，“我不能！……我希望过您儿子能升级，我也作了各种努力，可是您的儿子不用功，还说话顶撞人……我同他已经有过几次不愉快的事情。”

“他年轻，有什么办法呢？请您就改成三分吧。”

“我不能！”

“果真吗？这是轻而易举的事嘛！……您干吗跟我说？倒好像我不知道什么可以做，什么不可以做。这件事是可以做的，伊万·费多雷奇！”

“我不能做！其他一些得两分的学生怎么说？不管您怎么变，都不公正。真的，我不能改！”

好爸爸的一只眼睛眨了眨。

“您能改的，伊万·费多雷奇！我们不多谈了！这不是那种要扯皮三个钟头的事……您倒对我说说，按您自己的看法，按有学问人的看法，怎样才算公平呢？因为我们很清楚，您所说的公平是什么货色。嘻嘻嘻！您还是直截了当说吧，伊万·费多雷奇，别打哑谜。您原本是故意给他打两分的……这里又有什么公平呢？”

教师把眼睛张得大大的，可是……仅此而已，为什么他没有生气？这对我来说永远是教师之心的秘密。

“是故意的，”好爸爸接着说，“您等着客人上门呢。哈哈，嘻嘻！……那有什么？请吧！……我赞成……应该孝敬孝敬您……您瞧，我知道在外头该怎么办……不管您怎么进步，可是……话说回来……嗯，是啊……旧风气还是比什么都好，都有用……我乐于表表心意。”

好爸爸喘着气从口袋里取出钱夹，一张二十五卢布的钞票递向了教师的手。

“请收下，先生！”

教师脸红了，身子蜷缩起来，可是……仅此而已。为什么他不向好爸爸下逐客令，这对我来说永远是教师之心的秘密。

“您，”好爸爸接着说，“别难为情……因为，我明白……嘴上说不拿的人准拿……如今谁个不拿呢？不可不拿啊！您还不习惯吧？请赏脸收下！”

“不，千万别……”

“嫌少吗？哎，再多我也拿不出了……您不收吗？”

“哎哟，别这样！……”

“那就随您便了……不过，那成绩还请您改一下！……倒不是我求您，而是他母亲……您要知道，她在哭……心跳过速，另外还有些什么别的毛病。”

“我十分同情尊夫人，可是我不能改。”

“要是我儿子升不到四年级，那……会出什么事啊？……嗯……不，您就让他升级吧！”

“我倒乐意让他升级，但我不能……您抽烟吗？”

“非常感谢……让他升级不碍事……噢，您是几品官？”

“九品……不过，论职位是八品。嗯！”

“哦……我们会和睦相处的……一言为定，啊？行吗？嘻嘻！……”

“我不能改，先生。哪怕是打死我，我也不能改！”

好爸爸沉默了一会儿，想了想，又开始向教师进攻。进攻延续了很长时间。教师不得不把他那句坚定不移的话“我不能改，先生。”重复上二十次。好爸爸终于使教师厌烦了，变得使人更加难以忍受，他开始缠着教师亲嘴，要求教师出算术题考他[①]，讲了几个淫秽的笑话，态度开始狎昵无礼起来。这使得教师厌恶极了。

“万尼亚，现在你该走了！”教师妻子从另一个房间里叫了一声。好爸爸明白这是什么意思，就用他宽阔的身体将门堵住。教师已经筋疲力尽，开始诉苦叹气。最后，他觉得他想出了一个绝妙的主意。

“您听着，”他对好爸爸说，“如果我的同事们都在他们所教的课程上给您的儿子打三分，我就将他的学年成绩改过来。”

“这话当真？”

“当真，如果他们改，那么我也改。”

“有道理！一言为定！您这个人棒极了！我告诉他们说，您已经把分数改了。‘大姑娘要嫁小伙子了！’我欠您一瓶香槟酒。不过，我什么时候能在家里找到他们呢。”

“现在去也行。”

“好，咱们不用说，可以算朋友了吧？有空您请到我家里随便谈谈，坐上个把钟头，行吗？”

“好，好，好。祝您健康！”

“再见！嘻嘻嘻嘻！……啊，年轻人啊，年轻人！再见吧！……不用说，应该替您问候您那些同事先生们？我一定转达。请向您夫人转达我的敬意……您要常来啊！”

好爸爸把两个鞋后跟一碰，行了个礼，戴上帽子，就悄悄走开了。

“他这人很不错，”教师先生暗自想道，他目送着离去的好爸爸，“很不错！他心里想什么，嘴上就说什么。显然，他单纯，善良……我就喜欢这样的人。”

---

① 着重点是原作中就有的。

当天傍晚，好妈妈又坐在好爸爸膝头上（不过她走后，那个女仆就坐上去了）。好爸爸要她确信："我们的儿子"一定会升级；要开导有学问的人，与其靠金钱去折服，不如和颜悦色地对待他，彬彬有礼地掐着他的脖子逼他做。

我的纪念日

诸位男女青年！

三年前我感到我胸中有一团圣火，普罗米修斯[1]为这火被锁在山岩之上……三年来我毫不吝惜地把经过上述圣火熔炼的作品分送往我们辽阔祖国的四面八方。我写过小说，写过诗歌，用各种韵律、各种风格写各种篇幅的作品，有的免费写，有的要稿费，我为所有的杂志写过稿子，然而……呜呼！！！我的嫉妒者们竟认为不能刊登我的作品，如果刊登的话，那一定是在“邮箱”栏[2]里。我在《田地》[3]上撒下了五十枚邮票，在《涅瓦》[4]中淹没了一百枚，在《火花》[5]中烧掉了十枚左右，为《蜻蜓》[6]耗费了五百枚。简言之，从我开始文学活动起到今天为止，我从各编辑部收到的各种答复整整有两千次！昨天我收到了其中的最后一次，其内容同所有其他的答复相似。在任何一次答复中，甚至连“决定刊登”的暗示也没有。诸位男女青年啊！从物质方面来说，每次给编辑部寄稿，我至少花费十戈比银币。可见，为这种文学消遣我耗费了两百卢布。可是要知道，花两百卢布能够买一匹马啊！我一年收入只有八百法郎……请谅解我！！！为了歌颂自然、爱情、女人的眼睛，为了向目空一切的阿尔比昂人[7]的贪欲射出毒箭，为了同……给我写过答复的……先生们共同欣赏我的激情，我曾不得不挨饿。两千次答复——两百多个卢布，竟没有一次“决定刊登”！呸！不过这同时也是一个有益的话题。诸位男女青年！今天我庆祝我收到第两千次答复的纪念日，我为我结束我的文学活动举杯。我已功成名就、高枕无忧。请你们给我指出另外一个人，他在三年当中也收到过那么多“不拟刊登”的答复，不然的话，就请你们把我安放在坚固的台座之上！

没有诗意的诗人

① 希腊神话中的一个巨人，他因盗出圣火给人而受到最高天神宙斯的惩治，被锁在悬崖上，让大鹰啄食他的肝脏。

② 旧俄杂志设“邮箱”专栏，常用来通知投稿人退稿：“尊稿不拟刊登。”

③ 《田地》是在彼得堡出版的一种画报，每周一期。

④ 《涅瓦》是在彼得堡出版的一种画报。彼得堡有一条河名叫“涅瓦”。

⑤ 《火花》是在彼得堡出版的一种画报。

⑥ 《蜻蜓》是在彼得堡出版的一种幽默周刊。

⑦ 指英国人。

非常可怕的事情，或恐怖的一夜

有尾声的独卷长篇小说

——献给维克多·雨果

一百四十六名神圣殉教徒的钟楼上敲响了午夜十二点钟。我哆嗦起来了。时间到了，我慌忙地抓住泰奥多的手，同他一起走到街上。天色黑黑的，像印刷油墨一样。四周黑得好像戴在头上的帽子的内膛一样。黑夜就是胡桃壳里的白天。我们裹紧斗篷就出发了。狂风穿透我们全身。雨和雪这一对湿兄湿弟，拼命拍打着我们的面孔。尽管现在是冬天，闪电仍在天空中犁出纵横交叉的犁沟。霹雳像蔚蓝色眼睛的闪烁一样可爱、像思想一样疾速，它是闪电的伴侣，威严雄壮的伴侣，它令人毛骨悚然地震撼着天空。泰奥多的耳朵被电光照亮。圣爱尔玛之火劈啪作响地在我们的头顶上空飞过。我朝上方一看，颤抖起来了。谁个能在大自然的宏伟面前不震颤？好几个灿烂的流星在空中掠过。我开始数流星，数到了二十八个。我指给泰奥多看这些流星。

“不祥之兆啊！”他喃喃地说，脸色惨白，好似一尊意大利白色大理石雕像。

风在呻吟、在吼叫、在痛哭……风的呻吟声是淹没在滔天大罪中的良心的呻吟。在我们附近一幢八层楼的大厦被雷击中，燃起了大火。我听见从大厦里飞出的号泣声。我们不理会它径自走开。我胸中燃烧着一百五十所房子，我能顾得上这幢着了火的房子吗？一口钟在空中不知什么地方鸣响，声调凄凉，缓慢、单调。这是一场自然界的搏斗。好像是有一些玄妙的力量在致力制造这种非常吓人的自然力量的和声。这些力量是谁？人会有一天能理解它们吗？

既怯懦而又大胆的幻想！！！

我们叫了 кошэ[①]。我们坐上轿型马车，疾驰而去。马车夫是风的兄弟。我们在奔驰，就好像大胆的思想在神秘的脑海里遨游一样。我把一小袋黄金塞到马车夫手里。黄金帮助马鞭使马腿的速度加快一倍。

“安东尼奥，你把我送到哪儿去啊？”泰奥多哼叫道，“你好像是个恶魔……你的黑眼睛里发出地狱的火光……我开始感到害怕……”

可怜的胆小鬼！我一言不发。他爱她[②]。她[③]热烈地爱他……我一定要杀死他，因为我爱她胜过爱生命。我爱她[④]，我恨他。他应该在这个恐怖之夜死去，为爱情付出死亡的代价。爱和恨在我心中沸腾。它们是我的第二生命。这姊妹俩生活在一个躯壳之中，在制造着毁灭：它们是精神上的汪达尔人。[⑤]

“停车！”我对马车夫说。轿型马车驶到了目的地。

我和泰奥多跳下车来。月亮从乌云后冷冷地瞥了我们一眼。月亮是爱情和复仇的甜蜜瞬息的公正而又沉默的见证人。我们两人中有一个要死去，月亮应该成为见证人。我们面前有个深渊，有个看不到底的无底洞，好比达那俄斯的犯罪女儿的桶[⑥]。我们站在死火山的喷火口的边沿上。关于这个火山，民间流传着可怕的神话。我的

---

① кошэ 是法语“cocher”的俄语读音，意思是“马车夫”。

② 原文中是斜体字。

③ 同上。

④ 同上。

⑤ 汪达尔人，古代日耳曼民族之一，五世纪时曾蹂躏罗马。在此借喻为“破坏者”、“野蛮人”。

⑥ 希腊神话载，阿耳戈斯国王达那俄斯共有五十个女儿，她们遵从父亲之命，在新婚之夜各自杀死了她们的丈夫，因此，神惩罚她们，命令她们往无底桶内注水。

膝盖动了一下，泰奥多就飞落下去跌入吓人的深渊。火山的喷火口是地球的一张大嘴。

“该死的家伙！！！”他大声回答我的咒骂。

身强力壮的男子汉由于女人的美丽眼睛而把仇敌推下火山口：好一幅壮丽宏伟而又大有教益的图画！只缺火山喷出的熔岩！

马车夫。马车夫是命运为愚昧立下的一座塑像。去他妈的，陈规旧套！马车夫追随泰奥多去了。我感到在我胸膛里只剩下了爱情。我脸朝地倒下了，高兴得哭了起来。高兴的眼泪是在爱心深处所发生的神妙反应的结果。拉车的马儿快活地嘶鸣起来。不做人有多难受！我把它们从痛苦的动物生活中解脱出来，我杀害了它们。死亡既是枷锁，又是对枷锁的解脱。

我走进“紫色河马旅馆”，喝下五大杯上等葡萄酒。

报仇后过去了三个钟头，我站在她住处的门口。匕首，死亡的朋友，帮助我踩着尸体来到她的房门口。我开始倾听。她没有睡。她在幻想。我听着。她没开口说话。沉默持续了约莫有四个钟头。对热恋中的人来说，四个小时是一个世纪的十九分之四！她终于呼唤女仆了。女仆从我身旁走过。我凶恶地盯了她一眼。她捉住了我的目光。她失去了理智。我杀死她。与其活着而神志不清，倒不如一死了之。

“阿涅达！”她[①]叫道，“怎么泰奥多没有来？”苦恼折磨着我的心。一种沉重的预感压得我透不过气来。“啊，阿涅达！你去找找他。他现在大概正在同那个没有天良的可怕的安东尼奥一起纵饮作乐呢！……上帝呀，我看见的是谁呀？！是安东尼奥！”

我走进了她的房间。她脸色惨白……

“滚出去！”她叫喊起来。恐惧扭曲了她那高雅和美丽的面容。

我看了她一眼。目光就是灵魂之剑。她身子摇晃了一下。她在我的目光里看到了一切：泰奥多的死亡、恶魔般的激情、人的无数

① 原文为斜体字。

欲望……我姿态尊严，我眼睛里闪着电光，我的头发在动，一根根竖了起来，她看见自己面前有一个披人皮的恶魔。我看出她在欣赏我。死一般的寂静和相互对视持续了大约四个钟头。一声雷响，她倒在我胸脯上。男人的胸脯就是女人的堡垒。我把她紧紧抱在怀里。我们俩一起喊叫起来。她的骨头喀喀作响。生物电流穿过我们全身。热烈地接吻……

她爱上了我身上的恶魔。我要她爱上我身上的天使。“我拿出一百五十万法郎给穷人！”我说。她爱上了我身上的天使，哭了起来。我也哭了。这是什么样的眼泪啊！！！一个月后，在圣狄度与高尔坦济亚教堂举行了庄严的结婚仪式。按教堂仪式我同她[①]举行了婚礼，她[②]同我举行了婚礼。穷人们为我们祝福！她[③]要求我宽恕我先前杀死的仇敌。我宽恕了。我带着年轻的妻子去美洲。年轻的含情脉脉的妻子是美洲处女林里狮虎都听命于她的天使。我是一头新生虎。婚后三年，上了年纪的我已经醉心于一个鬈发的小男孩了。小男孩长得更像母亲，不太像我。这使我恼怒。昨天我的第二个儿子出世，而我本人却高兴得悬梁自尽了……我第二个孩子向读者诸君伸出小手，请求他们别信他好爸爸的话，因为他好爸爸不但没有子女，甚至连老婆也没有。他的好爸爸像怕火一样怕结婚。我的小男孩并没说谎。他是婴儿。你们要相信他。童龄是神圣的年龄。所有这一切从来没有发生过……晚安。

---

① 原文为斜体字。
② 同上。
③ 同上。

为了数个小苹果

在攸克辛荷和索洛甫吉之间，在相应的经度和纬度上，小地主特里丰·谢苗诺维奇早就住在他的一块黑土地上了。特里丰·谢苗诺维奇的姓同“叶斯捷斯特沃伊斯培达捷尔”[1]这个词一样长，它源自一个非常响亮动听的拉丁词，它意指为数众多的人类美德中的一种。他拥有的那块黑土地的数量是三千俄亩。他的田产（它是田产，而他是地主）已经抵押出去，正在出售。田产早在特里丰·谢苗诺维奇尚未谢顶的时候就已开始出售，但一直拖延到现在，而且由于银行的轻信和特里丰·谢苗诺维奇的机灵事情很难成交。这家银行总有一天会倒闭，因为特里丰·谢苗诺维奇，同与他类似的那种人一样（这类人不可胜数），收下了卢布，但却不付利息，有时候即使付上一点，也只是拘泥于礼节，好比善心人为祈祷亡灵和建造教堂而拿出一个戈比一样。假如这个世界不是这样的世界，假如它对什么都直言不讳的话，那么，特里丰·谢苗诺维奇就不会叫做特里丰·谢苗诺维奇，而会换另外一个名字，会用称牛马的名字来称呼他了。老实说，特里丰·谢苗诺维奇是地地道道的畜生。我请他本人同意这一点。要是这个请求能传到他那里（他偶尔也读读《蜻蜓》[2]）他大概不至于生气，因为他是个通情达理的人，他会完全同意我的见解，而且或许到了秋天，他还会慷慨解囊派人送给我几十个安东诺夫卡苹果[3]，因为我没把他的长姓公之于世，这一回只限于他的本名和父名。我不打算描写特里丰·谢苗诺维奇的全部美德，这材料过长。要把特里丰·谢苗诺维奇连胳膊带腿全部容纳进去的话，那就至少得坐着写上那么长时间，就像欧仁·苏写他的《流浪的犹太人》那本又厚又大的书所花的时间一样长。我不想谈他玩纸牌的骗人伎俩，也不谈他为了不还债和不付息所耍的种种手腕，不谈他对神甫和助祭的所作所为，甚至也不谈及他身着该隐和亚伯⑤时代的装束⑥骑马漫游全村，我只描写一个能够表明他的待人态度的小场面。他凭四分之三世纪的经验编了一段称赞这种态度的绕口令："庄稼汉，憨小子，古怪老，傻瓜蛋，'耍傻瓜'⑦，准输钱。"

在一个风和日丽的早晨（那是在夏末季节），特里丰·谢苗诺维奇在他茂盛的果园里顺着长长短短的林荫路散步，凡是能激发诗人先生们诗兴的东西都慷慨好施地大量洒落在他的四周。一切都似乎在说话和歌唱："来拿吧，人啊！趁秋天还没有来到，欣赏作乐吧！"然而特里丰·谢苗诺维奇却无心观赏，因为他远非什么诗人。再说，这天早晨他的心正在特别贪婪地领略着阴凉梦乡的滋味，每逢他打牌输了钱，这颗心总是这样的，如果它的主人感到自己吃了亏的话。特里丰·谢苗诺维奇的忠心佣工六十岁左右的小老头卡尔普希卡大摇大摆地走在他身后，不住地朝两边张望。这个卡尔普希卡在美德方面几乎超过了特里丰·谢苗诺维奇本人。他擅长擦皮靴，更擅长把多余的狗勒死，不管什么人的什么东西，见着就偷，至于做起暗探来，谁也比不上他。由文书开了头，全村人都叫他"狗腿子"。很少有一天农民和邻居不向特里丰·谢苗诺维奇抱怨卡尔普希卡的秉性和作风，可是这些抱怨都是徒劳无益的，因为他在特里丰·谢苗诺维奇的家务上是谁也替代不了的人。特里丰·谢苗

---

① 这个词确实很长，它的意思是"自然科学家"。

② 这篇小说发表在彼得堡幽默杂志《蜻蜓》上。

③ 俄罗斯的一种冬季苹果，有酸味。

④ 欧仁·苏（1804—1857），法国作家，写过许多篇幅极长的长篇小说。《流浪的犹太人》淋漓尽致地揭露了耶稣会的黑暗。

⑤ 据《圣经·旧约·创世记》载，该隐和亚伯是上帝所创造的第一个人亚当的两个儿子。

⑥ "身着该隐和亚伯时代的装束"的意思是"赤身裸体"。

⑦ 一种牌戏。

诺维奇外出散步时，总把忠心耿耿的卡尔普希卡带在身边，这样做既安全一些，也多一点快乐。卡尔普希卡有一肚子说不完的逸闻、俏皮话和有趣故事，而且要他不讲是办不到的。他总要讲些什么，只有在听别人讲有趣事情的时候才不做声。就在我们讲的这天早晨，他跟随在老爷身后，唠唠叨叨地给他讲一件事情，说是有一天，两个戴白帽子的中学生带着枪支经过果园，恳求他卡尔普希卡放他们进园子打猎，而且拿出半卢布银币引诱他，可是他非常清楚他是为谁工作的，就愤怒地拒收银币，把卡希坦和谢尔克①放出去咬中学生。他讲完这件事后，已经开始用鲜明的色调描绘乡村医士可恶的生活方式，然而他没有能顺利完成描绘，因为一种可疑的沙沙声从茂密的苹果树和梨树那边传到了卡尔普希卡的耳朵里。一听见沙沙声，卡尔普希卡就屏住舌头，竖起耳朵，开始倾听起来。在他确定有沙沙声，而且沙沙声又令人可疑后，他就拉了一下老爷的衣襟，箭也似的向沙沙声那边飞跑过去。特里丰 · 谢苗诺维奇预感到了一场小乱子，猛地一哆嗦，迈动两条老腿，跟着卡尔普希卡小步跑了起来。他们这一阵跑还是有道理的……

在园子的边缘上，在一棵枝椏茂密的老苹果树下，有个农村姑娘站在那儿，她的嘴里在咀嚼着什么。在姑娘身旁有个宽肩膀的年轻小伙子跪在地上，爬来爬去，拣起被风吹刮在地上的苹果。他把生的丢进灌木丛，把熟的放在宽大而灰白的手心里，亲热地送给他的杜尔西内娅②。杜尔西内娅显然不为她的肠胃担忧，不停地津津有味地吃着苹果。小伙子边爬边拣，完全忘掉了自己，心目中只有杜尔西内娅一个人了。

“你呀，从树上摘！”姑娘悄悄地怂恿道。

“我害怕。”

---

① 卡希坦和谢尔克是两条狗的名字。

② 杜尔西内娅，西班牙作家塞万提斯所著《堂吉诃德》中吉诃德的情人，在此借喻“情人”。

“怕什么？！狗腿子大概在酒店里呢……”

小伙子稍稍站了起来，纵身一跳，从树上摘下一个苹果，把它递给了姑娘。可是小伙子和他的姑娘，如同古代的亚当和夏娃一样，因为这个苹果而倒了霉①。这位村姑刚刚咬下了一小块，递给小伙子，他们俩刚刚感到舌尖上有浓烈的酸味，他们的两张脸就变歪了，随后就拉长沉下变得惨白了……这倒不是因为苹果酸，而是因为他们眼前出现了特里丰·谢苗诺维奇严厉的面孔和卡尔普希卡幸灾乐祸的嘴脸。

“你们好哇，亲人们！”特里丰·谢苗诺维奇走向他们说，“怎么样，你们在吃苹果吗？我该没有妨碍你们吧？”

小伙子取掉帽子低下头。姑娘开始细看自己的围裙。

“啊，身体怎么样，格里戈里？”特里丰·谢苗诺维奇对小伙子说，“日子过得怎么样，小伙子？”

“我只拿了一个，”小伙子低声含糊地说，“那还是从地上……”

“啊，你身体好吗，小宝贝儿？”特里丰·谢苗诺维奇问姑娘说。

姑娘更加专注地盯住她那块围裙。

“嗯，你们还没有成亲吧？”

“还没有……我们，老爷，说真的，只拿了一个，就连……那个……”

“好，好，好小子。你识字吗？”

“不识……说真的，老爷，我们只拿了一个，那也是从地上拣起来的。”

“你不识字，偷东西你倒会。不过呢，那也行，就连这个也得谢谢上帝呢。有了本事总不能丢开不用。那么你早就开始偷东西了吗？”

“难道我是偷了，是么？”

---

① 《圣经·旧约·创世记》称，上帝创造了第一个男人亚当和第一个女人夏娃后，不许他们碰那棵区别善恶的树上的果子，后来他们因偷吃禁果而遭到惩罚。

“哼，瞧瞧你那个可爱的未婚妻，”卡尔普希卡对小伙子说，“可怜巴巴地在思忖些什么呀？莫非你爱得太少？”

“你别说话，卡尔普，”特里丰·谢苗诺维奇说，“来，格里戈里，你给我们讲个故事……”

格里戈里咳了一声，笑了一笑。

“我，不会讲故事，老爷，”他说，“再说，难道我真要您的苹果？如果我想要，我可以买嘛。”

“我很高兴，亲爱的，你钱很多。好，给我们随便讲个什么故事吧。让我听听，让卡尔普听听，也让你那漂亮的未婚妻听听。别难为情，胆子大一点！贼的胆子该是大的。我说的对吗，我的朋友？”

接着，特里丰·谢苗诺维奇把两只险恶的眼睛盯住了落网的小伙子……小伙子额头上冒汗了。

“老爷，您还是叫他唱个歌吧。他这种傻瓜怎么会讲故事呢？”卡尔普希卡用他可恶的男高音刺耳地说。

“你别作声，卡尔普，让他先讲个故事。喂，你讲啊，亲爱的！”

“我不会。”

“你当真不会？那偷东西你会吗？第八诫①是怎么说的？”

“您问我这些干吗？难道我知道？真的，老爷，我们只吃了一个苹果，那也是从地上拣的……”

“讲故事！”

卡尔普希卡开始拔荨麻②。小伙子很清楚他准备荨麻是干什么的。特里丰·谢苗诺维奇同与他类似的那种人一样善于体面地擅自处理。他或是把贼关进地窖囚禁一昼夜，或是用荨麻抽打一顿，或是把贼的衣服脱光后予以释放……读者，对您来说这种做法新奇吗？可是有这样一些地方，有这样一些人，对他们来说这种做法就

---

① 据说上帝为人立下十诫，其中第八诫是“不可偷盗”。

② 荨麻是一种带刺的野生植物。

像大马车一样平常和古老。格里戈里斜视了一下荨麻，他犹豫了，咳嗽了几声，才开口说话，然而他不是讲故事，而是胡凑。他呼哧，冒汗，咳嗽，不断擤鼻涕，讲到从前有个时候俄国的勇士们痛打卡谢依[1]之流并娶美女为妻。特里丰·谢苗诺维奇站在那儿听着，眼睛一直盯着讲故事的人。

“够了！”他等小伙子完全胡说八道起来时说，“故事讲得很好，不过你偷起东西来更高明。喂，还有你，美人儿……”他转向姑娘说，“你背一遍《主祷文》！”

美人脸红了，她呼吸微弱，背了一遍祷告辞，声音低得几乎听不见。

“好，第八诫里是怎么说的？”

“您以为我们拿了很多，是吗？”小伙子回答说，绝望地挥了挥手，“要是您不相信，那我敢凭十字架赌咒！……”

“糟糕啊，亲爱的，你们连十诫都不知道。应当开导开导你们。美人儿，是他教你偷的吧？你为啥不做声呀，小天使？你该说话呀！说呀！你不说？不说话就是同意。好吧，美人儿，你就打你的漂亮小伙子吧，因为他教会了你偷东西。”

“我不。”姑娘低声说。

“你打几下。对傻瓜应该教训教训。打他，我的小宝贝儿！不愿意？好，那我就命令卡尔普和玛特威用荨麻稍许打你几下……不愿意吧？”

“我不打。”

“卡尔普，你过来！”

姑娘急急向小伙子跑去，打了他一记耳光。小伙子很尴尬地笑了一下就哭起来了。

“好样的，美人儿！你揪他的头发！揪呀，我的小宝贝儿！不愿意？卡尔普，你过来！”

---

① 俄罗斯童话中骨瘦如柴而长生不死的恶老头。

姑娘就揪他未婚夫的头发。

“你别揪住不放，那样他太痛了！你拖他走！”

姑娘开始拖了。卡尔普希卡乐得发狂了，放声大笑，发出刺耳的颤抖声。

“够了，”特里丰·谢苗诺维奇说，“谢谢你，你惩罚了坏人坏事，小宝贝儿。喂，”他转向小伙子说，“你教训教训你的新娘儿……刚才是她教训你，现在该你教训她了……”

“您真想得出，老爷，真的……为什么我要打她呢？”

“什么‘为什么’？她不是打你了吗？那你也该打她嘛！这对她会是有益处的。你不打？没有用。卡尔普，叫玛特威来一下。”

小伙子啐了口唾沫，咯吱一声，一把捏住未婚妻的辫子，开始惩罚起坏人坏事来。他惩罚着邪恶，不知不觉地极度兴奋起来，打入迷了，竟忘记了他打的不是特里丰·谢苗诺维奇，而是自己的未婚妻。姑娘大声哀号起来。他打了很长时间。如果不是萨申卡——特里丰·谢苗诺维奇俊俏的女儿从灌木丛后跳将出来，我真不知道这件事会怎样了结。

“好爸爸，去喝茶吧！”萨申卡叫了一声。她看到了好爸爸玩的鬼把戏后，声音响亮地大笑起来。

“够了！”特里丰·谢苗诺维奇说，“你们现在可以走了，小朋友们。再见！办喜事的时候，我一定给你们送一些苹果去。”

接着特里丰·谢苗诺维奇向挨了惩罚的人深深鞠了一躬。

小伙子和姑娘理好头发走了。小伙子朝右走，姑娘朝左走，而且……一直到今天没再见过面。如果萨申卡不来的话，小伙子和姑娘就得尝尝荨麻的滋味了……请看，特里丰·谢苗诺维奇在晚年就是这么消遣取乐的。他一家子也同他差不多。他的女儿们有一个习惯：在“地位低下”的客人的帽子上拴个蒜头，在同样地位的喝醉了酒的客人的背上用粉笔写上大字：“春驴[①]”或者“傻瓜”。他的

① 地主的女儿们写别字，应是“蠢驴”。

爱子米嘉是个退役少尉，有一次在冬天他竟然超过了好爸爸本人：他伙同卡尔普希卡用柏油涂抹一个退伍兵士的大门，就因为这个兵士不肯把一头狼崽送给米嘉，还因为这个兵士似乎指使他的几个女儿拒收退役少尉先生所送的姜饼和糖果……

这样一来，你还把特里丰 · 谢苗诺维奇叫做特里丰 · 谢苗诺维奇！

结婚之前

上个星期四，波德扎狄尔金娜姑娘在她可敬的双亲家被宣布为十四等文官纳扎利耶夫的未婚妻。订婚仪式举办得再好没有了。喝完了两瓶拉宁牌香槟酒和一个半维德罗[①]白酒。小姐们喝光了一瓶法国拉斐红葡萄酒。未婚夫未婚妻的好爸爸和好妈妈都及时地流了眼泪，未婚夫和未婚妻都乐意地亲嘴接吻。一个八年级中学生在祝酒词里说了两句外国话：“噢，时代啊，噢，风气啊！”[②]和“未来的好夫妇万岁！”[③]而且说得十分优雅。长着一头红发的因等候抽签[④]而无所事事的万卡·斯梅斯洛玛洛夫在一个最适当的时刻，“抓紧机会”，突然热心地演起了可怕的悲剧：他揉乱自己大脑袋上的头发，用拳头捶打膝盖大声喊叫：“该死，我爱过她，现在也爱她呀！”他这一下逗得姑娘们乐不可支。

波德扎狄尔金娜姑娘引人注目，只因为她没有任何特点。她的智慧谁都没有见识过，谁都不知道，因而关于她的智慧也就无话可说。她的外貌是最平常不过的：鼻子像好爸爸，下巴像好妈妈，眼睛像猫儿，胸部也平平常常。钢琴她是会弹的，但她不是按乐谱弹。她常在厨房里帮助好妈妈，天天穿着束腰紧身衣，素食她吃不来，她认为了解字母“Ъ”[⑤]就是大智大慧的根本。人世间她最喜爱的是体格匀称的男人和“罗兰”这个名字。

纳扎利耶夫先生是个中等身材的男人，有一张白脸，脸上没有任何表情，头发是拳曲的，后脑壳是扁平的。他在某处工作，薪金少得可怜，勉强够买烟草用；他身上一直有股蛋制香皂和石炭酸的气味，自以为是个了不起的猎艳家，说话的嗓门很高，一天到晚大惊小怪；他讲话时唾星四溅。他讲究穿着，瞧不起父母亲，他不放过任何一个小姐，如果不对她说上两句："您多么幼稚啊！您该读文学作品啊！"人世间他最喜爱的是他自己的那一笔字、《娱乐》杂志[6]和那双走起来吱嘎作响的皮靴，而他最最喜爱的还是他自己，特别是在他同姑娘们在一起的时候，喝着加糖的茶，疯狂地否认鬼的存在。

波德扎狄尔金娜姑娘和纳扎利耶夫先生就是这样的两个人！

举行订婚仪式后的第二天早晨，波德扎狄尔金娜姑娘从睡梦中醒来，就被厨娘叫去见好妈妈。好妈妈躺在床上，向她作了如下一番教诲：

"为什么你今天穿毛料连衣裙？满可以穿上薄纱的嘛。我的头好痛呀，痛得要命！昨天秃头丑八怪，也就是你的父亲，居然开了个玩笑。我才不需要他那些愚蠢的玩笑！他端给我一个酒杯，里面盛着一些什么东西……'你喝吧。'他说。我以为杯子里是葡萄酒，就把它喝干了，不料酒杯里装的却是酸醋和青鱼的油。这就是他这个丑八怪开的玩笑。他这个老流口水的家伙，只会让人出洋相！你昨天高高兴兴，也没有哭一场。这使我非常诧异和惊讶。你高兴什么？你拾到了钱，是吗？我感到奇怪！大家都会想，你高兴的是要离开爹娘的家了。想必事情也真是这样吧。什么？爱情？有什么爱情？你完全不是为了爱情才嫁给他的，不过是贪求他的官职罢了！怎么，难道我说的不对？本来嘛，我说的是实情。至于我，我的妈呀，我不喜欢你那一位。他太傲慢和自大。你想管住他……什么？休想！……过上个把月，你们就会打架，因为他是那号人，你也是

---

① 俄国液量名，1 维德罗等于 12.3 升。

② 原文为拉丁语。

③ 同上。

④ 指兵役抽签，中签者就服兵役。

⑤ 一个俄文字母，现在已废弃不用。

⑥ 当年在莫斯科出版的一种幽默杂志。

那号人。只有姑娘才喜欢出嫁，其实出嫁没有什么好处。我自己有体会，我知道。你生活一阵子后，也会明白的。你别转来转去，你即使不转，我的头已经在晕了。男人全都是蠢货，同他们一起生活可不是很舒服的。你那一位虽然趾高气扬，其实也是一个蠢货。你别太听从他的话，别样样事情都姑息他，也别太看重他：没有必要。什么事你都要问一问母亲。一旦出了什么事，你就来找我。母亲不在，你什么事都别做，上帝保佑你吧！丈夫不会出好主意，不会教你好东西，一心只谋他自己的利益。这一点你得明白！你也别太听父亲的话。别请他到你家里去住，不然你很可能轻率地……说出这话来。他一心想从你们那儿偷走一些什么。他就会整天整天坐在你们家，可他又向你们承诺了什么呢？他会向你们要酒喝，会吸你丈夫的烟。他是个可恶的、不怀好意的人，虽说他是你父亲。他这个卑鄙家伙的相貌倒挺善良，可是他的心太阴险了。他会开口向你们借钱，你别给他，因为他尽管是个久——久品文官①，却是个骗子。你听，他在大声嚷嚷，他在叫你呢！你上他那儿去吧，不过，别告诉他我刚才说他的那些话。要不然他这个万恶之徒会立刻缠上我，巴不得叫他断了气才好！你去吧，趁我的心脏还正常……你们可真是我的冤家啊！我死了，你可要记住我的话！你们这些折磨人的家伙呀！”

波德扎狄尔金娜姑娘离开了母亲，朝好爸爸的房间走去。这时候，好爸爸坐在床上，往他枕头上撒驱虫粉。

“我的女儿！”好爸爸对她说，“我很高兴，你有意同纳扎利耶夫先生这样聪明的先生结合。我很高兴，我完全赞成这桩婚事。你嫁给他吧，我的女儿，不用害怕！婚姻是极其庄严的事，所以……哎，说这些有什么意思呢？你好好过日子吧，孳生②吧，繁殖吧。上

---

① 应为“九品文官”。

② 这位好爸爸同好妈妈一样，说话常常用词不当。以下我们不再一一注出。

帝会赐福予你的！我……我……哭了。不过，流泪不会有什么结果。人泪是什么呢？不过是懦弱的精神病学，别的什么也不是。你要听我的劝告，我的女儿！别忘了你的双亲大人啊！对你来说，丈夫不会比双亲好，真的，不会！丈夫所中意的只是你的物质美，而我们却喜欢你整个人。你的丈夫会为了什么爱上你呢？为了性格？为了善良？为了感情象征[1]？不是的，小姐。为了你的嫁妆他才爱上你的。要知道，我们给你的嫁妆，我的小心肝，可不是什么一文半文钱，而是整整一千卢布！你应明白这一点。纳扎利耶夫先生是一位很好的先生，可是你对他别比对父亲更尊重。他会迷恋你，但不会成为你真正的朋友。会有这种情况，到时候他会……不，我还是不说为妙，我的女儿。母亲的话，我的小心肝儿，你要听，不过你得注意。她这个女人心不坏，然而她口是心非，没有信仰，轻率鲁莽，矫揉造作。她高尚正派，可是……去她的吧！父亲是你的生命的发端者，她提不出你父亲给你的忠告。你可别把她接到你家去。丈夫是不尊重丈母娘的。我本人就不喜欢丈母娘，非常不喜欢她，以至竟敢多次朝她的咖啡里撒烧焦的软木塞粉，结果闹出了极其堂皇的奇观。少尉玖木布木本契科夫曾为她而同我在军事法庭上打过官司。难道你不记得这件事了？不过，你当时在世界上还不存在呢。事事处处最重要的是父亲。你要明白这一点，而且要只听他一个人的话。还有，我的女儿……欧洲文明在妇女阶层中产生一种反对派，似乎女人生的小孩越多就越糟。这是胡说！是无稽之谈！父母生孩子越多就越好。可是，不！我说的不对！完全相反！小心肝，我弄错了。孩子越少才越好。这是我昨天在一个定期刊物上读到的。是一个叫马尔萨斯[2]的人写的。就这么回事。有个什么人坐着马车来了……嘿！是你的未婚夫！多阔气，这个小滑头，小骗子！

---

① 这位好爸爸同好妈妈一样，说话常常用词不当。以下我们不再一一注出。

② 马尔萨斯（1766—1834），英国资产阶级经济学家，《人口论》的作者。

好一个男子汉！好一个瓦尔特·司各特[①]！去吧，小心肝，你去接待他，我趁这个时候把衣服穿好。”

纳扎利耶夫先生坐车来到了。未婚妻迎接他说：

“请坐下，别客气！”

他把右脚的靴后跟两次碰响，然后在未婚妻身旁坐下来。

“您过得好吗？”他像平常那样随随便便地开口说，“昨夜睡得怎样？我呢，您可知道，我一夜没有睡，读了一夜左拉的作品，同时还想着您。您读过左拉吗？真的没读过？哎呀呀！这可是罪过啊！那是一个文官借给我读的。写得真漂亮！我一定借给您读。啊！您什么时候能够理解就好啦！我体验到一些您从来没有体验过的感情！请允许我亲一亲您！”

纳扎利耶夫先生稍微抬起身子，吻了吻波德扎狄尔金娜姑娘的下唇。

“您的父母都在哪？”他更加随便地继续说，“我需要见见他们。老实说，我有点儿生他们的气。他们狠狠地骗了我一通。请您要注意……您的好爸爸告诉我说他老是个七品文官，可是现在发现，原来他老不过是个九品文官。嗯！……难道可以这样吗？还有，小姐……他老本来答应给您一千五的陪嫁，可是昨天您的好妈妈对我说，我能拿到的不会多于一千。这难道不是卑鄙的行为？切尔克斯人[②]是凶残的，可是就连他们也不会这样做。我不容许人家欺骗我！你干什么都可以，但是，别碰我的自尊心和忘我精神！这不合乎人情！这没有道理！我是个老实人，所以不喜欢不老实的人！怎么对待我都可以，就是别对我耍滑头，别挖苦，要凭人的良心做事！就是这么回事！再说他们的脸也是土里土气的！那是什么脸？简直不成其为脸！请您原谅我，但我对他们感觉不到亲戚的感情。我们一结婚，就要对他们严加管教。我不喜欢厚颜无耻和野蛮粗

---

① 瓦尔特·司各特（1771—1832），英国小说家。

② 高加索北部的一个少数民族。

暴！我虽然不是怀疑主义者[①]，也不是犬儒主义者[②]，不过我也通晓教育的意义[③]。我们要对他们严加管教！在我家里我的父母早就对我俯首帖耳了。怎么，您已经喝过咖啡了？还没有？那好，我也跟您一块儿畅饮一番。您给我去拿点烟叶来卷支纸烟，我把烟叶忘在家里了。”

未婚妻走出去拿烟叶了。

这一切都是在结婚之前……结婚后会怎么样？我认为，知道这一点的不会只是那些未卜先知的预言家。

① 讲话中用“怀疑主义”、“犬儒主义”、“通晓教育的意义”这类字眼，意在炫耀自己。

② 同上。

③ 同上。

按美国方式

我非常希望结成十分合法的良缘，并且牢牢记得，如果缺少一个属于女性的人物是不可能有任何婚姻的，因此我荣幸地、幸福地和乐意地恳请寡妇们和姑娘们倾听以下几点：

我是男人，——这是首要的一点。这一点想必对女士们是很重要的。身高两俄尺八俄寸。年轻。离老年还远着呢，就像鹬鸟离彼得节一般远。出身显贵门第。不漂亮，但也不丑，一点也不丑，因此好多次在昏暗中人们竟错把我当成美男子。我的眼睛是褐色的。双颊（可惜）没有酒窝。有两颗大牙损坏了。我不敢自夸有优美的风度，但也不允许任何人怀疑我有结实的肌肉。我戴的手套是七又四分之三号。除了穷困的但却高尚的双亲以外，我一无所有。但是我有光辉的未来。我非常喜欢漂亮的女人特别是女仆。我相信一切。我在从事文学工作，而且十分成功，因此面对《蜻蜓》杂志的"信箱"栏我很少流泪。将来我打算写一部长篇小说，其中的女主人公（一个美丽的女罪人）将是我的夫人。我一昼夜睡眠十二小时。吃得特别特别多。只在和人结伴时才喝伏特加。我有一些好关系：认识两个作家，一个诗人和两个在《俄罗斯报》上教训人的寄生虫。我所喜爱的诗人是普什卡廖夫，有时则是我自己。我容易一见钟情，但不会嫉妒。我想要结婚，其原因只有我和我的债主们知道。我就是这样一个人！而我的未婚妻应该是这样的：

寡妇或姑娘（这随她自己的便），不大于三十岁，不小于十五岁。不是天主教徒，亦就是说，她知道在这个世界上没有无罪的人。还有，她至少不是一个犹太女人，因为犹太女人总是要问："你写一行字赚多少钱？你为什么不到爸爸那儿去？他能教会你赚钱的。”而我不喜欢这个。她是一个金发女郎，蓝眼睛，（如果可以的话）黑眉毛。不苍白也不红润，不瘦也不胖，不高也不矮，讨人喜欢又不被风流人物所折服，不剪短发，不饶舌，不爱出门。她应该：

写一手好字，因为我需要一个誊写员。誊写工作并不多。

喜欢我为之工作的那几种杂志，并在自己的生活中遵循这些杂志的方向。

不读《娱乐》《新时代周刊》《娜娜》，不为《莫斯科通报》上的社论所感动，也不因《岸》上的此类文章而昏厥。

会唱、跳，会读、写、煮、炸、煎，会温存，会烤（不是责骂），会替丈夫借钱，穿着优雅，但要用自己的钱（这点十分重要）买衣服，生活中要惟我之命是从。

不会唠叨、抱怨、尖叫、吵嚷、暴躁、张牙舞爪和摔盘子，不向家里的客人们送秋波。

要牢记，绿帽子是不能给人增添光彩的，绿帽子越小越好，而对于那个为戴绿帽子而乐于接受偿付的人也越安全。

名字不是玛特廖娜、阿库莉娜、阿芙多蒂娅或其他此类庸俗名字，而要叫别的稍稍高雅一些的名字（例如：奥利亚、列诺奇卡、玛露霞卡、卡佳、丽芭等）。

她的妈妈，也就是我深深敬爱的岳母要住在很远很远的地方（否则，在相反的情况下我就不能为自己的言行担保）。

至少有二十万银卢布。

但是，如果我的债主们同意的话，对最后一点可作变通。

艺术家们的妻子

译自葡萄牙文

京城利萨邦最自由的公民阿尔丰索·津扎加是个年轻的小说家，他的名气大得……只有他自己知道……也只有他自己以为有远大前途。就是这个最自由的公民在各处人行道和各个编辑部奔走了一整天后回到了自己家里。他既累又饿，饿得像一条最饿的狗。他居住在一家旅馆的第一百四十七号房间里，这家旅馆在他的一部长篇小说里以“毒天鹅”为名。他走进第一百四十七号房间后，扫视了一下他那狭小而又低矮的住所，用手指搓了搓鼻子，点上了蜡烛，这时就有一幅激动人心的画面出现在他的眼前。在一大堆纸张、书籍、去年的报纸、破旧的椅子、皮靴、睡衣、短刀和帽子中间，在一张包着灰蓝色细棉布的小卧椅上睡着他的美丽妻子阿玛兰达。深受感动的津扎加走到她跟前，盘算了一会儿后就拉了拉她的手。她没有醒。他又拉了拉她另一只手。她深深地叹了口气，但仍没有醒。他就拍拍她的肩膀，用手指轻弹她的大理石般的额头，碰碰她的鞋子，扯扯她的连衣裙，打了一个满旅馆都听得见的喷嚏，然而她……连动也没有动一下。

“瞧她睡得好熟啊！”津扎加暗想，“真见鬼！她没有服毒药吧？我最近那部长篇小说失败了，这可能对她影响很大……”

津扎加瞪大眼睛摇卧椅。从阿玛兰达身上慢慢滑下一本书来，书页沙沙作响，啪的一声书掉在地板上。长篇小说作家拾起书来，打开一看，他脸色顿时发白了。这不是一本什么别的书，也绝不是一本随随便便的书，却是他最近写的由伯爵唐·巴拉班达·阿里蒙达资助出版的长篇小说《圣-莫斯科夫斯科四十四名娶过二十个妻子的男人的车裂之刑》。这本长篇小说，读者诸君明白，所描写的是俄国的，因而是最有趣的生活，不料忽然之间……

“她在读我的长篇小说时睡着了！？！”津扎加低声说，“她多么不尊重巴拉班达·阿里蒙达伯爵的出版物和阿尔丰索·津扎加的劳动成果！而他却给了她津扎加这个光荣的姓！”

“女人啊！”津扎加放开他那葡萄牙人的喉咙高声大喊，用拳头敲打卧椅的边沿。

阿玛兰达深深地叹了一口气，睁开黑眼睛，微微一笑。

“是你吗，阿尔丰索？”她向他伸过手去说。

“对，是我！……你睡着了？你……睡着了？……”阿尔丰索嘟哝说，在一把摇摇欲坠的椅子上坐下，“你睡着以前做什么啦？”

“到母亲家去借钱了。”

“后来呢？”

“读你的长篇小说。”

“你就睡着了？说呀！你就睡着了？”

“就睡着了……咦，你为什么生气，阿尔丰索？”

“我不是生气，而是感到受了侮辱：你这么轻率地对待那个即使还没有给，但一定会给我名望的东西！你是因为读我的长篇小说才睡着的！我就是这样理解你的这次睡眠的！”

“够了，阿尔丰索！你的长篇小说我读得津津有味……我被你的长篇小说吸引住了。我……我……一个场面使我特别感动，那就是青年作家阿尔丰索·旬节加开枪自杀……”

“这个场面不在这部小说里，而是在《一千把火》里！”

“是吗？那么这部长篇小说里的哪一个场面使我感动呢？哦，对了……我读到俄国侯爵伊万·伊万诺维奇从他的窗口跳进河里……河里……伏尔加河里的时候，我哭了。”

“啊啊……嘿！”

“他沉下去的时候还为子爵夫人克塞尼雅·彼得罗芙娜祝

福……我很受感动……”

“如果你很受感动，那你怎么会睡着了呢？”

“我这么想睡觉！要知道，我昨天一夜没有睡。通宵没有睡，你是如此可爱，把你那本优秀的新长篇读给我听，而我认为，听你朗诵所体验到的欢乐比睡觉好……”

“啊啊……嗯！我明白。给我点东西吃！”

“难道你没有吃饭？”

“没有。”

“可是你早晨临走时对我说过，你今天在《里斯本省新闻报》的主编家吃饭，不是吗？”

“是啊，我原以为我的诗会在《新闻报》上发表，见它的鬼！”

“难道没有发表？”

“没有……”

“这真不走运！从我做你的妻子那时起，我就满心痛恨那些编辑！你饿了吧？”

“饿了。”

“可怜的阿尔丰索！那你钱也没有？”

“哼……也算是个问题？！一点可吃的东西都没有？”

“没有，我的朋友！我母亲只给我吃了一顿饭，没给我钱。”

“嗯……”

椅子开始发出喀嚓喀嚓的声响。津扎加站了起来，开始来回走动……他走了一会儿，思索了一阵，感觉到一种极其强烈的愿望，想要无论如何说服自己相信：饥饿就是怯懦，人生在世就是要跟自然作斗争，人不光是靠面包才果腹，谁不挨饿谁就算不上艺术家，等等。也许他真会把自己说服了，然而他在思考时他偏巧想到了他的邻居，在“毒天鹅”旅馆的第一百四十八号房间里住着意大利风俗画家福兰切斯科·布特隆察，一个有才能而且小有名气的人，想画家有每天弄到饭吃的本领，而这种本领在人间并非不重要，而津扎加却从来没有这个本领。

“我上他那儿去！”津扎加决定了，他就去找这个邻居。

津扎加走进了第一百四十八号房间，他看见一个场面，作为长篇小说家，他喜不自胜，可是作为饿汉，他又感到揪心。他在许多镜框、画布框、缺胳膊人体模型、画架和挂满不同种类与不同时代的褪色服装的椅子当中认出了他的朋友福兰切斯科·布特隆察，这时他要同朋友共进午餐的希望无影无踪了……福兰切斯科·布特隆察模仿着凡·戴克[①]的样子头戴帽子，穿的是彼得·阿敏斯吉[②]式的服装，站在凳子上，狂乱地挥动着绘画用的支手杆，怒气冲冲地叫喊。他的样子可怕极了。他一只脚站在凳子上，另一只脚站在桌子上。他脸色通红，眼睛发光，下巴上的小三角髯在颤抖，头发笔直竖起，似乎很快就会把他的帽子顶到空中去。墙角里站着布特隆察的妻子正处在兴奋之中，她紧贴着一座缺手、少鼻、胸部有一大棱角口的阿波罗[③]塑像。她名叫卡罗丽娜，是个日耳曼女人。她正惊讶地看着灯。她脸色苍白，全身在颤抖。

“野蛮人！”布特隆察怒气冲冲地说，“你们不是爱艺术，而是扼杀艺术，见鬼去吧！而我竟会同你结婚，冷血的日耳曼女人？！我这个傻子，竟会把一个像风一般自由的人、一头鹰、一只羚羊，总而言之一个艺术家同这样一块由偏见和渺小凝成的冰结合在一起……魔鬼[④]！！！你是冰！你是一块木石般的牛肉！你……你是傻瓜！你哭吧，倒霉的、煮烂了的德国香肠！你丈夫是艺术家，可不是小商人！你哭吧，啤酒瓶！津扎加，是您吗？您别走！您等一等！我很高兴，您来了……您瞧瞧这个女人！”

布特隆察用左脚朝卡罗丽娜指了指。卡罗丽娜哭了。

“够了！”津扎加开口说，“您吵闹什么，布特隆察先生？布特隆察太太有什么对不起您的地方？为什么您使她流泪呢？您要记住

① 凡·戴克（1599—1641），佛兰德斯画家。
② 中世纪法国的一个苦行僧。
③ 古希腊神话中太阳和光明之神，艺术的保护神。
④ 原文为意大利语。

你们的伟大祖国，布特隆察先生，你们的祖国，在这个国家里对美的崇拜是紧密地同对女人的崇拜结合在一起的。您要记住！”

“我气极了！”布特隆察叫道，“您设身处地为我想一想！您是知道的，我照巴拉班达·阿里蒙达伯爵的建议，开始创作一幅宏伟的画……伯爵要求我画《旧约》中的苏萨娜①……我要求她，就是求这个日耳曼胖女人，求她脱光衣服，为我当模特儿，我从清早就求她，我在她面前爬，我发火，可她就是不愿意！您设身处地替我想一想吧！没有模特儿我能画吗？”

“我办不到！”卡罗丽娜痛哭起来，“这不成体统！”

“您看见没有？看见没有？这就是理由，见她的鬼！”

“我办不到，真的，我办不到！他叫我脱光衣服，而且还要站在窗前……”

“我需要这样！我要画月光下的苏萨娜！月光洒在她胸脯上……跑拢来的法利赛人举着火把，火光照在她背上……色彩变幻啊！我不能有别的画法！”

“为了艺术，太太，”津扎加说，“您不单单是要忘掉害羞，而且要忘掉一切……感情！……”

“我不能强迫自己啊，津扎加先生！我不能站在窗前去供人观看！”

“供人观看……不错，是可以这么想，布特隆察太太，您害怕人群的眼睛，其实人群么，可以说，如果把他们看作……。太太，艺术和理性的观点……是这样的，那就是……”

津扎加说了些十分体面的，但又极其难懂的话，这种话是聪明人嘴上说不出、笔下写不来的。

卡罗丽娜摇着手，在房间里跑来跑去，仿佛怕人家会用强力剥光她的衣服。

“我给他洗画笔，洗调色板，洗抹布，我的衣服碰上他的画弄

① 《圣经·旧约》中一个美丽、贞洁而被诬为不贞的女人。

得很脏，为了养活他我出去教家馆，我给他做衣服，我忍受大麻籽油的气味，我常常整天整天地站着给他做模特儿，我什么事情都做了，可是……赤身露体，赤身露体——我办不到！！！”

“我跟你离婚，红头发的恶女人！”布特隆察叫道。

“那叫我上哪儿去？”卡罗丽娜惊叹道，“你先给我钱，我可以回到柏林去，当初你就是从那里把我带出来的，然后你再离婚！”

“好吧！我画完苏萨娜，就打发你到你的普鲁士去，打发到满是蟑螂、臭腊肠、旋毛虫的国家去！”布特隆察大声喊道，没有发现自己在用胳膊肘撞津扎加的胸脯，“要是你不能为艺术牺牲自己，你就不配做我的妻子！野……蛮……。魔鬼！”

卡罗丽娜痛哭起来，她抱住头在椅子上坐下。

“你干什么？！”布特隆察大吼一声，“你坐到我的调色板上了！！”

卡罗丽娜站起来。她身子底下果然是一块新调好颜料的调色板……啊，上帝！为什么我不是画家？如果我是画家，我一定会给葡萄牙一幅伟大的画！津扎加摆了一下手，溜出第一百四十八号房间，他庆幸自己不是画家，同时他又十分痛心，因为他是一个未能在画家那儿吃午饭的长篇小说家。

在第一百四十七号房间门口他遇上了一个面色惨白、神色慌张、全身颤抖的女人。她是第一百一十三号房间的房客，皇家剧院未来的演员彼得·彼得鲁千察·彼得鲁利奥的妻子。

“发生了什么事情？”津扎加问她。

“哎呀，津扎加先生！我们家闯了祸！我怎么办？我的彼得碰伤了！”

“怎么碰伤的？”

“他在练习跌倒的动作时，太阳穴撞上了箱子。”

“可怜的人啊！”

“他快死了！我可怎么办？”

“去找大夫，太太！”

“可是他不要大夫！他不信医学，再说……所有的大夫那儿他都欠着债。”

“这样的话，您就到药房里去买一瓶醋酸盐稀溶液，碰伤了用这种药水很灵。”

“这种药水多少钱一瓶？”

“便宜，很便宜，太太。”

“谢谢您。您一向是我的彼得的好朋友！我们家还剩下一点儿钱，是他在巴拉班达·阿里蒙达伯爵家演堂会戏挣来的……我不知道是不是够。您……您能不能借给我点儿钱去买酱酸盐？”

“是醋酸盐，太太。”

“我们很快就还给您。”

“我不行，太太。我买了三刀纸，把最后一点钱都花完了。”

“再见！”

“祝您健康！”津扎加说，还鞠了个躬。

皇家剧院未来演员的妻子还没有来得及离开，他就看到了自己面前站着第一百零一号房间的女房客，她的丈夫费尔吉南达·拉依是轻歌剧演员，是葡萄牙未来的奥芬巴赫①，也是大提琴和横笛演奏员。

“您有什么吩咐？”他问她说。

“津扎加先生，”歌剧演员兼乐师的夫人搓着手说，“劳您驾，去叫我那个胡闹的家伙安静下来！您是他的朋友……也许您能够制止他。这个厚颜无耻的人一大早就拼命喊叫，叫得我都没法活了！小孩子不能睡觉，我呢，他那男中音简直要把我炸得粉碎了！看在上帝面上，津扎加先生！为了他我见了邻居都害臊……您信吗？托他的福，邻居家的孩子们都没法睡觉。劳驾，请您跟我一起去！也许，您好歹能够叫他安静下来。”

“愿意为您效劳，太太！”

---

① 奥芬巴赫（1819—1880），法国作曲家，古典轻歌剧奠基人之一。

津扎加伸过一只胳膊让歌剧演员兼乐师的妻子挽着他的手，朝第一百零一号房间走去。在第一百零一号房间里，一张大床占去了一半地方，还有一只摇篮，它占去了四分之一地方，就在大床和摇篮之间立着一个乐谱架。乐谱架上放着几张发黄了的乐谱，葡萄牙未来的奥芬巴赫正在看着乐谱唱歌。一时间很难弄清楚他在唱些什么，唱得怎么样。只有凭他那张冒汗的红脸，凭他对自己的和别人的耳朵所产生的影响，才能猜测到，他唱得太糟，令人难受，像疯子一样。显然，他是在唱，同时又是在活受罪。他用右脚和拳头打拍子，而且把手和脚举得高高的，老是碰掉乐谱架上的乐谱。他伸长脖子，眯细眼睛，歪斜着嘴巴，用拳头捶打肚子……摇篮里躺着一个小人儿，他的喊声、尖叫声和哀泣声给他那冲动和兴奋起来的爸爸作伴奏。

“拉依先生，您该休息一会了吧？”走进来的津扎加问拉依。

拉依没听见。

“拉依先生，您该休息一会了吧？”津扎加又问一遍。

“把他抱走！”拉依唱了一句，他把下巴朝摇篮那边指了一下。

“您在练唱什么歌？”津扎加问道，竭力要盖过拉依的声音，“您在练……唱什么歌？”

拉依呛了一下，他停止发声，两只眼睛盯着津扎加。

“您有什么事？”他问。

“我？哦……我……就是说……您该休息一会了吧？”

“这关您什么事？”

“您累了，拉依先生！您在练唱什么歌？”

“颂歌，献给巴拉班达·阿里蒙达伯爵夫人的颂歌。不过，这关您什么事？”

“已经是夜里了……现在也该是睡觉的时候了……”

“我得一直唱到明天上午十点钟。睡觉不会给我们带来任何东西。谁喜欢睡觉，就让谁去睡，我呢，为了葡萄牙的福祉，也许还是为了全世界的福祉，我不应当睡觉。”

“可是，我的朋友，”他的妻子插嘴道，“我和我的孩子很想睡觉！你这么大声叫嚷，别说没有可能睡觉，就连在房间里坐着也不行呀！”

“要是你真想睡觉，你会睡得着的！”

说完这句话，拉依就用脚打拍子唱了起来。

津扎加堵住耳朵，像疯子一样逃出了第一百零一号房间。回到自己房间后，他看到一幅令人感动的画面。他的阿玛兰达坐在桌子旁，正在誊清他的长篇小说。大颗的泪珠从她的大眼睛里滴淌到草稿纸上。

“阿玛兰达！”他抓住妻子的手大声说，“难道我这部不足道的长篇小说里的可怜的主人公居然使你感动得流泪？真的，阿玛兰达？”

“不是的，我不是在为你的主人公哭……”

“那为什么呢？”大失所望的津扎加问。

“我的女朋友索菲雅·费尔德拉班捷罗·涅拉克鲁茨·罗兹加，也就是你的雕塑家朋友的妻子，她把丈夫已经塑好、准备献给巴拉班达·阿里蒙达伯爵的塑像打碎了……她受不了丈夫的哀伤……就吞下许多火柴头自尽了！”

“不幸的……塑像呀！哎，这些妻子呀，让鬼把你们通通抓走才好！连同你们那些什么东西都不钩的长后襟一起抓走！她服毒死了？见鬼，这倒是长篇小说的题材呢！！！不过这个题材的意义不大！……在这个世界上，我的朋友，什么人都不免一死……不是今天死就是明天，不是明天就是后天，你的女朋友也一样，她是该死了……你擦干眼泪，与其哭，你还不如听我讲……”

“讲新的长篇小说题材吗？”阿玛兰达小声问道。

“是的……”

“如果我明天早晨听你讲，我的朋友，不是更好吗？早晨脑子多少清醒些……”

“不，你今天听吧。明天我没工夫。俄国作家杰尔查文[①]到里斯本来了，明天早晨我必须去拜访他。跟他同来的还有你喜欢的……真遗憾……还有你喜欢的维克多·雨果。”

“是吗？”

“是的……那你就听我讲吧！”

津扎加在阿玛兰达对面坐下，头朝后一仰，就讲了起来：

“事情发生的地点是全世界……葡萄牙、西班牙、法国、俄国、巴西等。在里斯本的男主人公从报纸上获知在纽约的女主人公遭到了不幸。他赶去了。由俾斯麦的暗探收买的海盗把他捉住了。女主人公是法国间谍。在许多报纸上有暗示……英国人。奥地利的波兰派和印度的吉卜赛。阴谋。男主人公下狱。有人打算收买他。听明白了吗？接下去是……”

津扎加挥动着手，讲得动人、兴奋，两眼炯炯发光……他讲了很长时间……长得要命！

阿玛兰达睡着过两次，醒来过两次，街上的路灯熄了，太阳升起了，而他一个劲儿地仍在讲。时钟敲了六下，阿玛兰达想喝早茶，她感到胃里难受，可是他仍然在讲着。

“俾斯麦提出辞呈。男主人公不愿意继续隐姓埋名，就称自己是阿尔丰索·宗祖加，他在极大的痛苦中慢慢死去。安静的天使把他安静的灵魂送上蓝天……”

津扎加的讲述到此结束，而时钟已经敲了七下。

“好啦，你说怎么样？你是否认为：阿尔丰索和玛利亚约会的那个场面书报检查机关会不予放过？你说呢？”

“不，很动人的场面！”

“一般说来挺好是吗？你得说实话。你是女人，而我的大多数读者是女人，所以我必须知道你的意见。”

“该怎么对你说呢？我觉得，我在什么地方已经遇到过你这位

---

① 杰尔查文（1743—1816），俄国诗人，古典主义的代表人物。

男主人公，只是我不记得究竟在哪里……”

“不可能。”

“真的。我在一部长篇小说里遇到过你的男主人公，而且应当告诉你，那是一部内容空洞的长篇小说！当初读那部小说时我就奇怪，怎么会出版这类荒唐东西。在读完之后，我就断定作者至少该是蠢得像木头……荒唐的东西倒出版，你的作品却很少刊登。真奇怪！”

“你不记得那部长篇小说的名字吗？”

“书名我记不得，不过我记得男主人公的名字……这个名字却刻在我的记忆中了，因为其中一连有四个‘尔’字……一个荒唐的名字，卡尔尔尔尔罗！”

“莫不是在《海洋中的女梦游者》那本书里吗？”

“对，对，对，就是在那本书里。我们的文学作品你记得多么清楚！就是那本书里……你的男主人公很像卡尔尔尔尔罗，不过，你写的人物当然聪明一些。你怎么了，阿尔丰索？”

阿尔丰索跳起来。

“《海洋中的女梦游者》是我写的长篇小说！！！”他叫道。

阿玛兰达脸红了。

“这样说来，是我的长篇小说内容空洞？”他叫得十分响，以致连阿玛兰达的嗓子都痛起来了，“哼，你这个没头脑的鸭子！原来您，太太，就是这样看待我的作品？就是这样，母驴？您是无意中说出了真话？从今以后您休想再见到我！再见！哼……呸……白痴！我的长篇小说内容空洞？！巴拉班达·阿里蒙达伯爵出版的书！他清楚！”

津扎加轻蔑地瞥了妻子一眼，把帽子压低到眼睛上，砰的一声把门关上，离开了第一百四十七号房间。

阿玛兰达叹了口气，但她没有哭，也没有昏厥。她知道阿尔丰索·津扎加一定会回到第一百四十七号房间来，不管他气得多么厉害……永远离开第一百四十七号房间，——这就意味着他开始在葡萄牙蔚蓝色天空下、在里斯本人行道上生活、写作，还要找一个免费的女誊写员。这一点阿玛兰达是清楚的，所以丈夫走后她并不太担心。她仅仅叹了口气，就开始安慰自己。通常在同丈夫发生这种频繁的口角后，她总以读一张旧报纸来自慰。这张旧报纸保存在她本来装果汁糖果用的铁皮盒里，同那只装过香水的小空瓶放在一起。旧报纸上在种种广告、电讯、政治、时事以及其他人间事务之外还包含有一项绝妙的内容，这就是人们熟悉的所谓的“杂俎栏”。“杂俎栏”里有一篇故事，描写一个美国人怎样诈骗了另一个美国人，而一个著名歌唱家杜巴多拉·斯维斯特小姐吃光了一桶牡蛎，不沾湿皮靴就翻过了安第斯[①]，就在这个故事下面还登有一个小故事，它非常适合安慰阿玛兰达和别的艺术家们的妻子。现在我把这个小故事逐字逐句援引如下：

“请葡萄牙人和他们的女儿们注意。在精力极其充沛而且极其勇敢的克里斯多芬·哥伦布所发现的美洲的一个城市里，住着一位医师坦涅尔。这个坦涅尔与其说是科学家，不如说是一个有特殊风格的艺术家，因此，他不是以科学家，而是以风格特殊的艺术家闻名于全球和葡萄牙。他是美国人，同时又是一个人，既然他是一个人，那么他迟早总得恋爱，有一回他就做了这件事。他爱上了一个美丽的美国女人，就像个艺术家一样，他爱得失却了理智，甚至到了这样的程度，以致有一次开药方他该写*蒸馏水*[②]，但却写成了*硝酸银*[③]，他钟情了就求婚，终于结了婚。起初一段时间里他同美丽的美国女人生活得非常幸福，幸福得不顾蜜月[④]的本质，把它拖延到六个月之久[⑤]。毫无疑问，坦涅尔作为一个有学问的人，因而也是最容易

① 南美洲西部的山脉，不是江河湖泊，不可能沾湿皮靴。

② 原文为拉丁语。

③ 同上。

④ “蜜月比平常月短。蜜月只有二十天零五个钟头十五分又十六秒。”——葡萄牙文译者契洪特注。

⑤ “不可能！”——葡萄牙文译者契洪特注。

于和睦共处的人，如果他没有在妻子身上看出一种可怕的缺陷的话，他同她可以幸福地白头偕老地生活一辈子。坦涅尔太太的缺陷就在于她像一般人那样要进食。妻子这个缺陷使坦涅尔感到痛心。‘我要把她教育过来！’——他给自己提出了这个任务，而且开始对坦涅尔太太进行启蒙。起初他教她戒掉早餐和晚餐，随后教她戒除喝茶。结婚一年之后，坦涅尔太太做午饭已经只烧一道菜，而不是四道。而在婚约签订后两年，她已经能够满足于难以置信的食量了，以下就是她一昼夜间吃喝的各种营养品的数量：

盐	1 克冷[①]
蛋白质	5 克冷
脂　肪	2 克冷
水（蒸馏过的）	7 克冷
匈牙利葡萄酒	1/23 克冷
共　计	15 又 1/23 克冷

“我们没有把气体计算在内，因为科学还不能确切地规定我们所需消费的气体量。坦涅尔得意洋洋，然而为时不久。在他婚后生活的第四年一个想法开始折磨他，那就是坦涅尔太太蛋白质吃得太多了。他更起劲地着手训练她，如果不是他觉得他对妻子已经厌倦了的话，也许他已经能做到把五克冷缩减为一克冷或者零了。由于他是一个美学家，他不能不对妻子感到厌倦。坦涅尔太太没能直到耄耋之年仍是美国的美女，她无缘无故忽然想变成类似美国木柴的东西，因而丧失了她的姿色和智力，这样她就表明了，她虽然还适合作进一步训练，可是对于夫妇生活来说她已经完全不适合了。坦涅尔医师要求离婚。一些学者、专家来到了他家，从各方面观察坦

① 药用重量单位，1 克冷等于 0.062 2 克。

涅尔太太，劝她到矿泉地去疗养，做体操，给她开营养食谱，而且认为他们可敬的同行的要求完全合法。坦涅尔医师送给同行、专家们每人一美元，请他们吃了一顿丰盛的早餐……从此，坦涅尔住在一个地方，而他的妻子则住在另一个地方。可悲的故事！女人啊，你们常常是伟人们的不幸的祸因。女人啊，莫非你们就是伟人们往往缺乏后嗣的祸首？葡萄牙人啊，你们要忠心耿耿于你们女儿的教育！不要把你们的女儿培养成家庭的破坏者！！我们讲完了。由于明天是编辑的生日，本报停刊。葡萄牙人啊！你们之中有谁没有交足订报费，赶快去补交！”

“可怜的坦涅尔太太！”阿玛兰达看完这个小故事后轻声说，“可怜的女人！她多么不幸！啊，同她相比，我多么幸福！我多么幸福啊！”

阿玛兰达庆幸这个世界上还有人比她更为不幸，她小心地把报纸叠好，将它放进盒子里，然后脱掉衣服，躺下睡觉了，她心中感到高兴：她不是坦涅尔太太。

她一直睡到饥饿不堪、模样可怕的阿尔丰索·津扎加把她叫醒为止。

“我想吃东西！”津扎加说，“穿上衣服，我亲爱的，到你的*母亲*[①]那儿去要钱。*顺便说一句*：我向你请罪。我不对。刚才我从俄国作家捷尔查文（他是跟另外一个俄国作家莱蒙托夫一块儿来的）那儿了解到，有两部内容完全不同，而书名却完全一样的长篇小说：《海洋中的女梦游者》。你去吧，我的朋友！”

趁阿玛兰达穿衣服的时候，津扎加对她讲起打算描述一件事情，顺便他还附带提到，他写这件震动身心的事情将要求她作出某种牺牲。

“牺牲不大，我的朋友！”他说，“你得在我的口述下把我所描述的记下来，这至多占用你七八个小时，然后你得把它誊写清楚，

---

① 原文为西班牙语。

顺便，附带地把你关于我的全部作品的意见写在纸上……你是女人，而我的大多数读者是女人……”

津扎加撒了一点谎。并不是他的大多数读者是女人，而是他的全部读者不过是一个女人，因为阿玛兰达并不是“许多女人”，她仅仅是“一个女人”而已。

“你同意吗？”

“好。”阿玛兰达低声说，她脸色煞白，昏倒在一本翻乱了的、一直丢弃在一旁的、盖满灰尘的百科词典上。

“女人们可真是怪人！”津扎加叫道，“我是对的，我在《一千把火》中把女人叫做对人类来说永远是谜、永远使人惊奇的生物。芝麻绿豆般的喜事竟能使她倒在地上！哎，女人的秉性呀！”

幸福的津扎加在不幸的阿玛兰达面前跪下，亲吻她的额头……

诸位女读者，常常有这样的事情！

你们知道吗，姑娘们和寡妇们？你们别嫁给这些艺术家！乌克兰佬说得好：“求主保佑，叫那些艺术家们滚蛋吧！”姑娘和寡妇们啊，与其住在“毒天鹅”旅馆最好的房间里，同巴拉班达·阿里蒙达伯爵最好的门徒在一块儿生活，还不如住在一个什么卖烟草的铺子里，要不就在集市上卖鹅。

真的，这样更好些！

圣彼得节[①]

梦寐以求的日子——六月二十九日的早晨终于来临了。乌啦[②]！万岁！！猎人先生们！！……在这一天，债务、甲虫、昂贵的伙食、丈母娘，甚至年轻的妻子都可以不顾，在这一天可以对禁止射击的乡警先生做上二十次表示轻蔑的手势……

星星变得黯淡和模糊了……有些地方可以听见说话的声音……乡村的烟囱滚滚冒出刺鼻的灰蓝色的浓烟……一个睡眼惺忪的教堂工友来到灰白色的钟楼上，敲响了召唤人们来做弥撒的大钟……守夜人伸开四肢躺在树底下打鼾。小雀已经醒来，它们开始忙碌起来，从园子的这头飞到那头，发出令人难受和惹人厌烦的啾啾声……金莺在荆棘丛中唱起歌来……白头翁和戴胜鸟在仆人厨房上空嘁嘁喳喳地叫……一场免费的清晨音乐会开始了……

两辆三套马的马车驶近退役的近卫军骑兵少尉叶戈尔·叶戈雷奇·奥勃捷木彼兰斯基家的门廊，这门廊已经坍塌，两旁画一般地长着带刺的荨麻。房子里和院子里顿时乱成一团。叶戈尔·叶戈雷奇周围的一切生命体都东奔西跑起来，在楼梯上、在杂物房里、在马棚里都响起了碰撞的声音……有一头辕马已经从车上换了下来。马车夫们的无檐帽从头上掉下。那个巴结卡佳的仆人的鼻子底下出现了一块红肿的伤痕。厨娘们被人骂做“缺德的东西”。还可听见恶魔和他的小鬼的名字……前后只花了五分钟时间，两辆旅行马车上就装满了毯子、垫褥、食品包、枪套等东西。

“准备好了，老爷！”声音低沉的阿瓦库木说。

“行！准备好了！”叶戈尔·叶戈雷奇用悦耳的声调喊道。门廊上出现了许多人。头一个跳上马车的是年轻的医师。随后，阿尔汉格尔斯克城的小市民库兹玛·包尔瓦也登上了车，这个小老头穿着平底皮靴，戴着一顶棕红色的大礼帽，背着一支二十五俄斤重的双筒枪，脖子上有着好些黄绿色的斑斑。包尔瓦是个平民，然而地主先生们出于对他的高龄（他出生于上世纪末③）和一枪打中投到空中的二十戈比银币的本领的尊重，就不嫌恶他的平民身份，常常带着他一起去打猎。

“请，大人！”叶戈尔·叶戈雷奇对一个白发苍苍的小胖子说。这个人穿着一件纽扣光亮的白色军服，脖子上套着安娜十字勋章。“请您稍微移动一下，大夫！”

这个退役的将军嗽了嗽喉咙，一脚踩上踏板，由叶戈尔·叶戈雷奇托着上了车。他肚子顶了顶医师，就笨重地在包尔瓦身旁坐下。跟在将军后面跳上车的有将军的小狗“白费劲”和叶戈尔·叶戈雷奇的猎犬“音乐家”。

“嗯……那个，小伙子……万尼亚！”将军对他的外甥说。他是个中学生，背着一支长长的单筒枪。“你可以坐在这儿，坐在我旁边。上这儿来！对……就在这儿。别顽皮，我的朋友！马会受惊的！”

万尼亚对着辕马的鼻子又吐出一口烟雾，就跳上了旅行马车，把包尔瓦从将军身旁挤开，转了一转身子坐下了。叶戈尔·叶戈雷奇在胸前画了个十字，同医师并排坐下。万尼亚中学里的个儿高瘦的数理教员曼热先生在赶车人的座位上勉强坐下，坐在阿瓦库木的一旁。

第一辆旅行马车坐满了。第二辆旅行马车开始装人。

---

① 东正教节日之一，在旧俄历6月29日。

② 俄语中表欢呼。

③ 这篇小说写于1881年，因此下文说他90岁。

“准备好了！”叶戈尔·叶戈雷奇叫了一声，这时余下的八个人和三条狗在车子周围和附近经过长久的争执和奔跑终于全部坐上了车。

“好了！”客人们叫道。

“行了吧？那么，就是说，可以动身了吧，大人？主啊，求你赐福吧。赶车，阿瓦库木！”

头一辆马车摇晃了一下，离原地走了。满载着最热心的猎人的第二辆马车摇晃了一下，死命地嘎吱了一声，朝一旁拐个小弯，就出现在第一辆马车的前头，朝着大门口驶去。猎人们不约而同地微微一笑，高兴得拍起手来。大家都感到自己进了天堂，然而……恶毒的命运啊！……他们还没有来得及驶出院子，就出了乱子……

“停车！等一下！停车！！！”从两辆三套马的马车后边传来刺耳的男高音。

猎人们回头一看，顿时脸色煞白。原来世上最使人受不了的、全省闻名的惹是生非的人，也就是叶戈尔·叶戈雷奇的哥哥、退役的海军中校米海·叶戈雷奇在车后面追……他拼命地挥动着胳膊。两辆马车都停住了。

“你要干什么？”叶戈尔·叶戈雷奇问。

米海·叶戈雷奇跑到马车跟前，登上踏脚板，扬起手来要打叶戈尔·叶戈雷奇。猎人们吵闹起来了。

“这是怎么回事？”脸色变得通红的叶戈尔·叶戈雷奇问。

“就是那么回事，”米海·叶戈雷奇大声嚷道，“你是犹大，是畜生，是猪猡！……他是猪猡，大人！为什么你不叫醒我？为什么你不叫醒我，蠢驴，我问你，你这个坏蛋？对不起，诸位先生……我没什么……我只是要教训他一下！你为什么不叫醒我？你不愿意带我去？我会碍你的手脚？昨天傍晚故意把我灌醉，满以为我今天要到十二点钟才睡醒！好小子！对不起，大人……我只是想使劲揍他……一下……对不起！”

“您爬到这儿来干什么？”将军叫道，伸开双手，“难道您看不见，这儿没有空位子！您太……对不起……”

“你骂人也没用，米海！”叶戈尔·叶戈雷奇说，“我没叫醒你是因为你不必跟我们一块儿去……你不会开枪。你去干什么？去妨碍人家？你不是不会开枪吗？”

“我不会？我不会开枪？”米海·叶戈雷奇的喊声非常响，以至包尔瓦把耳朵都捂起来了，“不过，那么，大夫去干什么鬼事？他也不会开枪！他的枪法比我好吗？”

“他说得对，诸位先生！”医师说，“我不会开枪，枪我连拿都不会拿……枪声我受不了……我不知道你们为什么把我带去……何必呢？让他坐上我的位子吧！我不去了。这有空位子，米海·叶戈雷奇！”

“你听见没有？听见没有？你干吗要把他带去？”

医师站了起来，分明打算下车。叶戈尔·叶戈雷奇一把抓住医师的衣襟，拉他坐下。

“可是……别撕扯我的上衣！它值三十个卢布呢……让我走吧！总之，诸位先生，我请求你们今天别跟我谈话……我心绪不佳，我会惹祸的，尽管我自己并不愿意这么做。让我走，叶戈尔·叶戈雷奇！您来坐我的位置，米海·叶戈雷奇！我去睡觉了！”

“您非去不可，大夫！”叶戈尔·叶戈雷奇说，他抓住他的衣襟不放，“您下过一定去的保证！”

“这是被逼出来的保证。为什么我必须去，为什么？”

“为了您，”米海·叶戈雷奇尖声叫了起来，“不同他的老婆在一起！就是为了这个！他在吃醋呢，大夫！您别去吧，好朋友！气气他，不要去！他在吃醋，真的在吃醋！”

叶戈尔·叶戈雷奇满脸通红，捏紧了拳头。

“哎，你们呀！”坐在另一辆旅行马车上的人喊道，“米海·叶戈雷奇，够了，别胡扯了！到这儿来吧，这儿有个位子！”

米海·叶戈雷奇冷笑了一下。

“怎么样，鲨鱼？”他说，“谁赢了？你听见了吗？有个位子！我要去，气气你！我要去，我去捣乱！真的，我要捣乱！反正你不能把我怎么样！您呀，大夫，您别去。让他吃醋吃死了才好。”

叶戈尔·叶戈雷奇站了起来，摇摇拳头。他气得眼睛都充血了。

“坏蛋！”他对哥哥说，“你不是我的哥哥！怪不得已故的母亲要诅咒你！父亲也是因为你这种不道德行径才盛年去世的！”

“诸位先生……”将军出来调停说，“我认为……够了。兄弟嘛，亲兄弟嘛！……”

“他是亲驴，大人，不是什么兄弟！您别去，大夫！别去！”

“赶车吧！真糟糕！……哎……鬼知道是怎么回事！赶车吧！”将军叫道，用拳头捶阿瓦库木的背，“赶——赶车！”

阿瓦库木举鞭抽马，三套马的马车就朝前走了。坐在第二辆旅行马车上的作家卡尔达莫诺夫上尉把两条狗放在膝头上，让气冲冲的米海·叶戈雷奇坐到它们的位子上。

“算他走运，找到了一个空位子！”米海·叶戈雷奇在马车上坐下说，“不然，我可要他……卡尔达莫诺夫，您描写一下这个强盗吧！”

去年卡尔达莫诺夫给《田地》周刊寄去一篇文章，题目是《农民人口中的一产多胎趣闻》，后来他在邮箱里读到了对作者自尊心来说是不愉快的答复，他在乡邻们面前发牢骚，从此他就以作家闻名了。

根据事先制订的行动计划，决定先到离叶戈尔·叶戈雷奇的庄园七俄里的农民割草场上去打鹌鹑。猎人们来到割草场后下了马车，分成两组。一组由将军和叶戈尔·叶戈雷奇领头朝右边走，另一组由卡尔达莫诺夫带领向左边走。包尔瓦掉队了，他独自一人走。打猎时他喜欢安静和沉默。“音乐家”狂叫着往前跑，一分钟后它赶走了一只鹌鹑，万尼亚打了一枪，可是没有命中。

“太高了，见鬼！”他嘟哝说。

小狗“白费劲”是带来“习惯习惯”的。由于它生平第一次听见枪声，就吠叫起来，夹紧尾巴朝马车跑去。曼热开了一枪打百灵鸟，命中了。

“我喜欢这只小鸟！”他说着把那只百灵鸟拿给医师看。

“您走开……”医师说，“总之，我请求您别跟我谈话……我今天心绪不佳。请您离开我！”

“您是个怀疑主义者，大夫。”

“我吗？哦……怀疑主义者是什么意思？”

曼热沉思了一下。

“怀疑主义者就是无仁爱……仁爱……仁爱之心的人。”他说。

“胡说。您别用那些连您自己也不懂的字眼。请您离开我！我会惹祸的，尽管我自己并不愿意这么做……我心绪不佳……”

“音乐家”摆出了伺伏的姿势。将军和叶戈尔·叶戈雷奇面色变白，屏住了呼吸。

“我来开枪！”将军低声说，“我……我……请让我！下一次您……”

然而“音乐家”的伺伏没有成功。医师由于无事可做，向“音乐家”扔过去一块小石头，正好打在它两耳之间……“音乐家”尖叫了一声，往上一跳。将军和叶戈尔·叶戈雷奇朝四下里看了一眼。草丛里一阵沙沙声响，飞起一只肥大的草原鸨。第二组里的人指着草原鸨又嚷又叫。将军、曼热和万尼亚都举枪瞄准。万尼亚放了一枪，曼热的枪哑火……已经晚了！草原鸨飞过了山岗，落进了黑麦田。

“我认为，大夫……现在不是开玩笑的时候！”将军转身对医师说，“不是时候，先生！”

“啊？”

“现在不是开玩笑的时候！”

“我并不开玩笑啊。”

“真难为情，大夫！”叶戈尔·叶戈雷奇说。

“不带我来的话……我请求过你们带我来的？不过……我不想解释……我今天心绪不佳……”

曼热又打死一只百灵鸟。万尼亚惊起了一只小白嘴鸭，开了一枪，没打中。

“太高了，见鬼！”他嘟哝说。

空中连响两下枪声！包尔瓦在山岗后面用他那支沉重的双筒枪打死了两只鹌鹑，将它们放进了口袋。叶戈尔·叶戈雷奇惊起一只鹌鹑，开了一枪。受了伤的雌鹌鹑跌进草丛里。洋洋得意的叶戈尔·叶戈雷奇把它拣起给将军看。

“我打中了它的一个小翅膀，大人！它还活着呢，大人！”

“嗯，是啊……还活着……应该叫它快点死。”

说完这句话，将军就把雌鹌鹑拿到嘴边，用自己的犬牙咬断了它的喉咙。曼热打死了第三只百灵鸟。“音乐家”又作了一次伺伏。将军从头上脱去军帽，举起枪来瞄准……“皮尔！”[①]飞起一只大鹌鹑，但是……医师这个坏蛋正好立在射击范围之内，几乎就对着枪口。

“滚开！”将军喊了一声。

医师跳向一旁，将军放了一枪，可是，很自然，猎枪的霰弹晚了一步。

“卑鄙，年轻人！”将军喊道。

“什么事？”医师问。

“您捣乱！是鬼请您来捣乱的！由于您，我才没有射中！鬼才知道这是怎么回事，要不得！”

“您嚷什么？哼……我不怕！我不怕将军，大人，退役的将军尤其不怕。请您尽量安静些！”

“真是个怪人！走来走去，老妨碍人家，——这样就是天使也会失去耐性。”

---

① 对猎犬下的捕捉猎物的命令，意思是“去抓！”

“请您别嚷嚷，将军！您去对曼热嚷吧！顺便说一句，他倒是怕将军的。高明的猎人是谁也妨碍不了的。您倒不如说您不会打枪！”

“够了，先生！说您一句，您还十句……万尼契卡[①]，把弹药盒拿到这儿来！”将军转向万尼亚说。

“为什么你把这个行伍出身的大老粗请来打猎？”医师问叶戈尔·叶戈雷奇说。

“不能不请啊，老兄！”叶戈尔·叶戈雷奇回答说，“不能不带他来。要知道，我欠着他那个……八千……嘻嘻嘻，老兄！要是没有这些该死的债务……”

叶戈尔·叶戈雷奇没有把话说完，摇了一下手。

“你当真吃醋吗？”

叶戈尔·叶戈雷奇转过身去，向一只在高处飞翔的鹞鹰瞄准。

“你把它弄丢了，乳臭未干的娃娃！”这时响起了将军雷鸣般的声音，“你把它弄丢了！它值一百卢布呢，小猪崽！”

叶戈尔·叶戈雷奇向将军打听出了什么事。原来万尼亚弄丢了将军的弹药盒。于是大家开始寻找弹药盒，把打猎的事情中断了。寻找了一个钟头又一刻钟，总算找到了。找到弹药盒以后猎人们就坐下休息。

第二组的人打鹌鹑也不很顺利。在这一伙人当中，米海·叶戈雷奇的角色相当于第一组里的医师，甚至更糟一些。他打落人家手里的枪支，骂人，打狗，撒掉火药，一句话，尽干些鬼才知道的事……卡尔达莫诺夫打鹌鹑不成功，就带着他的狗去追一只小鹞鹰。射伤了鹞鹰，可是没找到。海军中校用石头砸死了一只金花鼠。

“诸位先生，我们来解剖这只金花鼠吧！”首席贵族的记录员涅克利契赫沃斯托夫提出了一个建议。

---

① 万尼亚的昵称。

猎人们就在草地上坐下，取出小折刀来，动手解剖。

“在这只金花鼠身上我什么也没有发现，”涅克利契赫沃斯托夫说，这时金花鼠已经被切成许多小碎块，“连心脏都没有。肠子倒是有的。听我说，诸位先生！我们一起到沼泽地去吧！在这儿我们有什么可打的呢？鹌鹑算不上是野禽。山鹬和田鹬却是另一码事……啊？我们去吧！”

猎人们站起身来，懒洋洋地走向马车那边。他们在走近马车的时候，一齐对着一群鸽子开枪，打死了一只。

“大人……叶戈尔·叶戈雷奇！大……叶戈……”第二组猎人瞧见了正在休息的另一伙人后喊道，“喂，喂！”

将军和叶戈尔·叶戈雷奇回头一看。第二组的人在摇着帽子。

“干什么？”叶戈尔·叶戈雷奇喊道。

“有事啊！我们打死了一只野雁！快到这儿来！”

关于野雁的事第一组猎人并不相信，但他们还是向旅行马车走去。猎人们登上了马车，他们决定不再纠缠鹌鹑，而是按照原定的路线赶车再走上五俄里，到沼泽地上去。

“在打猎的时候，我性子非常急躁。”将军对医师说。这时马车离开割草场已经有两俄里光景了，“非常急躁！就是亲爹我也不留情。您那个……请原谅我这个老头子吧！”

“嗯……”

“你成了个老好人啦，骗子手！”叶戈尔·叶戈雷奇同医师咬耳朵说，“难怪现在风行把女儿嫁给大夫！大人可真狡猾！嘻嘻嘻……”

“车上宽舒些了！”万尼亚发现后说。

“是的。”

“这是为什么？挺宽舒……”

“诸位先生，包尔瓦呢？”曼热觉察到了。

猎人们你看我，我看你，都不说话。

“包尔瓦呢？”曼热又重新问了一句。

“该是在那辆车上。先生们，”叶戈尔·叶戈雷奇喊道，“包尔瓦在你们那儿吗？”

“不在，不在！”卡尔达莫诺夫叫道。

猎人们都踌躇起来。

“哎，去他的吧！”将军决定道，“不见得转回去找他吧！”

“还是回去，大人。他身体太弱。没有水喝他就会死掉。他会走不到家的。”

“只要他有心回家，他准能够走到。”

“这小老头准会死掉。须知他已经九十岁了！”

“算不了什么。”

我们的猎人驱车来到了沼泽地附近，他们都顿时拉长了脸……这里已经挤满了猎人，不值得下车了。猎人们考虑一下之后，决定再驱车走上五俄里，到公家的森林里去打猎。

“你们在那儿打什么呢？”医师问。

“打鸫鸟、雌鹰……啊，还有黑山鸡！”

“原来是这样。那我那些不幸的病人该怎么办呢？您为什么要把我带来，叶戈尔·叶戈雷奇？唉！”

医师叹了口气，搔搔后脑壳。猎人们驶近头一片小树林后，就下车商量起来：哪些人往右边走，哪些人往左边走？

“你们怎么样，诸位先生？”涅克利契赫沃斯托夫提议道，“由于有一条规律，它在某种程度上可以说是自然的规律，野禽反正在我们手中……嗯……野禽反正在我们手中，诸位先生！我们先垫垫饥吧！喝上点儿葡萄酒、白酒，吃点儿鱼子酱……鲟鱼肉什么的……喏，就在这儿吃，在这块草地上！您有什么意见，大夫？在这种事情上您更清楚一些：您是大夫。是该垫垫饥了吧？”

大家接受了涅克利契赫沃斯托夫的建议。阿瓦库木和菲尔斯将两块毯子铺开，把一些装着纸包和酒瓶的袋子放在毯子四周。叶戈尔·叶戈雷奇切了一些腊肠、干酪、鲟鱼肉，涅克利契赫沃斯托夫开了几瓶酒，曼热切了不少面包……猎人们舔了舔嘴唇，撑臂半卧下来。

“好，大人！喝一小杯吧……”

猎人们开始喝酒吃菜。医师立刻给自己又倒满一杯酒，一口干了。万尼亚学他的样也干了一杯。

“须知这种地方该会有狼，”卡尔达莫诺夫斜视着树木，深思熟虑地指出。

猎人们都想了一下，议论了一阵，约莫过了十分钟光景一致断定，可以认为，在这种地方没有狼。

“怎么样？再来一杯？灌下去吧！叶戈尔·叶戈雷奇，您看什么呀？”

大家又都干了一杯。

“年轻人！”叶戈尔·叶戈雷奇对万尼亚说，“您在想什么？”

万尼亚摇摇头。

“我在场的时候你可以喝，”将军说，“我不在时你别喝，但我在时……你略微喝一点儿吧！”

万尼亚倒满一杯酒，一饮而尽。

“怎么样？都来上第三杯吧？大人……”

大家又都喝下了第三杯。医师已经喝了六杯。

“年轻人！”

万尼亚摇摇头。

“您喝吧，安菲捷阿特罗夫！”曼热用庇护的口气说。

“我在场的时候你可以喝，但我不在的时候别喝……你略微喝一点吧！”

万尼亚干了杯。

“为什么今天的天空这么蓝？”卡尔达莫诺夫问。

猎人们都想了一下，讨论了一阵，一刻钟之后一致断定：不清楚，为什么今天的天空这么蓝。

“兔子……兔子……兔子！！！捉住它！！！”

小丘后面出现一只兔子。两条看家狗在它后面追赶。猎人们跳起身来，抓住了枪支。兔子在一旁飞奔过去了，飞速跑进树林里，招引着背后那两条看家狗、“音乐家”和其它一些狗。“白费劲”想了一下，疑心重重地看了一眼将军，也飞跑上去追兔子。

“一只大兔子！……如果能捉住它就好了……我们怎么……错过了呢？”

“是啊。怎么这个酒瓶里还有那个……是您没喝完吧，大人？哎哎哎……您原来是这样？好啊，先生。”

大家又喝下了第四杯。医师却已经喝完了九杯，气鼓鼓地嗽了嗽喉咙就走向树林。他选择了一块最大的有树阴的地方，在草地上躺下，用上衣垫好头，立刻就打起鼾来。万尼亚感到困乏。他又喝完一杯白酒，接着就喝起啤酒来，这样他的心就开始活跃起来。他跪在地上，朗诵了奥维德[1]的二十行诗。

将军说，拉丁语很像法语……叶戈尔·叶戈雷奇同意他的说法，并且作了补充说：学习法语必须了解同它相似的拉丁语。曼热不同意叶戈尔·叶戈雷奇的见解，他指出，有数理教员在场而且又摆着这么多酒瓶的地方不容谈论语言。他还补充说他那支枪以前值很多钱，而现在找不到好枪了，还说……

“喝第八杯吧，诸位先生？”

“不会太多吗？”

“得了吧！您说什么呀！八杯，这就算多了？可见你从来就没喝过酒！”

大家一起喝下了第八杯。

“年轻人！”

万尼亚摇摇头。

“得了吧！来，要像个军人样！您的枪法非常好……”

“您喝完吧，安菲捷阿特罗夫！”曼热说。

---

① 奥维德（前43—17），古罗马诗人，著有《变形记》等。

“当我在场的时候你喝，但我不在时别喝……你就略微喝一点吧！”

万尼亚把啤酒放在一旁，又喝下了一杯白酒。

“再来第九杯，诸位先生，啊？怎么样？我不能容忍‘八’这个数目。我父亲……费奥多尔……不，伊万……是在八号那天死的。叶戈尔·叶戈雷奇！请您斟酒！”

大家喝干了第九杯。

“天可真热。”

“是的，热，但这不会妨碍我们干第十杯！”

“可是……”

“管它天热不热！诸位先生，我们能向自然界的力量证明，我们不怕它们！年轻人！请您做个榜样……您羞一羞您舅舅吧！什么天冷天热，我们不怕……”

万尼亚又喝下一杯。猎人们高喊“乌啦！”都照他的样子干了一杯。

“这样可能会中暑。”将军说。

“不会。”

“不会……在我们这里的气候条件下？哼……”

“但有过这种事……我的教父就是中暑死的……”

“您认为怎样，大夫？在我们这里的气候条件下会发生中……暑吗，大夫？”

没人回答。

“以前您没有治过这种病吗，啊？我们说的是中暑……大夫！大夫在哪儿？”

“大夫呢？到哪儿去了？大夫。”

猎人们朝自己周围看了一下，医师不在。

“大夫在哪儿呢？消失了？就像蜡遇上了火一样！哈哈哈……”

“他上叶戈尔的老婆那儿去了！”米海·叶戈雷奇说了一句不恰当的话。

叶戈尔·叶戈雷奇脸色发白，酒瓶也拿不住了。

“到他老婆那儿去了！”米海·叶戈雷奇吃着鲟鱼继续说。

“您为什么胡说八道？”曼热问，“您看见了？”

“看见了。刚才有个农民赶着一辆二轮载物马车路过此地……他就坐上去走了。一点也不假。咱们来喝第十一杯吧，诸位先生？”

叶戈尔·叶戈雷奇站了起来，摇了摇拳头。

“我问他：您去哪儿？”米海·叶戈雷奇继续说，“他就说：去风流风流，去磨磨两只角。他又说：角我早已给他插上了[①]，现在去磨磨光。再见吧，他说，亲爱的米海·叶戈雷奇！他还说：请您代我向连襟叶戈尔·叶戈雷奇问好！他还这么眯了眯眼睛。请别客气[②]！……嘻嘻。”

“把马套上！！！”叶戈尔·叶戈雷奇叫喊着，摇摇晃晃地跑向马车。

“赶快走，要不就耽误了！”米海·叶戈雷奇大声说。

叶戈尔·叶戈雷奇把阿瓦库木拖上赶车人的座位，自己跳上马车，扬扬拳头威吓了一下猎人们就坐车回家去了……

“这一切都算什么呀，诸位先生？”将军问道，这时叶戈尔·叶戈雷奇的白色制帽已经从视野中消失，“他走了……可是我坐什么车子回去呢？真见鬼！他坐着我的旅行马车走了！不，不是我的，而是我该坐着回去的那部马车……这真奇怪……嗯……他太无礼了……”

万尼亚感到头晕目眩。同啤酒混在一起喝下的白酒起了催呕剂的作用……必须把万尼亚送回家去。喝完了第十五杯以后，猎人们才决定把另一辆马车让给将军，只不过有一个附加条件：将军一到

---

① “给……插上两只角”的意思是“给……戴上绿帽子”，“勾引……的妻子”。

② 俄罗斯人在进食时说的一句客套话。

家就得立刻派精力充沛的马来接余下的一伙人。

将军开始告辞。

"请转达他，诸位先生，"他说，"就说……就说只有像猪一样的肮脏家伙才干得出这事。"

"您，大人，可以对拒付期票作出抗议！"米海·叶戈雷奇出主意说。

"啊？期票？嗯，是啊……是该对他……做人该知趣……我等啊，等啊，终于等厌了……请告诉他，拒付……再见，诸位先生！请到我家里来玩！他呀，他是头猪，先生们！"

猎人们向将军告别，把他同生病的万尼亚并排安置在马车上。

"走吧！"

万尼亚和将军走了。

干了第十八杯后猎人们到树林里去，他们对着目标打了几枪，就躺下睡觉。傍晚将军的马车前来接他们回家。菲尔斯递给米海·叶戈雷奇一封请他转给"哥哥"的信。信中有一项要求，而且说，如果不执行这项要求，就有法院法官登门的危险。猎人们喝完了第三杯酒（他们睡醒后又重新计算），将军家的马车夫们就安置他们上车，把他们送到各自家里。

叶戈尔·叶戈雷奇一回到家，就受到了"音乐家"和"白费劲"的欢迎。原来，对这两条狗来说追兔子只不过是溜回家的借口。叶戈尔·叶戈雷奇严厉地瞧了妻子一眼，就动手搜查起来。找遍了所有的储藏室、立柜、木箱和五屉橱，叶戈尔·叶戈雷奇却没有找到医师。他找到了另一个人：在妻子的床底下他找到了教堂唱诗班的福尔通纳托夫……

医师醒来时天色已经黑了……他在树林里稍作徘徊，想起了他是来打猎的，就大声谩骂并开始呼叫猎人。很自然，他的呼叫没有得到回音，于是他决定步行回家。路挺好走，没有危险，月光明亮。他大约花了四个钟头，一口气走完了二十四俄里路，凌晨他已经在地方医院里了。他同医士、助产士和病人们吵够后，就动笔写了一封长信给叶戈尔·叶戈雷奇。在这封信里他“要求对不成体统的行径作出解释”，痛骂了一切好嫉妒的丈夫，还发了誓：今后他永不再去打猎，即使在六月二十九日也一样。

几种气质的人

据科学上的最新结论

多血质者 一切印象都能容易和快速地对他产生作用。据胡费兰德[1]说，由此就产生轻率……他在青年时代是个小孩和骗子手[2]。他对教师粗暴无礼，他不理发，留胡须，戴眼镜，乱涂墙壁。他学习成绩糟糕，但总能升级。他不敬重父母。他有钱时穿戴漂亮，贫困时生活得像猪一样。他中午十二点钟起床，上床的时间却常常变动。他写东西错误百出。大自然只是为了爱情才生育他，他专门谈情和说爱。他不反对酗酒，晚间他喝得烂醉，可是早晨起身时却若无其事，只是脑袋微微感到沉重，并不需要"以酒解醉"[3]。他结婚出于无意。他经常同岳母吵架。他同亲戚不和睦相处。他说谎不顾一切。他非常爱听种种丑闻和参加业余演出。他是乐队的首席小提琴手。由于轻率，他没有原则。他要么根本不读书，要么一下子读许多书。他喜欢读报，也愿意给报纸写写东西。幽默杂志上的邮箱是专门为多血质者想出来的。他身上固定不变的东西就是他变幻无常。在机关里，他做特任文官或类似的官。在中学里他教语文课。做官，他很少升到四品文官，如果升到了，他就会变成黏液质者，有时会变成胆汁质者。举凡浪子、坏蛋、草包全都是多血质者。和多血质者同睡一个房间是不合适的，因为他会通宵讲笑话；如果没有笑话可讲，他就责骂亲友或者胡说八道。多血质者往往死于消化器官疾病和未老先衰。

女多血质者，如果她并不愚蠢，倒往往是挺不错的女人。

胆汁质者 这种人易怒，脸色灰黄。鼻子偏歪，眼珠像关在笼子里的饿狼似的在眼眶里转动。他易受刺激。只因为跳蚤叮了他一口或者别针扎了他一下，他就会下决心要把整个世界撕碎。他讲话时唾星四溅，露出肉桂色的或洁白的牙齿。他深信，冬天“鬼知道有多冷”，而夏天“鬼知道有多热”……他每星期更换厨娘。吃饭时他总是心绪恶劣，因为菜常是过焦太咸……这种人大多数是独身者，如果是结了婚的，那他会把妻子锁在屋里。他醋劲重得出奇。他不懂得玩笑。他不能忍受一切。他看报只是为了骂办报的人。他在娘肚里就深信，所有的报纸全说谎……这种人不可能做丈夫和朋友，做下级几乎不可想象，做上司会令人难受和不快。很不幸的是，他往往当教员，教算术和希腊语。我建议，别同这种人睡在一个房间里：他整夜咳嗽，咯痰，大骂跳蚤。夜里一听见猫叫或鸡鸣，他就咳嗽，并扯开破锣般的嗓门叫仆人爬上屋顶去把“歌手”抓住，而且无论如何要把它掐死。这种人往往死于肺痨或肝病。

女胆汁质者是穿着裙子的魔鬼，是鳄鱼。

黏液质者 这是可爱的人（不消说，我指的不是英国的黏液质者，而是俄国的）。他的外貌平常，粗糙。他总是一本正经，因为他懒得开玩笑。无论什么东西他都吃，而且不拘吃东西的时间。他不喝酒，因为怕中风。他一昼夜睡二十小时。他是一切种类的委员会、会议和临时会议的常务委员，在会上他什么也不懂，只是毫不害臊地打瞌睡和耐心地等待散会。他三十岁结婚，全靠叔叔阿姨们的帮助。同这种人结婚最方便：他对什么条件都同意，不发牢骚，不求全责备。他尊称妻子“宝贝儿”。他喜欢吃辣子乳猪、鸣禽、各种有酸味的东西和鱼肉冻。“琐事中的琐事和各式各样的琐事”④（小事中的小事和各式各样的小事）这句话正是黏液质者想出来的。推选他当陪审员时他会感到痛苦。见到胖女人时他会嗽喉咙，动手指和

① 胡费兰德（1762—1836），德国医师，彼得堡科学院国外名誉院士。

② 原文为德语。

③ 原文为拉丁语。

④ 同上。

强颜欢笑。他订阅周刊《田地》，但他为杂志上的图片不着色和杂志上不登载滑稽笑料而生气。他认为，写作者是最聪明同时又是最有害的人。他为他的孩子在中学里没挨打而抱憾，因此他有时不反对打孩子。在机关里他很走运。在乐队里他拉低音提琴，吹巴松管，吹长号。在戏院里，他做售票员，做服务员，做提词员，有时为了**一块面包**[①]也当演员。这种人常常死于瘫痪或者脑水肿。

女黏液质者往往是爱流泪、眼睛鼓突、胖墩墩、软绵绵的日耳曼女人。她像一只装满面粉的口袋。她来到人世就是为了日后做丈母娘。她的理想就是做丈母娘。

忧郁质者　这种人长着一对灰蓝色的乐于落泪的眼睛。额头上和鼻子旁有细细的皱纹。嘴微歪，牙发黑。他容易忧郁。他经常抱怨腹痛、腰酸和消化不良。他喜欢照着镜子观察他那条软绵绵的舌头。他认为他肺弱和易受刺激，因此他每天不喝茶而服煎药，不喝酒而饮琼浆。他悲痛地可怜巴巴地告知亲友说，桂樱叶滴剂和缬草药酒[②]对他已经无济于事……他认为，泻药不妨每周服用一次。他早已断定，医生们不理解他。他的大恩人是一些江湖庸医、巫医、醉醺醺的医士，有时接生婆也是他的大恩人。他在九月份就穿上皮大衣，到五月里才脱下。他怀疑每条狗都有狂犬病。他的朋友告诉他说，猫能使熟睡中的人断气，从此他就把猫看作是人的不共戴天的仇敌。至于遗嘱，他早已准备就绪。他既起誓又赌咒，说他滴酒不进。他偶尔喝上一点儿温啤酒。他娶孤女为妻。如果他有丈母娘，他就尊称她是最美丽最贤明的女人；他总是默默地低歪着头倾听丈母娘的教诲。亲吻丈母娘那双肥软的散发着腌黄瓜的盐水味的汗手，他认为这是他最神圣的职责。他勤勉地同叔叔、阿姨、教母和童年时代的朋友们通信。他不读报。他一度看过《莫斯科新闻》，但由于他在读这份报纸时感到上腹不适、心动加速和眼花缭乱，他就

① 意思是：为了谋生。
② 两种镇静剂的名称。

不再读它。他私下读德贝和若桑写的书[①]。在韦特良流行瘟疫期间，他吃过五次素。他害泪漏病，常常做噩梦。在机关里他不很走运，至多做个副股长。他喜欢民歌《可爱的松明》。在乐队里，他吹横笛，拉大提琴。他一天到晚长吁短叹，因此我不建议同他在一个房间里睡觉。他常常预感到要发生洪水、地震、战争和道德颓丧的事件。他也预感到自己会因一种可怕的疾病而死去。这种人往往死于心脏病和江湖庸医的治疗，也常常死于忧郁症。

女忧郁质者是最令人难受的最不安宁的人。作为妻子，她常使丈夫迟钝、绝望和自杀。她只有一点好处，那就是不难于摆脱她：给一些钱打发她去朝圣就行。

胆汁质—忧郁质者　这种人在青年时代是多血质者。一只黑猫横穿过街，鬼敲打了一下后脑勺，于是他就变成了一个胆汁质—忧郁质者。我讲的是在《目睹者》杂志编辑部工作的一位大名鼎鼎、千古不朽的邻居。斯拉夫派中的百分之九十九是胆汁质—忧郁质者。怀才不遇的诗人，未得到公认的祖国的奠基人[②]，自诩的朱必特[③]和未受承认的德摩斯梯尼[④]……等等，戴绿帽子的丈夫，一切大吹大擂、但又不学无术的人都是胆汁质—忧郁质者。

---

① 这是一些关于生理学和婚姻卫生的书。

② 原文为拉丁语。

③ 据古代神话，朱必特是天神，相当于宙斯。常将朱必特比喻为自高自大、目空一切的人。

④ 德摩斯梯尼（约前384—前322），雅典的雄辩家，反马其顿的民主派集团的领袖。

在车厢里

×次邮车从“欢乐的轰隆隆”车站开出，以全速驰向“谁有办法谁自救”车站。火车头时而呜呜呜地叫，时而吱啦吱啦地响，时而呼哧呼哧地喷气，时而哼哧哼哧地喘息……车厢颤动着，未加足油的车轮像狼那样地在吼叫，像猫头鹰那样地在聒噪！天空中、大地上和车厢里一片黑……“要出事啦，要出事啦！”使用多年的旧车厢在颤动中敲打出这种声音……“呜呼，呜呼！”火车头接应着它唱道……穿堂风和扒手们一同在车厢里游荡。可怕呀！……我把头伸出窗外，无目的地眺望无边无际的远方。一切信号灯全是绿色的：可以认为，糟糕的事情不会很快发生。铁路线上的圆板信号和车站上的灯火一概看不见……黑暗、苦恼、死亡的念头、童年的回忆……我的上帝啊！

“我造孽，我造孽！”我低声说，“啊，我罪孽深重！……”

有人在摸我的后裤袋。口袋里什么也没有，不过，这毕竟是吓人的……我转过头去，一个陌生人站在我面前。他头戴草帽，身穿一件深灰色的短衫。

“您要干什么？”我摸着我的口袋问他。

“不干什么！我朝窗外看看，先生！”他把手缩回说，身子倚到我背上。

响起了嘶哑刺耳的汽笛声……火车越走越慢，它终于停了下来。我走出车厢，到车站餐厅去喝点酒壮壮胆。餐厅卖酒处挤满了乘客和列车工作人员。

“哼……白酒，可是一点不辣！”气度庄严的列车长对一个胖胖的先生说。胖先生想说些什么，可是说不出声：一块存了年把光景的夹肉面包卡在他的喉咙口。

“宪兵！！！宪兵啊！！”有人在月台上喊叫。这声音就像古代洪水泛滥前空腹的剑齿象、鱼龙和蛇颈龙发出的吼声……我走去看看：出了什么事？……在一节头等车厢旁站着一个有帽徽的先生，他向乘客们指了指自己的脚。原来是在这个倒霉的人睡觉的时候，有人偷走了他的皮靴和袜子。

“现在我穿着什么去？”他嚷道，“我该上雷——雷瓦尔①去！您得管一管！”

他面前站着一个宪兵，正在劝说他“此地不许喊叫”。我朝我所坐的第二百二十四号车厢走去。我的车厢里一切都是老样子：一片漆黑，鼾声，烟味，酒气，另外还有一股俄国香水味。我身旁的那个长着一头棕发的检察员正在打鼾，他从梁赞乘车去基辅……离检察员两三步开外一个美人在打盹……一个戴草帽的农民在呼哧呼哧地喘息、吐气，他辗转反身，不知该把两条长腿往哪里放……车厢角落里有人在吃东西，吧嗒吧嗒的响声人人都听得到。在好多座位下面有人在酣睡。车门嘎吱一响，进来了两个背着包的满脸皱纹的老太婆……

“坐在这儿吧，大娘！”她们中的一个说，“多黑啊！这可要让鬼迷上了……喔唷，我好像踩了谁了……巴霍木在哪儿？”

“巴霍木？哎呀，我的爹啊！他在哪儿？哎呀，我的爹啊！”

老太婆慌慌忙忙打开车窗，细细观看站台。

“巴霍木！”颤抖的声音十分刺耳，“你在哪儿？我们在这儿呐！”

“可倒霉啦！”窗外有个声音在叫喊，“不让我上火车！”

“不让上车？这是哪个不让上？别理睬他！要是你有正式的车票，谁也不能不让你上车！”

---

① 塔林的旧称。

“车票已经不卖了！售票处关门了！”

有人牵着一匹马在站台上走动，听得见马蹄声和马在打响鼻儿。

“马向后退！”一个宪兵喊道，“你往哪儿钻？为什么捣乱？”

“彼得罗芙娜！”巴霍木哀叫道。

彼得罗芙娜匆匆解下身上的包袱，双手捧起一把大白铁壶跑向车外。第二遍铃响了。走进来一个身材矮小、留着黑色唇髭的列车员。

“您该买票！”他对坐在我对面的老人说，“查票员在车上呢！”

“是吗？嗯……这不妙……他是什么人？……是公爵吗？”

“得了吧……公爵，你就是用棍子赶也赶不上来！……”

“那他是谁呢？是那个大胡子？”

“对，是大胡子……”

“哦，如果是他，那就不要紧，他是个好人。”

“随您的便。”

“车上兔子①很多吗？”

“有四十个左右。”

“哦？了——不起！嘿，这些生意人！”

我的心抽紧了。我也是兔子。我乘车总是做兔子。在铁路上，所谓的兔子是指这样的旅客先生们，他们麻烦列车员兑钞票，而不去麻烦售票员。读者诸君，乘车做兔子挺不错！兔子买票的票价可以打七五折（这是任何地方都没有公布过的运价），兔子不必挤在售票处买票，兔子无须不断地从衣袋里取出车票听候查验，对待兔子列车员们更客气一些……一句话，您要有什么好处就有什么好处！

“要我付钱买票？”老人嘟哝说，“没那回事！我总把钱付给列

---

① 俄语中“兔子”一词有“无票偷乘车、船者”的意思。

车员。列车员钞票少嘛，比波里亚科夫[1]少嘛！”

第三遍铃声响了。

“哎哟，我的妈呀！”老太婆忙乱起来，“彼得罗芙娜她人呢？已经打第三遍铃了！真是活受罪啊！……她掉车了！掉车了，可怜的人……她的东西还在这儿呢……这些东西，这个小包，怎么办呢？我的亲人们呀，她当真掉车了！”

老太婆想了一下。

“就让她带了东西留在这儿吧！”说着她把彼得罗芙娜的小包丢出窗外。

我们的火车驶向哈尔杰耶沃站，按旅行指南上的说法，那地方叫做弗鲁木——“公墓”。查票员和手举蜡烛的列车长走进车厢。

“出示——示……车票！”列车长大声吆喝。

“你们的票呢？”查票员对着我和老人说。

我们畏缩了，手藏了起来，眼睛盯着列车长那张带着鼓励神情的脸。

“您查吧！”查票员对他的同伴说了一句就走开了。我和老人得救了。

“您的票！你！您的票！”列车长推了推一个熟睡中的小伙子。小伙子醒了，他从帽子里取出一张黄色的票子。

“你上哪儿去？”查票员说，在手指间转动这张票子，“你上错车了！”

“你，笨蛋，你乘错了！”列车长说，“你上错车了，家伙！你要去席沃杰罗沃，可我们的车要到哈尔杰耶沃去！把票拿去！别傻呵呵的！”

小伙子使劲眨眼，呆板地瞧着微笑的乘客们，开始用衣袖擦眼睛。

“你别哭！”乘客们劝说道，“还是去求求他们为好！这么棒的

---

① 波里亚科夫是当时俄国承租和经营铁路的一个富商。

蠢材，还哭呢！你大概已娶过媳妇，孩子也有了吧。”

“您的票！”列车长对一个戴高帽子的割草人说。

“啥？”

“您的票！转过身来！”

“票？难道要票吗？”

“票！！！”

“明白了……你们既然要，我为什么不给呢？一定给！”戴高帽子的割草人把手伸进怀里，以一小时前进两个半俄寸的速度从怀里掏出一张脏纸，把它递给了查票员。

“你给我看什么？这是身份证。拿出票来！”

“别的票我没有！”显然惊惶不安的割草人说。

“你没有车票怎么坐车？”

“我付过钱了。”

“付给谁了？你胡说！”

“给烈车员[①]了。”

“哪一个？”

“我怎么晓得哪一个！烈车员，就那么回事……他说，别买票了，我们就这么把你带去……瞧，这样我就没有买票……”

“我们到了车站再找你谈！太太，您的票！”

车门嘎吱一响打开了。使我们吃一惊的是彼得罗芙娜走进了车厢。

“好不容易呀，大娘，我总算找到了自己的车厢。谁分得清这些车厢，都一个样……他们这些毒蛇，到底也不让巴霍木上车。我的小包儿呢？”

“哦……我让鬼迷了心窍……我给你把它扔到窗子外面去了！我还以为你掉车了！”

“扔到哪儿去了？”

---

① 应该是“列车员”，这个割草人没有文化。

“扔到窗外……谁知道你又上车了呢？”

“多谢……谁请你扔了？你啊，你这个巫婆，求天主宽恕！现在怎么办？自己的东西你没有扔，下贱东西……把你这副丑嘴脸扔出去才好！哼哼哼……叫你瞎了眼才好！”

“到下一站打个电报去！”好心的乘客们劝说道。

彼得罗芙娜号啕大哭起来，她渎犯神灵地谩骂。她的女伴也哭了，双手紧紧抓住自己的包袱。列车员走进来了。

“这是谁的东……西？”他手中拿着彼得罗芙娜的小包大声叫喊。

“好一个美人儿！”我对面的老人朝俊俏的女人那边点了一下头小声地对我说，“嗯……美人儿……见鬼，没有麻醉药！给她闻上一点，就可以死命吻她！正好大家都睡着了……”

戴草帽的人在翻身，他在生他那两条不听使唤的腿的气，骂声响得人人都能听见。

“有学问的人哟……”他嘟哝说，“有学问的人……大概你也违反不了世上万物的本性！有学问的人哟……嗯……要让人能够随意把自己的腿拧开螺钉卸下来，又随意扭紧螺钉装上去，这大概是办不到的事！”

“这与我完全无关……您去问助理检察官吧！”坐在我旁边的检察员在说梦话。

远处角落里，两个中学生、一个军士和一个戴蓝眼镜的青年人在四支纸烟的亮光下起劲地玩着纸牌。

我右边坐着一个高身材的太太，她的身份是“不言而喻”的。从她那边飘来脂粉和香水的气味。

“哟，这次旅行妙绝了！”有个家伙凑着她耳朵低声说。悄悄声肉麻得令……令人讨厌，而且还模仿法国人讲俄语的发音。“旅途最能使人迅速和愉快地亲近起来！我爱你，旅途！”

他们接吻……又一次接吻……鬼才知道是怎么一回事！美女醒了，她扫视了一下四周的乘客，然后……又无意识地把头靠在邻座的一个乘客——忒弥斯的祭司[①]的肩膀上，而他，这个傻瓜，却睡着了！！

列车停了，是一个小站。“列车停靠两分钟……”车厢外一个沙哑和微抖的男低音咕哝了一声。两分钟过去了，又过了两分钟……五分钟过去了，十分钟，二十分钟，火车仍然停着不动。真见鬼！我走出车外，朝火车头那边走去。

“伊万·玛特威伊奇！你该快修好了吧？见鬼！”列车长朝火车头下方喊道。

火车司机肚子贴地，从火车头下面爬出来，他脸色发红，汗淋淋的，鼻子上粘着一块煤烟……

“你心目中有上帝没有？”他对列车长说，“你是不是人？你尽催什么？你没看见是吗？哼哼……叫你们都瞎了眼才好！……难道这算是火车头？这不是火车头，是一堆破烂货！我不能靠它来拖火车！”

“那怎么办？”

“你看着办吧！给我换个火车头，再用这个车头我就不开。你得替我想想……”

火车司机的助手们在出了故障的火车头四周跑来跑去，敲敲打打，叫叫喊喊……头戴红色制帽的车站站长在一旁对助手讲着一个十分有趣的关于犹太人生活的故事……开始下雨了……我朝我的车厢走去……有一个人很快从我身旁跑过，就是那个头戴草帽、穿着一件深灰色短衫的陌生人……他手中提着一只箱子。这正是我的箱子……我的上帝啊！

---

① 忒弥斯是古希腊神话中的司法女神，“忒弥斯的祭司”比喻作法律的仆人，即法官、法学家。

游艺沙龙

“马车夫！在睡大觉，真见鬼！到游艺沙龙去！”

“到索龙乐园去吗？三十戈比。”

几盏挂灯照亮了大门，也照在孤单单站在大门旁的警察身上。一张门票要一卢布二十戈比，寄放衣服要二十戈比（不过，后者并不是非付不可的）。您一登上第一个台阶，一股强烈的低等化妆室和澡堂更衣室所特有的气味就会向你袭来。微醉的客人……顺便说一句：如果您不想那个……那就别去这个沙龙。微醉倒是十分必需的。这是一个原则。如果进来的客人面带微笑并且眨着淫荡的眼睛，那么这就是一个好的征兆，他不会寂寞得要死，而且甚至还会领略到某种欢乐。如果他是清醒的，那他就会不好受。他会不喜欢游艺沙龙，回家以后他会把自己的孩子们打一顿，叫他们长大后别去沙龙……微醉的客人们蹒跚地顺着楼梯上去，把自己的票子递给看门人，进入一个挂满大人物画像的房间，伸伸懒腰，大胆地投入漩涡。人们在所有的房间里走来走去，穿门过堂，热切希望得到强烈的刺激，他们走来走去，踌躇着，从一个角落转到另一个角落，好像在寻找什么……这是一种什么样的种族、人物、色彩和气味的混合体啊！穿红衣服的、蓝衣服的、绿衣服的、黑衣服的女人们，五光十色，就像是三戈比一张的廉价画片……

这些女人我们去年在这里看见过，前年也看见过。你们明年也一定会在这里看见她们。没有一个人穿袒胸礼服：既没有连衣裙……也看不见酥胸。可是名字都非常美妙：勃兰什、蜜蜜、芳尼、爱玛、伊扎别拉和……没有一个叫玛特廖娜、玛芙拉、芭拉格依[1]！尘埃多得吓人！这是香粉、胭脂的微粒和酒精的蒸气悬浮在空气之中……呼吸很困难，叫人总想打喷嚏。

“您多么粗野，男士！”

“我，啊！……请允许我用最普通的话向您说明，我们很理解您温柔的想法！请允许我向您求婚。”

“这从哪说起呢？您首先该认识一下……先请我吃些什么！！”

这时跑来一个军官，他双手抓住女人的双肩，把她的身躯扭转过来，使她背朝年轻人……年轻人对此很不开心……他稍许想了一想，因自尊心受伤而生气了，他抓住女人的双肩，把她扭向自己这一面……

一个身体高大、面孔呆板、醉醺醺的德国人穿过人群走了过来，大声打着嗝儿，一个麻脸的小个儿在他身后小步疾行过来，握了一下他的手……

“咯……咯！咯！”

“衷心感谢您，感谢您高贵的嗝儿！——小个子说。”

“不客气……咯，咯！”

大厅入口处附近有一群人……人群中有两个年轻商人在起劲地互相攻击，不断地用手比画着。一个人脸红得像大虾，另一个人脸色苍白。看来，两个人都烂醉如泥。

“要我打你嘴巴吗？”

“蠢驴！！”

“要我打吗？……你自己是蠢驴！慈善家！”

“混蛋！你挥手干什么？打吧！你打呀！”

“先生们！”人群中传出一个女人的声音，“在这么众多的女士面前能这样互相咒骂吗？”

---

① 这都是些普通人家的女孩子的名字。

“女士们？去她们的！你的这些女士我根本不在乎！这样的女士我养有一千个！卡佳，你别……别管！他为什么欺负我？我可没有惹他！”

一个戴大领带的花花公子跳到脸色苍白的商人面前，一把抓住他的手。

“米佳！爸爸在这儿！”

“但……是？”

“真的！他跟桑卡坐在一张桌子旁！你差一点儿碰上他！老鬼……你得走！快点儿！”

米佳向敌人投去最后的犀利一瞥，并用拳头威吓他，接着他就消失了……

“茨维林杰尔金！到那儿去！兰莎在那儿找你呢！”

“让她见鬼去吧！我不想要她！她活像个门闩鼻……我挑上了另外一个女人……鲁伊莎！”

“您怎么啦？挑上了这尊大炮？”

“老兄，全部要领就在于她是一尊大炮……至少她是个婆娘！一把抱不住！”

弗列伊列音·鲁伊莎坐在桌旁。她又高又胖，汗流满面，笨手笨脚，像一只蜗牛……在她面前放着一瓶啤酒和茨维林杰尔金的帽子……在她宽大的脊背上不雅观地显现着胸衣的轮廓。她做得很对，把自己的双手和双脚都藏了起来。她的手又大又红，长满了老茧。去年她还住在普鲁士，在那里洗地板，为牧师先生做啤酒汤①，照看小施米特、米勒和舒尔茨们……但命运随意破坏了她的宁静，她爱上了弗利茨，弗利茨也爱上了她……但弗利茨不能娶一个穷女人；如果他娶上一个穷女人，他就会认为自己是一个傻瓜！鲁伊莎向

---

① 德语和法语结合的生造词。

弗利茨发了誓说她永远爱他，于是她就离开了可爱的 фатерланд[①]，来到寒冷的俄罗斯草原上赚钱做嫁妆……现在她每天晚上到沙龙来，白天她糊纸盒，织台布。待积够一定数目的钱后，她就回普鲁士去和弗利茨结婚……

“如果您没有什么话对我讲。”从大厅里传出这样的歌声……

大厅里喧嚣一团……无论谁走上舞台，人们都要向他鼓掌……跳康康舞[②]跳得很蹩脚，但坐在前几排的人们却满意得垂涎三尺……当人们发出“打倒男人们！”的叫喊时，请您看一看观众吧。如果这时您若是给观众一根杠杆，他们会把大地都兜底翻转！他们喊呀，吵呀，叫呀……

“嘘……嘘……嘘……”坐在前排的一个小个儿军官向一个姑娘喝倒彩。

观众疯狂地反对喝倒彩，震耳欲聋的掌声使整条德米特罗夫大街都颤动了。小个儿军官站起身来，昂着头，摆起架势，脚步铿铿响地走出了大厅。可见，他维护了自己的尊严！……

匈牙利乐队在演奏。这些匈牙利人都是矮胖子，他们演奏得非常糟糕！他们在丢匈牙利的脸！

在卖酒处站着库兹涅佐夫先生和一个黑眉毛女人；库兹涅佐夫先生在舀葡萄酒，黑眉毛的女人在收钱。人们在抢酒杯。

“要一杯伏特加！听见么？伏……伏特加！”

“我们来喝一点吧，科里亚！喝吧，木荷塔尔！”

一个头发短短的人迟钝地看着酒杯，他耸耸肩膀，疯狂地喝伏特加酒。

“我不行，伊万·伊万内奇！我心脏有毛病！”

“管它呢！要是你喝下去，你的心脏毛病一点也不会怎样！”

---

① 德语“Vaterland”一词的俄语拼音，意思是“祖国”。

② 法国游艺场中的一种黄色舞蹈表演。

心脏有毛病的青年人喝了一杯。

“再喝一杯！”

“不……我心脏有毛病。我已经喝了七杯了。”

“管它呢！”

青年人又喝起来……

“男士！”一个长着尖下巴和兔子眼睛的女孩子央求道，“请我吃顿晚餐吧！”

男士故作不肯……

“我想吃！只要一份……”

“瞧你，纠缠不休……来人啊！”

端来了一块肉……女孩吃了起来，而且……吃得十分起劲！她的嘴、眼睛和鼻子都在吃……

在打枪的地方进行着激烈的射击……几个奥地利女人在不停地往枪里装子弹……她们中有两个长得不讨人嫌……一旁有一个画家在袖口上画奥地利女人。

“再见……祝您健康！”奥地利女人喊道。

时钟敲响了深夜两点……大厅里在跳舞。喧嚣，吵闹，叫喊，唏唏声，康康舞……气闷得要命……一些“加过油”的人又重新在小卖部“加油”。快到三点钟的时候已经是一片混乱了。

在一些单间里……

不过，让我们离开这个地方吧！走出去是多么令人愉快啊！假如我是游艺沙龙的老板，我就会不收入场费，只收离场费……

审 讯

小铺子老板库兹玛·叶戈罗夫的木房里既闷又热。该死的蚊蝇聚集在人的眼睛和耳朵附近，惹人讨厌……屋里烟雾腾腾，但散发在空气中的却不是烟味，而是咸鱼味。在空气里，在人的脸上和蚊子的嗡嗡声中都有着一种苦恼。

一张大桌子，桌上放着一只内盛核桃壳的小碟子、一把剪刀、一个装有绿色软膏的小罐、几顶帽子和一些空酒瓶。在桌旁坐着库兹玛·叶戈罗夫本人，村长，医士伊万诺夫，教堂小职员费奥方·玛纳富伊洛夫，教堂唱诗班的男低音米海洛，教父巴尔潘契·伊万内奇，从城里来安尼西娅姑母家做客的宪兵佛尔土纳托夫。库兹玛·叶戈罗夫的儿子谢拉皮昂站在离桌子相当远的地方。他在城里做理发师，如今在父亲家休息几天。他挺拘束，在用发抖的手揪着短唇髭。库兹玛·叶戈罗夫的木房现在暂时出租为医疗站。前厅里有一些病人正在等着看病。刚才从一个什么地方送来了一个折断肋骨的农妇……她躺在前厅呻吟着，等待着医士对她表示善意的关注。窗外聚集着一群人，他们都是来看库兹玛·叶戈罗夫将怎样打儿子的。

“你们一直讲我撒谎，”谢拉皮昂说，“所以我不想同你们多说。现在是十九世纪了，爸爸，光空谈任何事情都干不了，因为理论缺了实践就不能存在，关于这一点您自己也并非不知道。”

“住口！”库兹玛·叶戈罗夫厉声说道，“别东拉西扯！你说正经的，你把我的钱弄到哪儿去了？”

“钱？嗯……您十分聪明，您应该明白，我没有碰过您的钱。

钞票您又不是为我积蓄的……别冤枉人……”

“谢拉皮昂·库兹米奇，您要坦白，”教堂小职员说，“须知我们这样问您是为什么？我们是想开导您，把您引上正路……除去为您好之外，您的亲爸爸对您没有别的什么……因此，他才把我们请来了……您老老实实说……谁会没有一点过错？您拿了您爸爸放在他五屉柜里的二十五个卢布，或者，不是您拿的？”

谢拉皮昂不说话，向一旁吐唾沫。

“你倒说话呀！”库兹玛·叶戈罗夫大声叫喊，用拳头敲打着桌子，“你说，是你或者不是你。”

“随您便……行了吧！”

“应当讲：‘就算是。’”宪兵纠正他说。

“就算是我拿的……就算是！不过，爸爸，您不必对我大叫大嚷！也不必敲桌子。不管您怎么敲，您也不能使桌子陷到地里去。我从来没有拿过您的钱，如果有时我拿过，那也是因为有需要……我是个活人，是个有生命名词[①]，所以我需要钱。我不是石头！……”

“你需要钱，你自己去挣，何必来抢我的！你不是我的独生子，我有你们七个兄弟姐妹！”

“这一点不用您开导我也明白，不过，由于我体弱，这一点您自己也清楚，所以我不能挣大钱。至于说刚才您怪我吃了您的饭，那么您为此将在天主面前得到报应……”

“身体弱！你干的工作又不重，不过是给人剃剃头，可是就连这种工作你也逃避。”

“我干的是什么工作？难道这也算是工作？这不是工作，不过是意思意思罢了。再说，我受的教育也不是让我靠这种工作求生

① “有生命名词”是一个俄语语法术语，用在这里显然不妥，但它却同上文中的“理论”、“实践”等字眼一样，说明着谢拉皮昂的一个性格特点。下文中还有类似的人物语言特色。

存的。”

“您的议论不对，谢拉皮昂·库兹米奇。”教堂小职员说，“您的工作是可尊敬的脑力工作，因为您是在省里供职，给聪明的、高贵的人理发刮脸，甚至将军们也不会回避您这行手艺。”

“讲到将军们，如果您愿意听的话，我本人也能向您说明一番，”微带酒意的医士伊万诺夫说，“按照我们医学上的议论，你是松节油，如此而已。”

“您那种医学我们了解！……请容我问一句，是谁去年差点没把喝醉的木工当成死尸来解剖？如果他不醒过来，您就会把他的肚皮撕裂了。又是谁把大麻子油和蓖麻油混起来了？”

“在医学上不这么办不行。”

“那么是谁打发玛拉尼雅去见阎王的？您给她吃泻药，接着给她吃止泻药，过后又给她吃泻药，这样她就受不住了。您不该给人治病，请原谅，您只配给狗治病。”

“但愿玛拉尼雅进天国，”库兹玛·叶戈罗夫说，“祝她进天国吧！……不是她拿了我这笔钱，我们谈的也不是她……你倒说说，你把钱给阿连娜送去了吧？”

“哼……给阿连娜！……当着宗教人士的面，当着宪兵先生的面，您怎么不害臊？”

“那你说，是你拿了钱或者不是你拿的？”

村长从桌旁站起，在膝盖上擦亮一根火柴，恭恭敬敬地将它送到宪兵的烟斗前。

“呸！……”宪兵生气了，“你给我放进了一鼻孔的硫黄！”

吸了一口烟后，宪兵从桌旁站起，走到谢拉皮昂跟前，恶狠狠紧盯着他尖声喊道：

“你是什么人？你这是干什么？为什么这样？啊？这是什么意思？为什么你不答话？反抗吗？拿别人的钱！闭嘴！答话！说！你回答！”

“如果……”

“住口！”

“如果……请您小点声，先生！如果……我不怕！您过分自负了！可您是个傻瓜，如此而已！如果我爸爸要折磨我，我准备好了……你们折磨吧！你们打吧！”

“住口！别说……说话！我知道你想什么！你是贼吗？你是什么人？住口！你站在谁面前？别犟嘴！”

“必须惩治他，先生，”教堂小职员叹气说，“如果他不愿用认错来减轻罪过，那么，库兹玛·叶戈罗夫，就非用鞭子揍他一顿不可。我认为，非揍不可！”

“狠狠揍！”男低音米海洛说，声音极其低沉，大家听了都害怕。

“是你或者不是你？我最后一次问你！”库兹玛·叶戈罗夫问道。

“随您的便……就算是……您折磨吧！我准备好了……”

“打！”库兹玛·叶戈罗夫下命令道。他面色发紫，从桌后走了出来。

人们斜靠在窗台上。病人们挤集在门口，昂起了头。就连那个折断了肋骨的农妇也抬起头……

“躺下！”库兹玛·叶戈罗夫说。

谢拉皮昂匆匆脱下短小的上衣，在胸前画了个十字，顺从地趴伏在长凳上。

“折磨吧！”他说。

库兹玛·叶戈罗夫解下皮带，朝人群看了看，像是在期待人来帮他似的，接着他就开始打……

“一！二！三！”米海洛用低沉的男低音计着数，“八！九！”

教堂小职员在墙角里站着，低下眼睛翻看着一本小册子……

“二十！二十一！”

“够了！”库兹玛·叶戈罗夫说。

“再打，先生！”宪兵佛尔土纳托夫悄悄说，“再打！再打！就该这么收拾他！”

“我认为，必须再打几下！”教堂小职员把视线从小册子移开说。

“他连一声都不吭！”人群惊叹道。

病人们让出了一条路，库兹玛·叶戈罗夫的妻子走进房来，上了浆的裙子沙沙作响。

“库兹玛！”她对丈夫说，“我在你衣袋里找到的是一笔什么钱？是不是你刚才寻找的那一笔钱？”

“正是那笔钱……起来，谢拉皮昂！钱找到了！昨天我把它放进口袋后就忘了……”

“再打，先生！”佛尔土纳托夫嘟哝道，“狠狠揍！就该这么收拾他！”

“钱找到了！你起来！”

谢拉皮昂站起身来，穿上那件短小的上衣，在桌旁坐下。一阵长时间的沉寂。教堂小职员感到局促不安，拿着一块小手绢擤鼻涕。

“你原谅我吧！”库兹玛·叶戈罗夫对儿子嘟哝着，“你别介意……鬼知道会找到这笔钱！你原谅我……”

“没什么……我们这又不是头一回……您不用操心。我时刻准备忍受各种折磨。”

“你喝一口吧……会消痛的……”

谢拉皮昂喝下酒，翘起发青的小鼻子，像个勇士一样地走出木房。后来宪兵佛尔土纳托夫还在院子里走了好久，脸红红的，瞪大着眼睛一个劲儿地说：

“再打！再打！就该这么收拾他！”

安东沙·契主办的广告社

为方便诸君刊登广告，1881 年我社在《观众》杂志上租赁专栏，以刊载各种广告

剧院黄牛队

荣幸宣布，为方便观众，本队选择剧院附近的啤酒铺为驻地。鉴于著名女演员萨拉·伯恩哈特[1]即将来到，本队已与有关人士达成协议，愿为观众效劳。

鬼托洛勃夫医生

妇科、男科、儿科、胸科、背科、颈科、后脑壳以及其他各科疾病专家。每日自上午七点至夜间十二点接诊。二月三十日、四月三十一日和六月三十一日无偿为穷人医病，二月二十九日看病大减价。地址：莫尔察诺夫卡大街，加夫里柯夫胡同，本人住宅。

《新时代》书店

新到下列书籍：

在妊娠期，四部长篇小说。作者莫尔斯基。售价：五卢布二十三戈比。

纪念捷别医生，小册子，作者同上。

猪圈，其结构及住户，修辞学家叶甫盖尼·利沃夫文集。

我未参加纪念会，抒情诗，作者同上。

他活该！耶稣教徒塔拉堪奇奥和他的同僚茨托维奇的颂诗，售价三十戈比。

在彩云之间，安德烈·彼切尔斯基著，十四部长篇小说。（《在山峰之间》和《在森林之中》的续集）

记者和徇私，破产编辑文集。

斯拉夫主义——俄语辞典，收有四万个为阅读《罗斯报》②所必需的单词。

！！！百分之十！！！

年收入一万卢布的百分之十付给愿意同我建立代理关系的医师先生们。

制棺能手颅骨波夫

备有各种品种规格的现成棺木，对成批死亡者优惠出售。敬请死亡者先生们谨防假冒。

急需厨娘一名

不饮酒，会洗衣服，而且不在一家小报馆工作者。

大奥尔登卡街，札莫斯科沃列茨胡同，

陆军中尉无赖耶夫家

没有香肠的旋毛虫

可在猎品市场上的玛哈麦托夫所开的商店里购买。

---

① 当年著名的法国女演员。

② 1880—1886 年在莫斯科出版的斯拉夫派倾向的文学与政治性报纸。

律师伊·尼·骗子尼科夫

提供辩护。为有罪判决提供担保。

我因完全没有出嫁的指望,现出卖自己的嫁妆。叶戈鲁什卡,你来娶了我吧!

处女贞洁诺娃

家住茨维特诺林荫大道的千里眼女人

有幸通报编辑先生们,她知道任何一家杂志现在有多少订户,明年即1882年又将有多少订户。每个词的酬金为一卢布。

商人维斯里雅耶夫的遗嘱执行人

荣幸地宣布,亡人留下的并吩咐赏给最蹩脚的喜剧作者的那十个卢布已于十一月十五日发给了喜剧《一个城市取消了》的作者①。

《俄罗斯报》的一千一百四十四个出版者沉痛地向它的叔叔阿姨们、读者和撰稿者们宣布,他们亲爱的、苦心经营的《俄罗斯报》在痛苦的和持久的腐烂之后,无可挽回地与世长辞。由于无人资助,将不举行葬礼。死者遗体已送解剖室。经过解剖,发现大脑萎缩和饥饿性死亡。遗骸已浸入酒精,并作为实验标本送往位于茨维特诺林荫大道的维茵克列尔博物馆的保密部。

① B.A.克雷洛夫,笔名是:维·亚立山大洛夫。喜剧《一个城市撤销了》于1882年在彼得堡出单行本。

在茨维特诺林荫大道的维茵克列尔博物馆里

除了旧世界和新世界的各个国家的各种乱七八糟的物品之外，还展出以下珍品：

1）1343 年制造的**道具马车**。可载乘二十六个女芭蕾舞演员，八位高贵父亲和五位丑角老太。该车已毫无用处，但很豪华。它的车顶在上星期排演之前被一只麻雀压坏，这只麻雀是为享有车夫帽子里露出的棉絮而降落到车上的。

2）套在上述马车上的**两匹道具马**，毛色含混不清，无鬃、无尾、腿呈螺旋状。一匹马八十四岁，另一匹六十七岁。1812 年法国将军布兰曼热侯爵骑在其中一匹马上时被俘。此两匹马以稻草和杂草为食。据说，这是两匹最好的道具马。这两匹马已几乎不能跳跃……但是，它们热爱戏剧事业（啊！纯朴的马！！①），认为自己是演员团体的不可或缺的成员。

3）身穿僧服的**耶稣教徒茨托维奇的肖像**。口张着，右手庄严地举起。肖像下面写着："来了，看到了，但未取胜②，显然，一下子就离开了。极伟大的人"③

4）**贝尔维德尔宫的阿波罗**④。艺术珍品。一万卢布购得。注意到有时太太们和小姐们及二十五岁以下的青少年们也参观我们的博物馆，出于道德的考虑，根据美术学校督学的建议，我们给塑像穿上了一套燕尾服。穿上了爱叶公司的衣服，戴上了波什的大礼帽，穿上了利沃夫的鞋子。

---

① 原文为拉丁语。
② 同上。
③ 同上。
④ 阿波罗是古希腊神话中众神之一，他的塑像之一就是《贝尔维德尔宫的阿波罗》，是公元前 4 世纪中期的作品。

5）**网**。美丽的克娄巴特拉[1]将淫荡的安东尼套入其中的那口网。

6）**白鼠**（愚蠢的动物[2]），体长四分之五英尺。稀有动物。发现于1880年，它被烤在菲利普教派斋期吃的圆面包中。这是一个浸在酒精中的标本。对年轻的动物学家来说这是一个新发现。

牙科医生鲁姆宾玛克

向观众演示牙齿。阿哈哈耶夫大街，三十五又二分之一号。

① 克娄巴特拉（前69—前30），埃及末代女王，先为恺撒的情妇，后又与马可·安东尼相好。

② 原文为拉丁语。

杂 烩

——诗意和平庸

这是在晴朗而寒冷的中午时分。阳光在每一片雪花中闪烁发光。既无云，也无风。

在街心花园的长椅上坐着一对男女。

“我爱您！”他轻声说。

在她那粉红的脸颊上闪耀着爱意。

“我爱您！”他继续说，“我第一次看到您的时候，我就明白了，我为什么活着，我知道了我的生活目的！要么和您一起生活，要么完全离开这个世界！我亲爱的！玛利亚·伊万诺芙娜！是，还是否？玛尼娅[1]！玛利亚·伊万诺芙娜……我爱……玛涅奇卡[2]……您回答我，要不我就死！是，还是否？”

她抬起大眼睛看着他。她想对他说：“是。”她张开自己的小嘴。

“哎呀！”她叫了一声。

在他雪白的衣领上，有两个特大的臭虫在你追我赶……啊！真糟糕！！……

* * *

“亲爱的妈妈，”某画家给妈妈写信说，“我要到您那儿去！星期四早上我就将幸福地把您紧贴在我充满爱心的胸前。为了延长甜蜜的相会，我带着……谁？您猜猜！不，您猜不着的，妈妈！您猜不着！我带上美的奇迹，人类艺术的精品！我带上（我看到了您在微笑）阿波罗，贝尔维德尔宫的！……”

“亲爱的科列奇卡！”妈妈回信说，“我很高兴，你要来了。上帝保佑你！你自己一个人来吧，不要带贝尔维德尔先生，我们自己都没有东西可吃！……”

*　　　*　　　*

空气中充满着令人陶醉的芳香：丁香、玫瑰争吐芬芳；黄莺在歌唱，阳光普照着大地……等等。

在城市花园里，在枝叶繁茂的槐树之下的长椅上坐着一个八年级中学生。他身穿一套新的学生制服，鼻梁上架着夹鼻眼镜，嘴上长着小胡子。他身旁坐着一个美人儿。

中学生抓住她的手，面色一会儿白，一会儿红，悄悄地说着情话：

“啊，我爱您！啊，您要知道，我是多么爱您啊！”

“我也爱！”她轻声说。

中学生搂住她的腰。

“啊，生活！你是多么美好！我沉浸在、淹没在幸福之中了！柏拉图说得对，他说……只吻一下！奥利亚！吻一下——在世界上别的什么都不需要了。”

她懒洋洋地垂下眼睑……啊，原来她也渴望接吻！他的嘴唇凑向她那粉红色的嘴唇……黄莺唱得更响亮了……

“到教室去！”中学生的头顶上响起了颤抖的男高音。

中学生抬起头来，制帽从他的头上滑下……督学站在他面前……

“到教室去！”

“嗯……现在是大休息，亚历山大·费多罗维奇！……”

“去，现在你们年级在上拉丁语课！今天放学后请您留两个钟头！”

---

① 玛利亚的爱称。

② 同上。

中学生站起来，戴上帽子走了……他走着，感到她的一双大眼睛在注视着他的脊背……督学迈着小步走在他后面……

* * *

舞台上在演《哈姆雷特》。

“奥菲丽雅！”哈姆雷特喊道，“啊，仙女，追忆我的罪恶吧……”

“您右边的胡子脱落了！”奥菲丽雅轻声说。

“追忆我的罪恶吧……啊？”

“您右边的胡子脱落了！”

“该死！……托你的圣福……”

* * *

拿破仑一世邀请戴莎里伊侯爵夫人进宫参加舞会。

“我和丈夫一起来，陛下！”戴莎里伊侯爵夫人说。

“请您一个人来，”拿破仑说，“我喜欢不蘸芥末的好肉。”

杂烩

——信和电报

电报

整整一周我都在为萨拉[①]的健康喝酒。真令人赞叹！她站着死去。我们的演员比巴黎人差多了。坐在转椅上像是上了天堂。问候曼卡。彼得罗夫。

电报

叶戈罗夫中尉。请来我处取车票。我不再去了。乱七八糟。没有什么特别。钱白丢了。

医学博士克洛普松致医学博士菲尔弗留郝杰尔士维茵

伙计！昨天我看了萨·伯[②]的演出。她的胸部畸形、扁平。骨架和肌架都发育不善。脖子又长又瘦，所以不仅可以看得见颈静脉[③]，甚至可以看得见颈动脉[④]，胸部—锁骨—乳房肌肉[⑤]勉强看得出。我坐在第二排，好像听到了她贫血的静脉中传出流动的声音。她不咳嗽。在舞台上穿得很多，所以使我得出了她在发寒热的结论。我确认她患有贫血症[⑥]和肌肉衰竭[⑦]。好极了。她的泪腺回应了意志刺激，当她按演戏规律需要哭的时候，从她眼睛里落下了泪珠，而她的鼻子也充了血。

娜佳·N.致卡佳·X.

亲爱的卡佳：昨天我看戏去了，看到萨拉·伯恩哈特的演出。嘿！卡佳奇卡，她身上戴了多少珠宝呀！我想我永远也不会有那么多珠宝，为此我哭了一整夜。关于她的服饰，见面时我告诉你……我多么希望我是萨拉·伯恩哈特呀！舞台上喝的全是真正的香槟酒。非常奇怪，卡佳，我法文说得很出色，但是舞台上讲了些什么，我丝毫没有听懂。演员们讲的好像是另一种法文。我坐在……楼座最高部的后座。我的丑八怪买不到别的戏票。真是丑八怪！我后悔，我礼拜一对C很冷淡，他倒是会买到正厅的戏票的。只要吻他一下，C什么都肯做。气气丑八怪，明天C要到我们家来，他一定会给你和我买戏票。

你的娜佳

编辑致撰稿人

伊万·米哈伊洛维奇：真卑鄙！您每天晚上拿着编辑部的戏票逛戏院，但是连一行字也不送来。您在等什么呢？萨拉·伯恩哈特是热门话题，就该写她。要赶紧写，为了上帝！

回信：我不知道该给您写些什么。赞扬吗？我们还得等一等，看

① 指著名法国女演员萨拉·伯恩哈特。
② 同上。
③ 原文为拉丁语。
④ 同上。
⑤ 同上。
⑥ 同上。
⑦ 同上。

别人写什么。反正不急。

您的X.

今天我要到编辑部来。请您把钱准备好。如果您可惜戏票的话，请派人来取。

N.夫人致上述撰稿人

您，我的心肝儿，伊万·米哈伊洛维奇：谢谢您送来了戏票。萨拉的戏我看够了。我命令您赞扬她。您到编辑部去问一下，今天我妹妹能不能也用编辑部的戏票去看戏？！非常感谢！

请接待，等等。

您的N.

回信。当然可以……要付钱，钱不多。允许我礼拜六到您那儿去。

编辑妻子致编辑的信

如果你今天不给我送来萨拉·伯恩哈特演出的戏票，那你就别回家。就是说，在你心目中，你那些撰稿人比妻子还好。一定要让我今天看上戏！

编辑致妻子的信

我的妈呀！你就别纠缠我了吧！没有你，为了这个萨拉，我的头都要炸了。

剧场验票员的札记本片断

今天我放进去四个人。十四卢布。

今天我放进去五个人。十五卢布。

今天我放进去三个男人和一个女人。十五卢布。

……我没有去看戏，我把自己的戏票卖了，这很好。听说萨拉·伯恩哈特演戏是说法语。反正我一窍不通……

科瓦廖夫少校

米佳，劳驾，请你委婉地告诉你妻子，她和我们同坐在一个包厢里，叫她在夸赞萨拉·伯恩哈特的服饰时声音轻一些。上次看戏时她的声音响得使我都听不见舞台上讲些什么。请你告诉她，但语气要委婉一些。多谢。

你的Y.

斯拉夫主义者X.致儿子的信

我的儿子！……我睁开眼睛看到了荒唐的征兆……成千上万的人，谈论着与人民大众相结合的俄罗斯人、东正教徒，成群结队地去看戏，把他们的钱财放到一个犹太女人的脚前……这些自由主义者，保守主义者……

宝贝儿！哪怕你给青蛙撒上糖，我还是不会吃它的……

索巴克维奇

托莱多[1]来的罪人

译自西班牙文

“谁能指出一名自称玛利亚·斯巴兰佐的女妖目前的所在地，或者谁能将该女妖（不论死或活）送交审判员会议，谁定将获得赦免。”

这份由巴塞罗那[2]的主教和四名法官签名的公告发布在早已流逝的岁月中的一天，那些岁月将永远是西班牙历史上或许还是人类历史上洗刷不掉的污点。

整个巴塞罗那都读了这份公告。搜查开始了。逮捕了六十名女人，她们都像那个正在捉拿中的女妖。女妖的亲属们都受到了拷问……当时有一种可笑的同时又是根深蒂固的信念，认为巫女们有一种变成猫、狗或其他动物的本领，而且一定是黑色的。据说，常有这样的事情：猎人砍下了猛扑过来的动物的一个爪子之后，把它当作战利品带回家去，然而在他打开猎物袋的时候，却发现袋中只有一只鲜血淋淋的手，而且认出它是猎人自己妻子的手。巴塞罗那的居民们杀尽了全部黑猫和黑狗，然而他们未能在这些不必要的牺牲品中找出玛利亚·斯巴兰佐。

玛利亚·斯巴兰佐是巴塞罗那市一个大商人的女儿。她的父亲是法国人，母亲是西班牙人。从父亲身上她继承了法国人天生的无忧无虑以及那使法国女人显得十分迷人的无限度的欢乐心情，而从母亲那儿她继承的是纯西班牙式的肉体。她相貌美丽，头脑聪明，永远兴高采烈，生活在西班牙的快乐消闲和各种艺术之中，一直到二十岁她没有掉过一滴眼泪……她幸福得跟孩子一样……在她正好满二十岁的那天，她嫁给了斯巴兰佐，他是闻名于全巴塞罗那的航海家，相貌英俊，学识渊博。她是为了爱情才嫁给他的。她丈夫向她发誓说，如果她跟他一起生活不感到幸福，那他就会杀死自己。他爱她爱到了忘掉一切的程度。

新婚第二天她的命运就决定了。

傍晚她从丈夫家去看望母亲，她迷失了方向。巴塞罗那非常之大，并非每个西班牙妇女都能给您指出从城市的这一头到另一头的最短路线。她遇见一个年轻修士。

"上圣马克街该怎么走？"她对修士说。

修士停下步来，开始打量她，心里却在思忖着什么。太阳已经下山，月亮升了起来，惨淡的月光投在玛利亚美丽的脸上。难怪诗人们在歌颂女人时常常提到月亮！在月光下，女人会美上一百倍。玛利亚步履轻快，美丽的黑发披散在她的肩膀上，盖住她丰满的深深呼吸着的胸脯……她按着脖子上的围巾，把胳膊裸露到了臂肘……

"我以圣扬瓦利的鲜血起誓，你是女妖！"年轻修士突然无缘无故地说。

"如果你不是修士的话，我会认为你喝醉酒了！"她说。

"你是女妖！！"

修士含糊不清地吐出一条咒文。

"刚才跑在我前头的那条狗呢？那条狗变成你了！我看见了！……我知道……我还不到二十五岁，可是我已经揭露了五十个女妖，你是第五十一个。我是奥古斯丁……"

说完后修士在胸前画了个十字，转身离去。

玛利亚知道奥古斯丁……关于他的事情她在父母家听到过许多。她知道，他是一个热心的女妖歼灭者，是一部学术著作的作

---

① 西班牙的城市名。

② 同上。

者。他在那部书中诅咒女人，痛恨男人，因为男人是由女人生出来的。玛利亚不止一次地想过，一个不爱人的人能够爱基督吗？玛利亚走了半俄里，她又一次遇上了奥古斯丁。从一所刻着一长行用拉丁文题词的大厦的大门里走出四个穿着黑衣服的人。这四个人让她从自己身边走过，然后就跟在她身后走。她认出，四人中的一个就是奥古斯丁。他们把她送到了家门口。

她遇上奥古斯丁后的第四天，斯巴兰佐家来了一个穿黑衣服的人。他的脸孔虚肿，胡子已经刮光，从一切特征来看是个法官。此人吩咐斯巴兰佐立刻去见主教。

“你的妻子是女妖！”主教向斯巴兰佐宣布说。

斯巴兰佐脸色变白了。

“你感谢上帝吧！”主教继续说，“上帝赐给一个人宝贵的在人身上发现恶魔的才干，这个人打开了我们的和你的眼睛。他看见她怎样变成黑狗，而黑狗又怎样变成你的妻子……”

“她不是女妖，她是我的妻子！”吓呆了的斯巴兰佐喃喃地说。

“她不可能是天主教徒的妻子！她是撒旦[①]的妻子！难道你这个不幸的人直到现在还没有发现，为了恶魔她已经不止一次对你变心？你回去，马上把她带到这儿来……”

主教是一个很有学问的人。他把 fe[②] 和 minus[③] 两个字组成了 femina[④] 这个字，他的根据似乎是正当的，意思是女人的信仰较少一些……

斯巴兰佐的脸色比死人的还苍白。他走出主教的房间，双手抱住了头。现在上哪儿去说玛利亚不是女妖？向谁去说？有谁会不信修士们相信的东西？现在整个巴塞罗那都深信不疑：他的妻子是女妖！整个巴塞罗那！最容易的事就是使蠢人相信荒诞无稽的东西，

---

① 即魔鬼。
② 拉丁语：信仰。
③ 拉丁语：少量。
④ 拉丁语：女人。

而西班牙人全都是愚蠢的！

“没有一个民族比西班牙人更愚蠢的了！”斯巴兰佐的父亲是个医师，当初他在弥留之际曾对儿子这么说，“要藐视西班牙人，别相信他们所相信的东西！”

斯巴兰佐一直相信西班牙人所相信的东西，然而这一次他不相信主教的话。他非常了解自己的妻子，而且他深信，女人只有到老年才会变成女妖……

“修士们要把你烧死，玛利亚！”他从主教那儿回家后对妻子说，“他们说你是女妖，所以吩咐我把你带到那儿去……你听我说，我的妻子！如果你真是女妖，那就求上帝保佑你！你就变成一只黑猫逃走吧。如果你身上并没有恶魔，那我决不会把你交给修士……他们会给你套上狗颈圈，不让你睡觉，直到把你屈打成招为止。如果你是女妖，那你就逃吧！”

玛利亚没有变成黑猫，也没有逃跑……她一味哭泣，她开始祈祷上帝。

“你听我说！”斯巴兰佐对哭泣着的妻子说，“我已故的父亲对我说过，嘲笑那些相信有女妖的人的日子一定会很快到来。我父亲不信神，然而他一直说真话。就是说，你该到一个什么地方去藏起来，等待那个日子到来……这很容易办到！我哥哥赫利斯托福尔的一条船正在港口修理，我把你藏进那条船，在我父亲讲的那个日子到来以前你别从船里出来……据父亲说，那个日子一定会很快到来……”

晚上玛利亚已经坐在那条船的船舱底了。她感到寒战和恐惧，她不住打冷战，倾听着海浪的喧嚣，焦急地期待着斯巴兰佐父亲所说的那个不能实现的时代。

“你妻子在哪儿？”主教询问斯巴兰佐。

“她变成了一只黑猫，从我家逃跑了！”斯巴兰佐撒谎道。

“我预料过，我预见到了这一着！不过没什么关系，我们能找到她……奥古斯丁有巨大的才干！啊，神奇的才干！你去吧，下次别再娶女妖做妻子！从前有过恶魔从妻子身上转移到丈夫身上去的例子……去年我就烧死过一个虔诚的天主教徒，他由于接触了有恶魔附身的女人而违心地把灵魂交给了撒旦……你走吧！”

玛利亚在船上待了很长时间。每天夜里斯巴兰佐去探望她，给她送去一切必需的用品。她在船上待了一个月，两个月，又待了第三个月，可是她所盼望的日子没有到来。斯巴兰佐的父亲并没有错，可是，对于克服偏见来说几个月的时间是不够的，偏见的生命力像鱼一样强，克服它们需要好几百年。玛利亚对新的生活方式已经习惯，她开始嘲笑修士，把他们叫做乌鸦……如果不是发生了一场可怕而又无法挽救的灾难，她还会活很长时间，也许会照赫利斯托福尔所说的那样乘着修好的船去遥远遥远的国家，离开愚蠢的西班牙。

主教的公告在巴塞罗那居民们手上流传，也张贴在所有的广场和市场上，有一张还落到了斯巴兰佐的手中。读完公告，斯巴兰佐陷入了沉思。公告结尾的免罪许诺引起了他的重视。

“可以免罪那就好啦！”斯巴兰佐叹息道。

斯巴兰佐认为自己是个大罪人。大量的罪恶感压着他的良心，许多天主教徒就是由于有这种罪恶而受了火刑或者在拷打之下死去。斯巴兰佐青年时代住在托莱多。当时的托莱多是术士和魔法师集聚的地方……在十二世纪和十三世纪，那里的数学比欧洲的任何地方都发达。在西班牙的一些城市里，从数学到魔法只有一步之差……在父亲的指导下，斯巴兰佐也学过魔法。他解剖过动物的内脏，收集过稀有的草药……有一天他在铁臼里捣一种什么东西，铁臼里竟爆发出一阵可怕的响声，魔鬼以一股淡蓝色火焰的形状出现了。斯巴兰佐在托莱多的全部生活都是由这类罪恶组成的。父亲死后他离开了托莱多，不久他就感到了可怕的良心折磨。一个年老博学的修士兼医师对他说，如果他不立下一种不同凡响的功劳而获得免罪的话，他的罪恶是得不到宽恕的。为免罪斯巴兰佐情愿付出一切代价，但求他的灵魂得以摆脱托莱多那一段可耻生活的回忆并逃脱地狱。如果当年西班牙有免罪符出售，那他会心甘情愿地交出自己的一半家产。如果不是他的工作阻留他的话，那他早已徒步去圣地了。

“如果我不是她的丈夫，我会把她交出去……”他读完主教的公告后想道。

他只需说出一句话就可获得赦免，这想法反复出现在他的脑海里，无论是在白天还是在黑夜，它都叫他心神不宁。他爱，非常爱他的妻子……如果没有这种爱情，没有这种为修士们以至托莱多的医师们十分鄙弃的弱点，也许倒是可以……他把公告给哥哥赫利斯托福尔看了……

“我会把她交出去，如果她是女妖，而且又不是如此漂亮的话，”他哥哥说，“免罪总是一件好事……不过，我们也不会吃亏，如果我们等玛利亚死了再把她交给那伙乌鸦的话……就让他们去焚烧死人吧，反正死人不知道痛。等我们老了，她就会死掉，而我们到了老年也正需要赦免。”

赫利斯托福尔说完就哈哈大笑起来，还捶了一下他弟弟的肩膀。

“我可能死在她前面，”斯巴兰佐说，“不过，我凭上帝起誓，如果我不是她的丈夫，我愿意把她交出去！”

这次谈话后一个星期，斯巴兰佐在船的甲板上来回走动，低声地自言自语：

“哎，她死了就好啦！活生生的她我可不能交出去，不能！但死了的她我会交出去！我可以蒙骗那些该死的乌鸦，可以从他们那儿得到赦免！”

愚蠢的斯巴兰佐毒死了可怜的妻子……

玛利亚的尸体由斯巴兰佐送交审判员会议并火焚了事。

斯巴兰佐在托莱多犯下的罪恶获得了赦免……宽恕他是因为他学习过给人治病，研究过一门后来被称作化学的科学。主教称赞了他，送给他一本自己撰写的著作……在这本书里，博学的主教写道：魔鬼常常附在黑发女人身上，因为黑发具有魔鬼的颜色。

安东沙·契洪特向人口统计身份卡提供的补充问题

16）您是聪明人还是笨蛋？

17）您是诚实人？骗子？强盗？无赖汉？律师或？

18）您更喜欢哪一种杂文作家？苏沃林？布克瓦？阿米库斯？鲁金？尤里·施列依耶尔或？

19）您名叫约瑟夫还是卡里古拉？苏珊娜还是娜娜？

20）您妻子是金发？黑发？褐发？棕红发？

21）您妻子打您还是不打？您打她还是不打？

22）您十岁时体重有几磅？

23）您喝烈酒吗？喝或者不喝？

24）在普查人口之夜您在想什么？

25）您看过萨拉·伯恩哈特的戏吗？没看过？

纵犬捕狼

人们说，现在已是19世纪了。但是，读者，您可别相信。

星期三，1月6日，在一个欧洲城市，甚至还是在首都莫斯科，在夏季跑马厅的看台上，人们你拥我挤，彼此踩脚，坐在那里欣赏奇观。别说是这种奇观，就连描写这种奇观也是落后于时代的……难道要我们这些神经过敏的、易动感情的、文质彬彬的身穿燕尾服的人、戏迷们、自由主义者们以及其他类似的人[①]来描写纵犬捕狼吗？！难道要我们来描写吗？！

结果是要我们来描写……毫无办法，我们就来描写吧。

首先，我不是猎手。我从来没有打过生灵。我只打过跳蚤，而且不带猎狗，是一对一打的。在所有的射击武器中我只知道那种我常常买给孩子们挂到圣诞树上的锡制小手枪。我不是猎手，因此如果我讲错了什么，就请原谅我。通常所有的外行人都是要讲错话的。我尽量避开不谈那些要用我不会使用狩猎术语的地方。我将要像观众所议论的那样来议论，也就是说，作一些表面的议论，按最初的印象来议论……

中午十二点钟以后。在看台后面聚集了许多四轮轿形车、豪华的雪橇和马车。人声嘈杂，喧闹异常……车子太多了，所以只好挤在一起……在跑马厅的看台上，身穿貉皮大衣、海獭皮大衣、狐皮大衣、羊羔皮大衣的人都在议论着，议论者中有牡马看管人、牡犬看管人、灵猩看管人、鹌鹑看管人，等等。他们都冻坏了，但是一个个都心急火燎。当然，在这里参加议论的人也有女人……什么地方都少不了女人。与往常不同，不知为什么这里漂亮的女人非常多……女人和男人一样多。她们也都心急火燎。在高层座位上闪动着中学生制帽。中学生们也来看了，他们也心急如焚，穿着套鞋的脚在轻轻地敲打。那些靠双腿跑到霍登[②]来的爱好者、鉴赏者和评论者，他们由于付不出一个卢布，只好挤在围墙旁，站在齐膝深的白雪中，伸长脖子张望，他们也同样心急如焚。在斗技场上放着几架拖车，拖车上都装着木箱子。在箱子里头，众所瞩目的主角们——几头狼正在享受着它们的余生，它们显然不会心情急切得像火烧一样。

在捕狼演出尚未开始的时候，观众欣赏着俄国的美女们，她们骑着漂亮的矮脚马在斗技场上走动……最急迫、最狂热的猎手们在挑剔那些准备用来捕狼的猎犬。大家手中都拿着广告。女人们手中除了广告以外还拿着望远镜。

"这是最有趣的玩意儿，阁下，"一个胡须剪得短短的小老头儿对坐在他身旁的人说。这老头儿戴着一顶挂有帽徽的制帽，从一切特征来看，他是个早已荡尽家产的贵族。"这是最有趣的玩意儿，阁下……有时，您跟人结成伙伴出去……天刚亮就出发……女人们也去。"

"不必跟女人们一道去，——坐在老头旁边的人打断他的话说。"

"为什么？"

"就因为有女人们在场就不能骂骂咧咧。可是在打猎时怎能不骂呢？"

"不可能的。但是，我们这里有些女人自己也骂人……从前有一个玛利亚·卡尔洛芙娜，也许您知道她，阁下，格连谢尔公爵的女儿……骂得可凶啊！她大声叫骂：你是死鬼、恶魔、万恶的东西……等等，阁下……等等，阁下……小官们最怕她了。稍稍有点

---

① 原文为意大利语。

② 莫斯科西北部的一个广场。

儿什么，她马上就来一马鞭。”

“妈妈，狼在箱子里头吗？”一个头戴大风帽的中学生向一个双颊又大又红的女人问道。

“在箱子里头。”

“它们不能跳出来吗？”

“别缠着问了！一直问个没完……擦擦鼻子！问问什么聪明的问题……问这些蠢事干啥？”

场子里加紧活动起来……六个知晓这场狩猎秘密的人抬着一只大木箱，把它放在场子中央……观众活跃起来了。

“先生！现在谁的狗出动？”

“莫扎罗夫的狗！嗯……不，不是莫扎罗夫的狗，而是舍列麦蒂耶夫的狗！”

“才不是舍列麦蒂耶夫的狗呢！而是莫扎罗夫的灵猩！瞧，它在那儿，莫扎罗夫的黑狗！看见吗？啊，难道是舍列麦蒂耶夫的狗吗？是的，是的，是的……对，对，对……先生们！是舍列麦蒂耶夫的狗！是舍列麦蒂耶夫的狗。莫扎罗夫的狗，瞧，它们都在那儿。”

有人用小斧头敲打着木箱……观众的急切心情已达到了最大限度[①]……人们离开了木箱……一个人拉绳子，“牢狱”的板壁脱落了，一只大灰狼呈现在观众的眼前，这是俄罗斯动物之中最可敬的动物。这只狼向四周环视一下，接着它就站起身，跑了起来……紧跟着它急追的是舍列麦蒂耶夫的几条狗，莫扎罗夫的一只狗不按规章地跟在舍列麦蒂耶夫的狗后面跑，莫扎罗夫的灵猩后面跟着一个带剑的灵猩看管人……

狼还未跑上两俄丈就已经死了……猎狗和猎人都立下了战功……“好……噢……噢！”观众喊起来，“好！好！为什么莫扎罗夫不按顺序放出了自己的狗？莫扎罗夫，嘘嘘嘘！……好！”对另一

---

① 原文为拉丁语。

只狼也是这么干的……

第三只木箱打开了。狼蹲在那里一动不动。人们用皮鞭在它眼前拍打。它终于站了起来，一副很疲劳乏力的样子，勉勉强强拖动着它的两条后腿……它向四周张望……没有生路！可是它多么想活啊！像那些坐在看台上听着它的咬牙声和看着它流血的人们一样，非常想活。它试着想跑，但满不是那么回事！斯维琴的几条狗咬住狼毛，猎手把剑插入它的心房，呜呼，战败者！[①]——狼倒下了，把对人的恶劣印象带入了坟墓……人想出了这种冒牌的[②]狩猎，真在狼面前丢尽了脸！……在草原上、在森林中打猎则是另一回事。在那里，尚可用平等争斗来谅解人的嗜血行为，因为在那里狼可以自我保护，可以跑……

观众疯狂了，他们是这样地疯狂，好像是有人把全世界的猎狗都向他们放来似的……

"在箱子里头就杀死好了！这算什么狩猎！真令人恶心！"

"既然您不懂，那您嚷什么？您从来也没打过猎吧？"

"没有。"

"那为什么嚷嚷呢？您懂得什么？按您的想法，就是要把狗交给狼，让狼去撕咬它们？按您的想法是这样吗？是这样吗？"

"您听呀！看到一只杀死的狼算什么享受？又不让狗放开跑！"

"嘘——嘘——嘘……啧啧！"

"这是谁的狗？"身穿貉皮大衣的老爷发狂了，"小厮，你去打听一下，这些是谁的狗？"

"列布舍夫的！舍列麦蒂耶夫的！莫扎罗夫的！"

"牡犬是谁的？……"

"莫扎罗夫的！好牡犬！……莫扎罗夫的！……"

"在木箱里就把狼杀死好了！……"

---

① 原文为拉丁语。

② 同上。

观众不喜欢这么早就把狼杀死……该在场子里把狼赶上两个钟头，让狗用牙把它咬得遍体鳞伤，用狗蹄把它踩扁，然后才杀死它……更别说它已经受过追迫，已经被捕，无缘无故地在“监牢”里蹲了好几个礼拜。

斯塔霍维奇的猎狗和猎手把狼活捉了……这头幸运的狼重新被装进了木箱里。有一只狼越过了障碍物。猎狗、猎手在它后面追。如果它能跑进城去，莫斯科人就会有幸在大街小巷看到一场无与伦比的追捕！……

场间休息充满了令人疲乏的等待，可就在这时观众却哈哈大笑（您不相信吗？）并大声叫喊“妙极了！”，因为他们喜欢那匹廉价的矮脚马，人们用它把空木箱从场子中央拖到原来的地方。这马不是在走，而是在跳，而且它不是用腿跳，而是用全身跳，特别是它的头也在跳。观众喜欢的也正是这个，他们在狂喜。

幸运的矮脚马！它或它的父母是否曾经想到过，有朝一日人们会向它鼓掌喝彩？

响起了断断续续的狗叫声，一群猎犬出现在场上……一只大狼被放出来让它们撕咬。猎犬在撕抓，而那些未被放出来的灵猩出于嫉妒在叫嗥。

“妙！妙啊！”观众喊道，“好！尼古拉·雅科夫列维奇。”

尼古拉·雅科夫列维奇炫耀地向观众们行礼，他的派头是任何一个举行纪念演出的演员都会羡慕的。

“放狐狸！”他兴奋地喊道。

有人把一只小木箱抬到了场中央，又从那里头放出一只蛮好看的小狐狸。小狐狸跑呀，跑呀……几只猎犬在它后面追。谁也没有看到猎犬在什么地方抓住了狐狸。

“狐狸跑啦！”观众喊道，“放走啦！跑啦！”

尼古拉·雅科夫列维奇又出现了，手里抓着小狐狸。观众感到不好意思。为了把猎犬集合成群，出动了不少人，用了很多时间。这些狗不听话，纪律性很差……观众不喜欢这些猎犬。

其实观众都冻坏了，但他们都很满意。女士们都兴高采烈。

“国外好，”一个女士说，“那里有斗牛、斗鸡……为什么在我们俄罗斯不搞这些？”

“那是因为，夫人，国外有牡牛，而我们这里不养牡牛！……有帽徽的老头儿回答女士道。”

终于放出了最后一只狼，这只狼被刺死了。观众议论着猎狗，哪些好，哪些差，议论议论就各自回家了。

短文结束前要提出一个问题：这种虚伪的玩意儿的目的何在呢？对猎狗是无法加以夸耀的，因为场地很小，它们无处展示自己的勇猛。那么寓意何在呢？

寓意是糟糕不过的：搔搔女人的神经，如此而已！当然，门票收入成千。但我不敢认为，做这一切全是为了票房收入。票房收入可以抵偿一切开支，但是它不能抵偿那些小小的伤害，这场追捕也许已经在上面提及的中学生的小心灵中造成了这种伤害。

诙谐广告和声明

安东沙·契洪特提供

牙科医生喧嚣特尔的声明

我得知，我的病人们把不久前才迁来此地的喧嚣特尔医生误认为是鄙人，因此我荣幸地宣布，我住在莫斯科，并请我的病人们别把我和喧嚣特尔混同起来。喧嚣特尔并非是他，而我乃是喧嚣特尔。我从事镶牙，出售自制的洁齿用粉末，并挂有一块最大的招牌。我出诊时戴白领带。

文可列尔动物园牙科医生——喧嚣特尔

在列乌辛书店有下列惊人书籍出售

热恋自修课本。或者唉！你呀，畜生！白痴托夫著。定价一卢布八十戈比。

书信集。粗鄙话语博士恶棍采夫著。定价四卢布。

隐秘爱情的隐秘秘密。或者爱情享受的公文皮包。定价五卢布。

世界各国污言秽语词汇大全。定价七卢布。

女学究札记。或者嘿，贞操！定价一卢布五十戈比。

诱惑、勾引、伤害、煽动等的伎俩。青年必读。定价，四卷共六卢布。

大自然的秘密。或者何谓爱情？幼小儿童木版插图读物。定价三卢布五十戈比。

预订者享受七五折优待。购书超过五十卢布者赠送五十张摄影画片和铸有全景图的挂钟钥匙。

开始征订 1882 年度

政治、文学、贸易和稀奇的大型日报

《新闻和证券报》。

该报由股份公司出版，此公司拥有基本资金三百万芬兰马克，或一百二十万卢布左右，分为三千股，每股一千芬兰马克。

《新闻报》拥有：

自设的两家造纸厂，一位专职的非常机敏的编辑，自设的一家印刷厂，自开的一家书店。

自 1882 年起它将拥有：

自己的房子，供自己的几匹驴用的马厩，自己的疯人院，自己的债务部和自己的啤酒铺。

报纸由以上股份公司印刷。

订阅者逃跑了

寻到他们者，请将其送到《瞬息》编辑部来。报酬——编辑的握手。

新到斯米尔诺夫律师的以下著作

拳头法。译自鞑靼语。供法律专业大学生使用。定价一卢布。

打还是不打。定价三卢布。

拳头生理学。定价一卢布。

书商和律师可享受优惠。

抵达莫斯科的有

来自彼得堡的法国臣民娜娜·苏霍罗芙斯卡娅。她下榻于彼得罗夫大街。

离开莫斯科的有

记者莫尔察诺夫赴南极。

一百四十五位律师去塔干罗格。

娜娜·苏霍罗芙斯卡娅夫人参演的
音乐·演唱·文学·舞蹈晚会

为救济因维苏威火山爆发而受害的荷尔库拉努姆地区和邦拜地区居民举行义演于斯拉夫市场，日期2月29日。

节　目

《冷啊！漂泊者，冷呀！》由伊万诺夫·科杰尔斯基先生哭诉。

《我们的天才在哪里？！？活见鬼！》由阿维尔吉耶夫先生怒斥。

《头头用头打破了头头的头》由编辑拉宁嘶叫。

《我是否错了……》由布莲柯女士演唱。

《贫穷在跳跃，贫穷在舞蹈……》吉卜赛舞蹈，由普希金剧院的演员演出。

《亡人尼古拉和我……》序曲，由朔斯塔科夫斯基先生演奏。

《并非每个身无分文的人都是穷光蛋》由娜娜·苏霍罗芙斯卡娅边舞边唱。

《干吗要谦虚？普希金第一，莱蒙托夫第二，而我，维力奇可夫——第三……》由朋友们替不识字的维力奇可夫朗读。

《明天，明天，不是今天——懒汉们这样说！》由《盲人》杂志编辑演唱。

七点三十分开始

如有人因闷热（45°R①）而昏厥，场内有医生，并免费供给阿母尼亚水。

① 列氏温标45°。R. 列奥米尔（1732）提出的一种温标，它的1°等于在一个大气压下水的沸点和冰的熔点的温度差的1/8，即1°R = 5/4℃。

疯子数学家出的习题

1）有三十条狗追我，其中七条是白狗，八条是灰色的，其余都是黑狗。试问，狗咬了我的哪条腿？右腿还是左腿？

2）阿夫托里麦德生于223年，他在度过了八十四个春秋后死去。他的半生是在旅行中度过的，一生中的三分之一时间用于享乐。一俄斤钉子值多少钱？阿夫托里麦德是否结过婚？

3）新年前夕由于互相殴打，从大剧院的化装舞会上赶走了二百人。如果打架的有二百人，那么争吵的人、喝醉酒的人、微有醉意的人、想打架但没有寻到机会的人各有多少？

4）这些数相加之和是多少？

5）购得二十箱茶叶。每一箱装有五普特[①]茶，而每一普特相当于四十俄斤。运茶的马中有两匹死在路上，车夫中有一人病倒，有十八俄斤茶散失了。一俄斤中有九十六个左洛特尼克[②]。试问，腌黄瓜的盐水与困惑之间的区别是什么？

6）英语有一亿三千七百八十五万六千七百三十八个单词，法语的词多零点七倍。英国人和法国人相聚在一起，把两种语言合为一种。试问，第三头鹦鹉值多少钱？需要多少时间才能把这些民族征服？

7）1881年6月17日星期三夜间三点钟列车应从A站开出，以便在晚上十一点钟到达B站；但是在火车正要出发的时候得到命令，要求火车在晚上七点钟到达B站。谁的爱情持久一些？男人的爱情还是女人的爱情？

8）我的岳母七十五岁，而妻子四十二岁。几点钟了？

安东沙·契洪特提供

---

① 俄国重量单位，1 普特等于 16.38 公斤。

② 俄国重量单位，96 个左洛特尼克相当于 1 俄斤。

忘记啦！！

伊万·普罗霍雷奇·加乌普特瓦赫托夫中尉以前是个敏捷灵活的人，他好跳舞，好向女人献殷勤，现在他已是一个既胖又矮而且两度瘫痪的地主。今天他出来给妻子采购了许多东西，感到疲乏困顿，现在他又来到一家大音乐商店买乐谱。

"您好，先生！……"他走进商店说，"劳您驾，给我……"

站在柜台里头的小个儿日耳曼人向他伸过脖子，在脸上作出一个笑嘻嘻的问号。

"您有何吩咐？"

"劳您驾，给我……真热！这种天气，叫你毫无办法！劳您驾，给我……嗯……给我拿……嗯……劳您驾……忘记啦！！"

"您会想起来的，先生……"

加乌普特瓦赫托夫抿紧嘴唇，蹙起额头，向上方抬起眼睛，默默地想了起来。

"忘记啦！！你瞧这鬼记性，主啊，宽恕我吧！对了……对……劳您驾，给我……嗯……忘记啦！！"

"您会想起来的，先生！"

"我对她说过：写下来！她没有写……为什么她不写下来呢？我哪能什么都记住？……不过，也许您知道，那是一首外国曲子，弹起来很响亮……啊？"

"您要知道，我们这儿曲子太多了，所以……"

"嗯，是啊……当然了！嗯……嗯……让我想想……哎，怎么办呢？买不到这首曲子我不能回家。娜佳，就是我那个女儿，她会把我骂死。没有乐谱，您要知道，弹曲子不方便，弹出来的东西不是那回事！她本来有一本乐谱，我说老实话，我一不小心把煤油泼到了乐谱上，为了免得吵闹，我把乐谱扔到了五屉柜的后边……我不喜欢女人家吵吵闹闹！她吩咐我买一本……嗯，是啊……嘿……好傲慢的一只猫！”加乌普特瓦赫托夫说着就抚摸了一下躺在柜台上的大灰猫……猫儿呜呜地叫起来，伸了个香香的懒腰。

“好猫……大概是西伯利亚种，坏家伙！是良种，调皮鬼……这是只公猫还是母猫？”

“公猫。”

“咦，你看什么？丑嘴脸！傻瓜！老虎！老鼠你会捉吗？喵呜，喵呜？……我的记性糟透了！……胖胖的，小调皮鬼！您能给我弄到一只它生的猫崽吗？”

“不能……嗯……”

“不然我倒带一只回去了……我老婆非常喜欢这些东西：猫！……现在我该怎么办呢？一路上我还记得，可现在我忘记啦！……记性没有了，完啦！我老了，我的好时光已经过去了……如今是该死的时候了……那曲子弹起来很响亮，很花哨，很庄严……劳您驾，先生……嗯……我来唱一下吧，也许……”

“您唱吧……不然[1]……不然……不然吹口哨也行！……”

“不好在房间里吹口哨……就是么，我们那儿有个谢杰尔尼科夫，他老吹口哨，吹啊吹的，都吹得倾家荡产了……您是日耳曼人还是法国人？”

“日耳曼人。”

“可不是么，看相貌就看出来了……幸好您不是法国人……我不喜欢法国人……他们老是呼噜呼噜的，真下流！打仗时他们吃过老鼠……有个法国人，他从早到晚在他的小铺里吹口哨，结果把他的食品杂货店都吹破产了！如今他背着一身债……还欠我二百卢布

---

① 原文为德语。

呢……我有时候用鼻子哼几句……嗯，对不起……我来唱……等一等，马上唱……咳。我有点咳嗽……喉咙里发痒……”

加乌普特瓦赫托夫打了三下框子，闭上眼睛，用假嗓唱了起来：

“斗——斗——梯——斗——斗……哈哈哈……我是男高音……在家里我常唱童高音……对不起……梯——拉——拉……咳……不知什么东西卡在牙缝里了……呸！原来是一粒小瓜子……奥——斗——斗——乌……咳，我该是感冒了……我在酒店里喝了点凉啤酒……特鲁鲁鲁……就这么一路高上去……然后，您要知道，又低下来，低下来……就这么忽高忽低，后来又是一个高音调，一个非常脆的声音，斗——斗——梯……鲁——鲁。您听懂了吗？这时又来一阵低音：古——古——古——土——土……听懂了吗？”

“听不懂……”

公猫惊奇地看了加乌普特瓦赫托夫一眼，它该是笑起来了，接着就懒洋洋地跳下柜台。

“您听不懂！可惜……不过，我也唱得不对头……全忘记啦，真恼人！”

“您就在钢琴上弹弹吧！……您会弹琴吗？”

“我不会弹……小提琴我以前倒拉过，只有一根弦，不过拉得也不怎么样……马马虎虎……没有人教我……我弟弟纳扎尔倒会弹琴。有人教过他……法国人罗卡特，也许，您认识，就是韦耐笛克特·福兰崔奇……真是个可笑的法国佬……我们同他开玩笑，叫他挪破仑①派。他生气……他说：‘我不是挪破仑②派……我是法国共和派。’……他那副嘴脸，说真的，是共和派嘴脸……简直是一副狗相……我已故的父亲什么也没教过我……他常常说：‘你爷爷叫伊

① 应是“拿破仑”。

② 同上。

万，你也叫伊万，所以你一举一动都应该像你的爷爷，你该做军人，混蛋！你得精力充沛！！娇气，孩子……孩子……我，孩子……我不允许你娇里娇气！你爷爷可说是以马肉为生，你也该吃马肉！头底下你得垫马鞍子，别垫枕头！’现在我回家会够我受的！她们会把我折磨死！没有乐谱别想回家……既然这样，再见吧，先生！请原谅我打搅您了！买这架刚琴[①]要多少钱？”

“八百卢布！”

“哎呀呀，我的爹！这就是常说的‘买刚琴[②]玩，出门没有裤子穿！’嘿嘿嘿！八百卢……布！！！口味可真高！再见，先生！希烈亨齐！盖本齐！[③]……您知道吗，有一次我在一个日耳曼人家里吃午饭。饭后我问一位先生，他也是个德国佬：在德国话里，‘承赐盛宴，不胜感激之至’这句话该怎么说？他就对我说……对我说……真对不起，先生！……他说：‘伊赫·里贝·笛赫·丰·冈岑·赫尔岑！’他说的这句话是什么意思？”

“我……我爱你，”站在柜台里头的日耳曼人翻译说，“全信全意[④]！”

“就这样，我走到主人的女儿跟前照样直爽地说了一遍……她难为情了……差一点儿她发歇斯底里……真是麻烦事啊！……再见吧，先生！俗话说得好：脑子糊涂，苦了两腿……眼前我也是这种情况……记性这么糟，活该：得跑上二十趟！回头见，先生！”

加乌普特瓦赫托夫小心地推开店门，走到街上，走了五步就戴上了帽子。

他骂自己记性坏，接着就想了起来。

他想到：他怎样回到家里，他的妻子、女儿和孩子们怎样跳出来迎接他……他妻子会把买来的东西检查一遍，会骂他，说他是一

① 应是“钢琴”。

② 同上。

③ 德语，是“请您说！”“请您给！”这两句话的俄语音译。

④ 应是“全心全意”。

头什么动物、蠢驴或者笨牛……孩子们会扑向糖食，疯狂地伤害他们本已吃坏了的肠胃……身穿浅蓝色连衣裙、打着粉红色领结的娜佳会迎着他问道：“乐谱买了吗？”一听说“没有买”她就会骂老父亲，会把自己反锁在小房间里放声大哭，不肯出来吃午饭……过一会儿她会从房间里出来，泪痕斑斑，闷闷不乐地坐下弹钢琴。起初她会弹一首什么悲伤的曲子，忍泣吞声地唱一首什么歌……到晚上娜佳会高兴一些，会终于长叹一声后弹出这首她喜爱的曲子：斗——斗——斗——梯——斗——斗……

加乌普特瓦赫托夫使劲拍打一下额角，转身像疯子似的奔向音乐商店。

“斗——斗——梯——斗——斗，哎唷唷！”他跑进商店大声喊叫，“我想起来了！！！就是这个！斗——斗——梯——斗——斗！”

“啊……好，现在明白了。这是李斯特[1]的狂想曲，第二号……匈牙利的……”

“对，对，对……李斯特，李斯特！上帝可以把我打死，如果我说得不对的话。是李斯特！对，对，对……亲爱的！正是它！亲爱的！”

“是的，李斯特的曲子是难唱的……那么您要买哪一种，原本还是简本？”

“随便哪一种！只要是第二号，李斯特！这个好恶作剧的李斯特呀！斗——斗——梯——斗……哈哈哈！我费了好大的劲才想起来！真的！”

日耳曼人从货架上取下乐谱本，把它同一大沓目录和广告卷在一起，把这一卷东西递给了眉飞色舞的加乌普特瓦赫托夫。加乌普特瓦赫托夫付了八十五戈比，吹着口哨走了。

---

① 李斯特（1811—1886），匈牙利作曲家、钢琴家、指挥家。

充满问号和惊叹号的一生

〔**童年时代**〕 上帝赐给了我们一个什么孩子，儿子还是女儿？快要受洗了吧？大个儿男孩！要抱好，奶妈！哎呀，哎呀！他会摔跤的！！出小牙齿了吗？他这是淋巴结发炎了吧？把小猫从他手里拿走，要不它会抓伤他的！你揪舅舅的胡子！就这样揪！别哭！妖精来了！他已经会走了！你们把他带走，他没有礼貌！他在您那儿惹事了？！可怜的礼服！哦，没什么，我们把它晾干就是！他把墨水瓶打翻了！睡吧，小胖子！他已经会说话了！啊，多么令人高兴的事啊！你来，讲点什么给我们听听！他差点儿被马车夫轧死！把奶妈赶走！你别站在穿堂风口上！你该害臊才是，怎么可以打这样的小孩子？别哭！给他一块蜜饼吧！

〔**少年时代**〕 你过来，我要揍你一顿！你这是在哪儿把鼻子弄破的？别打搅妈妈！你不是小孩了！你别上桌，你得等一会再吃！你读！不会读？站到墙角里去！只得了一分！别把钉子放到口袋里去！为什么你不听妈妈的话？吃东西要有个样子！别挖鼻子！是你打了米佳？淘气鬼！你把《杰米扬的鱼汤》[1]读给我听！这个字的复数第一格是什么？加一再减一！从教室里滚出去！不许吃饭！该睡了！已经九点钟了！客人一来，他就淘气！你胡说！把头发梳好！给我离开饭桌！快，把你的成绩给我看看！你的皮靴已经破了？！这么大了还哭鼻子，真难为情！你这是在哪儿把制服弄脏了？你们这些孩子，谁也供养不起！又得了个一分？究竟到什么时候我才会不必揍你？你要是再抽烟，我就把你从家里赶出去！facilis[2]这个词的最高级是什么？facilissimus？胡说！谁把这酒喝了？孩子们，猴子牵到院里来了！您为什么叫我儿子留级？外婆来了！

〔青年时代〕 你喝白酒还嫌早！请您讲一讲时代的连续性！过早，过早，年轻人！我在你们这年纪对这种事还一窍不通呢！你还不敢在父亲面前抽烟？哎，太可耻！尼诺琪卡问你好！我们以朱理乌斯·恺撒[③]为例！这儿是动词的语法变化[④]？啊，我的宝贝儿！躲开，少爷，不然我……告诉你爸爸！得了，得了……请您别纠缠不休，调皮鬼！妙极了，我已经长胡髭了！在哪儿？这是你画出来的，不是长出来的！娜佳的小下巴真美！您现在读几年级？您得承认，爸爸，我不能没有零用钱！娜达霞？我认得！我去过她家！原来是你吗？哎，你啊，谦虚的人！给我一支烟抽！啊，但愿你知道我多么爱她！她简直是天仙！我中学一毕业就跟她结婚！这与您无关，妈妈！我把这些诗献给您！别抽烟！我喝上三杯就会醉！再来一个！再来一个！好哇！难道你没读过包尔恩[⑤]的作品？这不是余弦，而是正弦！切线在哪？索恩卡的脚不好看！可以吻一下吗？咱们干一杯吧？好哇，我毕业了！记在我账上！借给我二十五卢布！我结婚了，爸爸！可是已许过愿了！你在哪儿过夜了？

〔在二十岁和三十岁之间〕 借给我一百卢布！读哪个系！我反正一样！一堂课多少钱？便宜得很！去斯特烈尔那[⑥]，再回来！再来一个！再来一个！我欠您多少钱？您明天来！今天剧院里演什么戏？啊，但愿您知道我多么爱您！答应不答应？答应？啊，我的美人儿！狠狠揍！茶房！您喝西班牙白葡萄酒吗？玛利亚，给我腌黄瓜的盐水[⑦]！主编在家吗？我没有才能？奇怪！我靠什么来生活呢？借给我五个卢布！到沙龙去！诸位先生，天亮了！我不要她了！把

---

① 俄国作家克雷洛夫写的一篇寓言。
② 拉丁语：容易。
③ 古罗马帝国的独裁者（前102/100—前44）。
④ 原文为拉丁语。
⑤ 包尔恩（1786—1837），德国作家。——俄文编者注
⑥ 莫斯科城郊的一个饭馆。
⑦ 供醒酒用。

礼服借给我！黄球打角①！我现在已经醉了！我要死了，大夫！你借给我一点钱买药吧！我差一点儿死了！！我瘦了？去亚尔②，如何？值得！给我点事干吧！可以！哎哎哎……您是个懒汉！难道可以这样迟到吗？主要的不是钱！不，先生，就是钱！我要开枪自杀了！完了！去他的吧，一切都见鬼去吧！别了，卑鄙下流的生活！不过……不行！丽扎，是你吗？我的好光景已过去，妈妈！我已经落伍了！舅舅，给我找个工作吧！*我的舅妈*，马车准备好了！*谢谢*，*我的舅舅*！不是吗，我变了，*我的舅舅*！挨了一顿臭骂吗？哈哈！请您把这文件写好！我要结婚？永远不结！她呀，唉，嫁人了！大人！谢尔日，介绍我同你的外祖母认识一下！您真迷人呀，公爵小姐！您老了？得了吧！您激起我说恭维您的话了！劳您驾给我一个正厅第二排的座位！

〔**在三十岁和五十岁之间**〕 失败了！有空缺吗？九张牌，缺王牌！七张红桃！该您发牌了，好舅舅！您真可怕，大夫！我的肝脏肥大？胡说八道！这些大夫收费太多！她有多少陪嫁呢？现在您不爱，时间一长会爱的！祝贺您合法结婚！我的心肝，我不能不打牌！是冒卡他吗？生的是儿子还是女儿？跟爸爸一模一样呢！嘻嘻嘻……我不知道，先生！我赢了，我的心肝！我又输了，见鬼！生的是儿子还是女儿啊？跟爸爸……一模一样！我向你保证，我不认识她！你别吃醋！我们走吧，方妮！要镯子？来一瓶香槟酒！祝您升官！*谢谢*！要消瘦一点该怎么办？我秃顶了？！别叫人厌烦，丈母娘！生的是儿子还是女儿？我醉了，卡罗琳亨！让我吻你一下，可爱的日耳曼女人！这无赖又在我妻子房间里！您有几个孩子？帮帮可怜人吧！您的女儿多么可爱呀！魔鬼们，都登在报上了！走，我要揍你，坏孩子！是你揉乱了我的假发吗？

〔**老年**〕 我们去温泉疗养吗？你嫁给他吧，我的女儿！他蠢？

---

① 打台球的用语。

② 莫斯科城郊的一个饭馆。

得了吧！舞跳得不好，但两腿妙不可言！吻……一下要……一百卢布？！哎，你呀，小鬼！嘻嘻嘻！你要吃松鸡吗，小姑娘？你啊，儿子，有点……不讲道德！您得意忘形了，年轻人！啧！啧！啧！我喜欢音乐！来一瓶乡……槟……酒！[1]你在读《小丑》[2]？嘻嘻嘻！我给孙子孙女们送糖果来了！我的儿子挺好，不过我当年比他好！你在哪儿，那黄金的岁月？艾莫琪卡，在遗嘱里我也没有忘记你！你瞧我多好！好爸爸，把表给我！浮肿病？真的吗？愿他进入天堂！亲属们在哭？她穿上这身丧服真合适！他有点儿臭味了。你安息吧，诚实的劳动者！

---

① 应是“香槟酒”。

② 在彼得堡发行的一种黄色幽默杂志。

自白，或奥利亚、任尼雅、左雅

一封信

您，我亲爱的，我亲爱的难忘的朋友，您在一封和蔼可亲的信中顺便问我：为什么尽管我已经三十九岁，可是直到现在还没有妻子？

我的亲爱的！我从心底里喜欢家庭生活，我之所以还没有妻子，只是因为命运这鬼东西不愿意让我结婚。大约有十五次我打算过娶妻子，可是没有结婚，因为在这个世界上，一切事情，特别是我的生活，都依从于机遇，一切都取决于机遇！机会，这可真是一种独断专行的东西。现在我来讲几次机会，由于它们的缘故我一直到今天还在过着难堪乏味和令人蔑视的独身生活……

第一次机会

那是一个令人心旷神怡的六月的早晨。天气晴朗，最纯净的绀青色的天空。太阳在河面上戏耍，它的光线掠过蒙上了露水的青草。河面上和绿草地上好像撒遍了珍贵的钻石。鸟儿好像在按照乐谱唱歌……我们走在铺着黄沙的林荫路上，幸福地吸入六月清晨的馨香气息。树木十分亲切地看着我们，低声向我们诉说着某种想必是美好和温存的东西……奥利亚·格鲁兹多甫斯卡雅（现在她已嫁给了你们的县警察局长的儿子）把一只手放在我的手上，而她那细小的小指头在我的大手指上颤抖……她双颊绯红，而她的眼睛……啊，我亲爱的，那是神奇的眼睛！在这两只浅蓝色的眼睛里闪现着多少魅力、真情、纯洁、欢乐和孩子般的稚气！天真烂漫！我欣赏她两条淡黄色的辫子，欣赏她细巧的脚留在沙地上的一个个小小的足迹。

“奥尔加[①]·玛克辛莫芙娜，我已把我的一生献给了科学，”我低声说，惟恐她的小指头从我的拇指上滑掉，“在前面等待着我的是教授的讲台……我耿耿于怀的是许多……科学上的问题……这是一种靠劳动的生活，它充满了忧虑，充满了高尚的……该怎么说呢？……喏，一句话，我将成为一名教授……我诚实，奥尔加·玛克辛莫芙娜……我不富有，不过……我需要一个女友，她会以她的存在……”（奥尔加·玛克辛莫芙娜感到局促不安，她低下眼睛，那个小指头颤抖起来了）“她会以她的存在……。奥利亚！您看一下天空！它多么晴朗！……不过我的生活也是这样澄清，这样无垠……”

我的舌头还没来得及摆脱这种胡言乱语，奥利亚突然抬起头来，把她的手从我的手里抽回，鼓起掌来。一群大大小小的鹅迎着我们走来。奥利亚跑向鹅群，高声大笑，把两只小手向它们伸去……啊，那是一双什么样的小手呀，我亲爱的！

“嘎……嘎……嘎……”鹅儿们开口了，它们仰起脖子，斜眼看着奥利亚。

“鹅，鹅，鹅！”奥利亚叫了起来，将手伸向一只小鹅。

小鹅虽小，却很聪明。它躲开奥利亚的手，向它的爸爸跑去，那是一头又大又蠢的雄鹅。看样子，小鹅还向爸爸诉了苦。雄鹅张开了翅膀。顽皮的奥利亚又将手伸向另一只小鹅。就在这时发生了一件吓人的事。雄鹅把脖子稍稍压向地面，发出嘶嘶的叫声，像条蛇似的威严地向奥利亚迈步走去。奥利亚尖叫一声转身就跑。雄鹅追着她。奥利亚回头一看，尖叫得更加厉害，脸色变得苍白，她那张少女的美丽小脸由于恐惧和绝望而变了样。看样子，好像有三百

① 奥尔加是正名，而奥利亚则是小名。

个恶鬼在追她似的。

我赶紧跑去救她，用手杖敲打雄鹅的头。这头恶劣的雄鹅还是撕下了她的连衣裙的一角。眼睛睁得大大的、面孔变了相的奥利亚全身发抖，倒进了我的怀抱……

“您真是个胆小鬼！”我说。

“您给我打雄鹅！”她说着哭了起来……

在她那张战战兢兢的小脸上，纯朴的稚气不见了！有的只是痴呆的神情！我不能容忍懦弱，*我亲爱的*！我不能设想我会娶一个懦弱胆怯的女人做妻子！

一头雄鹅把一切都弄糟了……安抚好奥利亚之后我就回家了，而她那张懦弱得近乎痴呆的小脸却深深地印在我的脑中了……对我来说，奥利亚已经失去了她的全部魅力。我拒绝了她。

第二次机会

我的朋友，您当然知道我是个作家。天神在我的胸膛里点燃了圣火，所以我认为我没有权利不拿起笔来。我是阿波罗的祭司[①]……我把我心脏的一次次跳动，把我的一声声呼吸，总之把我的全副身心都献给了缪斯的祭坛[②]。我写呀，写呀，写……如果您夺走我的笔，那我就会活不下去……您在笑，您不相信……但我起誓，事情真是这样！

不过，*我亲爱的*，您当然知道，对艺术来说地球不是一个好地方。地球广大而又富饶，但在这里却没有作家生存的地方。作家永远是孤儿，是流放犯，是替罪羊，是无依无靠的孩子……我把人类分成两个部分：作家和嫉妒者。头一部分人写东西，第二部分人拼命忌妒，玩弄种种把戏去伤害头一部分人。由于这些嫉妒者使我吃

---

① 即诗人和作家。

② 意思是：将自己献给了文学创作事业。

了苦头，现在还在吃苦头，将来也还会陷入困境。他们毁了我的生活。他们包揽写作事业的权柄，自命为主编和出版者，竭力诽谤和中伤我们这一伙。他们真该死！！

您听我讲下去……

我一度追求过任尼雅·普希科娃。您当然会记得这个长着黑头发、喜欢幻想的可爱的孩子……现在她已经嫁给了您的邻居卡尔·伊万诺维奇·万采。（顺便说一句：在德语里“万采”的意思是……臭虫。您别把这话告诉任尼雅，她会生气的。）任尼雅看中我是一个作家。她同我一样深信我的天赋使命。她把全身心寄托在我的希望上。但当年她还年轻，她理解不了我在上面谈到的人类分成两个部分人的想法！她不信这种划分！她不相信，于是有一天我同她的……关系终于破裂了。

当时我住在普希科娃家的别墅里。大家都以为：我是未婚夫，任尼雅是未婚妻。我写，她读。她是一个非常好的批评家，我亲爱的。她像阿里斯梯德①一样公正，又像加图②一样严厉。我把我的作品献给任尼雅……她非常喜欢这许多作品中的一篇。任尼雅希望它能发表。我把它寄给了一家幽默杂志。我在7月1日寄出，期待着两周后的答复。7月15日到了，我和任尼雅收到了盼望中的那一期杂志。我们赶紧拆开邮件，读到了“邮箱”栏里的答复：“希理多沃村。玛·巴先生：您没有丝毫才能。鬼知道您胡说了一些什么。不必白白浪费邮票，也别再来打搅我们。您干一些别的什么事情吧！”

真荒唐！一眼就看出，这答复是几个傻瓜写的。

“嗯嗯嗯……”任尼雅低声哼道。

“多卑鄙的家伙！！！……”我嘟哝说，“怎么样？叶甫盖尼雅·玛尔科芙娜，您现在会笑我把人划分为两种的说法了！”

---

① 阿里斯梯德（前540—前467），雅典政治家和统帅，号称“公正的人”。

② 加图（前234—前149），罗马执政官，非常严格地卫护古罗马风尚习俗。

任尼雅思索着，她打了个呵欠。

“说什么呢？”她讲话了，“也许您确实是没有才能！这种事他们看得更清楚些。去年费奥多尔·费多塞耶维奇同我一块儿钓了一个夏天鱼，而您，您一直在写，写，写……这该有多枯燥啊！……”

怎么样？我和她在写作和阅读中度过了许多不眠之夜后她说这种话，而且是在我们双方都对缪斯作出了牺牲之后说这种话！……您倒说说，怎么办？

任尼雅对我的写作生活失却兴致了，因而对我本人也冷淡了。我们断绝往来。别的结局也是不可能的。

第三次机会

我难忘的朋友，您当然知道，我非常喜欢音乐。音乐就是我的爱好、我的擅长……莫扎特、贝多芬、肖邦、门德尔松、古诺，这不是一般的人名，而是巨人的名字！我喜欢古典音乐。我讨厌滑稽歌剧，就同我讨厌轻松喜剧一样。我是歌剧的最经常的听众。霍赫洛夫、柯切托娃、巴尔察尔、乌萨托夫、柯尔索夫①……都是些非常美好的人！使我十分遗憾的是，我不认识这些歌唱家。如果我认识他们，那我会满怀感激之情向他们倾吐心曲。去年冬天我听歌剧的次数特别多。我不是独自一人去，而是和彼普西诺夫一家同去。可惜您不认识这可爱的一家子！每年冬天，彼普西诺夫一家人总在剧院里订下包厢。他们非常喜爱音乐……彼普西诺夫上校的女儿左雅是这个可爱的家庭的骄傲。这是一个多么好的姑娘啊，我亲爱的！单是她两片玫瑰色的小嘴唇就足以使像我这样的人神魂颠倒！她身材端正，她美丽聪明……我爱她……我疯狂热烈地爱她，爱得要命！……我坐在她身旁时我的血就会沸腾。您笑我吧，我亲爱的！您笑吧！您没有体验过作家的爱情，它对您来说是陌生的……作家

① 这些人都是俄国的歌唱家，都是莫斯科大剧院的歌剧演员。

的爱情就是埃特纳加上维苏威[①]。左雅爱我。她的眼光一直固定在我的眼睛上，而我的眼睛又总是向着她的眼睛……我们很幸福……离结婚只差一步了……

可是，我们的关系破裂了。

正在演出《浮士德》。我亲爱的，《浮士德》是古诺写的曲子，而古诺是一个非常伟大的音乐家。在去剧院的途中，我下了决心：在演出我听不懂的第一幕时向左雅表白爱情……伟大的古诺白白写下了这第一幕！

歌剧开演了。我和左雅单独留在剧院休息室里。她坐在我身旁，心神恍惚地玩弄着扇子，期待和幸福的心情使她的身子颤动。我亲爱的，在黄昏的灯光下她真漂亮，漂亮极了！

"这个前奏曲，"我向她吐露爱情说，"引起我的遐想，左雅·叶戈罗芙娜……这么丰富的感情，这么丰富……你听着听着，心里就热乎乎的……你渴望着一种什么东西，你听着……"

我打了一个嗝继续说道：

"就会渴望一种特别的什么东西，渴望一种不是人世间的东西……是爱情？是激情？对，大概是……爱情……"（我又打了一个嗝）"对，就是爱情……"

左雅微微一笑，她局促不安，使劲摇起扇子来。我打嗝了。我不能容忍自己老打嗝！

"左雅·叶戈罗芙娜！您说说吧，我求您！您体验过这种感情吗？"（我打了一个嗝）"左雅·叶戈罗芙娜！我在等着您的回答！"

"我……我……不懂您的意思……"

"我忽然打起嗝来了……一会儿就会不打……我讲的是那种无所不包的感情，这种感情……鬼知道是怎么一回事！"

"您喝点水吧！"

"我先得把爱情表白好，然后再去餐厅，"我想了想继续说，"我

---

① 埃特纳和维苏威是位于意大利境内的两座活火山。

说得简短一些。左雅·叶戈罗芙娜……您想必已经注意到……”

我打了一个嗝。我恼恨自己不断打嗝，咬了咬舌头。

“想必您已经注意到了……”（我打了个嗝）“您认识我快有一年了……嗯……我是个诚实的人，左雅·叶戈罗芙娜！我是个肯下苦功的人！我并不富有，这是真的，不过……”

我打了一个嗝，跳了起来。

“您喝点水吧！”左雅建议说。

我在沙发旁走了几步，用手指压住喉咙，可是我又嗝了一个。*我亲爱的*，我的处境简直糟透了！左雅站起来朝包厢走去。我跟在她身后，送她进包厢时我又打了一个嗝。我奔向餐厅。我喝下了约莫有五杯水，好像不怎么打嗝了。我吸了一支纸烟就朝包厢走去。左雅的弟弟站了起来，把自己的座位让给我。这位子就在我的左雅身旁。我刚刚坐下，就立刻打了一个嗝。过了差不多五分钟，我又嗝了一个。这个嗝打得有点儿特别，有呼呼的声音。我站起来，立在包厢门旁。*我亲爱的*，在心爱的女人耳边打嗝，还是站在门口打嗝好！我又嗝了一个。坐在隔壁包厢里的一个中学生瞧了我一眼，大声笑起来……这个无赖，他笑得多么得意！如果能把这乳臭未干的无赖的耳朵连根揪下来，我会有多么高兴！舞台上在演唱伟大的《浮士德》，他却在笑！这简直是一种亵渎！不，*我亲爱的*，我们做孩子的时候，比他好多了！我正在咒骂冒失的中学生时，又打了一个嗝……邻近几个包厢里的人们都笑了。

“*再一次！*”[①]那个中学生低声喝道。

“鬼知道这是怎么一回事！”彼普西诺夫上校凑着我的耳朵嘟哝道，“打嗝您可以在家里打嘛，先生！”

左雅脸红了。我又打了一个嗝，我发疯似的捏紧拳头跑出包厢。我开始在走廊里来回走动。我走来走去总打嗝。我什么东西都吃了，什么饮料都喝了！第四幕开场时，我啐了口唾沫乘车回家

---

① 原文为拉丁语。

了。我回到家后，仿佛故意使我难堪似的，嗝偏偏不打了……我敲了一下我的后脑勺叫道：

"现在你打嗝呀！现在你可以打嗝，你这个受人嘲笑的未婚夫！不，你不是受人嘲笑的！你不是使自己遭到冷嘲热讽……你是打嗝把自己嗝光了！"

第二天，我像平时一样又到彼普西诺夫家去。左雅不出房来吃午饭，她吩咐人转告我说，由于生病她不能同我见面。彼普西诺夫拖长了声音说话，他讲到了一些年轻人在社交场合举止失礼……这傻瓜，他不知道打嗝的器官并不依赖于意志刺激。

刺激，*我亲爱的*，是动因。

"您肯把自己的女儿，如果您有这样的女儿的话，"彼普西诺夫饭后对我说，"嫁给一个竟敢在社交场合忙于打嗝的人吗？您说呢？怎么样，先生？"

"我会肯的……"我嘟哝说。

"白搭，先生！"

对我来说，左雅不会再爱我了。她未能原谅我打嗝。我完蛋了。

还需要给您描写其余的十二次机会吗？

描写我倒是愿意描写一下的，不过……够了！我两个太阳穴的血管鼓了起来，泪珠簌簌地朝下落，肝脏都翻了身……作家哥儿们，我们的命运中有着某种致命的东西！请允许我，*我亲爱的*，祝您诸事顺遂！我握您的手，并向您的波里亚致意。我听说，他是个好丈夫和好父亲……他值得赞扬！可惜的只是他喝烧酒。（这不是指责，*我亲爱的*！）祝愿您健康和幸福，*我亲爱的*，别忘记您有一个十分恭顺的仆人。

玛卡尔·巴尔达斯托夫

迎接春天

议　论

北风被暖风所替代。微风徐徐吹着，像是吹自西方，又像是吹自南方（我到莫斯科来为时尚短，对地球上的这块地方还不甚了了），风吹得很轻，微微触动着礼服的下襟……已经不冷了，确实不冷了，人们可以大胆地头戴礼帽、身穿夹大衣、手持拐杖在户外行走。甚至在夜间也没有霜冻。雪已融化，变成了混浊的水，淙淙地从高山小丘泻入龌龊的沟渠。只有在小胡同和小巷子里雪才不会融化，在那里它可以安宁地休憩在三俄寸厚的褐色土层之下，一直到五月来临……在田野，在树林，在街心花园，绿色的小草胆怯地钻出了地面……树林还完全是光秃秃的，但看起来好像已经较有朝气。天空十分可爱、清新、晴朗，只是偶尔会出现一些乌云，向地面洒下一些小水点……太阳照耀得如此充足，如此温暖，如此柔和，好似它痛快地喝了一杯，饱饱地吃了一顿，又看到了自己的老朋友……空气中弥漫着嫩草气味、畜粪气味、烟味、霉味、各种乱七八糟的气味、草原气味，还有一种难以名状的特殊气味……在大自然中处处都在张罗、忙碌，无穷无尽的烦劳……事情的真谛就在于，春天正在飞来。

人们已经厌烦于花钱买木柴，穿厌了笨重的皮大衣和十来磅重的套鞋，吸厌了严寒冰冷的户外空气和浴室般的室内空气，他们快乐地、痛快地踮起脚尖，伸展双手迎接飞临的春天。春天是人们所盼望的客人，但她是不是一位善良的客人呢？怎么跟您说呢？依我看，她既不是很善良的，也不能说她是凶恶的。不论她是什么样的，人们都急不可耐地等候着她。

诗人们，无论是年老的还是年轻的，无论是优秀的还是蹩脚的，都暂时撇下出纳员、银行家、铁路员工和戴绿帽子的丈夫，竭尽全力地炮制情歌、颂歌、短诗、叙事诗和其他各种拙劣的小诗，毫无例外地颂扬春天的美妙……通常都歌颂得不成功（我不是指在座诸位）。月亮、空气、烟雾、远方、希望、“她”——这一切都是他们首先要歌颂的。

散文家们也都是诗兴勃勃，他们在杂文、诟语和颂词的开头和结尾都描写自己的切身情感，那些由正在来临的春天所引发的情感。

小姐们和男伴们……难受得要死！他们的脉搏一分钟要跳一百九十次，体温升得很高。心中充满了最甜蜜的预感……春天带来了爱情，而爱情带来了“几多幸福，几多愁！”在我们的图画上春天是把阿摩耳[①]用绳子缚住的。做得对。在爱情这件事中也需要纪律。要是春天放纵了阿摩耳，给它这个坏蛋以自由，那会发生什么样的事啊！我是一个极其严肃的人，但是由于春天气息的恩赐，我头脑里也产生了各种歹念。我在写东西，但我眼前却出现了林荫路、喷泉、小鸟、“她”和其他的一切。岳母已开始用怀疑的眼光看我，而妻子则不时地站在我窗前……

医务人员都是非常严肃的，但就连他们也不能安稳地睡眠……噩梦使他们窒息，他们也会做最具诱惑性的梦。大夫、医士、药剂师的双颊烧得通红。这也不无原因！城市上空弥漫着腥臭的雾气，而这些雾气是由致病的微生物机体组成的……人们胸痛、咽喉痛、牙齿痛……关节炎、痛风、神经痛这些老毛病都会发作起来。肺结核患者多得不得了。药店里人满为患。可怜的药店售货员们连吃饭和喝茶的时间都没有。氯酸钾、祛痰镇咳剂、胸病药材、碘、牙病药简直都是成普特地卖出去的。我一面写，一面就听到隔壁药店里

---

① 爱神。

铜板在叮当叮当作响。我岳母口腔两侧都生了龈脓肿，真成了畸形儿!

小商人、放债人、吸血鬼、吝啬鬼、贪财鬼都高兴得跳起三拍子西班牙舞来。春天也是他们的恩人。千百件皮大衣都进了贷款处，让饥饿的蛀虫去蛀食。所有的尚未失去价值的冬季物品都送到了贪财的善人处。要是你不把皮大衣送到贷款处，你就会没有夏装穿，在别墅里你就只好炫耀自己的貂皮大衣或海獭大衣。我的一件皮大衣至少值一百卢布，可是贷款处只给了我三十二卢布。

在别尔季切夫、日托米尔、罗斯托夫、波尔塔瓦这些地方泥泞都深达膝部。泥泞都是褐色的、又黏又臭……人们都坐在家里，不在街上露面，因为一不小心就会陷进鬼才知道的地方里。你不仅会把套鞋掉在烂泥中，甚至会把皮靴和袜子也留在那里。要是非到街上去不可的话，那就或是赤脚去，或是踩着高跷去。而最好还是根本不上街。应该说句公道话，在母亲城市莫斯科，皮靴是不会陷在泥泞中的，但是一定要套上套鞋。只有在很少几个地方才能永远丢弃套鞋（在库兹涅茨克桥与彼得罗夫卡大街交接的地方，在特鲁巴大街，在差不多所有的广场上）。从一个村到另一个村乘车是过不去的，步行也过不去。

除少年和青年之外，大家都准备去游玩，去欢跃。青年人忙于考试，根本看不到春天。他们整个五月份都用于得五分或一分的紧张学习之中。对考试得一分的人来说，春天是不受欢迎的客人。

稍晚些时候，五六天以后，最多一个礼拜以后，雄猫在窗外会叫得更响一些，稀薄的泥泞会变得浓厚，树上的幼芽变成毛茸茸的，小青草到处破土而出，太阳暖和起来，真正的春天也就来临了。一辆辆大马车载着家具、鲜花、被褥和用人从莫斯科出发了。菜农和花匠们都忙碌起来……猎人们开始给猎枪上子弹。

请再等一个礼拜，再忍耐一下，现在请将你们的胸部用结实的绷带扎起来，以免你们的已经奔放起来而又不容拖延的心从胸中跳将出来……

顺便说说，您让我怎样在纸上描绘春天呢？以什么形式描绘呢？古时候人们把春天描绘成一个将花朵撒向大地的美女。花是欢乐的同义词……现在时代不同了，风尚也不一样了，春天也另一个样子了。我们也把春天描绘成女士。但她不撒花，因为没有花，而且她的手是放在皮手笼里。本该把她描写成纤细的、消瘦的，像一副骨头架子似的，双颊有结核病患者的红晕。但就让她该是怎么样就怎么样吧！我们对她做这种让步，只因为她是女士。

《闹钟》杂志的1882年日历[①]

3月至4月

日期 星期	大事　气象　预言　历史 商务建议　处方和其他	午　餐
3月8日 星期一	一个伟大人物将诞生。只有在叶卡捷琳娜省的巴赫穆特城才能看到日蚀。在马达加斯加岛人心骚动。晚上7点35分日全蚀。有霜冻和雪。彗星和行星不会发生任何特殊情况。昨天是朔月。6点1分日出。6点14分日落。在这一天阿夫托里麦德二世败于波斯皇帝道东四世（342年）并对帕里斯进行了审判。	1）橙子汤 2）油炸报纸鸭 3）发油粥 4）栗子果冻
9日 星期二	春天来临。焦急地等待着幸福时刻的少男少女们患上了神经性心跳病（心脏病发作[②]；治疗药物：溴化钾，缬草酊[③]和冰）。沃兹聂先斯科村有集市。没有日蚀。解冻，有雪。一个伟大作家将在西班牙诞生，他将在诞生后的第七天死去。5点58分日出。6点16分日落。在这一天曾经有过科学的复兴（1441年）。	1）豌豆扁豆汤 2）梅谢尔斯基公爵式油炸鹅 3）炸柠檬加沙司 4）醋浸无核葡萄干
10日 星期三	大家都将幸运。在坦波夫省列别姜市将可看到一颗有两条尾巴和一个翅膀的星星，这是土豆歉收的征兆。有霜冻。在阿尔及尔下冰雹。某出纳员将被捕。有几处集市：在彼尔姆省阿拉帕耶夫斯克市（布、车轮、针、柏油和	1）小俄罗斯菜汤 2）油炸牡蛎 3）夜莺舌头做沙司 4）女郎皮

续表

日期 星期	大事　气象　预言　历史 商务建议　处方和其他	午　餐
	葡萄干集市），在萨玛拉省萨玛拉市（马乳、呢料和吉他集市），在特维尔省勒热夫市（盘子、刀叉、盐瓶和鼻烟瓶集市）。5点55分日出。6点19分日落。在这一天特瓦尔多夫斯基老爷死于《罗马酒馆》（1811年），恺撒渡过了卢比肯河④（54年）。	
11日 星期四	在K.X.A.铁路线上，在“撞死吧！”车站附近，大雪将封住火车。暴风雪。在切尔尼戈夫省科诺托普市将出现一个冒名者，他冒充丹麦王子哈姆雷特。天文学家们发现月球上有某种超自然的东西。布罗聂奥岛上白喉流行。5点52分日出。6点21分日落。在这一天安东尼爱上了克娄巴特拉⑤（42年），而亚历山大·菲力波维奇·马其顿到布采法兰去朝圣⑥（312年）。	1）落汤鸡烧汤 2）夹馅墨鱼 3）虾脑烧蘑菇 4）香荚兰烧别洛耶湖的胡瓜鱼
12日 星期五	在上海将发生道德败坏。解冻。莫斯科的律师们将梦见手持长剪刀的忒弥斯⑦，这剪刀是斯克里法索夫斯基教授诊疗室用以切割肿胀	1）电鳗鱼羹 2）辣山药烧奶猪 3）不带辣山药的奶猪

① 《闹钟》是当年在莫斯科出版的一种幽默—讽刺性杂志（1873—1917）；日历是这类刊物上常见的一种体裁。

② 原文为拉丁语。

③ 同上。

④ 公元前49年恺撒自高卢率军队越过卢比肯河，从而破坏了法律，挑起内战。

⑤ 罗马的统帅，恺撒的部将安东尼公元前42年出治罗马东部行省，与埃及女王克娄巴特拉结婚。

⑥ 国王菲力二世之子，由亚里士多德教育成人，公元336年起为马其顿国王，建立了世界上最大的古代君主国。

⑦ 希腊神话中的司法女神。

日期 星期	大事 气象 预言 历史 商务建议 处方和其他	午 餐
	的舌头的，律师们见后脸色苍白，心中感到内疚。在塞兹兰没有集市。在纳希切万有大洪水。在塔干罗格有穿堂风。在弗拉基米尔省的舒耶城将发生地震，由于地方当局的努力地震将很快停止。5点48分日出。6点24分日落。在148年的这一天穆齐·斯采沃拉赌输了全部家财。	4）不带奶猪的辣山药 5）油炸菠萝和石刀柏 6）松香冰淇淋
13日 星期六	一个伟人将诞生。格莱斯顿①将同阿散蒂②国王共进午餐，并将和他谈论中国的形势。阿散蒂国王将模棱两可地回答他。在布哈拉将有二十五艘轮船沉没。在迦太基，人们普遍困惑。所有的非洲人今天都过生日。小剧院的演员们认为，这一天在波尔塔瓦省波尔塔瓦市将有北极光照射。5点45分日出。6点26分日落。8点32分维苏威火山爆发。	1）番红花浓汤 2）清炖猪肉加美味糕 3）桂叶加调汁 4）梨
14日 星期日	K.X.A. 铁路管理处将派信使去“撞死吧！”车站，了解11日封住火车的雪是否已经融化。将有一位伟大的妇女诞生。在《公民报》编辑部发生日蚀和旱灾。在托木斯克俱乐部将进行一场关于“什么海最大？”和“什么城市最小？”的学术争论。争论将以举手表决和警察干预告终。5点42分日出。6点29分日落。在这一天奥赛罗勒死了妻子苔丝德蒙娜（1112年），伦巴德王国的国王阿甫托利斯握了腼腆的未婚妻特奥杰琳达的小手指（728年）。	1）象牙汤 2）“丑角”式豌豆加油脂 3）蝗虫加石竹 4）月桂樱桃汁加罂粟籽

① 英国首相（1809—1898），主张用和平手段贯彻殖民政策。

② 位于今加纳领土上的早期封建国家，被大不列颠侵占。

日历注释

1）除我们的日历以外，所有日历都撒谎。

2）日历将囊括整个1882年。我们之所以从3月8日开始编写日历，是因为我们预见到，在1月、2月和3月初，除了大家都讨厌的星期二、星期四之类的东西外，绝对不会有任何事情发生。由于“日历”栏主任所不了解的原因，在已经过去的2月里甚至没有29日和30日。

3）最好尽快在某市召开一次“日历”编纂会议，要让下述人员出席会议：

a）俄罗斯方面的斯塔林斯基先生。此人将向会议说明他——斯塔林斯基——在1880年将现已停刊的一期《哈尔科夫》注为2月30日出版的理由①；

b）2月29日出生的人们。他们将从会议上了解到，高尚的人是否可以不每年庆祝自己的生日。会议或者赋予上述日子每年都存在的权利，或者指明一个日子，让出生于2月29日的人们可以每年在这一天过生日。

4）在我们日历中发现某种谬误的人或者愿意向我们介绍自己预言或预见的成果的人，敬请你们将宝贵指示（书面）寄交《闹钟》杂志编辑部“日历”栏主任收。

5）为了编纂日历，已聘请两位魔法教授和一位天术教授。为了上述目的，“日历”栏负责人征聘梦游症患者一名或千里眼一名。后者年薪1 200卢布。

《闹钟》杂志“日历”栏负责人

安东沙·契洪特

① 叶·斯·斯塔林斯基是政治—文学周刊《哈尔科夫》（1877—1880）的出版者和编辑，该报的第563期的出版日子注明为2月30日。

续表

日期 星期	大事　气象　预言　历史 商务建议　处方和其他	午　餐
15 日 星期一	不会有北极光。在波尔塔瓦省涅任市将有两名乌克兰人陷于泥泞之中，而在俄罗斯帝国的其他城市，除星期一之外，不会发生任何事情。在马达加斯加岛将有一个伟大的产科医生诞生。莫斯科河南岸区的两个女商人出于无聊吃下了一普特荞麦米，因而病了（医治药物：蓖麻油① 3 000 一次②，马钱子③和遵守饮食制度）。集市：在斯德哥尔摩省斯德哥尔摩市有出售瑞典火柴、瑞典马和纸板的集市。在皮涅加有胡瓜鱼和柏油集市。有雾。5 点 39 分日出，6 点 31 分日落。在公元 132 年这一天，墨涅拉俄斯④在雅典俱乐部结识了埃阿斯两英雄⑤，而几个德国人在 1201 年的这一天虚构了一只猢狲。	1）斯巴达薄粥 2）油炸雄鸡脾 3）煮鹤 4）鹤内脏 5）马形小甜饼
16 日 星期二	今天 А. Б. В. 铁路上的乘务员和转辙员不知为什么一个个都神志清醒。彼得 · 鲍勃雷金⑥的生日。库尔斯克的夜莺从国外飞回库尔斯克。在顿河区的一些地方开始播种。天文学家布列季欣⑦将在数学协会作关于他在土星上看到的两个犹太人的报告，他认为，这两个犹太人是为了逃避兵役而逃上土星的。在坦波夫火山爆发。彗星同连托夫斯基城相撞。大雪。集市：科斯特罗马省马卡里耶夫城（出售木杓子，将获利七卢布十二戈比）。5 点 36 分日	1）红额金翅雀汤 2）油煎蜡嘴雀 3）黄雀蘸沙司 4）治肺痨的蜜浸剂 5）红腹灰雀做的冰淇淋（这种午餐在奥尔加 · 莫洛霍维茨夫人的书⑧中叫作“鸣禽午餐”）

① 原文为拉丁语。
② 同上。
③ 同上。
④ 希腊神话中的斯巴达国王。
⑤ 希腊神话中的两个英雄人物。
⑥ 俄国自然主义小说家。
⑦ 俄国天文学家，彼得堡科学院院士。
⑧ 这是一本在当时盛销的烹调书，书名是：《送给年轻主妇的礼物》。

续表

日期 星期	大事　气象　预言　历史 商务建议　处方和其他	午　餐
	出，6 点 32 分日落。在这一天，如果给了阿基米德①一个支撑点，他就会把地球翻转（312 年）。	
17 日 星期三	在《卡鲁加公报》编辑部将发生金星通过日面的壮观。今天过生日的人有：波杰欣先生，苏沃林先生和壮士阿廖沙·波波维奇②。布里奥赫将感到良心的苛责③，但他不会归还今天和往后的日子里所偷窃的东西。莫斯科驯化协会决定授予面包师菲里波夫奖章，以表彰他繁殖了优良品种的老鼠和蟑螂。在莫斯科—波列斯特铁路将发生一场……列车长与站长之间的冲突。5 点 33 分日出，6 点 36 分日落。空洞。在布列吉切夫将发生光的折射。在 803 年的这一天波斯国王卡尔达松 LX 败于库切列巴统帅之手。	1）肉清汤加调味汁 2）山羊肉加醋栗果 3）羊肋粥 4）空心面汤粉 5）约翰·戈弗厂的巧克力
18 日 星期四	格莱斯顿对阿散蒂国王大发雷霆，阿散蒂国王发表激烈演说。《顿河之蜂》就以色列人渡过黑海发表言辞激烈的社论。在蒂拉斯波尔进行着自然力的争斗。今天过生日的是我们《闹钟》杂志的第 18007 号订阅者。大洋中的冰全部融化，航运开始。澳大利亚有集市。奇冷。5 点 30 分日出，6 点 38 分日落。这一天在萨拉托夫省的萨拉托夫城发生了暗杀科维尔里一家的事件（807 年）。请看话剧《暗杀科维尔里一家》。	1）中沙锥昼夜汤 2）雀巢面粉鱼馅小包 3）豌豆香肠加葱 4）羊头加羊脑 5）优质果膏

① 古希腊学者，阿基米德定律的发明者。

② 俄国民间文学体裁“壮士歌”中的一个人物。

③ 伊·斯·布里奥赫（1836—1901）俄国经济学家、统计学家和财政学家。1871 年他在莫斯科开设私营银号，1881 年银号破产，导致许多存款人自杀。

续表

日期 星期	大事　气象　预言　历史 商务建议　处方和其他	午　餐
19 日 星期五	在动物园将有三头猛兽死于“非姨妈”①。在萨拉蒙杂技团人心骚乱。在基涅什马城一位贵妇将一胎生六孩，这六个孩子日后都将成为妖术教授。月球上发生地震。令人遗憾，没有地方举办集市。5 点 27 分日出，6 点 41 分日落。暴风雪，大雪，大风。在这一天汉尼拔同叔父哈尔米卡下过跳棋（303 年）。	1）施瓦本式的大片鲜菜叶汤 2）真甲鲸加馅 3）油炸醋 4）蘑菇布丁
20 日 星期六	领取百分之五的英国—荷兰中签债券和舒依斯科—伊万诺夫铁路、梁赞—科兹洛夫铁路百分之五的中签债券的资金。某银行的经理也将中签。华沙市债券股票信贷公司和波季—梯弗里斯铁路在布里奥赫办事处剪息票。洛赫维茨基②先生过生日。早晨有雾。在《科斯特罗马公报》编辑部冰消雪融。5 点 24 分日出，6 点 43 分日落。在 703 年的这一天中国人在冰岛击溃了瑞典人。	1）夹馅儿的汤 2）有馅的羊羔肉丸 3）有馅的干酪 4）有馅的冻虾
21 日 星期日	戏院里有音乐会，贵族会议厅里有音乐会，练马场里有音乐会，等等，总共有二十三个音乐会。天气晴朗，空气清净。春意荡漾。在瓦尔代有集市（出售瓦尔代小铃、小皮鼓）。阿散蒂国王将在爱迪生家进午餐，爱迪生将表述他的意见并提出辞呈。在福莫扎岛叛乱者与外国侨民进行战斗。在雷宾斯克困惑情绪蔓延。5 点 21 分日出，6 点 45 分日落。在这一天萨伏那洛拉向莫斯科的律师们预言了洛赫维茨基博士的诞生（1708 年）。周末。《闹钟》第十二期出版。	1）兵豆烧大豆 2）馅子 3）调味汁 4）配菜 5）糖渍亚当苹果

① 意即死于饥饿。俄国人常说：“饥饿非姨妈。”
② 亚 · 万 · 洛赫维茨基（1830—1894），俄国著名律师。

日历注释

1） 每日事件：早晨，中午，晚上，音乐会，食鱼中毒，火灾，马车乱子，社论，马戏团精彩表演，军需诉讼，梅谢尔斯基公爵说乏趣的俏皮话。

2） 奥尔加·莫洛霍维茨夫人：您在来信中说，我们提出的午餐真丰盛，并要我们允许您将这些午餐菜单转载在您的《送给年轻主妇的礼物》之中。请转载吧！

3） 在我们的日历中发现某种谬误的人或者希望向我们介绍自己预言或预见的成果的人，敬请你们将宝贵指示（书面）寄交《闹钟》杂志编辑部“日历”栏负责人收。

4） 彼得堡，《好心人》杂志编辑部，主勺厨师收启：一塌糊涂。太淡，有臭味，不易消化。请您加一些盐，少放一些蒜。

5） 寄《罗斯》杂志编辑部：谢谢！克瓦斯饮料很好。我们打算介绍一下。您写道：喝没有蟑螂的克瓦斯是外国人气派。我们不同意您这种说法。必须过滤一下。请吩咐人把木壶洗一洗，它们的气味比西方更有害！

《闹钟》“日历”栏负责人

安东沙·契洪特

续表

日期 星期	大事　气象　预言　历史 商务建议　处方和其他	午　餐
22日 星期一	男歌手们，女歌手们，钢琴手们，合唱队队长们，戏院小风琴手们和音乐表演的承包者们将在大斋期间赚得的黄金塞满提箱。无限的喜悦充满了他们伟大的胸怀。再见，“斯特列利	1）美味汤 2）斯特拉斯堡的白菜包 3）天鹅颈蘸沙司

续表

日期 星期	大事　气象　预言　历史 商务建议　处方和其他	午　餐
	纳宫①”！明年冬天再见！天气温暖：列氏正六度，摄氏正七度半，华氏四十二度。《卡鲁加公报》编辑部的秘书将丢失一只帽子。5点18分日出，6点48分日落。	4）香荚兰果冻加酱油
23日 星期二	洋溢着春天的气息，还有一种鬼知道是什么气息。由于水量过多，莫斯科好像成了威尼斯。我们建议市政当局为慈善目的在库兹涅茨克桥划船。今天是米沙·叶夫斯吉格涅耶夫的生日。过生日的女人是我们杂志的第19012号和第13444号订阅者。在沃洛格达省的克拉斯诺鲍尔斯克城有集市（卖门闩鼻和茶炊烟筒）。5点15分日出，6点50分日落。在这一天第欧根尼②当着中国使节的面干出了不体面的事（303年）。	1）肉清汤加萝卜 2）加盐辣椒和葡萄干 3）油炸鸡块 4）糖煮鲑鱼
24日 星期三	顿尼茨煤炭铁路不运输煤炭而运送兔子③，因而将更名为顿尼茨兔子铁路。将有121个伟大人物诞生。在维捷布斯克省的韦利日城有集市（出售车辕、凿子和洋娃娃）。左拉、谢德林和鲍勃雷金被大怪人伊·尼·巴甫洛夫④驳倒，因此他们将弃文从商，做食品杂货生意。5点12分日出，6点53分日落。在莫斯科省兹韦尼哥罗德城科学和艺术衰落。在这一天俄罗斯人发明了茶炊（1402年），这使所有的外国人惊讶。	1）野鸡酸汤 2）金鱼蛋黄酱 3）油炸金花鼠 4）“罗斯”式的克瓦斯（已过滤了二十次左右）

① 18—19世纪前半期的宫廷园林建筑群。

② 希腊哲学家，奉行禁欲主义，有故作癫狂的怪癖。

③ 见P84注①。

④ 伊·尼·巴甫洛夫（1839—1882），斯拉夫派倾向的政论家和批评家。

续表

日期 星期	大事　气象　预言　历史 商务建议　处方和其他	午　餐
25日 星期四	天气晴朗。所有的人都将是幸福的，但梅谢尔斯基和巴塔林两位公爵除外，因为他们永远是不幸的①。这一天在塞兹兰城将开始湖上生活时期。《罗斯》杂志在印刷中开始使用略语符。萨多夫斯基、穆吉尔和普拉夫金三位先生迁居彼得堡。许多剧院在打扫地板和清擦门锁。在日托米尔城由于泥泞思想家们暂停了一些智力活动。5点9分日出，6点55分日落。在132年的这一天在葡萄牙没有发生任何特殊的事情。	1）鹦鹉汤 2）牛舌加豌豆 3）油炸鹅爪 4）糖水 5）水（在奥尔加·莫洛霍维茨夫人处，这套午餐称作“律师午餐”）
26日 星期五	岳母们、妻子们、妈妈们、姨母们和祖母外婆们都在烘烤圆柱形面包和复活节糖糕，她们在叫喊、争吵，在向男人们要钱，她们把所有的人都赶出家门。绅士们、少爷们和小贵族们在库兹涅茨克桥散步，因为家中正在打扫。清晨有稍许冰冻，日间暖和。今天过生日的有：赫鲁晓夫·索科尔尼科夫，本杂志的第17037号订阅者和已故的杰尔查文。在伦敦省特罗菲莫夫村有集市。《卡鲁加公报》编辑部秘书将找到他在22日丢失的一只帽子。5点6分日出，6点57分日落。在这一天亚历山大·普希金和维萨里昂·别林斯基因没有学习俄罗斯语文的才能而都得了一分。	1）海星鱼汤 2）中国式燕窝 3）油炸沙鱼 4）冰糖
27日 星期六	人们在厨房里用有害的和无害的颜料绘制彩蛋，在为明天②做做不完的准备工作。在洗衣房、裁缝店和时装店女老板处人声嘈杂。真苦了那些愚蠢的丈夫们和可敬的女婿们，他们	1）一杯伏特加 2）昼夜菜汤加昨天的稀饭 3）两杯伏特加

① 暗示他们俩编辑和出版的两份报纸（《公民报》和《瞬息》）的订户很少。
② 复活节。

续表

日期 星期	大事　气象　预言　历史 商务建议　处方和其他	午　餐
	都因东奔西跑而憔悴不堪。编辑们将读完最后的清样，一直到下星期二他们都可以高枕无忧。在科斯特罗马省的基涅什马城由于缺乏商品而不举办集市。大量出售一分面值的邮票。格莱斯顿先生生日。5 点 3 分日出，7 点钟日落。在阿尔罕格尔斯克有暴风雪。在这一天海妖塞壬以歌声吸引了奥德修斯王（812 年）。	4）小猪肉加辣子 5）三杯伏特加 6）辣山药，加盐辣椒和酱油 7）四杯伏特加 8）八瓶啤酒（这套午餐在所有烹调书中称作记者午餐）
28 日 星期日	天气十分晴朗明媚，白昼极长，洋溢节日气氛……钟声，接吻，客人，菜肴，酒宴。大家都在游玩，但邮递员除外，他们……在奔忙。邮政局将分送重达 106 普特的名片。喝醉的人很多，清醒的人极少。有权势的人在休息，弱小的人在有权势者的前厅里签到①，疲劳得直伸舌头。晴空万里。陆军中尉阿哈哈耶夫与女商人巴尔达斯托娃互相祝贺复活节，接吻时他的胡子擦痛了女商人的嘴唇，以致使她做出了一副怪相。5 点钟日出，7 点 2 分日落。	不进午餐，整天不断地无节制地咀嚼和吞咽鸡蛋、火腿、圆柱形面包、冷菜，喝葡萄酒和伏特加之类的……人们吃得胃痛、呃逆、打嗝，有一些人还得了胃扩张病。

日历注释

1）为了避免可能产生的误会，《闹钟》的同仁们特此宣告：他们将只同漂亮的女人们接吻和互祝复活节，而“日历”栏主任则只同白面金发碧眼的女郎接吻祝贺。

2）本周内不会有西班牙人和奥地利人之间的战争。

① 在帝俄时代，小官吏必须在节日里到上司家前厅签到，以示尊敬。

3）致NN先生：您在信中说，桌上摆不下夹馅的真甲鲸。怎么办？请您买一张大一些的桌子吧！

4）彼得堡，《新闻报》编辑部：肉食期快到了，请多繁殖一些鸭子①。

5）就是这么回事，读者！

《闹钟》“日历”栏主任

安东沙·契洪特

大事，气象，预言，历史，商务，建议，处方和其他

29日，星期一。——节日的第二天。胃痛，呃逆，打嗝。（医治药物：氧化镁②，蓖麻油③，食饵疗法。）在昨天的互相访问和大吃大喝之后人们都在休息。没有雨，也不会下雪。大街上车水马龙。动物园里一片“节日”气氛。步兵士官生弗朗托罗兹诺夫审阅昨天在他家前厅签到者的名单时找不到中尉阿哈哈耶夫的名字，他下决心要断送后者。过生日的人是诗人玛·雅隆。4点47分日出，7点5分日落。在这一天作家维廉·莎士比亚感叹道：啊，女人们，女人们！（1640年）。

30日，星期二。——将有一个伟大的蠢人诞生。《俄国讽刺小报》将呈请辞职。④铅印印刷厂和石印印刷所的工人们都烂醉如泥，而整版工人们干活都很拙劣。吉富·莫克耶维奇今天过生日。为出

---

① 俄语中，“鸭子（утка）”一词还有“虚报”、“捏造”之意，所以这句话可读作：“请多作一些虚假报导！”

② 原文为拉丁语。

③ 同上。

④ 指这本幽默周刊在四月间被停止出版。

版自己的报纸《善意的山羊》，克列钦斯基和赫列斯塔科夫退出《新时报》。几乎在每条胡同里都举行音乐会。小剧院上演《西尼契金》。4 点 54 分日出，7 点 7 分日落。在这一天进行了民族大迁徙① (707 年)，而丘涅尔②编成了拉丁语语法。

31 日，星期三。——在奥尔洛夫省奥辽尔城，除了今天是星期三和有一个集市之外，不会发生任何事情。4 点 51 分日出，7 点 10 分日落。在这一天厄菲阿尔特将祖国出卖给波斯人（803 年）。梅谢尔斯基公爵首次发明了《公民报》③。齐托维奇学会了写字。巴塔林先生诞生。

四　月

这个月份有三十个白天，三十个黑夜，七百二十个小时，四万三千二百分钟，二百五十九万二千秒钟。这是一个多雨、多雾和处处是泥泞的月份。青草破土而出，树木都披上绿装，天气暖和。商务活动暂息。出嫁和娶亲均不受禁止。皮帽都送给了管院子的人和仆人，头上戴的不再是皮帽，而是礼帽。皮大衣都送到贷款处作抵押。音乐会多得不可胜数，不言而喻，其中以猫儿叫春的音乐会居多。在这个月里，将有许多大人物诞生。所有的人都将是幸福的，都要活到九十岁。臭虫激增。到了为别墅而张罗的时候！

1 日，星期四。——今天可以欺骗所有的人④。谁说谎，谁就是

---

① 公元 4—7 世纪日耳曼人、斯拉夫人、萨尔马特人等部落迁徙到奴隶制的罗马帝国领土上，这次迁徙促进了罗马帝国的覆灭。

② P.丘涅尔（1802—1878），德国哲学家和教育家，编写有多种古代语的语法。

③ 俄国政治与文学杂志，反动贵族所办的刊物。1872—1914 年在彼得堡出版。梅谢尔斯基公爵是创办人。

④ 西方人把 4 月 1 日称作“愚人节”。

遵循了习俗。今天我们一反常态，也要说谎：“生活在这个世界上非常愉快。鲍勃雷金和玛尔克维契是两个伟大作家。洛赫维茨基逝世。行情每日升高。我们活着不是为了吃，而吃东西是为了活着”……诸如此类。这一天是律师的节日，是报纸和伊·阿·赫列斯达科夫[①]的节日[②]。天气暖和。谁不说谎，谁就在小剧院看《西尼契金》，在大剧院看《阿里法》。乏味无聊。许多名字叫玛莎的在今天过生日。4 点 48 分日出，7 点钟日落。在这一天卢库尔[③]大吃大喝，挥霍了四十万法郎（公元 43 年）。

2 日，星期五。—— 一切都很顺利。许多名叫季特的人今天过生日，他们大发脾气。今天是门特尔夫人的生日。在雅罗斯拉夫尔发生一场丑闻：一个人打了另一个人的耳光。丘鹬和中沙锥正在飞来。小剧院在上演《一个城市取消了》，大剧院在演出《地狱里的女孩》。全球各地都能看到同时发生的日蚀和月蚀。4 点 45 分日出，7 点 14 分日落。维苏威火山上的埃特纳[④]火山爆发。在这一天伊凡·伊万诺维奇与伊万·尼基弗罗维奇吵了一架，[⑤]而阿卡基·阿卡基耶维奇[⑥]给自己做了一件新外套（1842 年）。

3 日，星期六。——亚速海将沉陷在塔干罗格的泥泞之中，黑海将被敖德萨的灰土填满。过生日的人是《现代消息报》的编辑吉里雅洛夫先生和已故的尼·伊·克雷洛夫先生。阿维尔吉耶夫先生将

---

① 果戈理的著名喜剧《钦差大臣》中的一个人物，招摇撞骗是他的性格特点。

② 这句话的意思是：律师、报纸和赫列斯达科夫都善于吹牛撒谎。

③ 卢库尔（前约 117—前约 56），罗马统帅，以富有、奢侈和大摆筵席著称。

④ 维苏威火山位于意大利南部，在那不勒斯市附近，而埃特纳火山则在意大利的西西里岛。

⑤ 是果戈理的中篇小说《两个伊万的争吵》中的两个地主。

⑥ 果戈理的中篇小说《外套》中的主人公。

开始写作十八幕诗剧《俄国人同卡巴尔达人的战斗》。4 点 42 分日出，7 点 17 分日落。梅迪其画的维纳斯穿过日面。月亮仅在凌晨 4 点钟才能看到。夜黑黑的，有星星，万籁寂静。在这一天尼布甲尼撒作为一头野兽吃下了 1 普特干草（813 年）。

4 日，星期日。——春祭。[①]大减价。商场里拥挤不堪。在这一天花十三个戈比可以买一件内衬衣，二戈比买一俄丈布，三十五戈比买一打睡帽，一卢布买一件连衫裙，等等。已经可以举行婚礼。《闹钟》第 13 期出版。4 点 39 分日出，7 点 20 分日落。可以不穿套鞋。在这一天阿加菲娅 · 费道西耶芙娜[②]咬掉了陪审员一只耳朵（1854 年），奥德修斯痛打佩涅洛佩的求婚者[③]（1030 年），而索巴凯维奇踩了省长一脚。

5 日，星期一。——报界闹水灾。已故的尼 · 格 · 鲁宾斯坦[④]的花环和礼服送到贷款处作抵押。过生日的是本刊的撰稿人阿加福波德 · 叶吉尼岑[⑤]（《五种感觉火箭》的作者）。大剧院在演《阿里法》，小剧院在演《一个城市取消了》。早上有雨，中午晴朗，晚上有雨。气候每小时都有变化。4 点 36 分日出，7 点 22 分日落。在这一天毕法戈尔做好了毕法戈尔裤。（这特别及时，因为那时毕法戈尔没有裤子穿。）

6 日，星期二。——为祖父母们扫墓。墓地上人很多。任何地方都没有集市。土耳其人的行径恶劣。格莱斯顿在困惑之中。摩纳哥

---

① 古斯拉夫的春祭在复活节之后一周。
② 果戈理的中篇小说《两个伊万的争吵》中的一个人物。
③ 希腊神话中佩涅洛佩守节二十个春秋，拒绝许多求婚者，等待丈夫奥德修斯从特洛伊归来。后来奥德修斯回到了她身边。
④ 俄国钢琴家，指挥家，莫斯科音乐学院创办者。
⑤ 契诃夫的兄长亚历山大 · 契诃夫的笔名。

军队处于动员状态。在政治地平线上雨云密布。伦敦在闹饥荒。4点33分日出，7点25分日落。由于大减价而破产的两个大丈夫自缢身亡。他们两位永垂不朽！萨拉·伯恩哈特要求离婚。在这一天阿里维麦列荷——尼科米达国王——与剧院黄牛党干了一架。

7日，星期三。——所有名叫阿库莉娜的人都是今天过生日的人。萨拉·伯恩哈特嫁给一个黑人。大剧院上演《地狱里的女孩》，小剧院演出《列·格·西尼契金》。在斯拉夫谢尔布斯克城的作曲家们之中有骚动。4点30分日出，7点37分日落。月圆。没有雨，可以不穿套鞋。在这一天（在1843年）普里荷莉娅·伊万诺芙娜与世长辞。

8日，星期四。——早上7点30分太阳进入摩羯星座。所有名叫巴芙谢莉娜的人都是今天过生日的人。昨天和前天去打猎的猎人们在猎物摊上购买野禽。大剧院上演《阿里法》，小剧院上演《一个城市取消了》。列托夫斯基早上去美国，晚间回来。4点27分日出，7点30分日落。在克拉斯诺雅尔斯克向艺术家尤汉采夫表示感谢。在这一天太阳上出现第一个黑点（18年），阿基米德大声叫喊："找到了！！！"

9日，星期五。——今天通过莫斯科河的运输量属最低限度。《现代消息报》的一篇社论用热松香吓唬人。①大剧院演出《地狱里的女孩》，小剧院上演《列·格·西尼契金》。在斯拉维扬斯克演出季节开始。4点24分日出，7点32分日落。在沃洛科拉姆斯克湖上生活时期结束。在这一天克山蒂芭将一桶污水倒在苏格拉底的聪明脑袋上，他说："我只知道我什么都不知道！"

10日，星期六。——所有叫阿夫里卡恩和西农的人都是今天过

---

① 信教的人认为：在地狱里用热松香惩治叛教者。

生日的人。萨拉·伯恩哈特提出离婚要求。在纳希切万市许多种语言混合起来。在大剧院上演《阿里法》，在小剧院演出《一个城市取消了》。巴黎有集市。（有蓬松·戴·杰拉依尔[1]文集、花边和这些[2]太太。获利一百万零五个法郎。）4 点 21 分日出，7 点 35 分日落。有彩虹。从海曼[3]先生的衣袖里跳出一个韦尔泽乌尔，把听众吓了一跳。在这一天第一个裁缝诞生了（12 年）。

11 日，星期日。——幼儿们、少年们和青年们都在死背书，他们一想到考试就面色苍白。土耳其人雇用洛赫维茨基先生。在《公民报》编辑部开始实行体罚。大剧院演出《地狱里的女孩》，小剧院上演《列·格·西尼契金》。萨拉·伯恩哈特嫁给中国大使馆助理秘书。4 点 19 分日出，7 点 37 分日落。在南方已经丁香花开。在这一天侯爵夫人邦巴杜尔诞生了。

日历注释

1）上一期没有刊登日历，因为我们的魔法教授们都喝醉了。

2）为了协同进行涂涂写写，"日历"栏主任诚聘一位博学的、不喝酒的、思维正确的历史学家。敬请应聘的历史学家书面与"日历"栏主任联系。每提供一则历史事件得报酬五戈比硬币。

3）尼·尼·夫人：您询问，您该怎么办，才能让您丈夫不是总呆在厨房里妨碍您烹调？请您这么办：把厨娘解雇……她大概长得挺俊俏吧？

《闹钟》"日历"栏代理主任

——格·巴尔达斯托夫

① 法国小说家，著有多卷本"刑事"长篇小说。

② "这些"一词的着重点是原作中就有的。"这些太太"指卖色相的女人。

③ 钢琴名家卡尔·海曼 1882 年 3 月在莫斯科演出。

绿沙嘴

不长的长篇小说

1

在黑海岸边的一个小地方，这个小地方在我的日记里和我的男女主人公的日记里都叫做“绿沙嘴”，有着一座绝妙的别墅。从建筑师的观点来看，从喜爱一切严谨的、完整的、有风格的东西的人的观点来看，这幢别墅也许是毫不中用的，但是用诗人和画家的眼光来看，它却是美妙得不可思议。我之所以喜欢它，是因为它美得温柔，因为它不以自身的美去压抑周围环境的美，也因为它丝毫没有大理石的冷峭和圆柱的倨傲。看上去它显得亲切、温暖，颇有浪漫气息……它坐落在匀整的银白色杨树丛中，它附有许多小塔、尖顶、锯齿形的墙和杆子，看起来像是某种中世纪的东西。瞧着它，我就想到德国的哀情小说，想到其中的骑士、城堡、哲学博士、神秘的伯爵夫人……这幢别墅坐落在山上。别墅周围是郁郁苍苍的园子，园子里有林荫路，有喷泉，有温室。而在别墅的下方，在山脚下，是严峻的、天蓝色的海洋……不时有湿润迷人的微风从空气中穿过，鸟雀儿的鸣叫声多种多样，天空永远晴朗，海水清澈见底，——总之，这真是个美妙的小地方！①

别墅的女主人叫玛利亚·叶戈罗芙娜·米克沙德节。她不知是格鲁吉亚人的妻子，还是式微的切尔克斯公爵的妻子。她年纪在五十岁上下，身材高而丰满，当年无疑是出名的美人。她善良、可爱、好客，可是过分严厉。不过，与其说她严厉，不如说她任性……她给我们吃饱喝足，拼命借钱给我们用，同时她又可怕地折磨我们。礼节是她最爱谈的话题。她另一件得意的事就是她是公爵的妻子。在谈论这两个最爱谈的话题时，她总是显得非常过火。比方说，她从不微笑，想必这是因为她认定，微笑对她来说，一般地对贵妇来说是有失观瞻的。谁比她哪怕小一岁，谁就是黄口小儿。照她的意见，贵族气派是一种美德，与它相比，其他的一切都是无所谓的琐事。她反对轻薄浮躁，她喜欢沉默寡言。等等，等等。有时候我们几乎忍受不了这位太太。要不是她的女儿，那么现在也许未必会以对绿沙嘴的回忆来排遣自己。在我们的回忆中那个善良的女人只是一个最暗淡的斑点。绿沙嘴的骄傲是玛利亚·叶戈罗芙娜的女儿奥利亚。奥利亚是个大约十九岁的金发姑娘，生得娇小、苗条、俊俏。她伶俐、懂事。她擅长绘画，研究植物学，法国话讲得很好，德国话却讲不好，书读得很多，跳起舞来就好似忒耳普西科瑞[2]本人。她在音乐学院学过音乐，钢琴弹得很不错。我们这些男人都喜欢这个碧眼小姑娘，倒不是“爱上”她，而是喜欢她。在我们大家心目中，她是某种亲近的、自己的东西……缺了她，绿沙嘴对我们来说是不可想象的。缺了她，绿沙嘴的诗情画意就不圆满。她是幽雅的风景画上的一个美貌女人，而我不喜欢画面上没有人的图画。海浪的拍击声和树木的低声细语本来就很好听，不过要是再加上由我们这些男低音、男高音和钢琴伴奏的奥利亚的女高音，那么海洋和花园就成了人间的天堂……我们都喜欢公爵小姐。不这样也是不可能的。我们都称她是我们这一大群人的女儿。奥利亚也喜欢我们。她乐于和我们这伙男人在一起，只有身处我们之中时她才乐得其所。如果我们不在她身旁，她会消瘦，会不再唱歌。我们这伙

① 这描绘是为作家契诃夫的二哥尼古拉·巴甫洛维奇·契诃夫的图画而作。

② 古希腊神话中司舞蹈的缪斯神。

人有些是客人，也就是绿沙嘴的夏季房客；有些是邻居。属于第一种人的有：亚科甫金医师，敖德萨市的新闻记者穆兴，物理学硕士菲威依斯基（现在他已是副教授），三个大学生，画家契诃夫，哈尔科夫市的一个男爵和法学家，以前当过奥利亚的家庭教师的我（我教会她说一口马虎的德国话，还教会了她捕捉小黄雀）。每年五月，我们聚会在绿沙嘴一整个夏天，我们把中世纪城堡的多余房间和所有厢房全部占用。每年三月间总有两封信寄来，约我们到绿沙嘴去：一封信措辞庄重而严厉，信中充满了教诲，这封信是公爵夫人写的；另一封信是怀念我们的公爵小姐写的，信很长，很有趣，信中充满了各式各样的计划。我们就上那儿去做客，一直住到九月才离开。每天都到我们这儿来的邻居有：退役的炮兵中尉叶戈罗夫，他是个年轻人，两次报考军事学院，两次名落孙山，他有文化修养，书读得很多；医科大学生柯罗包夫和他的妻子娜叶卡捷琳娜娜·伊万诺芙娜；地主阿列乌托夫以及其他许许多多地主，他们中有的是退役军人，有的尚未退役，有的有趣，有的乏味，有的是浪子，有的是废物……这一大帮人吃啊，喝啊，弹琴啊，唱歌啊，放焰火啊，说俏皮话啊，整个夏天无休无止、日以继夜。奥利亚喜欢这帮人，以致忘掉了一切。她叫喊，她旋转，吵闹得比谁都厉害。她是这伙人的灵魂。

每天傍晚，公爵夫人把我们召集到客厅里去，她涨红了脸指责我们的行为“不正”，她羞辱我们，赌咒说由于我们她才头痛。她喜欢教训人，语气恳切，深信她的教诲对我们有好处。她责骂得最多的是奥利亚。她认为，一切过错都在于奥利亚。奥利亚怕母亲。她把她崇为偶像，她一声不响面孔红红地站着聆听教诲。公爵夫人把奥利亚看做小孩子。她罚奥利亚站墙角，不准她吃早饭，不准她吃午饭。要是谁给奥利亚说情，那就会火上加油。如果可以这么做的话，那么公爵夫人也会罚我们站墙角的。她打发我们去做彻夜祈祷，命令我们朗诵圣徒言行录，清理我们的内衣，干涉我们的私事……我们常常会把她的剪刀拿到一个什么地方去，会忘记她的酒精在哪儿，会找不到她的顶针箍。

“粗枝大叶！”她动不动就喊道，“走过这个地方，掉了东西也不捡起来！捡起来！马上捡！这是上帝用你们来惩罚我……躲开我！不要站在风口上！”

有时候为了逗乐，我们中的某个人故意做错一件什么事情。经告发后被叫去见老太婆。

“是你踩了田垄吗？”审讯开始了，“你怎么敢？”

“我是无意的……。”

“住嘴！你怎么敢，我问你？”

审判总是以赦免和吻手而告终，而在法官走出房门后，大家就哄堂大笑。公爵夫人对我们从来不和蔼可亲，她只对老太婆和小孩子才说亲热话。

我从未见过她的微笑。有个年老的将军每星期日都来同她玩纸牌，她总要轻声地使他相信，如果没有她的聪明才智，我们这些博士、硕士、男爵、画家和作家都会完蛋……我们并不想使她改变看法……我们想：让她开开心吧……如果她不要求我们起床不晚于八点钟，而上床得在十二点钟以前的话，那么这位公爵夫人还是不错的。可怜的奥利亚到十一点钟就去睡觉，不可以顶嘴。老太婆如此非法侵犯我们的自由，因而我们也常常戏弄她！我们结队前去向她赔罪，我们给她写一些罗蒙诺索夫风格的贺诗，我们为她画一棵米克沙德节公爵家族的纹章树，等等。对这一切公爵夫人都信以为真，而我们都哈哈大笑。公爵夫人喜欢我们。每当她为我们不是公爵而表示惋惜时，她总要真切地深深叹息。她对我们已经习惯，像对待孩子一样……

她不喜欢的只有一个叶戈罗夫中尉。她满心恨他，对他抱有极深的反感。她之所以接待他，只是因为同他有钱财上的关系，她要顾全礼节。从前中尉倒是她的宠儿，因为他相貌英俊，善于打趣，常常沉默寡言，再加上他又是一个军人（公爵夫人很重视这一点）。但有时候有一种什么东西会使叶戈罗夫失去常态：他坐着，用双拳支撑着脑袋，开始十分厉害地说别人坏话。他指责所有的人和所有的事，无论是活人还是死人他都不饶过。每当他开口说恶毒话时，公爵夫人就会生气，把我们这些人全都赶出房外。

有一次在吃饭的时候，叶戈罗夫用拳头支撑着脑袋，无缘无故地讲起高加索的公爵来，过后他又从口袋里取出一本《蜻蜓》，胆敢在米克沙德节公爵夫人在场的时候读了下面一段文字："梯弗里斯①是个美好的城市。属于这个美好城市（在这座城市里，'公爵们'甚至扫街，在旅馆里擦皮鞋）的优点有……"等等。公爵夫人从桌旁站起身来，默默地走了出去。她后来更加憎恶他，因为他在她的亡灵册上，在我们的名字旁写下了我们的姓。而中尉渴望娶奥利亚为妻，奥利亚则也爱上了中尉，因此公爵夫人的这种憎恶就更加不是人们所希望的，它不合时宜。中尉热切地渴望着，虽说他很不相信自己的渴望能够实现。奥利亚则在悄悄地爱着他，偷偷地、暗自地、羞怯地，外人几乎看不出来……恋爱对她来说就是走私，是一种被残酷地禁止的感情。夫人是不允许她恋爱的。

2

在这个中世纪式的城堡里，差一点儿爆发中世纪式的蠢事。

大约七年前，当时米克沙德节公爵还在世，他的好友柴希德节夫公爵——叶卡捷琳诺斯拉夫卡省的地主来绿沙嘴做客。这是一个很富有的人。他一生纵酒作乐，疯狂地纵酒作乐，尽管这样，他一直到死仍然是个富翁。从前米克沙德节是他的酒友。他同米克沙德节一起把一个姑娘从其父母家中拐走，这姑娘后来成了柴希德节夫公爵夫人。这一情况就以最紧密的友谊关系把两位公爵联到了一起。柴希德节夫是带着儿子一起来做客的。他儿子是个长着两只暴

① 即现今的第比利斯。

眼睛、窄胸脯、黑头发的中学生。柴希德节夫首先总是回忆往事，同米克沙德节一起开怀畅饮，而那个年轻人却追求起十三岁的奥利亚来。人们发现了他对奥利亚的巴结。双方的父亲互递眼神，认为这青年和奥利亚倒会是不错的一对。两个醉醺醺的公爵命令孩子们接吻，而他们自己则互相握手、接吻。米克沙德节感动得甚至哭了起来。“这是上帝的意旨！”柴希德节夫说，“你有个女儿，我有个儿子……这是上帝的意旨！”

他们给了孩子每人一只戒指，给他们合照了一张相。这张照片一直挂在大厅里，使叶戈罗夫长期心神不宁。她呢，她成了不可胜数的俏皮话的对象。公爵夫人玛利亚·叶戈罗芙娜郑重地给未来的夫妇祝福。她喜欢双方父亲出于无聊而想出的这个主意。柴希德节夫父子离开后一个月，奥利亚收到了从邮局寄来的一份极其奢华的礼品。此后她每年都收到这类礼品。年轻的柴希德节夫对待这件事出人意料地严肃。他是个目光相当狭小的人。他每年都到绿沙嘴来，逗留上整整一个星期，然而他总是默默不语，在自己的房间里给奥利亚写情书。奥利亚读这些信感到害臊。聪明的少女觉得惊讶：这样的大人怎么会写出这种愚蠢东西来！而他尽是写一些蠢话……两年前米克沙德节死了。弥留之际他对奥利亚说：“你要小心，别嫁给任何傻瓜！要嫁给柴希德节夫。他是个聪明和值得尊敬的人。”奥利亚了解柴希德节夫的智力如何，但她没有反对父亲。她答应他，说她一定嫁给柴希德节夫。

“这可是我爸爸的意志啊！”她带着一点自豪对我们说，像是她在完成一项十分巨大的功勋似的。她感到自豪的是，父亲带着她的诺言进了坟墓。这个诺言是如此地非同寻常，如此地富于浪漫气息！

可是自然和理性起了作用：退役中尉叶戈罗夫在她眼前转来转去，而柴希德节夫在她眼里却一年年变得更加愚蠢……

有一次，中尉大胆向她暗示了他爱着她，她就要求他往后别再同她谈到爱情，她还提到了自己向父亲许过的诺言，之后她哭了一夜。公爵夫人每星期都给柴希德节夫写信，寄到当时他在那儿读大学的莫斯科，叮嘱他尽快结束学业："在我这儿做客的不是像你一样有胡子的人，可他们都早已毕业了。"柴希德节夫极其恭敬地用粉红色信纸给她写回信，他用两张信纸证明不可能早于规定期限结业。奥利亚也给他写信。奥利亚写给我的信远比她写给未婚夫的信为好。公爵夫人相信，奥利亚将是柴希德节夫的妻子，不然的话她会不容许女儿跟一帮调皮鬼，轻薄汉，既不信神，又"不是公爵"的家伙们在一起玩乐，"干些无价值的事情"……她也不容许有怀疑……在她心目中丈夫的意志是神圣的意志……奥利亚也相信，她将来署名将是柴希德节娃……

但是事与愿违。两个父亲的主张就在快要实现的时候废除了。柴希德节夫这场爱情没有成功。这场爱情注定了以轻松喜剧的形式结束。

去年六月底柴希德节夫来到绿沙嘴。他这次来，已经不是在校读书的大学生，而是大学毕业生了。公爵夫人以庄严和隆重的拥抱迎接他，而且伴之以冗长的教诲。奥利亚身穿一件专门为与未婚夫相会而制作的贵重的连衣裙。从城里运来了香槟酒，点起了焰火，第二天早晨，所有住在绿沙嘴的人都异口同声地议论着婚礼，据说这婚礼已预定在七月底举行。"可怜的奥利亚啊！"我们小声议论着，从这一角游荡到那一角，恶狠狠地瞅着我们所憎恨的那个东方人的房间里几扇朝花园开的窗子。"可怜的奥利亚啊！"奥利亚在园子里走来走去，她苍白，消瘦，没有生气。"这是爸妈的吩咐！"——在我们缠着她并向她提出友好劝告时，她这么说。"须知这愚蠢！这野蛮！"我们对她嚷道。她耸耸肩膀，把充满悲伤的脸扭转过去，不睬我们。未婚夫呢，他坐在自己的房间里，打发仆人给奥利亚送去一封封温柔的信。他望着窗外，对我们同奥利亚谈话的勇气和态度感到吃惊。他只在吃饭的时候才走出房间。吃饭时他默不作声，也不看任何人，冷淡地回答我们的问话。只有一次他居然大胆讲了个笑话，可是就连这个笑话也陈腐得庸俗了。饭后公爵夫人总叫他坐在身旁，教他玩两人玩的纸牌戏。柴希德节夫认认真真地玩牌，他耷拉着下嘴唇，额头冒出汗珠……打一张牌要想上好久。公爵夫人喜欢他这种玩牌的态度。

有一次饭后柴希德节夫不玩牌，他悄悄溜走，上园子里去找奥利亚。

“奥尔加·安德烈耶芙娜！”他开口说，“我知道您不爱我。我们的婚事确实古怪和愚蠢。不过我，不过我希望您会爱我……”

说完这话，他非常局促不安，就侧身走出园子，回自己房间去了。

叶戈罗夫中尉呆在自己庄园上，什么地方也不去。他不能容忍柴希德节夫。

星期日（柴希德节夫来此后的第二个星期日），好像是7月5日，一大清早公爵夫人的外甥——一个大学生就到我们住的侧屋来传达命令：要我们傍晚前都装束整齐，穿黑衣服，打白领结，戴上手套；要我们态度严肃、机灵、风趣、听话，把头发卷好，像鬈毛狗一样；要我们不吵吵闹闹；要我们把房间收拾得像像样样。绿沙嘴上正在准备一次类似订婚的仪式。从城里运来了葡萄酒、伏特加酒、下酒菜……伺候我们的仆人都被叫到厨房里去干活。午饭后客人们就开始光临，一直到夜晚还在陆续来临。划过船以后，八点钟舞会开始了。

舞会开始之前，我们这些男人开了次碰头会，我们一致决定：无论如何要使奥利亚摆脱柴希德节夫，即使闹出一场大乱子也在所不惜。碰头会后我立刻出发去寻找叶戈罗夫中尉。他住在自己庄园里，离绿沙嘴二十俄里。我飞速驱车赶到他家，找到了他，但我看到的是一幅什么情景啊！中尉烂醉如泥，酣睡得像死人一般。我使劲把中尉推醒，给他洗了脸，穿好了衣服，也不管他蹬腿和谩骂，把他带到了绿沙嘴。

十点钟舞会进行得热火朝天。人们在两架高级钢琴的伴奏下在四个房间里跳舞。在休息时间，在园子里的小山上，第三架钢琴弹奏了起来。就连公爵夫人也欣赏我们放的焰火。我们在园子里，在海岸上，在海洋远处的小艇上都燃起了焰火。在城堡上彩色缤纷的火花一个接着一个地放起来，照亮了整个绿沙嘴。人们在两个餐厅里喝酒：一个餐厅设在园子的凉亭里，另一个设在正房里。晚会上众所瞩目的人物显然是柴希德节夫。他在同奥利亚一起跳舞，脸颊上有不少玫瑰红的斑点，鼻子上冒着汗珠，身上穿着一件紧小的礼服，他的微笑不很正常，他感到不自在。他跳着舞，注意着自己的每个舞步。他渴望显示一些什么本领，可是他一无本领可以显示。后来奥利亚告诉我，她在这个晚会上很为可怜的小公爵感到难过。她觉得他可怜。他似乎已经预感到有人会夺走他的未婚妻，这是以前他在每一堂课上、在躺下睡觉或者在醒来时经常思念的未婚妻……每当他朝我们看的时候，他的两只眼睛里充满了祈求的神情。他预感到了我们是他的强大而无情的对手。

我们根据高脚酒杯已经准备好和公爵夫人不时看表这种情形作出结论：举行正式典礼的庄严时刻正在临近，柴希德节夫十之八九在十二点钟就会得到亲吻奥利亚的许可。必须采取行动了。十一点三十分左右我在脸上扑了点粉，目的是使脸显得苍白一点，再把我的领结扯向一旁，蓬头散发、神色焦虑地走近奥利亚。

“奥尔加·安德烈耶芙娜，”我抓住她的手开口说，“看在上帝面上吧！”

“什么事？”

“看在上帝面上……您别害怕，奥尔加·安德烈耶芙娜……不这样也不可能。这是应该预料到的……”

“怎么回事？”

“您别害怕……那个……看在上帝面上，我亲爱的！叶甫格拉弗[1]……”

“他怎么了？”

① 中尉叶戈罗夫的名字。

奥利亚脸色苍白，向我抬起信任而亲切的大眼睛……

“叶甫格拉弗快死了……”

奥利亚摇晃了一下，用手指摸了摸她自己苍白的额头。

“发生了我早就预料到的事情，”我继续说，“他快死了……您救救他吧，奥尔加·安德烈耶芙娜！”

奥利亚抓住我的手。

“他……他……在哪儿？”

“在这儿花园里，在亭子里。可怕呀，我亲爱的！不过……人家在看我们。我们到露台上去吧……他不责怪您……他知道您……他……”

“他……他怎么了？”

“糟糕，很糟糕！”

“我们走吧……我要去看他……我不愿意让他由于我的缘故……由于我……”

我们走上了露台。奥利亚非常疲乏。我做样子擦了一下眼泪……我们那伙人当中不时地有人在露台上跑过我们身旁，他们脸色苍白，流露出忧虑、担心和恐惧的神情。

“血不流了……”物理学硕士小声对我说，声音低得刚好能让奥利亚听到。

“我们去吧！”奥利亚低声说，她挽住了我的胳膊。

我们走下露台……夜宁静而又明亮……钢琴声、黑黝黝的树木的沙沙声、蚱蜢的唧唧声十分悦耳。小山下边，海水在轻轻拍打。

奥利亚勉强走着……她的腿由于无力而往下弯，厚实的连衣裙不住地绊她的脚。她在发抖，出于恐惧心她紧挨着我的肩膀。

“不过我可没有错……”她小声说，“我向您发誓，我没有错。是爸爸的吩咐嘛……他该理解这一点……他有危险吗？”

“我不知道……米哈伊尔·巴甫洛维奇已经尽了一切可能。他是个好医生，而且他喜欢叶戈罗夫……我们快到了，奥尔加·安德烈耶芙娜……”

“我……我不会看见什么可怕的东西吧？我害怕……我不能看……他这是为什么忽然想起来这么一下子？”

奥利亚流泪了。

“这不能怪我……他应该明白。我向他说说清楚。”

我们走近了凉亭。

“在这儿。”我说。

她闭上眼睛，两只手抓住了我。

“我受不了……”

“您别害怕……叶戈罗夫，你没有死吧？”我对着凉亭叫了一声。

“暂时还没死……什么事？”

月光照耀下的中尉出现在凉亭入口处，他蓬头散发，由于饮酒过量而面色惨白，坎肩的纽扣都已经解开……

“什么事？”他又问一句。

奥利亚抬起头来，看到了叶戈罗夫……她看看我，看看叶戈罗夫，然后又看看我……我笑了……她喜笑颜开，高兴得叫出声来，并向前跨出一步……我本来以为她会生我们的气……可是这姑娘不会生气……她向前跨了一步，想了想，就扑向叶戈罗夫。叶戈罗夫迅速扣好坎肩的纽扣，张开胳膊，奥利亚就倒在他的胸上。叶戈罗夫高兴得笑了起来，他把头扭向一旁，免得对着奥利亚呼吸，嘴里叽里咕噜说了一句什么胡话。

“您没有权利……我没有错，”奥利亚连续不断地自言自语起来，“是爸爸、妈妈吩咐的，是他们的主张……”

我转过身，很快地走向灯火通明的城堡。

城堡里的客人们正准备祝贺未婚夫和未婚妻，他们不耐烦地时时看表……仆人们端着托盘挤在前厅里，托盘上放着的是酒瓶和酒杯。柴希德节夫急躁地用左手揉搓右手，他的两只眼睛在寻找奥利亚。公爵夫人从一个房间走到另一个房间，她在寻找奥利亚，她要指点奥利亚该怎样掌握自己，该用什么话回答母亲，等等。我们这一伙人在微笑。

“你知道吗，奥利亚上哪儿去了？”公爵夫人问我。

“不知道。”

“你去找找。”

我走进花园，背起双手，围绕着正房走了两圈。我们的画家吹起了喇叭。这就是说：“要抓住，别放走！”叶戈罗夫从凉亭里以猫头鹰的叫声作出回答。这就是说：“好！我抓住！”

走了一会儿后，我回到屋里。前厅里仆人们已经把托盘放在桌上，空手站着，无表情地不时望望客人们。客人们也困惑地时时看钟，而钟上的双针已经指着深夜零点一刻。钢琴不响了。所有的房间里笼罩着一片深沉、恼人的寂静气氛。

“奥利亚在哪儿？”面色紫红的公爵夫人问我。

“不知道……她不在花园里。”

公爵夫人耸了耸肩膀。

“难道她不知道早就是时候了？”公爵夫人拉一下我的袖子问道。

我耸了耸肩膀。公爵夫人从我身旁走开，小声地对柴希德节夫说了些什么。柴希德节夫也耸了耸肩膀。公爵夫人也拉了一下他的袖子。

“蠢丫头！”她抱怨说，并开始在整幢房子里跑将起来。女仆们和中学生们、公爵夫人的亲戚们吵吵闹闹地跑下楼梯，向园子深处走去，寻找失踪了的未婚妻。我也走进了花园。我担心叶戈罗夫会留不住奥利亚，因而破坏了我们原订的捣乱计划。我朝凉亭走去。我的担心是多余的！原来奥利亚正坐在叶戈罗夫身旁，伸出小小的指头在他眼前比划着，低声喁语，娓娓不倦……奥利亚不再说话时，叶戈罗夫就开口嘟哝起来。他向她灌输公爵夫人称之为“思想”的东西……他每说一句话就吻她一下，这样使他的话更甜蜜一些。他讲着讲着，随时凑上去接吻，同时又把嘴移向一旁，生怕奥利亚闻到伏特加酒的气味。他们俩都感到幸福，显然忘记了世上的一切，也不注意时光的流逝。我在凉亭入口处站了一会儿，满心高兴，我不愿意扰乱他们的幸福的安宁，就往城堡走去。

公爵夫人失去了自制力，她正在一个劲儿地闻酒精①。她揣摩不透原因何在。她生气，看着客人和未婚夫她感到害臊。她从来不打人，然而在使女向她报告说到处找不到公爵小姐时，她却打了使女一个耳光。客人们没有等到香槟酒和贺喜，就微笑了起来，开始议论他人的是非，然后又跳起舞来。

时钟敲了一点钟，公爵小姐仍没有露面。公爵夫人发狂了。

“这都是你们玩的把戏！”她从我们这伙人当中任何一个人身旁走过时总低声喝道，“非严惩她不可！她在哪儿？”

最后终于有了一个恩人，他告诉她奥利亚在什么地方……这个恩人就是又小又胖的中学生，公爵夫人的外甥。中学生匆忙地从花园里跑来，跳到公爵夫人跟前，坐到她的膝头上，把她的脖子压向他自己，在她耳边嘟嘟囔囔起来……公爵夫人脸色发白，把自己的嘴唇咬得出了血。

“在凉亭里？”她问。

“对。”

公爵夫人站起来，做出类似官样文章的微笑一般的怪相，向客人们宣布，奥利亚头痛，她请大家原谅，等等。客人们表示惋惜，匆匆吃了点晚饭就各自回家了。

午夜两点（叶戈罗夫作了一番努力，把奥利亚一直留到午夜两点钟），我站在露台入口处由许多夹竹桃构成的墙后，等候着奥利亚回来。我非常想看看奥利亚的脸。我喜欢女人幸福的脸。我想看一看，爱叶戈罗夫和怕母亲这两种感情怎样同时并存在一张面孔上，而且想看一看，哪种感情更强些：是爱呢，还是怕？夹竹桃的香气我并没有闻很久，奥利亚很快就来了。我的眼睛盯住了她的脸。她慢慢地走着，略微提起连衣裙，露出一双小鞋。月亮和路灯把她的

① 为了镇静神经。

脸照得很清楚。这些路灯挂在树干上，它们的闪烁光线破坏了美丽的月色。奥利亚的脸严肃、苍白，只有她的两片嘴唇稍微有一点儿笑意。她的眼睛若有所思地望着地面，通常人们在解决难题时的眼神就是这样的。在奥利亚踏上第一层台阶时，她的眼神慌张起来了，左顾右盼：她想起了母亲。她用手微微理了一下揉乱的头发，犹豫地在第一层台阶上站了一忽儿，然后把头一摇，大胆地朝门口走去……可是我这时注定要看到一个场面……房门打开了，明亮的灯光照亮了奥利亚那张苍白的脸。她全身一震，向后退了一步，腿都有点儿软了……好像有个什么东西把她压扁了似的……只见公爵夫人站在门口，她昂着头，脸涨得通红，愤怒和羞愧使她全身颤抖……沉默延续了两分钟光景。

"公爵的女儿，"公爵夫人开始说，"公爵的未婚妻，居然同一个中尉幽会？！同那个没有出息的叶甫格拉弗幽会！贱丫头！"

奥利亚缩成了一团，战战兢兢地像条蛇一样滑过公爵夫人身旁，飞跑回自己的房间。她坐在床上，两只充满恐惧和忧愁的眼睛盯着窗子看了一整夜……

午夜两点多钟我们又开了一次碰头会。在这次会上，我们嘲笑了陶醉于幸福之中的叶戈罗夫，同时派出哈尔科夫市的男爵—法学家去找柴希德节夫。公爵还没有睡。哈尔科夫市的男爵—法学家"友好地"向柴希德节夫指出他的尴尬处境，要求公爵作为一个有文化修养的人努力认清这种尴尬的局面，顺便要求他原谅我们干预了这件事，要"友好地"像一个有文化修养的人那样原谅我们……柴希德节夫回答男爵说，他"很理解这一切"，他并不重视父亲的遗言，不过他爱奥利亚，所以对婚事才表现出了这种顽强劲……他亲切地握了握男爵的手，答应明天就离开这个地方。

第二天早晨，奥利亚来喝茶，她面色苍白，软弱无力，心里充满了各种各样最坏的预料，她感到既害怕又羞愧……但当她在饭厅里看见我们，听到我们的声音后，她就笑逐颜开了。我们这伙人全都站在公爵夫人面前大声叫嚷。我们大家一起嚷个不停。我们摘下了我们的小面具，大声地向老公爵夫人暗示那些像昨天叶戈罗夫向奥利亚所灌输的“思想”。我们讲到了妇女的人格，讲到自由选择的合法性，等等。公爵夫人一言不发，无精打采地听我们讲，她还读了叶戈罗夫派人送来的一封信。这封信是我们这伙人写的，信中充满了“由于未成年”、“由于无经验”、“全靠您的祝福”之类的话。公爵夫人听完我们的话，读完叶戈罗夫的长信，然后说：

“不该你们这些乳臭小儿来教训我这老太婆。我知道我该做什么。请你们把茶喝完，离开这个地方，去迷惑别人吧。你们不该跟我这老太婆一块儿生活……你们都是聪明人，而我是个傻瓜……求上帝保佑你们，诸位先生！……我要一辈子感激你们！”

公爵夫人赶走了我们。我们给她写了一封道谢的信，恭敬地吻了她的手，就在当天无可奈何地驱车前往叶戈罗夫的庄园。柴希德节夫也同我们一起离开了。在叶戈罗夫家里，我们什么也不干，只管大吃大喝，思念奥利亚，劝慰叶戈罗夫。我们在他家里住了大约两个星期。在第三个星期，我们的男爵—法学家收到了公爵夫人的来信。公爵夫人请求男爵到绿沙嘴去为她写一个什么文件。男爵去了。大约过了三天，我们也到绿沙嘴去了，装着是去找男爵的。我们是在吃午饭前到达绿沙嘴的。我们没进房，只是在花园里走来走去，不时看看窗子。公爵夫人从窗户里看到了我们。

“是你们来了？”她叫了一声。

“是我们。”

“有事情吗？”

“我们是来找男爵的。”

“男爵可没有时间跟你们这些该上绞刑台的家伙一块儿找人家抬杠！他在写东西。”

我们脱下帽子，走近窗户。

“您身体好吗，公爵夫人？”我问。

“为什么在那里走来走去？”公爵夫人回答说，“到房间里来吧。”

我们走进房间，老老实实地各自在椅子上坐下。我们的顺从态度使已经非常想念我们这伙人的公爵夫人感到满意。她留我们吃午饭。吃饭的时候我们中有一个人把汤匙掉到了地上，她就骂了声“粗心的家伙”，她责备我们在饭桌上举止不雅。我们跟奥利亚一起散了一会步，后来留在绿沙嘴过了夜……我们又在那儿过了第二夜，我们在绿沙嘴一直逗留到九月。和睦关系自然而然地恢复了。

昨天我收到了叶戈罗夫的来信。中尉写道，他整个冬天都在“巴结”公爵夫人，达到了使公爵夫人消气息怒的目的。他对我肯定说，今年夏天将举行他的婚礼。

我不久一定会接到两封信：一封是公爵夫人写的，措辞严厉、官腔十足；另一封是奥利亚写的，它很长，很有趣，充满了各种计划。五月间我又上绿沙嘴去了。

“已经幽会过，只是……”

格沃兹吉科夫考完试就坐上铁轨马车[1]，花了六个戈比（他总是坐马车的“上层”）就乘到了城门口。从城门口到别墅他徒步走了约莫三俄里。别墅的女主人，一位年轻的太太，在大门口迎接他。他教这位太太的爱子学算术，他为此获得的是他在别墅里的膳宿以及每月五卢布现金。

“怎么样？”女主人向他伸过手来问他，“顺利吗？考及格了吗？”

“通过了。”

“好，叶戈尔·安德烈耶维奇！成绩很好吧！”

“同平常一样……5分……嗯……”

格沃兹吉科夫得到的不是5分，而是3+，不过……不过，如果可以的话，为什么不撒一下谎？参加考试的人同打猎的人一样，好撒谎。格沃兹吉科夫走进自己的房间，在桌上发现一只贴着粉红色小封缄纸的小信封。信封散发出一股木樨草的香气。格沃兹吉科夫拆开信封，嚼着封缄纸，读到了以下一些话：

“就这么办。您要在八点钟整到沟旁，就是昨天您的帽子掉进去的那一条沟。我将坐在树下的小长凳上。我爱您，不过您别那样傻头傻脑的，应该灵活。我焦急地等着黄昏的来临。我非常爱您。您的C.[2]。

“又：我妈妈不在家，我们可以玩到午夜。嘿，我多么幸福！到时候我奶奶将睡觉了，她不会发觉。”

读完信，格沃兹吉科夫欢畅地笑了，他纵身向上一跳，接着就洋洋得意地在房间里走了起来。

“我被她爱上了！爱上了！爱上了！我多么幸福啊，见鬼！啊啊啊！特拉拉拉！”

格沃兹吉科夫又读了一遍信，吻了吻信，然后小心地把它折叠起来，藏进解剖桌的抽屉里。仆人给他送来了午饭。被那封信冲昏了头脑以至忘记了世上一切的他把给他送来的菜汤、牛肉、面包全部吃光。饭后他躺下幻想起来，想到了友谊、爱情、工作……索尼亚的形象在他眼前浮动。

“多么遗憾，我没有表！”他想道，“如果我有一只表，我就能计算出来：现在离黄昏还有几个钟头。”时间好像是在故意为难似的，慢吞吞的，走得非常慢。

他躺腻了，想厌了，就下床在房里走动了一会儿，打发厨娘去取啤酒。

“反正大局已定，”他想道，“我们来喝上它一杯，会觉得时间过得快些。”

啤酒送来了。格沃兹吉科夫坐下，把六瓶啤酒在面前放成一排，亲热地瞧了又瞧，开始喝起酒来。他喝下了三大杯，感觉到在他的胸中和头部都点上了灯：十分暖和、明亮、美好。

“她是我的幸福之所在！”他想着又打算喝另一瓶酒，“她……正好是我幻想中的那一个……正好是！”

第二瓶酒喝完了，他感到有人弄灭了他头脑里那盏灯，变得黑漆漆了。然而他又觉得非常快活，觉得喝完第二瓶酒生活在这个世界上可真好！

格沃兹吉科夫开始喝第三瓶酒时，将手在鼻前摇动，信誓旦旦地说世上没有比他更幸福的人。他是向自己发誓，他绝对相信这个誓言。

---

① 这种马车行驶在铁轨上，有上、下两层。

② 写信人的名字是 Соня（索尼亚），这个名字的第一个字母是“С”。

“我知道她喜欢我什么！”他喃喃自语起来，“我知道，先生！她看中我是一个不平凡的人！是这样！她知道应该爱谁，爱他什么……不平凡的人！我可不是什么无足轻重的人……我是‘钉子’①……我……”

在动手拿第四瓶酒时，他高声叫喊道：

“是啊，先生！不是无足轻重的！她看中我的……天才！天……才！世界第一天才！我是谁？我是啥？您以为我是格沃兹吉科夫？对，我是格沃兹吉科夫，然而我是什么样的格沃兹吉科夫呢？您怎么认为？”

当第四瓶酒喝到还剩一半时，他拳击桌子，揉乱头发，说：

“我要向他们证明我是什么样的人！只要我一毕业！只要让我从事研究工作！我是献身科学的人……她喜欢的就是我献身科学！我一定要证明她是对的！您不相信我？您给我滚开！她也不相信？她？索尼亚？既然如此，叫她也滚开！我一定能证明！我马上开始研究！……不过，我得喝完这杯酒……你们全是一些混蛋！”

格沃兹吉科夫发怒了，他喝完了那杯酒，从书架上取下讲义，翻开后打从半中腰读了起来：

“‘下……下颚关节脱位，其原因可能是跌……跌跤，或是口部张开时受到了打击……’”

“废话！下颚……打击。这样那样的……废话！”

格沃兹吉科夫把讲义合上，开始喝起第五瓶酒来。最后，第五瓶和第六瓶酒喝完了，他快快不乐起来，开始思索宇宙的渺小，特别是人的渺小……他一边思索，一边无意识地把一个软木塞放在酒瓶口上，瞄准了用手指弹它，想用它去击中一个在他眼前闪烁着的绿色斑点。他用软木塞击中了绿斑点，但是许许多多黑的、绿的和蓝的小斑点又在他眼前乱转起来。其中一个长着许多碧绿细针的深

① 这个人物的姓“格沃兹吉科夫”的词根是“гвоздь”，其本义是“钉子”，转义是“最引人注目的最有分量的东西”。

红色斑点笑嘻嘻地直扑他的眼睛，放射出一种类似胶水的东西……格沃兹吉科夫感到他眼皮发黏，困得睁不开眼了……

“我眼睛里有什么人……在吱吱叫！”他想道，“该到户外去，不然我会成瞎子的。该出去散……散步……这儿闷热。炉子一直在烧着……哼，这些蠢驴！总是吱吱叫，总是生炉子！这些傻瓜！”格沃兹吉科夫戴上帽子，走出房外。天已经黑了。有九点多钟了。星星在天空中闪烁，没有月亮，这会是一个黑洞洞的夜。五月间树林的清新气息向格沃兹吉科夫飘来。迎接他的是恋爱的幽会的种种特征：树叶的沙沙声，夜莺的歌唱声，甚至还有……在黑暗中呈白色的“她”，沉思默想中的“她”。他没有发觉自己已经走到了信中提及的地方。

她从长凳上站起，迎着他走来。

“乔治[①]！”她说，几乎透不过气来，“我在这里。”

格沃兹吉科夫停下脚步，仔细倾听，他开始向上方看，向树梢看，觉得在上边一个什么地方有人在叫他的名字。

“乔治，是我呀！”她向他走近一些，又说了一遍。

“啊？”

“是我。”

“什么？谁在这儿？谁？”

“是我呀，乔治……您走过来……我们坐下吧。”

乔治揉了一下眼睛，凝视她……

“什么事？”

“您这个人真可笑！您不认识我了，是吗？难道您什么也没看见？”

“啊……对不起……您有什么权……权……权利深更半夜到人家花园里来溜达？先生！请您回答我，先生，不然的话，我要打……打您……一个耳……耳……”

① 名字，“叶戈尔”的爱称。

乔治向前伸出手去，抓住了她的肩膀。她哈哈大笑起来。

“您多可笑！哈哈哈……您真会演戏！好，我们走吧……我们一起聊聊吧！……”

“聊谁？什么？您为什么？我又为什么？您在笑？”

她的笑声更加响亮了，她挽着他的胳膊慢慢地向前走，而他却朝后退。他像是一匹固执的辕马，而她却像是一匹奋力向前拉车的套马。

“我……我十分想睡觉……您把手放开，”他嘟哝说，“我不愿意干没有价值的事情……”

“哎，够啦，够啦！……为什么您晚来半个钟头？您是在研究学问？”

“研究学问……我一直在研究学问……下……下颚关节脱位，其……其原因可能是跌跤，也可能是口部张开时受到了打击。打落下颚的事多半发生在下等饭馆和酒店里。我要喝啤酒……要三山厂出品的。”

他和她勉强走到了长凳旁，两个人都坐下。他用拳头支着脸，把两个胳膊肘支在膝头上，鼻子里发出呼哧呼哧的响声。帽子从他头上滑下，掉落在她的手上。她弯下腰，看了看他的脸。

“您怎么啦？”她小声问道。

“不关您，不关您的事……谁都没有权利干涉我的事情……他们都是傻瓜，您也是……傻瓜。”

沉默一会儿后格沃兹吉科夫又补充了一句：

“我也是傻瓜……”

“信您收到了吗？”她问。

“收到了……是宋……卡[1]的信……索尼亚的信……您是索尼亚？那又怎么样？……愚蠢……‘焦急’这个词写成了‘蕉急’。也算是个识字的人呢！你们全都给我见鬼去吧！……”

---

① 宋卡是索尼亚这个名字的一种狎昵的叫法。

"您醉了，是吗？"

"没……没有……不过我是有根据的！您有什么权……权……喝啤酒是不会醉的。啊？哪一个？"

"如果您没有喝醉，厚颜无耻的家伙，您为什么胡说八道？"

"没……没有。代名词'我'的第一格是'меня'，第二格是'тебя'，第三格，第一格[①]……Processus condy loideus et musculus sterno-cleido-mastoideus。[②]"

格沃兹吉科夫大笑起来，他的头垂向两膝。

"您睡着了？"她问。

没有回答。她哭了，痛苦得搓起手来。

"您睡着了，叶戈尔·安德烈耶维奇？"她又问了一遍。

她听到的回答是沉重嘶哑的鼾声。索尼亚站起身来。

"讨厌的家伙！"她埋怨说，"窝囊废！原来你是这么一个人！那就给你一下子！给你一下子！再给你一下子！"

索尼亚的小手碰了格沃兹吉科夫的后脑勺五下子，这可不是一般的碰碰！她的脚在他那只帽子上走来走去。女人可都是有报复心的啊！

第二天格沃兹吉科夫给索尼亚送去了一封有下述内容的信："我请您原谅。昨天我未能赴约，因为我病得厉害。请您约一个别的时间吧，比如说，今天晚上。爱您的叶戈尔·格沃兹吉科夫。"

对这封信的答复是这样的："您的帽子躺在凉亭旁。您可以在那儿拿到。喝啤酒比谈恋爱更愉快，所以您就喝您的啤酒吧！我不愿意妨碍您。已经不属于您的C.

"又：别给我写回信。我恨您。"

---

① 俄语中的名词、代名词、形容词等都要变格，共有六个格。这里完全说错"我"的词格。

② 拉丁语，意思是：髁形突出部和胸—锁骨—乳头肌。——俄文原版注

通讯记者

一共有八个乐师，他们的头头古利·玛克辛莫夫已经得到通知：如果不是一刻不停地有音乐，那么乐师们将连一杯白酒也看不到，而他们要取得报酬也将会非常勉强。跳舞会在晚上八点钟准时开始。跳到深夜一点钟，小姐们抱怨男舞伴，半醉的男舞伴也都责备小姐们，而舞会也就散了。客人们分成了好几伙。老头子们占据了客厅，那儿有一张桌子，桌上放着四十四瓶酒和同样数量的菜碟。小姐们藏在角隅，在那里低声议论着男舞伴们的丑事，接着她们又推敲起一个问题来：怎么新娘会第一次见面就用“你”称呼新郎？男舞伴们占据了另一个墙角，大伙儿一齐开口讲话，各讲各的。古利是个蹩脚的首席小提琴手兼乐队指挥，他带领七个乐师奏起了契尔尼亚耶夫的进行曲……他不间断地拉着小提琴，只是在想到喝伏特加酒或者在要提一提裤子的时候才停下。他正在生气：第二小提琴手本来就是最蹩脚的，现在又醉得不成样子，在那儿即兴胡乱拉一通；而长笛乐师呢，他那枝长笛老是掉到地上，他不看乐谱，还无缘无故地笑。

一时间显得十分喧闹起来。那张小桌子上的酒瓶不住地倒下……有个什么人打了一下日耳曼人卡尔·卡洛维奇·冯福的背脊……好几个人又叫又笑地从卧室里跳出来，脸红红的，一个惊惶不安的仆人在他们后面追。助祭玛纳富伊洛夫有意在醉醺醺的十分尊贵的客人面前炫耀一番，他一脚踩住猫儿的尾巴不放，直到仆人从他脚底下拉走那只嗓音已经嘶哑了的猫并对他说“这简直是胡闹”时才算了事。本市的市长以为他的表不见了，非常吃惊，出了一身汗，他开口骂人，要证明他的表价值一百卢布。新娘头痛得厉害……在外室有人掉落了什么重东西，吧嗒响了一声。客厅里坐在酒瓶旁的老人们的言谈和举止完全不像老人。他们想起了青年时代，瞎说了一些鬼才知道的东西。他们讲笑话，讥诮主人的风流韵事，说俏皮话，不住地窃笑。而显然很志得意满的男主人伸开手足坐在圈椅上说："你们也算是好样的，狗崽子们，我非常了解你们这班人，我不止一次地给你们的情人送礼。"……时钟敲了两下。古利开始第七次演奏西班牙小夜曲。老头子们非常兴奋。

"你看，叶戈利！"一个小老头指指墙角含糊不清地对主人说，"心神不定地坐在那边的是个什么人？"

墙角里，书架旁，有个矮小的老人温顺地蜷腿坐着。他穿的是一件穿旧了的深绿色礼服，纽扣却是亮晶晶的。由于无事可做他正在翻阅一本什么小书。主人朝墙角那边看了一眼，想了想，冷笑了一声。

"老兄，"他说，"这是个吃报馆饭的。难道您不认识他？他是一个出色的人！伊万·尼基契奇，"他对纽扣亮晶晶的小老头儿说，"为什么你坐在那边？到这儿来！"

伊万·尼基契奇猛地一哆嗦，他抬起浅蓝色的小眼睛，感到十分害臊。

"诸位先生，这位是作家，是新闻记者！"主人继续说，"我们在这儿喝酒，他老先生呢，你们瞧，他却坐在墙角里，像个聪明人在那里思索，而且含着冷笑在观察我们。难为情啊，老兄！过来喝一杯吧！你真不应该呀！"

伊万·尼基契奇站起身来，温顺地走到桌旁，给自己斟了一小杯伏特加酒。

"求上帝保佑你们……"他慢慢地喝着酒说，"愿你们万事……如意……圆满。"

"吃点菜，老兄！吃吧！"

伊万·尼基契奇的小眼睛眨起来了，他吃了一块沙丁鱼。一个脖领上套着银质奖章的胖子从后面向他走近，撒了一把盐在他头顶上说：

“咸一点儿，不会生蛆！”

在座的人哈哈大笑起来。伊万·尼基契奇摇起头来，脸孔涨得通红。

“你别见怪！”胖子说，“何必见怪呢？我这是开个玩笑。你可是个怪人！你瞧，我给自己也撒个够！”胖子从桌上拿起盐瓶，往自己头上撒盐。

“要是你乐意的话，我也可以给他撒上一点。为什么要见怪呢？”他说着在主人头上也撒了盐。大家又哈哈大笑起来。伊万·尼基契奇也笑了，他又吃了一块沙丁鱼。

“你怎么啦，好谈政治的人，不喝酒吗？”主人说，“喝吧！跟我一起喝！不，我们跟大家一起喝！”

老头子们都站起来了，团团围住桌子。酒杯里都斟满了白兰地。伊万·尼基契奇嗽了嗽喉咙，小心地端起酒杯。

“我喝够了。”他对主人说，“就是不喝这一杯，我也已经醉了，先生们。好吧，求上帝保佑您，叶戈尔·尼基佛罗维奇，愿您……万事……称心如意。可是，为什么你们大家都这样瞧着我？难道我是个怪物？嘿嘿嘿。好，求上帝保佑你们！叶戈尔·尼基佛罗维奇，老兄，请您体谅体谅，劳您驾吩咐古利一声，叫格里戈里别再敲鼓。这鲁莽家伙，他的鼓声烦死我了。他敲得我肚里沸天震地的……为您的健康干一杯！”

“随他敲吧，”主人说，“难道音乐没有鼓声也能存在？你连这点也不懂，还写文章呢！好，现在你跟我一起喝酒！”

伊万·尼基契奇打了个嗝儿，踩着碎步走了起来。主人斟满两大杯酒。

“喝吧，朋友，”他说，“不许躲躲闪闪。如果你要写文章说在某某家里大伙儿都喝醉了，那你就把自己也写上了。怎么样？祝你健康！干吧，聪明人！你竟然这么腼腆！喝呀！”

伊万·尼基契奇嗽了嗽喉咙，擤了擤鼻子，同主人碰碰杯。

“祝您消灾消难！”一个年轻的商人说了句俏皮话。主人的姐夫哈哈大笑。

“吃报馆饭的万岁！”胖子喊道，他一把抱住伊万·尼基契奇，把他举了起来。其他老人也都跑过来了。伊万·尼基契奇处在比他自身高的地位了，他处在本地最高贵的喝醉了的知识分子们的手、头和肩膀上了。

“把他抬起……往上抛！把这个坏蛋往上抛！把这个心神不定的家伙抬走！把他，把这个深绿色的下流东西拖走！”老人们叫道，他们把伊万·尼基契奇抬进了大厅。在大厅里，男舞伴们加入了老人们的行列。他们动手把可怜的记者抛向天花板。小姐们拍起手来，乐师们放下乐器停止演奏。从俱乐部雇来替主人摆阔的听差们对这种“不成体统的举动”感到吃惊，他们学着贵族们的样子凑近拳头嘿嘿嘿地傻笑。伊万·尼基契奇的两颗纽扣绷掉了，腰带松开了，他呼哧呼哧地喘气，还尖声怪叫。他在受苦，但……他却在傻笑。他根本没有想到，他，用他自己的话来说，他这个“零”①，他这个“在人群中几乎不显眼的人”竟会受到这样的抬举……。

“哈哈哈哈！”烂醉如泥的新郎大叫大嚷，他抓住了伊万·尼基契奇的腿不放。伊万·尼基契奇呢，他又被人们抛了好久，从本地的知识分子们手中滑下，他一把搂住戴银质奖章的胖子的脖颈。

“我要给摔死了，”他喃喃地说，“给摔死了！对不起，先生！稍等一等，先生！对，就这样，先生……哎呀，不，不是这样，先生！”

新郎放开他的双腿，他就挂在胖子的脖颈上了。胖子把头一晃，伊万·尼基契奇就跌倒在地上了，他呻吟了一声就嘿嘿嘿地笑着站了起来。大家都哈哈大笑，就连那些被主人从不文明的俱乐部雇来的文明听差们也迁就地皱起鼻子微笑。伊万·尼基契奇的脸由

① 意指微不足道的渺小的人。

于傻笑而布满皱纹。他湿润的浅蓝色眼睛里冒出火星，他的嘴巴歪了，而且是上嘴唇往右歪，下嘴唇伸长了向左歪。

“尊敬的先生们！”他整一整腰带，伸开双手，用微弱的男高音开口讲话，“尊敬的先生们，愿上帝赐给你们向上帝祈求的一切。我感谢他，我的恩人，感谢他……喏，就是他，叶戈尔·尼基佛罗维奇……他没有轻视小人物。前天他在泥泞胡同遇见我时说：‘你来啊，伊万·尼基契奇。记住，一定要来。全城的人都会来，嘿，你这个全俄造谣家也要来！’他没有轻视我，求上帝保佑他身体健康。您以真诚的抚爱使我幸福，您没有忘记我这个吃报馆饭的，一个破衣烂衫的糟老头，谢谢您！尊敬的先生们，请你们也不要忘记我们这伙人。我们这一伙都是些小人物，确实是这样，但我们的心并不坏。请不要看轻我们，不要嫌弃我们，我们会领情的！在众人当中我们是渺小的可怜的，然而我们又是世界的精华，是上帝为了祖国的利益而创造我们的。我们教导普天下的人，我们颂扬善，我们咒骂人间的恶……”

“你胡说八道些什么呀？”主人叫起来，“他是在胡扯！小丑伊万诺维奇，你发表一篇演说吧！”

“演说！演说！”客人们喊道。

“演说？嗯，嗯。我遵命，先生们。请容许我想一想，先生们！”

伊万·尼基契奇开始思索。有人塞了一杯香槟酒到他手中。想了一会后，他伸长脖子，突然举起酒杯，面向叶戈尔·尼基佛罗维奇，开始用男高音说话：

“诸位女士，诸位先生，我的演说是简短的，过分长了的话，它就会同现在这件对我们来说非常感人的大事不相称。嗯，嗯，伟大的诗人说过：谁年轻时年轻过，谁就幸福。这句话是真理，我对它并不怀疑。我甚至还认为，如果我在思想方面对这句话再加上一点什么，如果我再对这次盛会和大事的年轻的庆贺对象说出以下一番话，那我是不会做错的：我祝愿我们的新婚夫妇不但在按其本性在生理上尚年轻的现在是年轻的，而且到了老年也保持年轻，因为一个在年轻时期年轻过的人固然幸福，但能把自己的青春保持到老境的人会百倍地幸福；祝愿他们俩，我这番废话的庆贺对象，到了老年只是身体衰老，而他们的心灵，也就是说，他们那活跃翱翔的精神，却依然年轻。我祝愿他们的理想一直到他们入殓时都不衰退。人类的真正幸福正好就在这里。我祝愿他们的生命融合为一个纯洁、善良、高尚正直的生命，祝愿温存地爱着的妻子对她的丈夫、思想坚定的丈夫来说成为……嘿嘿嘿……成为一个音组，祝愿他们俩构成一片优柔美妙的和声！Виват！①Живио！②和 Ура-а-а！③”

伊万·尼基契奇喝完了杯中的香槟酒，用鞋跟敲了一下地板，以胜利者的姿态扫视周围的人们。

“高明，高明，伊万·尼基契奇！”客人们叫道。

新郎身子摇摇晃晃地走近伊万·尼基契奇，试图立正行礼，可是他礼没有行成却差一点儿跌倒。他抓住讲演者的手说：

“包库……包库-美尔西④。您的演说非常非常好，而且有一点儿倾向。”

伊万·尼基契奇向上一跳搂住新郎，吻了吻他的脖子。新郎感到十分害臊，为了掩饰困窘他就拥抱他的岳丈。

“您真能高明地表达您的感情！”戴奖章的胖子说，“您的相貌如此之……我，真的，无论如何没有料到！……对不起，先生！”

“高明？”伊万·尼基契奇尖声叫道，“高明？嘿嘿嘿。就是么！我自己也知道，挺高明！只是激情不够，可是上哪儿去找这激情呢？时光不同了，诸位尊敬的先生！从前呀，只要一开口讲话或

---

① 拉丁语“万岁”一词的俄语发音。
② 塞尔维亚语中“万岁”一词的俄语发音。
③ 俄语：万岁！
④ 法语“beaucoup merci”的读法，意为“十分感谢”。

者一提笔写文章，就会进入一种十分动人的心境，会对自己的才能感到惊讶。啊，那可真是好时光呀！为那个好时光，魔鬼老弟，应该喝上它一杯！朋友们，我们大家一起喝一杯吧！那可真是好时光啊！”

客人们走到桌前，每人各拿一小杯酒。伊万·尼基契奇变了！他给自己斟的不是一小杯酒，而是一大杯。

“我们喝酒吧，尊敬的先生们！”他说，“你们体贴我老朽，那就请你们也敬重我当初一度风流过的时代！那真是顶好的时代！女士们，我的美人们，请同赞叹你们美貌的眼镜蛇和妖龙碰杯吧！碰杯吧！嘿嘿嘿！我的小爱神们。我也有过好时光，我起誓①！……我爱过，痛苦过，我不止一次征服过女人的心，也不止一次地被她们征服过。乌拉！”

“真有过好时光呀，”冒汗和不安的伊万·尼基契奇继续说，“真有过好时光，先生们！现在这个年月也不赖，然而对我们这伙给报刊写文章的人来说，那个时代更好一些，其原因就在于那时候人们心里的热情和真理多一些。从前，只要是个作家，哪怕是个小作家，他就是一个壮士，是一个勇敢正直的骑士，是殉教徒，是受尽苦难的人，是正人君子。可是现在呢？俄罗斯大地啊，你只消看上一眼你那些摇笔杆的儿子们，你就会感到惭愧！你们，真正的作家、政论家以及在……嗯……嗯……嗯……宣传报道领域的其他战士和工作人员们，你们在哪儿？哪儿也没有！！！现在大家都在写，谁想写，谁就写。现在，其灵魂比我的皮靴脏和黑的人，其心不是在娘胎里而是在铁匠铺里炮制的人，其手中拥有的真理就同我的私人房屋一般多的人，现在连这种人也胆敢走上最好的人们才走的道路，走上本是先知们、热爱真理的人们以及痛恨金钱的人们走的道路。我亲爱的先生们，现在这条路宽广多了，可是没有人配走这条路。真正的天才在哪儿？你去找吧，真的，肯定找不着！……

---

① 原文为意大利语。

一切都变得陈腐和贫乏了。那些昔日的英雄好汉中活下来的人现在也都是一个个精神贫乏、信口开河的了。从前人们追求真理，现在追求的却是俏皮话、是钱。真该死！现在时兴一种古怪风气！真令人难过，我的朋友们！就连我这个该死的也不为自己的一头白发害臊，也追逐起俏皮话来，有时硬要在通讯稿里掺进一些这种玩意儿。我感谢上帝，天地的创造者，我不是一个贪心不足的人，不敢写东西混饭吃。现在呀，谁想吃饭，谁就写，要写什么就写什么，只求从侧面看来像是实话。您想从编辑部领一些钱吗？好，如果您乐意的话，您就干吧，您就写吧：某年某月某日在我们城里发生了一次地震；或者，前几天村妇阿库里娜一胎生了六个孩子。女士们，请原谅我厚颜无耻！你们害臊了，小美人儿们！请你们宽大为怀，原谅我这个不学无术的人！我是个说下流话的博士，以前不止一次在小饭铺里答辩过这方面的学位论文，而且在辩论会上战胜过各式各样的骗子。请原谅吧，亲人们！唉……就是这样的，现在你就写你想写的东西吧，不会受到惩罚。从前可不是这样的！我们即使撒了谎，那只是由于迟钝和愚蠢，我们没有把说假话当作手段，因为我们认为，我们为之工作的是神圣的东西，我们崇拜这神圣的东西。”

“您为什么用亮晶晶的纽子？”一个头上凸出四簇头发的花花公子打断了伊万·尼基契奇的讲话。

“亮晶晶的纽子？的确，这些纽子是发亮的……这是我的习惯，先生……以前，大约二十年以前，我在一个裁缝那儿定做一件礼服，然而那个裁缝出了错儿，他钉在礼服上的纽子不是黑色的，而是亮晶晶的。我也就习惯于亮晶晶的纽子了，因为那件礼服我穿了七年……就这样，我的先生们，同从前一样……这些小美人儿，我的亲人们，她们都在听着呢，在听我老朽讲话，亲人们啊！……嘿嘿嘿……求上帝保佑你们健康！我的天仙般的美人儿！如果你们能生活在四十年前就好啦，那时我年轻，能够用炽烈的火点燃人们的心，那我就会做你们的奴隶，姑娘们，我会在自己的裤膝上磨出许多小窟窿来……她们在笑，小花朵儿们！啊，你们，我的小亲亲……你们在听我讲话，你们尊重我这个老朽……”

“您现在还在写东西吗？”一个翘鼻子小姐打断感情冲动的伊万·尼基契奇的话说。

“写东西？怎么能不写呢？我心灵的皇后，我决不会把我的才能埋没！我在写！难道您没有读过？请问是谁于1876年在《呼声》报上发了一篇通讯？是谁？您难道没有读过？一篇挺好的通讯！1877年我也给《呼声》报寄过稿子，不过这家可敬的报纸的编辑部认为不便刊登我那篇文章……嘿嘿嘿……不便刊登……啊唷！……我那篇文章不随和，您要知道，有点儿倔。‘我们这里，’我写道，‘有一些虚有其表的爱国者，然而无法理解的是，他们的爱国精神究竟在哪儿？是在心里还是在衣袋里？’……嘿嘿嘿……不随和啊！……请您再听下去：‘昨天，’我写道，‘大教堂为在普列夫纳[①]附近的死难者们做了安灵弥撒，所有的长官和许多公民都参加了这次安灵弥撒，没有参加的是担任警察局长职务的那位先生，他故意缺席以引人注意，因为他认为，在他看来玩一局纸牌比同公民们一起分享全俄国的欢乐更有意思。’切中要害啊！哈哈哈！这篇东西没有刊登！当初我真是卖力啊，我的朋友们！去年，1879年，我寄了一篇通讯给在莫斯科出版的日报《俄罗斯信使》。我的朋友们，我写的是我们县的学校，我把它寄到莫斯科去了。这篇稿子发表了，所以我现在还免费阅读《俄罗斯信使》。就是这么一回事！你们感到奇怪？你们为天才惊讶吧！别为微不足道的人感到惊讶！我是个微不足道的人！嘿嘿嘿！现在我很少写，诸位可敬的先生，很少写！我们这个城市里很少可供我写的大事，而胡诌连篇的东西我又不愿意写，我的自尊心很强，再说我也怕我的良心会责备我。报纸是全俄国都在读的，可是我们这个城市对俄国来说又算得了什么？有什

---

① 保加利亚城市，又名普列文。俄土战争（1877—1878）中，俄军在三次围攻后终于占领了这个城市。

么必要拿一些鸡毛蒜皮的东西使俄国的读者们厌烦呢？有什么必要让俄国的读者知道在我们的小饭铺里发现过一具尸体？可从前，很久很久以前，我是怎样写作的啊！当初我常常给《北方蜜蜂》《祖国之子》《莫斯科》写东西……我曾是别林斯基的同时代人。有一次我还附带着刺过一下布尔加林[①]呢！……嘿嘿嘿……你们不信？这可是千真万确的！有一回我写了一首讲军人的英勇精神的诗……至于那时我遭到过什么样的磨难，那只有上帝才知道……一回想起当年的我，我就会非常感动。当年我可真是一条好汉！我曾为我的思想吃过苦，也曾为我追求的高尚工作而受过磨难。1846 年，由于我的一篇发表在《莫斯科新闻》上的通讯，我遭到本地小市民们的毒打，以致后来我在医院里躺了三个月，光啃黑面包。可以认为，我的仇敌花了不少钱奖赏那些残酷无情的小市民，用棒把我这个上帝的奴隶毒打了一顿，以致现在我还能把后果指给你们看。还有一次，那是在 1853 年，这里的市长绥索依 · 彼得罗维奇传叫我……你们不会记得他了，为此你们可以感到高兴。而在我的全部回忆中，关于这个人的回忆是最痛心的回忆。他把我叫去说：'你在《蜜蜂》上搬弄了什么是非？'我在那儿搬弄了什么是非呢？要知道，我只是写了：我们这里出现了一帮骗子，他们以古斯科夫的小饭铺做巢穴……如今这个小饭铺连影子也没有了，它在 1865 年被勒令停业，把地方让给了鲁勃佐瓦特斯基先生开食品杂货店。在那篇通讯的结尾我乘机稍稍加上了一点儿味道，写下了这么两句话：'鉴于上述理由，警察局不妨注意古斯科夫先生的饭铺。'绥索依 · 彼得罗维奇对我顿着脚大喊大叫起来：'没有你，我就不知道？是吗？混蛋，要你来指点我？你是我的老师？啊？'他大声嚷嚷，还把战战兢兢的我关进了看守所。我在看守所里坐了三天三夜，想起了约拿和鲸鱼的故事[②]，遭

① 布尔加林（1789—1859），俄国的反动作家和批评家，《北方蜜蜂》的出版者。

② 据《圣经 · 旧约 · 约拿书》，约拿违抗耶和华神的命令，乘船逃走，耶和华使海风吹翻他乘坐的船，让大鲸把他吞进肚里。

到了各式各样的屈辱……一直到我神志模糊的时候，我也忘不了这一切。说句难听的话，没有一只臭虫，没有一个虱子，也没有一个小到几乎看不见的虫豸经受过绥索依·彼得罗维奇使我经受过的那种欺压！但愿他升入天国吧！还有一件事，监督司祭潘克拉契神甫，就是我暗地里称之为小折刀神甫的那个人，他在一个什么地方费力地读了一篇有关某个监督司祭的文章，竟认为写的就是他，而且似乎是我轻率地写下的，其实写的根本不是他，而且也不是我写的。有一次我路过大教堂，突然有人用手杖使劲打我的背脊和后脑壳，打了一下又一下，再打了第三下……呸，糟糕，什么麻烦事？我回头一看，这原来是潘克拉契神甫，我的解罪神甫……是当众打的！！为什么？我有什么过错？这件事我也顺从地忍受了……我吃过许多苦，我的朋友们！”

站在伊万·尼基契奇一旁的颇有名望的商人格雷热夫笑了一下，拍拍他的肩膀说：

“你写吧，写吧！既然你能写，为什么不写呢？不过你将给哪一家报纸写？”

“给《呼声》写，伊万·彼得罗维奇！”

“以后能给我们读吗？”

“嘿嘿嘿……一定给，先生。”

“我们会知道你能干什么的。嗯，那你打算写什么？”

“如果伊万·斯捷潘诺维奇能捐献一些什么给初级中学，那我一定写篇东西讲讲他！”

伊万·斯捷潘诺维奇是个脸光光的衣襟一点儿也不长的商人。他脸红了，笑了一声说：

“行，你一定写！我一定捐钱！为什么不能捐呢？我可以捐一千卢布……”

“真的吗？”

“我可以捐。”

“要是不捐呢？”

“瞧他说的！当然啦，我可以捐。”

“您该不是开玩笑吧？……伊万·斯捷潘诺维奇！”

“我可以捐……只是有一点……嗯……如果我捐了钱，而你却写不出来呢？”

“怎么可能这样呢？我说话是算数的，伊万·斯捷潘诺维奇。”

“好，嗯……好，那你什么时候能写好？”

“很快，先生，简直快极了……您不开玩笑吧，伊万·斯捷潘诺维奇？”

“为什么要开玩笑？我开玩笑，你又不会给我钱。嗯……好，可是如果你写不出来呢？”

“我一定会写好的，伊万·斯捷潘诺维奇！我一定会写好，先生！不然的话，就让上帝打死我。”

伊万·斯捷潘诺维奇皱起油亮的大额头，思索起来。伊万·尼基契奇踩着碎步走起来，打了个嗝儿，两只亮晶晶的小眼睛盯住了伊万·斯捷潘诺维奇。

“你听我说，尼基达……尼基契奇……伊万，是吧？你听我说……我给两千银卢布，以后，也许，还可以再……给上一点儿。只是有一个条件，我的老兄，你当真得把文章写出来！”

“真的，一定写好！”伊万·尼基契奇尖声叫道。

“你把它写出来！不过，在把文章寄给报馆前，你先让我读一遍，要是你写得好，我就拿出两千卢布来……”

“遵命，先生……嗯，我听明白了，高尚而又慷慨的人！伊万·斯捷潘诺维奇，请您仁慈宽厚，别让您的诺言毫无结果，别让它成为空话一句！伊万·斯捷潘诺维奇！恩人啊！诸位尊敬的先生们！我醉了，不过神志还清楚！最最仁爱的慈善家啊！我向您敬礼！您鼎力协助吧，为国民教育出力吧，慷慨解囊吧！……啊，主呀！”

“行，行……等着瞧吧！……”

伊万·尼基契奇揪住了伊万·斯捷潘诺维奇的衣襟。

“最慷慨大量的人啊！”他尖叫道，“请把您的手掌同伟人们的手掌连接起来……请您为普照大地的明灯添油！请容许我为您的健康干杯。我喝，先生，我喝！祝您健康长寿！……”

伊万·尼基契奇咳了一阵，喝下一小杯伏特加酒。伊万·斯捷潘诺维奇看了看周围的人们，向伊万·尼基契奇眨眨眼睛，走出客厅上大厅去了。伊万·尼基契奇站了一会儿，想了想，摩挲一下秃顶，端庄地穿过跳着舞的人群进入客厅。

“祝您永远健康，”他向主人并足致礼说，“谢谢您的照拂，叶戈尔·尼基佛罗维奇！我将永生不忘！”

“再见，老兄！下次再来。如果有时间的话，来商店里坐坐，和伙计们一起喝杯茶。如果你乐意的话，请来我家过我妻子的命名日，你还可以演说一番。好，再见，亲爱的朋友！”

伊万·尼基契奇亲切地握了握向他伸过来的手，向客人们深深地鞠了个躬，踩起碎步走向前堂。在那儿挂着许多皮大衣和大衣，他那件小小的旧大衣夹在中间几乎看不见了。

“您给点茶钱吧！”仆人一面给他找大衣，一面殷勤地对他说。

“亲爱的，我自己都只能讨茶钱了，而不是给什么……”

“这就是您的大衣！是这件吧，穷老爷？可以把它拿去筛面粉了！穿着这件大衣不该出门做客，倒该在猪圈里消磨时间。”

伊万·尼基契奇感到局促不安，他穿上了大衣，卷起一点儿裤腿，走出本地富翁和大人物叶戈尔·列-夫的家门，踩着泥浆，向自己的住所走去。

他住在最大的一条街上。他每年付六十卢布向一个女商人的继承人租用一间厢房。这厢房建在一个庞大的长满了牛蒡的院子的角落里，它十分温顺地从树丛后向外张望，这种温顺的神态……只有伊万·尼基契奇一个人才会有。他用门闩关上大门，小心绕过牛蒡，朝灰色的厢房走去。有条狗从一个什么地方叫了起来，懒洋洋地向他吠了几声。

“斯达美斯卡[1]，斯达美斯卡，是我呀……自己人！”他喃喃地说。厢房门没有关上。伊万·尼基契奇用一把小刷子刷净皮靴，推门走进他的巢穴。他满意地咯了一声，脱下大衣，朝圣像作了祷告，然后在长明灯灯光照亮的房间里走动起来。在第二个也是最后一个房间里，他又朝圣像祷告了一下，然后踮起脚尖走近床铺。床上睡着二十五岁上下的俊俏姑娘。

“玛涅琪卡，”伊万·尼基契奇要叫醒她，“玛涅琪卡！”

“嗯嗯嗯……”

“醒一醒，我的女儿！”

“呜……呜……呜……”

“玛涅琪卡，喂，玛涅琪卡！醒醒吧，别睡了！”

“叫谁呀？什么……事？啊？啊？”

“醒醒吧，我的天使！你起来，我的供养人，我的音乐家……我的女儿！玛涅琪卡！”

玛涅琪卡翻了个身，睁开眼睛。

“您有什么事？”她问。

“好孩子，给我拿两小张纸来！”

“您睡吧！”

“我的女儿，别拒绝我的要求！”

“您要纸干什么？”

“给《呼声》写一篇通讯。”

“算了吧……去睡吧！我给您留的晚饭在那里！”

“我的独生女儿啊！”

“您醉了？妙极啦！……别妨碍人家睡觉！”

“给我纸！你起来一下，给父亲一点面子，这在你又算得了什么？我的朋友！叫我怎么办？莫非还要我跪下来？”

“哎哎哎……见鬼！我马上起来！您走开！”

---

① 狗名。

“是。”

伊万·尼基契奇向后退了两步，把头藏在屏风后面。玛涅琪卡从床上跳下，用被子紧紧把身子裹住。

“吃了饭没事做！”她叽咕道，“真是活受罪！圣母啊，这种日子快些结束吧！白天黑夜都没个安宁！哎，您没有良心！”

“女儿，别侮辱父亲！”

“谁也没有侮辱您！拿去！”

玛涅琪卡从她的皮包里取出两张纸来，往桌上一扔。

“Мерси①，玛涅琪卡！请原谅，我打搅你了！”

“好啦！”

玛涅琪卡往床上一倒，盖好被子，缩起身子，立刻就睡着了。

伊万·尼基契奇点亮蜡烛，靠着桌子坐下。他想了一会儿，把笔在墨水瓶里蘸了一下，在胸前画了个十字，接着就写了起来。

第二天早晨八点钟，伊万·尼基契奇就站在伊万·斯捷潘诺维奇家的大门口了。他颤抖的手拉着门铃，足足拉了十分钟。在这十分钟里他差点儿为自己的大胆而吓死。

“你要干什么，一个劲儿地拉铃？”伊万·斯捷潘诺维奇的家仆开门问道，他同时用棕色旧礼服的下摆擦着睡肿的眼睛。

“伊万·斯捷潘诺维奇在家吗？”

“老爷吗？他会上哪儿去呢？你要干什么？”

“喏……我要找他。”

“是从邮局来的，是吗？他在睡觉！”

“不，是从我自己家里来的……说实在的……”

“您是当官的吗？”

“不是……可……我可以等他一下吗？”

“为什么不可以呢？行！您到前室去吧！”

伊万·尼基契奇侧身走进前室，在一张堆着仆人的破衣烂衫的

① 法语“Merci”（谢谢）一词的俄语读法。

沙发上坐下。

“呼噜……呼噜……是谁在那里？”伊万·斯捷潘诺维奇的卧室里响起了说话的声音，“谢廖日卡，到这儿来一下！”

谢廖日卡一跃而起，像疯子似的跑向主人的卧室，而伊万·尼基契奇感到害怕了，他把衣服上所有的纽扣都扣好。

“啊？是谁？”卧室中的说话声传进了他的耳朵，“是谁呀？畜生，你的舌头不见了吗？怎么，是从银行里来的？你说话呀！是个老头子？”

伊万·尼基契奇心跳眼花，双腿发冷。紧要关头逼近了！

“你去叫他来！”卧室里有人说话。

满头大汗的谢廖日卡来了，他用手捂住耳朵，把伊万·尼基契奇领去见伊万·斯捷潘诺维奇。伊万·斯捷潘诺维奇刚睡醒，他躺在一张双人床上，从印花布被子里朝外张望。在他身旁，在同一条被子里，那个戴银质奖章的胖子正在打鼾。躺下睡觉时，胖子不认为必须脱衣服，所以他的皮靴尖头从被子底下露了出来，而银质奖章则从脖子上滑到了枕头上。卧室里又闷又热，烟雾重重。破灯的残片、一汪煤油和女裙的碎片——这些东西在地板上很显眼。

“你有什么事？”伊万·斯捷潘诺维奇皱起眉头瞧着伊万·尼基契奇问道。

“请原谅，我打搅您了！”伊万·尼基契奇一字一字清楚地说着。他从衣袋里取出来一张纸，他说：“最尊敬的伊万·斯捷潘诺维奇，请容许我……”

“喂，你听着，别在我这儿繁殖夜莺，我可没有东西喂养它们①。你谈正事吧。你要干什么？”

“我来的目的是，嗯……嗯，是要非常恭敬地奉上……”

“可你是什么人？”

“我？嗯……嗯……嗯……我吗，先生？您忘记了，先生？我

① 夜莺的歌声悦耳动听。这两句话的意思是：“你别讲漂亮的空话。”

是通讯记者。”

“你？哦，是了。现在我想起来了。那你来干什么？”

“我打算奉上我许诺写的一篇通讯，请您过目……”

“你已经写好了？”

“写好了，先生。”

“为什么写得这样快？”

“快吗？我可是一直写到现在啊。”

“嗯……不，你……做得不对……你应该多花一些时间写。何必赶呢？去吧，老兄，再去写吧。”

“伊万·斯捷潘诺维奇！才华是不受地点和时间约束的……您即使给我整整一年的时间，我也写不出更好的东西来了，真的！”

“好吧，给我拿来！”

伊万·尼基契奇把纸张翻开，双手捧到伊万·斯捷潘诺维奇的脑袋跟前。

伊万·斯捷潘诺维奇接过纸，眯细眼睛读了起来：“‘在本城每年都有好多座大厦耸立起来，为此聘请京城的建筑师，从国外收购建筑材料，耗费大量资金。必须承认，所有这一切做法都有着惟利是图的目的……可惜啊！本城存在已经好几百年，我们这里的居民有两万多，不时地在建造大厦，然而却没有一所小茅屋可供那铲除根深蒂固的愚昧的力量藏身……愚昧……’这儿写的是什么？”

“这个吗，先生？说来可怕①……”

“什么意思？”

“上帝才知道是什么意思，伊万·斯捷潘诺维奇！如果写到一件什么不好的或者可怕的事情，那就在它一旁写上这个说法，并给它打上括弧。”

“‘愚昧……’嗯……‘在我们这里已经根深蒂固，而且在我

① 原文为拉丁语。

们社会的各个阶层中它享有最充分的公民权。但整个俄国知识界所呼吸的空气终于也吹到了本城。一个月前，部长先生批准我们在本城开办一所初级中学。部长先生的许可在我们这里受到了真诚的热烈欢迎。有的人不只限于表露激奋的心情，而且打算以行动来表达他们的爱心。我们的商界人士向来有求必应，为任何美好创举提供资金上的支持，这一次他们也没有摇头拒绝……'见鬼！他写得很快，可是写得多么出色！真有你的！嘿！'我认为有必要在这里举出主要捐款人的姓名，他们是：古利·彼得罗维奇·格雷热夫（两千卢布），彼得·谢苗诺维奇·阿列巴斯特罗夫（一千五百卢布），阿维甫·伊诺肯捷维奇·波特罗希洛夫（一千卢布），伊万·斯捷潘诺维奇·特拉木包诺夫(两千卢布)。最后一个人还许诺……'谁是最后一个人？"

"最后一个？这就是您啊，先生！"

"那么，照你这么说，我是最次的一个[①]？"

"最后一个，先生……这就是说……嗯……嗯……嗯……这意思是……"

"那么我是最次的一个？"

伊万·斯捷潘诺维奇坐了起来，满脸通红。

"谁是最次的一个？我？"

"您，先生，不过那是什么意思呢？"

"这意思就是：你是个傻瓜！明白吗？傻瓜！把你的通讯拿走！"

"阁下……老爷伊万……伊万……"

"那么我是最次的一个？哎，你呀……你这个脓包！坏蛋！"伊万·斯捷潘诺维奇的嘴里吐出一句又一句粗鲁话，而且一句比一句不能见诸笔墨。伊万·尼基契奇吓呆了，他倒在一把椅子上，扭动

① 俄语中，"последний"一词有"最后的"意思，也有"最次的"、"最差的"意思。

起身子来。

“哼，你，猪——猪猡！最次的一个？！？伊万·斯捷潘诺维奇·特拉木包诺夫从来不是最次的一个，以后也不会是！你才是最次的！滚出去！你别再上我这儿来！”

伊万·斯捷潘诺维奇盛怒之下把通讯稿揉成一团，朝着好几家莫斯科报纸和圣彼得堡报纸的通讯记者的脸上扔去……伊万·尼基契奇脸红了，他站起身来，摇着手，踩着碎步走出卧室。谢廖日卡在前室里迎接了他，还给他打开了大门，那张愚蠢的脸上露着十分愚蠢的笑容。伊万·尼基契奇来到了街上，他面色苍白得像一张纸，蹒跚地踩着泥泞向住所走去。约莫过了两个小时，伊万·斯捷潘诺维奇离家时瞧见了伊万·尼基契奇忘记在前室窗台上的一顶制帽。

“这是谁的帽子？”他问谢廖日卡说。

“是刚才被您赶走的那个可怜虫的。”

“扔掉！为什么放在这里？”

谢廖日卡拿起制帽，走到街上，把它扔进了稀泥。

乡医们

地方医院。早晨。

由于医师不在，他同县警察局长一起打猎去了，医士库兹玛·叶戈罗夫和格列勃·格列贝奇在给病人们看病。有将近三十名病人。趁病人们正在挂号，库兹玛·叶戈罗夫坐在病人候诊室里，一边等着，一边喝着菊苣咖啡[①]。出生以来不洗脸和不梳头的格列勃·格列贝奇把胸部和肚子贴紧着桌子，气冲冲地在给病人登记挂号。登记病人是为了要统计。登记的项目有：病人的本名、父名、姓氏[②]、身份、住址、识字与否和年龄，然后，在看完病之后，还要写上疾病的种类和发给的药品。

"鬼知道这是什么笔！"格列勃·格列贝奇生气地说。他在一个大本子和一些小纸片上写着怪异的字母。"这是什么墨水？是柏油，不是墨水！我认为这个地方自治局真奇怪！它吩咐人家登记病人，可每年只给两戈比的墨水钱！……过来！"他叫道。

一个包着脸的农民和"男低音歌手"[③]米海洛一起走过来。

"你叫什么名字？"

"伊万·米库洛夫。"

"啊？什么？你说俄国话！"

"伊万·米库洛夫。"

"伊万·米库洛夫！我又不是问你！走开！你！你叫什么名字。"

米海洛微微一笑。

"难道你不认识我？"他问。

“笑什么？鬼知道他们这些人是怎么回事！这儿没有闲工夫，时间宝贵，他们却跟你开玩笑！你叫什么名字？”

“难道你不认识我？你疯了吗？”

“我认识你，但我应该问，因为有这种形式……疯么，没理由。我不像阁下那样是个酒鬼。我们可不暴饮……你叫什么，姓什么？”

“既然你自己知道，我干吗要对你说呢？你认识我五年了……难道到第六年你就忘记了？”

“我没忘，可是要这种形式！你懂吗？也许你听不懂俄国话？形式！”

“好，既然是形式，那就算了吧！你写！米哈伊洛·费多狄奇·伊兹穆倩科……”

“不是伊兹穆倩科，而是伊兹穆倩科夫。”

“就算是伊兹穆倩科夫……你要怎么写就怎么写吧，只是得把我的病治好……哪怕写上小丑伊万内奇也可以……反正都一样。”

“什么身份。”

“男低音歌手。”

“几岁？”

“谁知道！我没受过洗礼，我不知道。”

“有四十了吧？”

“也许有了，也许还没有。你想怎么写就怎么写吧。”

格列勃·格列贝奇把米海洛端详了一忽儿，想了想，写上了“三十七”。随后，他又想了一想，把“三十七”勾掉，写上“四十一”。

“你识字吗？”

---

① 用菊苣根的粉末做成的咖啡代用品。

② 俄国人的姓名由本人名字（本名）、父亲的名字（父名）和姓氏组成。

③ 指乡村教堂唱诗班的歌手。

“难道歌手可以是文盲？你这个脑袋瓜呀！”

“当着大家的面，你对我应该称呼‘您’，不该这么嚷嚷。下一个！你是什么人？叫什么名字？”

“米基佛尔·普果洛瓦，哈普洛瓦村的人。”

“我们这儿不给哈普洛瓦村上的人治病！下一个！”

“劳您驾啦……老爷。我步行了二十俄里路呐……”

“哈普洛瓦村的人不在我们这儿治病！下一个！你走开！别在这儿吸烟！”

“我没吸烟，格列勃·格列贝奇！”

“那你手里拿着的是什么？”

“这是我手指头上扎了绷带，格列勃·格列贝奇！”

“不是烟卷？我们这儿不给哈普洛瓦村的人治病！下一个！……”

格列勃·格列贝奇已经登记完毕，库兹玛·叶戈罗夫喝足了咖啡，诊病就开始了。格列勃·格列贝奇承担的是药剂师工作，所以他现在向药房走去。库兹玛·叶戈罗夫承担内科医师的工作，束上一条漆布围裙。

“玛利亚·扎普拉克西娜！”库兹玛·叶戈罗夫看着登记本子叫道。

“我在这里，老爷！”

一个身材矮小的老太婆走进候诊室来，她满脸皱纹，身子下弯得非常厉害，好像被噩运压扁了似的。她画着十字，恭恭敬敬地向正在诊病的人鞠躬。

“嗯……关上门！……哪儿痛？”

“头痛，老爷。”

“哦……是整个头痛？还是只有一半在痛？”

“整个头痛，老爷……整个……”

“别这样包头……把这块破布摘下来！头应当凉着，两条腿要保暖，身子应处在平常的气温之中……你肚子难过吗？”

"难过，老爷……"

"嗯……来，把下眼皮朝下拉！好，行了。你贫血……我给你开一点儿药水……早晨、中午和傍晚各服十滴。"

库兹玛坐下来，开方子：

> 处方：三克冷铁溶液①放在窗台上的，放在架子上的那瓶伊万·亚卡甫里奇吩咐过他不在时不许开封每天三次每次十滴给玛利亚·扎普拉克西娜②。

老太婆问明了药水的服法，鞠了个躬就走了。库兹玛·叶戈罗夫从挖在墙上的小窗口把处方扔进药房里，然后叫下一个病人的名字。

"季莫菲依·斯土科捷依！"

"到！"

斯土科捷依走进候诊室，这是个瘦高个儿的男人，头很大，远看像一根镶着圆球顶的手杖。

"哪儿痛？"

"心痛，库兹玛·叶戈雷奇。"

"什么部位？"

斯土科捷依指了指心口窝。

"嗯……多久了？"

"从复活节后的一个礼拜开始的……方才我步行来，一路上歇了十来次……我感到发冷，库兹玛·叶戈雷奇……真叫人着急，库兹玛·叶戈雷奇。"

"哦……还有哪儿痛？"

"老实说，库兹玛·叶戈雷奇，全身到处都在痛。不过您只要

---

① 原文为拉丁语。

② 这张药方的文字别扭，标点符号混乱。

把心痛治一治，别的您不用操心了……别处就让那些娘们儿去治吧……您给我点酒精什么的，免得我心口再憋闷。这心口老是那么憋闷啊，憋闷，到后来突然间会来一下，喏，就在这个地方，突然来一下……连背上也酸痛……脑袋里好像有一块石头……我还有点儿咳嗽。”

“胃口好吗？”

“不说了……”

库兹玛·叶戈罗夫走近斯土科捷依，使他俯下身去，用拳头紧压他的心口。

“这样痛吗？”

“哎哟……哎哟……痛呀！”

“那么这样痛吗？”

“喔唷……痛死了！！”

库兹玛·叶戈罗夫又向他提了几个问题，想了想，把格列勃·格列贝奇叫来帮忙。会诊开始了。

“把舌头伸出来！”格列勃·格列贝奇对病人说。

病人张大嘴巴，伸出舌头。

“再伸出一点！”

“不能再伸了，格列勃·格列贝奇！”

“这个世界上什么事都能做到。”

格列勃·格列贝奇看了一会儿病人，痛苦地想了一些什么，然后耸耸肩膀，一言不发就走出了候诊室。

“大概是黏膜炎！”他在药房里嚷道。

“给他一点蓖麻油[①]和氨水[②]吧！”库兹玛·叶戈罗夫嚷道，“要他早晨和傍晚擦肚子。下一个！”

病人走出候诊室，走向过道通往药房的小窗口。格列勃·格列

① 原文为拉丁语。
② 同上。

贝奇倒了三分之一茶杯蓖麻油，递给斯土科捷依。斯土科捷依慢慢腾腾地喝下去，舔舔嘴唇，闭上眼睛，用一个指头擦另一个指头，就是说他在要求吃点什么东西下下药。

“这是给你的酒精！”格列勃·格列贝奇嚷着交给他一小瓶氨水，“早晨和傍晚用一块粗呢蘸上它揉擦肚子……瓶子要送还！别把胳膊肘支在窗台上！走开！”

这时候格里戈里神甫家的厨娘彼拉盖雅走近小窗口，她用披肩盖住嘴，得意地微笑。

“您有什么事？”格列勃·格列贝奇问她道。

“丽扎薇达·格里戈里耶芙娜[1]问候您，格列勃·格列贝奇，而且还求您给她一点薄荷药片。”

“遵命……为美丽的女性干什么都心甘情愿！”

格列勃·格列贝奇从架子上取下一罐薄荷药片来，朝彼拉盖雅的手帕里倒了半罐。

“请您告诉她，”他说，“就说格列勃·格列贝奇给药片的时候，感情激动得微笑了。我的信收到了吗？”

“收到了，而且撕掉了。丽扎薇达·格里戈里耶芙娜对谈情说爱的事不关心。”

“她是个多么轻佻的姑娘啊！请您告诉她，就说她是个轻佻的姑娘！”

“米哈伊洛·伊兹穆倩科夫！”库兹玛·叶戈罗夫叫道。

“男低音歌手”米海洛走进候诊室。

“米哈伊洛·费多狄奇！向您致最深切的敬意！您哪儿痛？”

“嗓子痛，库兹玛·叶戈雷奇！我来找您，老实说，是希望您，请允许我说，关于我的健康……那个……。痛倒不十分痛，只是损失太大了……有了病，我就不能唱歌。每一次弥撒，领唱人扣我四十戈比。昨天为了一次彻夜祈祷扣了二十五戈比。今天老爷们

---

① 她是格里戈里神甫的女儿。

家里做安灵弥撒，给了歌手们三卢布，可是我那一份，就因为我有病，一个钱也没有拿到。说句不怕您见怪的话，关于我的嗓子，我可以向您假定说[1]：刺痛，沙哑。倒好像是嗓子眼里有一只猫，它伸出爪子……那个……咳……咳……咳……”

“这么说来，是因为喝了烈酒吧？”

“我说不清，我这个病是怎么得的。不过，我可以向您表明，说句不怕您见怪的话，烈酒对男高音有影响，对男低音任何影响也不会有。喝了烈酒，库兹玛·叶戈雷奇，男低音会更浑厚，更威严……倒是感冒对男低音的影响更大一些。”

格列勃·格列贝奇的头从小窗口伸了出来。

“该给老太婆什么药呢？”格列勃·格列贝奇问，“放在窗台上的铁溶液用完了。我把架子上的那一瓶打开吧。”

“不行，不好！伊万·亚卡甫里奇没有吩咐过！他会生气的。”

“那给她点什么药呢？”

“随便给点什么吧！”

在格列勃·格列贝奇的语言里，“随便给点什么”的意思是“给点苏打。”

“烈酒是不应该喝的。”

“我已经三天没有喝酒了……我这是感冒引起的……确实，白酒能使男低音沙哑，不过，库兹玛·叶戈雷奇，您是知道的，嗓音沙哑一点，第八度音倒会更好听些……我们这伙人不喝白酒不行。一个歌手算什么歌手，如果他不喝白酒的话？他不是歌手，说句不怕您见怪的话，那只能是一种讽刺！……如果我没有这个职务，那我才不会喝这种万恶的东西。白酒就是恶魔的血……”

“就这么办……我给您一点儿药粉……您把它放在瓶子里兑上水，早晨和晚间用它漱嗓子。”

“可以咽下去吗？”

---

① 用词不当，应该是“向您说明”。

“可以。”

“很好……如果不能咽下去，会感到可惜。你漱啊漱啊，结果还要吐出去，可惜！还有，喏，老实说，我有一件事要问您……再者[1]，由于我肠胃虚弱，而且就因为这个缘故，说句不怕您见怪的话，我每个月都从身上放出点血去[2]，还要服草药，那么我可以合法结婚吗？”

库兹玛·叶戈罗夫想了一会儿说：

“不，我不主张！”

“我衷心感谢您……您可真是我们的好医生啊，库兹玛·叶戈雷奇！比无论哪一个大夫都好！真的！有多少人在为您祷告上帝！嘿嘿！……多极了！”

库兹玛·叶戈罗夫谦虚地低下眼睛，果敢地开出药方：na tri bicarbonici，即苏打。

---

① 应是“那就是”。

② 一种旧的医疗方法。

无可挽回的事

轻松喜剧式的事件

我真想哭！如果我嚎啕大哭一场，那么我心里似乎就会轻快一点。

那是一个令人神往的傍晚。我穿上了漂亮的衣服，梳好头发，洒上香水，活像一个唐璜[1]，驱车上她家去了。她住在索科尔尼吉的一座别墅里。她年轻，美丽，有三万卢布嫁妆，受过一点儿教育，像一只猫似的爱着我这个作家。

我到了索科尔尼吉，我发现在高大匀称的云杉下她坐在我们俩喜欢坐的一张长椅上。她一看到我，就很快地站起身来，喜洋洋地迎着我走来。

“您好狠心啊！”她说，“可以来得这么晚吗？您该知道我有多寂寞！您这个人也真是！”

我吻了吻她可爱的小手，内心激动地同她一起走向长椅。我忐忑不安，心头忧郁。我觉得，我的心开始燃烧了，它快要炸了。我的脉搏像是患热病的人的脉搏。

这也并不稀奇！我来就是要最终决定自己的命运。成败在此一举，要么青云直上，要么一败涂地……一切全都取决于今晚了。

天气非常好，但是我没有欣赏天气的心情。我甚至没有听夜莺在我们头顶上歌唱，虽说在任何一次稍微像样的幽会时，是务必要听夜莺歌唱的。

“您为什么不做声？”她瞧着我的脸问。

“哦……今晚天气可真好……您母亲身体好吗？”

“她好。”

“嗯……是啊……瓦尔瓦拉·彼得罗芙娜，您要知道，我想跟您谈一谈……我只是为了这个才来的……我一直没有表露，一直没有表露，可是现在……在下无法忍下去了！我不能再保持沉默了。”

瓦莉雅[2]低下头去，她颤抖的手指撕起一朵小花的花瓣来。她知道我要说什么。我沉默了一会儿接着说：

“为什么要沉默呢？不管你怎么沉默，也不管你怎么胆怯，迟早总得听从……感情和舌头。也许您会感到十分委屈……也许您会不理解，不过……说些什么呢？”

我中断了讲话。我得找一个恰当的说法。

“你说呀！”她的两只可爱的眼睛在抗议，“优柔寡断的人！为什么你要折磨我呢？”

“当然，您早已察觉到了，”我沉默了一会儿继续说，“为什么我天天到这儿来，天天在您眼前使您生厌。怎么能不察觉呢？您想必早已凭您特有的洞察力猜透了我心中的感情，这感情……”我停顿了一下，“瓦尔瓦拉·彼得罗芙娜！”

瓦莉雅的头低得更厉害了，她的几个小小的指头做出舞蹈的动作。

“瓦尔瓦拉·彼得罗芙娜！”

“啊？”

“我……说什么呢？！不说也明白……我爱您，就是这么一回事……还有什么好说的呢？”我停顿了一下，“我非常爱您！我如此爱您，好像……一句话，您可以把世上的全部长篇小说拿来，读一读其中所有的爱情表白、种种誓约和牺牲……您就能体会到……目前在我胸中的那种……瓦尔瓦拉·彼得罗芙娜！”我又停顿了一下，“瓦尔瓦拉·彼得罗芙娜！！您为什么不作声呀？！”

---

① 唐璜是西班牙民间传说中的人物。唐璜式的人物意指好玩弄女性的人。

② 瓦尔瓦拉的爱称。

“您想要什么？”

“难道……不行？”

瓦莉雅抬起美丽的脸来，微微一笑。

“啊，见鬼！”我暗想。她笑了，小嘴唇微微一动，声音低得勉强可以听见，她说：“为什么不行？”

我不顾死活地抓住她的一只手，拼命地亲吻，又发疯般地抓住另一只手……她是个好样的！我正摆弄着她的双手时，她把美丽的小脑袋放在我的胸口上了，这时候我才刚刚明白，她的秀发有多美！

我吻了吻她的头，我胸中感到非常温暖，好像那里面正烧着一个茶炊。瓦莉雅仰起脸来，于是我就要热烈地吻她的小嘴唇了。

可偏偏就在这个时候，就在瓦莉雅已经完全在我的手掌之中而支付我三万卢布的决定只待签字的时候，一句话，就在漂亮的妻子、可观的钱财、美好的前程对我来说已差不多是胜券在握的时候，魔鬼竟来引诱我说话了……

我当时想在我未婚妻面前卖弄一番，炫耀一下我的一些原则，夸口吹嘘一通。不过，我自己也不知道我是想要什么……而结果简直糟糕透顶！

“瓦尔瓦拉·彼得罗芙娜！”我初次吻她以后开口说，“在取得您答应做我妻子的诺言以前，为了避免可能发生的误会，我认为我的十分神圣的职责是向您说几句话。我不啰唆……瓦尔瓦拉·彼得罗芙娜，您是否知道我是什么人和我是干什么的？不错，我是诚实的！我是个勤奋工作的人！我……我自豪！此外……我有前途……可是我贫穷……我一无所有。”

“这一点我知道，”瓦莉雅说，“幸福不在于钱财。”

“是啊……谁在谈钱呢？我……我为我的贫穷感到自豪。我不会拿我凭自己的文学成果挣得的几个小钱去换取那成千上万的……成千上万的……”

“我明白。讲下去吧……”

“我对贫穷已经习惯了，它对我来说不算什么。我能够一个星期不吃饭……可是您！您呀！难道您，不雇马车就走不了两步路的您，每天穿新衣服的您，花钱大手大脚的您，从来没有吃过苦的您，认为不合时令的花卉就是很大不幸的您，难道您能同意为了我而丢弃人世的享受？嗯……”

“我有钱，我有陪嫁！”

“这是空话！要不了几年工夫，就可以花掉一两万卢布……以后呢？过苦日子？流眼泪水？我亲爱的，您要相信我的经验！我知道！我清楚我在说什么！要同贫困作斗争，必须有坚强意志和超人性格！”

“我这是在胡说八道！”我暗想，但又接着说：

“请您想一想，瓦尔瓦拉·彼得罗芙娜！请您想一想，您决定跨出的是什么样的一步！这是不可改变的一步！您有力量，您就嫁给我；您没有力量作斗争，就请回绝我！哎！就让我失去您吧，这比使您失去安宁的生活好！写作每月带给我的百把卢布等于零！这点钱是根本不够花的！请您想一想吧，还来得及！您仔细想一想！”

我很快站了起来。

“请您想一想！在毫无办法的地方一定有泪水、有责备和未老先衰……我现在提醒您，因为我是一个正直的人。您感到自己有足够的力量足以跟我一起生活吗？这种生活表面上不像您过的生活，它对您是格格不入的。”我停顿了一下。

“可我有陪嫁啊！”

“有多少？两万、三万！哈哈！一百万？再说，我会允许自己去侵占那……？决不会！我有自尊心！”

我在长椅附近来回走了几趟。瓦莉雅沉思不语。我满心喜悦。既然人家沉思起来，那就意味着人家尊敬我。

“总之，要么同我一起生活，但忍受贫困；要么不同我一起生活，但拥有财富……请您选择吧……有力量吗？我的瓦莉雅有力量吗？”

诸如此类的话我说了很久。我不知不觉越说越起劲了。我一面说，一面觉得我自己一分为二了。半个我醉心于我说的一切，另半个我却在幻想：“你等着瞧吧，小亲亲！靠你的三万卢布我们会把日子过得火红火红的！够用好长一段时间呢！”

瓦莉雅听着我说，听着我说……最后她站起身来，向我伸过手来。

“我感谢您！”她说。她说话的声调使我震颤了一下，看一看她的眼睛。泪珠在她的眼睛里和脸颊上闪闪发光……

“我感谢您！您做得很好，您对我是坦率的……我是个娇生惯养的人……我不能……我们俩成不了一对儿。”

她嚎啕大哭起来。我失策了……我见到哭泣着的女人就会茫无所措，这一次就更不消说了。我正在思忖着该怎么办的时候，她抑止了哭泣，擦干了眼泪。

“您做得对，”她说，“如果我嫁给您，我就欺骗您了。不是我该成为您的妻子。我是有钱人家的女儿，是娇生惯养的人，我乘马车，吃田鹬和昂贵的小馅饼。吃饭时我从来也不喝素汤和白菜汤。我妈妈也总是责备我……可是我不这样就不行！我不能步行……我嫌累……还有衣服……这一切都需要您出钱缝制……不！我们永别了！”

她做了个悲痛的手势，没头没脑地说：

“我配不上您！永别了！”

她说完就转身回家去了。我呢？我像个傻瓜似的站在那儿，什么也不想，目送着她，我感到大地在我脚下摇晃。在我醒过来，想起我是在什么地方而我的舌头又怎样给自己闯下了一场大祸时，我放声痛哭起来。我想对她喊一声“您回来！！”，可是她已经无影无踪了。

我丢丑落空，动身回家。城门口的有轨马车已经停驶，而我又没有钱雇出租马车，我只好步行回家。

约莫过了三天，我又去索科尔尼吉。别墅里的人告诉我说，瓦莉雅生了一种病，打算同父亲一起去彼得堡找祖母。我白跑了一趟……

现在我躺在床上，咬枕头，打自己的后脑壳。我心烦意乱……读者，我该怎么挽回这件事情？该怎么收回我说的那些话？我又该对她说些什么或者写些什么？我一点儿也弄不明白！这件事已是无可挽回了，而且失败得多么愚蠢！

飞　岛

茹里·凡尔纳[①]著　安·契洪特译

第一章　讲　演

“我讲完了，先生们！”约翰·龙德先生说。他是皇家地理学会的青年会员。他已疲惫不堪，一屁股坐到了圈椅中。会议厅响彻了疯狂的掌声、叫“好”声，整个大厅都震颤起来。先生们一个接一个向约翰·龙德走去，与他握手。十七位先生为了显示自己的惊愕竟打坏十七把椅子，扭伤了八个长头颈，这八个长头颈属于八位先生，其中一位就是“卡塔瓦西牙”的船长，这是一艘十万零九吨的游艇。

“先生们！”深受感动的龙德先生说，“我认为自己最神圣的责任就是感谢你们，因为你们以惊人的耐心听完了我的讲演，我一共讲了四十小时又三十二分十四秒！汤姆·贝卡斯，”他对他的老仆说，“五分钟后你把我叫醒。在先生们原谅我敢于当着他们的面睡觉的时候，我要睡觉！！”

“是，先生！”老汤姆·贝卡斯说。

约翰·龙德把头往后一仰，立刻睡着了。

约翰·龙德是苏格兰人。他在任何地方都没有受过教育，从来没有学过任何东西，但他什么都知道。他属于那些能凭自己的智慧达到认识一切美的和伟大的东西的幸运者之列。他的讲演完全值得赞赏。他在四十个钟头内提请绅士先生们审查的是一个伟大的草案，实施这个草案在以后使英国获得了巨大的荣誉，并显示了人的智慧有时能够囊括多么深远的东西："用巨大的螺旋钻钻穿月球"——这就是龙德先生讲演的主题。

第二章　神秘的陌生人

龙德先生还没有睡上三分钟，一只沉重的手落在了他的肩上，他醒了。他面前站着一个身高四十八又二分之一俄寸[②]的绅士。这个人细得像根长矛，瘦得像条干瘪的蛇，头顶完全光秃，身穿一身黑衣服，鼻梁上架着四副眼镜，胸前和背上各有一只温度计。

"请跟我走！"秃顶绅士用阴森的声音说。

"到哪儿去？"

"请跟我走，约翰·龙德！"

"如果我不去呢？"

"那么我只好在您之前就把月亮钻穿了！"

"既然如此，我敬听吩咐。"

"您的仆人随我们一起去！"

龙德先生、秃顶绅士和汤姆·贝卡斯离开了会议厅，三个人一起走在照得通明的伦敦街道上。他们走了很久。

"先生，"贝卡斯对龙德先生说，"如果我们的路像这位绅士一般长，那么根据摩擦定律，我们会失去自己的鞋底！"

两位绅士想了一想，十分钟后他们发现贝卡斯的话是很机智的，就大笑起来。

"我有幸同谁一道笑呢，先生？"龙德问秃顶绅士道。

"您有幸与之同行同笑和谈话的人，是所有地理学会、考古学会和人种学会的会员，所有曾经存在过的以及现在存在着的科学的

---

① 茹里·凡尔纳（1828—1905），法国科学幻想小说家。

② 1俄寸等于4.445厘米。

硕士、莫斯科艺术家小组的成员、南安普顿黄牛助产士学校名誉督学、《魔鬼画报》的读者、未来新西兰大学的黄绿魔法教授和初级美食学教授、无名天文台台长维廉·鲍万纽斯。先生，我带领您去……”

约翰·龙德和汤姆·贝卡斯在伟人面前屈膝下跪，关于这个伟人他们早有所闻。他们毕恭毕敬地在他面前低下了头……

“先生，我领您到我的天文台去，离这儿有二十英里。先生！在我的事业中我需要一个同仁，这个事业的意义您只有用您的大脑的两个半球才能理解。我选中了您……您在作了四十个钟头的演讲之后未必还想和我进行什么谈话。而我呢，先生，我最喜欢的就是我的天文望远镜和持续的沉默。我希望，先生，您仆人的嘴会按照您的命令闭起来。沉默万岁！！！我领您去……您不反对这一点吧？”

“完全不反对，先生！我所可惜的只是我们不是飞毛腿，我的脚下面有鞋底，这鞋底是要用钱买的，并且……”

“我给您买新靴子。”

“谢谢您，先生。”

读者之中有谁迫切希望更好地了解维廉·鲍万纽斯先生，那就请读一读他的卓越著作《大洪水之前月球是否存在？如果存在，为什么它没有被淹没？》这部著作中附有一本遭禁的小册子，就是他在去世之前写的《毁灭宇宙、但同时又不死亡的方法》。这些著作中再好不过地表现了这位极其卓越人物的个性。

这些著作还描写他怎样在澳大利亚的芦苇丛中生活了两年，在那里他吃的是虾、青苔和鳄鱼蛋。在这两年中他一次也没有看到过火。在芦苇丛中，他发明了和我们常用的显微镜完全相似的显微镜，并发现了“Riba”①的脊梁骨。长久旅行回来以后，他定居在距离伦敦数英里的地方，并全心全意地献身于天文学。由于他是个十

---

① 俄语单词鱼的拉丁字母拼写。

分厌恶女人的人（他曾结过三次婚，因而有三顶漂亮的绿帽子），也由于他暂时不希望公之于世，所以过着禁欲生活。由于他具有机敏的外交家式的智慧，他能使他的天文台和著作只为他一人所知。令所有善良的英国人感到遗憾和不幸的是，这位伟人没有活到我们的时代。去年他默默地与世长辞了：在尼罗河游泳的时候，他被三条鳄鱼吞食了。

第三章　神秘的斑点

他把龙德和老汤姆·贝卡斯领进了一个实验室（在原作中有对实验室所作的极其冗长而又极其枯燥的描写，译者考虑到节省篇幅和时间，认为不必将这种描写译出）……实验室里放着一架经过鲍万纽斯改进的天体望远镜。龙德先生走近天体望远镜，开始观看月球。

"您看到什么，先生？"

"月球，先生。"

"月球旁边您看到什么，龙德先生？"

"我有幸看到的只是一个月球。"

"您没看见在月球旁边活动着的一些白色斑点吗？"

"真见鬼，先生！我没有看见这些斑点，您叫我蠢驴吧！这是些什么斑点？"

"这是些只有在我的天体望远镜中才能看到的斑点。好啦！离开望远镜吧！龙德先生和汤姆·贝卡斯！我应该知道，我想知道，这是些什么斑点？很快我就会在那里。我正向这些斑点走去！你们跟我来！"

"乌拉！斑点万岁！"约翰·龙德和汤姆·贝卡斯喊道。

第四章　天空中的乱子

半个钟头以后维廉·鲍万纽斯和约翰·龙德两位先生以及苏格

兰人汤姆·贝卡斯已经乘着十八个气球飞向神秘的斑点。他们坐在一个密封的立方体中，在这个立方体中有浓缩空气和制造氧气①的仪器设备。这次宏伟的、史无前例的飞行开始于1870年3月12日深夜。吹着西南风。磁针指向NWW②（接下去是对立方体和十八个气球所作的极其枯燥的描写）……立方体中鸦雀无声。两位绅士身裹风衣，吸着雪茄。汤姆·贝卡斯展开四肢睡在地板上，好像在自己家里一样。温度计③上显示的温度在零下。在最初的二十个钟头里没有人说过一句话，也没有发生任何特殊的事。气球钻过了云层。有几条闪电追踪气球，但未能追上，因为气球是属于一个英国人的。第三天约翰·龙德生了白喉病，汤姆·贝卡斯得了忧郁症。立方体与陨石相碰，遭到可怕的撞击。温度计显示——七十六。

“您身体怎样，先生？”第五天鲍万纽斯终于打破了沉默，他问龙德先生。

“谢谢您，先生！”深受感动的龙德回答说。——您的关怀使我感动。我难受极了。我忠实的汤姆在哪儿？

“他坐在角落里，在嚼烟草，他竭力要使自己像一个一下子娶了十个女人的男子。”

“哈，哈，哈，鲍万纽斯先生！”

“谢谢您，先生！”

鲍万纽斯尚未来得及握一下年轻的龙德的手，就发生了可怕的事情。响起了一阵坼裂声……有什么东西爆裂了，像是响起了上千次大炮的射击声，滚过了一阵轰隆声和疯狂的呼啸声。铜铸的密封立方体落入了被切割的空气稀薄地带，它经不住内部的压力，它爆裂了，无数碎片飞散入无涯的空间。

这是宇宙史上惟一的骇人听闻的时刻！！！

---

① 化学家们发明的一种气体。据说，没有这种气体就不能生活。胡说八道！没有钱才不能生活。——安·契洪特注

② 英语：西北偏西风。

③ 这样的仪器是有的。——安·契洪特注

鲍万纽斯先生抓住了汤姆·贝卡斯的双脚，而汤姆·贝卡斯则抓住了约翰·龙德的双脚。他们三个人一起以闪电的速度冲入了未知的无底深渊。球体离开了他们，它们失去载重后都翻滚起来，啪嗒啪嗒地爆破了。

“我们在哪里，先生？”

“在太空中。”

“嗯……如果是在太空中，那么我们呼吸什么呢？”

“您的意志力呢？龙德先生！”

“先生们！”贝卡斯叫道，“我荣幸地告诉你们，我们不是在往下飞，而是在向上飞！”

“嗯……活见鬼！就是说，我们已经不处在地心吸力的范围之内了……我们的目标正在吸引着我们！乌拉！龙德先生，您身体怎样？”

“谢谢您，先生！我看到上面是地球，先生！”

“这不是地球，而是我们的斑点之一！我们马上就要撞上它了！要粉碎了！”

咕咚……咚！！！

第五章　梅谢尔斯基公爵的岛

第一个恢复知觉的是汤姆·贝卡斯。他擦了擦眼睛，开始察看他自己、鲍万纽斯以及龙德躺着的地方。他脱下一只长袜，用这只长袜去擦两位先生的脸。两位先生立刻清醒过来。

“我们在哪里？”龙德问道。

“您在一个岛上，这个岛是许多飞岛中的一个！乌拉！”

“乌拉！请往上看，先生！我们胜过了哥伦布！”

在这个岛的上方还有好几个岛在飞行。（接下去又是只有英国人才理解的情境描写）……他们去察看这个岛。这个岛宽……长……（数字，数字，尽是数字……上帝保佑！）汤姆·贝卡斯找到了一棵树，这棵树的汁水像俄国的伏特加酒。真奇怪，树比草还矮（？），岛上无人居住。在这之前没有任何生物接触过它的土壤……

“先生，请看，这是什么？”龙德先生拾起一个纸卷，对鲍万纽斯说。

“奇怪……令人惊讶……令人惊异……”鲍万纽斯嘟哝说。

原来这卷纸是一个叫做梅谢尔斯基公爵的著作。著作是用一种野蛮人的语言，似乎是俄语，写成的。

这些著作怎么会落到这里来的？

“该死！”鲍万纽斯先生大声叫喊起来，“在我们之前已有人到过这里？！！？谁能到过这里呢？！……您说——谁？谁？该死！噢，噢……！天上的雷公，敲碎我的伟大头脑吧！把他交给我！把他交给我！我要把他吞下去，连同他的著作一起吞下去！”

鲍万纽斯先生高举双手，可怕地大哭起来。他眼中闪出一种可疑的火花。他疯了。

第六章 回 归

“乌拉！！”挤满了勒阿弗尔市河岸的勒阿弗尔[①]的居民们大声喊道。空气中响彻了欢乐的叫喊声、钟声和音乐。一度以死亡威胁着大家的黑色巨团没有落到城里，而是坠入了河湾……所有的轮船都急忙驶入大海。许多天来遮掩着太阳的黑色巨团，在人们庄严的呼喊声中和雷鸣般的乐声中傲慢地（pesamment）落入河湾，溅湿了整个河岸。坠入河湾以后，它沉没了。一分钟以后河湾已经是无遮盖的了。浪头在河面上留下许多波纹……在河湾的中央有三个人在挣扎。他们是丧失了理智的鲍万纽斯、约翰·龙德和汤姆·贝卡斯。人们急忙把他们救到船上。

---

① 法国城市，塞纳河河口港。

“我们已经五十七天没吃东西了！”瘦得像挨饿的画家似的龙德先生嘟哝着说。他讲述了所发生的事情。

现在，梅谢尔斯基公爵岛已不复存在了。它接纳了三个勇敢的人以后，变得重起来，因而它脱离了中间区域，被地球所吸引，坠入了勒阿弗尔河湾……

结束语

约翰·龙德现在从事着钻穿月球问题的研究。月球将有一个孔洞作点缀的时日已不远。这个孔洞将是属于英国人的。汤姆·贝卡斯在爱尔兰从事农业。他在养鸡，在鞭打自己的独生女儿，他在按斯巴达方式教育自己的女儿。他对科学问题也并非漠不关心，所以他常常生自己的气：他竟会忘记从飞岛上取回那棵汁水像俄国伏特加酒的树的种子。

一件令人厌恶的事

类似长篇小说的作品

事情发生在冬天。

舞会正在进行。音乐震天响，枝形吊灯亮堂堂，男舞伴们人人兴致勃勃，小姐们个个尽情享受生活的乐趣。大厅里有人在跳舞，房间里有人在打牌，饮食部里有人在喝酒，阅览室里有人在艰难地表白爱情。

身材微胖、脸颊绯红、蓝蓝的大眼睛、长着一头长长的金色秀发的辽丽雅·阿斯洛夫斯卡雅却似乎在故意跟大家、跟全世界、跟她自己怄气。这个身份证上标明数目字“二十六”的姑娘独自一人坐在那儿生气。她感到心烦意乱。这是因为男人们对她的态度十分可恶。特别是近两年来，他们的行为太糟糕。她发觉他们不再注意她。他们已经不愿意同她跳舞。不仅如此，这些骗子即使从她身旁走过也都不看她一眼，仿佛她不再是一个美丽的大人。即使有人偶然间无意中瞥她一眼，他的目光也缺乏惊讶神情和纯精神色彩，而是如同饭前看看加奶油露馅的大馅饼或者烤乳猪一样。

然而，在以往的岁月里……

“每个晚会，每个舞会都这样！！”辽丽雅咬着嘴唇气愤地想，“我知道他们为什么不注意我，我知道！他们这是在报复！他们之所以报复我，是因为我看不起他们！可是……可是我到底什么时候才能出嫁呢？难道这样能嫁出去？时间是不等人的，不等人的！你们这些坏蛋！”

就在我们所讲的这天晚上，命运之神终于怜悯起辽丽雅了。纳勃雷德洛夫中尉本来答应同她一块儿跳第三场卡德里尔舞，可是他喝得烂醉如泥，从她身旁走过时不知为什么愚蠢地咂着嘴唇，这表明他根本瞧不起她。辽丽雅受不住了……她愤怒极了。天蓝色的眼睛满噙着泪水，嘴唇颤抖着。眼看泪水就要夺眶而出……她不想让外人看到她的眼泪，就转身面对黑洞洞的蒙着一层水汽的窗子。噢，真是喜从天降，她在一个窗户旁看到了一个英俊的男青年，他目不转睛地看着她。那青年装出一副令人感动的样子，直刺她的心坎。他的姿态美极了，两眼充满热爱、惊讶、疑问和回答，他的脸色忧郁。辽丽雅顿时活跃起来。她就采取一个适当的姿势，进行起适当的观察来。她的观察表明，青年不是偶然地、马虎地看着她，而是目不转睛，如醉如痴地瞅着她。

“上帝啊！”辽丽雅暗想，“要是有人能想到把他介绍给我多好啊！不落俗套的男人多么有眼力！他立刻就注意到我了！”

不多一会儿青年忙碌起来了，他在大厅里走来走去，开始同一些男人混在一起。

“他想认识我！他在要求他们介绍呢！”辽丽雅暗想，她感情冲动，一时喘不过气来。

真的，约莫过了十分钟，一个胡子刮光、外貌吊儿郎当的业余演员，倾听了青年的要求后，重重地碰响脚跟以示敬意，并把他介绍给了辽丽雅。原来这青年是“我们的同道”，是一个才气大得要命的画家诺格捷夫。诺格捷夫是个二十四岁左右的黑发青年，长着一对格鲁吉亚人才有的那种多情的眼睛，留着漂亮的唇髭，脸色白净。他从未画过什么东西，然而他却是个画家。他蓄着长发和西班牙式的短尖小胡，表链上坠着一块金质的小调色板，衬衫的袖口上不是纽扣，而是金质的小调色板，手套很长，一直戴到胳膊肘上，靴后跟高得令人难以置信。这是一个善良的小伙子，然而他蠢得像头鹅。他父亲是贵族，母亲也是贵族，祖母很富有。他还是个单身汉。他胆怯地握了一下辽丽雅的手，胆怯地坐下，坐好后，就睁大眼睛贪婪地盯住辽丽雅看。他讲话不快，而且怯生。辽丽雅唠唠叨叨不停地说，然而他只是说“对……”“不……”“我，您要知道……”他说话时呼吸微弱，答话牛头不对马嘴，常常狼狈地搔左眼（搔他自己的，而不是辽丽雅的左眼）。辽丽雅在内心里鼓掌喝彩。她断定，画家已经爱上了她，因而感到庆幸。

舞会后第二天，辽丽雅坐在她房间里的窗户旁，欢欢喜喜地看着大街。诺格捷夫在街上，就在她的窗户前走来走去。诺格捷夫溜转着，眼睛偷看着她的窗子。他看着，眼神忧郁、怅惘、温和、热烈，仿佛想要死的样子。第三天，他还是这个样子。第四天下雨，他没有在窗户下徘徊（有个人说服了他：雨伞同他的身材不相配）。第五天他到辽丽雅父母家登门拜访。他们的结识由高尔丢斯之结扎紧了，紧得拆不开了①。

大约四个星期后又举行舞会。（请看这篇小说的开头部分）

诺格捷夫站在房门口，肩膀倚着门框，贪婪地看着辽丽雅。辽丽雅有意要激起他的醋意，在远处向纳勃雷德洛夫中尉卖弄风情，中尉已经喝过酒，但没有烂醉如泥，而只是略有酒意。

辽丽雅的爸爸侧着身子走到诺格捷夫跟前。

“您一直在画画？”爸爸问，“您在搞艺术？”

“是的。”

“哦……好事情……求上帝保佑，求上帝保佑……嗯……可见上帝赐给了您这种才能……是啊……各人有各人的才能……”

爸爸沉默了一会儿，继续说：“喏，小伙子，您要知道，如果您那个……一直画画儿，那您就这么做，春天您就下乡到我们家来。那里有一些十分引人入胜的地方！那儿有景点，我跟您说吧，多极了！像这样的景色连拉赫瓦耶尔②也没有机会画过。我们非常高兴看到您来。再说，我的女儿又同您成了……十分要好的朋友……嗯，

① 这句话的意思是：他们的友情已经到了难解难分的程度。据古希腊神话，弗利吉亚国王高尔丢斯打了一个结，并宣布能解此结者为亚细亚之王，后来亚历山大·马其顿用剑砍断了此结。

② 这位爸爸把意大利名画家拉斐尔说成了“拉赫瓦耶尔”。

嗯……年轻人啊，年轻人！嘻嘻嘻……”

画家行了一个鞠躬礼。就在这一年的五月一日，他带着行李到阿斯洛夫斯基家的庄园上去了。他的行李由一个不必要的颜料箱、一件斜纹布坎肩、一个空烟盒和两件衬衫组成。他受到非常殷勤的接待。他们拨给他两个房间、两个听差、一匹马，而且他想要什么就给什么，只要他有愿望。他最好地利用起他的新地位来：吃得非常多，喝得也不少，睡的时间很长。他既欣赏风景，又目不转睛地瞅着辽丽雅。辽丽雅感到不能比这更幸福了。他对她亲密，他年轻，漂亮……爱她！他十分羞怯，不向她走近，总是从远处看她，从门帘或者灌木丛后面看她。

“羞答答的爱情！”辽丽雅想，叹口气……

在一个风和日丽的早晨，她爸爸和诺格捷夫坐在花园里的长椅上聊天。父亲讥诮家庭幸福的魔力，诺格捷夫有耐性地倾听着，而两只眼睛在寻找辽丽雅的身影。

“您是父亲的独生子吗？”父亲顺便问了一句。

“不……我有一个哥哥，叫伊万……他是个很不错的人！这个人太好了！您不认识他吗？”

“未曾有过这种荣幸。”

“很可惜，您不认识他。您知道吗，他爱说俏皮话，是个乐天派，招人爱！他搞文学。所有的编辑部都约他写稿。他在《小丑》上发表作品。很可惜，您不认识他。他会很高兴同您相识的……就这么办吧！您要不要我写信把他叫来？啊？真的！那可真要快乐多了！”

爸爸听到这个建议，心好似被门夹痛了一样。可是他又毫无办法，只好说：“非常欢迎！”

诺格捷夫从座位上跳了起来，表示他心情愉快，他马上给他哥哥写了封邀请信。

他哥哥伊万立即就来了。他不是独自一人，而是同他的朋友纳勃雷德洛夫中尉和一条庞大无齿的老狗土耳卡一起来的。用他的说法，他带着他们一块儿来是为了避免强盗在路上打劫，也为了喝酒有人做伴。他们分到三个房间、两个仆人和一匹供两人合用的马。

“你们，诸位先生，”伊万对主人说，“别为我们操心！我们不会给你们添麻烦！什么鸭绒被，酱汁，钢琴，——这一切我们都不要！不过，如果在啤酒和白酒上能大发慈悲的话，嗯……那就是另一回事了！”

如果您想象得出一个身材高大、肥头胖脑，年纪约莫在三十岁上下的汉子，身穿帆布工作外衣，留着龌龊的胡子，眼睛浮肿，领结歪向一边，如果您想象得出这样一个汉子，那您就使我免去对伊万作一番描写了。他是一个世上最令人讨厌的人。

他不喝酒的时候倒还不错，他躺在床上不说话。他一喝了酒，就令人难以忍受，就像黏在光身子上的牛蒡①。他喝了酒，就滔滔不断地说话，而且满嘴脏话，即使女人和孩子在场他也不害臊。他讲跳蚤，讲臭虫，讲裤子，讲鬼才知道的东西。他没有其他较新的话题。当伊万在饭桌上讲俏皮话的时候，爸爸、妈妈和辽丽雅总感到困惑。

真不幸，他在阿斯洛夫斯基家逗留的日子里，没有清醒过一次。身材矮小的纳勃雷德洛夫中尉也拼命模仿伊万。

“我和他都不是画家！”他说，“我们怎么配呢！我们是大老粗！”

伊万和纳勃雷德洛夫觉得老爷家阔气的房子闷热，所以他们做的第一件事就是搬进侧房同管家住在一起，而管家倒是乐意陪规矩人喝上一杯的。他们做的第二件事是脱去大礼服，不穿礼服就在院子里和花园里出风头。辽丽雅多次在花园里碰上穿着便服躺卧在树荫下的哥哥和中尉。哥哥和中尉吃吃喝喝，用牛肝喂狗，说俏皮话挖苦主人，在院子里追逐厨娘，洗澡时大声说话，睡起觉来就好像死人一样。他们感谢老天保佑，出乎他们意料地把他们送到这个地

① 一种带刺的野生植物。

方来过安乐和富裕的生活。

“你听着！”有一次伊万朝辽丽雅所在方向挤挤醉眼对画家说，“如果你在追她……那就这样吧！我们决不会去碰她。是你第一个干起来的，事情就该由你来决定。请便，请便！我们干事都是大大方方的……我们祝你成功！”

“我们决不会来夺你的人，决不会！”纳勃雷德洛夫肯定地说，“不然的话我们就太卑劣了。”

诺格捷夫耸耸肩膀，把贪婪的目光集中到辽丽雅身上。

一个人过厌了沉静的生活，就会渴望来一场暴风雨；如果他对规规矩矩和体体面面地坐着的生活已经感到厌烦，他就会非常想吵闹和捣乱一番。辽丽雅对羞答答的爱情厌烦了，她就开始生气了。羞答答的爱情无异于夜莺的寓言[①]。使她十分恼恨的是，在六月间画家仍然像在五月里一般胆怯。正房里已经在缝制嫁衣，爸爸夜以继日地在盘算着借钱办喜事，可是他们的关系还没有以明确的形式表现出来。辽丽雅逼着画家成天地陪她钓鱼。然而这么做同样无济于事。他只会手举钓竿站在她的身旁，默不作声，即使说话也口吃，两只眼睛贪婪地盯住她。没有一句甜蜜得要命的话，也没有一句表白爱情的话。

“你就叫我……”有一次她爸爸对他说，“你就叫我……。请原谅……我用‘你’来称呼你了……你知道，这是因为我喜欢你……你就叫我爸爸吧……我喜欢这样。”

画家糊里糊涂地开始称他为“爸爸”，可是这也无济于事。他还是像从前一样，在该埋怨上帝只给了人一个舌头而不是十个的节骨眼上，他总是不做声。伊万和纳勃雷德洛夫很快就看破了诺格捷夫的策略。

“天晓得你是怎么搞的！”他们抱怨道，“自己不吃干草，又不让人家吃！真是个畜生！蠢货，一块肥肉自己送到你嘴边来了，你

---

① 俄国有一句谚语：“用寓言喂不饱夜莺。”意思是“空谈不能充饥”。

就吃么！你不想吃，那就让我们吃！就这么一回事！”

但世界上一切都有个结局。就连这篇小说也会有一个结局。画家和辽丽雅之间不明确的关系也终于结束了。

这段浪漫史的结尾发生在六月中旬。

是一个宁静的傍晚。空气中充满清香，夜莺在放声歌唱，树木在低声私语。如果按俄国散文作家的长舌头的说法来说，四下里弥漫着安逸的气息……不消说，空中还挂着月亮。要使这天堂般的诗意十全十美的话，所缺的只是一个站在灌木丛的后面高声朗诵迷人诗句的费特[1]先生了。

辽丽雅坐在长椅上，裹着一条披巾，若有所思地穿过树木看着小河。

“难道我是一个十分难以接近的人？”她想道，这时她自己出现在她的想象之中：庄严，骄傲，目空一切……向她走近的爸爸打断了她的思索。

“哦，怎么样？”爸爸问，“仍然是那副样子吗？”

“仍然是那副样子。”

“嗯……见鬼……什么时候这一切才会结束呢？要知道，我的妈呀，养活这几个无赖花费可大着呢！五百卢布一个月！这不是开玩笑的！光是一条狗一天就要花三十戈比买肝给它吃。如果求婚，那就求婚，不然的话，就带着他的哥哥和狗一起见鬼去！他至少也总该对你说点什么吧？他对你说过吗？他表白过吗？”

“没有。他，爸爸，非常腼腆！”

“腼腆……咱们了解他们的腼腆！他这是打马虎眼。你等着，我马上把他打发到这儿来。同他了结吧，好女儿！没有什么好客气的……是时候了。你就这么干，好女儿……你也不小了。把戏么，你大概都知道！”

爸爸走了。约莫过了十分钟，画家怯生生地从丁香花丛里钻了

① 费特（1820—1892），俄国风景诗人和爱情诗人。

出来。

“您叫我吗？”他问辽丽雅说。

“是我叫您。您走近些！别再躲着我！您坐下！”

画家轻手轻脚走近辽丽雅，又轻手轻脚在长椅上坐下。

“在暮色中他多么好看！”辽丽雅暗自想道，接着她对他说：

“您讲点什么吧！为什么您总是这么不开朗，费奥多尔·潘捷列伊奇？为什么您老是不做声？为什么您从不在我面前吐露您的心曲？我有什么使您如此不信任我？我感到难过，真的……人家可能会认为，我们不是朋友……您开口说话吧！”

画家清了清嗓子，喘息了一下说：

“我有许多话要跟您说，有许多话！”

“为什么不说呢？”

“我担心您会生气。叶莲娜·季莫菲耶芙娜[①]，您不会生气吧？”

辽丽雅哧哧地笑起来。

“关键的时刻到了！”她暗想，“他颤抖得多么厉害！他颤抖得多么厉害！你给捉住了，亲爱的？”

辽丽雅自己的膝头也哆嗦起来了。每个写小说的人都十分喜爱的那种激动支配着她。

“再过上十分钟左右，就要开始拥抱，亲吻和发誓了……啊！……”她幻想开来了，而且为了火上加油，她以裸露的热胳膊肘碰了一下画家。

“啊？为什么不说呢？”她问，“我可不是您所想的那种小性子的人……”她停顿了一下，“您说呀！……”她又停顿一下，“快说呀！！”

“您要知道……叶莲娜·季莫菲耶芙娜，在生活里我最喜爱的是绘画……也就是说艺术。朋友们都认为，我有才能，我会成为一

① 叶莲娜·季莫菲耶芙娜是辽丽雅的本名和父名。

个不坏的画家……”

“啊，这是千真万确的！毫无疑问！”

“嗯，是啊……就是这样……我爱我的艺术……那就是说……我偏爱写实画，叶莲娜·季莫菲耶芙娜！艺术……艺术，您知道……美妙的夜晚！”

“是啊，少有的夜晚！”辽丽雅说着，像蛇似的扭动身子，在披巾里蜷缩起来，眼睛半开半闭。（女人在情事的细节上都是好样的，都是好样的，真不得了！）

“我，您要知道，”诺格捷夫接着说，绞弄着他的白净的指头，“我早就打算跟您谈一谈，可是我一直……不敢。我想您会生气的……不过您，如果您能理解我的话，就……请您别生气。您也喜爱艺术吗？”

“啊……嗯，是啊！……怎么能不爱！艺术嘛！”

“叶莲娜·季莫菲耶芙娜！您知道吗，我为什么到此地来？您猜不出来吧？”

辽丽雅很不好意思，她似乎是无意中把一只手放在他的胳膊肘上……

“这是实在话，”诺格捷夫沉默一下，接着说，“画家中间有一些下流坯……这是实在话……他们认为女人的羞耻心一文不值……可是，要知道，我……我不是这种人！我彬彬有礼。女人的羞耻心是那种……那种谁也不该轻蔑的羞耻心！”

“为什么他对我说这些话？”辽丽雅想着，把胳膊肘藏进披巾里。

“我可不像那些人……在我心目中女人是神圣的！因此您不必害怕……我不是那种人，我是不容许自己胡来的人……叶莲娜·季莫菲耶芙娜！您会容许吗？不过请您听明白，真的，我是真诚的，因为我不是为我自己，而是为艺术！在我心目中首要的是艺术，而不是兽性本能的满足！”

诺格捷夫抓住她的手。她微微朝他那边移动。

"叶莲娜·季莫菲耶芙娜！我的天使！我的幸福！"

"怎……怎么样？"

"我可以向您提个请求吗？"

辽丽雅咻咻地笑了。她的嘴唇已经抿起，等着他的初吻。

"我可以向您提个请求吗？我求求您！真的，为了艺术！您如此合我的心意，如此合我的心意！您正是我所需要的那个人！别的女人都见鬼去吧！叶莲娜·季莫菲耶芙娜！我的朋友！请您做我的……"

辽丽雅挺直身子，准备投入拥抱。她的心怦怦地跳。

"请您做我的……"

画家抓住她的另一只手。她温顺地把头靠在他肩上。幸福的泪珠在她的睫毛上闪亮……

"我亲爱的！请您做我的……模特儿吧！"

辽丽雅抬起头来，"什么？！"

"请您做我的模特儿吧！"

辽丽雅站起身来，"什么？要我做什么？"

"做模特儿……劳驾！"

"嗯……光是做这个？"

"您这么做就使我十分感激了！您使我有可能画出一幅画来，而且是一幅……什么样的画呀！"

辽丽雅的面色变得煞白。爱的眼泪突然变成了绝望、怨恨以及其他各种不良情感的眼泪。

"原来就是……这么回事？"她全身哆嗦，说出了这么一句话。

可怜的画家！一记清脆的耳光连同它的回声响彻了昏暗的花园，这时在一片白净的面颊上出现了一块鲜艳的红晕。诺格捷夫搔一搔脸颊，他发呆了，呆若木鸡。他感到他的身子陷到整个宇宙中去了……他眼睛里金星直冒……

辽丽雅颤抖着，脸色死白，疯疯癫癫，朝前跨出了一步。她摇晃了一下。好像一只车轮从她身上滚了过去似的。她集中力量，迈着不稳的、病态的步子朝正房走去。她非常疲乏，眼睛里冒出金星，两只手伸向头发，分明是想揪住头发……

离正房只有几俄丈远了，这时她的脸色又一次变得煞白。归途中，她经过一个爬满了野葡萄藤的凉亭，肥头大耳的伊万正站在凉亭附近，他喝醉了酒，蓬头散发，身穿敞着襟的坎肩，大大地张开两条胳膊。他瞧着辽丽雅的面孔，不自然地微微一笑，用他恶魔般的“哈哈”声玷污周围的空气。他抓住了辽丽雅的一只手。

“滚开！”辽丽雅厌恶地低声说，急忙把手缩回……

真是一件令人厌恶的事情！

六月二十九日[①]

一向击不中目标的猎人的故事

清晨四点钟……

草原上洒满朝阳的金光，露水珠使它闪闪发光，好像是撒上了一层钻石粉末。晨风驱走了迷雾，现在这迷雾好比一堵铅墙停在小河彼岸。裸麦穗、牛蒡和野玫瑰的花冠平静、安详地伫立不动，它们只是偶尔相互点头问候，低声细语几句。在草地和我们头顶的上方，鸢鹰、鵟隼、猫头鹰在从容不迫地扇动着翅膀飞翔。它们正在猎取食物……

一行六人：阿基木·彼得罗维奇·奥特列达耶夫、调解法官、地方自治局医师、我、奥特列达耶夫的女婿普烈德波洛任斯基和乡长柯左耶多夫乘坐着奥特列达耶夫那辆可以改装成无座雪橇的四轮马车，外出打猎。四条狗伸着舌头跟在马车后面奔跑。我和地方自治局医师是瘦个儿，其余几个人都胖得像大酒桶，因此我们都挤得要命，虽说这辆祖传的马车既宽又深。我们的胳膊肘和枪托动不动就戳着柯左耶多夫的肚子。我们大伙儿互相挤撞，我们沉重地喘气，皱着眉头，彼此满心怨恨，不耐烦地等着我们大家可以下车的时刻。我们驱车到草原深处去打猎，打鹧鸪、草原鸨、鹤鹑和沼泽地上的野禽，如果幸运女神对我们表示照顾，我们还要打野雁。统率我们的是马车和马匹的主人奥特列达耶夫。多蒙他关照，我们才坐车出来打猎。我们的身体受到了挤压，可是我们的内心却洋溢着非常强烈的欢欣！

谁素来没有坐车外出闲游和打猎，谁也就不能理解这种欢欣。

我们握着我们的猎枪，亲热地瞧着它们，就像母亲瞧着她的大有希望的爱子一样。

“我们的路线是怎样安排的？”我问。这时候我们已经离奥特列达耶夫家十俄里光景了。

“现在我们上叶兰契克去打田鹬，”奥特列达耶夫回答说，“离这儿大约有八俄里。在那儿我们还可以打黍田里的鹌鹑……打一阵鹌鹑后，我们就在那儿过夜。明天天蒙蒙亮的时候我们开始真正的打猎……”

“怎么样，诸位先生，”我问道，手指头指着一只沉浸在远处青空中的鸢鹰，“你们认为怎么样：从这儿开枪能打中吗？你们打得中吗？”

“没有人能打中！”奥特列达耶夫说，“太远了！不过用我的枪能打中……”

“用您的枪打，准会落空。”普烈德波洛任斯基说。

“打得中。用霰弹打不中，因为够不着。不过，用子弹打就一定打得中……”

“用子弹打也一定落空。”

“对不起，我打得中还是我落空，我自己清楚！您不熟悉我的枪，可是我熟悉……您生来没有见过好枪，所以您才会觉得如此奇怪……我以往就是再远点也打中过……”

普烈德波洛任斯基把头朝后一仰，笑起来。

“你笑什么？”奥特列达耶夫继续说，“想必是你不相信，是吗？”

“当然了，我不信。”

“嗯……可见，你不了解我那支枪……是一支非常好的枪！它不是白白价值六百卢布的……”

“多……少钱？”普烈德波洛任斯基伸长了脖子问……“多少？

① 这一天是东正教的一个节日，打猎季节就从这天开始。

您再说一遍，好爸爸！”

“六百卢布……你笑什么？你先看看枪，然后再龇着牙笑！”

“我看见了……哪家厂子生产的？”

“法国马赛货……列彼列厂生产……”

“列彼列厂？这厂子我好像没听说过……一支普普通通的枪……值百把个卢布……我不喜欢您胡说，老丈人！何必胡说呢？我不明白，为什么您要胡说！”

“枪是好枪，”调解法官说，“可是不值六百卢布。您多付了钱，阿基木·彼得罗维奇！”

“他根本没有多花钱！”普烈德波洛任斯基急躁地说，“他在撒谎！撒谎，像个小学生一样！”

奥特列达耶夫坐不安定了，他的脸涨红了。

“我可不是那种撒谎的人，”他说，“就是嘛！你……你才撒谎！嗯，是啊！你一心想要刺人！不该同你一起出来。我不知道为什么我把你带来了！……”

“我也不想出来……何必撒谎，我真不明白！撒谎，就像个不要脸的人！”

“你自己才是不要脸的人！你是下流坯，又是傻瓜蛋。”

我们开始劝说普烈德波洛任斯基。

“那就叫他别撒谎！”任性的女婿辩白说，“如果有人说谎，我心里就有气……叫他别骂人家下流坯。他自己才是下流坯，就是这样！如果我去，他不喜欢，那就……去他的吧！我可以不去。”

“得啦，够啦！阿基木·彼得罗维奇并不想侮辱您！值得为了一桩小事而大闹特闹吗？”

普烈德波洛任斯基绷着脸，像一只吃撑了的火鸡，他不吭声了。

“不能这样，先生！”过了一会儿柯左耶多夫对普烈德波洛任斯基说，“不能这样，先生！现在可以说他是替代了您的父母。他是您的丈人，而您却对他说些无礼的话……这太不应该！”

女婿轻蔑地瞧了一下乡长，讥诮地冷笑了一声。

“莫非是有人在问你？”他说，“有人在问你？你别做声，如果……如果你坐着，那你就坐着！……说什么‘代替了父母’……连说话都不会说，还要管闲事。嗯……出身低微的人……没有教养的人！”

“瞧，先生，您是个什么样的人啊！您不喜欢人家安安静静地坐着。我虽说是平民出身，虽说没有受过什么教育，不过我还是可以说，在我的胸中、我的心里、我的灵魂里，什么样的感情都有。而您呢，虽说您学过各种等级的学问，可就是没有……就是这么回事，先生！”

“别说了，诸位先生！”我出面调解道，“你们别再互相教训了！请你们大家都别说了……”

奥特列达耶夫喘息着从侧袋里取出一个容量很大但磨旧了的烟盒来，把粗大的手指头伸进去。医师和调解法官把手伸向他的烟盒。

“不行，先生们，对不起，先生们！”奥特列达耶夫威严地说，“友谊管友谊，各抽各的烟。这点烟还不够我自己抽的……路程很长，可是我随身带的纸烟只有四十支……”

医师和调解法官非常难为情，为了把自己的困窘瞒过大家，他们就吹起口哨，吹的是《安果夫人》的曲调。

奥特列达耶夫非常愚蠢，而且十分粗野……

他使我们都受不了。困窘的医师点上了自己的一支卷烟，开始讲起笑话来了。他讲了二十来个笑话，其中只有一个不是淫猥的，其余那些我们都听得津津有味。

“您，老兄，真是个能手！”我称赞医师说，“我过去不知道您是一个如此富于幽默感的人！”

“是的，先生……我还算知道一些东西，”医师说，“要是我愿意给报刊写稿，那我就会有几百万家财了。我会挣得比您多。”

“我不怀疑……为什么您不写呢？”

"我不想写！"

"为什么呢？"

"我不想写，就是这么回事！我有良心！难道有良心的人能给你们那些报刊写稿吗？永远也不会！报纸我甚至从来也不看！我认为那些花钱订报的人都是傻瓜……"

"我正好相反，"调解法官说，"我认为那些不花钱订报的人才是傻瓜……"

"大夫今天心绪不佳，"我说，"我们别惹他……"

"谁对您说过我心绪不佳？我心情挺好嘛……您包庇报纸，是因为您给报纸写东西，可我认为，报纸是……呸！它们是一文不值。报纸总是撒谎，撒谎，撒谎。它们是头号撒谎者和造谣中伤者！办报的人同律师是一样的……他们都撒谎，都没有良心！"

"我做过律师，"调解法官说，"可是我有良心。"

普烈德波洛任斯基和柯左耶多夫互使眼色，奸险地笑了一下。

"我不是说您……我是泛泛而谈的……一般说，所有的人都是骗子……吃报馆饭的，做律师的，所有的人全都是……"

我没有沉默，我继续为吃报馆饭的人鸣不平。调解法官则继续为律师辩护……四轮马车上掀起了一场争论。

"那么您的医学呢？"我抓住不放说，"医学呢？它有什么价值？难道您就不撒谎？您只是拿人家的钱！医师是什么？医师是掘墓人的前奏……就是这么回事！不过，我不知道为什么我要跟您争。难道您的话有什么逻辑？您大学毕业，可是发起议论来却像个澡堂里的擦背的……"

"您讲话要冷静点！我认为可以不用侮辱的字眼！"

"我们骂吃报馆饭的和做律师的人，"普烈德波洛任斯基开始用男低音说话，"可是真正爱撒谎的人我们倒没有看见……你们同我的老丈人谈谈吧，他在胡说八道方面胜过任何一个律师……"

如此等等……一句顶上一句，一个鬼脸接着一个鬼脸，一句谣言跟着一句谣言，鬼知道这个局面会闹到什么地步……

我们开始说出了整个冬天以来蓄积在我们心中的全部芥蒂。我们比那些老处女还要厉害。

可是，正当我们这些没有睡醒和喝得半醉的人互相捣鬼的时候，太阳却越升越高了……迷雾已经完全消散，夏日的白昼开始了。四周寂静、美妙。

只有我们这伙人破坏着这种寂静……

到了我们所遇到的第一个沼泽地后，我们就走下马车，一个个怒冲冲、气呼呼的，慢慢地向不同的方向走去。柯左耶多夫着手在我们之间恢复和睦的气氛。他把一枚三戈比硬币丢向高空，朝它放了一枪，命中了。我们大家一块儿拾起那枚硬币，数了一数霰弹在硬币上留下的弹痕，总算谈起话来了。

普烈德波洛任斯基惊起一只秧鸡，把它打死了。我们向他表示祝贺，高呼“乌拉”。如果不是医师捣乱，和睦的气氛本可以完全恢复。趁我们祝贺普烈德波洛任斯基取得首次成功之际，医师走到马车跟前，解开口袋，享用起伏特加和冷荤菜来了。

“大夫！您在那儿干什么？”奥特列达耶夫叫道。

“我在吃菜喝酒。”

“您有什么支配权？”

“怎么啦？”

“这是为您准备的吗？对不起，我不理解这种卑鄙行径！稍微等一下都不能！您这是开的哪瓶？哎呀，我的爹！那是我的药酒！您有什么权利，先生？”

“请您别嚷嚷！小声点！”

“要知道，我带这瓶酒来是给我自己喝的！我身体弱，才带药酒，可是……真叫人没办法！他居然把它打开了！有人要他这么干吗？把咸鱼脊肉包起来！”

“我不包！您这个不体面、不礼貌的人，您应当知道打猎时一切东西都是公用的……您这个人，对不起，多么粗野！”

医师喝完一杯药酒，而且故意要气一气奥特列达耶夫，给自己切下一大块咸鱼脊肉。普烈德波洛任斯基跑到马车跟前，为了惹他丈人生气，他凑着瓶口喝下半瓶药酒……奥特列达耶夫流眼泪了。

“您这是故意气气我？”他小声说，“好极了！好！瞧您会这样……Мерси боку[1]……”

还不知道出了什么事情的调解法官来到马车跟前。

“啊啊？……您吃起来了？”他问，“不嫌太早吗？不过，喝它一杯也不碍事……来，为您的健康！”

调解法官给自己倒满一小杯药酒喝了下去。

“很好，先生！好得很，先生！”奥特列达耶夫喊起来了。

“什么事好得很？”调解法官问。

“没什么……”

奥特列达耶夫坐上马车，把口袋丢到草地上，讥诮地向我们鞠了一躬，拍拍车夫彼得的后背。

“走！”他叫道。

“您这是到哪儿去？”我们都惊讶了……

“如果你们认为我是个讨厌的人……没有受过教育……。柯左耶多夫，你坐上来，好朋友！咱们这些乡巴佬，怎么配跟这些有学问的先生们一块儿打猎？咱们解放他们吧，咱们不该在场！走，亲爱的！”

“您上哪儿去？为什么您要干蠢事？”

“既然我蠢，您何必操心？……就算是这样吧！我确实是个傻瓜……再见，先生们……我回家去……”

“那我们坐什么车子呢？”

“你们想坐什么就坐什么……马车是我的。”

“你，老丈人，你疯了吗？”普烈德波洛任斯基嚷道。

柯左耶多夫在奥特列达耶夫一旁坐下，温顺地脱下帽子。

“你发疯了？”普烈德波洛任斯基继续说，“快从马车上

---

① 是法语“merci Беаucoup”的俄语读法，意为“十分感谢”。

下来！”

“我不下。再见，姑爷！你是受过教育的人，既人道又文明……我呢……我算什么人？”

“你——你是傻瓜！先生们，这算什么呀？是谁惹他生气了？是您，大夫？您啊，真见鬼，您干吗总是挺着您那个学者的鼻子去管别人的事情！”

“我不是您的丈人……请您别大声嚷嚷，”医师生气了，“如果您再大声嚷嚷，那我就走！……”

“您走吧！这损失可真是太大了！你们大家倒说说看！”

医师耸耸肩膀，叹口气，登上了马车。调解法官一摆手也上了马车。

“我们总是这样，”他叹道，“干什么都干不好……”

“赶车！”奥特列达耶夫喊道。

彼得吧嗒一下嘴唇，拉了拉缰绳，四轮马车就起动了。

我和普烈德波洛任斯基彼此对看一眼。

“停下来！”我叫道，跑上去追马车，“停下来！”

“停下！”普烈德波洛任斯基大声叫喊起来，“停下，你们这些畜生！”

马车停住了，我们也上了马车。

“你这笔账我是要记住的！”普烈德波洛任斯基说，两眼炯炯发光，举拳威胁丈人，“一切我都要记住！叫你到死都忘不了这一天！”

在归途中我们一路上都不做声。在我们的内心里非常恶劣的心情代替了非常强烈的欢欣。我们都不惜把对方吃掉，之所以没有吃掉，只是因为我们不知道该从哪儿开始吃起……我们的马车驶近奥特列达耶夫的房子，奥特列达耶娃太太正坐在露台上喝咖啡。

“你们回来了？”她惊讶地说，“为什么这么早？”

我们一个个走下马车，默默地向大门口走去。

“你们去哪儿啊，诸位先生？”奥特列达耶娃太太叫喊起来，

“该喝咖啡吧？该吃饭吧？你们上哪儿去？”

我们转向台阶，什么话也不说，威严地用我们的大拳头作了恐吓的手势。普烈德波洛任斯基朝台阶那边啐口唾沫，骂了一句，就走到马棚里去睡觉。

两天后，奥特列达耶夫、普烈德波洛任斯基、柯左耶多夫、调解法官、地方自治局医师和我，坐在奥特列达耶夫家里打牌，还像平常一样互相吵吵骂骂……

过了三天，我们互相吵骂得死去活来，可是五天后我们又在一块儿放焰火了……

我们常常互相间争吵、造谣中伤、憎恨和鄙视，可是我们又无法分手。请你们，读者诸君，别惊奇，也别笑！请你们搬到奥特列达耶夫卡村来，在这儿住上一个冬天和一个夏天，你们就会知道是怎么一回事了……

穷乡僻壤不是京城首都……在奥特列达耶夫卡村，一只虾就算是一条鱼，普普通通的福玛也算得上是一个人物，而对骂则成了一种生动的语言……

三个中选哪一个

一个陈旧但又永远新奇的故事

在五品文官夫人玛利亚·伊万诺芙娜·兰盖尔的古式豪华别墅的露台上站着两个人：玛利亚·伊万诺芙娜的女儿娜佳和莫斯科著名商人的爱子伊万·加甫利洛维奇。

暮色十分美好。如果我善于描写自然景色，我会把月亮描写一番，它亲切地从云后张望，把银色的光芒洒向树林、别墅和娜佳的脸蛋儿；……我会描写树木的低声细语和夜莺的歌唱声，还有小喷泉轻微的几乎听不见的溅水声……娜佳站在露台上，她一个膝头支在圈椅的边沿上，一只手扶着栏杆。她的娇慵、温柔和深情的眼睛瞧着昏暗的绿丛出神……在她苍白的被月光照亮的小脸上有两个不明显的小斑点，这是她脸上的红晕……伊万·加甫利洛维奇站在她后面，颤抖的手烦躁地捻着稀疏的胡子。他捻胡子捻厌了，就开始用另一只手摩挲和轻拍他衬衫的不好看的蝶形大领花。伊万·加甫利洛维奇的长相不美。他生得像母亲，而他母亲却令人想起乡下厨娘。他的窄小的额头像是给压扁了似的。他扁扁的狮子鼻上是一个塌鼻梁，他的头发像鬃毛一样。他的像小猫眼一样细小的眼睛疑惑地瞧着娜佳。

"请您原谅我，"他结结巴巴地说，不安地喘着气和重复着，"请您原谅我向您讲出……我自己的感情……我是那么强烈地爱上了您，我甚至不知道我是不是神志清醒……在我胸膛里充满了表达不出的对您的感情！我，娜杰日达·彼得罗芙娜[1]，我一见到您就立时卷入了，就是说立时爱上了您。请您原谅我，当然不过……要知道……”他停顿了一下，“今天的景色可真是招人喜爱！”

“是啊……天气好极了……”

“您可知道在这样的景色里，爱上像您这样的妙人儿有多高兴……可是，我是不幸的！”

伊万·加甫利洛维奇叹了一口气，揪了一下胡子。

“我非常不幸！我爱您，我痛苦，可是……您呢？难道您会对我有感情吗？您有知识，有学问……干什么都显得很高雅……而我呢？我是个商人身份，别的……别的什么也说不上！可真是什么也说不上！钱倒有很多，可要是没有真正的幸福，那些钱又有什么用？没有幸福而单有钱那简直是罪孽，是……不结果实的花。吃的挺好……出门也不必步行……可是生活空空洞洞……娜杰日达·彼得罗芙娜。”

“怎么？”

“没……没什么！我想，老实说，我想麻烦您一下……”

“您有什么事？”

“您能爱我吗？”他停顿了一下，“我在您娘面前……也就是说在您的妈妈面前奉献了我对您的心和手[②]，可是她老人家说，一切都取决于您……她说，您自己就可以决定，不必由父母决定……您将怎样来答复我呢？”

娜佳默不作声。她瞥了昏暗的绿丛一眼，那儿隐约露出一些树干和图案般的树叶……风轻轻摆动着树梢，树木的阴影摇动着。这使她着迷。她的沉默折磨着伊万·加甫利洛维奇。他的眼中涌出了泪水。他感到痛苦，“如果她拒绝，那怎么办？”他暗自想道。这个令人不快的想法使他宽阔的背脊上直冒凉气……

“您行行好吧，娜杰日达·彼得罗芙娜，”他说，“请您别撕扯

---

① 娜杰日达·彼得罗芙娜是娜佳的本名和父名，伊万·加甫利洛维奇这么称呼娜佳是为了表示对她的尊重。

② 俄语中“向……奉献心和手”的意思是“向……求婚”。

我的心了……要知道，如果我纠缠着您，那是因为我爱……因为……”他停顿了一下，“如果您不回答我，那我只好去死了。”

娜佳把脸转向伊万·加甫利洛维奇，微微一笑……她向他伸出手去，开口说起话来，她的话音在莫斯科商人的耳朵里听来好似海妖塞壬①的歌声：

“我很感激您，伊万·加甫利洛维奇……我早就知道您在爱着我，而且知道您是怎样在爱我……可是我……我……我也爱您。让②……凭您的善心和忠诚，不可能不爱您……”

伊万·加甫利洛维奇张大了嘴笑起来。幸福的他用手心抚摩了一下脸：这是不是梦？

“我知道，如果我嫁给您，”娜佳继续说，“我就会非常幸福……可是您知道吗，伊万·加甫利洛维奇？至于我的答复，请您稍稍等一等……我不能马上给您正面的答复……对这一步我应该慎重考虑。应该想一想……请您稍稍耐心一些。”

“要久等吗？”

“不，不必久等……一天，多则两天……”

“这可以做到……”

“您马上就走吧，我写信答复您……您马上回家去，我也去考虑一下……再见……过一天再见……”

娜佳伸出手去。伊万·加甫利洛维奇抓住她的手吻了一吻。娜佳点了点头，作了一下空吻，轻快地离开了门廊，她消失了……伊万·加甫利洛维奇站了两三分钟，思忖一阵，就穿过小花圃和丛林，向他的停在林中小路上的马车走去。由于幸福，他瘫软了，仿佛让他在热澡堂里待了一整天似的。他一边走，一边幸福地笑。

“特罗菲木！”他把熟睡着的车夫叫醒，“起来！我们走吧！我

① 希腊神话中的女妖，相传她常以其歌声蛊惑航海人，并使之灭亡。
② 法语中的人名，相当于俄语中的伊万。

给你五张黄票子[1]做茶钱！听明白了吗？哈哈！”

这当儿娜佳已经溜过所有的房间，来到了另一个露台上，她走下露台，穿过一些树木、灌木丛和小矮树，向另一条林中小路跑去。在那条林中小路上，她童年时代的朋友在等她，这是弗拉基米尔·什特拉尔男爵，一个二十六七岁的青年男子。什特拉尔是一个可爱的日耳曼人，矮胖子。他头上的秃顶已经很醒目。这一年他大学毕业，正要上他的哈尔科夫庄园去。今天是他最后一次到此地来辞行。他微带酒意，半卧在长椅上，用口哨吹着《射击手》的曲调。

气喘吁吁跑累了的娜佳跑到他的跟前，紧紧搂住他的脖子。她高声大笑，拉他的脖子，揪他的头发和衣领，连连吻他那张油光光和汗津津的脸……

“我等你已经等了整整一个钟头。”男爵搂着她的腰说。

“身体好吗？”

“好……”

“你明天走？”

“明天走……”

“你真可恶……很快就回来吗？”

“我不知道……”

男爵吻娜佳的脸，把她从膝头放上长椅。

“好，吻够了，”娜佳说，“等一会儿再吻吧……有的是时间呢。现在让我们一起谈谈正经事。”她停顿了一下，“你，沃里亚[2]想过了吗？”

“想过了……”

“那怎么样，该怎么办？什么时候……结婚？”

男爵皱皱眉头。

---

① 一卢布票面的钞票。

② 弗拉基米尔的爱称。

“你又谈这件事！”他说，“可不是，我昨天就给了你……肯定的答复……根本谈不上什么结婚！我昨天就已经对你说过……为什么要谈起已经反复谈过一千遍的事情？……”

“可是，沃里亚，我们的关系总该有个了结吧？怎么你连这个也不懂？可不是应该有个了结？”

“是应该了结，但不是用结婚来了结……娜佳，我再重复说第一百遍，你天真得像个三岁的孩子一样……对漂亮的女人来说天真倒是挺适合的，不过在目前这种情况下却不适宜，我的亲爱的……”

“这就是说，你不愿意结婚！你不愿意？你直截了当地说，你这个没有良心的人，直截了当地说：你不愿意结婚？”

“不愿意……为什么我要糟蹋我的前程呢？我爱你，可是你要知道，如果我娶你做老婆，那你准会把我毁了……你既不会给我带来钱财，也不会给我带来名声……婚姻，我的朋友，该是半个前程，而你呢……用不着哭哭啼啼……考虑事情应当合乎情理……为爱情而结婚从来就不会幸福，结局照例一场空……”

“胡说……你胡说！就是这么回事！”

“你要结婚，以后你只好饿死……只好生下一些叫花子……应该考虑考虑啊……”

“可是当初你为什么不考虑？……你记得吗？当初你可是向我保证过的，说你要跟我结婚……你不是保证过的吗？”

“我保证过……不过现在我的计划改变了……可不是么，你绝不会嫁给一个穷人，那为什么你硬逼着我娶一个穷女人呢？我可不愿意像猪一般地对待我自己。我有我的前途，对它我必须在我的良心面前负责。”

娜佳用手绢擦干眼泪，突然间出人意料地又扑向改信东正教的日耳曼人的脖子。她俯在他身上，连连地吻他的脸。

“你娶我吧！”她喃喃地说，“娶我吧，亲爱的！要知道我爱你！要知道没有你我就不能活，我的心肝！要是你同我分手，你就会叫我送命的。你娶我吗？是吧？”

日耳曼人想了一下后，用坚决的声调说：

“我不能！爱情是好东西，可是在这个世界上，它不是首要的……”

“那你就是不愿意？”

“不……我不能……”

“你不愿意？真的你不愿意？”

“我不能，娜佳！”

“下流坯，坏蛋……正是这样！骗子！日耳曼佬！我受不了你，我恨你，我看不起你！你可恶！我从来就没爱过你！如果说那天晚上我向你让了步，那也只是由于我认为你是个正派人，以为你会娶我……我那时候就讨厌你了！我那时候愿意嫁给你，是因为你是男爵，是财主！”

娜佳挥动双手，从什特拉尔身边后退了好几步，又狠狠地挖苦了他几句，就走回家去了。“我刚才不该来找他，”她在回家的途中想道，“我本来就知道他不会愿意结婚。他这个坏蛋！那天晚上我真傻！如果当初我没有向他让步，现在也就没有必要在这个……日耳曼佬面前低声下气。”

娜佳走进别墅的院子后，没有上房间里去。她在院子里走了一会儿，在一个亮着微弱灯光的窗前停了下来。窗子里头是一个年轻的首席小提琴手米佳·古塞夫住着的房间，他刚从音乐学院毕业，正在这儿消夏。娜佳开始朝窗子里看。米佳在家。他长相不错，一头卷曲的金发，肩膀宽宽的。米佳躺在床上读长篇小说，他已经脱下了上衣和坎肩。娜佳站了一会儿，思忖了一下，敲了敲窗子。首席小提琴手抬起头来。

“谁啊？”

“是我，德米特里·伊万内奇……您把窗子打开一会儿……”

米佳迅速地穿好上衣，推开窗子。

“您到这儿来……您爬出来，到我这儿来……”娜佳说。

米佳出现在窗台上，不消一秒钟工夫他就已经在娜佳的身边了。

“您有什么事？”

“我们一起走走！”娜佳挽住米佳的胳膊说。

“是这么一回事，德米特里·伊万内奇，”她说，“您别给我写情书了，亲爱的！请您别再写了！您别爱我，也不要对我说您爱我！”

泪水在娜佳的眼睛里闪亮，一串串地顺着脸颊、顺着胳膊流下。

是真诚而又热烈的大颗大颗的热泪……

“您别爱我，德米特里！别再为我拉小提琴，我是个卑鄙的、可憎的、不好的女人……我是一个应该遭到鄙视、憎恨和痛打的女人……”

娜佳大哭起来，把她的小头靠在米佳的胸脯上。

“我是十分卑鄙的女人，我的思想也卑鄙，我的心也卑鄙……”

米佳不知所措，他叽叽咕咕说了句什么无关紧要的话，吻了吻娜佳的头。

“您善良，您美好……说句心里话，我是爱您的……哎，不过，您可别爱我！在这个世界上我最喜爱的就是金钱、服装、马车……一想到我没有钱，我就宁愿死掉……我坏透了，我自私自利。您别爱我，德米特里·伊万内奇，我的亲人！您别再给我写信！我要出嫁了……嫁给加甫利洛维奇……您看到吗，我是一个什么样的人！而您竟还……爱我！再见吧！我嫁了人也会爱您……再见，米佳！”

娜佳急匆匆地拥抱了一下古塞夫，急匆匆地吻了吻他的脖子，就朝大门口跑去。

娜佳回到自己房间后，在桌旁坐下，伤心地啼哭着写了如下一封信：“亲爱的伊万·加甫利雷奇！我是属于您的。我爱您，我愿意做您的妻子……您的娜……”

信封好了，交给了女仆按地址送去。

“明天……他准会给我送点什么来……”娜佳暗想，深深地叹了一口气。

这一声叹气结束了她的哭泣。娜佳在窗旁坐了一会儿，平静了下来，就匆匆解衣就寝。到了午夜时分，一条贵重的、绣了花和姓氏的羽绒被子已经温暖着这个年轻、漂亮、放荡的坏女人的身躯，这身躯偶尔才颤动一下。

半夜里伊万·加甫利洛维奇在他的书房里来回走动，说出他的种种幻想。

他父母坐在书房里听着他讲他的幻想……他们很高兴，而且为儿子的幸福感到幸福……

“她是个好姑娘，出身名门，”他父亲说，“五品文官的女儿，而且又是个美女。只有一样不好，那就是她的姓是日耳曼人的姓！人家准会以为：你娶了个日耳曼女人做老婆……”

他和她

他们各处旅行。只有在巴黎他们才肯住上几个月，至于在柏林、维也纳、那不勒斯、马德里、彼得堡以及别的大都市他们都不轻易久留。在巴黎他们感到自己好像是[1]在家里。在他们心目中，巴黎是大都市，是官邸所在地，欧洲的其他地方呢，都不过是枯燥乏味和乱糟糟的外省和内地，只可隔着大旅馆里垂下的窗帷或者站在舞台口看上一眼。他们的年纪都不大，然而欧洲的所有大城市他们都已经去过两三次。欧洲已经使他们腻烦，他们开始时时讲到要作美洲之行，而且还将不时地提到这件事，除非人们能把他们说服，使他们相信她的歌喉并不那么出色，不值得再到另一个半球上去演唱。

很难见他们的面。在大街上不可能见到他们，因为他们出门总坐轿式马车，而且总是在天黑的时候、在晚上和夜间才出门。他们睡觉总要睡到吃中饭的时候。而睡醒后他们心绪总不好，不肯接待任何人。他们只是偶尔会客，时间不一定，或者在后台，或者是在坐下来吃饭的时候。

可以从照片上见到她，这照片市上有卖的。在照片上她是个美女，而她从来就不是美人。请别相信她的照片，她是个难看的人。大多数人都在舞台上才见到她。可是在舞台上你就认不出她了。白粉、胭脂、黑墨和别人的头发像假面具一样把她的脸掩盖起来。在音乐会上的情形也是这样。

在扮演玛格丽特的时候，二十七岁的她，脸上有皱纹、动作不灵、鼻子布满雀斑的她，看样子像一个苗条、俊俏的十七岁少女。

在舞台上她最不像她自己。

如果您想见见他们，请您争取有权出席为她而举行的宴会或者她自己在从一个大都市转到另一个大都市去临行之前偶尔也会举行的宴会。乍一看来获得这样的权利是很容易的，其实，能够入席的只是一些上流人物。这类人中有批评家先生，有冒充批评家的滑头，有本地的歌唱家、乐队指挥和乐队队长，有秃发梳得光光的业余爱好者和鉴赏家，这些人是凭了金钱和亲属关系才成了剧院的老主顾和食客的。这些宴会并不枯燥乏味，对善于观察的人来说还是很有意思的……值得在这样的宴会上吃一两次饭。

名流们（在入席者中有许多这样的人）边吃边谈。他们的姿势无拘无束：脖子歪向这一边，脑袋倒向那一边，一只胳膊肘放在桌上。上了年纪的人甚至还剔牙齿。

一些吃报馆饭的人占据了离她的座位最近的椅子。他们几乎全都醉了，举止十分随便，倒好像他们同她相识已经有一百年了。如果他们醉得再厉害一点儿，那就会冒昧无礼了。他们大声说俏皮话，喝酒，互相打岔（可是并不忘记说一声“对不起！”），讲一些夸大空洞的祝酒词，显然，他们都不怕干出蠢事来，有几个人还越过桌角凑上来吻她的小手，一派绅士风度。

那些冒充批评家的人俨然以指教的口吻在同业余爱好者和鉴赏家们交谈。业余爱好者和鉴赏家们保持沉默。他们羡慕吃报馆饭的人，傻呵呵地微笑着，一味地喝红葡萄酒，这类宴会上的红葡萄酒常常是特别好的。

她，这位宴会上的皇后，穿得很简朴，但衣料很贵重。在她的颈项上一颗大钻石从镶花皱边下露出来，两条胳膊各戴一只光滑的大镯子。她的发型是十分不定的，这种发型女人们喜欢，男人们则不喜欢。她面呈喜色，向所有在席面上的人咧着嘴笑。她能一下子向所有的人微笑、同所有的人谈话。她善于和悦地点头，使每个在

---

① 原文为拉丁语。

座的人都觉得她在对他点头。您看一看她的脸，您就会觉得，坐在她四周的全都是她的朋友，而她对这些朋友怀有最友好的感情。宴会结束时，她把自己的照片分送给一些人，而且当场在饭桌上把得到照片的幸运儿的姓名和她自己的亲笔签名写在照片的背面。不言而喻，她说的是法国话，但在宴会结束时她也讲别的国家的话。她说的英国话和德国话蹩脚得可笑，可是就连她这口蹩脚的外国话听来也显得可爱。总之，她非常可爱，以致您会在很长的时间里忘掉她本是一个丑八怪。

他呢？他，*她的丈夫*，坐在同她相隔五把椅子的地方，他酒喝得很多，菜吃得很多，很多时间沉默不语，用面包揉成许多小球，翻来覆去地读酒瓶上的商标。看着他这副模样，就会觉得他百无聊赖，懒散厌倦……

他生着浅色头发，不过已经开始谢顶。女人、酗酒、不眠之夜，在人世间奔波跋涉——这一切好像犁过了他的脸，留下了深深的皱纹。他至多三十五岁左右，可是看起来要老一些。他有一张似乎在克瓦斯里浸泡过的脸。他的眼睛好看，可是眼神是懒洋洋的……他以前并不难看，现在他是个丑八怪。他长着一双罗圈腿、两只土一般颜色的手和一个满是绒毛的脖子。由于他的弯腿和特别古怪的步子的缘故，在欧洲人们不知为什么以“小车”这个外号戏称他。他穿礼服的时候，像一只身湿而尾干的寒鸦。宴席上人们都不注意他，他也不理睬他们。

如果您有机会去参加宴会，您看看他们这一对夫妇，观察观察，然后请您告诉我，究竟是什么东西把这两个人以前和现在都连在一起。

您看着他们，您就会这样（当然，大体上是这样）回答：

“她是一个著名的女歌唱家，而他不过是著名女歌唱家的丈夫，或者用内幕人的话说，是妻子的跟班丈夫。她每年，折合成俄国钱，一共可以挣上八万卢布，而他却什么工作也没有，因此他有时间做她的仆人。她需要有一个管钱的人，有一个同剧团经理人办交涉、讲条件、订合同的人……她只同鼓掌的观众交往，她不屑于过问钱财方面的事，不屑于过问不高雅的那一面，这一切事情都与她无关。因此她需要他，就像需要随从、仆人一样……要是她自己对付得了，她就会把他赶走。他呢，他一面从她那儿领取大笔薪金（她花钱不知道节省！）一面大大落落地伙同女仆偷她的财物。他浪费她的金钱，不顾一切地大吃大喝，很可能，他还藏钱防备倒霉的时日。所以，他对他的地位是满足的，就像一条钻进了好苹果里的软虫。要是她没有钱，他就会离开她。”

凡是在宴会席上观察过他们的人，都是这样想和这么说的。他们之所以这样想和这么说，是因为他们没有可能洞察事情的底蕴，只能作表面的判断。人们把她看做著名女歌唱家，而对他则回避，如同回避一个周身沾满蛤蟆黏液的侏儒似的。其实，这个载誉全欧的著名歌唱家同这只癞蛤蟆却是有着一种令人十分羡慕的、十分高尚的关系。

请看他写的东西：

“大家问我，为什么我喜欢这个泼妇。不错，这个女人并不值得爱。她也不值得恨。她是只配谁都不理睬她，谁都轻视她的存在。要爱上她，那就得是我，或者就得是个疯子，不过这二者是一样的。

“她不美。当初我娶她时，她就是个丑八怪，现在就更不用说了。她没有前额。她眼睛上面没有眉毛，只有两道难以看清的线。在她该长眼睛的地方只有两道不深的裂缝。在这两道裂缝中没有任何发光的东西：没有智慧，没有愿望，也没有激情。她的鼻子像一个土豆。她嘴小而美，然而一副牙齿令人害怕。她没有胸，没有腰。不过，后面这种缺陷被她的怪本事掩饰了，她善于非常精致地穿上束腰衣。她身材矮胖。她胖是一种虚胖。总的来说，她全身有一种在我看来是最重要的缺点，那就是她完全没有女人的气味。我并不认为皮肤白净和肌肉无力是女性的特征，在这方面我的看法同许多人不一样。她不是上流女人，也不是地主太太，她是个小铺子的老板娘，举止不雅！她走路甩动双手，她坐下来就跷起二郎腿，全身前后摇晃，她躺在床上时总要把腿举起，等等。

“她很邋遢。在这方面特别能说明问题的是她的几个箱子。箱子里干净内衣同穿脏的混放在一起，套袖和拖鞋以及我的长筒靴放在一块儿，新的束腰衣和穿破了的搁在一起。我们从来不接待任何人，因为在我们住的旅馆房间里永远是既脏又乱……唉，有什么可说的呢？请您在中午看看她，这时她刚刚睡醒，懒洋洋地从被窝里爬出来，您无论如何认不出她是个有夜莺般歌喉的女人。她没有梳头，头发蓬乱，两眼浮肿，睡眼惺忪，穿着一件肩部已经磨出窟窿的衬衫，赤着脚，眼梢吊起，笼罩在昨天抽的烟卷的迷雾之中。她这副样子还像夜莺吗？

“她喝酒。她喝起酒来像骠骑兵，不管什么时候，也不管什么酒她都喝。她很久以前就已经喝酒了。如果她不喝酒，那她就会比巴蒂[1]高明，不管怎么样总不会低于她。她喝酒已经喝掉了一半前程，很快就会喝掉另一半前程。一些日耳曼坏蛋教会了她喝啤酒，如今她就寝前不喝完两三瓶啤酒就不躺下睡觉。如果她不喝酒，那她就不会得上胃炎了。

“她不讲礼貌，关于这一点那些偶尔约请她参加音乐会的大学生可以作证。

“她喜欢做广告。每年做广告要花掉我们几千个法郎。我由衷地鄙视广告。无论这愚蠢的广告多么昂贵，它永远比她的歌喉低贱。我妻子喜欢人家赞许她，而不喜欢人家在谈论她时讲的真话，真话不像赞词，对她来说，用钱买来的犹大的一吻[2]比不可收买的批评适意一些。她全然缺乏个人尊严感！

“她聪明，但她的才智没有受过充分的训练。她的脑子早就失

① 巴蒂（1843—1919），意大利的一位女歌唱家。

② 据说，耶稣的门徒犹大以三十块银币将耶稣出卖给犹太教当权者，并为拘捕耶稣的人带路。他告诉他们说，他同谁亲嘴，谁就是耶稣。犹大见到了耶稣，果然就亲吻他，耶稣就此被捕。

去了伸缩的弹性，它布满了脂肪，沉睡了。

“她任性，反复无常，没有任何坚定的信念。她昨天说，钱是微不足道的东西，主要的不是钱，可是今天她却在四个地方举行音乐会，因为她终于确信钱在这个世界上是至高无上的。到了明天她又会说昨天已经说过的那些话。她不想了解祖国，她心目中没有什么政治上的英雄，没有一张她所喜爱的报纸，也没有她所喜爱的作者。

“她富有，但她不帮助穷人。不但如此，她常常少付时装师和理发师的工钱。她没有心肝。

“一个坏透了的女人！

“可是在她擦足脂粉、梳光头发、勒紧腰身走近舞台脚灯，开始同夜莺和欢呼五月朝霞的云雀比高下的时候，请您再来看看这个泼妇。她天鹅般的步态中蕴含着多少尊严和妩媚啊！您仔细瞧瞧，而且我请您要集中注意。她一举手，一张嘴，她那两道裂缝就变成了一双充满光辉和激情的眼睛。您在任何其他地方找不到这样美妙的眼睛。在她，在我的妻子开始歌唱的时候，在空中回荡起最初的颤音的时候，在我开始觉得在这神奇声音的影响下我骚动的心灵平静下来的时候，请您在这时看一下我的脸，您就一定会领悟我爱情的秘密了。

“‘她真美，不是吗？’这时我问我的邻座。

“他们说‘是啊’，可是这对我来说还不够。我真要打死那个敢于想一下这个不寻常的女人不是我的妻子的人。过去的事我全都忘了，我只为现在而活着。

“您看看吧，她是个什么样的演员！在她的每个动作中藏着多少深刻的含义！她什么都懂：爱情、憎恨、人的心灵……剧院可不是白白地让鼓掌声震得不住颤动的。

“最后一幕结束了，我把她带出剧院。她脸色苍白，筋疲力尽，在一个晚上她经历了整整一个人生。我也脸色苍白，疲倦不堪。我们坐上轿式马车回旅馆。在旅馆里，她不说一句话，不解衣服，就向床上扑去。我默默地坐在床沿上，亲吻她的手。在这样的晚上，她不把我从她身边赶走。我们就一起入睡，一起睡到第二天早晨，一起醒来后又互相辱骂。为了把对方送去见鬼……

“您知道吗，我还在什么时候爱她？那是在她出席舞会或者宴会的时候。在这类地方我所以爱她，是因为她是一个出色的女演员。真的，要像她那样善于战胜和克制自己的本性，该是一个什么样的演员啊！……在这些愚蠢的宴会上我认不出她来……她能叫拔净了毛的鸭子变成孔雀……”

写这封信的人是醉醺醺的，字迹勉强看得清楚。信是用德语写成的，其中有许多措辞不当的地方。

现在请看她写的东西：

“您问我是不是爱这个孩子。是的，有时候我爱他……爱他什么呢？上帝知道……

“是的，他不漂亮，不可亲。像他这样的人不是生来就有权取得女人的爱的。像他这样的人能做的只是花钱购买爱情，不花钱他们是得不到爱情的。您自己判断吧。

“他从早到晚烂醉如泥。他的手索索发抖，而这是很难看的。他喝醉了酒就口出怨言，动手打人。他连我也打。他清醒的时候会在随便什么地方躺下，一言不发。

“虽然他并不缺钱买衣服，但他穿的总是破衣烂衫。我的一半门票收入从他手指缝里滑走了，也不知花到哪儿去了。

“我根本不打算检查他。不幸的、结了婚的女演员找个管钱人付出的代价总是昂贵的。她们的丈夫总要拿走一半的门票收入作为工作报酬。

“他花钱不是花在女人身上，这一点我是知道的。他瞧不起女人。

“他是个懒汉。我从未见过他在什么时候做过什么事情。他喝酒，吃饭，睡觉，如此而已。

“他在哪里读书都没有读到毕业。在他读大学一年级的时候，因为他举止孟浪，学校就把他开除了。

“他不是贵族，而最令人感到可怕的是他是个日耳曼人。

“我不喜欢那些日耳曼先生。一百个日耳曼人中有九十九个白痴，只有一个是有天才的人。后面这句话我是从一个公爵处听到的，他是一个有法国人气质的日耳曼人。

“他吸一种难闻的烟草。

“不过他也有好的一面。他比我更爱我的高尚艺术。每逢演出前剧院宣布说我因病不能演唱时，也就是说在我要脾气的时候，他悲痛万分地走来走去，紧握拳头。

“他不是胆小鬼，他不怕人，而这是我在人们身上最最喜欢的一点。我讲一个我生活中的小插曲给您听。事情发生在巴黎，是在我离开音乐学院一年之后。当时我还很年轻，我在学喝酒。我每天晚上都要开怀痛饮，只要我的青春力量顶得住。不消说，我灌酒是有人作陪的。有一次，在这样的酒宴上，我同我的显贵的捧场者们碰杯时，一个我不认识的很不好看的孩子走近桌来，直盯着我的眼睛问道：

“‘您为什么喝酒？’

“我们哈哈大笑起来。这孩子并不感到困窘。

“他的第二个问题更加放肆，直接发自他的内心：

“‘您笑什么？一旦您喝坏了嗓子，成了叫花子，现在这些向您灌酒的坏蛋们不会给您一个子儿。’

“这不是放肆透了吗？我的伙伴们叫嚷起来了，我却让这孩子坐在我的身旁，还吩咐人给他送酒。原来这个主张戒酒的人却是个海量。顺便说一句：之所以叫他孩子，只是因为他的唇髭很少。

“我以同他结婚报答了他的放肆。

“他沉默的时间多。他最常说的是一个词儿。他用发自肺腑的胸音说这个词，而且嗓子发颤，脸上出现抽搐。他说这个词往往是他坐在人们中间的时候，在宴会上，在舞会上……如果有个什么人（不管是谁）说了假话，他会抬起头来，不朝任何东西看，也不觉得不好意思地说：

“‘虚伪！’

“这是他喜爱的一个词儿。他讲出这个词的时候，他的眼睛闪闪发光，这又有哪个女人能经得住呢？我爱这个词儿，爱他眼睛里的光辉，也爱他脸部的抽搐。远非每个人都会说这个美好而大胆的字眼，而我的丈夫却一直说，到处说。我有的时候喜爱他，据我所记得的，这个‘有的时候’恰恰就是他说出这个美好的词儿的时候。不过，上帝知道，我为什么爱他。我是个蹩脚的心理学家，而在目前这个情况下涉及的似乎是一个心理学问题……”

这封信是用法文写的，书法优美，几乎是男人的手笔。在这封信里您找不出任何一个语法错误。

集 市

一个几乎不显眼的小城。它号称城市，然而要说它像城市，那么很糟糕的乡村也像城市了。即使您是个瘸子，要拄着拐杖走路，也只要花上十到十五分钟，或者更少一点时间，您就可以把它前前后后走个遍。全是蹩脚和破旧的小屋。任何一所房子您可以花一枚十五戈比银币买下来，分三期付款，每次付三分之一。扳着手指头就可以把城里的居民数清楚：市长、警官、神甫、教师、助祭、一个在火警瞭望台上来回走动的人、教堂下级职员、两三个市民、两个宪兵，除此以外似乎就没有其他什么人了……女性倒有很多，但须知，在大多数情形下统计学家是不把女性放在眼里的（统计学家们知道，母鸡不是家禽，牝马不是马，军官的妻子不是太太……）。外地人却多得要命！邻近的地主啦，避暑的人啦，暂时在此地消夏的炮兵连的中尉啦，邻村那个头发长长的、身穿酱紫色法衣的、有着类似河马吼声的低音歌喉的助祭啦，等等[①]。天气一般，不时下一点雨，这雨使一些买东西和卖东西的人有点扫兴。空气好极了。没有莫斯科城里那种气味。令人感到有树林、铃兰、松焦油的气味，好像还稍微有一点儿畜栏的气味。所有的小巷、缝隙、角落里弥漫着重商主义的精神，处处是售货棚。大街两旁，从街头到街尾，延伸着两排售货棚。大街引向广场，广场上也挤满了售货棚。教堂的围墙里村妇们在卖葵花子。树上的一只苹果也没有地方可以往下掉。车队，马匹，奶牛，牛犊，乳猪，多得不得了！男人很少，可是女人……女人呀！！所有的地方都挤满了女人。她们都穿着红色连衣裙和黑色棉织天鹅绒短上衣。她们人数那么众多，挤得那么紧密，一旦发生火灾，消防队“全班人马”尽可以放心大胆从她们头顶上开过去。

不知什么缘故（唉！）醉醺醺的人倒很少。空中尽是无休止的吵嚷声、哇哇声、尖叫声、嘎吱声、牛的哞叫声和羊的咩叫声。周围是如此喧哗和嘈杂，好像是在建造第二座巴比伦高塔[②]似的。

所有的市民房屋的窗子都敞开着。从窗户里可以看见茶炊、缺嘴的茶壶和市民们长着红鼻子的面孔。一些互相熟识的人站在窗户下抱怨天气，手里拿着买来的各种物品。穿酱紫色法衣、头发里夹着麦秸的[③]助祭在跟大家握手，他说话的声音大得人人都能听见，“您好！我有幸祝您节日好！哦……嗯？！！”

男人们成群地围着马匹和奶牛。这儿的买卖是按几十卢布甚至几百卢布成交的。不消说，做马生意的大商家是茨冈人。他们赌咒发誓，口口声声说情愿蚀掉血本。马匹买卖的成交要借助长衣襟[④]，由此可见，凡是衣服没有长衣襟的人既不能卖马，也不能买马。马匹大多是干粗活的，是贱民。

女人们围着出售衣料和蜜糖饼干的货棚转。蜜糖饼干上已经留下铁面无私的时间的烙印，它们的表层布满了甜食的锈菌和绿霉。您自管买这种蜜糖饼干，不过请您叫它离嘴远一点，不然肯定要倒霉！关于梨干和糖果，也可以这样说。那些倒霉的面包圈用粗席盖着，蒙着一层尘土。女人们却满不在乎。反正肚皮不是镜子[⑤]。

男孩们密集在出售玩具的货棚周围，比苍蝇见了蜜汁围得还要紧。他们身上没有钱……他们站在那儿，眼睛牢牢地盯着一些玩具小马和小兵，还有锡做的小手枪。真是可望而不可即。也有个胆大

---

① 原文为拉丁语。

② 洪水灭世后，有些人想再建巴比伦市和一座柱形通天塔，后来因众人语言混乱而中止。

③ 暗指他刚才躺在一个干草堆上睡觉。

④ 俄语中，“在长衣襟下”有“秘密”和“暗中”的意思，“买卖成交要借助长衣襟”有“秘密成交”之意。

⑤ 镜面上有了灰尘照不清楚人像，肚子里吃进一些灰尘影响不大。

的孩子，他拿起一支鸟笛，放在手里握一会儿，转来转去看一阵，吹得吱吱响，然后又把它放回原处，心满意足地擦擦鼻子。没有一个货棚旁不是站着二三十个孩子的。他们站着看，一连看上两三个钟头，耐性真是好极了。如果您给某个费玖希卡、彼得或瓦秀特卡买上一支小手枪或者一只长着牛脸而背上有黑色条纹的玩具狮子，您就会使他心里充满无限的喜悦。

小女孩们从男孩们的胳膊肘后面探头张望。她们的注意力也被那些玩具马和穿着纱布小裙子的洋娃娃吸引住了。在卖冰激凌的小贩身旁您也能看见孩子们。这些人卖着“白糖”做的很蹩脚的冰激凌。谁手里有一分钱，谁就从绿色小杯里吃起冰激凌来，吃的时间很长，津津有味，慢条斯理，吃吃停停，生怕放过这幸福的时刻，他不住地舔嘴咋舌，把手指头吮了又吮。一个人在吃，大约有二十来个一分钱也没有的孩子“立正”站在四周。他们羡慕地瞅着幸运儿的嘴。而那一个呢，他一边吃一边装腔作势……

“彼得，给我……吃一小匙吧！”一个小姑娘盯着幸运儿的右手哀叫道。

“你躲开！”幸运儿说，他把手里的绿色小杯捏得更紧了。

“彼得呀！”一个戴着父亲的大帽子的男孩哀叫道，“你借给我一点吃吧！”

“借什么？”

“白糖冰激凌。稍微一点儿。”他停顿了一下，“肯给吗？你给我一小匙。往后我就还你五颗趾骨①。”

“你躲开！”幸运儿说。

幸运儿吃完了他那杯冰激凌，久久地舔咋嘴唇，此后他将长久地回忆白糖冰激凌。

唉，要是有钱就好了！！你们，五戈比的铜币和十五戈比的银币，你们都在哪儿？戴着父亲大帽子的男孩在集市上走来走去，看

---

① 儿童游戏用的反刍动物第一趾关节骨。

看、听听、摸摸、闻闻，同时却又身无分文——没有什么比这更糟糕、更难受和更令人苦恼了。可是那个费玖希卡或者彼得多么幸福啊！他能吃上一分钱的冰激凌，或者把小手枪开得人人都能听见；或者花一枚五戈比铜币买匹玩具小马。小小的幸福，小得几乎看不见，可是你就连这点幸福也没有！

好取笑逗乐的人、喝醉酒的人、在集市上无事闲逛的人都想到有演员的棚子里去。“剧院”总共有两个。它们坐落在广场中央，互相挨着，看上去灰溜溜的。它们是用一些粗木棍和潮湿黏滑的蹩脚木板和破碎的布条搭成的。顶上是补丁压补丁，线缝加线缝，寒酸极了。几根梁木和几块木板算是拼成一个露台，两三个小丑站在上面逗引站在下面的观众。那是些最不苛求的观众。他们哈哈大笑倒不是因为真的可笑，而是因为看着小丑应该哈哈大笑。几个小丑在那儿挤眼睛、做鬼脸，故作姿态“表演”……可是……唉！我们的普希金时代和非普希金时代的舞台祖宗们全都早已过世，很久很久以前他们起过好作用。当年他们的头脑传播过辛辣的讽刺和海外的真理，现在呢，这些小丑的诙谐却使人莫名其妙，才能的贫乏同寒酸的戏棚子的布置相般配。您听着都会觉得恶心。在您面前表演的不是几个流浪艺人，而是数只两条腿的饿狼。驱使他们找缪斯的是饥饿，而不是别的什么东西……太想吃东西了！他们一个个饥肠辘辘、破衣烂衫、虚弱衰颓、面带病容、身体消瘦，在露台上扭动着，竭力做出一脸的傻相，好让戏棚子里多一个好取笑逗乐的人，因而多得十个戈比……但他们做出来的却不是傻相，而是一副令人生厌的嘴脸，是冷漠的神情同假装的、习见的、什么感情也不表达的丑相构成的混合体。他们挤眉弄眼、抽打耳光、互捶脊梁，狎昵地同观众搭讪，学着京城里人的音调……其他什么也没有了。您别听他们的话。迫不得已而卖艺的人说话不是出自灵感，也不是根据深思熟虑的有目的的提纲。他们的话是没有意义的。他们说话时做鬼脸，大概正是因为这样才得到了观众的奖赏和笑声。

“立正！”

"我不是玛利亚·彼得罗娃，而是伊万·费多塞耶夫。"

这是他们诙谐的一个例子。不错，"小丑和孩子有时会说出真理"。但我们可以认为，做小丑也得有天赋，以免一直胡说八道，而有时也能说出真理来……

可敬的观众闲散好奇地看着，哈哈大笑。不过对观众是可以谅解的。他们没有看过更好的表演，而他们也想取笑逗乐一番。他们刚才吃过了蹩脚的蜜糖饼干，又有着空闲的时间，再加上几分"醉意"，所缺的就只是笑了。只要给以刺激，他们就会笑起来。

杂耍场有两个。在这两个杂耍场里，每隔一刻钟有一次精彩演出。每天晚上都有一些很不平常的特殊节目。让我来描写一下这样的一次演出吧。

最精彩的演出是在艺人们离城前举行的，在集日后的第一个礼拜天。演出前二十四小时小丑们就在城里散发戏报（手写的）。他们也给我送来了一张戏报。下面就是这张戏报的内容：

在NN成①

经当居批准在N广场将有大沿出有体抄和武束节目由尼·格·勃游艺班公沿计有体抄武束风刺歌曲两慕哑剧等。

（一）丑角乌罗别尔特表沿各种惊人有趣的魔术或希法手脚灵巧共二十个节目。

（二）蹿跳飞跃空中惊险节目由小丑多别尔特及幼童安德里亚斯·伊万孙主演。

（三）英国无骨人或卡乌邱克②·明其四肢柔刃同

① 这个字写别了，应是"城"字。戏报中文字错误不少，我们不一一加注说明。

② 卡乌邱克是俄语"橡胶"一词的读音。

象皮。

（四）滑鸡歌曲由伊万孙·捷罗哈幼童表沿。（其它类此）

晚上九点开演各种座位票价

一等五十戈比

二等四十戈比

三等三十戈比

四等二十戈比

再高楼十戈比

我缩短了戏报，但什么也没有添加。

当地所有贵人（区警察局长及其家眷、调解法官及其全家、大夫、教师等，总共十七个人）都光临了这场演出。知识分子作了一阵讨价还价，买每张头等座票只花二十五个戈比。戏票由戏班子的班主亲自售卖，他是一个相当典型的人物，是符合格拉切甫科和玖柯甫科地方口味的班主。我们付了钱，走进场子，占了几个头等座位。观众向场里涌，场子挤得满满的。杂耍场内部十分简陋。代替舞台幕布的是一块一俄丈见方的破旧印花布，它同时又是舞台布景。没有枝形挂灯，只有四支蜡烛。艺人们热心地执行着演员、验票员和警察的任务。他们是一些多面手。乐队最为出色，坐在右边长凳上。一共有四个乐师。有一位拉小提琴，声音像拉锯，另一位拉手风琴，第三位拉大提琴（琴上有三根最低琴弦），第四位打小鼓。他们演奏得次数最多的曲子是《射击手》，他们机械地演奏着，走调十分厉害。小鼓手妙极了。他用手打鼓，用胳膊肘打，用膝盖打，甚至差一点儿用脚跟打。显然，他打得津津有味，感情激烈，专心致志。他的手在鼓面上移动，灵活得出奇，手指头打出来的调子连小提琴手也听不懂。只觉得他的手在绕着一个纵轴和一个横轴活动。

开演前走进来一个穿着农民式厚呢长外衣的人，他在胸前画了个十字，在头等座位上坐下。小丑走到他跟前。

“劳驾，请坐到最高楼座上去，”小丑要求说，“这儿是头等座位。”

“你让我安静一下！”

“您干吗在这儿像头熊似的坐下来了？请您走开。这不是您的座位！”

穿厚呢长外衣的人毫不动心。他把帽子拉到眼睛上，不肯让出座位。

魔术表演开始了。小丑要向观众借用一顶帽子。观众拒绝不借。

“好，那么戏法就变不成了！”小丑说，“诸位先生，哪一位有一枚五戈比铜钱？”

穿厚呢长外衣的人提供了一枚五戈比硬币。小丑演完了魔术，在交还那个硬币时，他把它藏进了自己的衣袖。穿厚呢长外衣的人吓了一跳。

“喂，你那个……且慢！老兄，你可别变戏法！你把硬币还给我！”

“有人想刮脸吗？诸位先生？”小丑高声叫道。

从人群里走出两个男孩。有人用脏被单盖在他们身上，给他们涂脸，给这一个孩子涂上煤烟，给另一个涂上浆糊。对观众根本不拘礼节！

“难道这也算观众？”杂耍班班主的妻子叫道，“这是恶魔！”

演完魔术就是柔软体操，附带演一个莫名其妙的“惊险节目”。随后有个姑娘，是大力士，用辫子曳起一个不知多少普特重的东西。演到中途，杂耍场的一面墙倒下了，而到演完时，整个场子都塌了。

总的说来，演出留给人的印象是不好的。如果集市上没有杂耍场，买东西和卖东西的人也不会损失什么。流浪艺人已经不再是艺术家，如今他们已是江湖骗子了。

在艺人的杂耍场旁有一架秋千。您花上五戈比，秋千就会把您举得高过全部房屋，举上去五次，放下来五次。小姐们感觉发晕，村姑们却领略了无上的乐趣。各有所好！①

① 原文为拉丁语。

女东家

1

两匹可爱的维亚特马[1]驾着一辆半篷的四轮弹簧马车急速驶向马克西姆·茹尔金的农舍，在沾满尘土的枯草上发出簌簌沙沙的声响。车上坐着叶莲娜·叶戈罗芙娜·斯特列尔科娃太太和她的管家费利克斯·阿达莫维奇·尔热韦茨基。管家敏捷地跳下马车，走近农舍，用食指敲了敲玻璃窗。农舍里亮起了灯火。

“谁呀？”一个老太婆的声音问道，而在窗户里露出了马克西姆的妻子的头。

“老大娘，你到外边来一下！”太太叫了一声。

过了片刻马克西姆和他的妻子走出农舍，在大门口站住，默默地向太太鞠躬，而后又向管家鞠躬。

“真奇怪，”叶莲娜·叶戈罗芙娜对老头子说，“这一切是怎么一回事。”

“什么事，太太？”

“什么什么事？难道你真不知道？斯捷潘在家吗？”

“不在家。去磨坊了。”

“他这是想干什么？我完全不理解这个人！他为什么要离开我？”

“我们不知道，太太。难道我们会知道？”

“他太不光彩了！他使我没有了车夫！就因为他，费利克斯·

阿达莫维奇不得不亲自套马，赶车。真是太荒唐了！你们应该明白，他这简直是在胡闹！难道他嫌钱少？”

“基督才知道他是怎么回事？”老头儿一面回答，一面斜起眼睛瞧着正向窗户里偷看的管家，“他不告诉我们，我们可不能钻进他的脑袋瓜里去。他说了一声，不干了，也就算了！他自己有主意。想必是他嫌钱少！”

“那是谁在圣像底下的长凳上躺着？”朝窗户里看的费利克斯·阿达莫维奇问道。

“是谢苗，老兄！斯捷潘不在家！”

“他太放肆了！”女东家边吸烟边说，“尔热韦茨基先生，他在我们那领多少工钱？”

“每月十卢布。”

“如果他觉得十个卢布少了，那我可以给他十五个！可他一声不吭就走了！这样做诚实吗？有良心吗？”

“我早就说过，对这种人根本就不该客气！”尔热韦茨基说。他清楚地吐出每一个音节，尽量不重读每个词的倒数第二个音节，“您把这些好吃懒做的家伙惯坏了！任何时候也不该一下子发给他整月的工钱！这么做有什么好处？再说您又何必要给他加工钱？不加钱，他也会来！是他自己讲好了来上工的！你告诉他，”波兰管家转身对马克西姆说，“他是头猪，就是这样！”

“别说了，尔热韦茨基！”

“你们都好受不了！你别再到我的办公室来，老狗！跟你们讲客气？！难道你们是人？难道你们懂得好话？只有把你们揍上一顿，给你们吃一点苦头，你们才会明白！要他明天来！”

“我告诉他。为啥不告诉他呢？可以告诉他……”

“你告诉他，我会给他加工钱的，”叶莲娜·叶戈罗芙娜说，“我可少不了马车夫。等我另外找到了人，那时候要走就让他走。要

① 一种产于维亚特省的身矮胸宽而多鬃毛的马。

他明早一定再来我家！你们告诉他，他这么没礼貌真叫我生气！老大娘，也请您给他说一声。我希望，他明天会在我的身边，不用我打发人来叫他。你过来一下，老大娘！这给你，亲爱的！孩子这么大了，难管教了吧？你拿去吧，亲爱的！”

女东家从衣袋里取出一个漂亮的烟盒，在烟卷底下抽出一张黄色的钞票，把它递给了老太婆。

“如果他不来，”女东家接着说，“那我们就只好吵一架，那可就非常不好了。不过，我希望……你们一定要劝劝他。我们走吧，费利克斯·阿达莫维奇！再见！”

尔热韦茨基跳上马车，拿起缰绳，马车就沿着松软的道路迅速驶去。

“她给了多少？”老头子问道。

“一个卢布。”

“拿过来！”

老头子接过一张一卢布的钞票，用两只手心把它摩挲平，小心地叠好，然后把它藏到袋里。

“斯捷潘，她走了！”他走进农舍说，“我对她撒了个谎，说你上磨坊去了。她可真吓坏了！……”

马车离远了，看不见了，斯捷潘立刻就在窗口出现。他面色死白，全身哆嗦，半个身子探出窗外，举起大拳头冲着远处黑黝黝的一座花园威吓了一下。那是地主老爷家的花园。他威吓了五六次，嘟哝了几句，然后就缩进农舍，砰的一声放下了窗框。

女东家走后半个多钟头，茹尔金一家在厨房里吃晚饭。在灶台附近的一张油污的桌子旁坐着茹尔金和他的妻子，坐在他们对面的是马克西姆的大儿子谢苗。他是个短期回家休假的兵士。他长有一张又红又瘦的脸庞，一只长长的有麻点的鼻子和一双色眯眯的眼睛。谢苗的相貌像父亲，所不同的只是头发不白，头顶不秃，也没有他父亲所特有的茨冈人那样狡黠的眼睛。谢苗身旁坐着马克西姆的第二个儿子斯捷潘。他什么也不吃，只是用拳头支着他那漂亮的浅褐色的头，瞅着熏黑了的天花板，一个劲儿地想心思。斯捷潘的妻子玛利亚给他们端饭上菜。大伙儿默不作声地喝完了白菜汤。

“收走！”马克西姆看见白菜汤已经喝完就吩咐说。玛利亚拿起桌上的空汤钵。可是，她未能顺顺当当地把汤钵送到灶台那边，虽然灶台离得很近。她身子晃了晃，一下子栽倒在长凳上，汤钵子从她手中掉下，落到膝头上，又滑到地上。她嘤嘤啜泣起来。

“是不是有人在哭？”马克西姆问道。

玛利亚哭得更响了。过了一两分钟老太婆站起身来，亲自把稀饭端到桌上。斯捷潘嗽了嗽喉咙，站起来。

“别哭！”他咕哝了一句。

玛利亚哭个不停。

“别哭！听见了没有？”斯捷潘喊道。

“我最不爱听娘儿们哭号！”谢苗大胆地嘟哝起来，搔搔他的头发粗硬的后脑壳，“她号啕大哭，可是她自己也不知道为什么哭！娘儿们总是这个样子。要哭，就到外边去哭！”

“娘儿们的眼泪不过是清水！”马克西姆说，“好在眼泪不必花钱买，是白给的。你哭什么呀？哎，别哭了！不会把你的好斯捷潘拿走的！看把你惯的！娇里娇气！过来吃稀饭吧！”

斯捷潘向玛利亚弯下身子，轻轻地戳了一下她的胳膊肘。

“怎么啦？别哭了！听见没有？哎哎……贱货！”

斯捷潘抡起手来，一拳头打在玛利亚躺着的长凳上。大颗亮晶晶的泪珠顺着他的脸颊淌下。他抹掉脸上的眼泪，在桌旁坐下，吃起稀饭来。玛利亚站起来，在灶台后面坐下，离大家远一些，不停地抽搭着。一家人把稀饭也喝完了。

“玛利亚，把克瓦斯端上来！你得知道自己该干什么，小娘儿们！哭鼻子可不好意思！”老头儿大声说道，“你又不是小孩子！”

脸色苍白、泪痕满面的玛利亚从灶台背后走了过来。她谁也不看，把一只盛着清凉饮料的水舀子递给老头子。水舀子在全家人手里传来传去。谢苗接过水舀子，在胸前画了个十字，喝了一口就呛起来。

“你笑什么？”

“没什么……没什么。我想起了一件可笑的事情。”

谢苗把头朝后一仰，咧开他那张大嘴窃笑起来。

“女东家来过了？”他斜起眼睛看着斯捷潘问道，“是吗？她说了些什么？哈哈！”

斯捷潘瞧了谢苗一眼，满脸通红。

“她答应给十五个卢布。”老头子说。

“瞧！只要你提出，她就是一百个卢布也给。一定会给的，我敢赌咒。”

谢苗挤一挤眼睛，伸一伸懒腰。

“哎，要是我有这么个娘儿们就好了！”他接着说，“我会榨干这个妖婆！榨干她的油水！榨……”

谢苗眯起眼睛，拍一下斯捷潘的肩膀，哈哈大笑起来。

“就这么回事，我的亲人！你太忸怩了！我们这种人没必要害羞！你是个傻瓜，斯捷潘！唉，真是大傻瓜！”

“不用说，他就是个傻瓜！”父亲说。

啜泣声又传到他们的耳中。

“你的娘儿们又在哭鼻子了！她醋劲十足，她怕胳肢[①]！我不喜欢娘儿们尖声叫唤，就像是刀扎似的让人难受！哎，娘儿们啊，娘儿们啊！为什么上帝要把你们制造出来？为了什么？梅尔西这顿晚餐，诸位尊敬的先生！现在要是有一点酒喝喝该多好啊，那就能够做一场好梦！在你的那位女东家家里一定有许许多多的美酒，你怎么喝也喝不完吧！”

“你呀，谢恩卡[②]，你是一个没有心肝的畜生！”

斯捷潘说完，叹口气，抱起车毯，从农舍走到院子里。谢苗也

① 按俄罗斯人的习惯说法，醋性重的女人是怕胳肢的。

② 谢苗的昵称。

紧紧跟着他走出去。

屋外一片宁静。俄罗斯的夏夜平静来临。月亮从远处的山岗后面升起，边缘泛着银光的蓬松浮云迎着月亮游去。整个淡白色的天边泛起悦目的青苍月色。闪闪的星光显得微弱一些了，它们好像是害怕月亮似的，收敛起自己微弱的亮光。潮湿的夜气从河面上升起，向四处漫延，抚摸着人的脸颊。在神甫格里戈里的木房里，时钟当当地敲了九下，钟声传遍了整个村庄。小酒店的犹太老板砰砰地关上窗户，并在门上挂起一盏油污的提灯。街道上和院子里不见一个人影，没有一点声响……斯捷潘在草地上铺上毯子，在胸前画个十字为自己祝福后躺了下去，把胳膊肘垫在头下。谢苗清了清喉咙，在他的脚旁坐下。

"嗯，是啊……"他说。

谢苗沉默了片刻，他坐坐舒服，点上小烟斗后说：

"今天我去看过特罗菲木……喝了啤酒，一共喝了三瓶。你想抽烟吗，斯捷巴①？"

"不想。"

"这烟草挺好。现在能有点茶喝喝就好了！你在女东家那里常喝茶吗？茶叶好吗？一定是上等名茶吧？大约要五个卢布一磅吧！有一种茶叶，买一磅要花上一百个卢布。真的，真有那种茶叶。虽说我没喝过，可是我知道。当初我在城里做店员的时候见过那种茶叶……有一个太太喝了那种茶。单是那清香味就值多少钱啊！我闻过。明天我们一起去见女东家吗？"

"你让我安静一下！"

"你生什么气？我不过说说话，又没骂街。不该生气。可是为什么你不肯去呢，你这个怪人！我不明白！挣钱多，吃的又好，酒呢，由你的性儿喝……还可以抽她的烟，喝喝好茶……"

谢苗沉默一会后又继续说：

---

① 斯捷潘的小名。

“她长得又俊俏。跟老太婆勾搭，那是倒霉的事情，可是跟这一位——那真是福气！”谢苗啐一口唾沫，沉默一会儿，“这个娘儿们好比是一团火！一团烈火！脖子胖乎乎的，真可爱……”

“可要是昧了良心造孽呢？”斯捷潘忽然翻转身子问谢苗。

“造孽？哪来什么孽？穷苦人干啥都不造孽。”

“穷苦人也得下地狱，如果……再说，难道我是穷苦人？我不是穷苦人。”

“可是这又算得了什么罪孽？又不是你去找她的，是她自己来勾搭你的嘛！你真是一个稻草人。”

“你是强盗，尽说些强盗话……”

“你真蠢！”谢苗叹气说，“真蠢！有福不会享！没有情感！大概，你钱多得很，你不要钱……”

“钱我是要的，可不是要别人的钱。”

“你又不是去偷。她自己会给你，她的那只小手会把钱送给你。算了，跟你这种傻瓜没什么可说的！同你说话，就像拿豌豆朝墙上撒，白费劲……简直是白费唾沫。”

谢苗站起来，伸伸懒腰。

“你会后悔的。可后悔就晚了！从今以后我不同你往来。你是我的弟弟。去你的吧！……张罗你那头蠢母牛吧！……”

“玛利亚是母牛？”

“是母牛。”

“哼……可你呀，就连给这头母牛做鞋掌都不配！你给我走开！”

“本来这会对你有好处，对我们也会有好处。傻瓜！！”

“走开！”

“走就走……有人揍你一顿才痛快呢！”

谢苗转过身子，慢腾腾地朝农舍走去，嘴里打着唿哨。大约过了五分钟，斯捷潘附近的青草窸窸窣窣地响起来。斯捷潘抬头一看：玛利亚正在向他走来。玛利亚走到他跟前，站了一会后就在他身旁躺下。

“斯捷巴，你别去！”她开始小声说话，“别去，亲爱的！她会毁了你！这个该死的女人，她有一个波兰人，她还嫌少，还要你。你别到她那儿去，我的好斯捷巴！”

“你别管我！”

玛利亚的泪水像热辣的小雨一样滴落到斯捷潘的脸上。

“你别把我毁了，斯捷潘！别作孽。你就只爱我一个吧，别去找其他人了！上帝让你同我成亲，你就要跟我一块儿过。我孤苦伶仃……只有你这么一个亲人。”

“真讨厌！啊……恶魔！我已经说过我不去！”

“这就好了……你别去，亲爱的！我已经有喜了，好斯捷巴……不久孩子就要生下来……你别丢下我们不管，上帝会惩罚你的！公公和谢苗他们一心要打发你到她那儿去，你可别去……你别理睬他们……他们是畜生，不是人。”

“你睡吧！”

“我这就睡，斯捷巴……我睡。”

“玛利亚！”这是马克西姆的声音，“你在哪儿呀？快去，婆婆在叫你呢！”

玛利亚跳起来，理理头发，就朝农舍跑去。马克西姆慢慢地走近斯捷潘，他已经脱去了外衣，穿着内衣的他活像一个死人。月光在他的秃顶上闪亮，照着他两只茨冈人一般的眼睛。

“女东家那儿你是明天去？还是后天去？”他问斯捷潘。

斯捷潘不答话。

“如果你去，那就明天去，而且要早一些。也许，那几匹马一直没有人刷洗。你可要记着：她已经答应给你十五个卢布。只给十个卢布的话，你就别去。”

“说啥我也不去。”斯捷潘说。

“这又是为什么？”

“没什么……我不想去……”

“究竟是为什么？”

“您自己清楚。”

“哦……你小心一些，斯捷巴，可别叫我这么大岁数还来揍你！”

“请您打吧！”

“可以这样回答爹妈的话吗？你这是在同谁说话？你可要小心！乳臭还没有干，就对父亲说无礼的话。”

“我不去，就是不去！您上教堂，可就是不怕作孽。”

“傻瓜，我正打算让你分家另过！要不要盖新房子？你说，找谁要木料？找斯特列尔契哈①要，是不是？向谁借钱？是不是向她借？她既会给你木料，又会给你钞票。她一定会奖赏你的！”

“让她去奖赏别人吧！我不要她的奖赏。”

“我要用鞭子好好揍你一顿。”

“您揍吧！揍吧！”

马克西姆笑一笑，伸出胳膊。他的手中捏着一根鞭子。

“我真要揍了，斯捷潘！”

斯捷潘转过身去，做出一副好像是别人在妨碍他睡觉的样子。

“你不去？当真不去？”

“真的不去。若是我去的话，就叫上帝把我活活打死。”

马克西姆扬起胳膊，斯捷潘顿时感到肩膀上和脸颊上一阵剧烈的疼痛。斯捷潘跳了起来，像发了疯一样。

“别打了，亲爹爹！”他大声喊叫，“别打啦！你听见没有？别打了！”

“什么？”

马克西姆想了一下，又抽了斯捷潘一鞭。紧接着又抽了第三鞭。

“父亲吩咐你去，你要听父亲的话，一定得去！你这个混蛋！”

---

① 是农民对女地主斯特列尔科娃的俗称。

“别打了！你听见吗？”

斯捷潘号啕大哭起来，迅速地坐在毯子上。

“我去！好！我去……不过，你记着：你不会有好日子过的！你会遭诅咒的！”

“好吧。你去是为你自己，又不是为我。要盖新房子的不是我，是你。我说过要揍你一顿，我这不就揍了你一顿吗？”

“我……我去！只……只是，你以后会想起这根鞭子的。”

“好吧，你就吓唬吧！你再对我说一句！”

“好……我一定去……”

斯捷潘不再大声痛哭。他翻了个身，脸朝下，小声地抽泣着。

“瞧你两个肩膀耸个不停！哭得好惨啊！你就多哭会儿吧！你明天一早就去。先预支一个月的工钱。你已经干过四天活，也要她付工钱。这四天的工钱足够买一块头巾给你的母马。你挨了顿鞭子，但别生气，我是爹……我想打就打，要饶就饶。就是这么回事……你睡觉吧！”

马克西姆抚摩了一下胡子，转身朝农舍走去。斯捷潘好像听见马克西姆一走进屋子就说：“我揍了他一顿！”接着又听见了谢苗的笑声。

在神甫格里戈里的农舍里，一架走了音的钢琴悲戚地响了起来：神甫的女儿通常每天晚上八点多钟练琴。奇怪的低微琴声传遍了整个村子。斯捷潘站了起来，他跨过篱栅，顺着街道朝河边走去。河水亮晶晶的像水银一样。水面上倒映出天空、月亮和星星。四周死一般的宁静，没一丁点儿响动。只有一只蟋蟀偶尔叫上几声……斯捷潘在河岸上坐下，就坐在河水上方。他用拳头支着头，阴郁的念头一个接一个地在他的脑海中出现。

在河对面耸立着一些高大匀称的白杨树，它们把地主家的花园团团围住。地主家一扇窗户里的灯光在树木之间隐约可见，大概是女东家尚未安睡。斯捷潘坐在河岸上思忖着，一直坐到燕子开始在河面上飞翔的时候才站起身来，那时候闪耀在河水中的已经不是月亮，而是初升的太阳。斯捷潘用河水洗了脸，站起身来朝着东方祈祷了一阵，迈开步子坚决而又迅速地沿着河岸走向浅滩。他涉渡浅滩，向地主家的院子走去……

2

“斯捷潘来了吗？”第二天叶莲娜·叶戈罗芙娜一睁眼就问道。

“来了！”女仆回答说。

斯特列尔科娃微微一笑。

“啊……很好。现在他在哪儿？”

“在马房里。”

太太跳下床来，很快穿好衣服，走到饭厅里去喝咖啡。

看外貌，斯特列尔科娃还年轻，显得比她的岁数小。不过，她的那对眼睛泄露了她的秘密：她已经度过了女人一生中的妙龄，有三十开外了。在她褐色的眼睛里，有一种深沉而多疑的眼神。这不像是女人的眼睛，倒像是男人的。她并不美，可是招人喜欢。她脸庞丰满，气色健康，讨人喜爱。她的脖子（谢苗曾经讲起过它）和胸部都非常漂亮，倘使谢苗懂得美丽的手儿和脚儿的价值，他决不会不提一提这位女地主的小脚和小手。她的衣着素雅而飘逸，是夏令服装。她的发式是最普通的。斯特列尔科娃为人懒散，不喜欢花工夫梳妆和打扮。她住在哥哥的庄园里。她哥哥是一个单身汉，定居彼得堡，很少想到自己的庄园。斯特列尔科娃打从和丈夫离婚后一直住在哥哥的庄园上。她的丈夫斯特列尔科夫上校是个高贵的人，也住在彼得堡。他对妻子的思念甚至还不如她哥哥对自己庄园的关心。斯特列尔科娃和丈夫一起生活不满一年就分手了。在婚后的第二十天她就对丈夫变了心。

斯特列尔科娃一坐下喝咖啡，就吩咐人去叫斯捷潘。斯捷潘来了，站在饭厅门口。他脸色苍白，头发蓬乱，活像一头被逮住的狼，目光凶狠而阴沉。女东家瞟了他一眼，脸上泛出一阵红晕。

“你好，斯捷潘！”她一面说，一面给自己斟上咖啡，“你倒说说，你这搞的是什么把戏？你为什么走啦？才呆了四天就走了！也不说一声。你应该请示一下嘛！”

“我请示过的。”斯捷潘闷声闷气地说。

“向谁请示的？”

“费利克斯·阿达梅奇。”

斯特列尔科娃沉默片刻后问道：

“你生气了，是吗？斯捷潘，你回答呀！我在问你！你生气了吗？”

“要不是您说了那种话，我是不会走的。我是来管马的，不是来……”

“我们不谈这件事了……是你没有听懂我的意思，就这么回事。你生气是不应该的。我没说什么特别的话。即使我说了一些什么，那你……那你……须知我毕竟……我有权利多说几句嘛……嗯……我给你加工钱。我希望，我们之间不会有什么误会。”

斯捷潘转过身子往回走。

“慢着，别忙！”斯特列尔科娃把他叫住，“我话还没说完呢。是这么回事，斯捷潘……我这儿有一身新的马车夫衣服。你拿去穿上吧，你现在身上穿的那身太不像样了。我这儿有漂亮的衣服，我叫费奥多尔给你送去。”

“是。”

“你这张什么脸呀……还在生气？难道真受了那么大的委屈？够啦……我可什么也没……在我这儿你会过得挺好的……一切你都会称心满意的。别生气……你不生气了吧？”

“我们这种人难道可以生气吗？”

斯捷潘摆一摆手，眨起眼来，把脸扭了过去。

“你怎么啦，斯捷潘？”

“没什么……难道我们可以生气吗？我们是不可以生气的……”

女东家站起身来，做出一副操心的样子，走到斯捷潘跟前。

“斯捷潘，你……你哭了？”

女东家拉住斯捷潘的袖子。

“你怎么啦，斯捷潘？你怎么啦？你说话呀，真是，谁欺侮你了？”

女东家眼眶里涌出了泪水。

“你说呀！”

斯捷潘摆一摆手，使劲眨眼，乃至号啕大哭起来。

“太太！”他喃喃地说，“我会跟你好的……叫我怎样都成！我答应了！但是你什么也别给他们，那些该死的！一个子儿也别给，一块小木片也别给！我样样都答应你！我把灵魂出卖给魔鬼，可你什么也别给他们！”

“他们是谁？”

“我父亲和哥哥。一块小木片也别给他们！让他们活活气死才好，这些该死的！”

女东家微微一笑，把自己的眼泪擦干，就放声大笑起来。

“好，”她说，“你走吧！我马上差人把你的衣服给你送去。”

斯捷潘走出饭厅。

“他傻呵呵的，太好了！省得我对他表白了……他先开口说跟我‘好’……”女东家暗自想道，目送着走出去的斯捷潘，欣赏着他宽阔的肩膀。

夕阳在黄昏时分把天空染得通红，给大地涂上一层金黄色。斯特列尔科娃家的两匹马离开村子，朝着远处的地平线发疯似的奔驰在一望无际的草原大道上……四轮弹簧马车滚滚跳跳地像一只小球似的，一路上它无情地撕扯那些冲大道垂下沉甸甸穗子的黑麦。斯捷潘坐在赶车人的位置上，疯狂地用鞭子抽打马匹。看样子，他像是非把缰绳一寸寸地拉断不可。他的装束很是讲究。看得出来，为他这身打扮是花了不少时间和金钱的。一身用价格不低的绿绒和鲜红色的斜纹布做成的衣服紧裹在他结实的身体上。他胸前挂着一条有垂饰的表链。皮靴的靴腰用最地道的靴油擦得锃亮。一顶插有孔雀毛的车夫帽轻巧地戴在他卷曲的浅褐色的头发上。他脸上露出一种麻木顺从的神情，但他同时又是怒气冲冲的，两匹可怜的马儿成了他泄愤的牺牲品……女东家展开四肢躺在马车上，畅快地呼吸着有益于健康的空气。她的脸颊上现出一层青春的红晕……她感到她是在充分享受着生活的乐趣……

“真好！斯捷巴！真好！”她叫道，“就该这么抽！叫它们快跑！快得像风！”

要是车轮轧上了石头，这石头准会迸出火星来……村子离他们越来越远了……农民的小屋不见了，地主家的谷仓不见了……不久，连钟楼也看不见了……最后，村子变成了一条烟雾迷蒙的长带，淹没在远方。可斯捷潘仍在赶马，赶个不停。他一心想离罪孽远一些，他害怕作孽。可是，不行，这罪孽就坐在他的背后，就在马车上。斯捷潘逃不掉了。就在这天晚上他出卖了自己的灵魂，草原和天空都是见证人。

十点多钟，马车又在返回的路上疾驰。拉边套的马瘸了腿，辕马浑身泛起泡沫。女东家坐在马车的一角，眼睛半睁半闭，身子蜷缩在斗篷里。她的双唇露出满足的微笑。她呼吸得非常轻松、平和。斯捷潘一边赶车一边想：这下子他是完了。他头脑里空空洞洞，昏昏沉沉，郁闷在啃啮他的心灵……

每天傍晚，斯捷潘总要把两匹洗刷得干干净净的马从马房里牵出，把它们套上四轮马车，朝花园栅门赶去，容光焕发的女东家从栅门里走出来，坐上马车，于是疯狂的疾驰开始。斯捷潘也真是倒霉，没有逢上一个能够躲避这桩差使的阴雨绵绵的傍晚。

有一次，斯捷潘从草原上赶车回来后走出院子，在河岸上溜达。和平日一样，他头脑里昏昏沉沉，空空洞洞，心头郁闷得发慌。夜色美丽而又安静，一阵阵轻淡的香气在空中飘荡，温柔地逗弄着斯捷潘的面孔。斯捷潘想起了自己的村子，这村子就在河对面，黑糊糊的一片就在他的眼前。他想起了农舍、菜园、他自己的马儿；想起那条长凳，在那条长凳上他同他的玛利亚睡在一起，感到十分满足……想到这些，斯捷潘觉得心痛如绞……

“斯捷巴！”他听见一个很微弱的声音。

他回头一看，玛利亚正在朝着他走来。她是刚刚涉水过来的，手里还提着一双鞋子。

“斯捷巴，你为什么走了？”

斯捷潘呆板地看了她一眼就把脸转了过去。

“我的好斯捷巴，你把我这个孤儿交给谁呀？”

“别缠着我！”

“我的好斯捷巴，老天爷会惩罚你的！会惩罚你的！他会叫你不得好死，连忏悔也来不及。你等着瞧吧！你还记得吗，当初特罗菲木大叔跟一个当兵人的老婆住在一块儿，他后来是怎么死的？老天爷保佑你吧！”

“你干吗缠着我？哎……”

斯捷潘朝前走了两步，玛利亚伸出双手揪住他的上衣。

“我是你的老婆，斯捷潘！你不能就这样把我丢开！我的好斯捷巴！”

玛利亚号啕大哭起来。

“亲爱的！我情愿给你洗脚，喝你的洗脚水！咱们一起回家去吧！”

斯捷潘挣脱玛利亚的手，打了她一拳。他由于心里痛苦随手打了一下。这一拳却正好打在她的肚子上。玛利亚喊叫了一声，捧着肚子，坐到地上。

“哎哟！”她痛苦地呻吟着。

斯捷潘直眨眼，朝自己的太阳穴上打了一拳，头也不回地向大院走去。

他回到马房里，倒在长凳上，把枕头压在头上，伤心地将自己的手咬了一口。

这时候女东家正在卧室里用纸牌占卦，卜算着明天傍晚的天气好不好。纸牌告诉她：天气会很好。

3

尔热韦茨基头天夜里在邻居家做客，一清早他坐着马车回家。至多是凌晨四点钟光景，太阳尚未升起。尔热韦茨基感到头脑里闹哄哄的。他赶着马车，身子有点摇晃。有一半路程他必须打树林里穿过。

“见鬼！莫非有人在砍树！”他想道。他的车子已经驶近他在那里当管家的庄园。

从树林的深处传来砍伐树木和折断树枝的声响。尔热韦茨基侧耳倾听，他思忖了一下，出口骂了一句，笨拙地从那辆轻便马车上下来，向树林深处走去。

谢苗·茹尔金正坐在地上，用斧头砍劈嫩绿的树枝，而在他的身旁已经有三棵被砍倒在地的赤杨树，一匹套在板车上的马儿正在一旁吃草。尔热韦茨基看见了谢苗。霎时间醉意和困倦都消失了，他脸色苍白，向谢苗跑去。

“你这是干什么？啊？”他叫喊起来。

“你这是干什么？啊？”回声接应着。

可是，谢苗一言不答，点上烟斗，继续干他的活儿。

“我问你，下流坯，你在干什么？”

“难道你看不见？莫非你眼睛瞎了？”

“什——么？你说什么？再说一遍！”

“我是说：你给我走开。”

“什么？什么？什么？”

“你给我走开！没啥可以大叫大嚷的……”

尔热韦茨基的脸涨红了，他耸了耸肩膀。

“你是什么人？你怎么敢这样？”

“我就是敢！你是什么东西？我不怕！你们这种人多的是！要

是见着每一个都巴结，那也太麻烦了……”

“你怎么敢砍树？这树林是你的吗？”

“也不是你的呀！”

尔热韦茨基举起了短皮鞭，不过他并未打下去，因为谢苗向他扬了扬斧头。

“你可知道，坏蛋，这是谁家的树林？”

“先生，我知道！这是斯特列尔契哈的树林，我会同斯特列尔契哈说的。是她的树林，我会向她回话。可你算是啥东西？听差！堂倌！我不认识你。你这个过路人，你走你的路去！起步走！”

谢苗把烟斗在斧子上敲了敲，嘲弄地一笑。

尔热韦茨基朝马车跑去。他一曳缰绳，车子就像箭一样地向村庄飞去。他在村子里找了好几个见证人，同他们一起驰向犯罪地点。见证人碰上谢苗正在干他的活儿。这事顿时沸腾起来。村长、副村长、文书、乡警等都来了。写下了好几份公文。尔热韦茨基签了名，也叫谢苗画了押。谢苗只管窃笑……

午饭前谢苗来见女东家。女东家已经知道砍树的事。谢苗见了女东家也不问候一声，就说什么日子不好过，说波兰人打他，说他只砍了三棵小树，等等。

“你怎么敢砍别人的树林？”女东家勃然大怒。

“真是吃够他的苦头啦！”谢苗嘟哝道，他欣赏着女东家的激怒样子，心想无论如何也要把这个波兰人整治整治，“只要你一说话，他扬手就打！难道可以这样做吗？而且他一心要打人家的脸……不行这样……我们也都是人。”

“我问你，坏蛋，你怎么敢砍我的树林？”

“太太，这是他在您面前胡说！我，确实……砍过……我承认……可是他凭什么打人！”

贵族的血在女东家身上沸腾起来了。她忘记了谢苗是斯捷潘的哥哥，忘记了她自己的高尚品格，忘记了世上的一切，打了谢苗一记耳光。

“你这个土头土脑的家伙，给我滚！”她叫道，“滚出去！立刻给我滚！”

谢苗显得局促不安，他怎么也没料到有这么一场吵闹。

“再见，太太！”他深深地叹口气说，“该怎么办呢，太太！该怎么办？”

谢苗嘟哝着走了出去。他走到户外时甚至忘了把帽子戴上。

约莫过了两个钟头光景，马克西姆来见女东家。他的脸拉得长长的，眼睛是阴沉沉的。从他的面容可以看出，他来是要说几句犯上的话，或者干一件放肆的事。

“你有什么事？”女东家问。

“您好！我，太太，主要是求您点事。求您给一点木材，太太。我要给斯捷潘盖房子，可是没有木料。请您给我一点木材吧！……”

“那有什么关系？行啊！”

马克西姆喜笑颜开。

“要盖房，可是没有木料。真糟透了！好比坐下来吃菜汤，可是没有菜汤。嘻嘻……您赏一点木料和薄板吧……刚才谢苗在这儿说话放肆……您可别生气，太太。傻瓜终究是傻瓜。满脑子的浑劲……不懂事。他就是这种人！请问太太，我们可以来取木料啰？”

“来取吧！”

“那么您费心关照一下费利克斯·阿达梅奇吧！求上帝保佑您健康！现在斯捷潘会有房子住了。”

“不过，茹尔金，我要价是很高的！你自己知道，木材我不卖，我自己要用。我要是出售木材的话，价钱是很贵的。”

马克西姆的脸沉下来了。

“这话是什么意思？”

“就是这个意思：第一，立即付款；第二……”

“出钱买，我不要。”

“那你要怎么样？”

“很清楚嘛……您自己明白。如今种田人哪有什么钱？就连小子儿也没有一个。”

“我不能白送。”

马克西姆把帽子捏在拳头里，看起天花板来。

“您这么说是当真的？”他沉默了片刻后问道。

“是的。你还有什么要说的？”

“有什么可说的？您不给木料，我何必跟您多说？再见！您不给木料是不对的……您会后悔的……我毫不在乎，可您会后悔的……斯捷潘在马房里吗？”

“不知道。”

马克西姆意味深长地瞧了女东家一眼，嗽嗽喉咙，迟疑一下就走了出去。他气得全身哆嗦。

“原来你是这样的，骗子！”他想着朝马房走去。这时斯捷潘坐在马房里的一条长凳上，懒洋洋地刷洗站在他面前的马匹。马克西姆并不走进马房，他站在门口。

“斯捷潘！”他说。

斯捷潘不答话，也不看父亲一眼。马儿摇晃了一下身子。

“你收拾一下回家去！”马克西姆说。

“我不想回去。”

“你可以对我说这种话吗？”

“既然我说了，那可见是可以说的。”

“我命令你回去！”

斯捷潘跳起身来，冲着马克西姆的鼻子砰的一声把马房门关上。

晚上村里的一个男孩跑来告诉斯捷潘，说马克西姆把玛利亚赶出了家门，玛利亚不知该上哪儿去过夜。

“现在她正在教堂旁边哭呢！”男孩说，“有一群人围着她，大家都在骂你。”

第二天早上，当地主家的人都在梦乡之中的时候，斯捷潘穿上那身旧衣服，到自己的村里去了。教堂的钟声在召唤人们去做弥撒。那是一个明亮而又欢乐的星期天早晨。可真是寻欢作乐的时光！斯捷潘走过教堂，呆板地看了钟楼一眼，就迈步向酒店走去。可惜，酒店的门总比教堂开得早，当他走进酒店时，柜台旁边已经有人在喝酒了。

“伏特加！”斯捷潘吩咐道。给他斟满了一杯伏特加，他一饮而尽。稍坐一会后又干了一杯。他喝醉了，开始请别人喝他的酒。一场热闹的狂饮开始了。

“你在斯特列尔契哈家挣钱很多吧？”

“该挣多少就挣多少。你喝吧，蠢驴！”

“那好嘛。为节日干杯，斯捷潘·玛克西梅奇！为星期日干杯！您怎么不喝呀？”

“我也……我也喝……”

“我很高兴……这种事，老实说，是很不坏，很迷人的，斯捷潘·玛克西梅奇！是啊……请容许我问您一句：十个卢布的工钱总有的吧？”

“哈哈！难道做老爷的能靠十个卢布过日子？你这是什么话？他挣一百卢布呐！”

斯捷潘看了一眼说这话的人，认出是他哥哥谢苗，他坐在墙角里的长凳上喝酒。从谢苗的背后探出教堂诵经士玛纳富依洛夫的醉脸，他充满恶意地微笑着。

“请问您，老爷，”谢苗脱下帽子说，“太太家的马儿好不好？您喜欢它们吗？”

斯捷潘默默地给自己斟上一杯伏特加，默默地喝了下去。

“大概是很好的马儿，”谢苗接着说，“可惜的只是她没有马车夫。没有马车夫就不那么对劲儿了……”

玛纳富依洛夫走到斯捷潘跟前摇了摇头。

“你……你……是猪！”他说，“猪！你不觉得这是造孽？诸位正教徒啊！他不觉得这是造孽！可《圣经》里是怎么写的，啊？”

“躲开我，傻瓜！”

“傻瓜……你才聪明！马车夫，可是不管马。嘻嘻……她还给你咖啡喝吧？”

斯捷潘抡起酒瓶，朝玛纳富依洛夫的大脑袋砸了一下。玛纳富依洛夫摇晃了一下接着说：

“爱情！这是多么好的感情呀……哎哎……可惜的就是没法举行结婚典礼……要不然就当上老爷了！伙计们，他倒是会成为一位挺好的老爷呢！一位又厉害又精明的老爷！”

响起了一阵哄堂大笑声。斯捷潘抡起酒瓶又砸了一下那个大脑袋。玛纳富依洛夫摇晃了一下，这一回他倒在地上了。

“你为什么打人？”谢苗叫喊着朝弟弟扑去，“你先跟她结了婚再来打人吧！伙计们，他为什么打人？我问你，你为什么打人？”

谢苗眯细眼睛，一把抓住斯捷潘的胸口，对着上腹就是一拳。玛纳富依洛夫站了起来，在斯捷潘的眼前挥动他长长的手指。

“伙计们！打起来了！真的，打起来了！使劲呀！”

酒店里人声鼎沸。说话声和哄笑声混杂在一起。

已经有一大群人围在酒店门口。斯捷潘揪住玛纳富依洛夫的衣领，把他朝门口一抛。诵经士发出尖声的喊叫，像一只球似的滚下台阶。哄笑声更响亮了。酒店里人挤得满满的。西多尔也管起闲事来了，他自己也不知道为什么朝斯捷潘背部打了一拳。斯捷潘抓住谢苗的肩膀，把他朝门口一推，谢苗一头撞在门框上，他冲下台阶，跌倒在地上，汗湿的脸栽在泥土里。他的弟弟紧追上来，踩着哥哥的肚子跳将起来。他凶狂地高兴地往高里跳，跳了很久……

钟楼响起了呼唤参加《值得崇敬》的乐声。斯捷潘往四下里一看，在他的周围净是一张张丑八怪似的笑脸：一张比一张醉得厉害，一张比一张乐得邪气。这种丑恶的脸子可真多呀！蓬头散发、血迹斑斑的谢苗从地上爬起，他捏紧拳头，一脸凶气，像一头野兽。玛纳富依洛夫躺在尘土里哭泣，灰尘迷了他的眼睛。天知道这里出了什么事。

斯捷潘打个冷战，脸色发白，像疯子似的拔腿就跑。许多人在后面追他。

“抓住他！抓住他！”人们在他身后大声叫喊，“抓住他！他打死人了！”

斯捷潘直吓得心惊胆寒。他觉得，要是人家把他追上，准会把他打死。他跑得更快了。

“抓住他！揪住他！”

他不知不觉跑到父亲的家门口。大门敞开着，风把两扇门吹得摇摇晃晃的……他跑进了院子。

在离大门不远的一堆刨花和木屑上坐着他的玛利亚。她把两条腿盘在身子底下，向前伸出两条软弱无力的胳膊，两只眼睛一直注视着地面。斯捷潘一看到玛利亚，在他的惊惶而又昏醉的头脑里忽然闪过一个清醒的念头……

逃出这个地方，跑到远处去，带上这个脸色死白、受尽委屈、他所热爱的女人一起逃跑。离开这个恶魔，比方说，到库班去……库班那地方多好啊！要是彼得舅舅信上的话是真的，那么库班草原是一个多么奇妙的广阔天地呀！那儿的生活更畅快，夏天更长，人们也更勇敢……开头他俩，斯捷潘和玛利亚，开头他们将当雇工，以后就可以弄到一块自己的土地。在那里，不会有长着茨冈人眼睛的秃头马克西姆和带着讥讽笑容的谢苗同他们在一起……

他这么想着走到了玛利亚跟前，在她面前站住……可是他醉得头晕眼花，周身酸痛……他已经站不稳了……

“到库班去……那个……”他感到，他的舌头失去了说话的能力，“到库班去……到彼得舅舅那儿去……你知道吗？就是那个寄信来的……”

可是已经不行了！去库班的希望破灭了……玛利亚抬起祈求的眼睛，看着他那张苍白而癫狂的脸，脸的一半被早已蓬乱的头发盖住了。她站起身来。她的两片嘴唇颤抖着……

“是你，强盗？”她开始哭了，“是你吗？你这张丑脸大概是在酒店里给打出血来的吧？可恶的家伙！你这个刽子手！你榨尽了我的全部血汗，让你这个坏蛋到了阴间也受这种罪！你活活把我这个孤苦伶仃的人害死了！”

“住嘴！”

“残忍凶暴的人啊！你们不怜惜基督徒的灵魂！你们这些强盗，你们把它折磨坏了！……你，斯捷巴，是杀人的凶手！圣母一定会惩罚你的！你别忙！这件事你难逃恶报。你以为只有我一个人受苦？你想错了……你也要受苦的……”

斯捷潘的眼睛又眨起来了。他摇晃了一下。

“别说了！看在基督的面上！”

“酒鬼！我知道你喝酒用的是谁的钱……我知道，你这个强盗！你是高兴才喝酒的吧？可见你快活，是吧？”

“住口，玛希卡①！住口……”

“你来干什么？你要什么？你是为了要吹嘘而来的吧？不用你吹嘘我们也知道……全村人都知道……大家成天拿你的事挖苦我，该死的……”

斯捷潘跺了跺脚，身子摇晃了一下。他用胳膊肘推了一下玛利亚，两眼炯炯发光：

“住嘴！听见没有？别撕扯我的心了！”

“我要说！你要动手？好吧……你打吧……打我这个孤儿吧。反正一样死……我还能指望你疼我？你尽管打吧……把我打死吧，强盗！你还会要我？现在你有太太了……她有钱……她漂亮……我是贱人，她是贵族……你为什么不打，强盗？”

斯捷潘抡起胳膊，用全力朝玛利亚那张气得变了形的脸打了一拳。醉汉的这一拳正好打在太阳穴上。玛利亚身子一摇晃，一声不响地倒向地上。就在她倒下的当口，斯捷潘又当胸给了她一拳。

丈夫俯向已经死去的妻子的温热身躯，模糊的眼睛看了一下她

---

① 玛利亚的爱称。

那张痛苦不堪的脸庞。他什么也不明白，在死尸旁边坐下。

太阳已经高挂在农舍的上空，像火烤一般地照晒着。风也变热了。一大群人哆哆嗦嗦地围着斯捷潘和玛利亚，在炎热的空气里弥漫着使人难受的忧郁……这儿出了一件人命案子，人们都已看到，也都明白，但就是不相信自己的眼睛。斯捷潘混浊的眼睛不住地环视人群，牙齿咬得咯咯响，语无伦次地嘟哝着。没有人动手去捆绑斯捷潘。马克西姆、谢苗和玛纳富依洛夫三个人彼此紧挨着站在人群里。

“他为什么打死她？”他们问道，脸色白得像死人一样。

母亲在周围来回跑着，号啕大哭……

有人向女东家报告了发生的事情。她哎呀一声，抓起小酒精瓶想闻一闻，然而她并没有不省人事地倒下。

“这些人真可怕！”她小声说，“哎，这都是些什么样的人呀！尽是些坏蛋！真做得出来呀！我要给他们一点厉害看看！他们马上就会知道我是个什么人！”

尔热韦茨基前来安慰女东家。他使她高兴起来，重新占据了他原先的位置。反复无常的女东家不久前将这个位置从他手中夺走，交给了斯捷潘。这是一个又有油水又舒服、对他来说再合适不过的位置。一年里他有十次被人家从这个位置上赶走，可是十次都付给他补偿费，而且每一次付出的代价都是不小的。

多余的胜利

故 事

1

索巴契-祖勃基父女俩（茨威布希和伊尔卡）由大道转向戈尔达乌根伯爵的园子时，落日已经在它去西山的半途上了。天气闷热。

匈牙利草原在六月里显示它的风貌。土地开裂，大道变成河流，不过在这条河里起伏着的不是流水，而是灰蒙蒙的尘土。如果有风的话，那风也是炽热的，它使皮肤干巴。空中从早到晚一片寂静。这寂静使旅人满心愁闷。在草原的如火骄阳的光照下，不凋萎、不发黄、不枯干的只有茂盛的举世闻名的匈牙利果园和葡萄园。这些由文明人栽培的园子分布在无数的大河和小溪旁，它们从早春到仲秋一直炫示着自己的青翠盛装，引诱着来往行人，并且成为一切有生之物躲避骄阳的庇护所。荫翳、凉爽和美妙的空气笼罩着园子。

茨威布希和伊尔卡沿着一条长长的林荫路走去。这条林荫路是两个篱栅之间最近的一条路，一个篱栅通向草原，另一个则眺望着伯爵的园子。这条林荫路把园子横切成两个相等的部分。

“这条林荫路使我想起了当初在学校里用来打你父亲手心的那管尺。”茨威布希说。他竭力要看到林荫路的尽头，然而路的尽头消失了，它和绿色的远方汇合在一起。太阳照不到这条林荫路，它的宽度不过一俄丈，而耸立在它两旁的树木枝杈相交。这是一条隧道，是大自然用橄榄树、橡树、椴树、赤杨树的枝杈搭成的一条隧道。茨威布希和伊尔卡好像是走在房顶之下。矮胖的茨威布希浑身是汗。他脸色紫红，好像煮熟了的甜菜。他不时用短上衣的前襟擦拭潮湿的下巴。他呼哧呼哧地喘气，好像一台没有上足滑润油的打谷机。

“这是仙境里才会有的凉爽，我的小雀儿！”他喃喃地说，用胖胖的手指解着他的坎肩和衬衣，“我以我的小提琴发誓。你是否认为我们已从地狱升到了天堂？”

伊尔卡的脸不比她的玫瑰色嘴唇淡一些。细小的汗珠在她的大额头和鹰钩鼻上闪光。可怜的姑娘非常疲乏，她几乎都站不稳了。竖琴上的皮带压迫着她的肩膀，尖尖的琴边无礼貌地在她的腰间蠢动。树阴使她多次露出笑容和深深地呼吸。她脱下鞋子光着脚走了起来。两只又小又美的光脚高兴地走在阴凉的沙地上。

“我们是不是可以坐一会儿？”茨威布希提议道，“这条林荫路长长的，好像老处女的舌头。大概有三俄里长呢！”

“不，爸爸！如果我们坐下来，那么过后就会很难站起来。我们还是走到头为好，在那儿再歇一会儿。”

“好……我的小雀儿，今天是你的生日，命运之神一定会送些什么东西给你。会送一样什么小礼物呢？”

“我希望命运之神今天送我一顿午饭……”

“瞧，她想要什么呀！哈哈！她想要的还不少呢！这不太过分了吗，我的姑娘？你是不是还想要一顿晚饭？”

“我已经好久没有吃热东西了……你不能想象，爸爸，啃干面包，嚼熏腊肠，使我的嗓子干得厉害！如果命运之神今天让我挑选一样礼物：多活十年或者喝上一盆清肉汤，那么我会毫不犹豫地选择第二样。”

“你的选择会是非常之好的。最差的清肉汤也比我们这种啼笑皆非的生活强得多。”

“我会选择第二样。我会津津有味地把汤喝光！我非常非常想吃东西。”

茨威布希同情地看了伊尔卡一眼，叹了一口气，努起厚嘴唇吹了一声口哨。每逢有什么事情使他心神不安或者沉思默想，他总会时断时续地吹口哨。他沉默了一会儿，把两道下垂的浓眉对着伊尔卡，眉毛底下一对眼睛含着笑意。他说：

“好，你等一等，忍一忍吧！……我预感到，今天命运之神送给你的礼物不会辜负我们对它的关心……嘻嘻……我预感到，我们不会白白地走到高贵的戈尔达乌根伯爵的家院里的。嘻嘻……我们一走进院子就演奏，他们就会把大把大把的钱撒到我们身上。我们就可把硬币装满口袋。还会让伊尔卡吃上一顿中饭……嘻嘻……幻想吧，伊尔卡！世界上什么事情都会有！也许我讲的这些全都是真的！”

伊尔卡笑了。她整了整肩上的竖琴背带。

“伯爵本人也会听我们演奏！”茨威布希继续说，“我的宝贝儿，伯爵也许会想到不该把我们赶出院子，也许戈尔达乌根会听听你的歌声，会微微一笑……如果他醉了，那我以我的小提琴向你发誓，他会把一枚金币丢到你的脚下！金币！嘻嘻嘻。也许我们走运，眼下他正坐在窗前，醉得一塌糊涂！那枚金币就是你的了，伊尔卡。哈哈哈……”

“为什么一定要他喝醉了呢？”伊尔卡问。

“因为醉汉要比清醒的人善良和聪明一些。醉汉比清醒的人更喜爱音乐。啊，我的悦耳的琴弦呀！如果这个世界上没有醉汉，艺术就不会有多少成绩！你祈祷吧，但愿那些将要听我们演奏的人都喝醉了！”

伊尔卡沉思起来。是啊，茨威布希说的有几分道理。一直到现在，丢钱给她的人大都是醉汉。如果没有醉汉，她和她父亲肯定会更多地挨饿。他们总是在小饭铺或酒店里演奏，而不是在清醒的市民们的整洁台阶前。听他们演奏的更多的是男人，他们的显著特征就是皮肉松弛的脸庞、大大红红的鼻子和乱七八糟的下流话。伊尔卡思索着这个令人不快的问题，她感到痛心和烦恼。现在她明白了，为什么那些人更爱听她父亲的山羊嗓子的歌唱和低级庸俗的笑话，而不喜欢听她唱歌；为什么他们常常要求她以舞蹈代替唱歌。她的歌唱常常在中途停下，改成在她的父亲的刺耳小提琴伴奏下的无聊舞蹈。直到现在还没有一个人关心过，她唱得如此动情的歌曲是谁编写的。人们同样兴致勃勃地听《三骑士之歌》和一些空洞乏味的舞曲。

“清醒的人瞧不起我们，因为他们把我们看作叫花子。但喝醉了的人容许我们接近他们，因为我们能用音乐多少减轻一点他们的头痛。”

茨威布希这番话使懊恼的伊尔卡垂头丧气。她真想大哭一场，真想弄坏一点自己的东西……比方说，弄断一根手指。可是，不管她怎样把手指拧转，手指还是断不了。她只能光流眼泪。

“向可敬的戈尔达乌根伯爵府致敬！”茨威布希喃喃地说。

他看见一个篱栅，它由细铁丝编成，上面攀附着开花的豌豆。

“我致敬！一个没有祖先的人走进了这个有祖先然而是坏祖先的人的巢穴！低微比卑鄙好一些。十七世纪，卡尔·戈尔达乌根伯爵娶了个不是贵族出身的女人为妻子，因而死于良心折磨。他的哥哥莫利茨把妻子的钱偷窃一空，害她生了痨病，神甫准许他同她离婚，他高兴得足足跳了一个月舞。你看见这幢房子了吗，我的小鸟儿？如果可以翻开它的历史看一下，你准会叫出声来：‘简直是畜生！’连一个脏字眼也不知道的你也会破口大骂……未必只有俄国人才会那么骂！你记得俄国人吗，亲爱的？他们的话就跟他们寒冷的气候一般严酷。让我们来把乐器的音调调好吧！”

茨威布希把小提琴的音调好，伊尔卡用围裙拂去竖琴上的尘土。

“命运啊，我们向你挑战！你拾起那压根儿不存在的手套吧！”①

---

① 欧洲人的决斗方式是：一方向另一方扔出一只手套，表示挑战。如果另一方拾起手套，就意味着他接受挑战。

茨威布希和伊尔卡挺直身子，做出一副快活的样子，举止大方地走进伯爵家的院子。尽管天气炎热，院子里却有人正在紧张地工作。二十来个穿着蓝色工作衣的工人在院子里铺柏油路面，他们全身蒙着尘土，脸被烟熏得黑黑的，汗流满面。灰蓝色的浓烟从三只桶里滚滚冒出。

茨威布希和伊尔卡果敢地走向正屋。他们打量了一下窗子，在一个最大的窗口里看到了一张大大红红的脸。

“伯爵！”茨威布希低声说，“好像是他！还是醉醺醺的。我的预言要实现了！……你开始吧！”

伊尔卡弹响竖琴。茨威布希顿一下脚，把小提琴举向下巴。听见了音乐声，工人们都转过头来。窗口里那张红脸睁开眼睛，皱起眉头，使它升高了一点。红脸后面闪出一张女人的脸，还闪出两只手……窗子推开了……

“往回走，往回走！”窗口里有人说话，“从院子里滚出去！喂，你们，那两个卖艺的，你们和你们的音乐一齐见鬼去吧！”

红脸从窗口里钻出，挥起手来。

“你们演奏吧，演奏吧！”一个女人声音叫得很响。

工人们放下工作，搔搔后脑勺，朝卖艺人走去。他们在正面站定，想看清楚伊尔卡的脸。

“世界上啊，国家可真不少，”伊尔卡的手指拨弄着琴弦，她唱了起来，“它们美丽、富饶，像太阳那样金光万道。最美好的国家啊，就是匈牙利，它的园子好、牧场好、风土好，葡萄酒甜，公牛的犄角有一沙绳①长。伊尔卡爱这个国家，也爱住在这个国家里的人们。”

红脸微微一笑，两只淫荡的眼睛盯住了伊尔卡。

“那儿的人啊，真了不起，”伊尔卡继续唱道，“他们漂亮、勇敢，他们的妻子都美丽。无论是打仗，还是舌战，没有人能够战胜

---

① 1 沙绳相当于 2.134 米。

他们。许多民族嫉妒他们。他们呀，他们只有一个缺点：他们没有歌曲。他们的歌，可怜巴巴、没有意思、缺乏激情。它的音调啊，使人怜悯匈牙利……”

“总管老爷皮赫捷尔希塔依先生吩咐你们唱一些欢快的东西！”一个走到伊尔卡跟前的穿红色上衣的仆人用低沉的声音说。

伊尔卡的歌声停息了。姑娘未能把她的想法全都唱出来。

“欢快一点的东西？嗯……请您回报总管老爷皮赫捷尔希塔依先生，他的愿望会圆满实现！不过，我可以荣幸地亲自向他说明！”

说完这话，茨威布希取下帽子，走到大窗子前，行了一个立正敬礼。

“您，”他恭敬地赔着笑脸问道，“您吩咐唱点儿什么欢快的东西？”

“是的。”

“请问您要不要听外交歌？是我自己编的。这首歌解决欧洲一个头等重要的本质问题。您有幸是匈牙利人吧，老爷？”

红脸从嘴里吐出一缕烟雾，以嘴唇仁慈地表示同意。

“我请爱国的先生们注意听！诸位先生，你们能保证不把这首歌张扬出去吗？你们中会有……”

茨威布希扫视了一下在场的工人。他们点头表示感兴趣。他们站得更近了。

“奥地利呀，是什么东西？”茨威布希用他的山羊嗓子唱道，“政治家啊，人世间的公爵们啊，请你们告诉我，奥地利是什么东西？它是不是一盘杂拌凉菜，贪婪的邻邦正打算把它吞噬？是啊，要不是这盘杂拌凉菜里有一条金色鲈鱼会鲠喉咙的话，他们早就把它吞食了。这条鲈鱼就是匈牙利。”

“好极了！好极了！”胖子低声自言自语。

“奥地利是一只有一百种颜色的鸟！”茨威布希继续唱道，“它呀，它生着一百个肢体。它有许多腿，许多胃，许多翅膀，但只有一个脑袋，这脑袋就是匈牙利。一头野兽一旦向鸟扑去，吞吃掉它的所有肢体，但脑袋它却咬不碎！这颅骨硬得像象牙一般！”

“好极了！好极了！”

“世界上有法语，有德语，有俄语，有匈牙利语。丰富的匈牙利语使所有的才子学士感到惊奇。请您上维也纳去问一问：哪里有个斯芬克司[①]是讲奥地利话的？”

“好极了！好极了！给你！”

一枚大银币从窗户里飞了出来，它闪闪发光，锵的一声响滚到了茨威布希的脚跟前。还有一个同样的硬币，它碰着了伊尔卡的鞋子。茨威布希拾起硬币，叫道：

“一千个谢谢！我这就去为您老人家的健康开怀畅饮！我以我这张胖脸起誓，我要喝，气也不换地喝！为了您的健康我要用两个咽喉喝酒：一个是普通的咽喉，一个是管呼吸的咽喉，到时候我就顾不上呼吸了！”

茨威布希挥舞帽子。这时窗户里发生了一件意外的事情：那张红脸变成了紫色的脸，姑娘一声怪叫，窗子猛地关上了。工人们纷纷后退，一个个站得笔直。茨威布希朝后挥了一下帽子，他感到帽子碰上了什么障碍。他回头一看，吓得腿都发软了：一头漂亮的铁青马受了他那顶不讲究的帽子的惊吓，扬起前蹄在他身旁直立起来。骑在马上的是一个身材颀长匀称、闻名于整个匈牙利的美女。她是戈尔达乌根伯爵的夫人，出嫁前是冯·盖依连希特拉尔男爵小姐。茨威布希看见，在他面前的就是这个绝色美人，她充满了青春的活力，她美丽、庄严和……愤怒。她把马稳住了。她气得发抖，脸色苍白，眼睛里射出闪电般的光芒。她扬起了马鞭。

“混蛋！”她低声说道，差一点儿从马鞍上摔下来。因为被马鞭打昏了的茨威布希身子一摇晃跌倒了，他结实的身体撞了铁青马的前腿。他不能不跌倒。马鞭抽打着他的太阳穴、面颊和上嘴唇。伯

---

① 希腊神话中的一个有翅膀的狮身女怪。现在常用来隐喻“谜”样的人物。

爵夫人使足了全身的力气抽打他。

另一张女人的脸是伊尔卡的脸，它像歌德笔下的格雷岑①的脸，美丽而年轻，四周围着千万根淡黄色的头发。这张脸现在由于气愤和难以形容的绝望而变了相。它变得惨白，显得特别不自然，而且出现一阵又一阵的抽搐。伊尔卡像狗似的龇出她的一口白牙，向前走了一步，由于在地上没有找到石头，她就把那枚银币朝戈尔达乌根伯爵夫人扔去。银币不过擦了一下迎风飘起的面纱就朝正屋方向飞去。接着出现了一阵奇怪而沉闷的寂静。伯爵夫人和生着一头金发的小姑娘目不转睛地面面相觑。沉静持续了一分钟。伯爵夫人把马鞭举了起来，可是她一看到那张苍白的不幸的变了相的脸，就慢慢地把手放下，骑着马慢慢地走向正屋。她走到了台阶跟前，还回头朝后看了两次。

“叫他们走开！”她喊道。

茨威布希站起身来，抖掉尘土，微笑着走向呆板无生气的伊尔卡。他脸上还淌着鲜血。

“你吃惊了吧，我的朋友？”他说，“嘿！揍了你的父亲？别奇怪！不是第一次打他，而是第四十一次了？该习惯了！”

伊尔卡抓住她父亲的胳膊，全身哆嗦，向他倒了过去。

“啊，我多幸运！”茨威布希说，竭力使脸上的鲜血不滴到伊尔卡的头上，“我多幸运啊！我该好好谢谢伯爵夫人！我的小提琴完整无损！我没有把小提琴压坏！”

茨威布希一只手提着小提琴，另一只手搂住伊尔卡的肩膀，迈步走回林荫路上去。

2

在林荫路已到尽头、前边就是草原的地方，就应该数一数道路左侧的山毛榉。在第八棵和第九棵山毛榉之间，老练的眼睛可以发

---

① 诗剧《浮士德》中的女主人公。

现一条以前存在过而如今已经荒芜的小径。这条小径像蛇似的蜿蜒到一座小礼拜堂，而在礼拜堂附近可以找到水。茨威布希知道有这样一条小径。他数到第八棵山毛榉后便向左拐弯。伊尔卡跟在他后面。他们必须钻过茂密的牛蒡、野麻、鼠芹和荨麻丛。荨麻无情地刺痛他们的胳膊、脖子和面颊，而野麻和鼠芹的冲鼻气味使他们透不过气来。茨威布希和伊尔卡的肩膀上粘满了蜘蛛网。网上有些小蜘蛛在爬动，而大苍蝇和蚱蜢已经落网。大蜘蛛不习惯地翻跟斗①，从他们的肩膀跌到了草地上。我们这两位行人无意地惊扰了千百个生命的安宁。

小礼拜堂位于长满了长长的青草的林间空地上，它离林荫路有一刻钟的步行路程。这是一座怯生生地耸立在青草地上的小礼拜堂，墙上的灰泥已经剥落，到处是青苔、滨藜和常春藤。在光滑的被太阳晒成了棕红色的圆锥形屋顶上有一个高高的铜十字架。对茨威布希来说，这个十字架是指路的明灯。

"如果小溪干涸了，"茨威布希说，"那么命运之神的礼物将比伯爵夫人送给我们的礼物糟得多。我的内脏都干巴巴的，像牛皮一样了。"

然而小溪并未干涸。在茨威布希和伊尔卡走近小礼拜堂并从肩上去掉粘着的蜘蛛网时，他们就闻到了一股清凉的水汽，听到了潺潺的水声。茨威布希开朗地笑了，他把竖琴和小提琴放在礼拜堂的台阶上，围绕着小礼拜堂大步走动起来，用两条短腿画着螺线。

"有流水的声音……不过，见鬼，它在哪一边呢？"他大笑着说，"小溪啊，你在哪儿？朝哪儿走才能到你那里？哎，记性糟透了！小溪啊，我在你那儿喝过两次水，可我是一个忘恩负义的人，竟忘记了你在哪儿！我认清了自己是个一般的俗人！我们这些人什么也不会忘记，只会忘记我们的恩人！哎，人啊！哈哈……"

---

① 原文为意大利语。

伊尔卡的听觉比较敏锐，如果不是有人厉害地凌辱了她年迈的而且在她看来是有病的父亲的话，她会指出小溪在哪一边潺潺流动，可是现在她却无意识地跟随在迈步走着的父亲后面，什么也看不见，什么也听不见，什么也不理会。她顾不上疲劳和口渴。年轻人强烈的义愤压倒了一切。她一边走，一边瞧着地面，咬着上嘴唇。

一个耳朵聋了的茨威布希绕来绕去，最后总算偶然发现了一个地方，在那里已经可以清楚地听见湍急的流水声，脚下也可以感到柔软而潮湿的土地。

"小溪该在菩提树的下边！"茨威布希说，"瞧，它在这儿，一棵菩提树！另外两棵呢，都到哪里去了？十年前我在这儿喝水，一共有三棵菩提……想必是让人家砍掉了！可怜的小菩提啊！连它们也给用上了！瞧，我们寻找的小溪就在这儿！你好，小溪！伊尔卡，来，我们喝水，祝你健康！"

茨威布希把帽子丢在一旁，跪下去把发热的脸贴近清凉、闪亮的水面……伊尔卡机械地弯下一条腿，照着父亲的样子做。茨威布希用嘴喝水，也用眼睛喝。他在水面上看见了他血迹斑斑的脸，他瞧着那些瘀伤和青肿，打算说几句恰如其分的俏皮话。可是，他在镜子般的水面上看见了伊尔卡的脸，他的俏皮话就飞到九霄云外去了，喝进嘴里的水也流出来了。他不再喝水，抬起头来。

"伊尔卡！"他皱着眉头说，"听见吗，姑娘？别再龇牙咧嘴的！你又不是狗！我不喜欢这样。别傻里傻气！"

伊尔卡抬起头来，用潮湿的手心摩挲额头。

"我不喜欢这样！"茨威布希继续说，"你要改掉为了一丁点儿小事就龇牙咧嘴的傻习惯。乖孩子！何必生气呢？你脸色白得像死人一样，你在发抖！你要当心，傻孩子，把你气死了，你才会明白！别再这样！算了吧！……"

"我办不到……谁都没有权利打你的脸，茨威布希爸爸。谁都没有！”

“是吗？莫非我不知道？你不说，我也知道！脸、背、肚子都不好打……可是，你要怎么样呢？”

伊尔卡又用手心摩挲了一下额头，小声说：

“我要的是谁都不敢打你。我要……我要报复她。”

莰威布希吹了声口哨，向溪水弯下身子洗起脸来。洗好后他用衣袖抹干脸说：

“可笑，伊尔卡！喝水吧，如果你还没有喝够的话，然后我们就去取乐器。蠢话也说够了！”

莰威布希搀着伊尔卡的胳膊把她扶起，然后他摩挲着肚子朝小礼拜堂走去。

“我们一块儿去看看小礼拜堂吧，这样比生闷气好一些！”莰威布希建议说。

在莰威布希和伊尔卡走近小礼拜堂的当口，许许多多壁虎，绿色的和灰色的，都钻进墙缝和草丛中去了。小礼拜堂上的门钩生锈了，许多块木板把门钉得严严实实。在大门上方的一块光滑的木板上钉着一些铜铸的字母。不消说，这是一些拉丁字母。莰威布希读了一遍，翻译给伊尔卡听：“福兰齐斯克·戈尔达乌根——1806 年。过往的行人，你祈祷吧，求神圣的天使护佑他的灵魂长住天国！”两扇窗上的玻璃都打碎了。嵌在半腐朽的窗框里的玻璃碎片反射出虹一般的光彩。一束大麦秸堵住了第三个窗子。窗户上布满了蜘蛛网和尘土。

“福兰齐斯克·戈尔达乌根！”莰威布希对着窗口叫了一声。

“戈尔达乌根！”回声接应道。

“福兰齐斯克·戈尔达乌根，他是现在的伯爵的叔祖父，”莰威布希对伊尔卡说，“1806 年，他在幽会后的回家途中，就在这个地方，被他的一个老侍从打死了。这老侍从是为自己的女儿报仇。一些人是这么说的，不过另一些人却说，他是为了一个姑娘而同他外甥互殴时被打死的。不管怎么说，那个老侍从在此地受了绞刑。神诫说‘不可杀人’[1]，然而在戈尔达乌根的房子里、树林里和园子里是不理会神诫的。你看窗子，伊尔卡……圣徒福兰齐斯克，你看见了吗？脸黄得发绿，真可怕……现在这张像黯淡了，当初却是可以看得清清楚楚的，它叫愚蠢的男女心惊肉跳。我至今还记得，在这张脸前面点燃着蓝色长明灯的时候，它显得特别可怕……每逢我看着那张脸，我就会毛骨悚然。我的姑娘，主要的是画这幅像的画家还没有完成工作就逃跑了。他没有把左眼画完，右眼因此就突出得厉害，使我们这些信迷信的眼睛看着不舒服。这幅像的脸也没有画完。用画家们的行话来说，只是上了一层基本色。画家之所以逃跑，是因为他爱上了伯爵夫人。这个怪人认为她是一座攻不下的堡垒。傻瓜！其实他只消让她明白，她就会挂在他的脖子上。女人永远是脆弱的，女人在涉及你不该知道的那种事情时是不会避开男人的，我纯洁的孩子。”

茨威布希不再说话了，他瞧着伊尔卡。伊尔卡并没有听他讲话。她瞧着地面，嘴小声地念叨着，手指不断地动弹着，仿佛在同自己讨论着什么事情。茨威布希吹了声口哨，沉思起来。

“你听我说，傻瓜！”他皱起眉头说，“我不喜欢这样！你又开始龇牙了！来，让我们坐下来！”

茨威布希和伊尔卡在小礼拜堂的被太阳晒得热辣辣的台阶上坐下。

“你的脑子呢，姑娘？”茨威布希瞧着女儿苍白的脸继续说，“你为什么不顺着情理思考问题？木头变不成钢，破布铸不成铜钟，老鼠也生不出天鹅。不能指望一个出身名门的女人会有什么天使般的行动。她的祖祖辈辈都是狼，她能违背自然规律生来是一只羔羊吗？她也是一头狼！彻头彻尾是一头狼。她既然是狼，她就只能这么干……你还能希望什么呢？教狼吃干草，这不是我们的事。你要顺着情理思考问题！她在娘家是盖依连希特拉尔男爵小姐。盖依连

---

① 据基督教传说，神为人立下的十诫中的第六诫是“不可杀人”。

希特拉尔家尽是些什么样的人？他们都是同戈尔达乌根家的人一样的。第一个盖依连希特拉尔就是阿尔土尔·戈尔达乌根的私生子。他只是凭这一点同戈尔达乌根家的亲族关系才在三十年战争[1]时期获得了男爵头衔。后来戈尔达乌根家同盖依连希特拉尔家联姻，后者的女儿们嫁给前者的儿子们，等等。结果形成了两个不分彼此的家族。你要怎么样？莫非你指望着会有这样的事情：在戈尔达乌根打你的时候，盖依连希特拉尔会跑来亲吻你？哼……办不到，我亲爱的！只有像你这样不太懂事的人，才会因为大自然给了狼一口利牙而去生狼的气。”

茨威布希沉默一会儿又说：

“从戈尔达乌根家的历史就可以清楚地看出大自然在这儿起着重大作用。第一个戈尔达乌根出现在十字军东征开始时期。大家叫他‘金眼吸血鬼’。他的头发和胡子黑得像煤一样，可是眉毛和眼睫毛却是金黄色的。由于大自然玩的这种把戏，人们才给他起了个绰号：戈尔达乌根[2]。据历史记载，他两只金色眼睛里闪耀着非凡的智力，除此之外，其中还混合着猞猁的狡黠和饿豹的凶残。这个人是一头最坏意义上的疯狗。他喝人血就像我们喝水一般随便，他像犹大一样恬不知耻，拿人做买卖。他焚毁一个村庄比我们吸一支雪茄烟轻松。他放了火就兴致勃勃地观看火焰。以戈特弗利德·布里昂斯基[3]为首的胜利者们首次在耶稣坟旁做祈祷时，他却像头狼一样地在耶路撒冷近郊奔跑觅食，把萨拉秦人[4]的头颅串在长矛上。就连在那个伟大的时刻他也没有改变本性！据文献记载，他热切期望祈祷，然而疯狗的本能却把他朝另一个方向拉，去破坏，去杀人。这

---

① 三十年战争（1618—1648）是德意志新教诸侯与天主教诸侯同皇帝之间的战争，后来扩大为全欧战争。

② “戈尔达乌根”译成俄语，就是“金色眼睛”。——契诃夫原注

③ 布里昂斯基（1060—1100），法国下洛林的公爵，第一次十字军东征的领袖之一，耶路撒冷王国的首任执政者。

④ 中世纪初欧洲各国对阿拉伯人的称呼，后来以此泛指伊斯兰教徒。

是一个可怕的畸形怪胎，我亲爱的！不能认为，这个长着金色眼睛的人要为他自己的反常负责。人本身是不可能落到如此可怕的卑鄙地步的，就像他不可能想到要在手上生出第六个指头来一样。该负责任的是大自然。是大自然给了他一副狼脑。这个金色眼睛的人生了一个儿子，这儿子只有一点不同于父亲，那就是他没有长两只金色的眼睛……反常的行为却照样传给了他。后来，孙子既有金色眼睛，又有反常行为。就这么一直传下来。现在的伯爵没有金色眼睛。去年死掉了他的一个儿子，一个小男孩，却长着一对金色眼睛。如此看来，金色眼睛是隔代相传，而反常行为却是每代都有份。你可以看出，我亲爱的，要戈尔达乌根家的人摆脱狼一般的脑子，就像要他们不长金色眼睛一样难。好，现在你自己想一想吧，我亲爱的，那个美人能够不用皮鞭抽打我的嘴唇吗？本性占了理智的上风，她不能不这么干！”

“你这全是胡说，爸爸！”伊尔卡顿了一下脚，尖声叫道，“你胡说！你的嘴唇同她的反常不相干，同她的天性不相干！这不关我们的事！你说这些话，只因为生气对我有害。可是，我要给她一点厉害看看！我要给她……我饶不了她！她欺负了你，如果我饶了她，那就让上帝惩罚我吧！”

“别人都可以逞强，惟独你，小羊羔，不能这样！小羊羔要逞强去同狼干仗，那不过是白费口舌！……我们最好还是不谈这个吧！”

伊尔卡站起来，把竖琴的皮带挂上肩膀，用下巴指了指那条小径。

“难道你不想歇一会儿？”父亲问。

伊尔卡默不作声。茨威布希就站起来，把小提琴夹在胳肢窝底下，清了清喉咙，朝林荫路迈步走去。他已经习惯于听从伊尔卡了。

一个钟头后，他们已经吃力地拖着疲乏的双腿走在炎热的尘土飞扬的大道上了。在他们的前面，在一带青色的丛林和园子的后边，露出白色的钟楼和一个匈牙利小城市的市政府。在左边，美丽的戈尔达乌根村呈现出花花绿绿的色彩。

“法院在哪儿？是在这里还是在那边？”伊尔卡指着那座城市和那个村子问道。

“法院？嗯……城里有法院，村里也有。我的宝贝，城里的法院是审判城里人的；村里的呢，是审判戈尔达乌根家的下人的……”

伊尔卡停住脚步，想了一会儿，就沿着通向村子的路走去。

“上哪儿去？你这是干什么？”茨威布希问道，“你到那儿去干什么？求上帝保佑，别到这些庄稼汉那儿去！”

“茨威布希爸爸，我要到审问戈尔达乌根家的人的地方去。”

“这又是为的啥？看在上帝面上吧！我的宝贝儿，你是个冒失鬼！我们在城里可以吃一顿饭，喝一点啤酒，可在这儿我们……能干什么呢？”

“干什么？很简单！我们要同那个横行霸道的女流氓打官司！”

“你真是个傻瓜，孩子！你疯了，你完全丧失了思考的能力，我的亲人！不过，也许，你这是在开玩笑？”

“我不开玩笑，爸爸！我甚至觉得奇怪：你自尊心很强，可是对这次受到的侮辱你怎么会如此冷淡？如果你要到城里去，你就去吧！我自己上法院去，我要求惩办她！”

茨威布希看了一眼伊尔卡的脸，耸了耸肩膀，就跟在不听话的女儿背后走了，嘴里嘟嘟哝哝，不住做手势，有时吹吹口哨。

“你是傻瓜，伊尔卡！”在他们走过河上搭着的桥时他叹气说，“傻瓜！如果你能不受愚弄离开这个村子，你可以骂我秃鬼！请你原谅我，孩子，老实说，你今天像鲫鱼一样笨！”

过桥后他们走进了村子。街上没有一个人影。大家都在地里和园子里忙着干活。他们只好在村里转来转去，东张西望，最后总算碰到了一个老太婆，她身材矮小，脸皱得像干瘪的甜瓜皮。

“请容许我问一声，”伊尔卡对老太婆说，“此地的法官住在哪儿？”

“法官？我们这里，姑娘，有三个法官，”老太婆回答说，“他们中有一个早已什么案子都不审理了。他瘫痪了，躺在床上有十年了。另一个现在也不审理案子了，他在过地主生活了。他娶了个有钱的女人，拿了土地作陪嫁，他怎么还顾得上审理案子？再说他也已经是老头子了……他大约十五年前娶的妻子，就是我大儿子死的那一年，主啊，让他的灵魂安息吧……”

“那么第三个法官呢？这第三个住在哪儿？”

“第三个？第三个倒还在审判案子……不过他也已经一点儿不中用了……他是个小老头！现在他该在坟墓里睡觉，而不是再给人劝架……他住在……您看见那道绿色的门廊吗？看见吗？喏，他就住在那里……”

茨威布希和伊尔卡谢过老太婆就朝绿色门廊走去。他们正巧赶上法官在家。他站在他家的院子里，在一棵枝叶茂密的老桑树底下用手杖打落已经熟透的黑色桑葚。他的嘴唇和下巴都已染成了紫的、蓝的和红的颜色。他嘴里塞满了桑葚。他懒洋洋地嚼着，比嚼腻了反刍食物的公牛更懒洋洋。

茨威布希取下帽子，向法官鞠躬。

“我冒昧打搅您老人家，只向您提一个问题，”他说，“请问您是法官吗？”

法官打量了一下两个不速之客，他吞下了反刍食物后说：

“我是法官，然而只是在吃中饭之前。”

“那么您已经吃过中饭了？”

“嗯，是啊……我两点半钟吃中饭……这一点你们应当知道。假日里我一点半钟吃中饭。”

“吃饱了肚子对学问就漠不关心，[1]您老人家！嘻嘻嘻……您说的是实话。不过，您老人家，没有一条规则是没有例外的！”

---

① 原文为拉丁语。

“我的规则是没有例外的……在现在这种情况下，我就不承认有例外……我只是在空腹时才审案，老头子，因为在那个时间里我最不多情善感。十年前我尝试过在中饭后审案……结果呢？你知道结果怎样吗，老头子？结果是我判刑总要轻一个等级……这就不会总是公平的了！不过，你胖胖的，像一只装一百维德罗东西的桶子！大概，你吃得很多吧！你不嫌热吗，驮着这许多多余的肉？这位姑娘是什么人？”

“您老人家，这是我闺女……是她有事求您。”

“哦，是这样……你走近一点，美人儿！你要办什么事？”

伊尔卡走到法官跟前，用颤抖的声音把发生在戈尔达乌根伯爵家院子里的一切对他讲了一遍。法官听她讲完，瞧了瞧茨威布希的嘴唇，微微一笑。他问道：

“那么，美人儿，你要怎么样？”

“我希望您惩办那个女人！……”

“是这样……好吧……遵命！我们马上把她送进监牢……你听着，老头子，”法官转身问茨威布希，“这个漂亮姑娘你是在哪儿生下的：是在月亮上还是在地球上？”

“在地球上，您老人家！月亮上没有女人，您老人家，所以在那儿未必能为产妇的健康干上一杯葡萄酒！”

“既是在地球上生的，为什么她就不知道……你们都是些什么样的傻瓜呀，先生们！哎，什么样的傻瓜呀！你们既是傻瓜，又是怪人！”

“为什么？”伊尔卡问。

“大概是因为你们没有脑子……戈尔达乌根家供我吃喝，我反倒去审判他们？！哈哈哈！戈尔达乌根一家是伯爵，她呢，她是一个茨冈人的女儿。她父亲是个蹩脚的小提琴手，他琴拉得不好，理该抽他一顿鞭子！怪人啊！你们不是在地球上生下来的！再说她会乐意同你打官司吗？我派人给她送传票去，她会在传票上画一张丑脸，勾出个大鼻子，然后把它扔到桌子底下！还有，你的见证人在哪儿？是那些工人吗？你等着吧！他们不是什么百万富翁，他们不能丢下饭碗不要！哈哈哈！你算是找到了一个人打官司！怪人！不，别胡说八道了，美人儿！你难过，这是实在的……可是你又有什么办法？你不可能改造这个世界！”

“我该怎么办呢？”

“你该给你父亲一块破布，让他把嘴唇包起来。苍蝇一叮伤口，可能染病……你该买一些醋酸盐稀溶液……我能劝告你的也只有这些……要我再给你出个主意吗，美人儿？好，你就挽着胖爸爸的胳膊，离开这个地方……我看不惯傻瓜！你们就躲开这个不公正的法官吧，也给我一个不同你们谈话的机会。”

“我该怎么办呢？”伊尔卡绞着手指又问了一句。

“嗯……你要我出第三个主意？行！你得变成一个同她一样的伯爵夫人，那时你才会有充分的权利同她打官司！充分的权利！哈哈哈！你就变成一个伯爵夫人吧！我说的是实话。你那时尽可同她打官司，爱怎么打就怎么打！没有人会阻拦你，也没有什么东西会妨碍你！不过……再见吧！我没有闲工夫！请你们离开我吧！现在你还不是伯爵夫人，我还有权利这么不客气地赶你走，要你离我这胀饱的肚子和懒怠的舌头远一些！快走开，老头子！别忘了买点醋酸盐稀溶液擦伤口。”

法官转过身去打桑葚了。茨威布希和伊尔卡走出院子朝桥头走去。茨威布希想留在村里歇一会，可是又不愿同伊尔卡闹别扭……他勉勉强强地走在她的后面，咒骂着饥饿害得他胃痛。饥饿不让他考虑事情……

“我们，孩子，进城吗？”他问。

伊尔卡不回答。他们走进一片属于戈尔达乌根家农民的丛林。茨威布希问道：

“伊尔卡，你生气了？为什么你不回答我的问话？”

伊尔卡不回答。她身子摇摇晃晃，两手抱住了头。

“你怎么了，孩子？”

女儿停住脚步，朝父亲转过脸来。她的脸变了，露出令人讨厌的含有恶意的微笑，牙齿像狗那样龇着……

“看在上帝面上，你怎么啦？”

伊尔卡举起双手，头朝后仰，嘴大大张开……一声尖利的发自肺腑的喊叫响彻丛林。大颗大颗的泪珠像雨水似的从一个受了欺凌的父亲的女儿的两只天蓝色眼睛里朝下淌……伊尔卡号啕大哭，又哈哈大笑。

“你怎么啦？能生这么大的气吗？”

茨威布希哭了，他亲吻起自己的女儿来。

“难道可以这样吗？坐下，伊尔卡！看在上帝面上，坐下吧！哎，你坐下来呀！”

茨威布希把两只汗津津的大手放在她颤动着的肩膀上并且向下压。

“你坐下！我们在树阴里坐一会儿，你也定一定神！我们到那棵柳树底下去！喏，这儿有一条小溪！你要喝水吗？柳树总是长在水旁的。哪里有柳树，就该在哪里找水。我们坐下吧！”

茨威布希把伊尔卡抱到柳树跟前，叫她弯下腿，在草地上坐下。她哭得越来越厉害了……

“得了，我的女儿！我们有权利这么抱屈吗？难道我们未曾侮辱过人？你能保证吗，保证你父亲从来没有不受惩罚地侮辱过任何人？我也侮辱过人！今天我不过是遭到了报应。”

突然一声枪响。一只飞禽撞在树枝上，沙沙作响地拍打着翅膀，从柳树上飞下来，掉落在伊尔卡的围裙上。那是一只小雌鹰。一粒霰弹打中了它的眼睛，另一粒打碎了它的嘴……

“你看，我亲爱的！大自然在这只鸟身上受到了很大的侮辱……这种侮辱比我们所受到的大得多。可是大自然却忍受了……它不惩罚谁，也不报复谁……”

灌木丛中响起一阵喀嚓喀嚓的声音，接着在茨威布希面前出现了一个身材高大匀称、相貌十分英俊的男子，黝黑的脸庞上留着又宽又密的胡子。他一手拿着枪，一手拿着宽边草帽。他看见了：他射下的一头野禽掉在一个正在哭泣、长得俊俏的姑娘的膝盖上。他愣住了。

“不过，这个人已经受过惩罚了！”茨威布希说，“他受过很大的惩罚！比起他所受的惩罚来，他的罪过相形见绌。我来给你介绍一下，伊尔卡，这是伏尼奇伯爵，扎依尼茨男爵。您好，伯爵和男爵！在您身上，哪个头衔的成分大一些：是伯爵头衔呢还是男爵头衔？在您非常漂亮的身材里两者的成分都很多。喏，这是您猎到的野禽！我女儿在给它做安魂祈祷！”

阿尔土尔·冯·扎依尼茨男爵大约二十八岁，至多也就这点年纪，然而从外貌看来却像是三十开外的人了。他的脸容尚英俊和有朝气，可是在这张脸上、在眼角和唇边，您能找到那种只有在生活放荡和饱经忧患的人们脸上才可见到的细纹。他的青春岁月连同它的种种挫折、欢乐、悲愁、酒宴和淫乱，在他黝黑的漂亮脸庞上刻下了一道道皱纹。他眼睛里流露出厌倦和烦闷的神情……他的嘴唇做出温顺而又微带讥诮的笑容，这已经成为他的习惯……冯·扎依尼茨男爵的黑发长而且卷曲。他这一头黑发使人想起贵族女子中学年轻女学生的尚未编成辫子的头发。阿尔土尔不常洗澡，所以他脏脏的头发和脖子在阳光下发亮。他的穿着随随便便，并不阔气。他的衣服简单，极不显眼……那件脏衬衫的小衣领暴露出男爵并不追求时髦。人们在四年前穿那样的小衣领衬衫。他的黑领结已经磨旧，打成一条带形，匆匆打成的花结并不好看，歪向一边，而且有松散的危险。他的短外衣和坎肩倒挺豪华，用上等羊毛织的贵重灰色衣料做成，虽说已经有了污斑，然而是崭新的。磨旧了的绸料裤子早已过时，现在它紧贴在肌肉饱满的胯股上，裤腿非常潇洒地塞进了高靴腰，靴腰高过膝头，打着褶子，亮晃晃的。皮靴的后跟已经踩歪，有一半已经磨损。羊毛料子做的坎肩上系着一条新的金属表链。表链上坠着六个金质圆形饰章，一只嵌着钻石眼睛的黄金小鹤和一枝做工精巧的小枪，配着黄金枪口和白金枪托。枪托上刻着：

"阿尔土尔·冯·扎依尼茨男爵惠存。瓦依斯达甫与索列诺果尔两地的猎人协会谨赠"。请别问男爵时间，因为表链的塞在衣袋里的那一端拴着的并不是表，而是一把钥匙和一只锡制的哨子。

扎依尼茨男爵家族不能以古老自豪。这家族源于本世纪的头十年。阿尔土尔保存着一本小册子《冯·扎依尼茨男爵家谱》，它是当初由阿尔土尔的父亲卡尔约请一位有学问的外来的瑞典教士写的。殷勤的教士得到了一大笔钱，他编撰慈善的男爵们的家谱时一不吝啬纸张，二不珍惜实情，他把家谱从十一世纪编起。不消说，许多人相信了这本小册子，尤其是那些不需要核实瑞典教士的话的人。可是有一次这本小册子却使扎依尼茨家的人着实害臊了一番，因为有一家好献殷勤的画报蓄意奉承，刊登了他们的家徽和家谱，而那份家谱却比花钱请教士写的更真实一些。第一代扎依尼茨男爵本是一个普通的贵族，娶了一个改信基督教的犹太人银行家的女儿为妻子。男爵在各方面都是个微不足道的人，他摇尾乞怜，常常忍饥挨饿，喜爱金钱胜过了世上的一切。如果幸运之神不常常仁慈地向他微笑，他就会无声无息地度过一生，完全被人们所遗忘……第一代扎依尼茨男爵有两个哥哥。一个哥哥是耶稣会教徒，在大学里学过物理，凭自己的力量开创了一条通向主教长地位的道路。另一个哥哥是个宫廷诗人，又是御医的女婿。由于两个哥哥大力庇护，也由于有广泛财务关系的银行家岳父疏通，冯·扎依尼茨并不像瑞典教士胡诌的头一代扎依尼茨那么困难地取得了男爵爵衔证书。第二代扎依尼茨，阿尔土尔的祖父，在奥斯特尔利茨[①]附近打过仗，去世时是军事学院的教授。这个扎依尼茨相貌极像当主教长的伯父，而且同他伯父一样，与其说是个兵士或地主，不如说是个书生。阿尔土尔的父亲像头一代扎依尼茨。他也是一个微不足道、其貌不扬、毫

① 1805年俄奥法战争期间，俄奥联军于俄历11月20日（公历12月2日）在奥斯特尔利茨市（今捷克的斯拉夫科夫市）附近对法军进行的一次决战。法国拿破仑一世的军队粉碎了库图佐夫指挥的俄奥联军。

无出息的人。他才疏学浅、目光短浅、身心孱弱，但他却抱定了一个目的：把微笑的幸运之神赐给他祖父和父亲的一切挥霍殆尽。然而这不是一个轻而易举的任务。扎依尼茨男爵家族拥有一块不小的领地，它的两处被铁路切断。这儿有果园、葡萄园和好土壤，被人们认为是最富饶肥沃的领地之一。这块领地上有养马场和呢绒厂，两者合在一起每天提供给男爵的是二千四百法郎，至于其他的收入就不必说了。要把这么一份家业挥霍殆尽并非是轻而易举的事。然而，冯·扎依尼茨有几个出色的助手，那就是他的好色、他的糊涂、他的善良再加上他的儿子。他到死都贪恋女色。他对女人总是死命地爱，疯狂地爱，把一切置之度外，任何障碍都拦不住他。女人是他的主要支出项目，缺了女人他未必能够败光他的全部财产。在维也纳他一度有过情妇。他总是乘专用火车，带上一大群好色的、只喝香槟酒的食客去找情妇。每次他都给情妇送去奢侈得惊人的礼物。这许多礼物非常有力地说明男爵失去了理智：礼物中有他们家的传家宝，有名贵的骏马，有银行的期票……他的维也纳情妇的使女的月薪是一千法郎，而且还备有自用马车以防万一。专用列车到达后和出发前都要举行穷奢极欲的宴会。他在布拉格也有一个情妇，第三个情妇在布达佩斯……女人们都崇拜他，不消说，之所以崇拜他并非由于他有什么别的特点，而是因为他慷慨大方。许多流传至今的关于卡尔·冯·扎依尼茨的奇闻逸事，再好不过地表明了女人对他的这种崇拜。现在我们只引证这一大堆奇闻逸事中的一件。

在德国的一家上等剧院里，一个刚从戏剧学校毕业的青年女演员（现在她已是很有名的专门扮演正剧和悲剧中的老母亲角色的演员）初次登台演戏。她年轻漂亮，演技精湛。鼓掌声把剧院震得发颤。第一幕演完后，他给她献上了一束鲜花，上面挂着一串十分名贵的项链，它是已故的冯·扎依尼茨男爵夫人——卡尔的母亲的遗物。男爵之所以送出这串项链，是因为它正好藏在他的衣兜里，而它的尖头正好刺痛他的肋部。第二幕演完后，几个当时在剧院里看戏的显贵走到后台，向初次登台的女演员表达他们的赞叹之情。在这些显贵中就有冯·扎依尼茨。他在后台很随便，像在家里一样。他在扮演主要情人角色的男演员的化妆室里喝了一杯香槟酒后就走向初露头角的明星的化妆室。化妆室的门反锁着。他敲门。

"您这是干什么？！"显贵们惊叫道，"您真是忘乎所以！您忘记了，这儿不是马戏团，不是小歌剧团……这儿也不是德罗夫人的沙龙！您太鲁莽，男爵！"

"你们这样认为吗？我不过是性急罢了……"男爵回答说。

"可是她马上就会出来，难道您连等两三分钟的耐性都没有？"

"没有。"

"您要知道这不成体统！也许，她正在穿衣服！"

"有可能是。"性急的男爵说，他又敲了一下门。

"谁在那儿？"从化妆室里传来年轻女人的声音。

"我！"男爵回答说。

"您是谁？"

"是一个崇拜您才能的人。说实话，我对您的才能一窍不通，但人家告诉我说您演得非常之好。我已经习惯于别人说了我就信。开门吧！"

"奇怪……我是在化妆室里！外人不准进化妆室。不过您到底是谁？"

"我是冯·扎依尼茨男爵。我找您有事。"

化妆室里的说话声轻了一些，而且不那么毫无顾忌了：

"我很高兴，男爵……不过，我还没穿衣服……请您等五分钟。"

"我没有工夫等。过两分钟我就要走。要么马上开门，要么永远别开。"

"不行！"

"随您便……再见！该死，这是谁在揪我的袖子？"

男爵身旁聚集着一群崇拜初次登台的女演员的人。男爵的无理行径使这些人感到愤慨，他们要求男爵离开房门。女演员的未婚夫也在这群人当中，是他拉了一下男爵的袖子。

“请您离开房门！”崇拜者们喊道。

“如果我不离开，又会怎么样？”男爵问道，接着他又敲了一下门，不是用手指头敲，而是用拳头。

“小姐，您大概希望我同这些先生吵闹一番！”他隔着房门对初次登台的女演员说，“开门！再过一分钟我就要走……马上开门，不然就永远别开！我冯·扎依尼茨男爵做什么事都喜欢马上做，要不然就永远不做！扎依尼茨男爵有事找您，您愿意跟他谈谈吗？”

显然，初次登台的女演员犹豫不决，她问：

“您有何吩咐？”

“唉，见鬼去吧！我能有什么吩咐？我没有空闲扯皮！好，我数一、二、三。等我数到三，如果您还不开门，我就走，而您会永远也看不到我……不过，您的崇拜者可真是多呀！这一点我已经发现了，因为我身后和两旁都有人在使难……好，我开始数……一……二……好……好……”

化妆室里房门旁响起了轻轻的脚步声。

“三！”男爵说。

门锁咔哒一响，房门轻轻地开了。就在男爵的眼前，从化妆室里倏然溜出一个俊俏的面露笑容的使女。男爵朝前跨出一步，顿时他的嗅觉就淹没在化妆室的幽香之中。女演员裹着一块披巾，站在暗暗的窗子旁。她身旁放着一件她本来该穿上的连衣裙……她双颊绯红，害羞使她的脸发烧……

“我的上帝，她竟是如此天真纯朴！”男爵暗想，他鞠了一个躬说：

“我请您原谅！过一分钟我就要出门，所以……”

初次登台的女演员抬眼看男爵，眼睛里充满了好奇的神情。她这是初次见到他，然而当她还在戏剧学校读书的时候她就听到过许多关于他的议论！凭传说她已经崇拜他很久了。

“您有什么吩咐，男爵？”沉闷寂静的一分钟已经过去，她问道。

“小姐，请您原谅我这么固执，可是说实话，我喜欢您！”

初次登台的女演员低下眼睛，她的双颊红得更厉害了。

“我不喜欢听恭维话。”她说。

“上帝，她多么天真纯朴！”男爵暗自想道。

“您的老板给您规定了多少薪金？”他问。

“还没有定，就快定了……定多少，我不知道……开始阶段大概不会超过两千达列尔①。”

“嗯……大价钱……开始阶段这就足够了。”

男爵不说话了。他目不转睛地盯着初次登台的女演员。由于害羞和期待，女演员恨不能钻进地洞去。

“如果您到我家去，”冯·扎依尼茨沉默一会后说，“那您会得到比这个多一百五十倍的钱。”

女演员粉红的脸颊变得惨白。白得就像男爵的麻布衬衫一样白……她大叫一声，双手一拍，顿时倒在包着丝绒套的圈椅上，仿佛被万炮轰鸣震昏了似的。冯·扎依尼茨鞠个躬走了。使女走进化妆室时，女演员正在痛哭。哭声时断时续，夹杂着笑声。使女给吓得战战兢兢，她从化妆室奔了出去。过一会儿，演员们分成了好几伙，低头私语，斜视着化妆室的房门。他们不知道该怎么办：是对男爵的无礼举动表示愤慨呢，还是羡慕哭泣着的新演员交上了鸿运？新演员的未婚夫像疯子似的闯进化妆室，跪在她的脚跟前哀叫道：

“您不要哭，我的亲爱的！他侮辱了您，这件事不能白白了之！可是……活见鬼，您为什么要给这个恶魔开门呢？”

初次登台的小演员把一张泪痕斑斑的脸靠在未婚夫的白色胸衣上，两只手放在他的肩膀上低声说：

---

① 达列尔是德国旧时的货币，1 个达列尔相当于 3 个马克。

“啊，乔治！我多么幸运！我们多么幸运！他答应多给一百五十倍的钱！！我们在戏校里的教导说，男爵说话是算数的。遗憾的只是他不漂亮！不过……多给一百五十倍！！你去吧，我的朋友，去请他们向观众声明，说我因病不能继续表演！”

第二天，初登舞台的女演员从“她所崇拜的”冯·扎依尼茨那儿得到了预支的三个月薪金……

这传闻像是真的，不过它究竟真实到什么程度，我不得而知。

男爵的第二项支出是赌博。扎依尼茨不常赌，打牌时他感到烦闷。可是如果他坐下来了，那他就会因为烦闷而输掉大笔大笔的巨款。不过他因为感到乏味而发明了一种他个人玩牌的方法。他的赌法十分简单，它叫做“黑与红”。

“这是红牌还是黑牌？”扎依尼茨给牌友看纸牌的背面问道，“如果您猜中了，您赢；如果您没猜中，我赢。”

比这更聪明的赌法，扎依尼茨未必想得出来。不过，他竟会用这种赌法在两个晚上就输掉了伏尼奇伯爵的领地。那领地是他爷爷阿尔土尔从前在加里西亚买下的。伏尼奇伯爵的领地是他头一宗严重损失。

第二个重大损失是他的妻子冯·扎依尼茨男爵夫人。她是被他的所作所为气死的。第三笔损失是他的女儿，一个伪善的白痴。他为了整顿败落了的家业，只好把女儿嫁给一个朝贵族阶层钻的犹太籍银行家。但遭到了最悲惨结局的是扎依尼茨男爵的领地。男爵以极低的价钱把它抵押给女婿——银行老板，后来在拍卖时女婿把它买下据为己有。最后卡尔开枪自杀不遂（子弹留在肩膀中），他给银行家留下了几张大面额的期票“以防万一”后在女儿和教士们手中死去。

他儿子阿尔土尔在母亲死后就被送到维也纳寄宿中学，那时他十二岁。阿尔土尔在寄宿中学里学会了三种语言，毕业后他考进大学语文系，不久他又从语文系转入数学系。在数学系他很走运，写了一篇关于微积分学的优秀大学生论文，获了奖。在数学系毕业后，他重又研究语文学。如果他不是每月从邮局和从他父亲的代理人手中得到成千上万的款子，那么他这样从一个码头漂泊到另一个码头也许会起一点好的作用，但是那成千成万的款子冲昏了他的头脑。从进大学那天起他花许多钱购置图书，后来他对此感到厌烦，这样他就失去了立足点，顺着父亲的脚印走了……他到了巴黎，成千封要钱的信从巴黎飞到扎依尼茨男爵的庄园。卡尔心善，因此他每信必复，而且每封信都是由银行支票构成的。幸亏阿尔土尔从祖国收到的汇款一个月比一个月少，次数也越来越少……百位数渐渐替代了千位数。得知父亲去世的消息时，阿尔土尔还收到了一千法郎和姐夫——银行家写的一封信。银行家在信中告诉他：这一千法郎是阿尔土尔·冯·扎依尼茨男爵的全部财产，往后他阿尔土尔不该再有所指望……读完这封信，阿尔土尔满脸通红。

他为自己、也为他父亲感到万分羞愧。他严肃地思考起来，并为自己的前途担心。当他还是大学生的时候，他非常爱惜自己的前途。他把姐夫的信撕碎，使劲用拳头打自己的头……他想把那一千法郎丢到窗外去，但他……没有丢。他做对了。这一千法郎对他很有用：正好用来从巴黎出逃，躲避债务。他的债主中有旅馆老板，有高利贷者，而最使他有失体面的是还有卖淫的妓女……在巴黎的最后一些日子里，他只好靠妓女来养活……逃回祖国时，他已是一个耽于饮酒、憔悴委顿、说谎成习的人，但幸好尚未落到不可救药的地步。他的健康尚未完全毁坏，他从来不是一个明知故犯的下流坯。幸亏阿尔土尔生成一副犟脾气。在维也纳他又开始研究学问，而且比从前更为勤奋。为了糊口，为了不向亲人们要钱，他在一个军事学院里教代数，并为两个巴黎大报社做通讯记者。他还靠写诗挣一些钱，这些诗他发表在法国杂志上。（他像腓特烈大帝[①]一样，不能容忍德语。）他开始过安静、朴素、平常的生活，同他在巴黎过的那种生活截然相反。但这种生活没有持续很久。正好在最有意思

① 普鲁士国王（1712—1786），喜爱法国文化，冷淡德国作家。

的关头，也就是在阿尔土尔成了哲学博士和数学硕士的黄金时期，这种生活遭到了破坏。在宽广的道路上命运把他绊倒了。他不知不觉地欠下了不少债。举凡以前阔绰过而现在穷困的人都知道这个“不知不觉地”是什么意思。再加上阿尔土尔娶了一个穷贵族女人做妻子，她长得很俊俏，而且很爱他。他娶她既是出于爱情，也是出于怜悯。结婚增加了他的开支。他不由自主地必须求助于姐姐。他写信给姐姐，请求她把他母亲的田产的命运告诉他，如果这田产没有卖掉抵债，他请求拨出一小部分田产收入给他。就在这封信上，他顺便请求姐姐把他的图书寄到维也纳，这些书一度是由她保管的。作为答复，阿尔土尔接到了姐夫的一份电报。发报人请求阿尔土尔立刻去扎依尼茨庄园。阿尔土尔动身了。当他驱车进入扎依尼茨庄园时，人们要求他下车步行。

“彼尔采尔太太，”人们告诉他说，“讨厌车轮的辚辚响声。劳驾您步行上正屋。”

姐夫和姐姐在客厅里迎接了阿尔土尔。姐姐坐在圈椅上哭。姐夫看见他进来后就埋头看报……

“是我呀！”阿尔土尔对他们说，“你们没认出来？……”

“我们看见了，”银行家回答说，“您做得不错，您听我们的话，您来了……我们很高兴，男爵，您总算尚未丧失顺从的能力……‘顺从’这个词有一点儿卑屈的味道，不过这要请您原谅……对您这样的先生来说，顺从是必要的……”

“我不明白您的意思，”莫名其妙的男爵说，“姐姐，你哭什么？阿尔土尔弟弟来了，你却流眼泪……你总该说句什么话来回答我对你的问好嘛！别哭了！”

“先生，”银行家说，“下人向我们报告说您来了，她就哭了起来……请坐……您姐姐家里，谢天谢地，总算还有几把圈椅。您和您父亲总算没有把什么都败光。我妻子在哭，这是因为她爱您……”

阿尔土尔睁大眼睛，用手心摩挲一下额头。他听不懂。

"是啊，"银行家接着说，他的眼睛并不离开报纸，"她一时间断绝不了感情，可是，应该承认，这感情是不自然的，因为事实上她已不再是您的姐姐了……嗯……您也不再是她的弟弟了。她比您高尚得多。您太下贱，不配做这个女人的兄弟了……先生，您得谢谢这个女人！如果不是她，您休想跨过这幢房子的门槛！"

"你给我讲一讲，姐姐，"脸色苍白的阿尔土尔向姐姐转过身去说，"我该怎样理解你丈夫……彼尔采尔的这一番话？我简直一点儿也听不懂！还有，你这眼泪……我弄不明白！"

银行家太太从脸上挪开手绢，跳了起来，在客厅里来回走动，她那件沉甸甸的连衣裙沙沙作响。大颗大颗的眼泪、地地道道的眼泪水从她眼睛里滴落到地板上。

"你弄不明白？"她尖叫道，"你该明白！你的行径使我们悲痛万分！你的放荡使我们愤慨！作为你的姐姐和基督徒，我满脸愤慨！……"

"你说说清楚，姐姐！"阿尔土尔说，"我怎么也不明白，你们要对我说什么？"

"住嘴！我不愿意听到你的声音！你在那里娶了个什么贱货做老婆？"

"是啊，男爵！"银行家用刺耳的男高音帮腔说，"您娶这样一个微不足道的女人做老婆，您玷污了冯·扎依尼茨男爵家的名声，也玷污了那些自认为是他家亲戚的人！"

男爵扶着的那把圈椅的把手喀嚓喀嚓地响了起来：阿尔土尔气得直哆嗦。

"西尔维雅！"他转身对姐姐说，"当初你嫁给彼尔采尔这个坏蛋，我没有说过你一句话。我尊重了你的意志，而你呢？你竟敢在彼尔采尔指使下如此厉害地侮辱我！你别忘乎所以！"

"我是坏蛋？"彼尔采尔叫道，"我原谅您这句话，男爵！我原谅您！"

西尔维雅顿一顿脚，向弟弟跨出一步。

“关于你，我什么都知道！”她噙着眼泪低声喝道，“什么都知道！还不止是你讨了一个终日闲逛的下贱货、叫花子做老婆，还不止这些？你是个天杀的！你从不上教堂！你忘了上帝！你忘了你的灵魂随时准备脱离你的躯体并投入魔鬼的怀抱！”

“求上帝保佑，让所有的人都成为像我这样的坏蛋吧！”这时彼尔采尔喊叫道，“啊！那时人世间就会是另一个样子！那时人世间就不会有满不在乎的人，这种人对名声和荣誉都毫不介意……那时也不会有那种女人，那种终日闲逛的荡妇……”

彼尔采尔忽然不做声了。他看了看阿尔土尔的脸，他感到害怕了。

“就连新教徒们也不会像你那么干！”西尔维雅叫道，“我们把你叫来就是要让你知道你有多么下贱！你应当忏悔！你同她离婚，而且……改变你的生活方式！马上就这么做！听见了吗！明白吗？”

“如果你们遵循等级传统，”阿尔土尔用不响亮的声音说，“那你们就该明白，对于阿尔土尔·冯·扎依尼茨男爵来说，同一个来自俄属波兰的犹太移民及其妻子发生口角是有失体面的……我现在迁就你们，向你们提一个问题，提过后我就走。关于我已故母亲的田产，你们有什么话要跟我说？”

“那田产是属于西尔维雅的，”彼尔采尔说，“只归她一人所有。”

“根据什么权利？”

“难道您不知道您母亲的遗嘱？”

“您干吗撒谎？没有任何遗嘱！我知道！”

“有遗嘱！”

“有的话，那也是伪造的！我的图书在哪儿？”

“以一千法郎的价钱卖掉了，那钱已经给您寄到巴黎去了……”

“我的那些图书的价值不是一千法郎，而是二十万！”

彼尔采尔耸耸肩膀讪笑了一下。

“不管我怎么想卖得贵一点，可是我没能以更贵的价钱卖掉。”

“是谁买的？”

“是我，包利斯·彼尔采尔……”

阿尔土尔感到，他喘不上气了。他抱住头奔出客厅。

“你回来，弟弟！回来呀！”西尔维雅在他身后叫道。

阿尔土尔想不回去，可是办不到：他还爱着姐姐。

“忏悔吧，阿尔土尔！”西尔维雅对走回来的弟弟说，“趁着还有时间，忏悔吧！”

阿尔土尔跑出客厅。一分钟后，喘吁吁的气得发抖的他坐着马车朝火车站赶去。

在二等车厢的单人房间里，他反锁上门，脸朝下睡在沙发上，就这个样子他回到了维也纳。在维也纳，命运之神又绊了他一跤。回到家里，他没有见到妻子。他热爱的妻子趁他不在家时随情夫私奔了……她留下了一封信，请求他原谅。妻子失贞，就像响雷一样使阿尔土尔惊愕万分……

一周后，他的被情夫赶出家门的妻子又回到他这儿，在他住所门口服毒自尽……阿尔土尔安葬了妻子后从墓地回到家里，这时仆人正拿着一封信在等待他。信是他姐姐西尔维雅寄来的，内容如下：“我亲爱的弟弟！我们什么都知道……你秘密杀人，目的是彻底消灭你玷污我们名声的罪迹，然而这是上帝所不容的……我们只要你忏悔，而她，你的妻子，她没有必要死，她倒是可以活下去的，只消打发她走就行。但你别绝望，我们在为你祈祷，你要相信，我们的祈祷不会是徒劳无益的。你自己也祈祷吧！你的西尔维雅。”

阿尔土尔把信撕成碎片，踩着它们踱来踱去，在这些碎纸上渎神的手竟然写下了上帝的名字。阿尔土尔号啕大哭起来，他昏倒了，人事不省……

阿尔土尔把教师工作、哲学、数学和法文诗等都抛到脑后了。后来他苏醒过来，他就喝个酩酊大醉。打那时起，阿尔土尔就肩挂一枝双筒枪，开始以“野扎依尼茨”的身份在扎依尼茨庄园、戈尔达乌根庄园和别的一些村子周围漂泊，猎野禽，饮酒无度。他开始过一种奇怪的生活……人们只在小饭铺和酒店里见到他，这些小饭铺和酒店以其奇特的五光十色点缀着乡间道路的交叉口。所有的守林人和牧羊人都见过他、都认识他。

但是谁都不清楚，他住在哪里，又靠什么生活。人们真会把他当成一个疯子，如果他不是有条有理地同途中相遇的人交谈的话。大家都不知道该怎样看待他。人们叫他“野扎依尼茨”、“流浪隐士”、“不幸的阿尔土尔男爵”。一些庸俗低级的报刊开始议论他，说他打算同彼尔采尔打一场大官司，说他姐姐用合法手段掠夺弟弟的财产。报纸上开始发表莫名其妙地以阿尔土尔·冯·扎依尼茨或者他父亲的生活为题材的逸事趣闻和篇幅不大的长篇小说。居然还有一张小报对扎依尼茨家族的消失表示惋惜……

阿尔土尔大多在一些花园和丛林里徘徊。在花园和丛林里，野禽比在田野里和河边上多一些。园子的主人们都不禁止他打猎。他们痛恨他的姐姐，认为他是彼尔采尔的死敌。女主人们看到扎依尼茨光顾她们的园子和丛林，甚至还感到高兴。

“不能说他是林中之皇，”女主人们说，“不能，因为他做皇帝还太年轻……倒不如说他是林中的王子！”

这位林中王子遇到人时，总要礼貌地寒暄几句。不过在碰上茨威布希和伊尔卡后，他却呆住了。茨威布希、伊尔卡、竖琴、小提琴、鸟儿等所组成的这组群像非常美丽和真实，使他像画家一样感到十分惊讶。阿尔土尔听见痛哭声，就皱起眉头，生气地咳了一声。

“她为什么哭？”他问。

茨威布希冷笑一声，耸耸肩膀说：

“她哭，大概因为她是个女人。如果她是个男人，她就不会哭了。”

“是你欺侮了她？”

“是我，男爵！我坦白……”

男爵气愤地瞥了一眼茨威布希那张油光光的胖脸，捏紧了右拳。

“你是怎么欺侮她的，老畜生？”

“我使她受了委屈，爵爷，是因为我有一张谁都可以用鞭子抽打而不受惩罚的脸……她是我女儿，男爵，而当着女儿的面，有教养的人是不会让自己责骂她父亲的……”

“你干吗欺侮她，混蛋？别哭，姑娘！我马上来审问他这个流氓！你打了她，是吗？”

“您猜对了，男爵，不过只猜对了一部分……对，是有人打了人，不过并不是打了她，而打人的也不是我……您同情我的女儿，我很感动，男爵！谢谢您！”

“小丑！”男爵挥了挥手说。他向伊尔卡弯下腰去。

“你怎么啦，亲爱的？”他问道，“你哭什么？谁欺负你了？你告诉我，谁欺负了你？我一定……要叫他倒霉，叫他倒大霉！”

男爵伸出黝黑的大手摩挲伊尔卡的头发，眼睛里闪现出善意的目光。

“我们男人应当打抱不平保护女人，因为强者有责任保护弱者。你到底为什么哭？”

瞧着那张被披散着的头发和泪湿了的手指蒙住的脸，冯·扎依尼茨弯膝跪下，小心地在伊尔卡身旁坐下。他说话用的是他好久没有用过的声音。伊尔卡听到了一种发自内心的温柔的声音，一种完全可以信赖的声音……

“你为什么哭？把你的伤心事告诉我！眼前坐在你身旁的不是一个傻小丑，不是一个老头子，而是一个强壮的男人。你可以信赖我……我有力量，我什么都能做到……你到底为什么哭？啊？”

问孩子们为什么哭的原因时，他们会哭得更厉害。女人的情形也是这样。伊尔卡哭得更厉害了……

“你哭得这么厉害，看来你该是有十分伤心的事情……你对我说说吧……你会说的，是吗？你对我可以直说。我是想帮助你，并不是出于单纯的好奇……真的，姑娘！”

阿尔土尔弯身吻伊尔卡的头顶。

“你不会哭了吧？是吗？别哭了，亲爱的！你只消把话都说出来，就能减轻一些你的苦恼……”

“她未必会很快停止哭泣，”茨威布希说，“她的神经脆弱，好比一件穿了五年的衬衣上的细线。男爵，我们就让她哭个痛快吧……不好啊，伊尔卡，眼泪流得多，嘴巴渴得快。”

“啊，对了，应该给她喝点水！”男爵说，“水就在附近……”男爵站起来，消失在稠密的树叶丛中。干枯的树枝和桠杈在他沉重身体的挤压下发出喀嚓喀嚓的响声。

“多好的男爵啊！”茨威布希笑呵呵地说，“他温柔、斯文、客气！哈哈哈！可以说，他确是一个好心人。你可以相信他，伊尔卡，不过只能信他一点儿，他是个漂亮男子，可是对他要有所戒备，不能把手指放进他的嘴，他会把手指咬掉，一直咬到胳膊肘。你别把发生在戈尔达乌根家的事告诉他。他是戈尔达乌根家那批吸血鬼的亲戚，他会把你当做最傻的傻瓜来嘲笑。你马上就不哭了吧？”

树枝又喀嚓喀嚓地响起来，从树叶丛中露出阿尔土尔的身子，他手里端着一只猎人常用的银杯，杯子里盛满了水。

“喝吧！……你叫什么名字？伊尔卡？喝吧，伊尔卡！”

男爵跪下，把盛着凉水的杯子凑向伊尔卡的嘴唇。伊尔卡把手从脸上挪开，喝了半杯水……

“我多么不幸啊！唉，我多么不幸！”她喃喃地说。

“我相信你的话，我情愿相信你的话！”男爵说，用凉水湿了湿她的两个太阳穴，“如果你说你幸福，我亲爱的，我倒会认为你是个好撒谎的人。再喝一点吧！”

“看在上帝面上，我求求您，别骂我父亲！”伊尔卡小声说，“他也非常不幸，非常不幸！”

“我不骂了……刚才我骂他，是因为我发了一阵子火。起初我以为是他欺侮了你。现在我收回那些难听的话。不过他对你的痛苦这么冷漠，这却是一个正派的父亲所不应有的态度。”

“只差您也用凉水抹抹我的太阳穴了！”茨威布希笑着说，“我早在习惯父亲用桦树条抽打我的时候就不再会大声哭喊了。不过，今天您是个多么温柔的人啊，男爵！今天我认不出您就是那个阿尔土尔·冯·扎依尼茨男爵了，六年前那位男爵在布拉格的黑马饭店里打掉了台球记分员的两颗牙齿……您记得吧，男爵大人？一颗牙是您用球杆打下的，另一颗是用拳头打的……”

“六年前的事还少得了吗！”冯·扎依尼茨低声自言自语，“多的是！有些事现在都不便提了。好，伊尔卡！你说吧！你现在已经安静一些了，只消把话都说出来，你就可以完全复原了……怎么样？是谁欺侮了你？”

“欺负的可不是我，而是我的父亲！”

“原来是这样！那么，你是在为你父亲哭？”

“把他侮辱得好凶呀！如果您看见了是怎么侮辱他这个可怜人的，您准会大吃一惊！”

“原来有这种事情！嗯……你是十分好的姑娘！老头，你倒有个好女儿呢！难得呀！好，反正一样，你说吧……我也乐于为他鸣不平，就像为你一样。”

“您可别鸣不平，男爵！”茨威布希说。

“为什么？”

“因为这是不可能做到的事情……我有幸脸上挨了鞭子，打我的不是小人物，而是一个大人物。没有什么炮弹能够飞到那个人身上！再说，也不应该鸣不平！我的女儿在耍脾气！”

“十足的废话！不管是谁侮辱了你，对我来说是一样的！我的炮弹，倘若需要，它能飞到任何人身上……你说吧，伊尔卡。我帮助你。”

伊尔卡结结巴巴地、动不动就叹气地把她的伤心事告诉了阿尔土尔·冯·扎依尼茨，她说话时不住地重复。她讲到了戈尔达乌根伯爵夫人，讲到了她怎样举起马鞭。男爵皱眉了。

“那么说这……是个女人？”他问。

“对，是戈尔达乌根伯爵夫人……”

“嗯……讲下去……”

男爵的脸色白得可怕，他搔了搔额头。

“讲下去，讲下去……我听着呢……那么说是女人打了他！不是男人？”

“是女人，男爵！”

“嗯……是啊……为什么你不讲下去了？”

伊尔卡讲到了她父亲怎样跌倒在马蹄下，怎样血痕斑斑时，男爵看了茨威布希一眼……

“是她抽伤了你的嘴唇？”他问。

“哎，值得谈这种事吗？诸位，我们还是谈谈政治吧！”

“我问你，老傻瓜，是她[1]抽伤了你的嘴唇不是？”男爵叫道，他用拳头捶一下草地，“女儿在为他痛苦，而他还在说笑话！我不喜欢小丑！”

“她，她！”伊尔卡说。

“我使老傻瓜蒙上一层年轻人的皮，使他恢复青春！”茨威布希叽叽咕咕地说，“我不是在说笑话，我说的是真话！谈政治总比根本没有用的闲扯强得多……”

伊尔卡用手势比划着，说她父亲大概流了多少血，又怎样一瘸一拐地走向小礼拜堂。当她讲到法官并把他的话全部转述一遍时，男爵鄙夷地冷笑了一声，朝一旁啐了口唾沫，唾沫飞出两俄丈远。

“真是一些畜生！”他低声含糊地说，“不过，他的话倒是对的！这混蛋说得对！他毫无办法！这个戈尔达乌根家的阿里斯梯德

① 着重点是原作中就有的。

也是戈尔达乌根家族的奴隶，好比那匹马，那匹差一点儿把你父亲、把这个莎士比亚的小丑踩死了的马一样！”

“平常喝醉的农民或者警察殴打我父亲，”伊尔卡结束她的话说，“我并不这么气恼。警察不许我们在大城市里卖艺，男爵。可是，当一个受过教育、门第高贵、脸容温柔的女人打他时，我就感到气恼、委屈，觉得受了侮辱……她有什么权利这么傲慢、这么轻蔑地对待我们？谁也没有这么对待我们的权利！”

伊尔卡用手指蒙住脸哭了……

“难道这件事就让她白白过去？……啊，我的上帝，我的上帝呀！！如果这样欺侮人而不受惩罚，那我就去死……就去死！那时就让我父亲一个人去卖艺吧！就让他把我的竖琴卖掉吧！”

伊尔卡把脸藏进围裙，继续低声哭泣。茨威布希看着地面，发出咝咝咝的声音。男爵陷入了沉思……

“这是很大的侮辱，”他思索了好久后说，“不过……我应该先听明白是怎么一回事，然后再许诺。刚才我撒谎了，我亲爱的。我并不像我在一个钟头前吹嘘的那么有力量。我不能给你任何帮助……”

“为什么？”

“因为她是女人……我可不能同女人决斗！这事糟透了，我亲爱的。只好屈服了……”

“我不能屈服！您怎么知道我会屈服？”

“你的软弱会逼使你屈服。你没有力量，因为你是一个叫花子乐师的女儿，而我也没有力量，因为她是一个女人，让她见鬼去吧……”

“我该怎么办呢？”伊尔卡问，“看在上帝面上，您别相信我父亲的话！他自己也受不了这种侮辱！他装出一副冷静的样子，其实他……我要到布达佩斯或者到维也纳去！……我找得到法院。”

“你找不到……”

伊尔卡跳了起来，围绕着男爵和茨威布希走来走去。

“我一定会找得到！”伊尔卡叫起来，“哎，话说回来，您毕竟是男爵，是一个门第高贵、头脑聪明的人，您交游很广，所有要人都认识您……您不是一个普普通通的人！为什么您不能给某个法官写信，让他根据法律对她进行审判？您只消说句话，或者动动笔，就什么都妥了！”

“别说了，伊尔卡！”茨威布希开导说，“你这些糊涂透顶的废话，男爵先生都听厌了！他对你关心，你不可过分。”

“伊尔卡，你这么议论，”男爵说，“只是因为你不了解生活。你刚才对我说你不幸，可是，你对生活的看法却和分不清铜铁、只知淫乐的女人的看法一模一样。你几岁？十七岁？是该懂得生活的时候了，美人儿！生活是一种丑恶的、卑污的、没完没了的胡闹，是一种庸俗的、无目标的、无法解释的荒唐事，甚至连一个挖出来容纳种种秽物的污水坑也不如。是该明白了！你希望从生活那儿得到什么呢？你要它向你微笑、撒鲜花和金币给你？是吗？你希望这样吗？”

冯·扎依尼茨脸红了，他把手伸进一只大的狩猎袋。

“如果是这样，那就是你希望得到不可能得到的东西！人世间只能有不堪忍受的生活……你要这种生活，你就活下去；你不要，你就滚到另一个世界去。毒药能随时为你效劳……你还是一个孩子，就是这样！你真傻！”

从袋子里露出一个包着藤壳的酒瓶。男爵很快把酒瓶送到唇边，贪婪地喝了好几口。

“生活是可憎的！”他接着说，“卑鄙龌龊是生活的规律，不可动摇的永恒规律！让人活，是为了惩罚他的庸俗……可爱的小美人儿，如果我不是深刻意识到自己庸俗，我早就死了。子弹有的是……我对自己说：阿尔土尔，你受罪吧！你理应受这些罪！这是你，阿尔土尔，应得的惩罚！姑娘，你也要学会同你自己讲这种道理……有了这种本领，活着就会轻松一些……”

阿尔土尔又喝了两口酒。

“大千世界中有一种自发势力，它多少能够使人迁就自己的生活。据说，这个自发势力是魔鬼创造的，不过……就算是这样吧，它能拔去我心灵上的刺……不消说，这也不过是暂时拔去。这个自发势力就在我的瓶子里……你喝吧，伊尔卡！喝一口！上好的白酒！”

伊尔卡摇摇头。茨威布希瞥了一眼瓶子，舔了一下嘴唇，羞怯地低下眼睛。

“来，喝呀，怪姑娘！”冯·扎依尼茨继续说，“会轻松一点的。你试一试嘛！……”

伊尔卡接过瓶子喝了一小口，皱了皱眉头。

“现在你喝吧，”阿尔土尔转身对茨威布希说，“你也喝吧，老家伙！”

茨威布希微笑着，挤眉弄眼，喜形于色，仿佛看到了久未见面的朋友……他双手接过瓶子，庄严地送到他的厚嘴唇上。他小心地喝下两三口，就把酒瓶放在草地上。

“你把瓶里的都干了吧！”男爵说，“别客气。我另外还有一瓶呢。”

胖子在一秒钟之内就完成了这道命令。

“我以前好像在一个什么地方见过你，老头子！”冯·扎依尼茨说，“你的相貌我好像眼熟……我在哪儿见过你？”

“我，男爵，就是那个不幸的台球记分员，在布拉格，多承男爵老爷赏脸，使我失去了两颗牙齿。”

“可能，可能……是啊……我曾经是干这种事的行家……很遗憾，现在我不能给你装上那两颗牙齿……”

男爵从狩猎袋里取出另一瓶酒和一个纸包。纸包里有馅饼、干酪和腊肠。冯·扎依尼茨把腊肠一分为二，一半递给了茨威布希，另一半他再一分为二，一份递给了伊尔卡，第二份留给自己。

“请，诸位！”他说，“请吃吧，别客气。你吃呀，小姑娘！这块干酪全归你的胃享用。我们不会去碰它。”

饥饿的茨威布希和伊尔卡很快就自动吃了起来。他们像一些饥饿的未受良好教育的孩子们一样，贪婪地吃冷荤菜，除了一小段腊肠外，五分钟之内父女俩把全部食物一扫而空。这一小段腊肠是茨威布希保存下来，准备喝过酒以后吃的。

喝下去的伏特加顷刻间就对阿尔土尔起作用了。他的脸色红润开朗，他的双眼像被捕的老鼠似的东张西望，闪闪发光。他把两腿在地上伸开，把拳头枕在脑后微笑起来。伏特加酒对茨威布希没有什么影响。他的头脑仍处于原来的状态。对伊尔卡，白酒起了作用，使她痛苦难熬。她单独坐在一旁，双手托着头沉思起来。

“喝呀，老头子！”阿尔土尔劝道，“比起没有醉、但烦闷无聊的情形来，还是喝醉了酒、但高高兴兴的好。上等伏特加是我们的救星……没有了它，人就会完蛋。我们为伏特加的存在干杯！你还记得吗，为什么我打落了你的牙齿？”

“怎么会不记得？我记得……当时您略微有些醉意，要我张嘴接住您扔过来的台球……我没有表明我愿意执行您的命令，您就采取了严厉的措施……”

“畜生！”阿尔土尔嘟哝说……

“谁是畜生？”

“你听着，美人儿！”冯·扎依尼茨忽然对伊尔卡说，“我觉得你非常像我小时候爱上的一个姑娘。其实并没有这样一个小姑娘，她并不存在，可是我的奶妈每天晚上都对我讲起她。在我的想象中，她正是你这个样子。据我奶妈说，这个小姑娘生活在一个国家里，住在一朵大郁金香中。她坐在花蕊上，从郁金香的叶子间张望上帝创造的世界。她干的活是各种各样的。她照料花卉；她把露水装在瓶里，供洗澡和饮用；她唱歌。我忘了对你说，这个小姑娘的身材不超过你的小手指。她只吃蜂儿给她采来的甜蜜。她身穿罂粟花的绛红色花瓣。医术是她的专长，她会念咒镇牙痛、会包扎伤口、会调制药水……有这么一只蚱蜢，它在同蜘蛛格斗时，折断了一条腿，小姑娘就给它动了手术，动作十分灵活和熟练，就连比罗特[①]见了也会嫉妒的。她在行医的同时，也不嫌弃其他手艺。她给贫苦的昆虫们做衣服，给金甲虫修补侍从制服，给瓢虫缝制小棉袄。昆虫们都敬重她，像敬重亲娘一样，爱她胜过了爱世上的一切。是啊！为了那些赤贫的昆虫她倾家荡产，它们从四面八方爬来向她乞求布施。她向昆虫们传道，以致嗓子都哑了。她的传道稿是讲演艺术的高峰。据可靠的信息，有那么十只雄蜂，它们在听了她的传道讲话《论懒惰》后，良心受到责备，放声痛哭起来，从此它们就开始采蜜了。她送蝴蝶出嫁，送精美的毛丝绫连衣裙给它们做嫁妆。她给蟋蟀娶妻成家，非常严厉地叮嘱它们别在夜间吱吱叫，别惊搅妻子睡觉……她是一个真正的母亲！有一次，一只巨大的毒蜘蛛来找姑娘，求她念咒镇牙痛。姑娘就给它念咒，蜘蛛的牙龈脓肿顿时消失。'很好'，蜘蛛说，'谢谢。过些日子我送一点苍蝇酱来答谢你的工作……你听着，我现在有一个绝妙的想法！你嫁给我吧！啊？肯嫁吗？'姑娘笑了，说她绝对不会做蜘蛛的妻子。'我不爱你，'蜘蛛说，'我不喜欢你，不过我要收那些昆虫的税，因为你给他们治病，缝衣，讲课……我需要钱。你不肯？好啊！如果三天后你不向我表示同意，我就用这些牙咬死你！'说着蜘蛛向姑娘龇出它那些吓人的牙齿，然后就回家去了。姑娘把蜘蛛的威胁告诉所有受她庇护的昆虫。昆虫从四面八方飞到或者爬到她身边来，围着她，构成了一个防御阵地。'我们宁死也不把你交出去！'它们齐声喊道。蜘蛛来了，它向姑娘说：'你同意吗？''我不同意。你别做出令人不快的事情来，蜘蛛！你瞧，我有多少卫士！'蜘蛛瞧了瞧，它看见的不是什么卫士，而是一些脸色苍白、全身哆嗦的胆小鬼。它高声大笑起来，当着整个昆虫世界的面用可恶的牙齿咬死了可怜的姑娘。它杀害了姑娘后，心平气和地回去了。蜜蜂用蜡做成一口棺材，把

① 比罗特（1829—1894），德国外科学家，所谓“普通外科学”的奠基人之一。

姑娘放了进去……蚂蚁们纷纷挖坟。蚊子们飞随在棺材的后面，它们歌唱得好听，而且会吹小号。金甲虫读了临葬悼词……总而言之，葬礼是阔气的。丧宴办得更加阔绰，所有的昆虫吃吃喝喝，连肚子都胀痛了。丧宴结束后，昆虫们睡了一大觉，醒来后它们委托蜈蚣为建纪念碑而去募捐，然后就分头回家……”

“就这么结束了？”茨威布希问。

“你还要什么呢？”男爵问，“你要叫蜘蛛坐牢？你等着吧！我的奶妈是一个极好的教师，她即使在讲故事时也不对我撒谎。在她的故事里，美德没有胜利。蜘蛛一直到现在还坐在洞里吃它的苍蝇酱，而那些卑贱的昆虫，有的病了，有的穿着破衣烂衫，它们常常想起的大概是丰盛可口的丧宴而不是那个姑娘。祝你升入天堂，奶妈！你十分了解大自然！我们来喝一杯，老头子！嗯，怎么样，伊尔卡？你喜欢我讲的故事吗？不知什么缘故，你非常像那个姑娘……难道你也会给毒蜘蛛吃掉？哈哈哈！……这是很可能的啊！……如果能吃的话，它为什么不吃呢？反正有牙，那就吃吧……可是，伊尔卡，你不在听我讲话！瞧你的脸，倒好像这儿没有我们存在似的！”

伊尔卡惊醒了，她用恳求和疑问的眼光看了阿尔土尔一眼。

“我不能把她忘掉！”她低声说。

“你还在想那件事？你必须屈服，孩子！那个混账法官的劝告仍然完全有效。你想不出什么更好的办法。你给你父亲买一点醋酸盐稀溶液，你自己呢，你就变成一个伯爵夫人吧！……”

“您总是开玩笑！我的天啊！变成一个伯爵夫人……难道这是可能的吗？”

“如果你能嫁给一个什么伯爵，那是可能的；如果你做不到，那是不可能的。不过你未必能做到……是啊，如果在你这张小脸蛋儿之外再多添上一点金钱，嗯，那就根本不用怀疑了。见鬼，就连我也会跟你结婚呢。你愿意嫁给我吗，伊尔卡？”

“您是男爵？我愿意嫁……就连男爵我也肯嫁……”

“我还是个伯爵呢……哈哈哈……要不我再来开个玩笑？且慢，且慢。这倒会是一个令人惊异的玩笑！”

男爵沉思了一会儿。

“不……”他说，“这会是太过分了……不值得。我爱郁金香里的姑娘，可是，唉！我的婚姻至少应给我一百万法郎。”

“为钱结婚是不体面的，博士！”茨威布希说，伏特加已经在他身上起作用了，“为了钱结婚，博士，是被人看做下流行径的。”

“有什么办法呢？我决心干下流事了。不管怎么样，我要一百万。如果我手里有一百万……。不过，你们不该知道这些……那我就会给他们一点儿颜色看！”

“那您连老太婆也肯娶？……”

“哪怕是魔鬼我也娶……为了一百万，我什么都干！一百万是一根杠杆，我可以用它来把地狱以及地狱里的鬼和火翻个身。我所说的不是将来我死后才去的那个地狱，而是我现在处身于其中的这个地狱。如果我不干下流事，我就会让别人有可能干出千百种下流事来。郁金香中的姑娘，”阿尔土尔转身对伊尔卡说，“为什么你没有一百万呢？如果你有一百万，我就会有一个漂亮的妻子，你也就会是一个伯爵夫人，你也就能够实现法官所出的那个主意了……”

“您老是开玩笑！”伊尔卡叹气说。

“我一点也不开玩笑……你设法弄到一百万吧，你试试看！我一定叫你当上伯爵夫人！你设法弄到一百万吧！”

“我们要不要再喝点酒，博士？”茨威布希提议道，“我们的谈话已经开始夹杂幻想的成分了……去它的吧，幻想！难道一百万是我们能够谈的吗？要我吞下自己的脑袋这也比在一个什么时候见到一百万容易……我们别再谈钱了！谈多了会产生嫉妒心。”

“住嘴！如果无事可做，为什么不可以梦想一番？我再对你说一遍，老家伙，如果你有一百万，我一定会抢走你的女儿，把她送进郁金香花里去……我醉了吗？好！真的，我喜欢她！你瞧，她的小鼻子多好看！嘿，见鬼！你设法弄到吧，伊尔卡，一百万！”

“怎样才能弄到一百万呢？”伊尔卡问。

“啊，天真！*神圣的单纯啊！*[1]怎样才能弄到一百万？有各式各样的办法。有困难的办法，也有容易的办法……困难的办法就是不断劳动，自由和理智地劳动，这样往往会夜不入眠，食不果腹，而且还会得病。用这种办法，只有到了老年一百万才能到手，可那时已不值得嫁人。你是个女人，没有足够的智力，又要嫁人，因此对你来说这个办法不合适。第二个办法实际上容易，不过其后果有时是严重的，那就是忘掉良心，忘掉这个妨碍一切的东西。你去偷，去抢。你越聪明、越厚颜无耻，你就会越早变成冯·扎依尼茨男爵夫人。偷和抢不一定非在大路上干不可。可以坐在自己的办公室里偷东西和勒死人。我不向你介绍这个办法。如果你不够聪明，这个办法蕴藏着自取灭亡的后果。第三个办法是获得一笔遗产……第四个办法是什么样的呢？第四个办法是女人最常用的，而且也是男人并非永远蔑视的，那就是善于利用自己的肉体。一个人的肉体越好，离一百万就越近。这个办法对你最合适，伊尔卡！”

“最不合适！”茨威布希说，“这办法不行！我们不谈它吧，男爵！这种风流办法有伤风败俗的味道，而伊尔卡……”

“她年轻？没什么，让她知道好！为什么要把她该提防的事瞒着她呢？这样，我就讲下去……伊尔卡，你要善于把自己装束得风雅，适时让美丽的小脚从连衣裙下露出；你要善于装模作样、卖弄风骚。每吻一次，你就*至少*[2]收一千法郎……照你目前这种情形，人家未必会给你许多钱，不过如果是你坐在剧院的包厢里或者马车里，那就……”

“好，好……够了！”茨威布希嘟哝说，“上帝才知道您硬朝这丫头的脑子里塞一些什么！我们不谈这些！我求求您，博士！我想换个话题……哦……听说您上星期改信新教了，这说法是真实

---

① 原文为拉丁语。

② 同上。

的吗？”

“真的……最后一个办法最容易，而且也不是最失体统的。伊尔卡，你要有上流社会的风度，要学会信口胡说，这样你就会弄到一百万，请你相信我的见识。这个办法用得太经常了。八个女人中有七个用这种办法，如果她们长得漂亮，而且在市场上卖得出价钱的话。如果七八年前你遇上了我，我一定会花钱把你买下来，漂亮的小骗子。”

“低声些，男爵，看在上帝面上，低声些！”茨威布希说，“我们别让舌头太自由。”茨威布希不安地看了女儿一眼：伊尔卡正聚精会神地听着男爵讲话，显然她对他讲话的内容和形式丝毫不感到害臊。

“我明白了，”她说，“不过，难道您会娶一个卖了身的女人做妻子？”

“会。我为了陪嫁而结婚，这也是卖身！……伊尔卡，我有一件事求你……”

男爵欠身从坎肩袋里取出一枚金币。

“你把这钱收下，我亲爱的，一到城里就拍一张照。明白吗？相片，你照这个地址寄给我……”

男爵把金币和写着地址的名片给了伊尔卡。

“我想常常看到郁金香中的姑娘……我想一直把她藏在侧袋里……你会寄给我吗？”

“会寄的。”

“太好了。现在，朋友们，再见，我想睡觉了。”

男爵在草地上躺下，把狩猎袋枕在头底下。

“再见！认识你们我感到高兴。我等你寄照片来。如果你能弄到一百万的话，我就娶你为妻……”

茨威布希站起来鞠了一躬。

“谢谢您，男爵，”他说，“您请我们吃了一顿饭，您允许我们为您演奏一些什么作为报答吗？在我们乏味的音乐声中您会睡得更好！”

“费神了！”

茨威布希将小提琴的音调好，就在伊尔卡的竖琴伴奏下拉了一段小歌剧《薄伽丘》。男爵满意地点点头，闭上眼睛。在两个乐师演奏结束并打算离开他的时候，他睁开眼睛，混浊的目光停留在伊尔卡身上。

“哦……哦……我明白，”他喃喃地说，“伊尔卡，是你吧？给你做个纪念！”

男爵从表链上解下一个圆形装饰品递给伊尔卡，接着就一头倒在狩猎袋上像死人似的睡着了。

3

冯·扎依尼茨一觉醒来的时候已经是傍晚了。树梢和位于高岗上的小城里的砖房全都浸沉在夕阳的金光之中。这金光染上了微微一层绛红，像锦缎般地铺在天空中，从太阳起一直伸展到东方，遮住了整整三分之一天空……太阳一旁和太阳上方没有一朵浮云，这预告着今夜天气美妙。在树林背后的远处，回家的牧人正吹着芦笛，吹的是一首没有曲名的简单小曲。乐声是呆板的、杂乱的，然而每天傍晚，不论是戈尔达乌根伯爵家的树林，还是黑麦、羽茅草和河流……正是在这种朴素乐声中进入梦乡的。

阿尔土尔在身旁草地上看见两只倒下的酒瓶和一张原来包东西用的报纸。年老的胖子和俊俏的金发女郎已经不在他身边了。他想到了他们，想起了同他们的谈话，不由微微一笑。当他瞧了一下胸口，发现了一小块别在纽扣上的纸时，他甚至大笑起来。在这张小纸上用铅笔写着：“亲爱的男爵！您是第一个把我们当人看待的人。在见到您之前，关于合乎人情的待人态度我们只是略有所闻……您是我今后将怀着欢欣的而不是沉痛的心情回忆到的第一个人。您的关切深深地打动了我们的心。再见吧！求上帝赐您幸福！相片我一定会寄上。您的仆人伊尔卡。”

“没有一个语法错误！”冯·扎依尼茨在把这封由可亲的女人笔迹写成的信读了两遍之后说，“令人吃惊！伊尔卡真了不起！”

男爵从笔记本里取出一枝锡套小铅笔，写道：“郁金香中的姑娘来信，六月十三日收到。”他把信对折叠好，藏进笔记本的夹袋。

“该上路了！是吃饭的时候了！”男爵把枪挎上肩，穿过树林朝小城走去。太阳给小城短暂间涂上的那一层金光已经在开始消退。

他必须顺着狭长的散盖着碎石子的林间小道走。这条小道几乎一直延伸到小城，半中腰间有一条铁路把它切断。这样，林间小道和铁道路基就形成了一个十字路口，在离它不远的地方是守林人布拉乌赫尔的房子。

阿尔土尔走到了十字路口，他向一旁转弯，脱去帽子鞠了个躬：年迈的布拉乌赫尔太太正坐在小屋的露台上绣桌布。她小小的头上戴着一顶扎有宽大花结的大包发帽[①]，帽子下面露出一副年代久远、祖辈留传的眼镜。眼镜架在她那只扁扁的看去像是个大脚趾的长鼻子上。她甜蜜地微笑了一下，以此回报阿尔土尔对她的鞠躬问候。

“晚安，玛尔达太太！”男爵说，“没有寄给我的信吗？”

“有，只有一封。信封上有纹章，男爵……”

“地址是彼尔采尔的笔迹吧？”

“是的……”

“玛尔达，请您把它扔进火炉吧。我知道信的内容。这犹太人在我姐姐指使下咒骂我信奉了新教……不用看信我就知道。您丈夫身体好吗？我想，阿玛利亚小姐也挺健康吧？”

“谢谢您……那我就把这封已经是第六封的信烧掉……这是一件不很令人愉快的工作，因为烧信的时候很清楚，那个写信的人是费了力气、动了感情的……您真是铁石心肠啊！现在您上哪儿去？”

---

① 包发帽是18—19世纪女人所戴的一种帽子，通常在下颏处打结。

“去吃饭……随便上哪儿……”

“随便上哪一家去吗？”

“是啊……”

老太婆叹口气，摇摇头。

“如果我的布拉乌赫尔不是非常小心谨慎的话，”她说，“我倒是会留您吃一顿饭的。每逢有贵人老爷来我们家，我丈夫就直揪头发。是的，福烈赫捷尔扎克将军常来我们家，不过，他毕竟是个老头子，用不着担心他……我的布拉乌赫尔也不为他而担心……但对我丈夫来说，您[①]却是可怕的。如果您在我们家吃上一顿饭，邻居们就会说您在追求我们的女儿。于是就只有上帝才知道他们会说出一些什么话来。要知道，贵人老爷是不会为娶妻而来我们家的，大家都知道他们的用意……所以，布拉乌赫尔才会害怕。至于福烈赫捷尔扎克将军，那完全是另一回事了！”

“您别担心，玛尔达，我可以在别的地方吃饭。”

“不过，说实话，今天我们家的饭菜太差。如今这年头同仆人打交道可真倒霉，拿他们没有办法！”

“再见，玛尔达！问候你们全家！”

“再见，男爵！”

男爵鞠了个躬就朝林间小路走去。幽暗的黄昏阴影已经落在地面上。树林里的空气变得清新了。阿尔土尔身后轰隆轰隆地驶过一列别墅地带的火车，它把城里人送到野外和树林里去……在树林里黄昏来得比在野外要早一些。这时在野外还满可以穿针引线……别墅地带的火车的轰隆声沉寂了，扎依尼茨听到身后传来阵阵马蹄声。他回头一看就停住脚步：一个女骑士骑着一匹铁青色骏马向他飞快跑来。她从他身旁疾驰而过，朝阿尔土尔瞟了一眼，跑出好几个俄丈后她把马勒住。

“是冯 · 扎依尼茨吗？”女骑士大声问道。

---

① 着重点是原作中就有的。

“正是他……”

阿尔土尔走到骑马的女人跟前，向她鞠躬致敬。树林里天色渐渐发黑，然而尚未黑得看不清女骑士的俊美。她全身都显出伯爵夫人的尊严。

如果茨威布希和伊尔卡都在这里的话，他们会认出来，这位女骑士正是我们在小说的第一章里同茨威布希一起称之为戈尔达乌根伯爵夫人的那个女人，她娘家的姓是盖依连希特拉尔。她手里拿着的正是中午抽裂了茨威布希嘴唇的那条鞭子。

“我头一眼就认出您了，”她说着向阿尔土尔伸去一只手，“您的样子有点变了……不过……能不能同您谈话呢？您写给我的最后一封信充满了憎恨、愤怒和非常激烈的轻蔑……现在您还像从前那样憎恨我吗？”

男爵握了握她美丽的手，微微一笑。

“我的信，”他说，“是一个罪恶举动，不过事隔多年，您也可以原谅我了。它是四年前写下的。在信里我恨您贪财，这贪欲竟不让您嫁给一个您所爱的人，这个人也爱您，但他已经破产。现在我完全不会为您的贪欲而生您气了。三个钟头前，我自己就说过我将为金钱而结婚……我所以还活在这个世界上，所以还没有把自己打发到另一个世界去，只是因为我现在有了生活的目标……这目标就是为一百万而结婚……”

“原来是这样！这就是说，最近四年来您的信念变得很厉害。不过我很高兴，我完全意外地遇见了您！我很愉快，男爵，真的，很愉快！至少该为这次重逢谢天谢地！”

“我怎么也不会想到，有朝一日我会在这一带遇见您。您怎么会到这儿来的？”

“我……难道您不知道？我是本地人啊……而且已经很久了……”

“您，男爵小姐，这又是怎么一回事？”

“现在我已经不是盖依连希特拉尔男爵小姐，而是戈尔达乌根伯爵夫人了。两年前，我嫁给了您的邻居，嫁给了戈尔达乌根伯爵……”

“没听说过……瞧，了不得的新闻！您嫁给伯爵了……我不认识他……他漂亮吗？”

“不漂亮。”

“这就怪了……据我对您的了解，您是最喜欢漂亮男人的。从前您之所以爱上我，据说就是因为我特别漂亮。他年轻？他有钱？”

“他靠近四十了……他很有钱……”

“不消说，您幸福吧！”

“一点也不幸福。我也是为一百万而出嫁的。两年的经验告诉我，我犯了一个极大的错误，原来幸福并不在于有百万家财……现在我关心的是要想办法逃离这百万家财！”

伯爵夫人笑出声来。她的目光有一阵子停留在昏暗起来的天空上。沉默片刻后她又笑着说：

“这么说来，男爵，现在我同您换了角色，现在我痛恨我从前喜爱过的东西。而您呢，恰恰相反……不过，在这个枯燥乏味的世界上事情变换得多么古怪！”

“您要逃离百万家财是为了追求幸福，而我追求一百万却不是为了可以跻身于幸运儿之列……可见，我们的目标是不同的……”

“关于我的新生活您干脆一无所知吗？”

“什么也不知道。”

“就是说，关于我的闲话流传得还不太厉害……我正打算同丈夫离婚……”

“倒是一个有意思的打算……您现在住哪儿呢，住在他家里吗？”

“嗯，是啊……说来有点儿怪，但却是实在的……不过，为了避免多余的流言蜚语，我们关系破裂一直要等到官府的火漆印肯定后才分手……我要在法律上自由的时候才飞离这个地方……可是，这一切对您来说是没有意思的……我遇上了老相识和老……朋友，我非常高兴，以至乐于厚着脸皮把我的事全部泄漏出来，不管是不是秘密……我们还是来谈谈您的情况吧……您生活得怎么样？”

“就像您看见的这个样子。到哪儿就生活在哪儿……”

“您把科学技术丢了？完全不做学问了？”

“丢了，而且也许是彻底丢了……”

“您那学者的良心平静吗？”

“瞧您说的！……在我身上科学失掉的东西并不比零大多少……这损失不大……”

伯爵夫人耸耸肩膀摇摇头。

“您，扎依尼茨，表白起来就像个小学生，”她说，“不比零大多少……年轻的学者没有今天，但他们却有未来。有谁知道，如果您继续做您的学问，那您对科学来说也许会比零大上一千倍！”

“您说得不对，”冯·扎依尼茨笑起来，“零乘上一千还是零。”

“您彻底破产了吗？”伯爵夫人问道，好像她没有听见冯·扎依尼茨说的话。

“彻底破产了！您身边有钱吗？”

“有一点儿。干什么？”

“把它们给我吧。”

伯爵夫人迅速地从衣袋里取出一个小钱包，把它给了阿尔土尔。阿尔土尔把钱倒在自己手心里，然后把钱包还给了伯爵夫人。

“谢谢，”他说，“我这是借的。结婚后第二天我就奉还。您感到惊讶？您的眼睛显露出十分惊讶的神色！我不但求了您，拿了您的钱，我甚至惋惜您钱包里的钱太少。”

伯爵夫人瞧着他的眼睛，心里暗想：“他在说假话。”

“我丝毫不感到惊讶，”她说，“阿尔土尔·冯·扎依尼茨向自己的朋友借一点儿钱，这有什么可奇怪和可惊讶的呢？这是生活小事，平平常常……”

“谁对您说过您是我的朋友？”

“您真怪……再见吧！同您谈话是很难的。”

伯爵夫人点了点头，扬起马鞭在林间小道上飞跑起来。

4

她骑马跑完林间小道后来到田野上。天色已经黑了……还看得见城市和山峦，但它们的轮廓已经不清。来往的行人和马匹看来像是一些形状十分模糊的剪影。有的地方灯火已经点亮。在戈尔达乌根家的一个菜园里，伯爵夫人把马停在一个用芦苇和麦秸搭成的草棚旁。戈尔达乌根家从很早以前就租下一部分城区土地做他们的菜园。他们租下这部分土地是出于虚荣心。从前戈尔达乌根家的一个成员说过：“在我的土地周围别人的领地越少，我就越有理由昂首阔步。”

菜园工人和他的儿子站在草棚旁边。他们看到了伯爵夫人骑马向他们这边飞跑而来，都摘下帽子向她致敬。

“你们好，老福利茨和小福利茨！”伯爵夫人对菜园工人和他的儿子说，“我很高兴在这儿遇见你们。如果日后有人对我说你们不认真履行职责，我就有根据不相信。”

“我们一直在这儿尽着我们的职责，”老福利茨身体挺得笔直地说，“我们向来不离开菜园一步。不过，太太，如果总管先生或者他的一些奴才不知为什么不喜欢我这副嘴脸，那他们会把我赶走，而太太事先并不知道。我们都是小人物，未必会有人为了我们而去惊动太太……”

“你这么想吗，福利茨？不，你大错特错了……我知道我们的全部仆人，而且你要相信，我能分清谁好谁坏，谁被辞退了。举个例子说，我知道老福利茨是个正派的仆人，我也知道小福利茨是个懒汉，去年冬天他偷了牧师的手套和手杖……我什么都知道……”

“您知道有人偷了穷牧师的手套和手杖，可就是不知道……”

老福利茨住口不说了，他冷笑了一下。

“不知道什么？”伯爵夫人问。

“太太不知道，三星期前，伯爵老爷的侍从的几条狗咬坏了我女儿和老婆。尽管全村人拼命要使这成为人所周知的事，可太太您就是不知道。侍从的狗不能容忍普通服装，所以它们撕扯每个农民打扮的人的衣服，它们这么做能使侍从先生快乐。可不是么！狗把女人咬倒在地，撕扯她的衣服，弄得她……赤身露体，太太……侍从先生是个喜欢娘们家肉体成癖的人！”

“好，好……哦，你要怎么样？……这我不知道……”

“我老婆病了，我女儿羞得不好意思上街，这是因为由于那几条狗，许多男人看到了她光着身子。”

“好，好……我会查清楚的。我要问你们一件事。今天你们没有看见两个卖艺的沿着这条路进城吗？一个是胖老头，另一个是拿着竖琴的年轻姑娘。他们没有经过这里吗？”

“我没有看见，太太！”老福利茨说，“也许，经过这里，也许，没有经过这里。有许许多多各式各样的人经过这里，你不能全看见，也不能全记住……”

伯爵夫人沉思不语，眼睛盯住黑洞洞的远方。

“那不是他们吗？”她用马鞭指着远处两个黑糊糊的人影问道。

“那是两个男人。”小福利茨说。

“很可能，他们留在村里过夜了，”伯爵夫人说，“这样的话，他们明天才会经过此地……如果你们见到他们，立刻打发他们来见我。”

“是，”老福利茨说，“一个胖老头和一个年轻的姑娘。明白了。您找他们干什么，太太？大概是他们偷了东西吧？”

“为什么一定是偷了东西呢？”

“是这么一回事，太太，在戈尔达乌根伯爵的领地上大家只关心一件事，就是捉贼。风气就是如此。在戈尔达乌根伯爵的领地上，只有头目们才偷东西，但所有的人都被当成了贼。”

“原来是这样！嗯……明天你可以给自己另找一个工作。明天在伯爵的领地上不许再有一个福利茨！”

说完这番话，伯爵夫人就拨转马头向林间小道跑去。

“她多美！”小福利茨说，“多漂亮！”

“是啊，很美！”老福利茨说，“不过这关我们什么事？”

“漂亮极了！我以真正的上帝的名义向你起誓，父亲，偷牧师手套和手杖的不是我！我从来没有做过贼！如果我向你说谎，那就叫我马上瞎了眼睛。是人家平白无故地造谣中伤我……她却相信了这种诬告！真是一些卑鄙下贱的家伙！”

小福利茨沉默一忽儿后又说：

“不过，也别让这些卑鄙下贱家伙白白造谣中伤！别让他们白白嘲笑我们……我一定要去偷东西。刚才她同你说话，我瞧着她那张美丽的脸，就向自己保证要去偷……我一定能偷成！我要到戈尔达乌根伯爵家去偷管家中没有一个人会偷的东西。我说话算数。”

小福利茨坐下沉思起来。一些新奇的、十分甜蜜的、不是农民常有的而是巴尔扎克式的幻想支配了他的头脑和心灵。他那青年人的炽热的想象力在几分钟之内就建成了一座十分宏伟的空中楼阁……有些想法在一个钟头前他还认为是妄诞、空幻的东西，而且会立刻被他驱逐出头脑的犹如幼稚的童话般的东西，这些想法现在却突然变成了他殷切希望无论如何要解决的任务，突然间需要把空中楼阁变成较为牢靠的东西……

被幻想弄得兴奋的小福利茨的头脑开始眩晕，他一跳而起，用手指揉揉眼睛，哈哈大笑，对父亲嚷道：

“我一定能偷成，到时候让他们去搜吧！”

伯爵夫人骑着马回家。途中她遇上了仍未找着吃饭地方的冯·扎依尼茨男爵。

“我认为，我们一定还会见面的。”伯爵夫人说。

“如果您乐意，那就还会见面的。”

“我们能找到我们交谈的话题。我处于目前这种百无聊赖的状态之中，您对我来说实在可贵。我有一个小主意。下星期四就是您的生日，您想不想同我一起庆祝您的生日？您看，我还记着您吧？就连您的生日我也没有忘记。您愿意吗？”

“遵命……”

“我们应该在一个什么地方会合……这么办吧！……您知道‘铜鹿’这个地方吧？”

“知道。”

“在那里不会有人来干扰我们叙旧。晚上七点钟到那里。”

“酒我带来。”

“很好。*再见*，顺便说一句，男爵。今后我们用法语交谈，我记得您不喜欢说德国话。关于‘骗子’和聪明人的事，请您想一想。*再见*！”

伯爵夫人扬鞭抽了一下马儿，一分钟后她就消失在越来越黑的树林里了。

当初，在阿尔土尔心目中，捷莉扎·冯·盖依连希特拉尔男爵小姐是一个“纯洁的仙女”，全靠她阿尔土尔才在经历了讨厌的巴黎生活后使自己的眼睛和感情首次得到了休整。阿尔土尔完成了从吃喝玩乐到刻苦用功的急剧转变，所靠的不只是他看重科学，因为男爵小姐也大力促成了这个转变。没有她的话，就不会有他的全面新生。

阿尔土尔从巴黎来到维也纳后过起了一种隐士般的生活。孤单的他渴望有一种使人安心的工作，他诅咒这个世界和世上的人们，然而后来出乎他本人的意愿，他竟然慕恋起巴黎的妓女来了。如果不是阿尔土尔到了维也纳后很快成了盖依连希特拉尔男爵家的常客，那么他会怎样结束上述孤独生活，这就不得而知了。在阿尔土尔逗留于维也纳的日子里，盖依连希特拉尔男爵家是任何人都可以登门拜访的，只要自己愿意去。实际上，男爵家并未邀请任何人，上他们家去的全是喜欢到这个世界上的大人物家去的人，只要大门没有关上，这些人就会不请自来。

几年来，这一家人使人联想到一种虔信宗教的人，这种人得知死期临近后，把什么都置之度外，一味沉湎于酒色，哪怕能像个人似的活上一天也好。

憔悴疲惫、陷入困境的盖依连希特拉尔男爵们寻求生路而不得，预感到濒临死亡的痛苦，就把一切都置之度外，甚至丧失了关心任何事情的能力。除了逼近着的可怕结局之外，他们已经忘记一切。美酒、爱情和幻想富有成效地抑制了对逼近着的结局的恐惧。盖依连希特拉尔一家人还幻想着他们可能还有生路。他们认为，这条生路掌握在捷莉扎手中，因为她可以出嫁给一个富豪，靠她出嫁来改善一下糟糕的家庭状况。但就连这个希望也落了个一场空。捷莉扎同父亲因争吵而断绝关系，她发誓说，即使她嫁给了一个富翁，她也不会送给亲属们一个子儿。

盖依连希特拉尔一家人把一切置之度外，开始坐吃他们尚未吃空的家财。他们不是一般地吃，而是拼命地吃、隆重地吃、热热闹闹地吃，倒像是他们从未吃过东西似的。他们的家门自然地敞开，一大群半饥半饱、寻找剩羹残饭的贪食者蜂拥而来。这些贪食的人都是以破产贵族、作家、画家、演员、乐师等形象出现的，他们装束讲究，脸上富有感人的表情，身上散发出幽雅的香味，携带着上等的乐器，但一个个都是饥肠辘辘。这些贪食的人霎时间占有了男爵们的房子。正处在穷困中并渴求着生路的盖依连希特拉尔一家子突然发现自己高踞在文艺庇护者的地位上。许多舞台布景、图画、罕见的水彩画点缀了他们的房子，而每天晚上交响乐、夜曲、圆舞曲、波尔卡舞曲响彻整个街区。这些有演奏和朗诵的音乐—文学晚会渐渐地出了名，因而吸引了大批来自社会各个阶层的客人。捷莉扎也在这些晚会上演出。美丽的她仿佛是用大理石雕出来的，穿着一身黑色的服装，在形形色色的贪食的人群中周旋，从一个演员走向另一个演员，竭力要摆脱心中那恼人的烦闷。在她心目中这一大群人是新奇的。她对他们产生了兴趣，出于无聊她开始研究他们。她的眼睛盯住了他们富有感人表情的脸，她听他们讲话，自己也说话，她阅读送到她手中的文稿。经过长时间的研究她得出一个结论：在他们当中有规规矩矩的人，也有走江湖的骗子。这结论是她的惟一研究成果。由于她不具备更细致的分析能力，所以她无法分清规矩人和江湖骗子。她使一些人靠近自己，然而就在这些人中间既有许多有声望的人，也有骗子。冯·扎依尼茨就是这批精英中的一个。

他是无意中来到盖依连希特拉尔男爵家的，是一个从事写作的朋友拉他去的，想让他看自己写的正在男爵家舞台上演的喜剧。不久后，他不满足于观看演出和参加文艺晚会，他开始在白天造访盖依连希特拉尔家。捷莉扎每天傍晚要骑马，通常由侍从马夫给她做伴。可是，不久她就同阿尔土尔一起进行这种傍晚骑马闲游了。每天晚上阿尔土尔总是兴致勃勃讲给她听，在过去的一天里他做了些什么事，读了些什么，写了什么。汇报后他便讲他的幻想、希望、打算。捷莉扎听他讲，自己也讲。她总是又快又多地说出许多著名学者的姓名，不过那些学者她都是听说的，从阿尔土尔那儿听来的。他们成了朋友。人们都说，从友谊到相爱只有一步之隔。阿尔土尔没想谈情说爱，只要与一个头脑聪明和朝气勃勃的女人在一起，他就心满意足了。只是在捷莉扎在一次傍晚闲游时向他自陈恋慕之情后，他才谈到爱情……是她第一个讲起爱情。在这次表露爱情后，就开始过那种像人们常说的一生中只有一回的生活。在这些同心爱的女人一起度过的日子里，阿尔土尔感到很幸福，对生活也非常满意。以前他从未有过这种心情。然而这种幸福为时不长，它被捷莉扎破坏了：当他要求他心爱而且无疑也是爱着他的姑娘做他妻子，做冯·扎依尼茨男爵夫人和“博士夫人”的时候，她断然拒绝了他。

“我不能嫁给您，”她在信中对他说，“您穷，我也穷。贫穷已经败坏了我的上半生，难道我还要败坏我的下半生吗？您是男人，而男人是不像女人那么懂得贫穷给人造成的痛苦的。贫穷的女人是最不幸的人……阿尔土尔，您不该提起嫁娶……您这么做，您就会引起一场解释性的谈话，而这不可能不在我们目前的关系上留下痕迹。我们别再作痛苦的爱情表白吧！让我们照旧生活下去吧！”

阿尔土尔把这封信撕成碎片。他动火了，给“仙女”写了一封长长的回信，信中他咒骂“时代精神”和教育，呼吁天雷轰击捷莉扎……后来捷莉扎给他写了多封动人的信，为她作出的拒绝进行辩解，可是这些信都未经他拆看就给扔进了火炉。阿尔土尔如此痛恨捷莉扎，以致一切能使他想起她的东西在他心目中都已一无价值。他憎恨所有高贵的、庄严的和威风凛凛的人，并由衷地眷恋上了一切卑微的、受折磨的、穷苦不幸的人……

这一切都是阿尔土尔在去吃饭的路上想起的……当初他那番关于“时代精神”的议论如今使他感到可笑，但旧恨却在他胸中重又蠢动起来。那憎恨他尚未丢弃。

星期四，在他生日那天，他想起了同捷莉扎共进午餐的许诺，就动身去“铜鹿”。这是一块小小的林中空地，之所以叫做“铜鹿”，是因为从前有个国王在那儿打死过一头长着铜色毛皮的鹿。关于“铜鹿”还有另一种说法：古时那儿有一尊“狩猎”雕像，它是一头铜铸的鹿，用以代替狄安娜[①]。据说，下令立这尊雕像的国王十分纯真，他总是以厌恶的目光看古典的女人塑像。

阿尔土尔到达林中空地时，捷莉扎已等在那里了。她焦躁地在草地上来回走动，用鞭子打落一朵又一朵花冠。她的马拴在一旁的一棵树上，在懒洋洋地吃着草。

“您招待客人招待得可真好！”伯爵夫人迎着阿尔土尔说，“您可真是个好主人！您在闲逛，而您的客人等您已经有一个多钟头了。”

“我是去买酒的，”阿尔土尔分辩说，“请您坐下！我和您已经不是头一次坐草地了。您还记得过去的事吗？”

伯爵夫人和阿尔土尔在草地上坐下，开始回忆往事……在回忆时，他们不涉及相爱，也不谈到决裂……谈话围绕着维也纳的生

---

① 古罗马神话中的狩猎女神。

活、盖依连希特拉尔一家、演员们和傍晚的闲游进行……男爵边说边喝酒，而伯爵夫人则滴酒不尝。喝完一瓶后，阿尔土尔有了几分醉意。他开始哈哈大笑，挖苦打趣，说讽刺话。

“您现在靠什么生活？”他顺便问了一句。

“靠什么生活？嗯……谁都知道我靠什么生活……戈尔达乌根家并不穷……”

“那么，您是吃伯爵的，喝伯爵的？”

“我不明白，问这些干什么？！”

“可是，捷莉扎，我请求您回答我。您吃伯爵的、喝伯爵的吗？”

“嗯，对！”

“奇怪。您不能容忍伯爵，可您又靠吃他的饭活着！……哈哈哈……怎么样？见鬼，这算什么？那些聪明人说我是骗子，那他们对您有什么看法？哈哈哈！”

伯爵夫人露出阴沉的脸色。

“别再喝了，男爵，”她厉声说道，“您喝醉了，说话放肆起来了。您知道，有一些情况逼使我还住在戈尔达乌根家。”

“什么情况？怕那些喜欢造谣中伤的人？老生常谈！不过，请您告诉我，伯爵夫人，离婚后，伯爵保证每年给您多少钱？……”

“一个钱也不给……”

“为什么您要说假话？不过，您别生气……我这是出于友情。您别拉扯鞭子。它又没有什么过错……哎呀！”

男爵打了一下额头站起来说：

“对不起……我怎么早一些会没有注意呢？”

“什么事？”

男爵的眼睛乱转起来，它们从伯爵夫人的脸移到鞭子，再从鞭子移到她的脸。他冲动地来回走动。

“我怎么早一些会没有想起来呢？”他喃喃自语，“是您款待了年老的胖子和我那个郁金香中的小姑娘？”

伯爵夫人瞪大眼睛，耸耸肩膀。

“郁金香……胖子……您在唠叨些什么呀，冯·扎依尼茨？你说话开始离题了。不该喝酒！”

“不该打人，太太！”

男爵脸色煞白，捶了一下自己的胸口。

“不该打人！让您连同您的贵族派头都见鬼去吧！您听见了吗？”

伯爵夫人跳了起来，眼睛睁得大大的，闪出气愤的光焰。

“您别忘乎所以，男爵！”她说，“您愿意收回那句骂鬼的话吗？我不明白您的意思！”

“不愿意！见鬼去吧！莫非您还想否认您的卑劣行径？”

伯爵夫人的眼睛睁得更大了。她听不明白。

“什么行径？我要否认什么？我不明白您的意思，男爵！”

“是谁在戈尔达乌根伯爵家的院子里用这根鞭子抽打了年老的小提琴手的脸？是谁把他打倒在这匹马的马蹄下？人家向我说了戈尔达乌根伯爵夫人的名字，而戈尔达乌根伯爵夫人不是只有一个吗？”

伯爵夫人脸上泛起了像火光一般鲜艳的红晕。这红晕从两个太阳穴一直泛到花边领旁。伯爵夫人窘极了，她咳嗽起来。

“我不明白您的意思，”她支支吾吾地说，“哪一个小提琴手？您在……瞎说些什么？您明白过来吧，男爵！”

“够啦！为什么要说谎呢？在过去您就善于说谎，但不是为这种小事！为什么您打他？”

“打谁？您说的是谁？”

伯爵夫人的声音低微而又颤抖。两只眼睛不停地东张西望，活像是被捕捉住的老鼠。她非常害臊。男爵重又半卧在草地上，紧紧地盯着她美丽的眼睛，恶狠狠和醉醺醺地冷笑。他的嘴唇在发颤，露出一种含恶意的笑容。

“为什么您要打他？您看见了吗，他女儿哭得多么伤心？”

"谁的女儿？您说清楚，男爵！"

"当然，您善于随便动用您的白手和长舌，但不善于看到人家的眼泪！她一直到现在还在哭……那个俊俏的金发小姑娘一直到现在还在哭……她，一个弱小、穷苦的姑娘，不能替自己的父亲向伯爵夫人报仇。我同他们在一起坐了三个钟头，一连三个钟头她没有把手从眼睛上移开……可怜的小姑娘！她连同她那张泪痕斑斑的高雅的小脸一直萦回在我的脑子里。啊，这些残忍的、保养得好好的、从未挨过打和受过欺侮的魔鬼！"

"您说清楚，男爵，我打了谁？"

"嗯，是啊！您以为，从您脸上我认不出那只吃了耗子的猫？真可耻！"

男爵站起来，把手伸向鞭子说：

"给我看看！"

伯爵夫人顺从地把鞭子递给了他。

"真可耻！"他又说了一遍，就把鞭子弯成螺旋状，折成三截，朝旁边一丢。

伯爵夫人彻底慌乱了。她受到了羞辱，平生第一次听着无礼的话。她满脸通红，不知道该把她的脸和手往哪儿藏才能躲开男爵的法官般的眼睛，也不知道说什么话才好。这当口有一个小小的情况稍稍使她摆脱了尴尬的处境。正当阿尔土尔折断鞭子的时候，在旁边的树木后面响起了脚步声。过了一忽儿，伯爵夫人看见了福利茨父子俩。他们从树木后面走出来，好奇地瞧着伯爵夫人和阿尔土尔，穿过林中空地离开了。走在前头的是小福利茨，肩上搭着一根长长的钓鱼竿。老福利茨走在他后面，费力地移动着两条腿，磨磨蹭蹭地走着，在老福利茨的右手里一条拴在绳子上的小梭鱼在晃动。

"福利茨先生，您为什么没有戴手套？"伯爵夫人对小福利茨说。

小福利茨低下眼睛，斜视了伯爵夫人一眼，动了动嘴唇。

"您的手杖呢？为什么您不拿着手杖？"

小福利茨脸色变白，急匆匆地朝树木那边走去。在树木旁他又回顾一下后就消失在树林里了。老福利茨一声不响地慢慢走去，什么人也不看。

“请您原谅我，”等福利茨父子的身影消失在树林里后男爵开口说话了，“我不想侮辱您……不过，我以我的名誉发誓，如果您不是一个女人，我就会替小提琴手报仇……可耻啊，捷莉扎！在那个小姑娘面前，我为您感到害臊！”

男爵站起身来，戴上帽子。

“您找不出话来辩白……这样好！何必撒谎？您的辩白是谎言。”

“我还是听不懂您的话，男爵！”伯爵夫人说。

“真的？”

“对……真的……”

“嗯……再见吧！您美丽的眼睛充满着虚伪！谢天谢地，您说谎时总算还会脸红。”

阿尔土尔伸个懒腰，点一下头，穿过林中空地向小路走。

戈尔达乌根伯爵夫人的额头布满细纹，她苦苦思索着，要在头脑里找出话来，可是她没有找到……她非常想在阿尔土尔面前为自己羞于承认的行为辩白。正在她咬咬粉红色嘴唇、绞绞手指思索着的时候，阿尔土尔已经走进了树林。

“男爵！”捷莉扎喊了一声，“您等一等！”

伯爵夫人听到的不是回答，而是阿尔土尔越走越远的脚步声。

“男爵！”伯爵夫人又喊了一声，由于她生怕男爵会走掉，连声音都发颤了，但他的脚步声却消失了。

伯爵夫人站了一会儿，就坐在地上沉思起来。两个空酒瓶倒在她的身旁。第三个酒瓶里面还剩着一点酒，它斜立在草地上，马上就将倒下。捷莉扎喝完了这个酒瓶里的酒，站起来朝马儿走去。

她骑着马离开林中空地。这时在围绕林中空地的树木后面两三步远的地方她看见一个男人在上马。那匹马见到伯爵夫人，快活地嘶鸣起来。骑马的男人年纪在四十五岁左右，瘦高个子，脸色苍白，胡子稀稀落落。他骑着马追赶伯爵夫人。

“请您等一下！”他低声说。就衰弱的、不像男子嗓音的音色来看，可以断定这嗓音发自一个有病的胸膛，“请您等一下！我想同您说两句话！只说两句！”

伯爵夫人并不回头。

“您当暗探了？”她说，“您偷看了？”

“我爱您！不看见您，我连一分钟也活不了。我说两句话，只说两句！”

5

伯爵夫人看了她丈夫戈尔达乌根伯爵（骑马的男人就是他）一眼，把马的步子放慢。

“大夫不许您骑马快跑，”她说，“您就骑得慢一些……您有什么事？”

“两句话，不过两句。”

“什么话？”

“他是谁？”

“冯·扎依尼茨男爵。”

“冯·扎依尼茨？是他？原来这个人就是冯·扎依尼茨？就是您从前……爱过的那个人？”

“也许吧……嗯，对了，是他。那又怎么样？”

“嗯……他现在还挺漂亮……为什么您允许他对您大声叫嚷？他凭什么？”

伯爵沉默了一会儿，咳了一声问道：

“也许您现在还能爱上他？旧情不是可以复燃吗？”

“把您的鞭子给我！”伯爵夫人说。她接过丈夫的马鞭，使劲拉了一下缰绳，在林间小路上飞跑起来。伯爵也用尽全力拉紧缰绳。

马起跑了，但他衰弱无力地在马鞍上摇晃。他的大腿没有力气了，他痛得皱眉，把马勒住。马放慢了速度。伯爵目送妻子走了。他的头耷拉在胸前，进入了沉思。

三天后，阿尔土尔在离守林人布拉乌赫尔的小屋不远的地方遇见捷莉扎。这次她同他相遇时已经不是骑士，她穿着农家的连衣裙在散步。粗看起来，这是一件普通的、刚做好的农家连衣裙，但它却要比那一身黑绸马装贵许多。挂在她脖子上的已不是五颜六色的梨形石榴石，而是一些蓝宝石、绿闪石、珊瑚和珍珠。每条胳膊上各戴着一只大镯子。连衣裙和匈牙利式短上衣都是用贵重衣料做的。

“男爵！”她见到阿尔土尔就叫了一声，“您来一下！”

他走到她跟前，她对他说：

“您还记得吧，您以您说的那些话和您的离去向我提出一个问题。我只是在经过长久的思考后才明白了您的意思……现在我明白了……您指的是我……用马鞭抽打过那个老头子！是吗？”

“嗯，是啊……问题在哪儿呢？”

“瞧，我现在明白了您说的是谁……我不必在您面前表白，男爵，我不过是为了……为了满足我们双方的正义感……我不是无缘无故打他的。由于他，我不幸从马鞍上摔下，差一点摔断了腿，而他……他居然还笑……”

阿尔土尔瞧着伯爵夫人的脸，快活地笑起来。

“别再说假话，太太！”他说，“我们何必用谎言来互相哄骗？用不着您表白……再说，何必要表白什么？我这是生平第一次看到您这双标致的小脚，这在我就完全满足了……您这双小脚漂亮得无可评说！我们去散步吧！请您原谅我在‘铜鹿’旁对您的孟浪无礼，我当时是喝醉了……”

阿尔土尔和捷莉扎散步的时间很长，谈的是一些最普通的事情，说了许多笑话，笑了好久……关于那个卖艺老人和他的女儿，关于聪明人和“骗子”——关于这些他们连想都没有想到。男爵没有说一句挖苦话……他殷勤亲切，就像往年在维也纳、在盖依连希特拉尔家里一样。当他送捷莉扎到她那辆停在布拉乌赫尔的小屋附近的双轮轻便马车前时，天完全黑了。

“您能教我放枪吗？”捷莉扎坐上马车时问道。

“随您高兴……”

“那就麻烦您了，男爵。我非常烦闷。如果您能略微减少一点我的烦闷，那就是您对我的恩赐……真的！让我们互相帮助吧。”

捷莉扎握一下阿尔土尔的手就坐着马车走了。

四天后他们又相会了。半个月之后，他们已经天天见面了。男爵教会了捷莉扎放枪，因此捷莉扎每天傍晚来打猎，有时清晨也来。他们的关系是非常不明确的。冯·扎依尼茨在清醒的时候，殷勤亲切得使捷莉扎吃惊。他不喝酒的时候，说话斯文、温柔，避免使用生硬的话语。他亲切地微笑，客气地伸出大手同她相握。他讲话不像“野人”，却像保护女人的真正骑士。但喝醉了酒的冯·扎依尼茨却粗鲁、无耻得令人吃惊。他恶意地冷笑……在他喝醉的时候，捷莉扎只好听他说一些令人非常气愤的话。他嘲笑她，叫她去见鬼，说他蔑视她、憎恨她。

“我之所以原谅您，冯·扎依尼茨，”捷莉扎有一次对他说，“那只是因为您喝醉了。倒下的人、疯子和醉汉，人们一般是不打的……”

“啊啊啊……原来是这样！那么您要明白，”冯·扎依尼茨笑着回答说，“我只是在喝醉了的时候才对您说真话。而在我清醒的时候，我待您却像待卑鄙的伪君子。您别相信清醒时的我。”

“我们不该见面……”

“为什么不该？您同我见面吧！您烦闷，我也烦闷……在争吵和厮杀中时光过得比在和平相处的时候快。哈哈！命运之神安排得好，他在我们两人之间放出一只黑猫[1]，使我们互不尊重对方的美

① 俄语中有一种说法：在两个人之间跑过了一头黑猫，意思是两人开始不和，两人间有了嫌隙。

德。您不尊重我，是因为您把我看作骗子，而我不尊重您，是由于我在您身上看到的只是一团美好的女性的肉。哈哈！”

捷莉扎目光一闪，一句话不说就走了。这次谈话后，阿尔土尔整整一星期没有见到她。第八天他遇上了她，向她道了歉。

阿尔土尔常常喝醉，捷莉扎不止一次地因受辱而离开他。每次离开时，她总是向自己保证不再同他见面，可是……

夏天过去了，秋天已经来临。已经度过了短暂一生的枯黄树叶纷纷从树上飘落到潮湿寒冷的地上。下雨天到了。秋日的泥泞与夏天的不同，它不会干，即使会干，也不是数小时内就能干透的，而是需要几天、几个星期的工夫……刮起了使人想到冬天的风。由于天气恶劣树林变成了黑糊糊的，它郁郁不乐，已经不再引诱人们到它的树荫里去了。

冯·扎依尼茨用呢面的短棉大衣换下了羊毛短上衣。他的皮靴已经没有光泽，粘满污泥……清新潮湿的风吹得他那张苍白的脸上现出了红晕。他和捷莉扎的关系尚未有明确的形式，他们的交谈尚未结束……捷莉扎觉得她还没“把话讲完”，所以她仍然像过去一样常到树林里去。

他们必须躲避林间的寒气、潮湿和泥泞……命运之神赐给了他们一个藏身之处：他们开始在一个早已被人遗忘了的长满了青苔和荨麻的小礼拜堂里见面，这是在戈尔达乌根伯爵家的园子里。在每个秋日的黄昏，一幅未画完的圣徒福兰齐斯克像上的那对可怕眼睛总会看到阿尔土尔和捷莉扎。在挂灯的微弱闪烁下，他们坐在一条木头已经半腐的长凳上谈心。他常常是醉醺醺的，坐在那儿打呵欠、诽谤和挖苦……她呢，脸色苍白得像大理石一样，高昂着头。她已经习惯了他的谈吐，耐心地听他说，而且她自己也说话伤人。如果他没有喝醉，那么躲在小礼拜堂墙角里的几只蜘蛛就能听到他讲不久前的幸福生活，还能看见一个幸福的女人。他像老人一样，喜欢讲过去的事情。他说话的声调苍老，他什么也不惋惜，光是回忆往事他就会感到满足。她呢，却充满活力、朝气和愿望。她惋惜过去，嗓音里透露出希望。她仍然热烈地爱着冯·扎依尼茨男爵……

在一个雨水最多的秋日，阿尔土尔来到布拉乌赫尔太太家避雨。布拉乌赫尔太太笑吟吟地交给他一个邮包。

拆开邮包，他笑了，像孩子看到了新玩具一样。邮包里是一张照片和一封信。

这两样东西都是伊尔卡寄来的。男爵看了一下照片，他的眼睛瞪大了。照片上是伊尔卡，然而不是几个月前他见过的伊尔卡。不，在照片上，那件沾满了受辱的伊尔卡的泪痕的寒伧外衣连影子也没有了，就连当初那条束金黄色头发的便宜的丝绒带现在也看不见了。阿尔土尔在照片上看见的是一个年轻的贵妇，她身穿华丽的时式连衣裙，一顶草帽装饰着经巧手梳过的头发。帽子上插着花，从照片上看，这些花的价钱不会便宜。她俊俏的小脸上露出傲慢的、目空一切的但却是不自然的微笑……

“小傻瓜！”阿尔土尔吻了吻伊尔卡的肖像笑着说，“你这小傻瓜！披上了孔雀毛的乌鸦。你穿上了阔绰的衣服，看起来像是个胜利者！你穿吧，把这身衣服穿得时间稍微长一些，到那时我们一定会看到你要求饶！”

信是用他已经熟悉的风格写成的：

亲爱的男爵！我给您寄上一张照片，并且告诉您，我和我父亲茨威布希都平安无恙。我还要告诉您：我一定会有一百万，很快就会有。我们现在生活得很好。见面后我一定会把我们的遭遇讲给您听。您大约已经把我们忘记了。我写这封信就是要您想起我，请您别忘记您给我的许诺。我很爱您。在这儿我见到许许多多男爵和伯爵，可是您比他们好。我的爸爸问候您。请按下列地址给我写信（下面是一个很长的地址）。请您写信告诉我：我该不该存着指望？

您的伊

男爵笑着，眼睛老看着照片。他问布拉乌赫尔太太要了一张纸，写了如下一封信：

> 你好，伊尔卡。谢谢。我在等着你和你的一百万。别做蠢事。愿你头脑聪明，身体健康。问候你年老的挨过一百次打的胖子，你该从你的一百万巨款中拨出两三个金币给他去喝酒。
>
> 你的未婚夫冯·扎依尼茨男爵

阿尔土尔把这封信交给了布拉乌赫尔太太，托她邮出。接着他就在桌旁坐下，用铅笔在照片上画一朵大大的郁金香。这支铅笔两头都削过，一头是红的，另一头是蓝的。然而，没有一种颜色能留在照片的珐琅质上。虽说阿尔土尔一直画到天黑，他仍然未能让伊尔卡坐在郁金香上。

6

伊尔卡和她父亲遇到了一件特别的事……

同冯·扎依尼茨男爵相逢后又过了一个星期，在一个十分炎热的中午，他们俩坐在火车站的天棚下。虽然天气十分闷热，车站的月台上却有许多人：消夏别墅的男女主人、地主们，乘坐停在备用线上的列车的旅客们。他们都在月台上前后走动着，挤满了车站上的各个建筑物。停在备用线上的列车是军用车，而军用车在车站上总要停靠两三个钟头。头等客车的候车室里坐满了喝酒的军官。三等客车的候车室里，军乐队的乐声震天响，把大批人群吸引到车站上来。

茨威布希和伊尔卡坐在十进位大磅秤的秤台上，一边休息，一边观看着来往的人群：茨威布希看着喝啤酒的兵士，伊尔卡打量着各种服饰。他们身旁有一些喝醉了的军官在踱来踱去，不住地瞟上一眼伊尔卡。他们喜欢这个俊俏的姑娘……起初在她身边转的是一些下级军官，可是在酒宴结束后，伊尔卡看见她身旁也有了高级军官……离列车开车还有半个钟头，高级军官和下级军官聚集在一起喁喁私语，向伊尔卡投去醉醺醺的目光。

“他们在讲你，伊尔卡！”茨威布希说，“我们来给他们演奏一次吧！他们会赏钱给我们的。正好那个可恶的乐队不响了。”

茨威布希和伊尔卡站起来，调好乐器，开始演奏。伊尔卡唱起歌来。军官们笑了……伊尔卡唱道，这个世界上没有人比奥地利的军人更漂亮和更勇敢，他们在一分钟内就能征服全世界。

“好极了！妙极了！”军官们连续不断地说，“老头，你别唱！你的山羊叫只会碍事！妙极了！”

“好主意！”一个留着白白的长唇髭的军官拍了一下军帽叫道，“我以我的名誉发誓，这是一个好主意！”

他转身向伙伴们低声说了些什么……他的伙伴们赞同地点起头来。留着白唇髭的军官事先取得伙伴的同意后，摇摇晃晃地走到伊尔卡跟前，拉住她晒黑的手说：

“听我说，小鸟儿！我们打算带你一块儿上火车……你一路上给我们唱歌和弹琴，我们会给你很多钱作报酬。同意吗？”军官不等她回答就拉起她的手走到伙伴们跟前。

“是啊，是啊……”醉醺醺的军官们纷纷说，“我们会给很多钱……嗯，是啊……”

“你们上哪儿？”伊尔卡问。

“好像是到波斯尼亚去……我们自己也不太清楚。”

“不行！”茨威布希笑着说……

可是军官们不理睬茨威布希。他们把笑吟吟的伊尔卡领到一旁，开始说服她，向她证明……有个军官还摸摸她的下巴。

茨威布希深信伊尔卡是不会同意的。他笑吟吟地站在一旁。伊尔卡不会同意！一直到现在，她总是矢口回绝一切类似的建议。她是个守德的姑娘。可是伊尔卡发出了清脆的笑声，走进了头等车厢，这时茨威布希是多么惊恐和诧异！伊尔卡进了车厢后，在窗口对父亲点了点头。父亲向她奔去。

“我去了，爸爸！”她说，“你上车吧！……”

“你疯了！”脸色苍白的茨威布希说，不敢走进豪华的车厢。

“进来吧！”军官们对他说。

他局促不安地鞠着躬走进车厢。他开始劝说伊尔卡，可是固执的姑娘毫不动心。

“我想有一百万！”她低声说，“如果我没有一百万，我宁愿死。”

“你这个疯子，你是弄不到一百万的，人格倒会丧失掉！你会丧失人格的。这不道德！……”

“你别害怕，茨威布希爸爸。男人们在我这儿除了音乐之外，看不见也听不到任何其他东西。我已经决定了。”

列车已经开动，而老人仍在劝她、求她、央告她。有一次他甚至还哭了起来。

“这就没意思了，爸爸！”说着她就向军官们走去。

父亲脸色苍白，头上冒汗，手指和嘴唇都发抖。他躲到车厢远处的一个角落里，闭起眼睛祷告上帝。他没认出那位正高兴地听着军官们讲低级趣味的伊尔卡就是他的温柔好哭的伊尔卡。他不相信自己的耳朵和眼睛。这些蠢丫头简直是难以理解、莫名其妙！

军官们给了伊尔卡一个单间。还给她和她父亲送来了丰盛早餐，但父女俩连碰也不碰它一下。列车在最近的一个城市停留两个小时，有一个军官驱车上商店给伊尔卡买了新连衣裙、手镯和皮鞋……

“为我们的军团女儿的健康干杯！”军官们齐声喊道，这时伊尔卡穿着新装从单间里走出来。“乌——拉！”

军官们干了一杯，要伊尔卡唱歌。她唱了，一直唱到军团抵达边境……

这就是伊尔卡踏上新的人生旅程的第一步。愚蠢的她希望由此得到一百万。这一步是成功的。一个月之后，伊尔卡同茨威布希一起逃离军团，这时她身上穿的是一件军官们花了一千五百法郎买的连衣裙。她逃跑时坐在头等客车的车厢里，同五个年轻姑娘、一个长着大鹰钩鼻的老太婆和一个严重秃顶的日耳曼胖子为伴。在路上，日耳曼人分送自己的名片给别人，名片上写的是："尤西弗·凯尔泰尔，的里雅斯特乐队和匈牙利合唱队老板"。长着鹰钩鼻的老太婆是他的合伙人。

7

固执的姑娘又逃跑过一次，而这"一次"是最后一次逃跑。

那是一个暖和的四月之夜……早已敲过了十二点钟，可是布兰沙尔太太的夏季剧场里还在演节目……魔术师丘莉小姐在舞台上变戏法……她从一只半高统的女皮靴里放出一群鸽子，接着在雷鸣般的掌声中拉出一件大连衣裙……她把连衣裙放在地上，然后又将它朝上一提，连衣裙底下钻出来一个身穿梅菲斯特[①]服装的小男孩。这都是一些旧戏法，不过看一看"助助兴"还是可以的。布兰沙尔太太的剧场之所以表演节目，是为了使这家饭店保持一个剧院的名称。客人们主要是吃喝，而不是看表演。圆柱后和包厢里都摆着小桌子。坐在头排的客人们都背对舞台，因为他们都举起长柄眼镜看着坐在第二排的妓女。观众们与其说是坐在位置上看戏，不如说是在往来穿梭。他们非常活跃，任何嘘声都不能使他们哪怕安静上一秒钟……他们从池座走进饭店的大厅，又从大厅走进花园……布兰沙尔太太之所以保留舞台，也是为了向客人们介绍"新人"。丘莉小姐的魔术演完后，应该是"新人"唱歌。在等魔术结束时客人们就都已经占好了座位。他们心情兴奋，由于无事可做而给女魔术师鼓

① 诗剧《浮士德》中的魔鬼。

掌喝彩。肥胖的布兰沙尔太太本人也坐在包厢里，笑眯眯地摆弄着花束。她要使在她身旁转来转去的“某些观众”相信：他们期待中的“新人”美艳绝伦……她的胖子丈夫坐在她的对面看报，这时也在微笑，赞同地点着头。

“哦，是啊！”他喃喃地说，“我们花那么多钱办合唱队，那钱可不是白花的！真有可听的，也真有可看的……”

“您听我说，”一个身体结实、头发花白的老爷对肥胖的布兰沙尔太太说，“为什么今天戏报里没有匈牙利歌曲？”

肥胖的布兰沙尔太太卖俏地用手指头威吓提问的人说：

“我知道，子爵，您为什么要听这些匈牙利歌曲。您想看那个人，她今天生病了，不能唱了……”

“可怜人！”子爵叹息道，“伊尔卡小姐得的是什么病？”

布兰沙尔太太耸耸肩膀。

“我不知道……不过，我的伊尔卡多漂亮！您已经是第一百个在今晚向我问起她的人了。她病了，子爵！疾病连美人也不饶恕……”

“我们的匈牙利美女害的是一种极高尚的病！”一个也站在包厢里身穿龙骑兵军服的青年人说，“昨天她对小丑德·奥玛连说，她害的是思乡病。嘿，您快看啊，谢齐子爵！多么……多么……多么美啊！”

龙骑兵对谢齐子爵指了指舞台，这时“新人”合唱队登台表演了。谢齐瞥了一眼，就把视线从舞台移开，又跟布兰沙尔太太讲起伊尔卡来了。

“她是在开玩笑！”过了一刻钟后他对她小声说，“她真荒唐！您知道吗，为那一瞬间的爱情她向每个人要多少钱？十万法郎！哈哈哈！我们倒要看看哪个疯子会给她这么些钱！花十万法郎，我可以弄到十个这样的姑娘！嗯……太太，您表姐的女儿比她漂亮一千倍，也只花了我十万，而且是在三年里陆陆续续花的！而这一个呢？任性的小丫头！十万！……太太，您该向她解释一下：她这么干太愚蠢……她在开玩笑，不过……不过……可不能一直开玩笑哟。”

“那么美男子阿尔福烈德·德齐烈会说些什么呢？”肥胖的布兰沙尔太太笑着转身对龙骑兵说。

“小姑娘在逗弄人，”德齐烈说，“她想把自己卖得贵一点……她把我们的神经搞乱，于是她本该拿一千法郎，结果却会拿到两千。这小姑娘知道，期待比什么都更能使人紧张，更能扰乱糟糕的神经……十万，这是一种可爱的玩笑。”

这时第四个人插进来说话，随后又有第五个人，很快整个包厢里的人都开始议论起伊尔卡来了。包厢里大约有十个人……

在他们交谈的时候，伊尔卡正坐在一个小房间里，整个后台分成了许许多多这样的小房间。这种房间里充溢着香水、脂粉和灯用煤气的味道，它同时有三个名称：化妆室、会客室、某小姐的房间……伊尔卡的房间是最好的一间。她坐在一张蒙着鲜艳、猩红得刺眼的丝绒的长沙发上。她脚下铺着绣有花彩的上等地毯。整个房间里布满了从扣着玫瑰色灯罩的灯里射出来的红色亮光……

伊尔卡面前站着一个青年，一个二十五岁左右的黑发美男子，穿着一套干净的黑衣服。他是《费加罗报》记者安德烈·德·奥玛连。由于职务的缘故，他经常访问像布兰沙尔剧院之类的地方。他的名片使他可以免费进入这类地方，而后者也希望能登载一些有关他们的丑闻的小型报道……经《费加罗报》描述过的丑闻是一种最好的广告。

安德烈·德·奥玛连站在伊尔卡面前，咬着他的小唇髭和小胡子，眼睛一直盯着俊俏的姑娘看。

“不，安德烈，”伊尔卡用不合语法的法国话说，“我不能做您的……无论如何不行！您别发誓，别跟着我，也别自卑自贱……这一切都徒劳无益！”

“为什么呢？”

“为什么？哈哈哈！您太天真了，安德烈……如果人家拒绝您，原因总是有的……首先，您穷，而我已经对您说过上千次：我值十万法郎……您有十万吗？”

“目前我连一百法郎都没有……您听我说，伊尔卡……您这是在说谎……为什么您要如此无情地诽谤自己呢？”

“如果我爱着另一个人呢？”

“这个人知道您爱他，而且他也爱着您吗？”

“他知道，而且他也爱我……”

“哼……他一定是个畜生，才会让您到胖子布兰沙尔的剧院来！”

“他不知道我在巴黎。您别骂人，安德烈……”

伊尔卡站起来，在房里走来走去。

“您，安德烈，”她说，“您不止一次说过，您愿意为我做一切事情……您是说过这种话的吧！好，那就请您给我办一件事……请您设法不让那些给我捧场的人来纠缠我……他们叫我不得安宁……他们有一百个人，我呢，只是一个人。您自己想想吧……每个人我都得拒绝……难道我看见了因遭我拒绝而伤心的人会感到愉快？劳驾，请您安排一下吧！……这些献殷勤、提要求、表白爱情都使我十分厌烦。”

“我会安排好的，”奥玛连先生说，“安排得除了我以外不会有任何人来打扰您……我算一个例外吧？”

伊尔卡否定地摇摇头。

安德烈脸色变白，跪在地上，两只眼睛跟着来回走动的伊尔卡。

“可是我爱您，”他用恳求的声调说，“我爱您，伊尔卡！”

伊尔卡突然惊叫一声。不知怎么弄的，她手中玩着的圆形饰章突然打开了。早些时候，尽管她使上了全部力气，圆形饰章从来没有被打开过。冯·扎依尼茨把这个圆形饰章送给她的时候忘了告诉她：这东西有一个秘密开关。

“总算打开了！”伊尔卡叫道，脸上喜气洋洋。

现在她能知道藏在饰章里面的是什么东西了！也许，是他的照片点缀着这个黄金小首饰吧？她希望看到一张留着大黑胡子的高贵的脸，她跳到灯前，朝饰章里看了一眼，她的面色变得煞白：她看到的不是长着大胡子的脸，而是一张高傲的女人面孔，脸上露出尊严的笑容。伊尔卡认出了这张脸！照片嵌在一个小金框里，小金框上刻着："捷莉扎·盖依连希特拉尔爱着你。"

"原来是这样？！"

伊尔卡面色变红了，她把圆形饰章丢到一旁。

"原来是这样？！她爱他？哼……好吧……"

伊尔卡倒在长沙发上，烦躁地转动着。

"她敢爱他？"她喃喃地说，"那可不成！安德烈！看在上帝面上！"

记者站了起来，用手拍拍双膝，走到伊尔卡跟前。

"安德烈……好，我会爱您，不过您得完成我的一个要求。"

"不管您要求我做什么，我都去办！有一千个要求我也去办，我亲爱的！"

"以前我一直不愿意这么做，可是……现在我被迫这么做了……我挑选您做我的报仇人……您到过我的祖国吗，哪怕是只去过一次？"

伊尔卡靠着采访记者的肩膀，凑着他的耳朵小声地讲了起来。她说了很长时间，讲得很热烈，比划着手势。他在采访记事本上记了一些东西。

"您办得到吗？"她问。

"办得到……我听您讲了以后就恨她了……"

"您马上就去吧……"

"可是，您怎么能知道我是否已经完成了您的委托呢？"

"我相信您的保证。"伊尔卡说。

"伊尔卡，您同样要对我作出保证，保证您不会……欺骗我。"

伊尔卡犹豫了一会儿。还用说吗？她必须卑鄙地撒谎，对一个忠心而诚实的人撒谎，而且还是……平生第一次。

“我保证。”她说。

采访记者吻一下她的手走了。一个钟头后他已经坐在火车上了，到了第二天他已经离开法国。

伊尔卡送走采访记者后走出化妆室，她来到了休息室，这里放着好几张小桌子。她脸色苍白，惊惶不定。她忘记了，这天傍晚已经宣布说她病了，而她现在却在所有的房间里走来走去。她不愿多想，可是一些非常可怕和令人不安的念头却接二连三地出现在她兴奋的头脑里。她想到她的男爵爱着或者爱过那个[1]女人，这想法折磨着她。当她来到剧院的池座时，观众纷纷把目光投到她的身上，投到布兰沙尔太太所在的包厢，这位太太刚才还在十分肯定地说伊尔卡卧病在床。这时正活跃在舞台上的“新人们”忽然听到了台下的低语声、唿哨声和鼓掌声，她们就开始鞠躬……其实观众并不是嘘她们的，也不是为她们而鼓掌……

“上台！来几首匈牙利歌曲！”疯狂了的观众叫起来，“快上台去！伊尔卡！好哇！”

伊尔卡微微一笑，用手指了一指喉咙就走了，让肥胖的布兰沙尔自己去同受骗的观众周旋。她走进了饭店的一个单间，平时她就在这里跟“朋友们”一起进晚餐。她身后跟着一些捧场的人。

这是一次不愉快的晚餐。伊尔卡一言不发，什么也不吃。“朋友们”听到的已经不是她的高兴的笑声和不合语法的法国话，而是一阵阵深深的叹息。晚宴席上的头目是谢齐，但他同样闷闷不乐。

“叫这些贞洁的小姑娘连同她们贞洁的小脸蛋见鬼去吧！”他喃喃地说，两只眼睛贪婪地望着伊尔卡。德齐烈呢，他只顾一声不响地喝酒。这个不幸的龙骑兵近来常常冥思苦索……伊尔卡要价十万，而他却连两千也拿不出。最近他的父亲去世，家中的田产全归

---

① 着重点是原作中就有的。

债权人处理了。他并不指望无私的爱情，因为他知道他长得不漂亮，他也知道这些[1]姑娘贪财。

阿道尔夫是银行家巴赫的儿子，他负责供应大家喝香槟酒。这时他坐在伊尔卡身旁，不拘礼节地同她亲热着。作为最有钱的一个，他有这种权利……他喝伊尔卡杯子里的酒，他凑着伊尔卡的耳朵说悄悄话，诸如此类。他的狎昵使在座的人更加苦恼，他们受不了财大气粗的阿道尔夫·巴赫……

离他们的酒桌几步开外，有两个老头子在窗前坐着，其中之一是里昂市的工厂主玛尔克·鲁甫烈尔，另一个……虽然正是我们的老相识——小提琴手茨威布希，而您却会认不出是他。他变得很厉害。他瘦了，脸色苍白，额头上也没有汗珠闪亮，眼睛里流露出冷漠和听天由命的神情……老茨威布希对一切都满不在乎……在他心目中，一切都完了，连同他的伊尔卡在内。他已经不穿粗布衣服，在瘦瘦的身躯上穿着一件白的配着金袖口的衬衫和黑色燕尾服……他现在正在同伊尔卡的一个最热烈崇拜者鲁甫烈尔谈着……文学。

快到深夜三点钟了，除了茨威布希、他的女儿和鲁甫烈尔之外，其余的人全都醉了。酒意使这些忧郁和愁闷的浪荡子们稍微振作了一些，无望的爱情使他们醉醺醺的头脑热乎起来，他们的话盒子打开了。

四点钟了，伊尔卡同父亲一起回家。她临走前，每个人都竭力想单独同她说几句告别话……

“我爱您！”每个人都对她说，而且每个人都向她许愿过天堂生活。

“十万！”她说得十分简短。

在五月的一个宁静的傍晚，终于有一个人给了她十万，于是这出喜剧也就此告终。这个人是龙骑兵德齐烈。

深夜三点钟，大家都已沉醉，这时龙骑兵走进房来。他脸色苍

---

① 着重点是原作中就有的。

白，神情激动。他不同任何人打招呼，直接走到伊尔卡跟前，拉住了她的一只手，把她领到一旁。

“钱我带来了，”他声音低沉地说，“你拿去吧！……你可知道我干了什么吗？我抢了我舅舅的钱……明天定会把我送上法庭……你拿去吧！我同意！”

伊尔卡的胸中冲出欢悦的叫喊。她有十万了！但同时她的脸覆盖上一层死人般惨白的颜色：到了为十万法郎付出代价的时候了……

一直在注意德齐烈的行动的阿道尔夫·巴赫走到伊尔卡跟前，听到了“同意”两个字，脸色顿时一阵发白。

“我也同意！”他迅速抓住衣袋说，“我也给十万！”

德齐烈带讥诮地微笑一下。他现在认为巴赫娃娃不是他的旗鼓相当的情敌。

“我是第一个同意的。您，巴赫，不妨回家去睡觉。您的奶妈正在等着您呢！”

“我不同奶妈一块儿睡。德齐烈，我不太喜欢您这张脸，它在讨吃耳光。我给十一万！”

“我给十二万！……”

德齐烈从舅舅家偷了整整十二万。

谢齐喝得醉醺醺的，两只色眼一直紧盯着伊尔卡，好似一条蛇盯紧了一只兔子。他忽然站起来，走到巴赫和德齐烈跟前。

“你们……你们……同意了？”他喃喃地说，“你们疯了！你们……你们……疯了，孩子们！十万啊！哈哈哈！请原谅，小姐，不过话说回来……您，小姐，您自己也得承认……”

“我给十二万！”德齐烈又说。

“我给十二万！”孩子气十足的巴赫大笑说，“马上付现钱！”

谢齐身子摇了摇，他不信自己的耳朵。难道真会有这种傻瓜，会花十万法郎买一个在任何时候花五千就可以买到的女人？难道买下这个女人的……居然不是他？

“不行！”他大声叫道。

“我也出十二万！”走近来的第四个男人说。他是来自马赛近郊的地主阿尔科，他身躯高大健壮，很有钱。对他来说，丢十万在这小姑娘脚跟前根本无所谓。他的妻子和独生子不久前都死了，现在他就靠喝酒和花钱买爱情来浇愁。

“我也同意！”塞尔维亚人包契奇说。这个人自称是某大使馆的秘书，每天饮酒作乐，挥金如土。

谢齐开始翻阅他的笔记本，他在本子上写写算算，铅笔在纸上不住移动。

“这又何必呢，诸位先生！”他喃喃地说，“难道你们的钱就这么贱？为什么一定要十二万，而不是整数十万？三万……六十万……为什么不是整数十万？”

“十二万五千！”巴赫确有把握地瞧着情敌们喊道。

“我同意！”谢齐叫道，“我同意！你们都听见了吧，我也同意！”

“我不要您加钱，”伊尔卡对巴赫说，“把那五千收回去。十二万我也同意……不过，诸位先生，不可能是所有的人……只能是一个人……这个人该是谁呢？”

“是我，”龙骑兵说，“是我第一个同意的……”

“这不算什么！”其他几个人都说，“不算什么！头一个还是第二个，难道不是一回事？”

“这不算什么，”伊尔卡说，“该怎么办呢，诸位先生？你们这些人我都一样喜欢……你们都可爱，都讨人喜欢……你们大家都同样爱我……怎么办？”

“抓阄！”一个青年男子提出建议，他没有参与购买，但他羡慕地看着这些买主……

“好，我们抓阄，”伊尔卡同意说，“诸位先生，赞成吗？”

“赞成！”大家说。只有龙骑兵除外，他坐在窗台上死劲咬着肥厚的下唇。

“好吧，诸位先生，我们来准备一些小纸片……那张写着我名字的小纸片落到谁的手里，谁就得到我。茨威布希爸爸，你准备吧！”

对伊尔卡，茨威布希一向是言听计从的。他把手伸进新礼服的衣袋，取出一张纸来，并把这张纸裁成好几个小方块，在其中的一个小方块上写着“伊尔卡”。

“诸位先生，把钱都放在桌上！”伊尔卡提议道，“小纸片准备好了吗？”

“我们每个人出多少呢？”巴赫问，“我们一共是几个人？八个人？那么，把十二万除以八，就是……就是……”

“每人都放上十二万！”伊尔卡说。

“每人放多少？”

“每人放十二万！”

“您算术没学好，我亲爱的！”塞尔维亚人说，“要不您这是在开玩笑？”

“每人十二万……否则不行。”伊尔卡说。

男人们默默无言地从伊尔卡身边走开，在桌旁坐下。他们都很气愤。谢齐开始谩骂和寻找帽子。

“这是欺诈！”他说，“这是骗子行为！我们这些傻瓜、醉驴的血液沸腾了，骗子就利用上了这一点。”

“我一个生丁①也不出！”巴赫说。

“我没有要您出，”伊尔卡说，“不过，该回家了……你准备好了吗，茨威布希爸爸？我们走吧！你把那些纸片藏起来，留作纪念。”

“再见！”男人们说，“回您的匈牙利去吧，在那儿找那些会给您一百万的傻瓜吧！您不是要一百万吗？您该明白，怪姑娘！花上一百万，可以把整个巴黎都买下来！再见！”

---

① 法国辅币，100 生丁为 1 法郎。

然而，万能的情欲占了上风。在伊尔卡向每个人伸出热乎乎的手时，在她向每个人说上几句热情的告别话时，在她唱完“最后”一支歌时，男人们的情欲达到了顶峰……

五点钟，头一个偶然碰上的仆人把方块纸从巴赫的帽子里取出来。方块纸全都摊开了，这时从所有在场的男人的胸膛里爆发出一阵笑声。这是绝望的笑声，是对命运之荒谬和疯狂发出的嘲笑。

原来写有“伊尔卡”字样的那张纸片落到了衰老的玛尔克·鲁甫烈尔——里昂市的工厂主的手中。玛尔克·鲁甫烈尔是“闹着玩”押上十二万的，但他只消一吻就会满足了！

8

那是十二月间一个严寒的傍晚。天空中初出的星星在闪烁，冷峭的月亮在游动。四下里一片寂寥，没有任何动静和声响。

阿尔土尔·冯·扎依尼茨走在宽广的林间通道上，他这是去“吃午饭”。半个小时前他在圣福兰齐斯克小礼拜堂告别了捷莉扎·戈尔达乌根，约定了第二天再见面。像平常一样，他顺路来到守林人的小屋，询问一下有没有信件。布拉乌赫尔太太交给他两个信封：一个很大，另一个很小。小的一封是伊尔卡从巴黎寄来的。扎依尼茨不打算读这封信，把它塞进了口袋。他知道信的内容：“我爱您！”伊尔卡想不出比这更新颖和聪明的话来。大信封上的地址是彼尔采尔写的。如果信封上“重要文件”这几个字没有惹扎依尼茨注目，他也会把这封信塞进口袋。阿尔土尔想了一下，把信封拆开。他在信中发现一份母亲的遗嘱，他读起这份遗嘱来。文件的下端是一只抚爱过男爵的亲爱的手签下的名字。他越往下读，他脸上的神情就越显得奇怪。母亲嘱咐把全部[1]财产交给他，不给他姐姐任何东西……既然如此，为什么彼尔采尔要把这份遗嘱寄给他？

---

① 着重点是原作中就有的。

“哈哈！悔悟了！早该这样……”他暗想。

母亲的田产并不多，它能提供的收入每年不超过一万达列尔。不过阿尔土尔能得到这笔钱也是高兴的，同样使他感到愉快的是他从守财奴彼尔采尔的爪子里夺过了这笔钱。这个彼尔采尔是为了一个达列尔就能干出各种各样的下流事来的。

阿尔土尔向布拉乌赫尔要了一张纸，在桌旁坐下给彼尔采尔写信。他写道：遗嘱已经收到，他很想知道这些年来从他母亲留给他的田产上得到的收入的下落。他把信给了布拉乌赫尔太太，后者在第二天就把信送到车站交邮车发出。一星期后他收到了彼尔采尔的回信。这是一封相当古怪和莫名其妙的信：“我什么也不知道，既不知道有什么遗嘱，也不知道有什么钱。请您别再纠缠我们……”

“这是什么意思？”阿尔土尔读完信后问自己，“的确奇怪！也许他后悔把遗嘱寄给我了？好……既然如此，你且别忙！”

在收信后的第二天阿尔土尔进城为遗嘱之事提出抗议。一场诉讼爆发了。

从此阿尔土尔常常进城。他先上法院，然后找了律师。捷莉扎往往是独自坐在圣福兰齐斯克小礼拜堂里忍受期待和郁闷的折磨。她坐在小礼拜堂里，瞧着圣徒福兰齐斯克的两只可怕的眼睛，听着呼啸的风声……如果在风声中可以听出男爵的脚步声，她眼睛里就会闪出幸福的光辉；如果她在夜间未能同他会上一面就离开了小礼拜堂，她的脸色就会变得死白。他呢，他来小礼拜堂，不过是为了嘲弄嘲弄她，说说下流话，哈哈哈笑上一阵……捷莉扎急切等待着春天来临，到那时他们又可以在露天幽会。

但是，春天带给她的却是灾难。

那是在春天的一个宁静而又暖和的“午饭之后”。

捷莉扎坐在“铜鹿”旁等候着阿尔土尔。她坐在刚透出地面的嫩草上，倾听着离她不远的淙淙小溪的流水声……太阳温暖着她美丽的肩膀，她感觉很舒服。

“他来不来呢？”她想。阿尔土尔正醉心于诉讼，不乐于到“铜鹿”来。但在这个“午饭之后”他却来了。像平常一样，他来到时微带醉意，双眉紧锁，满心不快。

“您已经在这里了？”他问十分高兴见到他的捷莉扎，“您好！无所事事可真是好！说实话，真是好！无所事事的人总是散散步和在绿草地上坐坐……”

他在捷莉扎身边坐下，怒气冲冲地朝一旁啐唾沫。

“您在生气？”伯爵夫人问。

“我在生卑鄙的彼尔采尔夫妇的气。您知道吗，他们是怎么对待我的？他们寄给我的那份遗嘱是假的，就像虚假的女人一样，是伪造的。我凭它打官司，人家会判我犯伪造罪……彼尔采尔夫妇要了一次恶毒的把戏！见到遗嘱时，他们耸耸肩膀，根本不予承认。搞伪造的是他们，而受审判的却是我！真见鬼！已经要求我不得离境，很快侦讯官就将找我的麻烦了。怎么样？哈哈！冯·扎依尼茨男爵伪造遗嘱！要想出这样的圈套，必须是彼尔采尔这样的骗子！哦，夫人，您的情况怎么样？昨天我听说您同伯爵已经离婚。你们间的一切都已结束。为什么您还坐在这里？为什么您还不离开丈夫、不离开会使您想到这个可恨的人的地方？”

“我不想离开这里。”捷莉扎说。

“哦……我可以问一声‘为什么’吗？”

“您不知道？”

“我怎么会知道？”

一阵短暂的沉默。他们两人都知道为什么她还留在此地，为什么她还不离开这个地方。是阿尔土尔要折磨折磨捷莉扎。

“我……您不知道？……我爱您！”伯爵夫人说，她傲慢严肃的脸上泛起一阵红晕，“我爱您，阿尔土尔！……如果没有这爱情，那现在我已远离‘铜鹿’了。”

伯爵夫人抬眼观看阿尔土尔的脸。这张醉醺醺的带有几分讥诮神情的脸向她说出了真情，沉默不语也肯定了这种真情：他不爱她！

“那您为什么常到这儿来？”她绞着手指轻声问道，“为什么在这种幽会开始的时候您不离开我？”

“那时您正烦闷无聊，”阿尔土尔说，“我呢，我是一个追随贵妇的骑士，只要是可爱的女士们需要我做的，我都做。哈哈！”

“这多么不聪明啊！”

“非常可惜，我不能以爱情来报答爱情，我爱着另一个人……”

阿尔土尔笑吟吟地把手伸进侧袋，取出伊尔卡的照片，将它送到捷莉扎的眼前。

“这就是她，我的爱人。您认得出来吗？”

“就是那个老头的女儿吧？可是为什么她是这么一副打扮？”

“她穿得十分体面……一张有魔力的小脸！”

“她现在在哪儿？”

阿尔土尔不作回答。他没有得到预期的效果：见到这张照片时，伯爵夫人的脸没有变白，也没有涨红……她不过叹了一口气。相反，令人奇怪的是，她见到这张俊俏的稚气未脱的小脸时，她眼睛里反而闪耀出善意的神情。

“再见！”阿尔土尔说，“再见！我要去攻读法律！啊，彼尔采尔，彼尔采尔！如果我在法庭上说遗嘱是我从他那儿得到的，我一定会引起哄堂大笑！”

阿尔土尔转身背对捷莉扎，一边比划着手势，一边迈步向密林走去。

捷莉扎走到马儿跟前，它正在一旁懒洋洋地啃着嫩草。

“我们要走了，以后我们不会再到这儿来了，”捷莉扎摩挲着马的额头说，“人家不爱我们，我们又不会乞求。”

捷莉扎上了马向林边奔驰。她眼睛里闪出果断的神情。她骑着马走进我们在这部小说第一章中讲到的那个通向漫长林荫路的便门。这时在她身后响起了脚步声，她回头一看，只见一个陌生的青年拿着一根鞭子跟在她马后跑。

“等一等！”他用法国话喊她。

伯爵夫人把马勒住，向青年点了点头。

“大概他是个有事相求的人。”她想道。

采访记者德·奥玛连面露笑容，神采焕发，跑到了她跟前，欣赏着她的美貌。他举起了鞭子。

“您真美，您也真狠心！”他说，“任何坏事都不该不受惩罚。您回想一下卖艺的老人和他的女儿吧！”

伯爵夫人感到脸上一阵剧痛。

“该怎么就怎么吧！”她说完就拉了拉缰绳。

德·奥玛连朝美丽的伯爵夫人的后影看了很久。这个法国人非常想同这个女人谈谈，他打了她，而她却用一句话来回答鞭打：“该怎么就怎么吧！”可是她的身影在他眼前消失了，他转身快速地向火车站大步走去。他已经完成了交给他的任务，现在他要去领赏了……

9

“有一位女士在找您！”一天傍晚布拉乌赫尔太太对前来取信的阿尔土尔说，“她留下了一张字条！”

“我下榻在大锚饭店，”阿尔土尔在这张字条上读到，“您快点来。伊尔卡。”

阿尔土尔动身进城，在午夜见到了伊尔卡。一见到她，他就哈哈大笑起来。她穿着多么文雅！她多么不像以前他在树林里遇见的哭成了泪人儿的歌女！

“你有一百万了吗？”他笑着问道。

“有了。就在这儿！”

阿尔土尔突然不笑了：一百万法郎放在他面前的桌子上，实打实的一百万。

“见鬼！”他说，他不相信自己的眼睛，“我的孩子，你是算的法郎吧？我忘了对你说要按达列尔算。不过，这也没关系……有这些钱也好！你在哪里弄到的？”

伊尔卡在他一旁坐下，把同他分手后她的全部遭遇都讲给他听。

“你倒说说，你是怎么打发老头子的呢？”阿尔土尔问。

“我给他灌了吗啡，当夜我就头也不回地逃跑了。”

“诚实！”阿尔土尔说，“哈哈哈！如果这发生在别的时候，我就会揍你一顿，不过现在我要请你做冯·扎依尼茨男爵夫人。我向你求婚！明天我们就去找市长！”

第二天冯·扎依尼茨和伊尔卡拜访了市长。6月2日上午九点半钟伊尔卡成了冯·扎依尼茨男爵夫人。

当天下午两点钟阿尔土尔·冯·扎依尼茨男爵被褫夺了男爵头衔：陪审员认定他犯了伪造遗嘱罪……彼尔采尔夫妇达到了目的。

在法庭上伊尔卡见到了戈尔达乌根伯爵夫人。

伯爵夫人坐在远离听众的一把后排圈椅上，眼睛一直盯着被告。她的黑帽上挂黑面纱。显然，她有意要保留无名氏的身份。她听完检察官的发言后说：“这多么愚蠢！”只是在这时，凭她的悦耳的嗓音伊尔卡才认出她来。

“她凭什么权利看我的丈夫？”伊尔卡想道。她的脸色由于憎恨而发白，同时她又为她的胜利而得意扬扬。现在她相信自己胜利了：伯爵夫人的爱人被夺走了。

被告在法庭上的举止十分奇怪。他略有醉意，从他嘴里连珠似的吐出恶毒的讽刺话。他无视法官和陪审员，该他说话的时候他默不作声，该他沉默的时候他倒讲了起来。检察官是他的大学同学，但在发言中对他毫不宽恕。检察官不客气地挖他的老底，作为他的同学，检察官熟悉他的过去，描述了他在巴黎的生活，他的破产、手头拮据以及由此而来的惨苦生活。检察官以对彼尔采尔太太的赞歌来结束自己的发言，他说她为了正义，为了惩治过错而不惜牺牲手足情分，他说：

“她的行为表明，她是一位模范公民！”

“你真可耻！”阿尔土尔对检察官说，“以前在大学里吸我的雪茄烟的时候，你还不会如此胡说八道！”

只有这两句话是阿尔土尔严肃而又诚恳地说出的，他所说的其它的话都引起了笑声和主席的摇铃声。

旁听的人们鼓掌赞成法庭的定罪判决。他们几乎全是彼尔采尔家的仆人。同情阿尔土尔的人在法庭上找不到座位。全部座位一清早就让银行家的喽啰们占据了。阿尔土尔冷淡地听完了判决。

“我知道到皇帝那儿去的路，”他说，“一旦我重新需要男爵头衔，我会去找他。了解我的维也纳人都会嘲笑这种判决！”

伯爵夫人离开法庭大厅，坐上马车。她心中充满痛苦，她憎恶一些人，觉得他们太可耻。她目睹了这些人怎样指控一个无辜的人搞欺诈和怎样定罪。要欺骗这些肥胖愚蠢的陪审员多么容易！要断送一个人不需花吹灰之力！

“我一定要为他恢复名誉！”她气愤地暗自决定，“他对他们说了他知道去维也纳的路，但他不会为一个好名声而去奔走，他会以为这是不足介意的小事……再说他又是一个懒汉，行动不果断……还是我来为他张罗……”

“我要给他一点恩赐，”她心里又补充说，“虽说这违背他的心愿，他该接受我的恩赐！”

第二天她已经在市俱乐部的慈善性舞会上出售彩票。花园里搭了一个用旗子、葡萄藤和鲜花构成的天棚，天棚底下有几张小桌子，桌子上放着盛有彩票的轮盘……八个面貌俊俏、衣着华美的贵妇坐在小桌旁出售彩票。生意做得最好的是戈尔达乌根伯爵夫人。她一刻也不休息，不停地摇动轮盘和找钱给买主。彼尔采尔也来参加舞会，向伯爵夫人买了两千张彩票。

“您内弟的情况好吗？”伯爵夫人从彼尔采尔手中接钱时问道。

彼尔采尔叹了一口气说：

“他这个可怜人遇上了两件倒霉事。第一件事是他结婚了，第二件……从今天起他已经不再是男爵了……”

"我听说了……现在他妻子在哪儿？"

"在这儿。您还没见过？可笑！哈哈！……她是男爵夫人……如果他们晚几个钟头举行婚礼，那么她现在就只会是女市民扎依尼茨……"

伯爵夫人仔细观看所有走过的人的面孔，她的两只眼睛搜寻着伊尔卡。

伊尔卡正在舞会上。她已经从伯爵夫人身旁走过一次，昂着头，面露骄傲的、目空一切的笑容。当时伯爵夫人正忙于做生意，没有注意到她。她第二次走过来，四周围着一群好奇的人，他们看她漂亮的脸都看出神了。伯爵夫人举目看了她一眼，显然没有认出她来。在她第三次走过的时候，她们的目光相遇了。

伯爵夫人感到困窘，竟会把钱掉到地上，这使伊尔卡十分高兴。从伯爵夫人颤抖的手上滑落的几个硬币叮当作响地在地上滚。

伊尔卡走到伯爵夫人桌前，直视她的面孔，拿起几张彩票。

"我想捐献一样小玩意儿给学校，"她说着就把一个金饰章塞进伯爵夫人手中，也不等她的回答。伯爵夫人接过一只她熟悉的圆形饰章，把它打开，不由微笑起来：她照片上的脸部留着几道胸针划过的痕迹。

"请您把这件东西交到俱乐部管理处去，"说着她把圆形饰章交给了伊尔卡，"我们的工作不过是卖彩票……"

伯爵夫人又笑着补充了一句：

"对不起，我没有工夫！"

伯爵夫人的笑容和冷静使伊尔卡难为情起来，对这类交锋并不习惯的她发窘了，她从桌旁走开。她感到懊恼和羞愧，因为站在伯爵夫人小桌旁的一些人发觉了她的难堪相，互相使了一下眼色微笑起来。这莫名其妙的笑刺痛了伊尔卡的心。

"请让我走过去。"她对一些青年人说，他们像一堵墙似的站在她面前，好奇地瞧着她。

不知为什么这些青年人大笑起来。在伊尔卡背后也传来同样的笑声。她回头一看，也是一群青年人。

“请让我走过去。”伊尔卡又说了一遍。

重又响起一阵笑声，一个大大的啤酒瓶木塞打在伊尔卡的粉红色额头上，另一个瓶塞打中了她的右肩……

“哈哈！……乌拉！冯·扎依尼茨男爵夫人，一个革了爵衔的骗子的老婆！”有人喊道，接着就听到一阵嘘嘘声。

第三个瓶塞和第四个瓶塞一起打在伊尔卡脸上。遭受屈辱的她几乎昏厥过去，她朝伯爵夫人看了一眼，她觉得伯爵夫人在笑……伊尔卡的视力模糊了，眩晕的头不由自主地向下垂。

“阿尔土尔！”她大声叫喊。

没有人回答。革去了头衔的男爵此时此刻在很远的地方，醉醺醺的他躺在布拉乌赫尔小屋附近的灌木丛下，梦见了他的一百万……

伯爵夫人走到伊尔卡眼前，而受凌辱的姑娘因目光模糊而没有认出她。伯爵夫人搂住伊尔卡的肩膀把她带出人群。

“放开我！我要打死她！”伊尔卡喊了喊就不省人事了。

待她神志清醒过来时，她发现自己在一个装饰着紫红丝绒的小房间里，躺在长沙发上，身旁坐着一个手中拿着小瓶子的姑娘……

“我们这是在哪儿？”伊尔卡问。

“在俱乐部，太太！”姑娘回答说。

传入伊尔卡耳朵的玛祖卡舞曲证实了姑娘的说法。伊尔卡抬起沉甸甸的头想了想，想起了刚才发生的一切。

“请给我一小杯莱茵葡萄酒。”她对姑娘说。

姑娘走出房间。伊尔卡迅速从衣袋里取出钱夹，又从钱夹里取出装有吗啡的小瓶子。不久前她就是用这吗啡款待过鲁甫烈尔老头！现在她要用它来款待自己了，因为她受不了人们给她的种种侮辱……小瓶里的吗啡全部被伊尔卡吞下。等待着长眠的她靠在丝绒枕上想了起来……她不可惜这平淡无奇的生活，她舍不得丢下的只有茨威布希爸爸一人。她并不可惜阿尔土尔，因为他爱酒胜过爱年轻的妻子。

“您觉得怎样？”她听到了一个悦耳的声音。

她最凶狠的敌人——伯爵夫人，走进房来，向她俯下身子……伊尔卡在自己面前看见一对发亮的眼睛和脸颊上的两块红晕。

“德·奥玛连！”她在伯爵夫人脸颊上看到一长条隐约可见的红痕后轻轻地说了这么一句。

“那些欺侮您的人将受到惩罚，”伯爵夫人说，“是仇视阿尔土尔的彼尔采尔雇他们来的……我一定要惩罚彼尔采尔这个坏蛋……我有力量……您还在生我的气？”

伊尔卡把脸转向一旁。

“你还在生气，伊尔卡？得啦……你原谅我吧！……我有错……我侮辱过你的父亲和你……我现在忏悔了，请求你原谅。”

伊尔卡感到有人吻了吻她的头。

“我找你找了很久……自从我在那个倒霉的日子里遇上了你的目光后，我日夜都不安宁……你的眼睛连在梦中也像火似的烧灼我……”

伊尔卡突然放声大哭。

“我要死了。”她轻声说。她在已经忏悔的情敌的温柔话声中昏昏睡去。

“请你原谅我，伊尔卡，就像我原谅了你一样……”

伊尔卡伸出手去，碰到了伯爵夫人的脖子……伯爵夫人俯身吻了吻她的嘴唇。

“我要死了。”伊尔卡轻声说，“我吃了吗……吗啡……在地毯上……”

伯爵夫人弯下腰去，在地毯上看到了一只小瓶子。她全明白了。隔了一会儿，她在俱乐部找到了一位医生并把他领到伊尔卡身边。医生能做到的只是根据小瓶子确认服毒事实，可是要把沉睡的伊尔卡救活他已无能为力……

记者德·奥玛连从匈牙利回到了巴黎，这正好是在抓阄决定伊尔卡命运的那个夜晚。在歌女下榻的房间里，除了酣睡在圈椅中的鲁甫烈尔老头外，他没有找到任何人。他跑去找巴赫。巴赫把在他出门期间发生的一切都告诉了他。

“她逃跑了！”采访记者拿定了主意，于是第二天他又动身去匈牙利，指望在那里取得工作报酬。

在匈牙利他得知他心爱的女人已死的消息。这死讯是对他的残酷无情的报酬，竟使他病倒在床。他患热病卧床一阵之后，在戈尔达乌根伯爵家的树林里定居下来，从各方面收集资料，写成了一部关于美女伊尔卡的中篇小说。去年我路过戈尔达乌根伯爵家的树林，认识了德·奥玛连，读了他的这部中篇小说。

现将这部小说翻译成俄语以飨读者。

有生命的商品

献给费·费·波普多格洛[①]

1

格罗霍尔斯基抱住丽扎，吻遍她的一个又一个小手指（这些小手指上的粉红色指甲她都已经啃过），然后把她放到一张套着廉价丝绒的卧椅上。丽扎躺下了，她把一条腿架在另一条腿上，把两只手垫在头下。

格罗霍尔斯基挨着她坐在椅子上，他向她弯下身去。他全神贯注地看着她。

在夕阳光辉的照耀下，在他看来她是多么俊俏！

从窗口望去，金黄的、微微蒙上一层紫红色的落日可以看得一清二楚。

落日以明亮的但又不刺眼的光辉照亮了整个客厅和丽扎，而且短暂地镀上了一层金黄色。

格罗霍尔斯基观赏得出神了。丽扎并不是很美的美人。不错，她的那张小猫脸配上两只褐色的眼睛和一个小小的鼻子是娇嫩的，甚至是令人动情的，她稀稀的鬈发黑得跟煤烟一样，她那小小的身躯优美、灵敏、匀称，像一条电鳗，不过整个说来……不过，还是撇开我的审美口味不谈吧。被女人宠坏的格罗霍尔斯基，一生中爱过和抛弃过上百个女人的格罗霍尔斯基却认为她是美人。他爱她，而盲目的爱情总能找到理想的美。

“你听我说，”他直视着她的眼睛说，“我是来找你谈谈的，我的美人。爱情是容不得任何暧昧和模糊的情况的……暧昧的关系，你可知道……昨天我已经对你说过，丽扎……今天我们就来努力解决昨天提出来的问题。好，我们俩一起来解决……该怎么办呢？”

丽扎打了个呵欠，紧紧皱起眉头，将右手从脑后抽了出来。

“该怎么办呢？”她随着格罗霍尔斯基重复了一遍，声音低得勉强能听见。

“是啊，该怎么办？你来决定，聪明的小脑袋……我爱你，一个正爱着的人是不喜欢与人分享爱情的。他比自私的人更自私。我不能跟你的丈夫分享爱情。一想到他也在爱你，我就在心中把他撕个粉碎。其次，你爱我……对爱情来说，充分自由是不可缺少的条件……可是你难道自由吗？你想到这个人老是逗留在你心头的时候，难道你不难受？你又不爱这个人，也许，你还憎恨这个人，而这是很自然的……这是第二……第三呢……第三是什么呢？啊，我想起来了……那就是我们在欺骗他，而这么做是……不正派的。说真话是首要的，丽扎，别说谎！”

“是啊，那该怎么办呢？”

“你可以猜得出来……我认为，必须向他说明我们的关系，撇开他去自由自在地生活。这两件事都应该尽可能快办……比方说，哪怕是今天晚上你就……向他说明……到了该了结的时候了……偷偷摸摸地谈情说爱，难道你对此还不感到厌烦？”

“说明？向万尼亚说明？”

“嗯，是啊！”

“这是不可能的！我昨天也对你说过，米谢尔，这是不可能的！”

“为什么呢？”

---

① 费·费·波普多格洛（1846—1883），记者、戏剧家，契诃夫的好友。波普多格洛去世后，契诃夫向其遗孀买下其藏书。

"他会生气，会四处张扬，惹起各种不愉快的事来……难道你不知道他是个什么样的人？求上帝保佑，别作什么说明！亏你想得出！"

格罗霍尔斯基举手抚摩了一下额头，叹了一口气。

"是啊，"他说，"他还不止是会生气……可不是，我夺走了他的幸福。他爱你吗？"

"爱。很爱。"

"可真是件烦心事！不知道该怎么着手。瞒着他的做法是卑鄙的，向他说明呢，又等于要他的命……鬼知道是怎么回事！哎呀，该怎么办呢？"

格罗霍尔斯基沉思了。他苍白的脸上现出阴郁的神色。

"我们一直像现在这么过下去吧，"丽扎说，"让他自己去探查吧，如果他愿意这么做的话。"

"可是要知道，这……这么做既不好，又……再说，你是我的，谁都无权认为你不属于我而属于别人！你是我的！我无论如何不把你让给别人！……我怜惜他，上帝清楚，我多么怜惜他，丽扎！一看见他，我就心痛！可是……可是，话说回来，该怎么办呢？你不是不爱他吗？你干吗要为他痛苦呢？应该说明！我们向他说明了，就一块儿上我家去。你是我的妻子，不是他的妻子。他要怎么样就随他怎么样吧。他好歹能熬过这种痛苦……不是他头一个，也不是他最后一个。①……你愿意逃跑吗？啊？快说！你愿意吗？"

丽扎站起身来，用疑问的目光瞥了格罗霍尔斯基一眼。

"逃跑？"

"是……逃到我的庄园上去……以后再去克里米亚……我们在信中向他说明……可以夜里走，火车午夜一点半钟出发。啊？行吗？"

---

① 意思是：像他这样的人多着呢！

丽扎懒洋洋地搔搔鼻梁，沉思不语。

“好。”她说了一声就……哭起来了。

她的小脸颊上出现了红晕，小眼睛鼓胀起来，泪水顺着小猫脸淌下来……

“你哭什么呀？”格罗霍尔斯基作难了，“丽扎！你你怎么啦？啊？干吗哭呀？你这个人！这究竟是为什么？亲爱的！我的小亲亲！”

丽扎对格罗霍尔斯基伸出双手，搂住了他的脖子。听得见她的啜泣声。

“我可怜他……”丽扎喃喃地说，“啊，我多么可怜他！”

“可怜谁？”

“可怜万……万尼亚。”

“我就不可怜他吗？可是怎么办呢？我们会使他痛苦……他会痛苦，会咒骂……可是我们有什么过错，我们彼此相爱。”

说完这话，格罗霍尔斯基从丽扎身边跳开，就像挨了蛇咬似的。他在圈椅上坐下。而丽扎轻快地丢开他的脖子，迅速地，转眼间就坐在卧椅上了。

他们俩都脸红了，低下了眼睛，咳起嗽来。

这时一个身高肩宽、年纪三十岁左右、身穿文官制服的男子走进客厅里来了。他是悄悄地走进来的，可是他在门口绊上了一把椅子，响声告诉情人们有人来了。他们回头一看，这人就是丽扎的丈夫。

他们回头看时已经晚了。他已经看到格罗霍尔斯基抱着丽扎的腰，也看到了丽扎搂着格罗霍尔斯基贵族气派的白皙的脖子。

“他看见了！”丽扎和格罗霍尔斯基不约而同地想道，他们竭力要把沉重的手和困窘的眼睛藏得远一些……

目瞪口呆的丈夫的一张绯红的脸变白了。

痛苦的、奇怪的、扰乱人心的沉默持续了三分钟。这三分钟啊！一直到现在格罗霍尔斯基还记得这三分钟。

丈夫头一个走动起来，打破了沉默。他向格罗霍尔斯基走去，做出一副愚蠢的像是微笑的怪相，向他伸出一只手。格罗霍尔斯基轻轻地握了一下柔软的汗手，全身打了个哆嗦，好像是他拳头里捏死了一只冰凉的癞蛤蟆。

“您好。”他喃喃地说。

“您身体好吗？”丈夫说，声音沙哑，低得勉强可以听见。他在格罗霍尔斯基对面坐下，从后面整整衣领……

难堪的沉默又开始了……不过这次沉默已经不那么尴尬……那最沉重的最怯懦的发作已经过去。

现在要做的只是这两个人中的一个退出去取火柴或者去干点别的什么小事。他们两人都非常希望一走了之。他们谁也不看谁坐在那儿揪着自己的胡子，极力要在不安的头脑里找出一个办法来摆脱这种非常别扭的处境。两个人都汗津津的。两个人都痛苦难受，两个人都满腔愤恨。他们很想扭打一场，可是……怎么开始呢？谁头一个动手呢？还是让她出去吧！

“昨天我在俱乐部里看见您了。”布格罗夫（这是丽扎丈夫的姓）喃喃地说。

“我去过那儿……去过……您跳舞了吗？”

“嗯……跳舞了。同那个……留科茨基家的小女儿一起跳的……她动作很笨……跳得非常糟。聊起天来她倒是个能手，”他停顿了一下，“她扯起来不知疲倦。”

“是啊……很枯燥无味。我也看见你们了……”

格罗霍尔斯基无意中看了布格罗夫一眼……他的眼睛遇上了受欺骗的丈夫的彷徨的目光，他受不住了。他迅速地站起来，迅速地抓住布格罗夫的手握了一下，抓起帽子就朝门口走去，感到他的后背很不自在。他觉得有成千只眼睛在盯住他的背脊看。体验到同样心情的只有被人喝了倒彩、从台上退下场去的演员或者是后脑勺上挨了拳头由警察押走的花花公子。

格罗霍尔斯基的脚步声刚消失，穿堂的房门嘎吱一响，布格罗夫就跳起来，在客厅里兜了几个圈子，大步向他妻子走去。长着小猫脸似的女人的身子缩成一团，眨巴着眼睛，好像在等待受侮辱。丈夫走到她跟前，脚踩着她的衣裙，膝盖撞着她的膝盖，苍白的脸变了相，胳膊、脑袋和肩膀一齐索索地抖。

“你这个贱货，”他用低沉的含泪的声音说，“如果你再放他进来，哪怕再放进来一次，我就要收拾你……不准他再跨进门来！我会把他打死！明白吗？哼哼……你这个坏东西！你在发抖！令人作呕！”

布格罗夫一把抓住她的胳膊肘，摇她，然后把她像一只小皮球似的摔向窗口。

“败类！下流坯！不知羞耻！”

她几乎脚不着地地飞向窗口，双手抓住了窗帘。

“闭嘴！”丈夫走到她跟前嚷道。他跺了一下脚，两眼炯炯发光。

她默不作声。她眼望着天花板，啜泣着，脸上露出像是将受惩罚而忏悔的小女孩的神情。

“你原来是这样？啊？同花花公子在一起？好哇！圣坛①前站过吗？谁站过？好一个贤妻良母！闭上你的嘴！”

他一拳打在她那俊俏和脆弱的肩膀上。

“闭嘴！败类！我还要更厉害地收拾你！如果这个坏蛋胆敢哪怕再来一次，如果我哪怕再看见一次……你听着！！……你同这个恶棍在一起，那……你就别讨饶！我情愿到西伯利亚②去，也要打死你！还要打死他！我不必费什么劲！走开！我不想看见你！”

布格罗夫用衣襟擦了擦额头和眼睛，迈开步子在客厅里走来走去。丽扎痛哭起来，而且声音越来越响，她的双肩和翘鼻子抽搐着，开始观察起窗帘上的花边来。

---

① 俄国人在教堂里举行婚礼时，要在圣坛前宣誓相爱不渝。

② 在俄国通常把杀人犯流放到西伯利亚。

“你糊涂！”她丈夫叫道，“糊涂想法在女人的脑子里太多了！全是些胡思乱想！丽扎威达[①]，小娘儿们……这样是不行的！你还是给我小心点儿好！我不喜欢这一套！你要干下流事，那就……走吧！我家里没有你呆的地方！如果……你就走你的！你做了妻子，就该忘掉这些花花公子，把他们从你愚蠢的头脑里赶出去！这全是些蠢事！下一次不能再这样！你还有什么话说！要爱你丈夫！你嫁给了丈夫，你就得爱他！就是这样嘛！你有一个还嫌少？你走吧，趁我还……害人精！”

布格罗夫沉默了一会儿，又叫道：

“叫你走开嘛！到儿童室去！干吗哭鼻子？自己错了，还哭！真是！去年你缠上了彼得卡·托契科夫，现在呢，求上帝宽恕我这么说，又缠上了这个魔鬼……呸！你该明白了你是什么人！你是妻子！是母亲！去年不满意，现在又不称心……呸！”

布格罗夫大声叹了一口气，空气里顿时出现了一种葡萄酒的气味……他刚吃过中饭回来，略带醉意……

“你不知道自己的责任吗？不知道！……你们这种人就得管教！你们还没受过管教！你们的母亲们都是些荡妇，你们也是。你哭吧！对！哭吧！”

布格罗夫走到妻子跟前，把窗帘从她手中拉掉。

“别站在窗口……人家会看见你在哭……下回别再有这种事。搂搂抱抱，非惹祸不可……你一定要倒霉。戴绿帽子我难道会愉快？可如果你跟他们，跟那些厚颜无耻的人胡搞，那你就会给我戴上绿帽子，你就会……哎，不说这些了……下一次你……别那样……我可是……丽扎……你别做那种事了……”

布格罗夫叹了一口气，一股白葡萄酒的气味向丽扎袭来。

“你年轻，你傻，什么也不懂……而我又总是不在家……于是，他们就利用这一点。你该聪明些，谨慎些！他们会欺骗你！到时候我

① 这是丽扎的正名，丽扎是爱称。

一定会受不了……我就会完蛋……什么都完了！那时候你只有死。你变了心，小娘儿们，我……什么事都干得出来。我会把你活活打死……会把你赶出家门。那时候你就上坏蛋们那儿去吧。”

这时布格罗夫用他的又大又软的手掌（说来可怕！①）擦了擦变心妻子丽扎那张泪痕斑斑的湿脸。他对待二十岁的妻子就像对待娃娃一样。

“好，够了……我原谅你，只是下一次……千万别这样。我这是第五次原谅你了，到第六次我决不会原谅。我这话说了算数。就连上帝也不会原谅你们这号子人干这种勾当。”

布格罗夫低下头去，把油光的嘴唇凑向丽扎的小脑袋。

可是接吻没有成功。

这时候过堂、饭厅、大厅、客厅里的房门都嘭嘭作响，格罗霍尔斯基像一股旋风似的飞进了客厅。他脸色发白，全身发抖。他挥舞胳膊，揉着他那顶贵重的帽子。他的礼服在他身上晃荡，就像挂在衣架上一样。他像是热狂的化身。布格罗夫一看见他，就离开妻子身旁，朝另一个窗户往外看。格罗霍尔斯基飞跑到他跟前，摇着胳膊气喘吁吁，也不看任何人，用颤抖的声音说起话来：

“伊万·彼得罗维奇②！我们双方别再‘演戏’了！我们双方欺骗够了！够了！我不行了！您要怎么办就怎么办吧，反正我不行了。说到底，太可恶，太下流！惹人气愤！你得明白，令人气愤！”

格罗霍尔斯基上气不接下气地说个不停。

“这不符合我的原则。您呢，说来也是个正派人。我爱她！我爱她胜过爱世上的一切。这一点您已经看出，而且……我有责任说明这一点！”

“该对他说些什么呢？”伊万·彼得罗维奇想道。

“该了结了。这出滑稽戏不能再这么长久地拖下去！总得有一

---

① 原文为拉丁语。

② 是布格罗夫的名字和父名。上文中的万尼亚是伊万的爱称。

个解决的办法。”

格罗霍尔斯基深深地吸进一口气后继续说：

“没有她我就活不了。她也一样。您是有学问的人，您会明白的，在这种情况下您的家庭生活是令人难受的。这个女人不是您的了。嗯，是啊……一句话，我请求您从宽厚的……人道的观点看待这件事。伊万·彼得罗维奇！说到底，您该明白，我爱她，爱得胜过了爱我自己，胜过了爱世上的一切。要抗拒这种爱情不是我力所能及的！”

“她呢？”布格罗夫阴沉而又略带讥诮地问。

“请您问问她！是啊，您问她！要她跟一个她所不爱的人、跟您在一块儿生活，同时又爱着另外一个人，可不是么，这……这无异于受罪！”

“那么她呢？”布格罗夫又说了一遍，可是用的已经不是讥诮的口气了。

“她……她爱我！我们相爱……伊万·彼得罗维奇！您可以打死我们，藐视我们，迫害我们，您想怎么办就怎么办……但我们已经不能再瞒您了！我们俩都在您面前！您是被我们……被命运夺走了幸福的人，您就最严厉地审判我们吧！”

布格罗夫脸红了，红得像一只煮过头的龙虾，他瞟了丽扎一眼。他开始眨巴眼睛。他的手指、嘴唇和眼皮一起颤抖起来。他真可怜！丽扎流着眼泪的眼睛告诉他：格罗霍尔斯基说的是对的，事情是严重的……

“好吧，”他喃喃地说，“如果你们……在现在这种时候……你们都这样……”

“上帝看得清楚，”格罗霍尔斯基用很高的男高音尖叫道。“我们是理解您的！难道我们没有理智，没有感情？我知道，我给您带来了多大的痛苦。上帝看得清楚！不过，请求您宽宏大量！我求求您！我们没有错！爱情不是过失。任何意志都抗拒不了它……您把她给我吧，伊万·彼得罗维奇！您放她跟我一块儿走吧！您痛苦，为此您可以从我这儿拿您要的任何东西，我的生命也可以拿去，但是您要把丽扎给我！我不惜付出一切……好，请您告诉我，我能给您一些什么来多多少少替代她呢？我能给您另一种幸福来代替这已经失去的幸福。我能，伊万·彼得罗维奇！我干什么都答应！如果我不使您得到满足，那么从我这方面来说就卑鄙了……我了解您此时此刻的心境。”

布格罗夫摆了摆手，好像是说：“看在上帝的面上，您走吧！”一种泄露内心秘密的水分开始蒙住他的眼睛……人家马上就会发现，他是一个好哭的人。

“我理解您，伊万·彼得罗维奇！我一定给您另一种您没有领略过的幸福。您想要什么？我是个有钱的人，我又是一个有影响的人的儿子……您想要吗？得啦，您想要多少钱呢？”

布格罗夫的心突然怦怦地跳起来了……他用两只手抓住窗帘。

“您要……五万？伊万·彼得罗维奇，我求求您……这不是收买，也不是购买……我只是想从我这方面作出一点牺牲，可以稍稍弥补一下您无法衡量的损失……您要十万？我愿意照办！十万，您要吗？”

我的天呀！两把非常大的榔头开始敲打起不幸的伊万·彼得罗维奇冒汗的太阳穴……他耳朵里像是有几辆俄国三驾马车响着铃铛飞跑起来……

“请接受我的这一点贡献吧！”格罗霍尔斯基继续说，“我求求您！您会解除我良心上的重负。我求求您！”

我的天呀！布格罗夫湿润的眼睛瞧着窗外。这时，刚落下一阵五月小雨，马路上有点潮湿，一辆华美的有四个座位的四轮弹簧马车从窗前经过。马儿一匹匹都剽悍、凶猛，有光泽、有气派。坐在马车上的几个人头戴草帽面露得意的神色，带着长长的钓竿和捞鱼网……有个戴白色制帽的男中学生手中拿着一支枪。他们这是到别墅去钓鱼、打猎，在空气新鲜的露天里喝茶。他们这是到仙境般的地方去。而当年，在乡村助祭的儿子布格罗夫还是小男孩的时候，他就常在这一带的田野、树林和河岸上跑，光着脚，皮肤晒得黑油油的，然而心里无限地幸福。啊，五月真是太迷人啦！那些能脱去身上沉重的制服、坐上四轮马车飞驰到野外听一听鹌鹑的叫声和闻一闻新鲜干草的气味的人是多么幸福啊。布格罗夫的心由于一阵愉快的凉意而缩紧了……十万啊！在他眼前同四轮弹簧马车一起掠过的还有他深藏于内心的幻想，他在漫长的文官生涯中，当他坐在省政府或者坐在他那可怜的小书房里的时候，他常常喜欢以幻想来款待自己……他的幻想中有一条河，河水很深，水里有鱼；幻想中还有个宽广的园子，园子里有窄窄的林荫路、小喷泉、树阴、花卉、凉亭；他还想过有一个华美的别墅，别墅里有露台和塔楼，有一个风奏琴①（至于风奏琴的存在，他是从德国长篇小说里知道的）和一些银铃……蔚蓝色的天空晴朗无云，空气清澈、洁净，弥漫着各种芳香，它们使他想起他那打赤脚的，半饥半饱的、备受折磨的童年……他幻想过他五点钟起床，九点钟睡觉，白天钓鱼、打猎，同农民们交谈……真好啊！

“伊万·彼得罗维奇！您别折磨人了！十万，您要吗？”

“嗯……十五万！”布格罗夫哼儿哈儿地说，低沉的声调，就像是叫嘶哑了的公牛的声音……他说完就低下头去，为他自己的话感到害臊，同时也等待着回答……

“好，”格罗霍尔斯基说，“我同意！我感激您，伊万·彼得罗维奇……我马上就来……我决不会叫您久等……”

格罗霍尔斯基跳起来，戴上帽子，向后倒退了几步，就跑出了客厅。

布格罗夫更紧地抓住窗帘……他觉得害臊……他心里感到卑鄙、愚蠢，可是一些非常美丽灿烂的希望却在他那两个跳动着的太阳穴之间翻腾起伏。他发财了！

什么也不明白的丽扎，生怕他走到这边的窗子来把她摔到一旁

---

① 一种风吹而鸣响的乐器。

去，所以她浑身颤抖，从半开半掩的房门口溜了出去。她走到儿童室里，在奶妈的床上躺下，身子缩成一团。热狂使她索索发抖。

客厅里只留下了布格罗夫一个人。他感到气闷，就把窗子推开。一阵极好的空气扑向他的脸面和脖子！能躺卧在马车里的靠垫上，吸一吸这种空气有多好！……那边，在离城较远的地方，在乡村和别墅附近，空气更加好……布格罗夫幻想将来他从自己的别墅里走上露台欣赏风景、置身在新鲜的空气之中，幻想到这些时他甚至微微一笑……他幻想了很久……太阳已经下山，可是他仍站着幻想，竭尽全力要把丽扎的形象从他脑子里撵出去，可是在他的一切幻想中这形象一直固执地纠缠着他。

“我拿来了，伊万·彼得罗维奇！”走进房来的格罗霍尔斯基凑着他的耳朵小声说，“我拿来了……请您收下吧……喏，这儿，这一叠是四万……这张票据，劳您驾后天拿着它到瓦连契诺夫家里去取两万……这儿是一张借据……是一张支票……其余三万过几天……我的总管会给您送来。”

脸色绯红、神情兴奋的格罗霍尔斯基运动四肢，在布格罗夫面前放下一堆钞票、证券、纸包等。很大的一堆，五颜六色，花花绿绿。布格罗夫有生以来从未见过这么一大堆的钱财！他张开肥肥的手指头，看也不看格罗霍尔斯基，就着手清点那一叠叠钞票和单据……

格罗霍尔斯基摆出了所有的钱，就踩着碎步在房间里走动起来，寻找那个已经被买下和卖出的杜尔西内娅[①]。

布格罗夫把衣袋和钱夹塞满之后，把单据藏进桌子，又喝下半瓶清水，然后跑到街上去了。

“马车！”他怪声叫道。

当夜十一点钟，他坐着马车来到了巴黎大旅馆门口。他噔噔噔地上了楼，敲格罗霍尔斯基下榻的房间的门。他进了房间。格罗霍尔斯基正在把东西收拾到几个箱子里去。丽扎坐在桌旁试镯子。布

---

① 《堂吉诃德》中同名主人公的情人，这里借喻为“情人”。

格罗夫进来时把他俩吓了一跳。他们以为他来是为了叫丽扎回去，是为了把他不是依信念，而是一时冲动收下的钱退回。然而布格罗夫不是来叫丽扎回去的。他为自己穿着一身新衣服害臊，觉得穿着它极不自在，他鞠了一躬，姿态像是个听差似的站在门旁。他的新装极美。布格罗夫变了样。一身簇新的、刚做好的最时髦的法国花呢衣服穿在他魁梧的身上，而以前他只穿普通的文官制服。他脚上是一双配有闪光扣环的亮光光的半高腰皮靴。他站在那儿，为自己一身新装感到不好意思，他的右手遮住了一个他一小时前花三百卢布买来的表链坠。

“我是为了一件事情来的……”他开口说，“常言说得好：约定重千金。米舒特卡我是不放的……”

“哪个米舒特卡？”格罗霍尔斯基问。

“我的儿子。”

格罗霍尔斯基和丽扎相互看了一眼。丽扎的眼睛睁圆了，脸颊变红，嘴唇开始颤抖……

“好吧。”她说。

她想起了米舒特卡暖和的小床。把这张暖和的小床换上一个旅馆里冰凉的长沙发未免不近人情，所以她同意了。

“我要同他经常见面。”她说。

布格罗夫鞠个躬走了出去，春风满面地飞跑下楼，边跑边用一根昂贵的手杖划破空气。

“回家！”他对马车夫说，“明天早晨五点钟我要出门……你把车赶来。要是我在睡觉，你把我叫醒。我们一起到城外去……”

2

那是美妙的八月里的一个傍晚。蒙上了一层紫红色的太阳镶嵌在金黄色的背景里，它悬在西边的地平线上空，打算落到远处山岗的背后。园子里的浓、淡树阴都已消失，天空已经变成了灰色，可是树梢上还闪耀着金光……天气挺温暖。刚下过一场雨，它使本来就新鲜、清澈和芬芳的空气更加清新。

我不是在描写京城里的八月，那烟雾迷蒙、细雨连绵、天色阴暗，早晚都凉飕飕和极其潮湿的京城里的八月。根本不是！我所描写的不是我们北方的凛冽的八月。我请求读者迅速转移到克里米亚，转移到靠近费奥多西亚的海岸上，靠近我的一个主人公的别墅的地方。别墅漂亮、干净，四周环绕着许多花坛和修剪得整整齐齐的灌木。别墅后边，相距一百步左右，有一个葱翠的果园，避暑的人常在那里散步……格罗霍尔斯基为这所别墅支付很高的租金：一年一千卢布上下……别墅并不值这么多租金，但这是一个挺漂亮的别墅……它高敞秀丽，配上薄薄的墙壁和细细的栏杆，显得纤弱而娇柔，别墅涂成浅蓝色，四面挂着窗帘、门帘、帷幔，它使人想起俊俏、娇弱的千金小姐。

在我描写的那个傍晚，格罗霍尔斯基和丽扎坐在别墅的露台上。格罗霍尔斯基在看《新时报》①，端着有柄的绿色大杯子喝牛奶。他面前的桌子上放着一只盛有矿泉水的虹吸瓶。格罗霍尔斯基自以为他患上了肺部炎症，所以他听从德米特里耶夫医师的劝告，消耗大量的葡萄、牛奶和矿泉水。丽扎坐在远离桌子的软圈椅上。她把胳膊肘撑在栏杆上，用小拳头支着小脸，看着“面对面”别墅……阳光照在“面对面”别墅的窗子上……发烫的窗玻璃把刺目的光芒投入丽扎的眼睛里……在环绕着别墅的小庭园和稀疏的树木后面便是海洋，波涛滚滚，碧蓝碧蓝，广阔无垠，点缀着一根根白色船桅……多美啊！格罗霍尔斯基在读“陌生人”②写的小品文，他每读完十行就抬起天蓝色的眼睛看丽扎的后背……在这两只眼睛里闪耀着昔日的爱，热烈、沸腾的爱……他感到无限幸福，尽管他自以为害着肺炎……丽扎在自己的背上感觉到了他的目光，她在想着

① 1868—1917 年由 A.C.苏沃林主编和发行的一种报纸。

② 《新时报》的主编和发行人苏沃林的一个笔名。

米舒特卡的光明前程，心里非常平静，非常舒畅。

使她感兴趣的倒不是大海和“面对面”别墅玻璃窗上耀眼的闪光，而是一辆接着一辆地朝那所别墅赶去的大车。

大车上满载着家具和各种家庭用品。丽扎看见别墅的栅栏门和大玻璃门都开了，看见不断相骂的赶车人在家具周围走动。从玻璃门里搬进去的有：巨大的圈椅，套着深紫色丝绒的长沙发，供大厅、客厅、饭厅用的桌子，大双人床，儿童床……还搬进去一样用蒲席裹着的又大又重的东西。

“钢琴。”丽扎想道，她的心跳起来。

她已经很久没有听过钢琴声了，而她是非常喜欢这种乐声的。他们的别墅里没有一样乐器。她和格罗霍尔斯基仅仅是心灵上的音乐家。

在钢琴之后，搬进去的还有许多箱子和货包，上面写着“小心轻放”字样。

那是些装着镜子和餐具的箱子。那些人还把一辆富丽堂皇的四轮弹簧马车运进了大门，又把两匹天鹅一般白的马牵了进去。

“我的上帝！多阔绰！”丽扎想道。她记起了既不喜欢骑马出游也不喜欢马匹的格罗霍尔斯基花了一百卢布为她买的一匹像小老头似的矮马。她觉得，同这些像天鹅似的骏马相比，她的那匹矮马活像臭虫。格罗霍尔斯基故意给丽扎买一匹劣马，因为他害怕骑马疾驰。

“多阔绰！”丽扎瞧着吵吵嚷嚷的赶车人，一面想，一面小声说。

太阳已经藏到山岗后面去了，空气已不再是那么清澈和干燥，可是他们依旧在搬运家具。天色终于大黑，格罗霍尔斯基已经不能再读报了，而丽扎却依旧在看，看得津津有味。

“要不要点灯？”格罗霍尔斯基问，他生怕苍蝇掉进牛奶里，在黑暗中被他吞下肚去，“丽扎！要点灯吗？我们就在暗中坐一会儿吗，我的天使？”

丽扎没有回答。一辆来到“面对面”别墅的大门前的双轮轻便马车引起了她的注意……拉这辆马车的小马多么可爱！中等身量，个头不大，气派优雅……马车上坐着一个戴高礼帽的先生，一个三岁左右的孩子，大概是个小男孩，坐在他的膝头上，摇着小手……他摇着小手，高兴得叫起来……

丽扎忽然尖叫一声，她站起来，整个身子探向前去。

“你怎么了？”格罗霍尔斯基问。

“没什么……我随便叫了一声……好像……”

那个身高、肩宽，戴高礼帽的先生从马车上跳下来，抱起小男孩，蹦蹦跳跳兴高采烈地向玻璃门跑去。

玻璃门哗啷一声开了，他就消失在别墅的豪华住宅的幽暗中了。

两个仆人跑到轻便马车跟前，恭恭敬敬地把马牵进大门。不久，“面对面”别墅里灯火亮了，响起了杯盘刀叉的声音。戴高礼帽的先生坐下来吃晚饭了，就餐具响声的持久性来判断，他一顿饭吃了很长时间。丽扎觉得好像闻到了鸡肉蔬菜汤和烤鸭的气味。晚饭后从别墅里传来杂乱的钢琴声。大概是戴高礼帽的先生想使孩子开心，就让他在钢琴上乱弹一阵。

格罗霍尔斯基走到丽扎跟前，搂住她的腰。

“多么美妙的天气！”他说，“多新鲜的空气！你感觉到没有？丽扎，我很幸福……简直太幸福了。我的幸福大极了，我甚至怕它一下子崩溃。巨大的东西照例容易倒塌……你知道吗，丽扎？尽管我十分幸福，我还不是绝对地……平静……有一个讨厌的想法在折磨我……它把我折磨得非常厉害……它使我日夜不得安宁……”

“是什么想法呢？”

“什么想法！一种可怕的想法哟，我的心肝。关于……你的丈夫的想法使我痛苦。一直到现在我没有提起过，生怕打搅你内心的平静。可是现在我不能再沉默了……他在哪里？他的情况怎样？他带着那些钱藏到什么地方去了？可怕呀！我每天晚上都看到他的那张脸，枯瘦、痛苦、带着恳求的神情……是啊，你倒说说看，我的天使！要知道我们从他手中夺走了他的幸福！我们破坏了、砸碎了他的幸福！我们把自己的幸福建筑在他的幸福的废墟上……难道他宽宏大量地收下的那些钱对他来说真能替代得了你？他不是很爱你吗？”

“很爱！”

“喏，就是么！如今他要么在狂饮，要么……我真为他担心！唉，多么担心！是不是给他写封信？该安慰安慰他……对他说几句好话，你要知道……”

格罗霍尔斯基深深地叹了一口气，摇摇头，沉重的思想使他疲惫不堪。他在圈椅上坐下，他用两个拳头支住了脑袋，思索起来。按他的面容来判断，他的思想是令人苦恼的……

“我要去睡了，”丽扎说，“是时候了……”

丽扎回到她的房间里，脱掉衣服，扑棱一下像鸟儿似的钻进了被窝。她十点钟上床，第二天十点钟起床。她喜欢过奢侈逸乐的生活……

摩耳甫斯[1]很快就把她拥进自己的怀抱，一整夜她做了许多十分迷人的梦……她的梦像是一本本长篇小说、中篇小说和阿拉伯神话……这许多梦里的男主人公就是……今天傍晚使得她发出尖叫的戴高礼帽的先生。

戴高礼帽的先生时而把她从格罗霍尔斯基手中夺走，时而唱歌，时而打格罗霍尔斯基和她，时而在窗子下鞭打小男孩，时而向她诉说爱情，时而带她乘着轻便马车兜风……啊，梦啊！有的时候，人闭上眼睛，躺在床上，一夜之间就能过上不止十年的幸福岁月……在这一夜丽扎经历了许多，过得很幸福，尽管她还挨了打。

第二天早晨七点多钟她醒来了。她披上衣服，很快地理了理头发，甚至连她那双鞑靼式的尖头便鞋也没有穿，就急速跑到露台

---

① 希腊神话中的睡神。

上。她一只手搭在眼睛上遮挡阳光，另一只手拉住向下滑的衣服。她看了看“面对面”别墅……她顿时容光焕发。

不该再有什么疑问。就是他。

“面对面”别墅的露台下面，在玻璃门前边，放着一张桌子。桌子上有一套以一个小小的银茶炊为主的茶具在闪闪发光。桌旁坐着伊万·彼得罗维奇。他端着放在银茶托中的茶杯在喝茶。他喝得很香。这可以从传入丽扎耳朵的嘴唇吧嗒声听出来。他身穿一件深棕色绣黑花的家常长袍，重重的流苏一直垂到地面上。这是丽扎生平第一次看见她丈夫穿长袍，而且是穿这么华贵的长袍……米舒特卡坐在他的一个膝头上，不让他好好喝茶。小男孩不住地把身子往上耸，极力要抓到他爸爸油亮的嘴唇。做爸爸的每喝过三四口茶，就低下头去吻儿子的头顶。一只毛色灰白的猫围着桌子的一条腿转来转去，把尾巴翘得高高的，凄婉地喵喵叫着，表示它想吃一些东西。

丽扎躲到门帘后面，两眼盯住了她昔日家庭的成员。她脸上闪出高兴的神情。

“米舒特卡！”她小声说，“米舒特卡！你在这儿啊，米舒特卡！亲爱的！他多么爱万尼亚！老天爷！”

在米舒特卡用匙子搅父亲的茶时，丽扎格格格地笑了起来。

“万尼亚也十分爱米舒特卡！我亲爱的！”

丽扎又欢喜又幸福，她的心跳起来了，头昏晕了。她在圈椅上坐下，从那儿进行观察。

“他们怎么会到这儿来的？”她问自己，向米舒特卡那边送去一个又一个飞吻，“是谁出主意叫他们到这儿来的？老天爷！难道这一切财富都是他们的？难道昨天牵进大门的那些天鹅般的骏马都是伊万·彼得罗维奇所有的？啊！”

伊万·彼得罗维奇喝饱了茶就进屋去了。十分钟后他出现在门廊上……他使丽扎大吃一惊。他，这个青年人，只是在七年前人家才不用小名万卡和万纽希卡来叫他，那时候他会为了二十戈比就乐于去打坏人家的下巴，去把人家的房屋捣翻，如今他穿着得非常讲究。他头戴宽边草帽，脚穿极其精美的、亮晃晃的长筒马靴，上身穿一件斜纹布坎肩……他表链上像有成千个大大小小的太阳在闪光。他的右手潇洒地拿着手套和短马鞭。

他优雅地挥一下手，吩咐听差给他牵马过来，这时他那沉重的躯体流露出多么强烈的高傲和自负！

他大模大样地坐上双轮轻便马车，吩咐把米舒特卡和钓竿给他送上车来，听差们已经带着米舒特卡、拿着钓竿站在马车周围。他让米舒特卡坐在自己旁边，用左手把他搂住，然后拉了拉缰绳，马车就走了。

"德儿唷！"米舒特卡叫道。

丽扎自己也没有发现她竟会向他们的后影挥动手绢。如果是这时候她照一下镜子，那么她就会看见她那张通红的又哭又笑的小脸。她感到懊恼，因为她不在欢天喜地的米舒特卡身旁，而且由于某种缘故[①]，她不能马上就去把米舒特卡吻个够。

什么"由于某种缘故！"……你们，所有拘泥于小节的种种情感全都给我滚蛋！

"格里沙！格里沙！"丽扎跑进寝室里，开始叫醒格罗霍尔斯基，"起床吧！来了！亲爱的！"

"谁来了？"醒过来的格罗霍尔斯基问道。

"我们家的人……万尼亚和米舒特卡……他们来了！就住在对面的别墅里……我一瞧，是他们在那里……他们在喝茶……米舒特卡也在喝……我们的米舒特卡长成了一个多么可爱的小天使啊，你能看到他就好了！圣母啊！"

"看到谁呀？哎，你说哪个……谁来了？上哪儿？"

"万尼亚和米舒特卡……我看着对面的别墅，他们正坐着喝茶。米舒特卡已经会自己喝茶了……你看见昨天有人在搬运东西

---

① 着重点是原作中就有的。

吗？这就是他们来了！”

格罗霍尔斯基皱起眉峰，擦擦额头，他的脸色发白了。

“他来了，你丈夫？”他问道。

“是啊……”

“来干什么？”

“他们多半要住在这儿……他们不知道我们在这儿。如果他们知道，就会朝我们的别墅这边瞧，可是他们光喝茶……丝毫没有注意……”

“现在他在哪儿？看在上帝面上，你说说清楚吧！唉！你说，他在哪儿？”

“他同米舒特卡一块儿钓鱼去了……他们坐着轻便双轮马车。你昨天看见那些马了吗？那就是他们的马……万尼亚的……那些马给万尼亚拉车。你看怎么样，格里沙？我们把米舒特卡接来住一阵吧……接他来吧，好吗？他是那么好的男孩！好极了！”

格罗霍尔斯基浸入了沉思，而丽扎讲啊讲的，讲个没完……

“这可是意料之外的相逢……”格罗霍尔斯基经过长久的而且照例是痛苦的思索后说，“哎，谁能料到我们会在这儿相遇？喏……就这么着。算了吧！是命该如此。我在想象他跟我们相遇时那副尴尬相！”

“我们把米舒特卡接来住一阵吗？”

“把米舒特卡接来住……可是跟他相见就难为情了……是啊，我该同他说点什么呢？谈论点什么呢？他不好意思，我也难为情……不该同他见面。如果有必要，我们就通过仆人传话……我今天，丽扎，头痛得不得了……胳膊和腿……什么都在痛。我的头烫吧？”

丽扎用手心摸了一下他的额头，发现他的脑袋滚烫。

“我一整夜做噩梦……今天我不起床了，我要躺一躺……该吃一点奎宁。你打发人给我送茶来，小母亲……”

格罗霍尔斯基服了奎宁，在床上躺了一整天。他喝温水，哼哼唧唧，更换内衣，不住诉苦，闹得他四周的人都厌烦得要命。每逢他自以为得了感冒，就会叫别人受不了。丽扎不得不常常中断她那迥非寻常的观察，从露台跑进他的房间。吃中饭的时候，她不得不给他敷上芥末膏。如果没有“面对面”别墅帮我的女主人公的忙，那么，读者，这种局面该是多么枯燥！……整整一天丽扎都在观看别墅，幸福得喘不上气来。

十点钟，钓鱼回来的伊万·彼得罗维奇吃早饭。两点钟，他们吃中饭。四点钟，他们坐着四轮弹簧马车不知到什么地方去了。那些白马以闪电般的速度把他们拉走。七点钟，客人们纷纷来到他们家里，都是男客。露台上有两桌人在打牌，一直玩到午夜。有一个男客弹钢琴弹得非常好。客人们打牌、吃喝、扬声大笑。伊万·彼得罗维奇放开嗓门哈哈大笑，讲亚美尼亚生活中的笑话给他们听。他声音响得所有的别墅全都听得见。非常高兴！米舒特卡也跟他们一起坐到午夜。

“米舒特卡挺高兴，不哭，”丽扎暗想，“可见他不记得妈妈。可见他已经把我忘记了！”

丽扎觉得辛酸得要命。她哭了整整一夜。她那小小的良心、她的惆怅、她的苦恼、她想同米舒特卡谈谈和吻吻的热烈愿望——这一切都折磨着她。早晨她起床时，头很痛，眼睛上泪痕斑斑。格罗霍尔斯基却以为这些眼泪是为他流的。

“不要哭，亲爱的！”他对她说，“今天我身体已经好了……胸口还有一点儿痛，不过这不算什么。”

他们喝茶的时候，“面对面”别墅里的人正在用早餐。伊万·彼得罗维奇瞧着他的碟子，除了一块流油的鹅肉外他什么也没看见。

“我很满意，”格罗霍尔斯基斜起眼睛看着布格罗夫小声说，“我很满意，因为他生活得还不错！就让他靠这种相当舒适的生活环境去抑制他的悲愁吧。你藏起来，丽扎！他们会看见你的……现在我没有心思跟他谈话……求上帝保佑他！何必去搅扰他的安宁呢？”

然而中饭却未能这样平平静静地吃完……吃饭的时候恰好出现

了格罗霍尔斯基所担心的“尴尬局面”。格罗霍尔斯基最爱吃的一道菜山鹑刚端上桌子，丽扎突然局促不安起来，格罗霍尔斯基也用餐巾擦起脸来。在对面别墅的露台上他们看见了布格罗夫。他站在那儿，双手扶着栏杆，瞠目凝视着他们。

“你快走，丽扎！……快走……”格罗霍尔斯基小声说，“我不是说过要在房间里吃饭嘛！真的，你这个人啊……”

布格罗夫瞧啊瞧的，突然大声叫喊起来。格罗霍尔斯基看了他一眼，瞧见了一张异常吃惊的脸。

“是你们呀？！”伊万·彼得罗维奇大声叫道，“是你们呀？！你们也在这儿？你们好！”

格罗霍尔斯基用手指头从一个肩膀划到另一个肩膀。他这是说：他胸部衰弱，所以不可能隔这么远喊话。丽扎心跳眼花……布格罗夫跑下露台，穿过大路，过了几秒钟他就已经站在格罗霍尔斯基和丽扎用饭的露台下面。山鹑吃不成了。

“你们好，”他开口说话，红着脸，把两只大手朝口袋里塞，“你们在这儿？你们也在这儿？”

“对，我们也在这儿……”

“你们怎么会在这儿的？”

“那您怎么会在这儿的？”

“我？说来话长！是整整一部叙事长诗，老兄！你们别忙，你们自管吃饭！打那以后……你们可知道，我一直住在奥列尔省。我租了一个小庄园。非常好的庄园！你们请用饭！从五月底起我就一直住在那儿，但现在我不住了……那儿冷，再说，医师也劝我上克里米亚来……”

“莫非您有什么病？”格罗霍尔斯基问。

“嗯，是啊……这儿老是好像……有什么东西在翻腾……”

伊万·彼得罗维奇说到“这儿”这个词时，用手心从脖子起一直抚摩到肚子的中部。

“原来你们也在这儿……哦……这令人十分愉快。你们在这儿住多久了？”

“我们从六月份开始住在这里。”

“哦，你呢，丽扎，你怎么样？身体好吗？”

“好。”丽扎回答说，她感到局促不安起来。

“你也许很想念米舒特卡吧？是吧？他也在这里，同我在一块儿……我马上打发尼基佛尔把他送到你们这儿来。很愉快！好，再见！我现在得出去一趟……昨天我认识了捷尔-加依玛左夫公爵……他是一个非常好的人，虽然他是个亚美尼亚人。今天他家里打槌球……我们要去打槌球了……再见！马车已经来了！”

伊万·彼得罗维奇在原地把身子往后一转，摇摇头，用手做了个“再见”的姿势，跑到自己家中去了。

“不幸的人！”格罗霍尔斯基目送他出去，深深叹口气说。

“他有什么不幸？”

“他看见你，却又没有权利叫你妻子！”

“傻瓜！”丽扎大胆地想，“懦夫！”

将近傍晚，尼基佛尔把米舒特卡送来，丽扎就搂住米舒特卡，吻他。起初米舒特卡哇哇大哭，不过在给他吃荑肉果酱时，他亲切地笑了。

格罗霍尔斯基一连三天不见布格罗夫了。他总是到一个什么地方去，只有晚上才回家。第四天他又在吃中饭的时候到他们家来……他来到后同他们两个人握过手，就在桌子旁坐下。他脸色严肃。

“我有事情来找你们商量，”他说，“请把这封信读一遍！”

他交给格罗霍尔斯基一封信。

“您读一遍！出声读！”

格罗霍尔斯基出声念了一遍：

“我亲爱的、令人快慰的、不能忘怀的儿子约翰①！我收到你尊

---

① 这个名字相当于俄国人名“伊万”。

敬多情的信，你请年迈的父亲到空气清新和愉快的克里米亚去呼吸良好的空气和观看我所不知道的地方。现在我答复你的来信：我请准假后就到你那儿去，但时间不能太长。我的同事盖拉西木神甫是体弱多病的人，他不能独自一人生活很长时间。我很感动，因为你没有忘记你的双亲，你的父亲和母亲。你的爱抚使父亲感到心满意足，你在祷告辞中纪念母亲，应该这样做。你到费奥多西亚迎接我。费奥多西亚是个什么城市？它是个什么样子？观看一下会是很愉快的。你的教母，就是把你从圣水盘[①]里领洗的女人的名字就叫费奥多西亚。你信中说，上帝保佑你打牌赢了二十万卢布。这使我感到很迷人。然而我不夸奖那种情况，那就是已经有了相当重要的官职，你却徒然离职。要知道有钱人也应该供职。我永远为你祝福，现在如此，永远如此。安德罗诺夫家的伊利亚和谢烈日卡问候你。你满可以给他们每人寄十卢布。他们很穷！你慈爱的父亲，司祭彼得·布格罗夫。”

格罗霍尔斯基出声读完了这封信，他同丽扎一起以疑问的目光看了看布格罗夫。

“你们瞧，就是这么回事……”伊万·彼得罗维奇结结巴巴地开口说，“我请求你，丽扎，在他住在此地期间，别让他看见你，我求你躲起来。我写信告诉过他，说你病了，到高加索去治病了。如果你同他遇上了，那么……你自己清楚……难为情……嗯……”

“好吧。”丽扎说。

“这可以做到，”格罗霍尔斯基想道，“既然他作出牺牲，那我们为什么不可以有所牺牲呢？”

“劳驾了……不然的话，他一看见你，那就糟了……我父亲是个规矩很严的人。他会在七个大教堂里诅咒我。丽扎，你别走出房门，要你做的就是这一点……他在这儿不会呆很久。别担心……”

彼得神甫没叫他们久等。有一天早晨伊万·彼得罗维奇跑来用

---

① 行洗礼仪式时所用的器皿。

神秘的口气低声说：

“他已经到了！正在睡觉！那就麻烦你们了！”

于是丽扎关进了四堵墙当中，她不让自己走进院子，也不上露台。她只能从窗帘背后看到天空……也是她倒霉，伊万·彼得罗维奇的父亲老是呆在露天，他甚至在露台上睡觉。彼得神甫这个个头儿矮小的教士身穿棕色法衣，头戴卷边高礼帽，经常在别墅四周慢慢地溜达，透过他那副老旧的眼镜好奇地观赏他“所不知道的地方”。伊万·彼得罗维奇陪着他散步，纽扣眼上挂着一枚斯坦尼斯拉夫勋章。伊万·彼得罗维奇平常不佩戴勋章，但在亲属面前他喜欢装腔作势。同亲属们在一起的时候，他总要戴上斯坦尼斯拉夫勋章。

丽扎烦闷得要死。格罗霍尔斯基也不好受。他常常只好一个人散步，没有人做伴。他差一点儿哭了，不过……也只好听天由命。除此之外，布格罗夫每天早晨要跑过来低声发布谁也不需要的关于小个儿彼得神甫的健康状况的通报。他这个人和这些通报都惹得他们非常厌烦。

“他夜里睡得挺好！”他报告说，“昨天他生气了，怪我家里没有腌黄瓜……他爱上了米舒特卡。老是抚摸他的头……”

大约过了两个星期，小个儿彼得神甫最后一次在别墅周围散步，而且使格罗霍尔斯基大为庆幸的是，他终于离开了这个地方。他玩够了，非常满足地走了……格罗霍尔斯基和丽扎又照老样子过日子。格罗霍尔斯基又感谢老天保佑……然而他的幸福生活持续不久……新的灾难降临了，这灾难比彼得神甫更令人伤心。

伊万·彼得罗维奇染上了每天都到他们家来的习惯。伊万·彼得罗维奇，老实说，是个好人，但又是个很难相处的人。他总是在吃饭的时候来，在他们家里吃饭，而且要坐很久。这且不说。招待他吃饭就得给他白酒，而白酒是格罗霍尔斯基所不能忍受的。他总要喝上四五杯白酒，吃饭的时候一直唠唠叨叨没个完。然而这还不算什么……可是他常常坐到深夜两点钟，不让他们睡觉……主要的是他竟敢说一些不该说的话。深夜两点钟，他喝足了白酒和香槟，抱起米舒特卡，当着格罗霍尔斯基和丽扎的面边哭边对他说：

“我的儿子！米哈伊尔①！我是什么货色？什么人呀？我……是个坏蛋！我把你母亲卖了！把她卖了三十块银洋！……老天爷惩罚我吧！米哈伊尔·伊万内奇！小猪崽！你的母亲在哪儿？呸！没有了！卖出去当奴隶了！怎么样？……可见我是个坏蛋……”

这些泪和话把格罗霍尔斯基的整个心翻动了。他胆怯地时时望望脸色苍白的丽扎，痛苦地搓着手。

“您去睡吧，伊万·彼得罗维奇！”他胆怯地说。

“我走……我们走，米舒特卡！上帝审判我们吧！在我知道我妻子做奴隶的时候，睡觉的事我连想也不能想……但格罗霍尔斯基没有错……我的商品，他的金钱……自由的人才有自由，得救的人才能上天堂啊……”

对格罗霍尔斯基说来，伊万·彼得罗维奇大白天也并不让人好受些。使格罗霍尔斯基非常惊恐的是，对丽扎他寸步不离。他同她一起去钓鱼，给她讲笑话，同她一起散步。甚至有一次，格罗霍尔斯基感冒了，他利用这个机会用四轮弹簧马车把她带到了上帝才知道的一个什么地方去了，一直到深夜才回来……

“令人气愤！不近人情！”格罗霍尔斯基边想边咬着嘴唇。

格罗霍尔斯基喜欢不断地吻丽扎。缺了那些甜蜜的亲吻他就不能活下去，然而当着伊万·彼得罗维奇的面又似乎不好意思接吻……真是活受罪！这个可怜虫觉得自己孤苦伶仃。可是很快命运就怜悯他了。伊万·彼得罗维奇突然失踪了整整一个星期。他家里来了许多客人，把他拉走了。连米舒特卡也给带走了。

有一天早晨格罗霍尔斯基散步后回到别墅，他兴致勃勃，面呈喜色。

“他回来了，”他搓着手对丽扎说，“他回来了，我很高兴……

---

① 米哈伊尔是正名，米舒特卡是小名。

哈哈哈！”

“你笑什么？”

“许多女人同他一起来了……”

“什么样的女人？”

“我不知道……他身边有女人了，这样好……简直太好了……他还那么年轻，那么朝气勃勃……你上这儿来！你看……”

格罗霍尔斯基把丽扎领上露台，向她指指“面对面”别墅。他们俩捧腹大笑起来。真是令人好笑。伊万·彼得罗维奇站在“面对面”别墅的露台上微笑。下边，露台底下，站着两个黑发女人和米舒特卡。女人们讲的是法国话，她们大声讲着一件什么事情，哈哈大笑。

“法国女人，”格罗霍尔斯基说，“离我们比较近的那个长得很不错。活像轻骑兵，不过这没什么……在这种女人中往往也有好的……不过她们多么……放肆无礼。”

令人好笑的是，伊万·彼得罗维奇把上身越过露台，垂下两条长胳膊，用双手抱住一个法国女人的肩膀，把格格地笑着的她举起放在露台上。

他把两个女人都举到露台上后，又把米舒特卡也举了上去。两个女人又都跑到下面，于是又开始刚才那种举人的游戏……

“嘿，他的筋肉可真强壮！”格罗霍尔斯基看着这种场面喃喃地说。

举人的游戏大约重复了六次。两个女人十分可爱，在把她们往上举的时候，劲吹的大风任意支配她们鼓起的连衣裙，她们也丝毫不觉得难为情。在女人们够及露台、抬腿跨过栏杆的时候，格罗霍尔斯基就不好意思地低下眼睛。但丽扎既看又笑！对她来说这又有什么关系？在撒野的又不是男人，而是女人，如果是男人撒野，应当感到害臊。

傍晚伊万·彼得罗维奇又飞跑过来，局促不安地说，他现在是成了家里人了。

“你们别认为，她们是一些什么……”他说，“不错，她们是法国女人，老是大声叫嚷，喝葡萄酒……但这是人所共知的，法国人受的就是这样的教育！你毫无办法……他们是公爵让给我的，”伊万·彼得罗维奇补充说，“几乎是白送的……他说：你干脆收下吧！……什么时候该让你们跟公爵认识一下。他是个有学问的人！他一直在写东西，写啊写的……你们知道她们的名字吗？一个叫番妮，另一个叫伊萨贝拉……欧洲啊！哈哈哈……西方啊！再见！”

伊万·彼得罗维奇不再纠缠格罗霍尔斯基和丽扎，他黏附在那两个女人身上了。从他的别墅里整天传来说话声、欢笑声、餐具碰击声。灯火彻夜不灭。格罗霍尔斯基心情十分愉快。在长期的痛苦间隔后，他总算重新感到幸福和安宁了。伊万·彼得罗维奇同两个女人在一起也感受不到他同一个女人在一起的那种幸福。唉，可是命运没有心肝。它在玩弄许许多多的格罗霍尔斯基、丽扎、伊万和米舒特卡，就像玩弄棋盘上的小卒子一样。格罗霍尔斯基又失去了安宁。

有一天（大约在一个半星期之后），他醒得很晚，走到露台上，看到了使他震惊、愤慨和怒火中烧的场面：“面对面”别墅的露台底下站着两个法国女人，而……插在她们中间的是丽扎。她一面谈话，一面不时斜视她自己的别墅：他，那个霸王，那个暴君，醒了没有？（格罗霍尔斯基就是这样解释这种目光的。）伊万·彼得罗维奇站在露台上，卷起袖子，把伊萨贝拉举上露台，接着把番妮举上来，再下去又把……丽扎举上来。在他把丽扎举上露台的时候，格罗霍尔斯基觉得他好像把她搂在自己怀里……丽扎也抬腿跨栏杆……啊，这些女人！她们没有一个不是迷人的怪物啊！

丽扎离开丈夫回到家里，一副若无其事的样子，踮起脚尖走进卧室，这时脸色苍白的格罗霍尔斯基像个精疲力尽的人似的躺在床上，脸颊上有不少红斑，不住地呻吟着。

他一见到丽扎就跳下床来，在卧室里大步走动起来。

“您会干这种事？”他用男高音大声尖叫道，“您会干这种事？

非常感谢您！这真可恶，高贵的夫人！这简直是荒淫无耻！您该明白这一点。”

丽扎脸色煞白，而且，不消说，哭了起来。女人觉得自己有理时又骂又哭，可是在她觉得自己有错时，就只会哭了。

“居然同那些淫妇混在一起？！那……这……这比不顾体统更恶劣！您知道吗，她们是什么人？是卖身的女人！妓女！而您，一个规规矩矩的女人居然爬到她们堆里去了？！还有那个家伙……那个家伙！他要怎么样呢？他还要从我这儿拿到什么东西呢？我弄不懂！我把我的一半财产都给了他，还不止一半！您自己也知道！我把我自己没有的东西也给了他……我差不多把什么都给他了……可是他！你同他用‘你’相称，对此他根本没有任何权利，可是我忍了，你们外出散步，饭后接吻，——这一切我也忍了。可是这次的事情我忍受不了……要么我，要么他！叫他离开这里，要不，我就走！我不能再这样生活下去……不能！这你自己也明白……要么我，要么他……够了！已经忍无可忍……就是没有这种事我也已经备尝辛酸……我马上就同他谈判……立刻就谈！说真的，他是什么东西？瞧，他原来是这样的！嗯，不行……他不该这么自命不凡……”

格罗霍尔斯基还说了许许多多大胆的刻薄话，不过他没有“马上”就去谈判：他害怕了，他觉得丢脸。三天以后他才去伊万·彼得罗维奇家。

他走进他的豪华住宅后，不由得目瞪口呆。使他吃惊的是，布格罗夫将自己周围布置得那么富丽堂皇。四壁蒙着丝绒，椅子贵重得吓人……叫人都不敢走动。格罗霍尔斯基生平见过许多富翁，可是他没有在任何一个富翁家里见过这种疯狂的奢华。在他怀着一种莫名其妙的畏惧走进大厅后，他看到的却是杂乱无章的一团！钢琴上放着几个装有小块面包的盘子，椅子上有只玻璃杯，桌子底下是一只装着一些不体面的破烂的筐子，窗台上摊着核桃壳。格罗霍尔斯基走进去的时候，布格罗夫本人也不十分正常。他在大厅里走来走去，脸色绯红，没有梳头，穿着便衣，嘴里自言自语……有一件什么事使他十分忧虑。米舒特卡也在大厅里，他坐在长沙发上，刺耳的哭叫声在空中震荡。

“这真可怕，格里戈里·瓦西里奇！”布格罗夫一看见格罗霍尔斯基就开口说，“这么乱糟糟的，这么乱糟糟的……请坐请坐！请您原谅我这身亚当和夏娃[1]的打扮……这没什么关系……这儿可真乱得厉害！我都不懂：这些人怎么能在这里生活？我不懂！仆人们不听使唤，天气糟糕得要命，什么东西都贵……你闭嘴！”布格罗夫突然在米舒特卡面前站住，嚷道，“闭嘴！叫你闭嘴！畜生！你不闭嘴？”

布格罗夫就拧了一下米舒特卡的耳朵。

“真可恶，伊万·彼得罗维奇！”格罗霍尔斯基含着眼泪说，“能打这么小的孩子吗？说真的，您这个人啊……”

“那就叫他别哭……闭嘴！我拿鞭子抽你！”

“别哭了，米舒特卡，好孩子……爸爸不会再打你。您别打他，伊万·彼得罗维奇！要知道他还是个小孩子……得了，得了……你想要小玩具马吗？我给你送一个小玩具来……说真的，您多么……狠心啊……”

格罗霍尔斯基沉默了一会儿，问道：

“您那两位太太过得怎么样，伊万·彼得罗维奇？”

“不怎么样……我把她们赶走了……毫不客气。本来我倒还想留她们一阵子，可是不好意思：孩子长大了……父亲的榜样……如果只有我一个人，那就另作别论了……再说，我干吗要她们？呸……纯粹是可笑的事情！我同她们讲俄语，而她们讲法语……什么都不懂，太愚顽了。”

“我有事情来找您，伊万·彼得罗维奇。要谈一谈……嗯……

① 据基督教传说，亚当和夏娃是上帝所创造的第一对男女，他们赤身裸体。

不是什么了不得的事，没什么……三言两语就说完。实际上，我有一件事要求您。”

“什么事呢？”

“您是否认为，伊万·彼得罗维奇，您有可能……离开此地？您在这儿，我们很高兴，也很愉快，不过，您要知道，就是不大方便……您能明白我的意思。总有一点儿别扭……关系不是很明确，彼此相处总有点儿别扭……应该分开……甚至非分开不可……请您原谅我，不过……您自己，当然，也明白，在此类情况下生活在一起会引起……种种想法……那就是说，不是引起想法，而是会出现一种别扭的感觉……”

“对……是这样。这一点我自己也想过了。好，我离开。”

“我们将非常感激您……请您相信，伊万·彼得罗维奇，我们会保持对您的最美好的回忆！您作出的牺牲……”

“好……只是这一切东西我往哪儿放？您听着，您就买下我这些家具吧！您要吗？并不贵……八千……一万……家具、钢琴、四轮弹簧马车……”

“好……我给您一万……”

“那太好了！我明天就走……到莫斯科去。在这儿没法住！什么都贵！贵得吓人！钱就像流水似的花出去……一动就是一千……这我受不了……我有家……喏，谢天谢地，您买下了我的家具。钱总算可以多一点，否则我就会彻底破产……”

格罗霍尔斯基站起身来，告辞了布格罗夫，欢天喜地地回别墅去了。傍晚他打发人给布格罗夫送去了一万。

第二天一清早布格罗夫和米舒特卡就已经在费奥多西亚了。

3

好几个月过去了。春天到了。

随着春天的来临，明朗晴和的日子也来了，生活不再那么可憎和乏味，大地也变得好看多了……从海面上和田野上送来温和的空气……新生的青草覆盖了大地，树上也长出绿油油的嫩叶。大自然复活了，换上了一身新装。

既然自然界的万物都焕然一新，清新而有生气，人身上似乎也应该有新的希望和新的愿望翻动起伏。然而人却是难以重生的。

格罗霍尔斯基依然住在那个别墅里。他的希望和愿望不多也不高，依然集中在那个丽扎身上，集中在她一个人身上，别的他什么都不注意！同从前一样，他目不转睛地看着她，用“我多么幸福啊！”这个思想慰藉自己。这个可怜虫确实感到自己幸福极了。丽扎同从前一样坐在露台上不知为什么总是烦闷地瞧着“面对面”别墅以及它周围的树木，穿过这些树木可以看见蓝色的海洋。她同从前一样，总是沉默不语，经常哭泣，偶尔给格罗霍尔斯基敷敷芥末膏。不过可以祝贺她有了新的变化。她内心有了一条虫子。这条虫子就是怀念。她强烈地怀念，怀念她的儿子，怀念过去的生活，怀念欢乐。以往的生活并非特别快乐，然而毕竟比当前的生活快乐些……当初她同丈夫一起生活，她偶尔上剧院去一趟，到俱乐部里走走，到熟人家里坐坐。可是在这儿，同格罗霍尔斯基一起生活呢？这儿的生活空虚……她身边只有一个人，而且就连这个常常生病，随时甜蜜地吻她的人，也像个宁静的老爷爷，他高兴时总要流泪。真是枯燥乏味。这儿没有那个喜欢跟她跳玛祖卡舞的米哈伊尔·谢尔盖伊奇，也没有《省报》主编的儿子斯皮里东·尼古拉伊奇。斯皮里东·尼古拉伊奇善于唱歌和朗诵诗篇。这儿没有摆满冷荤菜的桌子，没有客人，没有经常嘀咕她果酱吃得太多的保姆盖拉西莫芙娜……什么人也没有！简直只能躺着活活地愁死。格罗霍尔斯基却为他的孤独生活高兴，然而……他高兴错了。他很快就为他的自私自利付出了代价。五月初，也就是在连空气本身也爱着什么，而且幸福得难受的五月初，格罗霍尔斯基失去了一切，失去了他所爱的女人，还有……

这一年布格罗夫又到克里米亚来了。他没有租借“面对面”别墅，只是带着米舒特卡一起游逛克里米亚的一些城市。在那些城市里他吃喝、睡觉和打牌。他对钓鱼、打猎和法国女人（这只能在我们之间说，以前那两个法国女人偷盗了他一些钱）都已失去了任何兴趣。他瘦了，不再面露喜色和欢畅地微笑，身上穿的是帆布衣服。伊万·彼得罗维奇偶尔也造访格罗霍尔斯基的别墅，给丽扎捎来果酱、糖果和水果，还似乎努力给她解闷。这种访问并未使格罗霍尔斯基不安，特别是因为来的次数少，时间又短，而且看来是为了米舒特卡才来的，而米舒特卡同母亲会面的权利是无论如何不可剥夺的。布格罗夫每次来，总是拿出他的礼物，说上几句话后就走了。就连那几句话他也不是对丽扎说的，而是对格罗霍尔斯基说的。对丽扎他什么话都不说。这样格罗霍尔斯基就放心了……但是有句俄国谚语是格罗霍尔斯基不妨记住的，那就是："别怕汪汪叫的狗，要怕那闷声不响的……"这句谚语是辛辣的，不过在实际生活中有的时候却是不可缺的。

有一天格罗霍尔斯基在园子里散步，他听见两个人在说话。一个是男人的声音，另一个是女人的。头一个声音是布格罗夫的，第二个声音是丽扎的。格罗霍尔斯基仔细倾听，脸色变得死白，他悄悄地向两个交谈着的人那边走去。他在丁香花丛后面站住，开始观察和倾听。他的手脚都发凉了，额头上冒出了冷汗。为了不摇晃和不摔倒，他伸出双手抓住几根紫丁香树枝。什么都完了！

布格罗夫搂住丽扎的腰对她说：

"我亲爱的！哎，我们该怎么办呢？可见这是天意如此。我是个坏蛋……我把你卖了。我贪上了那个希律[1]的钱，这该死的东西……要这些钱财有什么用呢？有的只是心神不定和吹牛摆阔！没有安宁，没有幸福，没有官职……像个无生气的人似的呆在一个地方，一点儿长进也没有。你听说了吗？安德留希卡·玛尔库津当上科长了……就是安德留希卡，那个傻瓜！而我呢，呆坐着……老天

① 对耶稣加以侮辱和迫害的希律王。

爷，老天爷！我失去了你，失去了幸福。我是个坏蛋！是个无赖！你以为在末日审判的时候我会好受吗？”

“我们离开这儿吧，万尼亚！”丽扎哭着说，“我闷得慌……我要愁死了。”

“不行……钱已经拿过了。”

“把钱退回去！”

“我倒是乐意退回去，可是……唉唉……等一下，母马！我把钱全花完了！只好听从天命，小母亲……这是上帝在惩罚我们。惩罚我贪财。你呢，惩罚你轻浮。有什么办法呢？我们就活受罪吧……到来世就会轻松一些。”

由于宗教感情涌现，布格罗夫举眼仰望天空。

“可是在这儿我活不下去！我闷得慌！”

“有什么办法呢？我就不闷？难道不同你在一起我会高兴？我憔悴了，我颓唐了！我胸部也有病了！……你是我的发妻，我与你血肉相关……一身同体……你要活下去！要忍着！我呢……我还会来，还会来拜访你们。”

布格罗夫向丽扎低下头去，开始小声说话，不过声音还是很大，大得在几俄丈之外都听得见：

“我夜间也会来找你……你别担心……我住在费奥多西亚，很近……在我把什么都花光以前，我要一直住在这儿，紧挨着你……很快我就会花得一个子儿也不剩！哎！这算是什么生活哟？烦闷无聊，全身作痛……胸痛，胃也痛……”

布格罗夫沉默无言了。该轮到丽扎说话了……我的上帝，这个女人多么不近人情啊！她开始哭泣，诉苦，列举她情夫的种种缺陷和她自己的苦处……听着她的诉说，格罗霍尔斯基觉得自己是个强盗、恶棍、负情汉……

“他使我厌烦了！”丽扎结束她的话说。

布格罗夫同丽扎吻别后走出园子的小门时，撞上了格罗霍尔斯基，后者正站在小门旁候着他。

“伊万·彼得罗维奇！”格罗霍尔斯基的声音像是一个处在弥留之际的人的声音，“我全听见了，全看见了……从您那方面来讲，这是不正派的，但我不责怪您……您也爱她……可是您该明白：她是我的！我的！我没有她就活不下去！您怎么不能明白这一点呢？好，可以认为，您爱她，您痛苦，可是，难道我没有为您的痛苦多少付出了代价？看在上帝面上，您离开吧！看在上帝面上，您离开吧！请您永远离开此地。我求求您！要不然您就会把我的命给送掉……”

“我无处可去。”布格罗夫喑哑地嘟哝了一句。

“嗯……您已经把什么都花光了……您是个迷恋中的人……嗯，好吧……您上切尔尼戈夫省去，到我的庄园里去……愿意吗？我把那个庄园送给您……那庄园不大，但是个蛮好的庄园。我说实话，是蛮好的！”

布格罗夫欢快地笑了。他突然感到自己上了七重天。

“我送给您……今天我就给管事写信，委托他办理地契过户手续。请您到处都说是您买下了庄园……您走吧！我求求您！”

“好……我走……我明白。”

“我们去找个公证人……现在就去。”高兴起来的格罗霍尔斯基说道，接着他去吩咐人把马车备好。

第二天傍晚，丽扎坐在通常同伊万·彼得罗维奇相会的长椅上，格罗霍尔斯基悄悄地向她走近，在她身旁坐下，拉住她的手。

“你闷得慌吗，丽扎？”在短暂的沉默后他开口说，“你烦闷吗？为什么我们不可以坐上马车出去玩玩呢？我们何必老呆在家里？应该坐车出去，快活快活，同人家交往交往……不是应该这样吗？”

“我什么也不需要。”丽扎说。她脸色苍白，面容消瘦，瞧了瞧那条平日布格罗夫上她这儿来的小路。

格罗霍尔斯基沉默不语。他知道，她正在等谁，她需要的又是谁。

"我们回家吧，丽扎，"他说，"这儿潮湿……"

"你去吧……我马上就来。"

格罗霍尔斯基又思索起来。

"你在等他[1]吧？"他问，脸上现出一副怪相，像是有人用一把赤热的钳子夹住了他的心似的。

"是的……我想把一双小袜子转给米舒特卡……"

"他不会来了。"

"你怎么知道？"

丽扎瞪大眼睛……

"他离开了……到切尔尼戈夫省去了。我把我的庄园送给了他……"

丽扎的脸色顿时白得吓人。为了避免跌倒，她就抓住了格罗霍尔斯基的肩膀。

"我送他上了轮船……下午三点钟……"

丽扎忽然抱住头，身子扭动起来，她倒在了长椅上，四肢哆嗦。

"万尼亚！"她大声号叫，"万尼亚！我也去，万尼亚！……亲人呀！"

她癔病发作了……

从这个傍晚起一直到七月止，在避暑的人们常常散步的那个园子里可以看到两个人影。那两个人影从早到晚走来走去，使避暑的人们十分败兴。在丽扎的人影后面紧跟不离的是格罗霍尔斯基的人影。我把他们叫做人影，是因为他们俩都已经失去了原来的仪容。

他们都消瘦了，苍白了，与其说他们像活人，还不如说像两个人影……两个人都憔悴不堪，好比那则叙述一个出售灭蚤粉的犹太人的古典故事中的跳蚤。

七月初，丽扎从格罗霍尔斯基家出逃，留下了一张便条，上面

---

① 着重点是原作中就有的。

写着她是到她“儿子”那儿去一段时间。去一段时间！她是夜间趁格罗霍尔斯基睡着的时候逃走的。

格罗霍尔斯基看了她的信后，有整整一个星期像疯子似的在别墅周围徘徊，不吃，也不睡。八月间，他害了一场回归热，九月间就出国去了。在国外他开始酗酒。他想在美酒和放荡中寻求安慰。他荡尽了他的全部家产，但他这个可怜虫未能把他所爱的、长着一张小猫脸似的女人的形象丢置脑后。人们不会因幸福而死，也不会因不幸而死。格罗霍尔斯基头发变白了，可是他没有死。一直到现在他还活着。他从国外回来，就去“看一眼”丽扎。布格罗夫异常亲热地迎接了他，留他在家里做客，而且没有确定的期限。一直到现在他还在布格罗夫家做客……

今年我有机会路过布格罗夫的庄园——格罗霍列夫卡，我正碰上主人们进晚餐。伊万·彼得罗维奇见到我高兴极了，开始款待我。他胖了，有点浮肿。他的脸肥胖、油亮、红润，同从前一样。他还没有谢顶。丽扎也胖了。她一胖就不好看了。她的小脸开始失去猫的模样，而且，真可惜，有点像海豹的脸了。她的脸颊胖得往上、往前、往两边铺开。布格罗夫夫妇日子过得很美。他们样样东西都富足。他们家上上下下满是仆人和食品。

我们吃完晚饭就开始谈天。我忘了丽扎不会弹琴，请她弹一个什么曲子。

“她不会弹琴！”布格罗夫说，“她不是会弹琴的人……喂！有人吗？伊万！你去把格里戈里·瓦西里耶维奇叫来！他在那儿干什么？”接着布格罗夫面向我说：“会弹琴的人马上就来……他会弹六弦琴。这架钢琴，我们是留着给米舒特卡用的，我们叫他学钢琴……”

过了五分钟左右格罗霍尔斯基走进大厅，他睡眼惺忪，没有梳头，也没有刮胡子……他走进来，向我鞠了一躬，在一旁坐下。

“喂，谁那么早就上床睡觉？”布格罗夫转向他说，“你怎么是这样的，老兄！老是睡觉，睡觉……萎靡不振的人！好，给我们弹点儿什么快活东西吧……”

格罗霍尔斯基调好六弦琴的琴音，边弹边唱道：

昨天我等着一个朋友……

我听着歌，瞧着布格罗夫的那副肥胖的嘴脸，心里暗想：“不要脸的东西！”我真想哭它一场……格罗霍尔斯基唱完歌，向我们鞠了个躬，便走出大厅。

“我拿他怎么办呢？”布格罗夫在他走后对我说，“我跟他在一起真倒霉！白天，他老是想心思，想个没完……夜间他就呻吟不停……他睡着也还是又呻吟又叹息……是一种什么毛病……究竟该拿他怎么办，我一点儿办法也想不出来！他不让人家睡觉……我担心，他可别发疯。人家会以为他在我们这儿日子过得不好……有什么不好呢？他同我们一起吃饭，跟我们一起喝酒……不过我们是不给他钱的……给了他钱的话，他就喝酒花掉，或者就随便挥霍……反正这又是我的一个累赘！老天爷，宽恕我这个有罪的人吧。”

主人留我过夜。第二天早晨我醒来，布格罗夫正在隔壁房间里训斥一个什么人说：

“俗话说得好！你叫傻瓜祷告上帝，他就在地板上把脑门子磕破！喏，谁会用绿漆漆船桨？你想想看，你这脑袋瓜子！你说说这个理！你干吗不说话啊？”

“我……我……错错了……”一个沙哑的男高音分辩说。

这男高音就是格罗霍尔斯基的声音。

送我上火车站的是格罗霍尔斯基。

“他是个暴君，是个霸王，”一路上他小声对我说，“他是个高尚的人，然而是个霸王！他的心和头脑都没有修养……他折磨我！如果不是那个高尚的女人，我早就离开他这儿了。我舍不得把她留下。两个人一起忍受总会好受一些。”

格罗霍尔斯基叹了口气，继续说：

"她怀孕了……您看出来了吗？实际上，那是我的孩子……是我的，先生……她很快就意识到了自己的错误，就又委身于我了。她受不了他……"

"您是个无用的家伙！"我忍不住对格罗霍尔斯基说。

"是的，我是个性格软弱的人。这说的都对。我天生是这么一个人。您知道我是怎么生出来的？我已故的父亲厉害地压迫过一个小官吏。压迫得真厉害！使他对生活失去了兴趣！就是这样，先生……我已故的母亲是个心肠慈悲的女人，她出身于平民，是个小市民。出于怜悯，她就下了决心使这个小官吏接近她自己……就是这样……我就生出来了……我是受压迫的人的儿子……打哪儿来坚强的性格呢？打哪儿来？不过，第二遍铃声响了……再见！请您再到我这儿来，不过您可别告诉伊万·彼得罗维奇我对您谈到他的那些话。"

我握了握格罗霍尔斯基的手，跳进了车厢。他朝我的车厢鞠了一躬，然后向一个盛水的小木桶走去。看来，他想喝水了……

迟开的花

献给尼·伊·柯罗包夫[①]

1

事情发生在一个阴沉的秋日的“下午”，在普利克隆斯基公爵家里。

老公爵夫人和玛鲁霞公爵小姐站在少公爵的房间里，痛苦地搓着手指，央求着。她们在以上帝耶稣以及亡父遗骸的名义央求，会这样求人的只有悲伤和哭泣的女人们。

公爵夫人站在少公爵面前一动不动，她哭泣着。

她放声哭泣和唠唠叨叨地讲着，不住地打断玛鲁霞的话头。她对少公爵大加责备，连续说出一些粗鲁的甚至辱骂的话，同时她又对他抚爱不已，提出种种要求……她千百次提到对他们的期票发出拒付证书的商人福罗夫，提到少公爵已故的父亲，说他的遗骸如今正在棺材里辗转翻动，等等。她甚至还提到了托波尔科夫医师。

托波尔科夫医师是普利克隆斯基公爵一家人的眼中钉。他父亲是个农奴，是已故老公爵的近侍森卡。他的舅舅尼基佛尔直到现在还是贵人叶戈鲁希卡少公爵的近侍。就连他本人，托波尔科夫医师，小时候也常常因为没有擦干净公爵家的刀叉、马靴和茶炊而挨脖儿刮。可是现在——可真是，这岂不荒唐？——他竟成了一名出色的青年医师，过着老爷般的生活，住在一幢特别大的房子里，出门乘坐双套马车，这好像是故意“刺激”普利克隆斯基一家似的，因为后者经常要步行，而在雇马车的时候又总要久久地讨价还价。

“他受到大家的尊敬，”公爵夫人哭哭啼啼地说，她也不擦眼泪，“大家喜欢他。他富有，他漂亮，到处受到接待……他可是你过去的仆人，是尼基佛尔的外甥！说来也真丢人！这是为什么呢？就因为他品行端正，不大吃大喝，不结识坏人……他从早到晚地工作……可是你呢？我的上帝啊！”

公爵小姐玛鲁霞是个二十岁上下的姑娘，相貌俊俏，好像英国长篇小说里的女主人公，长着一头有魅力的亚麻色鬈发，一双眼睛又大又聪明，那颜色就像南方的天空。她也同样起劲地恳求着她哥哥叶戈鲁希卡。

她和她母亲同时说话。她吻哥哥刺人的散发着酸臭酒气的唇髭。她抚摸他的秃顶和脸颊，像一头受了惊吓的小狗偎依着他。她尽说一些温柔体贴的话。公爵小姐对她哥哥说不出一句甚至是类似讽刺的话。她非常爱哥哥！她认为，她的腐化堕落的哥哥——退伍骠骑兵叶戈鲁希卡公爵是至高无上真理的化身，是最高德行的榜样！她相信，甚至相信到了狂热的地步：这个醉醺醺的糊涂虫有着一颗使一切仙女都会嫉妒的心。她认为，他是一个不得志的人，一个未被理解和承认的人。她几乎是乐于原谅他的酗酒和放荡。一点儿也不错！叶戈鲁希卡早就使她信服：他是出于痛苦才喝酒的；他是用葡萄酒和白酒浇灭燃烧着他心灵的无望的爱情；他是为了竭力要使他的骠骑兵的头脑忘却她[2]的美妙形象才投入淫荡女人怀抱的。哪一个玛鲁霞、哪一个女人不认为爱情是完全正当的可以原谅一切的理由呢？哪一个不是这样认为的呢？

“乔治！”玛鲁霞紧偎着他说，她吻他那张长着红鼻子的瘦脸，“你是出于痛苦才喝酒的，这是真的……不过，如果是这样的话，那

① 尼·伊·柯罗包夫是契诃夫在大学时代的同学和至交。

② 着重点是原作中就有的。

你就把你的痛苦忘掉吧！难道所有不幸的人都该喝酒？你要忍耐，要振奋，要克制自己！要做个英雄好汉！有像你这样的才智，有一颗这样正直和热爱的心灵，命运的打击是可以经受得住的！唉！你们呀，你们这些不得志的人，都是如此意志薄弱！……”

这时玛鲁霞想起了屠格涅夫的罗亭①（请您原谅她，读者），就开始向叶戈鲁希卡议论起这个人物来。

叶戈鲁希卡躺在床上，两只发红的兔眼瞧着天花板。他头脑里在嗡嗡响，而胃里有一种愉快的饱足感觉。他刚吃过午饭，喝下了一瓶红葡萄酒，现在吸着三戈比一支的雪茄，正在午休。形形色色的感情和思想在他那昏昏沉沉的头脑和痛苦的卑污内心翻腾起伏。他可怜哭泣着的母亲和妹妹，同时又非常想把她们赶出房门，因为她们不让他睡一会儿，不让他打一打呼噜。他生气，因为她们竟敢教训他，同时小小的良心责备（大概他的良心也是小小的）也在折磨他。他糊涂，然而还没有糊涂得不能意识到普利克隆斯基家确实在没落，而且或多或少地是由于他而没落的。

老公爵夫人和玛鲁霞恳求了很长时间。客厅里已经上灯，而且来了一位女客，可她们却仍在恳求。叶戈鲁希卡躺着却又不能睡觉，这终于使他感到腻烦。他伸了个懒腰，骨关节发出喀嚓喀嚓的响声，他说：

“行，一定改正！”

“这话是真心诚意的？”

“我不改正的话，就让上帝惩罚我！”

他的母亲和妹妹用双手抓住他，要他再一次向上帝起誓，以人格赌咒。叶戈鲁希卡就再一次向上帝起了誓，以人格赌了咒，说他如果再不停止放纵下流的生活，就让天雷当场把他劈死。公爵夫人强使他吻了圣像。他也就吻了圣像，同时还在胸前画了三次十字。

---

① 屠格涅夫的同名小说《罗亭》中的主人公，这是一个“语言的巨人和行动的矮子”。

一句话，他起了一个再地道不过的誓。

“我们相信你！”公爵夫人和玛鲁霞说着扑上去拥抱叶戈鲁希卡。

她们都相信了他。是啊，十分真诚的话语，激烈的誓言，并且还亲吻了圣像，这一切加在一起，怎么能不相信呢？再说，哪里有爱，哪里就有盲目的信赖。母女俩活跃起来了，两个人面呈喜色，就像庆祝耶路撒冷复兴的犹太人那样庆祝起叶戈鲁希卡的新生来。她们送走客人后，在屋角坐下，小声地谈论她们的叶戈鲁希卡将怎样改过自新，将怎样过新的生活……她们断定，叶戈鲁希卡前途远大，他一定会很快改善家境，而她们也不必再忍受极端的贫困。这种贫困是所有倾家荡产的人都得体验其滋味的令人憎恶的鲁比肯河[①]。她们甚至断定，叶戈鲁希卡一定会娶一个有钱的美女做妻子。他英俊、聪明，出身名门贵第，未必会有哪一个女人敢不爱他！谈话结束后，公爵夫人还讲了祖先们的生平，认为叶戈鲁希卡很快就会开始仿效他们。普利克隆斯基的祖父是个公使，懂得欧洲所有国家的语言，父亲是个极其著名的军团的司令官，儿子呢，儿子将来会做……将来会做……会做什么呢？

“您一定会看得到，他将来会做什么！”公爵小姐断定说，“您一定看得到！”

她们上床睡下后，又谈起了美好的未来，谈了很久。睡熟后她们做了许多美梦。睡乡中的她们幸福得不住微笑，梦境美极了。十之八九，那些梦是命运用来补偿她们后来在第二天所经历的种种吓人现象的。命运并非一向吝啬，有时它甚至还支付在先。

深夜三点钟左右，正好是在公爵夫人梦见她的孩子穿着光彩夺目的将军服，而玛鲁霞正在梦中为发表了精彩演说的哥哥鼓掌的时候，一辆普普通通的出租马车来到普利克隆斯基公爵家门口。马车里坐着“百花宫”酒家的茶房，他怀里抱着泥醉的叶戈鲁希卡公爵

---

① 意大利的河名。古罗马恺撒曾不顾禁令，越过这条河而引起内战。

的高贵身体。叶戈鲁希卡已经完全不省人事，他在“搽房”①的怀抱里摇来晃去，好像一头刚刚宰好的、正送进厨房去的鹅。马车夫从赶车人座位上跳下，拉响了大门口的门铃。尼基佛尔和厨师走出来，他们打发走赶车人后，就把泥醉的躯体抬上楼去。年迈的尼基佛尔既不惊讶，也不害怕，用已经干惯了这种事的手给一动不动的躯体脱去衣服，把它放到羽毛褥子中央，并用被子盖好。仆人们一言不发。他们早已习惯于认为老爷是一种必须抬上来，脱去衣服、盖上被子的东西，因此他们都丝毫不惊讶，也丝毫不害怕。对他们来说，泥醉的叶戈鲁希卡是正常现象。

第二天早晨，大家却都大吃一惊。

十一点钟左右，公爵夫人和玛鲁霞正在喝咖啡，尼基佛尔走进饭厅里来，向她们报告：叶戈鲁希卡公爵的情况不妙。

“公爵怕是要死了！”尼基佛尔说，“请你们去看一看吧！”

公爵夫人和玛鲁霞顿时脸色惨白，从公爵夫人的嘴里掉出了一小块饼干。玛鲁霞碰翻了杯子，双手抓住胸口，那颗受到意外打击和惊扰的心，在胸膛里怦怦怦地敲打起来。

“公爵是夜里三点钟喝醉了酒回来的，”尼基佛尔声音发抖地报告说，“跟平常一样……喏，可是现在，上帝才知道是怎么回事，他翻来翻去，哼哼唧唧……”

公爵夫人和玛鲁霞相互紧紧抓住对方，向叶戈鲁希卡的卧室跑去。

叶戈鲁希卡脸色青白、头发蓬松、面孔瘦削，躺在厚厚的绒布被窝里，气喘吁吁、全身哆嗦、翻来翻去。他的头和手一刻也不安静，在动、在抖。他胸中发出阵阵呻吟。他的唇髭上挂着一小块红的什么东西，显然是血。如果玛鲁霞向他的脸弯下身去，她就会看见他上唇上有一个小伤口和上牙床缺少了两颗牙齿。他全身散发出热气和酒气。

---

① 醉汉把“茶房”说成“搽房”。

公爵夫人和玛鲁霞跪倒在地，号啕大哭起来。

"他的死要归咎于我们！"玛鲁霞抱着自己的头说，"我们昨天对他的责备伤了他的心……他受不了啦！他的心灵太娇嫩了！是我们的过失，妈妈！"

她们俩意识到了自己的过错，眼睛睁得大大的，浑身发抖，紧紧地依偎在一起。只有眼看着头顶上的天花板马上哗啦啦、喀嚓嚓地塌下来并把自己压得粉碎的人才会这样发抖，才会这样紧紧依偎。

厨师想到了，跑出去请医师。医师伊万·阿多尔佛维奇来了。他个子矮小，全身似乎是由一块很大的秃顶、一对愚蠢的和小小的猪眼睛以及一个圆圆的小肚子组成。大家见到了他都高兴，就像见到了亲爹一样。他闻了闻叶戈鲁希卡卧室里的空气，摸了摸脉搏，深深地吸了一口气，皱起了眉头。

"您不用担心，夫人！"他用恳求的口气对公爵夫人说，"我不知道对不对，可是按我的看法，夫人，我不认为您的儿子是处在很大的所谓危险之中……不要紧的！"

他对玛鲁霞说的可完全是另一番话。

"我不知道对不对，公爵小姐，可是，按我的看法……各人有各人的看法，公爵小姐。按我的看法，公爵……哼！……就像日耳曼人说的那样……щвах[①]……不过呢，一切都取决于……取决于所谓的极期。"

"有危险吗？"玛鲁霞小声问。

伊万·阿多尔佛维奇皱起额头，开始论证起各人有各人的看法来……她们给了他三个卢布。他道过谢，觉得不好意思，咳嗽了几声，就悄悄地走了。

公爵夫人和玛鲁霞定下神来后，决定派人去请名医。名医收费昂贵。可是……怎么办呢？亲人的性命总比金钱贵重啊。厨师跑去

① 是德语中"schwach"一词的俄语读音，意思是"病情严重"。

请托波尔科夫。不消说，他在家里没有找到医师。他只得留了一张字条。

托波尔科夫对邀请没有很快作出反应。她们极度紧张、恐慌不安地等了一天，又等了整整一夜、一个上午……她们甚至打算去请别的医师，而且决定等托波尔科夫一来就骂他是没有教养的人，当面骂，叫他下次不敢再让人家久等。普利克隆斯基公爵家里的人尽管忧愁，心底里却愤愤不平。到了第二天下午两点钟，终于有一辆四轮弹簧马车来到他们家的大门口。尼基佛尔急忙踩着碎步朝房门口走去，没过几秒钟他就极其恭敬地从他外甥的肩头脱下厚呢大衣。托波尔科夫咳嗽一声，让人家知道他来了，也不向任何人打招呼，就直接朝病人的房间走去。他穿过大厅、客厅、饭厅，对任何人都不看一眼，自尊自大，如同将军一样，他脚上那双亮晃晃的皮靴发出的嘎吱嘎吱声响彻了整幢房子。他魁梧的身材引人尊敬。他匀称，庄严，仪表堂堂，五官极其端正，仿佛是用象牙雕刻出来的。他的金丝眼镜和一张极其严肃呆板的面孔使他的举止更显高傲。论出身，他是个平民，然而在他身上，除了一身极其发达的肌肉外，平民的特点几乎什么也没有剩下。一切都是老爷气派，甚至是绅士风度。他有一张绯红、漂亮的脸，如果相信他的女病人的说法，甚至是一张非常漂亮的脸。他的脖子白得像女人的一样。他的头发像丝一般柔软、美丽，可惜剪得太短。如果托波尔科夫注重自己的外表，他就不会剪短发，而会让头发卷曲成波浪形垂到他的衣领上。他的脸漂亮，然而神情过于冷淡，过于严肃，以致不招人喜欢。这张冷淡、严肃、呆板的脸上除了终日繁忙所造成的极度疲劳外，没有任何其他表情。

玛鲁霞迎着托波尔科夫走去，在他面前搓着手求他帮忙。以前她可是从来没有求过任何人的。

“您救救他吧，大夫！”她说着抬起大眼睛来看他，“我恳求您！一切希望都寄托在您身上了！”

托波尔科夫绕过玛鲁霞，朝叶戈鲁希卡走去。

“打开气窗！”他一进病人的房间就命令道，“为什么通气窗没有打开？叫人呼吸什么？”

公爵夫人、玛鲁霞和尼基佛尔奔向窗户和火炉。已经安上了双层窗的窗户上没有通气窗。炉子没有生火。

“没有通气窗。”公爵夫人胆怯地说。

“奇怪……嗯……在这种条件下可以治病？我治不了！”

托波尔科夫略微提高了嗓音补充说：

“把他抬到大厅里去！那儿不这么气闷。叫人来！”

尼基佛尔奔向卧床，站在床头。公爵夫人脸红了，因为她家里除了尼基佛尔、一个厨师和一个半瞎的女仆外，没有别的仆人。她就亲自抬床。玛鲁霞也来抬床，用尽气力把它拉了一下。一个衰弱的老头和两个无力的女子呼哧呼哧地喘着气把床抬了起来，他们不相信自己的力量，跌跌撞撞，生怕失手，但还是把床搬动了。公爵夫人的连衣裙的肩部断线了，她觉得肚子里有个什么东西脱落了。玛鲁霞两眼发黑，双手疼痛。叶戈鲁希卡好重啊！可是他，医学博士托波尔科夫，一本正经地走在卧床后面，气鼓鼓地皱着眉头，怪这些小事占用了他的时间。他甚至没有伸出一个手指头去帮两个女人！真是个畜生！……

他们把床放在钢琴旁边。托波尔科夫翻掉被子，一边向公爵夫人提问，一边动手给翻来翻去的叶戈鲁希卡脱衣服。一瞬间衬衫给脱下来了。

“请您简短一点！这同病情无关！”托波尔科夫一边听着公爵夫人的话，一边一字一句清楚地说，“多余的人可以出去！”

他用小锤子敲了一阵叶戈鲁希卡的胸部，然后把病人翻个身，叫他俯卧，又敲了一阵。他诊听的时候呼哧呼哧地喘气（医师们诊听时总要喘气），作出了非并发性酒狂症的诊断。

“不妨给他穿上生热病的人用的紧束衣。”他用平稳和清楚的声音说出每个字。

他又提了一些建议，然后写好处方，很快朝门口走去。他在写处方的时候，顺便问了叶戈鲁希卡姓什么。

“普利克隆斯基公爵。”公爵夫人说。

“普利克隆斯基？”托波尔科夫反问道。

“你竟然这么快就忘记了你旧日的……地主的姓！”公爵夫人暗想。

“老爷”这个词公爵夫人连想都没敢想，因为这个旧日的农奴的外貌太威严了！

在前厅里她向他走近，极度紧张地问道：

“大夫，他没有危险吗？”

“我想他没有危险。”

“按您的看法，他会复原吗？”

“我想会的。”医师冷冷地答道。他稍微点了点头后就下楼去找马车了，几匹马也像他本人一样既稳重又庄严。

医师走后，经过了一昼夜的劳累折磨后的公爵夫人和玛鲁霞第一次舒畅地叹了口气。名医托波尔科夫给了她们希望。

“他多么仔细，多么可爱！”公爵夫人说，她在心里暗暗为世上所有的医师祝福。孩子有了病，母亲就喜爱医学，就相信医学！

“这个老爷真有架子！”尼基佛尔说。很久以来，他在主人家里除了叶戈鲁希卡的朋友，那些二流子和酒徒以外，没有见过其他人。这个老头子连做梦也没有想到，有架子的老爷不是别人，就是那个肮里肮脏的柯尔卡，当初他不止一次地揪住这孩子的腿，把他从运水车下面拖出来，揍他一顿。

公爵夫人把他外甥是医师这件事一直瞒着他。

傍晚，太阳下山后，由于忧愁和疲劳而虚弱无力的玛鲁霞，突然猛烈地打起寒战来。她倒在床上了，紧接着她就发高烧，肋部疼痛。她彻夜呓语和呻吟：

“我要死了，妈妈！”

第二天早晨九点多钟托波尔科夫来了，他只好不是给一个人而是给两个人看病：叶戈鲁希卡和玛鲁霞。他发现玛鲁霞得了肺炎。

普利克隆斯基家里弥漫着死亡的气息。肉眼看不见然而骇人的死神，在两张床的床头突隐突现，每分钟都在威胁着要夺走老公爵夫人的两个孩子。公爵夫人由于绝望而痴呆了。

“我不知道，夫人！”托波尔科夫对她说，“我不知道，夫人，我不是预言家。要过几天才会清楚。”

他干巴巴、冰冷冷地说了这些话，刺痛了不幸的老太婆的心。哪怕是说上一句有希望的话也好啊！增添她的不幸的是，托波尔科夫几乎什么药也不给病人开，他只是敲敲听听，或者是因为空气不洁净和压布放的不是地方或不及时而斥责人。老太婆却认为这一切时髦的玩意儿都是毫无用处的小事。她日夜不停地从一张床旁荡到另一张床旁，忘掉了世上的一切，只顾许愿和祈祷。

她认为热病和肺炎是最致命的绝症。所以在玛鲁霞的痰中出现了血的时候，她就以为公爵小姐进入了“肺结核末期”而昏厥倒地了。

您可以想象一下，当公爵小姐在得病的第七天微微一笑，并说道“我好了！”的时候，老公爵夫人有多么高兴！

在第七天叶戈鲁希卡也醒过来了。公爵夫人向来到这里治病的托波尔科夫走近，像祈祷半神似的祈祷着，幸福得又哭又笑，她说：

“大夫，多亏您救活了我的两个孩子。谢谢您！”

“什么，夫人？”

“我对您感激不尽！您救活了我的孩子！”

“啊……七天七夜了！我本来期待病在第五天会好的。不过，反正一样。早晚给她服用这种药粉。压布要继续用。这条厚被子可以换条薄一点的。请您给儿子喝有酸味的饮料。明天傍晚我再来。”

说完，名医就点了点头，迈着平稳的将军式的步子朝楼梯走去。

2

是明亮、清澈、略有寒意的一天。这是秋季中的一天，在这样的日子里，人们会甘愿容忍寒冷，容忍潮湿，容忍沉重的套鞋。空气是如此的清澈，以致可以看清楚那只停在最高的钟楼上的寒鸦的尖嘴。空气里浸透了秋天的气息。您走上大街，您的双颊上就会泛起大片健康的红晕，使人想起上等的克里米亚苹果。早已凋落的黄色的枯叶受到人们的踩踏，它们耐心地等待着初雪。它们在太阳光下呈现出金黄色，像是一枚枚金币似的自身放射出光芒。大自然恬静地入睡，没有风，没有声音。它静止不动，默默无声，仿佛经过春季和夏季它已经疲乏，如今在温暖亲热的阳光下享乐纳福。看着这一派正在开始的安宁景象，您自己也就想要安静下来了。

正是在这样的一天，玛鲁霞和叶戈鲁希卡坐在窗前，在最后一次等候着托波尔科夫的到来。温暖亲热的阳光也射进了普利克隆斯基家的窗户，在地毯上、椅子上、钢琴上闪亮。一切东西都淹没在这种亮光里。玛鲁霞和叶戈鲁希卡从窗口朝街上看，庆幸自己恢复了健康。病愈的人总是感到非常幸福，特别是如果他们还年轻的话。他们感觉到和懂得了健康的意义，而这却是一般的健康人不会感到也不能理解的。健康就是自由，那么除了被解放的奴隶以外，还有谁能为感觉到自由而喜悦？玛鲁霞和叶戈鲁希卡现在每分钟都感到自己是被解放的奴隶。他们多么惬意啊！他们想呼吸，想朝窗外看，想活动，一句话，想生活，而现在这一切愿望每秒钟都在实现着。对期票发出拒付证书的福罗夫、种种流言蜚语、叶戈鲁希卡的行为、贫困——所有这一切都被丢之于脑后。而没有被忘记的只是那些愉快的、使人激动不安的事情，例如美好的天气、即将举行的舞会、好妈妈和……医师。玛鲁霞有说有笑，说话滔滔不绝。主要的话题就是他们每分钟都在等待着的医师。

“他是一个了不起的人，万能的人！”她说，“他的医术真是无所不能！你想一想，乔治，这是多么伟大的行为：同自然斗争而且战胜自然！”

她说个不停，每说完一句虽属夸张但又至诚的话，就用手势和眼神打上一个大大的惊叹号。

叶戈鲁希卡听着妹妹热情洋溢的讲话，眨巴着小眼睛唯唯称是。他自己也尊敬托波尔科夫庄严的面容，深信他全亏这位医师才恢复了健康。妈妈坐在一旁，眉开眼笑，心花怒放，分享两个孩子的喜悦。

她喜欢托波尔科夫，不只是因为他有治病的本领，还因为她在医师的脸上看出了一种“务实精神”。

不知为什么，老年人都非常喜欢这种“务实精神”。

“可惜的只是他……他出身太低贱，”公爵夫人胆怯地瞥了女儿一眼后说，“再说他干的行当……也不甚干净。他经常翻动各式各样的脏东西……呸！”

公爵小姐面色发红，她坐到了另一把圈椅上去，离母亲远一点儿。叶戈鲁希卡也感到不快。

他不能容忍贵族的高傲和妄自尊大。

贫穷能给任何人以教诲！他不止一次亲身体验过比他富有的人对他摆架子的滋味。

“如今这年头，муттер[①]，”他轻蔑地耸耸肩膀说，“谁肩膀上长着个脑袋，裤袋中有许多钱，谁就是好出身。谁只有屁股代替了脑袋，谁只有肥皂泡代替了财富，谁就……微不足道，事情就是这样！”

这是叶戈鲁希卡像鹦鹉一样在学舌，两个月前他在一个教会中学的学生那儿听到了这些话，在台子房里他同那个学生打过一架。

“我情愿拿我的公爵头衔去换他的脑袋和钱袋。”叶戈鲁希卡补充说。

---

① 是德语中“mutter”一词的俄语读音，意思是“妈妈”。

玛鲁霞抬起充满感激之情的眼睛望着哥哥。

“我有许多话要对您讲，妈妈，可您是不会懂的，”她叹了一口气，“说什么也没法改变您的看法……很可惜！”

思想守旧的公爵夫人被揭穿了，她觉得局促不安，开始分辩起来。

“不过，当年我在彼得堡认识过一个大夫，他是个男爵，”她说，“不错，不错……在国外……的确是这样……文化程度是很起作用的……嗯，不错……”

十二点过了一会儿，托波尔科夫来了。他仍然像头一次那样走进来：自尊自大，对任何人都不看一眼。

“别喝含酒精的饮料，尽可能避免无节制，”他放下帽子，转身对叶戈鲁希卡说，“要注意肝脏。您的肝已经相当肿大。这种肝肿大应记在喝酒的账上。该喝医生开的药水。”

他向玛鲁霞转过身来，也最后一次向她提出几个忠告。

玛鲁霞认真地听他讲完，就好像是听有趣的故事似的，目不转睛地看着这位有学问的人的眼睛。

“怎么样？我想您已经明白了，是吗？”托波尔科夫问她。

“哦，听明白了！谢谢。”

这次出诊维持了整整四分钟。

托波尔科夫咳了一声，拿起帽子，点点头。玛鲁霞和叶戈鲁希卡都把眼睛盯住了母亲。玛鲁霞甚至脸红了。

公爵夫人涨红了脸，像鸭子似的摇摇摆摆走到医师跟前，难为情地把自己的手塞进他白皙的拳头。

“请允许我向您表示谢意！”她说。

叶戈鲁希卡和玛鲁霞垂下了眼帘。托波尔科夫把拳头举到眼镜前，看到了一包东西。他毫不害羞，也不低下眼睛，而是把一个手指塞进嘴里弄弄湿，非常轻声地数起钞票来。一共是十二张二十五卢布钞票。难怪昨天尼基佛尔拿着她的镯子和耳环跑到什么地方去了！托波尔科夫的脸上掠过一小片明亮的云霞，那是某种类似画圣徒像时用的晕光。微笑使他的嘴轻轻抽动了一下。显然，他对这笔报酬很满意。他数完钱并把它们放进口袋后，又点了一下头，转身朝房门口走去。

公爵夫人、玛鲁霞、叶戈鲁希卡把眼睛盯住了医师的背，他们三个人一下子都感到他们的心抽紧了。他们的眼睛里出现了一种美好的感情：这个人要走了，他不会再来了，而他们却对他整齐的步伐、说话有板有眼的声调和严肃的面容都已经习惯。母亲的头脑里闪过一个小小的主意。她突然有意抚爱一下这个木石般的人。

“他是个孤儿，怪可怜的，”她暗想，“单身一人。”

“大夫。”她用老妇人的柔和声调说。

医师回过头来。

“什么事，夫人？”

“您不能同我们一起喝杯咖啡吗？请您赏光！”

托波尔科夫皱起眉头，慢慢地从口袋里掏出怀表。他看了一下表，略微想了想说：

“我喝一点儿茶吧。”

“请坐，请！请坐在这儿！”

托波尔科夫放好帽子，坐了下来。他直挺挺地坐下，像是个经人家弯起膝盖、摆平双肩和端正脖子的木模特儿。公爵夫人和玛鲁霞开始忙碌起来。玛鲁霞把眼睛睁得大大的，显出一副担心的样子，仿佛人家给她出了一个难解答的问题似的。尼基佛尔穿着黑色旧礼服，戴着灰色手套，从一个房间跑到另一个房间。屋子里到处响起茶碟和茶匙的叮当声。不知为了什么把叶戈鲁希卡从大厅里叫出去了一会儿，是悄悄地、秘密地叫出去的。

托波尔科夫等着送茶来，坐了大约十分钟。他坐在那儿，瞧着钢琴的踏板，四肢一动不动，也不发出一点声音。客厅的门终于打开了。喜气洋洋的尼基佛尔端着一只大托盘走了进来。托盘上有两个套着银茶托的玻璃杯，一杯茶是给医师的，另一杯是给叶戈鲁希卡的。两杯茶周围，遵照严格的对称款式，放着两只盛乳壶，一只壶里是鲜奶油，另一只壶中是炼过的奶油，此外还有糖缸以及夹糖用的小夹子，几个放着柠檬和小叉的杯子，还有一些饼干。

叶戈鲁希卡跟着尼基佛尔走进来，脸面为要装出庄严而显得呆板。

这个队伍的殿后者是额头冒着汗的公爵夫人和睁着大眼睛的玛鲁霞。

“喝茶吧，请！”公爵夫人对托波尔科夫说。

叶戈鲁希卡拿起茶杯，走到一旁，小心地喝了一口。托波尔科夫也拿起茶杯来，喝一口。公爵夫人和公爵小姐在旁边坐下，开始研究医师的相貌。

“您也许觉得不甜吧？”公爵夫人问。

“不，够甜了。”

正如应该预料到的那样，接着是一阵沉默——那可怕而可厌的沉默。不知什么缘故，这使人感到拘束和难堪。医师喝着茶，不说话。显然，他是故意不理会周围的人，除了面前的茶以外，他什么也没看见。

非常想同有学问的人谈一谈的公爵夫人和玛鲁霞不知道从何谈起。她们两人都担心自己会显得愚蠢。叶戈鲁希卡瞧着医师，从他的眼神中可以看出，他打算问一件什么事情，但他怎么也打不定主意。房间里笼罩着死一般的寂静，它偶尔才被喝茶的声音打破。托波尔科夫喝茶的声音很响。看来他并不觉得拘束，喝得很自在。他一边喝，一边发出“咕噜咕噜”的声音。一口又一口的茶好像从他嘴里落进一个什么深渊，在那里碰响了一块又大又光滑的东西。尼基佛尔偶尔也打破寂静的气氛，他有时吧嗒着嘴，咀嚼着，好像是把做客的医师放在嘴里，品尝他的滋味似的。

“说吸烟有害，这话对吗？”叶戈鲁希卡总算打定主意问了一个问题。

“尼古丁，烟草的生物碱，对人的机体所起的作用像一种剧毒的毒药。由每支烟带进机体的毒素在数量上微不足道，不过这种毒素是在持续不断地带进机体。毒素的数量以及它的能量同服用的持续时间构成反比。”

公爵夫人和玛鲁霞相互看了一眼：他多聪明！叶戈鲁希卡的眼睛眨巴起来，他的那张鱼脸拉得长长的。他这个可怜虫没有听懂医师的话。

“当初在我们军团里，”他想把这种学术性的谈话转换为日常闲聊，所以他开始谈话，“有一个姓柯谢奇金的军官，他是个很正派的人。非常像您！非常像！就跟两滴水似的完全一模一样。甚至无法区分清楚！他不是您的亲戚吧？”

医师没有回答，他发出一声很响的喝茶声，而且他的唇角微微抬起，皱成一个轻蔑的微笑。他分明是看不起叶戈鲁希卡。

“请您告诉我，大夫，我的病完全好了吗？”玛鲁霞问，“我可以指望我充分痊愈吗？”

“我认为是可以的。我指望您充分痊愈，其根据是……”

医师把头昂起，凝视着玛鲁霞，讲起肺炎的几种结果来。他讲得不慌不忙，一字一句清清楚楚，声音不高不低。大家都非常乐意地、津津有味地听他讲，但遗憾的是，这个枯燥乏味的人不善于讲得通俗，他认为没有必要迁就别人的理解能力去讲自己的东西。他好几次提到“脓肿”和“凝块状变性”之类的词。大体说来，他讲得很好，很精彩，可就是很难懂。他发表了一大篇演讲，夹杂了许多医学术语，没有一句听众能听懂。但这并未妨碍听众们张着大嘴巴听讲，他们几乎是敬仰地瞧着这位有学问的人。玛鲁霞眼光没有离开他那张嘴，她捕捉着他说的每一个字。她看着他，而且拿他的脸同她天天看见的那些面孔作比较。

那些每天都来拜访并惹她讨厌的追逐她的人，那些叶戈鲁希卡的朋友们，他们的一张张憔悴、呆板的脸多么不同于这张疲劳的学者的面孔！从那些酒色之徒的嘴里玛鲁霞从来没有听见过正经的好话，他们的脸同这张冷淡无情但又聪明高傲的脸相比，简直有天壤之别啊！

“一张非常可爱的脸！”玛鲁霞想，她赞赏他的脸、他的声调、他的话语，“多么聪明、多么博学。为什么乔治是个军人呢？他也该做一个学者。”

叶戈鲁希卡感动地瞧着医师，暗自想道：

“既然他谈的是学问方面的事，可见，他认为我们也是有学问的人。我们在交往中能使自己处于这种地位，这挺好。不过，刚才我做得太愚蠢了，我胡扯了一些关于柯谢奇金的话。”

医师讲演结束了，听众都深深地吐了一口气，仿佛建立了了不起的功勋似的。

“无所不知，这有多么好啊！”公爵夫人叹道。

玛鲁霞站起来，她好像是打算感谢医师的讲演似的，在钢琴旁坐下，弹起琴来。她很想引医师来参加谈话，谈深一点，多一点感情，而音乐总能启发人交谈的。再说，她也非常想在这个聪明懂行的人面前炫耀一下自己的才能。

“这是肖邦的曲子，”公爵夫人慵懒地微笑着说，像个贵族女子中学学生那样把双手合在一起，“这是一个妙不可言的作品！大夫，我敢自夸一句，她唱歌也唱得很好。她是我的学生……当年我有一副金嗓子呢。对了，那位女歌唱家……您认识她吗？”

这时公爵夫人说出了俄国一个著名女歌唱家的姓。

“她对我感激不尽……是啊，先生……我给她上过课！那时候她是个可爱的姑娘！她同我已故的公爵多少沾点亲……您喜欢听唱歌吗？不过我为什么要问这一点呢？谁会不喜欢听唱歌呢？”

玛鲁霞弹到了圆舞曲中最精彩的部分，含着笑回头看了一眼。她需要从医师的脸上看出来：她的演奏给医师留下了什么样的印象？

可是她什么也没有能够看出来。医师的脸跟原先一样地宁静和冷淡。他在忙着把茶喝完。

“我非常喜欢这一段。”玛鲁霞说。

“谢谢，”医师说，“我不要再喝茶了。”

他咽下了最后一口茶，站起来，拿起帽子，丝毫没有想听完这个圆舞曲的表示。公爵夫人霍地站了起来。玛鲁霞感到难为情，受了委屈的她盖上了钢琴。

“您已经要走了，”公爵夫人皱紧眉头说，“您不想再喝点什么吗？我希望，大夫……这条路您现在已经很熟了，以后随便哪天晚上……别忘了我们……”

医师点了两下头，不自然地握了握公爵小姐伸过来的手，默默地走去穿皮大衣。

“是冰！是木头！”医师走后公爵夫人开口说话，“真可怕！他连笑都不会笑，真是个木头人！你弹琴给他听是白费劲，玛鲁霞！他留下来好像只是为了喝杯茶，茶一喝完就走了！”

“可是他多有学问啊，妈妈！太博学了！在我们家他能同谁谈话呢？我不学无术，乔治又拘谨，总是默不作声……难道我们能把学术谈话继续下去吗？不行啊！”

“你们瞧，这就是平民！这就是尼基佛尔的外甥！”叶戈鲁希卡说，凑着乳壶喝奶油，“你们觉得怎样？什么合理啦，冷漠啦，主观啦……他说起来像开机关枪，这恶棍！什么平民？可他那辆四轮弹簧马车多漂亮！你们快来看！漂亮！”

三个人就一起朝窗外看四轮马车，身穿宽大的熊皮大衣的名医坐在车上。公爵夫人羡慕得脸都红了。叶戈鲁希卡意味深长地挤了挤眼睛，打一声唿哨。玛鲁霞没有看马车。她没有时间看马车：她在打量给她留下强烈印象的医师。新奇会对谁不起作用呢？

对玛鲁霞来说，托波尔科夫是太新奇了……

下了一场初雪，随之又下了第二场，第三场。冬天拖得很长久，严寒把树木冻得啪啪作响，大雪成堆，檐水结成冰柱。我不喜欢冬天，也不相信那些说自己喜欢冬天的人。一到冬天，街上冷冰冰，房间里烟雾腾腾，套鞋里潮乎乎。天气有时险恶得像婆母，有时则爱哭得像个老处女，因此，尽管有销魂的月夜、三套马的马车、狩猎、音乐会和舞会，冬天还是很快就惹人厌烦。再说它也拖得太长，以致受它伤害的不是个别无家可归的和害肺痨病的人的生命。

普利克隆斯基公爵家的生活还跟平常一样。叶戈鲁希卡和玛鲁霞已经完全恢复健康，就连母亲也不再认为他们是病人。他们的家境依然如故，并不打算复原。情况越来越糟，钱越来越少。公爵夫人把她的全部珍贵物品，祖传的和自己购置的，都拿出去抵押了又抵押。主人打发尼基佛尔到小铺里去赊购各种零星物品，他就在小铺里闲扯，讲起主人家欠了他三百卢布，却不打算还给他。厨师也闲谈到这些，小铺老板出于怜悯把自己的一双旧皮靴送给了他。福罗夫变得更加固执了。他不再同意任何延期的做法，而在公爵夫人央求他暂缓对他们的期票发出拒付证书时，他就说一些孟浪话。由于福罗夫起了这么一个头，另一些债主也吵闹起来。每天早晨公爵夫人只好接见公证人、法警和债主。给人的感觉好像是在酝酿办理破产事务了。

公爵夫人的枕头像从前一样泪水不干。她白天强打精神，可是一到晚上就听任眼泪流淌，通宵哭泣，直到天明。如此痛哭的缘由不必到远处去寻找，它就在眼前，鲜明特出，显而易见：贫穷，自尊心不断受到侮辱……而且是遭到什么样的人的侮辱！尽是一些微不足道的小人物，各式各样的福罗夫、厨师、小生意人。她所珍爱的物品都进了典当铺。公爵夫人同那些东西分手时，心痛得像刀割一样。叶戈鲁希卡跟先前那样过着放纵下流的生活，玛鲁霞一直没有找到婆家……痛哭的缘由还少吗？前途渺茫，但就在这渺茫的前途中公爵夫人也看出了不吉的怪影。这前途是凶多吉少。大家对它已不存什么希望，而只是担忧。

钱越来越少，可是叶戈鲁希卡却越来越多地纵酒作乐。他一个劲地灌酒，无情地灌，好像是要把他病中所损失的那部分时间捞回来似的。他把什么东西都换酒喝掉，不管这东西是他有的还是没有的，是他自己的还是别人的。他沉湎在淫乐放荡之中，粗鲁放肆、厚颜无耻。满不在乎地一碰到人就开口借钱。身无分文就坐下来打牌，这在他是常事。用别人的钱大吃大喝，坐别人的出租马车神气活现地兜风，临了又不支付车钱，这在他并不算是罪过。他变化很小：从前如果人家嘲笑他，他会生气，现在如果他遭到别人的驱逐或被别人押走，他不过略微有点害臊罢了。

只有玛鲁霞一个人变了。她有一个新发现，一个十分可怕的新发现。她对哥哥开始感到失望。不知什么缘故，她突然觉得他不像是那种未被人承认和理解的人，他只不过是一个极其普通的人，同大家一样，甚至还不如他们……她不再相信他那绝望的爱情。这是一个可怕的发现！她在窗前一坐就是几个钟头，无目的地朝街上看，暗自想象出哥哥的面孔，竭力要在那张脸上发现一种合乎逻辑的、不容人失望的东西，可是她在这张一无光彩的脸上什么也没有发现，只发现一点：他是个空虚无聊的人！是个没有出息的人！在她的想象里，紧挨着这张脸还闪现出他朋友们的脸，客人们的脸，专门用《圣经》上的话安慰人家的老太婆们的脸，求婚的男人们的脸，还有公爵夫人那张哭哭啼啼、由于悲伤而变得呆板的脸……忧愁和苦恼使玛鲁霞那颗可怜的心揪痛起来。在这些亲密的、她所喜爱的、但又渺小的人们旁边生活，是多么庸俗、平淡和呆板，又是多么愚蠢、乏味和懒散啊！

痛苦揪着她的心，此外，又有一种充满激情和离经叛道的想法使她喘不过气来……有时候，她强烈地希望离开这个地方，可是上哪儿去呢？不消说，到那个地方去，在那里生活的人不在贫穷面前哆嗦，不放荡腐化，他们工作，不整日整夜地同一些愚蠢的老太婆和酗酒的傻瓜闲谈聊天……于是，在玛鲁霞的想象里不离左右地、像一枚拔不掉的钉子似的出现一张正派而聪明的脸，在这张脸上她看到了智慧、渊博的学识和疲劳的神情。这张脸是不可能忘记的。她每天看到这张脸，而且是在最美好的情况下，也就是在这张脸的主人正忙于工作或者样子像正忙于工作的时候看到它。

托波尔科夫医师每天坐着豪华的盖着熊皮毯子的雪橇飞驰过普

利克隆斯基家的门口，赶车的是个胖子。他的病人很多。从清晨到深夜他一直出诊在外，一天之内他来得及跑遍全部大街和小巷。他坐在雪橇上就跟坐在圈椅上一样，气度庄严，昂首挺胸，目不斜视。从熊皮大衣毛茸茸的领口里什么也看不见，只露出一个又白又光滑的额头和一副金丝眼镜。不过对玛鲁霞来说，能看到这些也就心满意足了。她觉得，从这位人类恩人的眼睛里透过眼镜射出冷若冰霜的、高傲而又轻蔑的光芒。

“这个人有权蔑视！”她暗想，“他英明！瞧，他的雪橇多豪华，他的骏马多漂亮！而他过去却是个农奴！该是一个多么坚强有力的人，才能生下来是奴仆，而后来却成为像他这样的高不可攀的人！”

只有玛鲁霞还记得医师，其余的人都已经开始把他忘记，而且如果不是他做了一件使人想起他的事，人们还会很快就把他彻底忘记。他做的那件事却未免太叫人难受。

圣诞节第二天中午，普利克隆斯基一家人都在家，前厅里胆怯地响起了门铃声。尼基佛尔开了门。

“公爵夫人在家吗？”一个矮小的老太婆没等答话就溜进客厅来，“您好，公爵夫人，老人家……恩人啊！您生活得怎样？”

“您有什么事？”公爵夫人好奇地看着老太婆问道。叶戈鲁希卡凑着空拳扑哧一笑。他觉得，老太婆的头像是一只熟透了的、一根小尾巴向上翘的小香瓜。

“您认不出我来了，好太太？莫非您不记得我了？您把普罗霍罗芙娜忘了？您生小公爵时就是我接生的啊！”

小老太婆就跑到叶戈鲁希卡跟前，吧嗒着嘴很快地吻了他的胸口和手。

“我不明白，”叶戈鲁希卡气鼓鼓地嘟哝说，同时把手放在大礼服上擦擦，“尼基佛尔这个老魔鬼，他把各式各样的下贱货都放进来……”

“您有什么事？”公爵夫人又问了一遍，她觉得老太婆身上冒出一股很浓的低级橄榄油[1]气味。

老太婆在圈椅上坐下，在说了一长段开场白之后，她微笑着、卖弄地说（媒婆总要卖弄一番），公爵夫人有一宗货物，而她这个老太婆却有个买主[2]。玛鲁霞面色发红。叶戈鲁希卡鼻子里嗤笑了一声，兴致勃勃地向老太婆走近。

“奇怪，”公爵夫人说，“这么说，您是来做媒的？我祝贺你，玛鲁霞，有人来向你提亲了！他是谁呢？可以了解一下吗？”

老太婆呼哧呼哧地喘起气来，她把手伸进怀里，从那儿取出一块红花布手绢。她解开手绢包上的结子，把手绢在桌子上方抖了一下，于是一张照片同一个顶针一起掉在桌子上。

大家都皱皱鼻子：那块红底黄花的手绢有股子烟草味。

公爵夫人拿起照片，懒洋洋地举到眼睛跟前。

“他是个美男子，好太太！”媒婆开始说明照片上的人，“他阔绰，出身高贵……这个人好得不得了，滴酒不喝……”

公爵夫人脸红起来，把照片递给了玛鲁霞。玛鲁霞顿时脸色煞白。

“奇怪，”公爵夫人说，“要是大夫有心，那么，我认为，他满可以自己来……根本用不着什么中介！……他是受过教育的人，竟突然……是他打发您来的？他本人？”

“是他本人……你们很中他的意……你们是上流人家。”

玛鲁霞突然尖叫一声，把照片紧紧地捏在手中，急速地跑出客厅。

“奇怪，”公爵夫人接着说，“令人惊讶……我简直不知道该对您说些什么……我怎么也没料到大夫会来上这么一下子……何必劳您驾呢？他本人可以光临嘛……真令人遗憾……他把我们看成什么人了？我们又不是什么商人家庭……就是商人么，他们现在也不按

---

① 低级橄榄油是一种非食用油。

② 俄国民间文学中，媒人受男家委托向女家提亲，讲到姑娘（求婚的对象）时说“一宗货物”，讲到小伙子（求婚者）时说“买主”。

老章法过日子了。”

“怪人！”叶戈鲁希卡咕噜了一句，轻蔑地看着老太婆的小脑袋。

这个退伍的骠骑兵乐于付出很高的代价，如果能让他在这个小脑袋上用手指“弹”一下的话，哪怕是只“弹”一下。他不喜欢老年妇女犹如大狗不喜欢小猫一样，因此，他一瞧见小香瓜般的脑袋，简直就像狗一般兴奋起来。

“怎么样，好太太？”媒婆叹口气说，“虽说他没有公爵头衔，不过，我可以说，好公爵夫人……您可是我们的恩人啊。哎呀，罪过，罪过！难道他不高贵？什么样的教育他都受过，又有钱，主又赐给了他各式各样富丽堂皇的东西。圣母呀……如果您要叫他上这儿来，那就照您的意思办……他肯定会来的。为什么不来呢？可以来的……”

老太婆攀住公爵夫人的肩头，把她拉向自己，凑着她耳朵低声说：

“他要六万……这是理所当然的！老婆是老婆，钱是钱嘛。您自己也明白……他说，‘我娶媳妇不能不要钱，因为她该在我家获得各式各样令人愉快的东西……要她有自己的本钱……”

公爵夫人的脸涨得紫红，她从圈椅中站起来，身上那件沉重的连衣裙发出了沙沙的响声。

“麻烦您转告大夫，就说我们都感到非常奇怪，”她说，“我们都很生气……不可以这样。我没有什么更多的话要对您说了……你怎么不说话呀，乔治？让她走吧！任何人的耐心都会迸裂的呀！”

媒婆走后，公爵夫人双手抱头倒在沙发上哀号起来：

“瞧，我们竟到了这般地步！”她哭道，“我的上帝啊！一个小小的郎中，下贱货，昨天的奴仆，居然来向我们求婚了！高贵的！……高贵的！哈哈！你们倒是说说看，他有哪点儿高贵！他打发媒婆来了！你们的父亲不在世了！他活着的话，可不会把这种事白白放过去！庸俗的傻瓜！无礼之徒！”

不过使公爵夫人感到委屈的，与其说是一个平民来向她女儿求亲，倒不如说是人家向她要六万卢布，而她又没有这笔钱。对她的贫穷的最微小的暗示也会使她感到受了侮辱。她哭哭叫叫，一直闹得很晚，夜里还两次醒来，也是为了要哭一哭。

然而媒婆的来访，对任何人的影响都不及对玛鲁霞的那么强烈。可怜的姑娘忽然害了极厉害的热病。她四肢哆嗦，倒在床上，把滚烫的头藏在枕头底下，开始力所能及地解决一个问题：

“果真是这样吗？！”

这是一个伤脑筋的问题。玛鲁霞都不知道该怎么向自己回答这个问题。这个问题既表现了她的惊讶，她的惶惑不安，也表现了她内心的喜悦。可是不知什么缘故，她会羞于承认她的喜悦，而且还要瞒过自己。

“果真是这样吗？！他，托波尔科夫……不可能！事情有点儿蹊跷！老太婆误传了！”

可就在这个时候，一些幻想，一些最甜蜜的、朝夕思慕的、迷人销魂的幻想，一些会使人屏住气息和头脑发热的幻想，纷纷在她的头脑里活动起来，而她小小的身心全都沉浸在说不出的欢乐里了。他，托波尔科夫，要她做他的妻子，可是要知道，他是那么端庄、漂亮、聪明！他把他的一生献给人类，而且……坐着那么华丽的雪橇！

“果真是这样吗？！”

“爱他我是可以的！”玛鲁霞在临近傍晚的时候做出了决定，“啊，我同意！我不受一切偏见的约束，我要跟这个农奴走遍天涯海角！哪怕母亲只说一句怪话，我也要离开她！我同意了！”

一些其他的问题，次要的和更次要的问题，她没有工夫去考虑。她顾不上了！例如，媒婆同这件事有什么关系？他爱她什么？在什么时候爱上了她[1]？如果他爱她，为什么他自己不来？她哪里还顾得上这些以及其他许多问题呢？她激动、惊讶、……幸福……她

① 着重点是原作中就有的。

能这样就已经不错了。

“我同意！”她小声说着，竭力在自己的想象中描绘出他[1]的面孔、金丝眼镜以及透过眼镜眺望的一双聪明、稳重、疲乏的眼睛，“让他来吧！我同意了。”

正在玛鲁霞如此在床上翻来覆去、全身心感到幸福得发热的当口，那个媒婆却在走访一个又一个商人家庭，慷慨地散发医师的照片。她从一个富裕人家走到另一个富裕人家寻找货物，以便推荐“高贵的”买主。托波尔科夫并未专门打发她去普利克隆斯基家。他打发她时说“去你想去的地方”。他已经感到他有必要结婚。怎么结都行：在他心目中，媒婆上哪家提亲都可以……他需要的是……六万。六万，少了不行！他打算买下的那所房子低于这个数目人家就不卖给他。他想借这笔钱，却无处可借，想分期付款，人家又不答应。只有一个办法：同有钱的人结婚，他就是这么做的。千真万确，他有意用许墨奈俄斯[2]枷锁来束缚自己，在这件事情上玛鲁霞可没有任何过失！

夜间十二点多钟，叶戈鲁希卡悄悄走进了玛鲁霞的卧室。玛鲁霞已经脱衣上床，力求入睡。意外的幸福使她疲乏了，她想好歹要让那颗不停息地怦怦跳动的心、那颗跳得连整幢房子都听见的心安静下来。叶戈鲁希卡脸上每条细纹里都藏着一千种秘密。他神秘地咳嗽一声，意味深长地看了看玛鲁霞，接着就在她脚旁坐下，似乎想告诉她一件十分重要而秘密的事，他微弯身子凑向她的耳朵。

“你知道我要跟你说什么吗，玛鲁霞？”他小声开口说，“我要坦率地说……我的观点，那个……因为我可真是为了你的幸福……你就嫁给那个人……嫁给托波尔科夫吧！你别装腔作势，你只管嫁给他就是了！他这个人在各方面……而且他有钱。他出身低贱，这不算什么。管它呢！”

---

① 着重点是原作中就有的。

② 希腊人和罗马人的婚姻之神。

玛鲁霞把眼睛闭得更紧。她害臊，同时她又感到很愉快，因为哥哥同情托波尔科夫。

“是啊，他有钱！至少不会是坐着没有饭吃。你只顾等公爵和伯爵来求婚的话，很可能会活活地饿死……可不是么，我们家里连一个子儿也没有！呸！全空了！你睡着了还是怎么的？喂！沉默就是同意？”

玛鲁霞微微一笑。叶戈鲁希卡大笑起来，而且生平第一次重重地吻了她的手。

“你就嫁给他吧……他是受过教育的人。而且我们的日子也会过得好些！老太婆也不会再号啕大哭了！”

接着叶戈鲁希卡就沉浸在幻想之中。他幻想了一阵子后摇摇头说：

“只是有一件事我弄不明白……他干吗要派那个媒婆来呢？为什么他自己不来？这事有点蹊跷……他不是派媒婆说亲的人。”

“这话说得对，”玛鲁霞暗想，不知什么缘故她打了个寒战，“这也真有点蹊跷……派媒婆说亲是愚蠢的。真的，这是什么意思呢？”

叶戈鲁希卡素来不善于考虑问题，可是这一次他倒明白了：

“不过，他可是没有闲工夫溜达。他整天忙着工作。他匆忙地奔走，给人治病。”

玛鲁霞安下心来，可是为时不长。叶戈鲁希卡沉默片刻后又说：

“另外还有一件事我也不明白。他吩咐那个巫婆说陪嫁不得少于六万。你听见了吗？她说：‘要不然就不行。’”

玛鲁霞忽然睁开眼睛，周身突然一哆嗦，急忙坐起来，甚至忘了用被子遮盖肩膀。她的眼睛开始发光，面红耳赤。

“这话是老太婆说的？”她拉拉叶戈鲁希卡的手说，“你告诉她，这是说谎！那种人，就是说，像他那样的人……不会这么说的。他……要钱？！哈哈！只有那些不知道他有多骄傲、多正直、多不贪财的人才会怀疑他有这种卑鄙的想法！是啊！他是个最好的人！有些人不想了解他！”

“我也这么想，”叶戈鲁希卡说，“老太婆撒了谎。大概是她要巴结他。在商人家里她搞惯这一套了！”

玛鲁霞肯定地点点头，一下子又钻到枕头底下去了。叶戈鲁希卡站起来伸伸懒腰。

“母亲在大声哭泣，”他说，“哎，我们不管她了。好，就这么说了？你同意了？那太好啦！不必要装腔作势。医师太太……哈哈！医师太太！”

叶戈鲁希卡拍拍玛鲁霞的脚底，十分满意地走出她的卧室。躺下睡觉的时候，他脑子里就开了个长长的名单：他将邀请前来参加婚礼的客人们的名单。

“香槟酒应在阿包尔土霍夫商店里买，”他一面想，一面昏昏睡去，“冷荤菜该在柯尔恰托夫商店里买……他店里的鱼子新鲜……嗯，龙虾也新鲜……”

第二天早上，玛鲁霞穿着朴素、雅致，略带几分娇媚地坐在窗前等着。十一点钟，托波尔科夫乘雪橇疾驰而过，可是没有顺便登门拜访。中午饭后，他又一次坐着由几匹铁青马拉的雪橇在窗前疾驰而过，不但没有顺便登门拜访，甚至连朝窗户也没有看上一眼，而玛鲁霞却坐在窗前，头发上系着一条粉红色的丝带。

“他没工夫，”玛鲁霞一边观赏着他，一边暗想，“星期日他一定会来……”

可是，就连星期日他也没有来。一个月过去了，他仍旧没有来。过了两个月，过了三个月，他始终没有来……不消说，他根本没有想到普利克隆斯基家，可是玛鲁霞在等待着他，等得人都瘦了。像是有几只不寻常的生着黄色长爪子的猫在抓挠她的心，使她忐忑不安。

“为什么缘故他不来？”她问自己，“什么缘故呢？啊……我知道了……他生气了，因为……因为什么缘故他生气呢？因为妈妈对老媒婆非常不客气。他在想我不可能爱他……”

“畜生！”叶戈鲁希卡嘟哝道。他已经到阿包尔土霍夫商店里去过十来次，打听能不能预订最上等的香槟酒。

那是在三月底，复活节过后，玛鲁霞不再等了。

有一次叶戈鲁希卡走进她的卧室，恶狠狠地放声大笑，告知她说，她的“求婚人”同一个商人家的姑娘结婚了……

“我荣幸地向你道喜！真荣幸！哈哈哈！”

这个消息对我的娇小的女主人公来说是太残酷了。

她心灰意冷。不是一天，而是一连好几个月她成了无法形容的苦恼和绝望的化身。她揪掉了头发上的粉红色丝带，憎恶起生活来。然而感情是多么偏袒和多么不公平啊！玛鲁霞即使在这时候也还能为他[①]的行为找出理由来。她可真是没有白读那许多长篇小说，在那些长篇小说里，男娶女嫁都是为了故意气气所爱的人，为了叫他们明白，叫他们难堪，叫他们伤心。

“他是有意气的人，才娶那个傻女人的，”玛鲁霞想道，“啊，我们做得太不好了，竟用那么一种侮辱态度对待他的求亲。他这样的人是不会把侮辱忘掉的！”

健康的红晕在她脸颊上消失了，嘴唇再也不会抿出笑容来，头脑不再幻想未来，——总之，玛鲁霞变得呆头呆脑了！她觉得，对她来说，她的生活目标也跟托波尔科夫一起化为乌有了。从此以后，既然她只能跟一些蠢货、寄生虫和酒徒交往，那么活着还有什么意思呢？她的心情开始忧郁起来。她对一切都不闻不问，对什么也不关心，过起了一种枯燥乏味和平淡无奇的生活来。我们的处女，不论是年老的还是年轻的，都很善于过这样的生活……她不注意为数众多的向她求婚的男人，也不注意她的亲人和熟人，对困窘的家境漠不关心，无动于衷。她甚至没有觉察到，银行已经把普利克隆斯基公爵家的房子连同一切历史悠久而且使她感到亲切的家什

① 着重点是原作中就有的。

一齐卖掉，而她不得不搬到一个简陋、便宜、符合小市民口味的新居里去住。这是一场漫长、沉闷的梦，不过倒也不缺少梦境。她梦见以各种形式出现的托波尔科夫：坐在雪橇上的，穿着皮大衣的，不穿皮大衣的，坐着的，傲慢地大步走着的，全部生活都在梦中了。

然而一声惊雷响，睡梦飞离了她天蓝色的眼睛和亚麻色的睫毛……她那经不起倾家荡产的母亲、公爵夫人，在新居里病倒了，死了，临终除了对孩子们的祝福和几件连衣裙外，她什么也没有给子女留下。对公爵小姐来说，她的死亡是可怕的灾难。梦飞走了，让位给了悲伤。

3

秋天来了，像去年的秋天一样：潮湿、泥泞。

户外是灰蒙蒙、湿淋淋的早晨。深灰色的、好像涂上了泥浆似的云把整个天空都遮蔽了。这云静止不动，使人犯愁。好像是太阳不存在了，它整整一星期没有瞧上一眼大地，好像生恐稀泥会弄脏了它的光芒似的……

雨点有力地像打鼓似的敲打着窗子。风在烟囱里哭泣、哀号，活像一头失去了主人的狗……没有一个人的脸上不流露出极端苦闷的神情。

但是比起那天上午在玛鲁霞脸上露出的无可排遣的悲哀来，最极端的苦闷也要好得多。我的女主人公正踩着稀薄的泥浆，慢腾腾地朝托波尔科夫医师家走去。为什么她上他那儿去呢？

“我去看病！”她想。

可是，读者，请您别相信她！她脸上显露出来的内心斗争不无原因。

公爵小姐走到了托波尔科夫家门口，她心里一阵发紧，怯生生地拉了一下门铃。一分钟过后，门里边响起了脚步声。玛鲁霞觉得两腿僵了，疲乏极了。门上的锁咔哒一声响，玛鲁霞看见面前出现一个脸上带着疑惑神情的挺好看的使女。

“大夫在家吗？”

“我们今天不接待病人。明天来吧！”使女回答说，由于湿气向她迎面扑来，她抖了一下，往后退了一步。大门在玛鲁霞鼻子跟前砰的一声关上了，震了一下，咔哒一声又锁上了。

公爵小姐不好意思，懒洋洋、慢腾腾地走回家去。家里等待着她的是一场免费的但她早已看腻了的戏。这戏远不是公爵家里该有的！

叶戈鲁希卡坐在小客厅里的套着光亮的新花布的沙发上。他双腿盘在身子底下像土耳其人似的坐在那儿。在他身旁，在地板上躺着他的女友卡列丽雅·伊万诺芙娜。两个人在玩“弹鼻子”游戏①，在喝酒。公爵喝啤酒，他的情人喝马德拉葡萄酒。谁赢了，谁就有权利弹一下对方的鼻子，还可以得到一枚二十戈比的银币。作为女人，卡列丽雅·伊万诺芙娜可以打一个小小的折扣，她不必付二十戈比银币，可用亲吻来抵账。这种游戏使他们两人极为高兴。他们捧腹大笑，你拧我一把，我拧你一把，动不动就从自己的位子上跳起，互相追逐。叶戈鲁希卡赢了，就欣喜若狂。卡列丽雅·伊万诺芙娜输了就亲吻，她扭扭捏捏的样子引得叶戈鲁希卡心驰神往。

卡列丽雅·伊万诺芙娜是个高个子、细腰身的黑发女人，眉毛浓黑，眼睛像虾眼一般凸出，每天她都到叶戈鲁希卡这儿来。她总是上午九点多钟来到普利克隆斯基兄妹家，在他们这儿喝早茶，吃中饭，用晚饭，夜里十二点多钟才离开。叶戈鲁希卡要妹妹相信，卡列丽雅·伊万诺芙娜是歌唱家，是一位可敬的女人，等等。

“你同她谈谈！”叶戈鲁希卡劝妹妹说，“她是个聪明女人！聪明透顶啊！”

依我的意见，倒是尼基佛尔说得比较正确，他嘲弄地称卡列丽

---

① 一种牌戏，谁输了就弹谁的鼻子。

雅·伊万诺芙娜为骚娘们儿，为骑兵·伊万诺芙娜[1]。他满心痛恨她，遇到不得不伺候她的时候，他总要发怒。他嗅出了真情，这个忠心耿耿的老仆人的本能告诉他说，这个女人不配呆在他主人们的周围……卡列丽雅·伊万诺芙娜愚蠢、浅薄，然而这无妨于她每天肚子饱饱地离开普利克隆斯基家，口袋里装着赢得的钱。她相信他们缺了她就不能过日子。她是俱乐部台球记分员的妻子，如此而已，然而这无妨于她成为普利克隆斯基家十十足足的女主人。这头母猪喜欢把两只脚放在桌子上。

玛鲁霞靠抚恤金过日子，父亲死后她就领取这抚恤金。她父亲的抚恤金比普通的将军抚恤金多一些，可是玛鲁霞名下的那一份却微不足道。然而，如果不是叶戈鲁希卡有这么多的怪癖，那么这一份抚恤金也足够维持不缺吃少穿的生活了。

他不愿工作，也不会工作。他不相信他穷，如果人家叫他顺应客观环境并尽可能节制他的任性要求，他就会怒不可遏。

"卡列丽雅·伊万诺芙娜不喜欢吃牛犊肉，"他常常对玛鲁霞说，"应当炸童子鸡给她吃。鬼才知道你们是怎么回事！负责当家，但又不会当家！明天可别再做这种不好吃的牛犊肉！我们会把这个女人活活饿死的！"

玛鲁霞稍微顶撞了他几句，可是为了避免不愉快，她还是买了童子鸡。

"为什么今天没有烤肉？"有时候叶戈鲁希卡叫道。

"这是因为昨天吃过烤子鸡了。"玛鲁霞回答说。

然而叶戈鲁希卡很不懂当家的算术，而且他一点儿也不想弄懂。他固执地要求吃饭时为他准备啤酒，为卡列丽雅·伊万诺芙娜准备葡萄酒。

"一顿不坏的午餐能没有葡萄酒吗？"他耸耸肩膀问玛鲁霞说，

---

① 在俄语中，"骑兵"和"卡列丽雅"两词的音相近，在这里，"骑兵"一词借喻"放荡女人"。

对人的愚蠢感到惊讶，“尼基佛尔！一定要有酒！你的事就是管这些嘛！你呢，玛鲁霞，你该害臊才是！总不该要我自己来负责当家吧！你们可真喜欢惹我恼火！”

他是个放肆的骄奢淫逸的人！不久卡列丽雅·伊万诺芙娜也替他帮腔助势了。

“有酒给公爵喝吗？”开饭时她问道，“啤酒在哪儿？该去买啤酒吧？公爵小姐，给钱叫仆人去买啤酒！您有零钱吗？”

公爵小姐回说有零钱，她把手头剩下的最后一点钱交了出去。叶戈鲁希卡和卡列丽雅吃吃喝喝，他们没有看见玛鲁霞的手表、戒指、耳环怎样一件又一件地送进了当铺，她的一些值钱的连衣裙又怎样陆陆续续地卖给了旧货商人。

他们没有看见，也没有听见，在玛鲁霞向年老的尼基佛尔借第二天的买菜钱时，那老仆人怎样呼哧呼哧和嘟嘟哝哝地打开他的箱子。这两个庸俗而麻木的人，叶戈鲁希卡和他那出身低贱的女人，根本不管这一切。

第二天上午九点多钟，玛鲁霞动身上托波尔科夫家去。给她开门的还是那个长得挺好看的使女。她把公爵小姐领进前厅，帮她脱去大衣，然后叹口气说：

“您不是知道的吗，小姐？大夫看一次病至少要收五个卢布。这一点请您注意。”

“她对我说这话是什么用意？”玛鲁霞暗想，“多么无礼！他这个可怜人，他还不知道他家里有这么个无礼的女仆！”

同时玛鲁霞有点心悸，因为她口袋里只有三卢布。不过他总不至于为了两个卢布就把她赶走吧。

玛鲁霞从前厅走到了候诊室，那儿已经坐着许多病人。渴望治病的，不消说，大多数是女人。她们占据了摆在候诊室里的全部家具，三三两两地坐在一起谈天。谈话进行得十分热烈，什么都谈：谈天气，谈疾病，谈大夫，谈孩子……她们都大声说话，哈哈大笑，就像是在自己家里似的。有几个女人在候诊时打毛线和绣花。

在候诊室里，穿着粗陋和蹩脚的人是没有的。托波尔科夫在隔壁房间里诊病。人们按次序进他的房间。进去时病人们脸色发白，神情严肃，微微有点哆嗦；从他那儿走出来时，他们的脸都红红的，流着汗，像是刚刚行过忏悔礼，像是从身上卸掉了一种力不胜任的重负，一个个都感到幸福和愉快。托波尔科夫用在每个病人身上的时间不多于十分钟。大概都不是什么了不起的病。

“这一切多么像是江湖医生的招摇撞骗！”如果玛鲁霞不是正在想她自己的心事，她准会这样想。

玛鲁霞最后一个走进医生的诊室。她走进这个到处都堆着封面上印德语和法语书名的书的诊室时，像一只被人浸入冷水里的母鸡一样索索发抖。他[①]站在房间中央，左手扶着写字台。

“他多漂亮啊！”他的女病人头脑里首先闪过了这个想法。

托波尔科夫从来不装模作样，再说，他也不见得会在一个什么时候装模作样，然而不管他在什么时候摆出的姿态不知何故一切都显得特别威严。玛鲁霞这一次见到他时他的姿态使她联想到画家画伟大统帅们而雇用的仪表威严的模特儿的那些姿态。他一只手扶着桌子，手旁边散放着刚从女病人手里收下的十卢布和五卢布的钞票。桌子上还非常整齐地放着一些工具、器械、管子——所有这一切对玛鲁霞来说都极其古怪、极其“富于学术气息”。这一切加上摆设豪华的诊室使威严的画面越发威严了。玛鲁霞关上了身后的门，站住不动……托波尔科夫伸出手来指了指圈椅。我的女主人公文静地走到圈椅跟前坐下。托波尔科夫威严地摇晃了一下，在她对面另一把圈椅上坐下，两只表示疑问的眼睛盯住玛鲁霞看。

“他没有认出我来！”玛鲁霞暗想，“不然的话他就不会沉默……我的上帝啊，他为什么不说话？哎，我该怎么开口呢？”

“怎么样？”托波尔科夫咕噜了一句。

---

① 着重点是原作中就有的。

“咳嗽。”玛鲁霞喃喃地说，而且还咳了两声，仿佛是为了证实她的话似的。

“很久了吗？”

“有两个月了……夜里咳得更多一点。”

“嗯……发烧吗？”

“不，好像不发烧……”

“您好像在我这儿看过病吧。以前您生过什么病？”

“肺炎。”

“嗯……对，我想起了……您的姓似乎是普利克隆斯卡娅吧？”

“对了……那一回我哥哥也病了。”

“请您服用这种药粉……睡前服……别受寒……”

托波尔科夫很快开了一张药方，站了起来，又摆出刚才那种姿势。玛鲁霞也站起来。

“别的没有什么吗？”

“没有什么。”

托波尔科夫凝视着她。他看着她，又看着房门。他没有闲工夫，他等着她离开。而她却站在那儿看着他，欣赏他，等着他会对她说些什么。他多么好看啊！一分钟在沉默中过去了。最后她身子猝然一抖，她看出，他的嘴唇有打呵欠的意思，他的眼睛里露出等她离去的神情，于是就给了他一张三卢布钞票，回转身向房门口走去。医师把钱丢在桌上，在她身后关上了房门。

从医师家出来，在回家途中，玛鲁霞非常生气：

“哎，我为什么不跟他谈一谈呢？为什么？我是个胆小鬼，就是这么回事！这一切都有点儿荒唐……不过是我打搅了他一场。为什么我把龌龊的钱捏在手里，好像要夸耀夸耀似的。钱是一种很棘手的东西……求上帝保佑吧！我可能得罪了他了！付钱给他应当做得不显眼才是。哎，我为什么不说话呢？……他可能会对我说，会向我解释……那就会清楚了，为什么媒婆上我们家来……”

玛鲁霞回家后，在床上躺下，把头藏在枕头底下。她心情激动的时候总是这么做。然而她没有能够定下心来。叶戈鲁希卡走了进来，在房间里从这个墙角走到那个墙角，皮靴踩着地板嘎吱嘎吱作响。

他的脸色很神秘……

“你有什么事？”玛鲁霞问。

“啊啊……我还以为你睡着了，不想惊动你。我要告诉你一个消息……很愉快的消息。卡列丽雅·伊万诺芙娜要住在我们这儿了。是我把她劝通的。”

“这不行！这不行！你请来了什么人？”

“为什么不行呢？她很好嘛……她会帮你料理家务。我们把她安排在拐角上那个房间里。”

“妈妈就是在拐角上那个房间里去世的。这不行！”

玛鲁霞身子动了起来，索索地发抖，好像有人刺痛她似的。她的脸颊上泛起了红晕。

“这不行！如果你逼我跟这个女人生活在一起，乔治，那你就会置我于死地！亲爱的，乔治，别这样！别这样！我亲爱的！喏，我求求你了！”

“咦，她有哪点儿惹得你不喜欢呢？我不懂！一个平平常常的女人……又聪明，又快活。”

“我不喜欢她……”

“哦，可是我喜欢她。我爱这个女人，而且要她跟我在一块儿过日子！”

玛鲁霞哭了……由于绝望，她那张苍白的脸变相了……

“如果她在这儿住下去，我就会死掉……”

叶戈鲁希卡轻声吹着口哨，来回走了一阵，然后从玛鲁霞房间里走出去。一分钟后，他又进来了。

“借给我一个卢布。”他说。

玛鲁霞给了他一个卢布。总该想办法减轻一下叶戈鲁希卡的悲伤，她认为，在叶戈鲁希卡心里现在正进行着可怕的斗争！他对卡列丽雅的爱正在同他的责任感斗争！

傍晚，卡列丽雅来看公爵小姐。

“为什么您不喜欢我呢？”卡列丽雅拥抱着公爵小姐问道，“要知道，我是个不幸的人！”

玛鲁霞挣脱她的拥抱说：

“我没有什么好爱你的。”

为这句话她付出了高昂的代价！一星期后，卡列丽雅就搬进了玛鲁霞妈妈在那儿去世的房间。这个卡列丽雅认为首先必须为这句话报仇。她选择了最粗枝大叶的报复方法。

“您干吗这么装腔作势？”每次吃饭的时候她都要问公爵小姐。“穷得像您这个样子，该做的不是再装腔作势，而是见着好人就鞠躬。如果我知道您有这样的缺点，我就不上你们这儿来住了。再说，我为什么要爱上您的哥哥？！”她叹了口气补充说。

她对玛鲁霞的贫穷发出的种种责难、暗示、微笑以哈哈大笑告终。叶戈鲁希卡对这种讪笑满不在乎。他认为自己对不起卡列丽雅，因而他容忍了。可是，这个记分员的妻子，叶戈鲁希卡的情妇，发出的痴笑却毁坏了玛鲁霞的生活。

每到傍晚，玛鲁霞就到厨房里去坐着，无依无靠、软弱无力、优柔寡断的她不住地把泪水滴在尼基佛尔的大手心上。尼基佛尔就陪着她抱怨诉苦，并且以他对往事的回忆加深玛鲁霞的创伤。

“上帝会惩罚他们！”他安慰她说，“您不要哭了。”

冬天玛鲁霞又去了一次托波尔科夫家。

她走进他的诊室，他正坐在圈椅上，同从前一样英俊而威严……这一次他的脸容十分疲劳……他的眼睛眨个不停，就像个不得安睡的人一样。他看也不看玛鲁霞，用下巴指了指对面的一张圈椅。她坐下了。

“他脸上有悲哀的神情，”玛鲁霞看着他想道，“他想必是跟商人的女儿一起过得很不幸福！”

他们默默无言地对坐了一分钟。啊，她会多么津津有味地向他诉说自己的生活！她会告诉他在任何印有法语和德语书名的书里他都读不到的东西。

“我咳嗽。”她小声说。

医师瞥了她一眼。

“嗯……发烧吗？”

“是的，每到傍晚就发烧……”

“夜里出汗吗？”

“出汗……”

“请您脱去衣服……”

“怎么？”

托波尔科夫用不耐烦的手势指指自己的胸口。玛鲁霞红着脸慢慢地解开了胸前的纽扣。

“请您脱去衣服。快点，劳驾！……”托波尔科夫说，伸手拿了一把小锤子。

玛鲁霞从衣袖里抽出了一条胳膊。托波尔科夫很快地走到她跟前，只不过一眨眼的工夫，一只熟练的手就把她的连衣裙脱到了腰部。

“解开衬衫！”他说道。他不等玛鲁霞自己动手做这件事，就解开了她衬衫衣领上的纽扣，然后拿起小锤子开始在她那雪白消瘦的胸脯上敲敲打打，这使得他的女病人大为惊恐。

“把手放下……别妨碍我。我不会把您吃掉。”托波尔科夫嘟哝道。她满脸通红，恨不能找个地缝钻进去。

托波尔科夫敲打一阵后，开始听诊，她左肺尖的声音很浊，可以清楚地听见干啰音和粗重的呼吸声。

“把衣服穿好。”托波尔科夫说。他开始向她提问：她的住房好吗？她的生活方式是否正常？等等。

“您必须到萨马拉[1]去，”他对她作了一个关于正规生活方式的

---

① 俄国城市名。

大报告后说，“您要到那儿喝酸马乳[1]。我的话说完了。您可以走了……”

玛鲁霞总算把纽扣扣好了，别扭地给了他五个卢布，站了一会儿后就走出了充满学术气氛的诊室。

“他留了我足足半个钟头，”在回家的途中她想道，“可是我没有说话！没有说话！我为什么不跟他谈一谈呢？”

她走回家去，脑子里想的却不是萨马拉，而是托波尔科夫医师。萨马拉对她有什么用？不错，那儿没有卡列丽雅·伊万诺芙娜，可是那儿也没有托波尔科夫呀！

去他的吧，那个萨马拉！她一边走，一边生气，同时又扬扬得意：他[2]已经承认她是病人，现在她可以不必客气地上他那儿去，爱去多少次就去多少次，哪怕是每个星期都去。他的诊室里多么好，多么舒适！那个放在诊室深处的长沙发特别好。她希望跟他一起在这张长沙发上坐一会儿，谈谈各种各样的事情，诉诉苦，劝他对病人别收费太贵。对有钱人，不消说，可以而且应该多收费，可是对穷苦的病人必须减价。

“他不了解生活，不会区分富人和穷人，”玛鲁霞暗想，“我倒可以教会他！”

这一回家里又有一出免费的戏等着她看。叶戈鲁希卡癔病发作了，躺在长沙发上。他又哭又骂，身子颤抖，好像发着高烧似的，眼泪顺着他的那张醉脸淌下来。

“卡列丽雅走了！”他哭道，“她已经有两夜没有在家里睡了！她生气了！”

可是叶戈鲁希卡白哭白吵了一架。傍晚卡列丽雅来了，原谅了他，带着他一块儿去俱乐部了。

叶戈鲁希卡的放荡生活达到了顶峰……玛鲁霞的抚恤金不够他

---

① 喝酸马乳有益于治疗肺结核。

② 着重点是原作中就有的。

用，于是他就开始“工作”。他向仆人们借钱，打牌时要花招，偷玛鲁霞的钱和物品。有一回他同玛鲁霞并排走在一起，从她口袋里抽走两个卢布，那是她积攒起来为自己买鞋用的钱。他把一个卢布留下自己用，另一个卢布用来买了梨给卡列丽雅吃。熟人们都不理睬他了。普利克隆斯基家旧日的客人们和玛鲁霞的朋友们现在都当面叫他“有爵位的骗子手”。甚至在他向某个新朋友借到了钱约请花卉饭店的“姑娘们”一块儿吃晚饭的时候，“姑娘们”也不信任地瞧着他，嘲笑他。

玛鲁霞看到了这种放荡生活的顶峰，她明白了……

卡列丽雅的放肆也在不断增长①。

“请您别翻我的衣服。”玛鲁霞有一回对她说。

“翻一下，您的衣服又不会发生什么变化，”卡列丽雅回答说，“如果您认为我是贼，那就……随您的便吧。我走。”

叶戈鲁希卡就咒骂妹妹，他躺在卡列丽雅脚旁足足有一个星期，求她别走。

然而这样的生活不能持续很久。任何故事都有个结局，这部不长的长篇小说也要结束了。

谢肉节②到了，随之而来的就是预报春天即将来临的日子。白天变长了，房檐开始滴水，从野外吹来了清新的空气，吸着这种空气，你们就预感到了春意……

在谢肉节期间的一天晚上，尼基佛尔坐在玛鲁霞的床边……叶戈鲁希卡和卡列丽雅都不在家。

“我在发烧，尼基佛尔。”玛鲁霞说。

尼基佛尔在诉苦抱怨，并以他对往事的回忆加深着她的创伤……他讲到了老公爵、老公爵夫人，讲到了他们的生活……他描

---

① 原文为意大利语。

② 基督教节日，在冬季，大斋节前的一个星期，而大斋是在复活节前四十天的斋期。

绘已故的公爵打过猎的森林，描绘公爵追捕过兔子的原野，描绘塞瓦斯托波尔。在塞瓦斯托波尔，已故的公爵在战争中负过伤[①]。尼基佛尔讲了许多事情。玛鲁霞特别喜欢听他讲五年前为抵债而被卖掉的庄园。

“有时我走上露台……春天开始了。我的上帝啊！真不想把眼睛从上帝的世界上移开！树林还是黑黝黝的，可是那儿已经发散出愉快的气息！那条小河真招人爱，水深深的……您的妈妈年轻时常去钓鱼……她常常整天整天地在河边站着……她老人家喜欢呆在露天……大自然嘛！”

尼基佛尔讲着讲着，声音都讲哑了。玛鲁霞听着他讲，不让他离开。在老仆人脸上她看到了他对她讲的她父亲、母亲和庄园的种种情形。她听着，注视着他的脸，她不由得想活下去，想幸福，想在她母亲钓过鱼的河里钓鱼……河，河那边是原野，原野再过去是一片青青的树林，太阳亲热地照着这一切，温暖着这一切……活着真好啊！

“亲爱的，尼基佛尔，”玛鲁霞紧握着他的干瘪的手说，“好人……明天你借五个卢布给我吧……这是最后一次……行吗？”

“行……我也只有五个卢布了。您拿去吧，到时候上帝还会赐给的。”

“我会还给你的，亲爱的。你借给我吧。”

第二天上午，玛鲁霞穿上最好的一件连衣裙，扎上粉红色发带，到托波尔科夫家去了。走出家门前她照了十来次镜子。在托波尔科夫家的前厅里，迎接她的是一个新来的使女。

“您知道吗？”新使女帮玛鲁霞脱掉大衣，问她说，“看一次病少于五个卢布大夫是不收的……”

这一次候诊室里女病人特别多。所有的家具都坐满了人。有个男人甚至坐在钢琴上。十点钟诊病开始。十二点钟医师暂停诊病动

---

① 指发生在克里米亚战争期间的塞瓦斯托波尔保卫战（1854—1855）。

手术。下午两点他又开始诊病。只是在下午四点钟才轮到了玛鲁霞。

没有喝过一口茶、等得很累、由于发烧和激动而哆嗦的玛鲁霞没有留意到她是怎样坐在医师对面的一张圈椅上的。她头脑里空荡荡，嘴里干巴巴，眼睛里模模糊糊。透过这层模模糊糊的东西她看到的只是一些闪光……他[1]的头在闪烁，两只手和小锤子也在闪烁……

"您到萨马拉去过吗？"医师问她说，"为什么您没有去呢？"

她一句话也没有回答。他敲敲她的胸脯，听了听。她左肺的浊音已经波及了几乎整个肺部。连她的右肺尖上也可以听出浊音了。

"您不必到萨马拉去了。您别出门。"托波尔科夫说。

玛鲁霞透过那层模模糊糊的东西在他冷淡严肃的脸上看到了一种近似怜悯的神情。

"我不去。"她小声说。

"您要告诉您的父母，不要放您到露天底下去。您要避免吃难消化的粗食……"

托波尔科夫开始叮嘱各种事情，讲入迷了，又做了一个大报告。

她坐在那儿，什么也没有听，透过一层模模糊糊的东西看他活动着的嘴唇。她觉得他讲得太久了。他终于不说话了，站起身来，眼睛盯着她，等着她走。

她不离开。她喜欢坐在这张舒适的圈椅上，她害怕回家，害怕见到卡列丽雅。

"我说完了，"医师说，"您可以走了。"

她向他转过脸来，瞧着他。

"别赶我走！"——如果医师哪怕是个小小的观相家，他也会在她眼睛里读到这样一句话。

---

① 着重点是原作中就有的。

她眼睛里涌出了大颗泪珠，胳膊无力地垂在圈椅两旁。

“我爱您，大夫！”她小声说。

她脸上和脖子上泛起了红光，这是一场在内心燃起的烈火造成的后果。

“我爱您！”她又一次小声说。她的头摇晃了两下，无力地向下垂，额头碰到了桌子。

医师呢？医师脸红了，这是他行医以来头一次。他的眼睛眨巴起来，像个被人罚跪的顽皮男孩一样。他从来没有听到过任何女病人说这样的话，而且用的是这样的方式！没有听到任何一个女人对他说过这话！该不是他听错了吧？

他的心不安地翻转和跳动起来……他害臊得咳起嗽来。

“米科洛沙！”隔壁房间里响起一个说话声，在半开着的房门口他那个出身于商人之家的妻子的粉红色脸颊出现了。

医师利用这声喊叫，快步走出诊室。他巴不得找个借口，但求摆脱这种别扭的局面。

十分钟后他走进诊室，玛鲁霞躺在长沙发上。她仰面朝天躺在那儿。一条胳膊同一绺头发一起垂到地板上。玛鲁霞已经不省人事。托波尔科夫满脸通红，心怦怦地跳着。他悄悄走到她跟前，解开她衣服上的带子。他扯掉一个领钩，不知不觉地把她的连衣裙撕开了。从连衣裙所有的褶子、线缝和贴边里纷纷落下他[1]的处方、名片和照片，落在长沙发上……

医师朝她脸上喷水……她睁开眼睛，用胳膊肘撑起身子，瞧着医师，沉默起来。使她关心的一个问题是：这是在哪儿呢？

“我爱您！”她认出了医师，呻吟着说。

她充满热爱和祈求的目光停留在他的脸上。她看着他，那神情就像是一头受了枪伤的小兽。

“我能做些什么呢？”他问道，他不知道该怎么办……他问话的

---

① 着重点是原作中就有的。

声音玛鲁霞没有能认出来，这声音没有节奏，不清楚，但它是柔和的，几乎是温存的……

她的胳膊肘一弯，头就倒在沙发上，可是两眼仍然在瞧着他……

他站在她面前，在她的眼睛里看到了祈求的神情，感到自己的处境非常可怕。他的心在胸膛里怦怦地跳，头脑里产生了一种从未有过的、陌生的情形……成千种不请自来的回忆纷纷在他发热的头脑里活动起来。这许多回忆来自何方？莫非是这两只充满热爱和祈求的眼睛招来的？

他想起了为老爷家擦茶炊的幼年时代。除了擦茶炊和挨脖儿刮外，在他的记忆里又闪出了一些男恩人和穿厚大衣的女恩人，闪出了教会小学，因为他有一个“好嗓门”把他送进了这个学校。在教会小学里，他挨过打，吃的是带沙子的稀粥，后来教会中学代替了教会小学。在教会中学里，他学拉丁文，忍饥挨饿，幻想，读书，同主人——神甫的女儿恋爱。他回想了他怎样违背恩人们的心意，逃出教会中学而进了大学。他出逃的时候身无分文，脚上穿着一双破靴子。那次逃跑中有多少令人着迷的事情啊！在大学里他又为了努力读书而挨饿受冻……艰难的历程啊！

最后他胜利了，他用自己的额头开辟了一条通向生活的隧道，走完了这条隧道，以后呢……喏，他精通自己的业务，读很多书，工作很忙，而且乐于夜以继日地干下去……

托波尔科夫侧目看了看那些胡乱地放在他桌上的十卢布和五卢布钞票。他想起了那些太太和小姐，这些钱就是他刚才从她们手里收下的。他脸红了……难道他历尽艰辛就是为了这些五卢布的票子和太太小姐？是的，完全是为了她们……

在种种往事回忆的压力下，他威严的身躯缩小了，傲慢的举止不见了，光滑的脸上出现了皱纹。

“我能做些什么呢？”他瞧着玛鲁霞的眼睛又一次小声说。

这两只眼睛叫他羞愧。

如果她问上一句：你在整个行医期间都做了些什么，得到了些什么？那又该怎么回答呢？

得到的只是许多五卢布和十卢布的钞票，没有任何其他东西！科学、生活、安宁，——为了这些钱，一切都交出去了。而这些钱反过来给了他公爵私邸一般的住宅、精美的饮食、马车，一句话，给了他一切名叫“舒适”的东西。

托波尔科夫想起了他在教会中学时代的“理想”以及大学时代的幻想。他这么一回想，眼前这些套着贵重丝绒的圈椅和长沙发，这些铺满地毯的地板，这些装在壁上的弯灯，这座价值三百卢布的时钟，在他心目中就统统变成了一摊可怕的、陷人的污泥。

他走上前去，把玛鲁霞从她躺着的尘土中抱起来，连胳膊带腿高高抱起……

“你不要躺在这儿！”他说着，转身离开长沙发。

这时，她那美丽的亚麻色头发像瀑布似的倾泻到他胸前，仿佛是对他的答谢……他的金丝眼镜旁边有一对陌生的眼睛在闪闪发光。多么美丽的眼睛！真想用手指去摸一摸！

“你给我一点茶喝！”她小声说。

第二天，托波尔科夫和她一同坐在头等车厢的包房里。他伴送她去法国的南部。这个怪人！他知道她已经没有恢复健康的希望，这一点他非常清楚，可说是了如指掌，可是他还要送她去……一路上，他敲敲，听听，问长问短。他不愿相信自己的学识，他竭力想在她的胸脯上敲出和听到哪怕一丁点儿的希望来！

钱，昨天他还是十分热心地积攒的钱，如今大量地花费在旅途上。

现在，如果在姑娘的哪怕一个肺叶上听不到那该死的干啰音，那么他就会献出一切，他和她多么想活下去啊！对他们来说，太阳已经升起，他们正在等候白天的到来……可是太阳未能使他们摆脱黑暗……花在晚秋是开放不了的。

公爵小姐玛鲁霞死了，在法国南部她连三天都没有活上。

托波尔科夫从法国回来后，仍然像以前一样过日子。他像以前一样给太太小姐们看病，积攒五卢布面值的钞票。不过在他身上也可以看到一点变化。他同女人们讲话的时候，总是朝一旁看，朝空地方看……不知什么缘故，看着女人的脸他就会觉得害怕……

叶戈鲁希卡还活着，平平安安。他已经抛弃卡列丽雅，现在住在托波尔科夫家里。医师把他接到家里来住，对他十分疼爱。看到叶戈鲁希卡的下巴，他就联想到玛鲁霞的下巴，正因为这样，他容许叶戈鲁希卡拿他那许多五卢布面值的钞票去饮酒作乐。

叶戈鲁希卡心满意足。

演说与小皮带儿

他把我们都召集到他的办公室里，用沉痛得颤抖的声音，用感人的、温存的、友善的但又不允许反驳的声音对我们发表了一通演说。

“我什么都知道，”他说，“什么都知道！是的！我看得一清二楚。我早就发觉了这种，怎么说呢，这……这……这种……情绪、气氛……风气。你，齐裘尔斯基，你在看谢德林[1]的书；你，斯皮契金，也在读这一类的什么东西……我什么都知道。你，图波诺索夫，你在写……什么……文章，在那儿，各种各样的……你表现得很随便。先生们！请求你们！我不是作为一个首长，而是作为一个人请求你们……在我们的时代不能这样。这种自由主义应该销声匿迹。”

这样类似的话他讲了很久。他训斥了我们大家，训斥了当前的风气，赞扬了科学和艺术，但附带说明了科学不能超越一定的界限和范围，他还提到了母爱……我们听着，我们的脸一会儿发白，一会儿发红。我们的心灵在他的话语中受到洗刷。我们惭愧得真想去死。我们真想去吻他，真想向他叩拜……号啕大哭一场……我看着档案保管员的背，我觉得，这张背不在哭泣似乎只是因为它怕破坏公共场所的寂静。

“你们走吧！”他结束道，“我一切都忘了！我不记旧账……我……我……先生们！历史教导我们……你们可以不相信我，但要相信历史……历史教导我们……”

但是，真可惜！我们没有听到历史教导我们什么。他的声音颤抖了，泪水夺眶而出，眼镜模糊了。就在这个时刻听到了阵阵啜泣声：这是齐袠尔斯基在哭。斯皮契金脸红得像煮熟的大虾。我们都伸手到口袋里去掏手帕。他眨眨小眼，也伸手去掏手帕。

“你们都走吧！”他用哭泣的口气说，“把我一个人留下！留……下……嗯……”

但是真可惜！如果您从钟表中取出一枚小螺丝钉，或者把一粒小小的砂子扔进表中，表就会停下来。这场演说所产生的效果在达到顶点之前像炊烟一般消失了。庄严的结局未能形成……为什么呢？只因为一件微不足道的事情！

他将手插进后裤袋中，和手帕一起掏出的还有一根小皮带儿。当然是偶然掏出的。一根脏脏的粗糙的小皮带儿在空中像一条小蛇似的晃荡了一下就落到档案保管员的脚前。档案保管员双手将它拾起来，恭恭敬敬地四肢颤抖着将它放到桌上。

“小皮带儿，先生。”他轻声说。

齐袠尔斯基微笑了。我发觉他的微笑后，忍不住用手捂着嘴扑哧一笑……像个傻瓜，像个小孩子！随我之后斯皮契金也扑哧笑了一声，接着是特廖赫卡皮丹斯基……完了，一切都完了！大厦倒塌了。

“你为什么笑？”我听到了雷鸣般的声音。

我的老天爷！我一看：他的[2]两只眼睛看着我，只看着我一个人……盯着看！

“你现在是在什么地方？啊？你是在啤酒馆里吗？啊？你忘乎所以了？你辞职吧！我用不着自由主义者。”

---

① 萨尔蒂科夫-谢德林（1826—1889），俄国讽刺作家、民主主义启蒙家、理论家。

② 着重点是原作中就有的。

飞　灾

“真想睡觉！”我坐在银行里想，“我一回到家就倒下睡觉。”

“真惬意！”我草草吃过午饭，站在自己的床前轻轻地说，“活在这个世界上真好！真棒！”

我不停地微笑、伸懒腰、消闲自在地躺在床上，像猫儿卧在阳光下一样，然后闭上眼睛，开始入睡。紧闭的眼睛中好像有蚂蚁在爬行，头脑中云雾缭绕，像是一团团的毛展开了翅膀飞向天空……从天空有一些棉絮钻入我的脑袋……一切都是大大的、软绵绵的、毛茸茸的、雾蒙蒙的。在云雾中有一些小人儿在奔跑。他们跑了一阵，转了几转，消失在云雾之中了……当最后一个小人儿已经消失，摩耳甫斯的工作顺利完成的时候，我突然一哆嗦。

“伊万·奥西贝奇，到这里来！”在一个什么地方有人高呼一声。

我睁开双眼。在隔壁房间里有人敲击了一下，打开了酒瓶。我翻了个身，用被子蒙住了头。

“我爱过您，这爱情还，也许……”隔壁房间里一个男中音唱起来。

“您为什么不置一架钢琴？”另一个声音问道。

“真见鬼，”我嘟哝说，“不让人睡觉！”

开了另一个酒瓶，餐具叮当作响。有一个人走动起来，靴上的马刺发出尖细的金属声响。房门碰上了。

“季莫菲依，茶炊快准备好了吗？快点儿，兄弟！再拿几个盘子来！怎么样，先生们？按基督教的习惯。每人一小杯……蜻蜓小姐，羊蹄小姐，Жe By npu①！”

隔壁房间里狂饮起来。我把头藏到了枕头下面。

“季莫菲依！如果有一个高个儿身穿熊皮大衣的金发男人来，你告诉他说我们在这里……”

我啐了一口唾沫，从床上跳起来，敲了敲墙壁。隔壁房间里静了下来。我又闭上了眼睛。蚂蚁又爬行起来，还有白毛、棉花……但是——唉！一分钟以后隔壁又大声吼叫起来了。

“先生们！”我用恳求的口气喊道，“要知道，这真卑鄙！人家在请求你们哪！我有病，我要睡觉。”

“您这是对我们讲的？！”

“对你们。”

“您要怎么样呢？”

“请你们别吵！我要睡觉！”

“您自管睡您的好了，没有人妨碍您，要是您有病，那您就去找医生！”“骑士的爱情和荣誉……”一个男中音慢吞吞地开始唱起来。

“这多么无聊！”我说，“无聊极了！简直下流。”

“请不要犟嘴！”——隔壁有一个老人声音说道。

“真奇怪！居然来了一个发号施令的人！好一个大人物！您到底是谁？”

“别犟嘴！！！”

“乡巴佬！喝多了就乱嚷嚷！”

“别——犟——嘴！！！”老人的沙哑声音重复讲了十来次。

我在床上翻来覆去。我想，这些无聊的放荡汉把我闹得无法睡觉，我渐渐地恼火了……隔壁房间里跳起舞来了……

“要是你们不安静下来，”我喊道，我愤怒得喘不过气来，“我就让人喊警察！来人呀！！季莫菲依！”

① 法语“Je vous prie”的俄语读音，意思是“我请求你们”。

“别犟嘴！！！”老人的声音又喊了一声。

我从床上跳起，像发疯一样地跑去找邻居。我打定主意，无论如何要坚持我的要求。

他们在那里纵酒作乐……桌上摆着酒瓶。桌子周围坐着一些人，他们鼓起的眼睛像虾眼。在房间深处，一个秃顶老头儿半卧在沙发上……一个高级名妓把金发儿靠在他的胸脯上。他望着与我房间相隔的那堵墙，尖声叫道：

“别犟嘴！！”

我张开口打算大骂……啊，这还了得！！！我认出来了，这个老头就是我工作的那家银行的行长。霎时间我的瞌睡、愤怒和傲气一下子都烟消云散了……我从隔壁房间跑了出来。

整整一个月行长没有看过我一眼，也没有跟我说过一句话……我们互相回避。一个月以后他侧着身子走到我的办公桌旁，头低下去看着地板说道：

“我想……我希望……您自己会猜到……但我看到，您并不打算……嗯……您别紧张。您甚至可以坐下……我想……，我们两个人不可能在一起工作……您在布尔狄兴旅馆客房里的行为……您可把我的外甥女吓坏了……您懂吗？……请您把文书移交给伊万·尼基契奇……”

说完他昂头从我身边走开……

我完蛋了。

不如意的拜访

一个花花公子匆忙跑进他以前从未来过的一所房子。他是来登门拜访的……在前厅里他碰见了一个十六岁左右的姑娘，穿着花布连衣裙，系着白色小围裙。

“你们主人在家吗？”他随便地对姑娘说。

“在家。”

“嗯……好一个鲜桃！太太也在家吗？”

“在家。”姑娘说。不知什么缘故她脸红了。

“嗯……小东西！小调皮！帽子该放在哪儿？”

“随便放在哪儿都成。您放开我！真奇怪……”

“咦，你干吗脸红？啊唷！我又不会把你吃了……”

花花公子用手套拍打姑娘的腰部。

“啊唷！还不错！不讨人厌！去报告吧！”

姑娘脸红得像罂粟花一样，跑掉了。

“还嫩着呢！”花花公子作了结论。他向会客厅走去。

在会客室里他同女主人相会。他们坐下谈天……

约莫过了五分钟，系着小围裙的姑娘穿过会客室。

“我的大女儿！”女主人指指穿花布连衣裙的姑娘说。

出现了一个绝妙的场面！

两场乱子

“等一等，见鬼！如果这些唱男高音的公山羊再唱走调儿，那我就退出！看乐谱，红头发姑娘！您，红头发姑娘，从右边数第三个！我在跟您说话！如果您不会唱歌，何必带着您这种乌鸦叫声钻上舞台来？从头开始！”

他这样嚷着，用指挥棒劈啪劈啪地敲打总乐谱。这些乱发蓬松的指挥先生的许多事都能得到原谅。不这样也不行。可不是，如果他大喊见鬼去吧，如果他骂人，扯自己的头发，那么他这样做也是在捍卫神圣的艺术，谁也不敢拿艺术开玩笑。他一直戒备着，如果不这样，谁会不唱出一些可憎的常常搅乱而且破坏和谐的半音来？他总是保护着和谐，为了和谐他不惜绞死全世界的人，而且他自己也情愿去吊死。不该对他生气。如果他是袒护自己，那就是另一回事了！

他的愤怒，那种口吐白沫的沉痛愤怒，一大半是对右边第三个长棕红头发的姑娘发作的。他恨不得把她吞下肚去，叫她陷进地里去，把她折断后扔出窗外去。她最容易唱走调儿，因此在世界上他最憎恨和最蔑视的人就是她，就是这个长棕红头发的姑娘。如果她陷进地里去了，如果她在他眼前立时死掉，如果满身油污的管灯员不是去点燃灯火，而是把她焚化，或者把她当众痛打一顿，他就会乐得哈哈大笑。

“嗨，真该死！说到底，您该明白：您对歌咏和音乐的理解，同我对捕鲸术的理解不相上下！我在跟您说话，长棕红头发的！请你们向她解释一下，告诉她，那儿不是‘升下调’，而是简单的

'发'！请你们教教这个目不识丁的人认乐谱！好，您一个人唱！开始！第二小提琴手，带着您那把不擦松香的琴弓见鬼去吧！"

她，一个十八岁的女孩子，站在那儿，看着乐谱发抖，抖得好像是一根经手指使劲拨了一下的琴弦。她那张小脸往往会红得像朝霞一样。泪水在她眼睛里闪亮，眼看着就要滴到那些竖着针头般的小黑头的五线谱音符上。如果她那像瀑布似的落在她肩背上的柔软如丝的棕红色头发能遮住她的脸不让人看见，她就会觉得幸运。

她的胸脯在胸衣下波浪般地起伏。那里，在她的胸衣和胸脯下面纷扰万分：苦恼、内疚、自卑、恐惧——全都搅混在一起……可怜的姑娘感到自己有错，良心撕扯着她的五脏六腑。她对不起艺术，对不起指挥、同事和乐队，大概也会对不起观众……如果观众向她喝起倒彩来，他们倒会是万分正确的。她的眼睛不敢看人，可是她觉得大家都带着憎恨和轻蔑的神情看着她……特别是他！他恨不得把她抛到天涯海角去，离他的有音乐感的耳朵越远越好。

"上帝啊，指点我好好唱吧！"她暗想。她的嘹亮颤抖的女高音隐隐流露出一种绝望的音调。

他不愿理解这种音调，他骂她，揪他自己的长发。既然今天晚上要公演，什么痛苦都不足介意！

"糟透了！这个丫头今天要用她那副山羊嗓子把我断送！您不是什么歌剧首席女演员，您是个洗衣女工！把棕红头发的乐谱拿走！"

她愿意唱好，不愿唱得不合调……她也能够做到不走调，她是高明的行家。可是她的眼睛不听她的话，难道这也是她的过错？它们，她那对美丽的但不诚实的眼睛不是看着乐谱和注意指挥棒的动作，而是总瞧着指挥的头发和眼睛，因此她一直到死都要诅咒自己的这对眼睛……她的眼睛喜欢指挥的乱蓬蓬的头发和他的眼睛，可是指挥的两只眼睛却对她直冒火星，看着都叫人害怕。可怜的姑娘爱他那张老是两眼冒火的脸，爱得神魂颠倒。她的小脑袋不是沉醉于排演，而是老想着那些妨碍她工作、生活、心情平静的不相干的事情，难道这也是她的过错？……

她的眼光投向乐谱，但它们从乐谱上移向他的指挥棒，再从指挥棒移向白领结，移向下巴、唇髭，等等……

“把她的乐谱拿走！她有病！”他终于喊道，“我不指挥了！”

“是的，我病了。”她温顺地小声说，准备道歉一千次……

打发她回家了。她在戏里的位子由另一个女演员来接替。这个女演员的嗓子差一点，可是她能批判地对待自己的工作，干活老实而认真，不想什么白领结和唇髭。

就是在家里他也不给她安宁。从剧院里回来后，她倒在床上。她把头藏在枕头底下，却从闭着的眼睛的一团漆黑里看见了他那张气愤得变样的脸，她觉得，他好像在用那根小棒敲打她的两个太阳穴。这个傲慢无礼的人竟是她初恋的对象！

头一张油饼没有煎好，成了一个面块[①]。

第二天，排演结束后她的艺术同行到她家里来探问她的健康情况。报纸上和戏报上都登载着她生病的消息。剧院经理和导演也来了，人人都向她表明恭敬的关切。他也来了。

当他不站在乐队前头、不看着总乐谱的时候，他完全是另一个人。这时候他斯文、殷勤、恭敬，像个男孩子。他脸上洋溢着尊重而娇美可爱的笑容。他不但不喊“见鬼去”，甚至在女人们在场时不敢吸烟，也不敢跷二郎腿。这时候很难找到一个比他更和善和更正派的人了。

他来的时候满脸愁容，他说她生病是艺术的一大不幸，说所有她的同事和他本人都不惜牺牲一切，只求“我们的小夜莺”身体健康和心情平静。唉，这些疾病啊！它们从艺术手中夺走了许多东西。必须告诉经理，如果舞台上仍像以前那样有穿堂风，那么谁也不会同意再干，大家都会一走了事。健康是世上最宝贵的东西啊！他亲切地握她的手、恳切地叹口气，请求她准许他下次再来探望，

---

① 这是俄语中的一个谚语，意思是“初次的尝试，难免失败”。

接着他就离去了，口中咒骂着疾病。

一个好人！可是在她已经恢复健康重又回到舞台上的时候，他却又对她大喊“见鬼去！”，并且是去“见最恶毒的鬼”，在他的脸上又是怒气冲冲。

实际上他是个很正派的人。有一次，她站在后台，身子倚在木制的玫瑰花丛上（显然，这是放在后台的道具——译者），瞅着他的一举一动。她见到那个人就兴奋得气都喘不过来。这时他正在后台站着，同美菲斯托费尔和瓦兰廷①一起喝着香槟酒，扬声大笑。在他那张骂惯了“见鬼”的嘴里，这时候却不住地吐出俏皮话来。他喝完三杯酒，离开那两个歌剧演员，向乐队走去，在那边小提琴和大提琴正在调音。他从她身旁走过，微笑着，神采奕奕，摇摇手。他脸上洋溢着满意的神情。谁敢说他是个不好的指挥？谁也不敢！她红着脸向他微微一笑。醉醺醺的他在她身旁站住，说起话来：

“我浑身发软了，”他说，“我的上帝啊！我今天心里痛快极了！哈哈！你们今天一个个都非常好！您的头发真漂亮！我的上帝啊！难道我至今一直没有发现这只夜莺有着这么漂亮的长发？”

他低下头，吻她那头发盖着的肩膀。

“喝了那点子该死的酒，我浑身发软了……我亲爱的夜莺，我们不会再出错了吧？我们会专心地唱了吧？为什么您那么常常走调儿呢？以前您没有这样过，金黄的小脑袋！”

指挥浑身软了，吻了吻她的手。她也讲起来了：

“您不要再骂我……要知道我……我……您的谩骂使我精神上受到了极大的打击……我受不了啦！……我向您起誓！”

泪水涌上她的眼眶。她不知不觉地就靠住他的胳膊肘，几乎把他缠住了。

“真的，您不知道……您那么凶。我向您起誓……”

---

① 法国作曲家古诺（1818—1893）根据德国作家歌德的诗作《浮士德》改编的同名歌剧中的两个人物，这里指的是扮演这两个角色的演员。

他在玫瑰丛上坐下，差一点儿摔了下来……为了不致跌倒，他搂住了她的腰。

“铃响了，我的小乖乖。到下个幕间休息时再谈吧！”

散戏后她不是一个人回家。和她同行的还有他，醉醺醺的、乐得放声大笑的、浑身发软的他[1]！她多么幸福呀！我的上帝！她坐在车上，感到他搂着她。她不相信她的幸福。她觉得，命运在撒谎！然而不管怎样，这以后有整整一个星期，观众们一直在戏报上读到关于指挥和他的她[2]都病了的消息……他整整一个星期没离开她，而这个星期在他俩心目中却像是一分钟。一直到不便于再躲避人们、不便于再什么事也不干，姑娘才把他放走了。

“应当使我们的爱情透透风了，”指挥在第七天说，“没有乐队我心里闷得慌。”

到第八天，他又挥动着指挥棒，送所有的人去见鬼，就连“棕红发姑娘”也未能幸免。

这些女人像猫似的充满温柔的爱情。我的女主人公尽管已经跟她的凶神进入同居关系，开始一起生活，可是她仍然没有改换她的傻习惯。她同从前一样，不看着乐谱和指挥棒，却看着他的领结和面孔……在排演的时候，在公开演出的时候，她常常走调儿，而且走得比以前更加厉害。为此他把她骂得好厉害！以前他只是在排演的时候骂她，如今却可以在散戏后回到家里站在她床前骂她。真是个多情善感的丫头！唱歌的时候，她只要看一下她热爱的那张脸，就会慢上整整四分之一个拍子，或者嗓音发颤。她唱歌的时候，总是从舞台上看着他，不唱歌的时候，她就站在后台，目光也离不开他颀长的身影。幕间休息时，他们就在化妆室里相会，喝着香槟酒，讪笑那些给她捧场的人。乐队奏序曲的时候，她总是站在舞台上，透过幕布上的一个小洞看着他。演员们常常透过这个小洞讪笑

① 着重点是原作中就有的。

② 同上。

坐第一排的秃顶观众，并且根据可以看到的人头数目来断定剧院卖座的多少。

幕布上的这个小洞眼儿断送了她的幸福：出了一个乱子。

那是在谢肉节里，在剧院生意最好的日子里，上演的是《新教徒》[1]。开演前，指挥挤过乐谱架往自己的位子上走去，这时候她已经站在幕布旁，贪婪地屏着气透过小洞眼儿朝外看。

他做出一副难看的严肃脸相，向四面八方挥动起指挥棒来。乐队奏了序曲。他那张英俊的面孔起初相当平静……可是后来，在序曲演奏到中间部分时，他的右颊上出现了怒火，他的右眼眯细了。听得出，右边有点乱：长笛吹走了音，巴松管手不合时宜地咳了一声，这一声咳嗽可能妨碍巴松管准时开始演奏。接着指挥的左颊红了并开始颤动。这张脸瞬息万变，充满烈火！她瞧着他，感到自己上了七重天，幸福极了。

"大提琴见鬼去！"他透过牙缝很快地嘟哝了一句，声音小得几乎听不见。

大提琴手对乐谱是熟悉的，可是他不想理解心灵！能把这种声音柔和的温存的乐器交托给那些不善感受的人吗？指挥整个脸上出现阵阵痉挛，一只空着的手抓住了乐谱架，倒像是乐谱架有过错才使胖胖的大提琴手只为钱不为心灵而演奏似的。

"滚下舞台去！"邻近一个什么地方有人说……

忽然间，指挥的脸容光焕发，闪着幸福的神情。他的嘴角露出笑意。一个困难的地方由首席小提琴手非常精彩地演奏出来了，这使指挥心里感到愉快。我那棕红色头发的女主人公心里也感到愉快，仿佛她也是首席小提琴手，仿佛是她也有一颗指挥的心似的。然而她的心不是指挥的心，尽管指挥确实藏在她这颗心里。"长着棕红色头发的女鬼"瞧着指挥微笑的脸，她自己也微笑了……然而这不该是微笑的时候。发生了一件非常令人惊讶的、非常愚蠢的

---

① 德国作曲家梅耶贝尔（1791—1864）创作的歌剧。

事……

小洞眼儿忽然不见了。它到哪儿去了？上方有个什么东西在刷刷地响，仿佛吹起了一股平稳的风……有一样什么东西擦着她的脸向上卷去……出了什么事？她开始用一只眼睛寻找小洞眼儿，想见到那张亲爱的脸，可是她没有找到小洞眼，她突然看见了一大片亮光，这亮光既高又深……在一大片的亮光里闪出多得数不清的灯火和人头，她在各色各样的人头当中看见了指挥的头……指挥的头正朝着她看，他惊讶得呆住了……接着，惊讶让位给无法形容的恐惧和绝望……她不知不觉地向舞台前的脚灯迈出半步……二楼的观众发出了笑声，很快整个剧院都淹没在接连不断的笑声和喝倒彩声里。真是活见鬼！将在《新教徒》里歌唱的太太竟然戴着手套和帽子，穿着最时髦的衣服！……

"哈哈哈！"

坐在头排的秃顶们扭动着身子笑个不停……全场轰动了……他的脸变得苍老多纹，像是伊索[①]的脸！脸上流露出痛恨和诅咒的神情……他跺了一下脚，把指挥棒丢在脚前，而平时即使用元帅杖调换他的指挥棒，他也是不肯的。乐队乱了，停下了……她朝后退，脚步踉跄，向旁边看……旁边全是布景，有些苍白而气愤的丑脸从布景后面看着她……这些野兽般的丑脸在恶声恶气地抱怨……

"您把我们毁了！"剧团经理人小声抱怨道……

幕布缓慢地放下来，飘飘摇摇，迟疑不定，仿佛不是把它放到该放下的地方似的……她身子摇晃起来，倚靠到了一块布景上……

"您把我毁了，骚娘儿，疯娘儿……哼，见鬼去吧，最可恶的畜生！"

说这话的声音就是一个钟头前她动身上剧院时向她喁喁私语的那个声音："不爱你是不可能的，我的小乖乖！你是我的好天才！你的一吻抵得上穆罕默德的天堂！"而现在呢？现在她完了，确确实实

---

① 古希腊的寓言作家。

完了！

在剧场里恢复了秩序而狂怒的指挥着手第二次指挥乐队演奏序曲时，她已经在自己家里了。她很快地脱去衣服，钻进被子里。躺着死去不像站着死或者坐着死那么可怕。她深信，良心责备和悲伤准会叫她送命……她把头藏到枕头下，索索发抖，什么也不敢想，害臊得透不出气，在被子里翻起身来……被子上有他[1]吸过的雪茄烟味……他回来后会说些什么呢？

夜里两点钟他[2]回来了。指挥喝醉了。出于伤心和气愤他灌了不少酒。他非常疲乏，手和嘴唇在哆嗦，好比微风吹动的树叶。他不脱下皮大衣和帽子，走到她床前，站了一忽儿，沉默不语。她屏住呼吸。

“在全世界面前丢尽了脸之后，我们居然还能平平静静地睡觉！”他恨恨地低声说，“我们，堂堂正正的艺术家，可真善于顺应自己的良心！真正的女艺术家！哈哈！是妖婆！”

他揪下她身上的被子，把被子往壁炉那边一扔。

“你知道您干了些什么吗？你要笑我，见你的鬼！你知道吗？莫非你不知道？坐起来！”

他猛然把她的手一拉。她在床沿上坐下，把脸藏在她的乱头发里。她的两个肩膀在发抖。

“原谅我吧！”

“哈哈！棕红色头发！”

他猛然扯了一下她的衬衫，看到她白得像雪一样的美丽的肩膀。可是他顾不上欣赏肩膀。

“你从我家里滚出去！穿上衣服！你毁了我的生活，没出息的东西！”

她向凌乱地堆放着她的衣服的那把椅子走去。她开始穿衣服。

---

① 着重点是原作中就有的。

② 同上。

她败坏了他的生活！败坏这个伟大的人的生活，她是太卑鄙和太恶劣了！她一定离开，免得继续干这种卑鄙的事。其实没有她，也会有人来败坏他的生活的……

“滚出去！马上滚！”

他把短上衣朝她脸上摔去，把牙咬得嘎吱嘎吱响。她穿好衣服，在门口站住。他不再做声。然而沉默持续不多久。指挥身子摇摇晃晃，对她指着门口。她向前厅走去。他把临街的大门打开了。

“滚开，贱婆娘！”

他抓住她窄小的后背，把她推出门外……

“再见！”她用忏悔的声调小声说。她的身影消失在黑暗中了。

外边大雾迷漫，冷丝丝的，下着毛毛雨……

“见鬼去吧！”指挥对着她的后影叫了一声。他没有听她踩着泥浆走的咯吱咯吱的脚步声音就关上了大门。他把女伴赶进冷峭的迷雾中去后就在暖和的床上睡下，开始打鼾。

“她活该！”他第二天早晨醒来说，可是……他这是在说假话！有几只猫在抓他那颗有音乐感的心，而他对棕红色头发的思念在使他心痛。整整一个星期他走路像个喝得半醉的人，满心痛苦，他盼着她回来，又因为她下落不明而难过。他认为她会回来，他相信这一点……可是她没回来。她爱这个人胜过爱她自己的生命，她不愿意败坏他的生活。由于她“行为不检点”，把她从剧院演员名单上勾销了，没有原谅她闹乱子。没有把关于辞退她的决定通知她本人，因为没有一个人知道她跑到哪儿去了。大家什么也不知道，然而作了许多揣测……

“她冻死了，要不然就是投河自尽了！”指挥揣测道。

过了半年，大家都把她忘了。连指挥也把她忘了。每个漂亮的艺术家心坎里都有许多女人，而要记住每个女人，那就得有非常好的记性。

如果相信道德高尚和笃信宗教的人们的话，那么在这个世界上一切都会得到报应。指挥是不是得到报应了呢？

是的，他得到了报应。

五年以后，指挥路过某城。这个城里有个出色的歌剧院。为了了解一下歌剧院的组成，他在城里停留一天。他下榻在最好的旅馆里。到达后，他在头一天早晨就收到了一封信，这清楚地表明我的长发男主人公的知名度有多高。信上请求他指挥一场歌剧《浮士德》。歌剧院的指挥突然病倒，因而指挥棒就无人执掌。他，我的男主人公（信上请求他说），是否愿意不辞辛劳、利用机会以自己的艺术饱飨城里众多的非常爱好音乐的市民？我的男主人公同意了。

他拿起了指挥棒，“陌生的”乐师们看到了一张怒气冲冲的面孔。他生过很多气。这也不足为奇，因为没有经过排演，他只得直接在公演时显示他的技艺。

头一幕顺利地过去了。第二幕也一样。可是在演第三幕时出了小乱子。指挥不习惯于看舞台或者看其他地方。他的全部注意力都集中在总乐谱上。

第三幕里，玛格丽特[①]，一个嘹亮的出色女高音，在纺线的时候唱起歌来，指挥满意地微微一笑：这位太太唱得妙不可言。然而当这位太太唱慢了八分之一拍子时，他就面露怒色，痛恨地看了一下舞台。可是这一看竟看出了一场乱子！出于惊讶他的嘴张得大大的，眼睛也瞪得像小牛犊的眼睛那般大。

舞台上坐在纺车旁的竟是以前被他从暖和的床上赶下、推进黑洞洞的冷雾中去的那个棕红色头发。现在她，这个棕红色头发，坐在纺车旁边，不过已经不完全是从前被他赶走的那种样子，而是另一种样子了。她的脸还是跟从前的一样，可是嗓音和体态已经变了，变得更精美优雅了，而且运用得也更大胆自如了。

指挥张着嘴，脸色煞白。他的指挥棒痉挛地动起来，它在一个

---

① 歌剧《浮士德》中女主人公格蕾岑的名字，这里指的是扮演这个角色的女演员。

地方胡乱摆动，而后就在一个姿势上呆住不动了……

“这是她！”他高声说，并且大笑起来。

他沉浸在惊愕、兴奋和无比的欢乐之中。被他赶走的那个长着棕红色头发的姑娘并非下落不明，她变成了一个巨人。他那指挥的心为此感到愉快。舞台上又多了一颗明星，他以自己为代表的艺术事业而高兴，而自豪！

“这是她！她！”

指挥棒已经在一个姿势上呆住不动。当他想挽救这个局面而挥动它一下时，它却从他手中滑落，啪的一声掉在地板上……首席小提琴手惊讶地看了他一眼，弯下腰去拾指挥棒。大提琴手以为指挥头晕，就停了一下，待他又拉起琴来时已经不合拍了……音乐转来转去，在空中兜圈子，它想从混乱中寻找出路，却成了可恶的一团糟……

她，棕红色头发的玛格丽特，跳起来，用愤怒的眼光打量“这几个醉鬼”，他们……忽然，她脸色惨白，她的眼睛在指挥身上乱转起来……

跟这些毫不相干的花了钱买票来看戏的观众们开始喝倒彩和打呼哨了……

乱子的末尾是玛格丽特的一声尖叫，声音响得整个剧院都能听见，接着她举起双手，整个身子向舞台脚灯移动……她认出他来了，现在她什么都看不见，只看见那张重又怒气冲冲的脸。

“啊，该死的坏娘儿！”他叫着，一拳打在总乐谱上。

如果古诺看见人家如此嘲弄他的作品，他会说什么呢！啊，古诺会把这个人打死，而且他这么做是对的！

这是指挥生平第一次出错，对这次错误、对这场乱子他不能原谅自己。

他跑出剧院，下嘴唇咬出了血，跑到旅馆后就把门关上。他把自己反锁在房间里，坐了三天三夜，进行自我反省和自我鞭笞。

据乐师们说，这三天三夜里他头发白了，他还揪掉了一半头发……

“我侮辱了她！”现在他喝醉了酒时就会哭着说，“我糟蹋了她的独唱！我——不是指挥！”

可是当初他把她赶走后，为什么一句这样的话也不说？

呜呼，安宁闲适的生活！

“我的舅舅是个非常非常好的人！”这话是纳塞奇金上尉的穷外甥和惟一的继承人格里沙不止一次对我说的，“我满心爱他……我们一起去看看他吧，好朋友！他会很高兴的！”

格里沙一讲起好舅舅，泪水就涌上眼眶。谈到他的光荣品格时，还应当说一句，他从不为这种美好的眼泪感到害臊，他会当众流泪！我听从他的请求，一个星期前到上尉家里去了。我走进前堂，向大厅里看了一眼，看到了一副令人感动的画面：苍老消瘦的上尉坐在大厅中央的一把大圈椅上喝茶，格里沙屈下一个膝头跪在他面前，满腔深情地用匙子给他搅茶。

格里沙的未婚妻的一条美好的手臂搂着小老头的深棕色头颈……穷外甥和他的未婚妻正在争论：他们两个人谁先吻到好舅舅？接着他们就没完没了地吻他。

“现在你们互相亲吻吧，我的继承人！”纳塞奇金喃喃地说，幸福得喘不上气来……

在这三个人中间有着一种极其令人羡慕的关系。看着他们，我这个铁石心肠的人由于快乐和羡慕，心都紧缩了……

“是啊！”纳塞奇金说，“可以说：我这辈子过得挺好！求上帝保佑每个人都能过上这样的生活。单是鲟鱼我就吃过多少啊！多极了！就拿在斯科平银行吃掉的那条鲟鱼来说吧……嗯！就连现在我都在流口水呢……”

“您讲讲吧，讲讲吧！”未婚妻说。

“那天，孩子，我带着好几千卢布去斯科平银行，直接找……

嗯……找雷科夫[1]……雷科夫先生。他是个大人物……嘿！含金的先生！上等人！他像招待亲人一样招待了我……似乎他不必这么殷勤，可是……他对我像对亲人一样！真的！他请我喝了咖啡……喝完咖啡又吃冷荤菜……后来又摆酒席……桌上各色美酒一应俱全……有一条鲟鱼……长得很，从桌子这头到那头……还有龙虾……鱼子。大饭馆的排场啊！”

我走进大厅，打断了纳塞奇金的话。这天恰恰正好是莫斯科收到关于斯科平银行破产倒闭的第一条电讯的那一天[2]。

“我在享天伦之乐！”纳塞奇金同我打过招呼后对我说，接着他又转向孩子们，用夸耀的口气继续讲道：“在一起的全是些高贵的人……有达官显要，有宗教界人士……修士司祭，神甫……每喝完一小杯，就会到他们跟前去请求祝福……我自己也全身戴满勋章……连将军也会感到逊色……一条鲟鱼吃完了……又端上来一条……也吃光了……后来是小鲟鱼汤……野鸡……”

“如果我是您，吃了这些鲟鱼我就会烧心，可您却在大吹特吹……”我说，“跟着雷科夫您白白损失了很多钱吧？”

“为什么白白损失？”

“什么为什么？那家银行不是已经倒闭了吗？”

“开玩笑！这是老生常谈……以前也这么吓唬过人……”

“那么您还不知道？我的老兄！谢拉皮昂·叶戈雷奇！要知道这……这……这……您自己看吧！”

我把手伸进口袋里，取出一张报纸来。纳塞奇金戴上眼镜，怀疑地微笑着看起来。他越看，他的脸就变得越苍白，拉得越长。

“倒……倒……倒闭了！”他哀叫起来，全身哆嗦，“我这可怜的人呀！”

---

① 斯科平银行的经理。

② 1882 年 10 月 30 日《俄罗斯信使报》首先发出关于斯科平银行倒闭的消息。

格里沙脸红了，他把报纸看了一遍，顿时脸色惨白……他的一只颤抖的手伸向帽子……他的未婚妻身子晃动起来……

“先生们！你们真的到现在才知道？瞧，整个莫斯科都在议论这件事呢。先生们！请安静！”

一个钟头后我独自一人站在上尉面前安慰他说：

“算了，谢拉皮昂·叶戈雷奇！这有什么呢？钱是丢了，可孩子们都在嘛。”

“这倒是实话……钱是身外之物……孩子们……这话说得对。”

可是，真可叹！一个星期后我遇见格里沙。

“老兄，到您舅舅家去一趟吧！”我对他说，“为什么您不上他家去？您把老头子完全撇开不管了！”

“叫他见鬼去吧！我可真需要他呢，老魔鬼！傻瓜！他当初就不能找另一家银行！”

“您还是应当去。他不是您的舅舅吗？”

“他？哈哈！……您在开玩笑？这您是从哪儿知道的？他是我后妈的远房表哥！这亲戚关系远着呢！他是我们家装配工的堂房铁匠！”

“哎，您至少也该打发您的未婚妻去看看他嘛！”

“是啊！您也是鬼迷心窍，才会在我们结婚前拿出那张报纸来！您就不能等我们结婚后再宣布您的新闻！……现在她已经翻了脸，瞧不起我了。可不是吗，她，这鬼东西，对我舅舅的财富她是早已垂涎欲滴了……现在她失望了……”

这样，我无意中破坏了一部最亲密的三重唱……一部最令人羡慕的三重唱！

男　爵

男爵是个瘦小的老头子，年纪在六十岁左右。他的头颈同脊骨在一起构成一个钝角，而且这钝角很快就要变成一个直角了。他的头大，而且骨头凸出，眼睛无精打采，鼻子像个球果，下巴是浅紫色的。他整个脸上都泛起一层淡淡的绀青色，这大概是因为小道具管理人很少上锁的那个柜子里放着烈酒。不过，除了喝公家的烈酒外，男爵有时也享用香槟酒，这香槟酒常常可以在几个化妆室的酒瓶和酒杯的底面上找到。他的脸颊、他的肿起的下眼泡垂着，抖动着，像是晾着一些小布片。在他秃顶上有一薄层淡绿色，那是他那顶有护耳罩的皮帽的绿色衬里留下的。这顶帽子如果男爵没有戴在头上，他就总把它挂在第三块布景板后面的一个用坏了的煤气嘴上。他说话的声音刺耳，好像是煎锅里发出劈劈啪啪的爆响。他的衣服吗？如果您讪笑这身衣服，那就是说您不承认权威，而这不会为您增添光彩。一件没有纽扣的深棕色上衣，两个肘部已磨光，衬里已磨得发亮，已经破烂——这可是一件了不起的上衣！穿在男爵的狭窄的双肩上，它直晃荡，好像挂在一只坏衣架上一样，可是……这又有什么好说的呢？想当初它还是穿在一个最伟大的天才戏剧演员的身上的呢。他那件有蓝色花纹的丝绒坎肩上有着二十个窟窿和无数污斑，可是总不该扔掉它吧，因为它是在威力无穷的萨尔文[①]住过的房间里发现的！谁能担保悲剧演员本人没有穿过这件坎肩？它是在伟大演员离开后的第二天被发现的，因此可以起誓，它不是冒充的假货。为男爵脖子保暖的领结也同样值得注意。可以拿这个领结夸耀一番，虽说从纯粹卫生学的和美学的外观来看，也该另外换上一个比较结实和油污较少的领结了。它原是用一件了不起的斗篷的残余部分裁剪成的，当年艾尔涅斯托·罗西②在《麦克佩斯》③里同女巫谈话时，这件斗篷就披在他的肩上。

“我的领结上有邓肯国王④的血腥气！”男爵在领结里捉虱子的时候常常这么说。

至于男爵的那条杂色花条纹长裤，您倒可以爱怎么嘲笑就怎么嘲笑。以前没有什么权威人物穿过这条裤子，虽说演员们总开玩笑，说这条长裤是用当初萨拉·伯恩哈特去美洲时乘坐的轮船的船帆做成的。这条裤子是从剧场的第十六号验票员手里买来的。

冬天也好，夏天也好，男爵老是穿着一双大套鞋，他这是为了保住皮靴的完整，也为了在他的提词人小亭子的地板上游荡时，不使他的两条有风湿毛病的腿被穿堂风吹得受凉。

人们只能在三个地方见到男爵：在售票处、在提词人小亭子、在后台男演员化妆室。除了这三个地方之外，他是不存在的，也是不可设想的。夜间他在售票处过夜，白天他在那儿登记购买包厢票的观众的姓名，同售票员下棋。害瘰疬病的老售票员是惟一的一个肯听男爵讲话并回答他问话的人。在提词人的小亭里，男爵执行他的神圣任务。在那儿他给自己挣一小块糊口的小面包。小亭外部粉刷成耀眼的白色，它内部的狭窄板壁上布满了蛛网、罅隙、木刺。小亭里弥漫着潮气和熏鱼、烈酒的气味。幕间休息的时候，男爵总是立在男演员化妆室里。新来的人，初次走进化妆室时看见男爵，往往鼓掌大笑。他们把他当做演员。

“妙啊！真妙！”他们说，“您化装得真妙！您这张假脸多么逗笑！您在哪儿搞到了这么一身别致的衣服？”

可怜的男爵！人们不认为他可能有一张自己的面孔！

---

① 托玛索·萨尔文（1829—1915），意大利悲剧演员，曾在俄国演出。

② 艾尔涅斯托·罗西（1827—1896），意大利悲剧演员，曾在俄国演出。

③ 莎士比亚写的一个悲剧。

④ 悲剧《麦克佩斯》中的一个人物。

在化妆室里他以观察著名演员为乐，或者，如果没有著名演员在场，就大着胆子在别人的话里插上一些他的看法，而他的看法是很多的。他的意见谁都不听，因为大家都已经厌烦，无非是些老生常谈，大家毫不客气地把它们当做耳边风。一般说来，大家对男爵都不拘礼节。如果他在别人眼前转来转去，碍人手脚，人们就会对他说：滚开！如果他在小亭子里提词的声音太轻或者太响，大家会叫他见鬼去，会威胁说要罚他的钱或革他的职。他是人们在后台开玩笑和说俏皮话的目标。在他身上可以大胆地试试自己说俏皮话的本领，因为他决不会还嘴。

人们用“男爵”这个绰号嘲弄他已经有二十年了，可是在这二十年间他从来没有对这个绰号提出过抗议。

强使他抄写台词而又不给他报酬，——这种事也是可以做的。什么事都可以做！踩了他的脚，他赔笑脸，道歉，感到局促不安。您可以当众打他那张皱纹密布的脸，我真的敢向您担保，他决不会向民事法官告状。您可以从他那件他十分疼爱的、精彩的衣服上扯下一块衬里，就像不久前主要情人[1]已经做过的那样，他也只会眨眼和红脸。他就是这样备受折磨、忍气吞声、保持驯服！没有一个人尊敬他。他活着的时候，大家都容忍着他，等他一死，就会立刻把他忘掉。他是一个多么可怜的人啊！

不过，话说回来，从前有过一个时期他差一点成了他所崇拜的和爱之胜于自己生命的那些人的同事和弟兄。他热爱那些人胜于热爱生命。（他不能不爱那些有的时候会成为哈姆雷特和弗朗茨·穆尔的人！）他本人也差一点儿做了演员，如果不是一件可笑的小事妨碍了一下的话，他大概真就做演员了。他很有才能，愿望也有不少，而且最初一段时间里还有靠山，可他就是缺少一样小东西：勇气。他一直觉得，如果他竟敢登上舞台，那么**他们**[2]，这许多挤满了上下

---

① 这里指扮演主要情人这个角色的演员。
② 着重点是原作中就有的。

五层阶梯式座位的人，就会哈哈大笑，就会嘘他。每逢人家建议他登台初演一次，他总是脸上红一阵白一阵，吓得说不出话来。

“我再稍稍等一等吧。”他说。

就这样他等啊等的，等到人衰老了，破产了，才经人说项走进了提词人的小亭子。

他成了一个提词人。然而，这并不是坏事。如今再也不会因为他没有戏票而把他赶出剧院了，因为他是一个有职务的人了。他坐在第一排的前面，比谁都看得清楚，而且不必为他的座位付一个小钱。这很好。他感到幸福和满足了。

他工作得很出色。演出前，他总要把剧本通读几遍，免得出岔子。第一遍钟声刚打响，他已经坐在小亭子里翻阅小册子了。在整个剧院里很难找到个什么人比他更为勤奋。

可是毕竟还得把他赶出剧院。

剧院是容不得混乱的，可是男爵有时候会制造混乱。他会引起哄闹。

在舞台上演得特别精彩的时候，他会不看他的小本子，会停止小声提词。他用“好哇！”“妙极了！”的叫喊声中断提词是常有的事。观众不鼓掌的时候，他竟敢鼓起掌来。有一次他甚至喝倒彩，为此几乎丢了差事。

总之，请看一看他坐在臭烘烘的小亭子里低声提词的样子吧！他脸上红一阵，白一阵，比划手势，提词声超过了应有的程度，呼呼地直喘气。有的时候，甚至在存衣处附近验票员打呵欠的走廊上都可以听到他的提词声。他甚至敢于从小亭子里破口骂人和对演员指指摘摘。

“把右手举起！”他常常小声说，“您的道白是火辣辣的，但您的脸却是冷冰冰的！这不是您的角色！要演这个角色，您还是个乳臭小儿。您能看一看艾尔涅斯托·罗西怎样演这个角色就好了！干吗要这么过火夸张？嗨，我的上帝啊！他的小市民风格把一切全都糟蹋了！”

他不是按照小册子小声提词，而是小声地尽说这一类的话。不该容忍这个怪人。如果已经把他赶走了的话，观众也就不会看到一场发生在前些日子的乱子了。

那场乱子是这样的。

当时正上演《哈姆雷特》。剧院里满座。在我们这个时代，莎士比亚的戏仍然像一百年以前那样受欢迎。剧院里一演莎士比亚的戏，男爵的心就特别激动。他喝很多酒，说很多话，不住用拳头揉太阳穴。在他那两个太阳穴里边正展开一场剧烈的活动。疯狂的嫉妒、绝望、憎恨、渴望使他那老年人的头脑骚乱不安……似乎应该由他自己来扮演哈姆雷特，虽说哈姆雷特同驼背、同道具管理员忘记锁起来的烈酒是不吻合的。应该由他来演，不应该让那些今天演听差、明天演皮条匠、后天演哈姆雷特的侏儒们来演！四十年来他一直在精细研究这个丹麦王子，一切正派的演员都渴望扮演这个人物，这人物不只是给莎士比亚一个人戴上了桂冠。四十年来男爵一直在悉心研究，在痛苦，在受着渴望的煎熬……现在他离死已经为期不远。死神很快就会光临，把他永远从剧院里带走……但愿他一生中哪怕只交一次好运，穿着王子的短装在舞台上走一走，来到海洋附近，在一片荒漠中的峭壁旁：

> 只消你瞧一下深渊，
> 只消你听到远处浪涛的拍击，
> 这荒漠不知不觉地，
> 随时都可能引向绝望。

如果即使是渴望也能使人不是在几天之内，而是在几小时之内融化，那么如果渴望一旦具有了现实的形式，秃顶的男爵又会丧生于什么样的烈火之中！

在上述那个晚上，他出于嫉妒和怨恨，恨不得把整个世界都吞下肚去：竟把哈姆雷特这个角色交给了一个用微弱的男高音说话的黄口孺子，特别是这个人还生着一头火红色的头发！难道哈姆雷特是长着火红色头发的？

男爵坐在小亭子里忐忑不安。在哈姆雷特尚未出场的时候，他还相当平静，可是在长着火红色头发的微弱男高音上台之后，他就转来转去，坐立不安，长吁短叹。他的低声细语与其说是像提词，还不如说是像呻吟。他的手在颤动，书页给弄乱了，他时而把烛台拉近一点，时而又推远一点……他盯住了哈姆雷特的脸看，不再小声提词了……他非常想把那个火红色脑袋上的头发全都拔光，一根也不剩。就让哈姆雷特秃顶吧，这样还比长着火红色头发好些！他演得夸张，太过火了，见他的鬼！

到第二幕，男爵根本不低声提词了，而是恶狠狠地冷笑，骂人和喝倒彩。幸好演员们把台词记得很熟，没有察觉他默不作声。

“这个哈姆雷特可真好！”他骂道，“没说的！哈哈！这些士官生先生自不量力！他们该去追逐女裁缝，不该在舞台上演戏。如果哈姆雷特的脸是这么傻里傻气的，莎士比亚就未必会写出这个悲剧！”

他骂腻烦了，就开始教训火红色头发的演员。他比划手势、做怪相、念台词，用拳头捶他的小册子，硬要演员听从他的建议。男爵要挽救莎士比亚，不让他遭受詈骂。为了莎士比亚，男爵干啥都乐意，哪怕是闹出十万个乱子来也可以！

火红色头发演的哈姆雷特在同别的演员交谈时糟糕透了。他装腔作势，就像“身强力壮、头发很长的大汉”一样，这大汉是个演员，关于他，哈姆雷特本人就说过：“这样的演员我恨不得拿起鞭子抽一顿。”临到火红色头发开始朗诵时，男爵受不住了。他气喘吁吁，他的秃顶不住碰撞小亭子的顶板，他把左手按在胸口上，用右手比划起来。一个苍老颓唐的声音打断了正在朗诵的长火红头发的演员的声音，迫使他扭转头来看小亭子：

激怒了的皮洛斯，

他盔甲上的血已经干硬，
双眼冒火，
凶狠地寻找着普里阿摩斯老王。

男爵从小亭子里探出身子，向主要演员点了一下头，然后用不是朗诵的而是漫不经心的、萎靡不振的声调补充了一句：

“你接下去！”

主要演员接着念，但没有马上接。他迟延了一分钟，这一分钟里整个剧院内一片肃静。这种寂静还是被男爵本人打破了：他缩回身去时，一头撞在小亭子的边沿上。剧场里响起了笑声。

“好哇，鼓手！”最高楼座里的观众叫道。

他们以为不是提词人打断了哈姆雷特的朗诵，而是坐在乐队席上打盹的老鼓手。那个鼓手滑稽地向最高楼座的观众鞠躬行礼，于是整个剧院哄堂大笑。观众是喜欢看剧院里发生的误会的，如果不演戏而演这类误会，他们愿付双倍的票价。

主要演员继续演戏，剧场里才渐渐安静下来。

男爵确实是个怪人。他听见笑声后，羞得面色发紫，举起双手抱住秃顶，显然他忘记了秃顶上已经没有当初漂亮女人喜爱过的头发了。现在，不只是全城的人和所有的滑稽杂志都要嘲笑他，还要把他从剧院里赶出去！他羞得发烧，他生自己的气，但同时他又兴奋得四肢哆嗦，因为他刚才已经朗诵过了！

“生了锈的老门闩鼻，这事可不是你干的！”他暗想，“如果你不想让人家揍你的脖子，像揍最下等的仆人的话，那么你的本分只是做一个提词人。这种事可不是你干的！不过，这也太可恨了！那个火红色头发的黄口孺子根本不打算好好演！难道这一段戏能这么处理？”

男爵双眼紧盯着演员，又嘟嘟哝哝地出起主意来。他又一次受不住了，又一次使观众发笑。这个怪人也太神经质了。当演员念到第二幕中的最后一段独白时，当演员为了不做声地摇一下头而在半中腰略微停顿一下时，小亭子里又传出了一个声音，它充满了愤怒、轻蔑和憎恨，可是，唉，这声音已经衰老无力：

血腥的好色之徒！伪君子！
冷酷的、出卖灵魂的、卑鄙的恶棍！

男爵沉默了约莫十秒钟左右，深深地叹了一口气，接着念下去，声音并不很高地加上了一句：

笨蛋，笨蛋！我多么勇敢！

如果人间不存在衰老现象，那么，这个声音会是真正的哈姆雷特的声音，而不是火红色头发的哈姆雷特的声音。但衰老会糟蹋许多事情，也会妨碍许多事情。

可怜的男爵！不过也不光他是这样，谁都会衰老啊！

现在肯定要把他从剧院里驱逐出去。您会同意，这措施是必要的。

好心的朋友

许多长筒的男马靴和鞋口镶着毛皮的女皮鞋在镜子般的冰面上滑动。滑冰的人那么多，如果他们都到中国去的话，那儿的竹筷子会不够他们用。太阳照得特别明亮，空气特别清澈，人们的脸颊比平日红润，人们的眼睛比往常多情……一句话，人啊，生活吧，享乐吧！可是……

“胡说！”命运借我的……好心朋友之口说。

我坐在离溜冰场远远的一张椅子上，在一棵树叶落得精光的树底下同“她”谈话。她多么漂亮，我真想把她，连同她的帽子、皮大衣和穿着闪亮冰刀的小脚一起吞下肚去！我痛苦，同时我又快乐！啊，爱情！可是……别胡说了……

我们衙门里的那个“开门关门的”，我们的阿尔古斯和墨丘利[①]，给我们买糕点和送信件的斯彼甫西普·玛卡罗夫从我们面前走过。他两只手里拿着一些人的套鞋，有男人的，有女人的，大概都是长官大人家里人的吧！斯彼甫西普向我行礼，感动和殷勤地看着我，在我们坐的长椅旁边停下步来。

“好冷啊，老爷……哎哟，哎哟……您赏几个茶钱吧！嘻嘻。”

我给他一枚二十戈比银币。这盛情使他深受感动。他使劲眨巴眼睛，回头朝周围看了一看，小声说：

“我为您感到难过，感到委屈，老爷！……我难过极了！好像您是我的亲儿子似的……您是个极好的人！心肠好！为人和善！您是个谦逊的人！前几天，他[②]，也就是大人，冲着您生气，我看了难过极了！真的！我心想：他干吗骂他呢？‘你既是懒汉，又是黄口小儿，我要把你赶走。’他诸如此类地说了一大套……为什么呀？您从他屋里走出来的时候面无人色。真的……我瞧着您，感到难过……啊，我对官老爷一直是诚诚恳恳的！”

斯彼甫西普转过脸，对坐在我身旁的人补充说：

“讲到写公文，他太蹩脚了……这种动脑筋写公文的事他干不了……到商界去不是很好吗？……到宗教界去也行……真的！他写出来的公文没有一篇是明明白白的……全是白费劲！因此他才老受罚……长官大人亲自[3]动手整他……要把他赶出去……而我感到难过。他老爷的心真好……”

她露出非常令人难堪的同情看着我的眼睛！

“走开！”我上气不接下气地对斯彼甫西普说。

我觉得，连我的套鞋也都脸红了。这个无赖，他丢尽了我的脸！就在一旁，在光秃的灌木丛背后，坐着她的爸爸，他在那儿听着，在瞧着我们，弄得我再也不敢妄想升到“九品文官”了……而在另一旁，在另一些灌木丛后边，她妈妈在踱来踱去，在监视“她”……我感觉到了这四只眼睛……我随时都可能倒毙……

---

① 在古希腊神话中，阿尔古斯是百目巨人，而墨丘利是奥林匹斯山诸神的使者，这里他们被借喻为打杂的人。

② 着重点是原作中就有的。

③ 同上。

报 复

是为我们的扮演少女的演员举行福利场演出[①]的日子。

早晨九点多钟，喜剧演员站在她门口。他仔细听了一下，接着就用两个大拳头敲她的两扇房门。他必须见到女演员。无论如何，不管她多么想睡觉，她应该从被窝里爬出来……

“您开门呀，见鬼！莫非我还得等好久，让穿堂风冻僵我的手脚？如果您知道您这条走廊上是零下二十度，那么您就不会叫我这么久等！要不然，也许您是个没有心肝的人？”

十点一刻了，喜剧演员听到了一声深长的叹息。跟在叹息之后的是从床上跳下的声音。下床后就是拖鞋擦地板的声音。

“您有什么事？您是谁呀？”

“是我……”

喜剧演员不必通报姓名。凭他的声音就很容易认出他来，这声音沙哑刺耳，像是生白喉病的病人的声音一样。

“您等一等，我穿上衣服……”

三分钟后，她开门放他进了房间。他走进去后，吻了吻女演员的手，在床边坐下。

“我是有事来找您的，”他吸着雪茄烟说，“我只是有事的时候才找人家，至于串门做客，我让那些闲得没事做的先生们去干。那么现在我就来谈正经事……今天我在您的戏里扮演伯爵……这一点您当然是知道的。”

“知道。”

“演一个老伯爵。第二幕里我穿着长袍上场。这一点，我想，您也是知道的……您知道吗？”

“知道。”

“太好啦！如果我不穿长袍，我就违背真实了。在舞台上，同在所有的地方一样，首要的是真实！不过，小姐，我说这话干啥？要知道，实际上，人生在世本来就只是为了追求真理……”

“对，这话实在。”

“这样，在我说了上面一番话以后，您就可以明白，我急需一件长袍。然而我又没有一件伯爵穿着合适的长袍。如果我穿上我那件印花布长袍给观众看，那您就吃大亏，而且也会给您的福利场演出留下污点。”

“我能帮您的忙吗？”

“能。自从您那位[2]走后，您这儿留有一件漂亮的天蓝色长袍，配着天鹅绒领子和红色穗子。真是一件漂亮而出色的长袍！”

我们的扮演少女的演员面色发红了……一对可爱的眼睛也发红了，眨巴起来，闪闪发亮，像是两颗迎着阳光的玻璃珠。

“把那件长袍借给我今天演戏用吧……”

扮演少女的演员在房间里走动起来。没有梳过的头发凌乱地披散在脸上和肩膀上……她的嘴唇和手指头都颤动起来……

“不，我不能借！”她说。

“这就怪了……嗯……我可以了解一下这是为什么吗？”

“为什么？哎，我的上帝，这是十分容易明白的！我能借吗？不能！……不能！……永远不能！他[3]待我不好，是他不对……这是事实！他像一个最坏的流氓一样地对待我……对这一点我是同意的！他抛弃我纯粹是因为我挣的薪水少，因为我不会骗取男人的钱！他要我捞那些老爷的钱，再把这些肮脏钱送给他用，他所要的

---

① 福利场演出是借某演员的生日等机会举行的演出，以增加该演员的收入。

② 着重点是原作中就有的。

③ 同上。

就是这个！卑鄙，丑恶！只有那些厚颜无耻的庸俗家伙会提出类似的要求！”

扮演少女的演员往圈椅上一坐，那上面放着刚熨平的衬衫。她用双手蒙住面孔。透过她的小手指头喜剧演员看到了一些亮晶晶的光点：那是窗玻璃反映在她的泪珠上了……

“他把我抢光了！”她一边哭泣，一边继续讲，“你要抢，你就抢吧，可是为什么要把我抛弃呢？为什么？我做了什么对不起他的事？我有什么地方对不起你？什么地方？”

喜剧演员站起来，走到她跟前。

“别哭了，”他说，“流泪是懦弱。再说，我们在任何时候都可以找到安慰……别再伤心了！……艺术就是一种最根本的安慰！”

可是就连最根本的安慰也无济于事。

紧跟在哭泣之后的就是歇斯底里发作。

“一会儿就会好的！”喜剧演员说，“我等一等吧！”

在等她醒过来的时候，他在房间里走来走去。他打了个呵欠，就在床上躺下。她的床是女人的床，然而不像一些大剧院里的扮演少女的演员所睡的床那样柔软。有一根弹簧顶痛了喜剧演员的腰。羽毛的尖头穿透粉红色的枕套，从枕头里羞答答地钻出来搔他的秃顶。床的边沿冰凉冰凉。但所有这一切都没有妨碍那个老脸皮舒舒服服地摊开四肢。真见鬼，这些女人床的气味倒是挺好闻的呢！

他躺在那儿，伸伸懒腰，而女演员的双肩在耸动着，胸中发出断断续续的呻吟声，手指头在不住地抽搐，撕扯胸前的法兰绒短上衣……喜剧演员使得她想起了一部最不幸的罗曼史中的最不幸的一页！歇斯底里持续了十分钟左右。扮演少女的演员清醒过来后，把头发朝后一扬，两眼扫视了一下房间就继续讲下去。

在女人同您讲话的时候，躺在床上是不好意思的。礼貌第一。喜剧演员嗽了嗽喉咙，爬起来坐好。

“他对待我不正派，”她接着说，“不过由此却不能得出结论说我应当把长袍拿给你。尽管他行为卑鄙，我还爱着他，而那件长袍是他留在我这儿的惟一的一样东西！我一看见长袍，就会想他……就会流眼泪……”

“我丝毫不反对这种值得赞扬的感情，”喜剧演员说，“正好相反，在我们这个讲究实际和非常喜欢实惠的时代，遇到有这样的心地和灵魂的人，是很愉快的。要是您把长袍给我穿一个晚上，那您就是作出了牺牲，这一点我是同意的……不过，请您想一想，为艺术而牺牲是多么愉快啊！”

喜剧演员稍稍想了想，叹了一口气，补充说：

“更何况我明天就把它奉还给您……”

“无论如何不行！”

“可这是为什么？要知道，我又不会把它吃掉，我一定还给您！您这个人啊，真是的……”

“不，不！无论如何不行！”

扮演少女的演员开始在房间里跑来跑去，挥着胳膊。

“无论如何不行！您要剥夺我仅有的这么一件珍贵的东西！我宁可死也决不会给您！我还爱着这个人！”

“我完全了解，不过有一点我不懂，小姐：您怎么能把长袍换艺术呢？……您可是个艺术家啊！”

“无论如何不行！您别说了！”

喜剧演员脸红了，搔搔秃顶。他沉默了一会儿后问道：

“您不肯给？”

“无论如何不行！”

“嗯……原来是这样……这就叫同事的情分……只有同事之间才干得出这种事来！”

喜剧演员叹口气接着说：

“真可惜，见鬼！我们只是口头上的而不是事业上的同事，这太可惜了。不过，言行不一致是我们这个时代的很大的特点。比方说，您看一看文学吧！很可惜啊！特别是缺乏团结精神，缺乏真正的同事情分，这就会把我们这些演员断送……唉，这真会把我们断送啊！可是，不对！这只表明我们不是演员，不是艺术家。我们是仆役，而不是艺术家！提供舞台给我们，无非是让观众看看我们裸露的胳膊肘和肩膀……让我们做媚眼……使最高楼座的观众的本能发痒……您不肯给，是吗？”

“您出多少钱都不行！”

“这是最后的决定？”

“对……”

“好得很……”

喜剧演员戴上帽子，彬彬有礼地鞠个躬，走出了扮演少女的演员的房间。他脸红得像虾一样，气得直哆嗦，低声怒骂，沿着大街直奔剧院。他边走边用手杖敲着结冰的路面。他会多么高兴地把他那些卑鄙的同事串到这根节节疤疤的手杖上去！如果他能用这根演员手杖捅穿整个地球，那就更好！如果他是天文学家，他还会证明地球是最坏的一个行星！

剧院坐落在大街的尽头，离监狱三百步远。剧院粉刷成砖色。整个房子都是那种颜色，只有一些裂开的罅隙除外，这些裂口表明剧院是木结构的。这个剧院从前是个粮仓，里面储存过一袋袋面粉。粮仓提升为剧院，倒不是因为它有什么功勋，而是因为它是全城最高的一座板房。

喜剧演员向售票处走去。那里，他的好朋友售票员施达木坐在一张肮脏的椴木桌旁。这个售票员是日耳曼人，但他冒充自己是英国人。他眼睛近视，头脑蠢笨，耳朵发聋，然而这一切并未妨碍他以应有的注意听同事们讲话。

喜剧演员走进了售票处，皱起眉头，在售票员面前站住，摆出拳击家的架势，把两条胳膊交叉在胸前。他沉默了一会儿，摇摇头，大叫一声：

“请问，施达木先生，应该把这些人叫做什么？！”

喜剧演员用拳头敲了一下桌子，满怀气愤地往木头长凳上一坐。从他那张周围有一圈很久没有刮过胡子的、只存有一丁点儿空间的嘴里，恶毒的、激烈的、疯狂的话语不是像涓涓细流一般吐出来，而是像汪洋大海那样一泻千里。即使只有一个售票员同情同情也好！缺了他这个喜剧演员，这个糟糕的板房就会倒塌，可是那个自作多情、萎靡不振的小妞儿不尊重他的要求！她居然对这个主要喜剧演员不给面子（更不用说为他效劳），而十年前人家还常常邀请他在京城剧院里演戏呢！岂有此理！

不过，话说回来，在这个可怜的剧院里冷得要命。狗窝里都不会更冷些。老售票员倒聪明，他穿着皮袄、套着毡靴坐在这儿。窗子上结着冰，风在地板上游荡，这风即便是北极也会嫉妒的。房门关不严，所以门边上结了霜，白白的。鬼才知道是怎么回事！甚至连生气都觉得冷。

“让她等着瞧吧！”喜剧演员结束他的痛骂时说。

他把两条腿放在长凳上，用皮大衣的前襟盖上，这件皮大衣是十二年前他的朋友—— 一个死于肺痨病的演员，留给他的。他把皮大衣裹得紧些，开始朝皮大衣里头对着胸口呼吸。

他的舌头默不作声，可是他的大脑却在活动。他的脑瓜儿在想办法。必须对那个冒犯他和不尊敬他的小妞儿报复一下！

喜剧演员没有把眼睛裹进皮大衣，他让它们自由：你要看就看吧……顺便说一句，那对眼睛倒没有冻坏。售票处里没有什么东西能够引得眼睛发生兴趣。木板隔墙旁放着一张桌子，桌子前有一条长凳，一个老售票员坐在长凳上，身穿狗皮大衣，脚上套一双毡靴。一切都灰暗、平庸、陈旧。甚至灰尘也陈旧了。桌子上放着一本还没动用过的戏票册。买票的人还没有来。他们要到吃中饭的时候才开始来。除了桌子、长凳、戏票和墙角里的一叠纸外，再也没有任何别的东西。寒酸透了，乏味透了！

不过，我说错了：售票处里有一件奢侈品。这件东西丢在桌子底下，同废纸混在一起，这些废纸只因为天冷才没有扫出去。再说，扫帚也不知丢到哪儿去了。

桌子底下丢着一块厚纸板，落满灰尘，而且已经破了。售票员用毡靴踩它，毫不客气地朝它吐唾沫。这块厚纸板可是一件奢侈品，上面写着几个大字："本日戏票全部售完。"这东西，在它存在的全部时间里，还未曾有机会在售票处的小窗口挂过，也没有一个看客能够夸口说他见过它。那是块挺好的但又幸灾乐祸的纸板！可惜，它未曾有过用武之地。观众不喜欢它，演员们倒是都迷恋它。

喜剧演员在墙壁上和地板上移来移去的两只眼睛不可能不碰上这件珍品。喜剧演员不是善于思考的人，然而这次他的窍门开了。他看到那块厚纸板后，一拍脑门子大叫起来：

"好主意！妙极了！"

他弯下腰去，把关于戏票售完的布告牌拉到他身边。

"好极了！再好没有！这次她花费的代价要比一件带红穗子的天蓝色长袍昂贵多了！"

过了十分钟，那块厚纸板挂在小窗口了，这在它存在的全部时间里还是头一遭，也是最后一次，而且……它是在撒谎。

它说的是假话，可是人家相信了它。傍晚，我们的扮演少女的演员躺在旅馆房间里，放声痛哭，哭声响得整个旅馆都听得见。

"观众不喜欢我！"她说。

只有风才不嫌麻烦来向她表示同情。它，好心肠的风，在烟囱里哭，在通风小窗里哭，哭出各式各样的调门，而且，想必哭得很诚恳。这天傍晚喜剧演员坐在啤酒馆里喝啤酒。他喝着啤酒，满意十足，而且……如此而已。

体　验

心理小品

那天是新年。我走进前厅。

除了看门人外，那里还有几个在我们司里工作的人：伊万·伊万内奇，彼得·库兹米奇，叶戈尔·西多雷奇……大家来这里是为了要在一张纸上签名[1]，这张纸庄严地铺在桌面上（不过，那是一种不值钱的八号纸）。

我朝那张纸瞥了一眼。签署的姓名多极了，而且……啊，口是心非！啊，阳奉阴违！那些龙飞凤舞的花体字，名字下面的着重号，钩形花样的字体，签名花字尾——这一切怎么都不见了？全部字母都是圆圆的，匀称的，端端正正的，活像白里透红的小脸蛋。我看到的都是些熟悉的姓名，可是我不认识它们。莫非这些先生都已经变换了自己的字体？

我小心翼翼地把钢笔在墨水瓶里蘸了一下，不知为什么有些局促不安，我屏住气，慎重地写出我的姓名。通常我签名，在结尾时从来不用字母"Ъ"[1]，可是现在我用上了，而且写得一丝不苟。

"我可以断送你的前程，你想要吗？"我听见耳旁彼得·库兹米奇的声音和呼吸。

"怎么个断送法？"

"我一下子可以做到。真的。你要不要？嘻嘻嘻。"

"这里不可嘻嘻哈哈，彼得·库兹米奇。您别忘了您是在什么地方。笑容完全是不合时宜的。请原谅我，不过我是这么看的……这可以说是一种亵渎，是不恭敬……"

“我可以断送你的前程，你想要吗？”

“怎么个断送法？”我问。

“用那个办法……五年前冯·克里亚乌津就用这种办法把我的前程给断送了……嘻嘻嘻。非常简单……我一下子就可以在你的姓名旁画上一个花笔尾。我把它改成花体字。嘻嘻嘻。把你的签名弄成不恭敬的样子。你要不要？”

我脸色发白了。确实，我的命运就掌握在这个长着一个发紫的鼻子的人手里。我惶恐地又略带敬意地瞧着他那双险恶的眼睛。啊，多么轻易就可以推倒一个人！

“要不然我就在你的签名旁滴上一滴墨水，给它加上一个污点……你要不要？”

接着是一阵沉默……他意识到自己的力量，一副威严而高傲的样子，手中拿着致命的毒药。我呢，我感到自己无能为力，可怜巴巴的，随时都可能完蛋。我们两个人都默不作声……他的两只大眼睛盯着我苍白的脸，我呢，我在回避他的目光。

“我开开玩笑，”他终于说，“你别怕。”

“啊，谢谢您！”我说，满心感激地握了握他的手。

“我开开玩笑……不过我还是能够做到的……你要记住……我现在是开开玩笑，你走吧……往后怎么样，那就求上帝保佑吧……”

---

① 在沙皇俄国，小官吏们逢年过节都要到上司家表示心意，在一张纸上工整地写下自己的名字。

② 俄文单词结尾用的字母，现已废除。

关于生活的哲理定义

我们的生活好比躺在蒸气浴室的最高一层浴架上。热、闷、雾气腾腾。树枝帚在拍打，帚叶粘在身上，肥皂使你眼睛疼痛。到处都可听到喊声：放蒸气[①]！给你头上打肥皂[②]，弹拨你的每根骨头[③]。真好！（萨拉·伯恩哈特）

* * *

我们的生活可以比作一只穿破的皮靴，总是张着嘴求吃，但谁也不喂它一点什么。（乔治·桑）

* * *

我们的生活可以比作梅谢尔斯基公爵，他一直徘徊、奔忙、叹息、呻吟、挥手；一直生生死死，但从来也看不到自己事业的成果。他不停地生，但生出来的一切全是死亡的东西。（巴克尔）

* * *

我们的生活可以比作一个疯子，他把自己送进警察分局并编写诬陷自己的诉状。（科克兰）

* * *

我们的生活如同一张已经两度受到警告的报纸。（康德）

* * *

我们的生活不能比作一封放声朗读时没有危险的信，但可以比作一封害怕投递不到的信。（德勒彼尔）

* * *

我们的生活好比排字间里的一个盒子，它充满了各种各样的标点符号。（孔夫子）

*　　　*　　　*

我们的生活好比一个尚未失去出嫁希望的老姑娘，又好比一副长满粉刺和皱纹的面孔，它并不好看，但如果有人打它，它会生气。（阿尔比 · 巴沙）

*　　　*　　　*

最后，我们的生活可以比作一只冻坏的耳朵，之所以不把它割掉，仅仅是因为人们指望它——耳朵——能够痊愈。（夏科）

安东沙 · 契洪特摘自各种哲学著作④

---

① “放蒸气”（поддай иару）在俄语中还有“鼓起勇气”的意思。

② “给……头上打肥皂”（мылить голову）在俄语中还有“严厉叱责”的意思。

③ “弹拨……骨头”（перебирать косточки）在俄语中还有“细致入微地分析……”的意思。

④ 这则小品中引证的“生活的哲理定义”无疑都是模拟滑稽性的，尽管文中提及了巴克尔、康德、孔夫子等人的名字。

迫不得已的骗子

新年胡诌

扎哈尔·库兹米奇·佳杰奇金家里正在举行晚会：迎接新年的到来，庆祝女主人梅拉尼雅·季洪诺芙娜的命名日。

客人很多。他们全是可敬的、体面的、不饮酒的正派人，没有一个坏蛋。一张张脸上都表现出温和、愉快和自尊。在大厅里一张漆布面的大沙发上坐着房东古塞夫和小铺老板拉兹玛哈洛夫（佳杰奇金一家人就凭一个小本子在他的小铺里赊买东西）。这两个人正在议论那些该结婚的男子和闺女。

“如今这个年月，”古塞夫说，“不喝酒的、可靠的……认真工作的人是难以找到的了……难啊！”

“家庭里最主要的是规矩，阿列克谢·瓦西里奇！如果家庭里没有那么一个……那么一个……家庭里的规矩……”

“如果在一个家庭里没有规矩，那就……大约……这个世界上蠢事大量出现……哪儿还说得上规矩？嗯……”

他们旁边有三个老太婆坐在椅子上，温顺地瞧着他们的两张嘴，流露出对“聪明才智”表示惊叹的眼神。教父古利·玛尔科维奇在屋角里打量着圣像。女主人的寝室里喧喧嚷嚷。那儿，小姐们和她们的男伴正在玩罗托[①]。赌注是一个戈比。桌旁边站着一年级中学生柯里亚，他在哭泣。他想玩玩罗托，可是人家不许他上桌：他年纪小，没有一分钱。难道这是他的过错？

“别大声哭喊，傻瓜！”大家劝他说，“喂，你哭喊什么？你要妈妈揍你一顿吗？”

“这是谁在大哭大叫？是柯里亚吗？”从厨房里传来妈妈的说话声音，“淘气鬼，我打他打得太少了……瓦尔瓦拉·古利耶芙娜，拧他的耳朵！”

女主人的床上铺着一条褪色的花布被子，上面坐着两个身穿粉红色连衣裙的小姐。一个小伙子站在她们面前，年纪在二十三岁上下，是保险公司职员。他姓柯巴依斯基，从正面看他很像猫。他正在巴结两个小姐。

“我不打算结婚，”他装腔作势地用手指头把卡痛脖子的高领朝旁边拉，“女人是人类智慧中的一个光点，但她也能够毁掉人。女人是居心险恶的生物！”

“那么男人呢？男人不懂爱情。什么粗暴的举动都干得出来。”

“您太幼稚了！我不是无耻汉，也不是怀疑派，可是我仍然认为，在感情方面，男人将永远站在最高点上。”

佳杰奇金本人和他的大儿子格里沙像两头关在笼子里的狼似的从这个屋角窜到那个屋角。他们两人都很兴奋和激动。吃中饭的时候他们酒喝得太多了，现在非常想再喝点酒来解醉……佳杰奇金向厨房走去。女主人正在那儿往馅饼上撒碾碎的砂糖。

“玛拉霞，”佳杰奇金说，“该上冷盘了。让客人们吃点菜下酒……”

“他们可以等一等……如果现在你们就把什么都喝光吃光，那么到十二点钟我给你们吃什么？饿不死的。走吧……别在这儿碍手碍脚的。”

“只要喝上一小杯就行了，玛拉霞……这不会叫你供不应求的……可以么？”

“简直是孽障！你走开，听见没有？去陪客人坐坐！你干吗在厨房里闲荡？”

---

① 赌博之一种。由袋中取有号的牌对号放在有相当多号码的盘上，谁先排成，谁就是胜利者。

佳杰奇金长叹一声走出厨房。他去看看时钟。时钟指着十一点零八分。离他期待已久的时刻还有五十二分钟。这真可怕！在各式各样的期待中，等喝酒是最令人难熬的。宁可在严寒中等上五个小时火车，也比等上五分钟才喝上酒好一些……佳杰奇金痛恨地瞧着时钟，他来回走了一会儿后，把大指针朝前拨了五分钟……格里沙呢？如果现在不给格里沙喝上两口，那他就会到饭馆里去喝酒了。他不同意活活愁死……

“好妈妈，”他说，“您不上冷盘，客人们生气了！真下作……让人家挨饿！……给大家喝上一小杯吧！”

“你们得等一下……没有多少时间了……快了……别在厨房里闲荡。”

格里沙把门砰的一声关上，第一百次走去看时钟。大指针真是残酷无情！它几乎还停在原来的地方。

“钟慢了！”格里沙安慰自己说，同时用食指把指针朝前拨了七分钟。

柯里亚跑到时钟跟前。他在钟前站住，开始算时间……他非常想尽快地活到大家叫喊“乌拉！”的时候，而时针却一动也不动，急得他刺心痛。他爬上椅子，畏畏缩缩地环顾一下，向“永恒”偷窃了五分钟。

“您去看一看：келер эт иль？①”一个小姐支使柯巴依斯基说，“我急死了。要知道这是新年！新的幸福啊！”

柯巴依斯基两脚蹭地，发出沙沙的响声，跑去看钟。

“见鬼！”他瞧着时针，嘟哝说，“还有的等呢！多么想狼吞虎咽地大吃一顿！……在大家一起喊‘乌拉’的时候，我非吻卡琪卡一下不可。”

柯巴依斯基离开时钟，但他又站住了……想了一下后，他走回去，把旧年缩短了六分钟。佳杰奇金喝下两大杯清水，可是……他

---

① 是法语“quelle heure est-il？”的俄语读音，意思是：现在几点钟？

的心还在燃烧！他走来走去，走个不停……他的妻子多次把他从厨房里赶走。一瓶瓶放在窗台上的酒撕裂着他的心。怎么办呢！没有力量忍耐下去了。他又抓住那最笨拙的办法。时钟会帮他忙。他走进挂着时钟的儿童室里，不料撞上了一个使父母心绪不快的场面：格里沙正站在钟前拨动指针。

“你……你……你这是在干什么？啊？为什么你拨动了指针？你这个傻瓜！啊？这是干什么？啊？”

佳杰奇金咳嗽着，不断倒换左右脚，眉头皱得紧紧地摇着手。

“这是干什么？哎哎哎……你就拨吧，巴不得它断了气才好，下贱东西！”说着他把儿子从时钟前推开，拨动起指针来。

离新年只剩下十一分钟了。好爸爸和格里沙一起走进大厅里，动手摆起桌子来。

“玛拉霞！”佳杰奇金喊道，“马上就到新年了！”

梅拉尼雅·季洪诺芙娜跑出厨房，去核实丈夫说的话……她对着时钟看了好久：丈夫没有撒谎。

“哎，怎么办呢？”她小声说，“要知道给火腿做配菜的豌豆还没煮熟呢！嗯。活受罪呀。我怎么能把它端上去呢？”

想了一想后，梅拉尼雅·季洪诺芙娜用一只颤抖的手把大指针往后拨。旧年收回了二十分钟。

“他们可以等一等！”女主人说着就跑进厨房里去了。

男女算卦人

新年前夕的小景

老保姆给当军需官的爸爸算卦。

“前面有路。”她说。

“何处去的路？”

保姆朝北方挥手。爸爸的脸色发白。

“您上路，”老太太补充说，“而您的膝盖上放着一袋钱……”

爸爸的脸上出现了光彩。

* * *

一个小官吏坐在桌旁，在两支蜡烛的烛光下看着镜子。他在算卦：新的、尚未委任的上司个头儿有多高？何种面色？气质怎样？他看镜子看了一个钟头、两个钟头、三个钟头……眼睛里有了蚁行感，有小棍儿在跳，有羽毛在飞，而上司老是看不见，看不见！什么也看不见，既看不见上司，也看不见下属。第四个小时过去了，第五个……最后他不高兴再等待新的上司了。他站起身来，挥挥手，叹口气。

——就是说，位置仍然空缺着，——他说。——这可不好。没有领导是最大的祸害。

* * *

小姐站在院里的大门背后。她在等着过路人。她要知道她的命中人[1]叫什么名字。有人走过来了。她迅速打开便门问道：

——您叫什么名字？

回答她的是一阵哞哞声，她透过半开的便门看见了一个巨大的黑头……头上有两只角……

“也许是的，”小姐想道，“区别只在于脸膛儿。”

* * *

日报的编辑坐下来，为自己作品的命运算卦。

“别算了！”别人对他说，“干吗破坏自己的情绪！别算了！”

编辑不听他们的，仍然看着咖啡渣[②]。

“图案很多，”他说，“但只有鬼才明白是些什么东西……这是手套……这像刺猬……这是鼻子……像我的玛卡尔的鼻子……这是头牛犊……我什么也弄不明白！”

* * *

医生的妻子面对镜子算卦，她看见了……许多棺材。

两者必居其一——她想——或者是将有什么人死去，或者是今年将有许多病人到我丈夫处就诊……

---

① 命运注定的未婚夫。

② 旧时俄国人用咖啡渣占卜。

哈哈镜

圣诞节的故事

我和我妻子走进客厅。那儿散发着苔味和潮气。我们照亮百年不见亮光的四壁，几百万只大、小老鼠窜向四方。我们关上身后的房门，一阵风吹动了堆在房角里的一叠叠纸张。亮光落在那些纸上，我们就看见了古老的信纸和中世纪的画片。由于年陈日久而变成绿色的墙上挂着祖先们的肖像。祖先们神态傲慢而严厉地看着，仿佛想说：

“该揍你一顿才是，老弟！”

我们的脚步声响彻整幢房子。回声对我的咳嗽作出了反应，这正是从前应接过祖先的回声……

风在吼叫和呻吟。似乎有人在壁炉的烟囱里哭泣，这哭声里有一种绝望的音调。大颗大颗的雨点敲打着昏暗无光的窗子，这敲打声惹人心里愁闷。

“啊，祖先呀，祖先！”我说，意味深长地叹着气，“如果我是个作家，那么瞧着这些肖像我就会写出一部长篇小说来。可不是么，这些老人中的每一个当初都是年轻人，每一个（男的或者女的）都有过风流韵事……而且是一些什么样的风流韵事呀！比方说，您看一看这个老太婆吧，看一看我的曾祖母。这个难看丑陋的女人却有过非常有趣的故事。你看见了吗？”我对妻子说，“你看见了挂在那边房角里的镜子吗？”

我把一面配着乌黑铜框的大镜子指给妻子看，镜子就挂在屋角里我曾祖母的肖像旁边。

"这面镜子有神话般的性能：它把我的曾祖母给毁了。她花了很大一笔钱把它买下，一直到死都没有同它分过手。她黑夜白日地照这面镜子，一刻也不停息，就是在吃饭喝水的时候也要照。每次上床睡觉，她都要把它放在床上。弥留时，她要求把镜子同她一起放进棺材。后来没有照她的意愿办，是因镜子太大，装不进棺材。"

"她是个好卖弄风情的女人吧？"我的妻子问。

"就算是吧。然而，难道她就没有别的镜子？为什么她非常喜欢的是这面镜子，而不是任何一面别的镜子呢？难道她就没有更好一点儿的镜子？不，亲爱的，这里头包含有一宗吓人的秘密呢。正是这样。据传说，这面镜子里有一个魔鬼，而曾祖母又有一种鬼癖。当然，这全是胡说八道，但有一点是毫无疑问的：配着铜框的镜子具有一种神秘的力量。"

我拂去镜面上的灰尘，照了一照，哈哈大笑起来。回声低沉地回答了我的大笑。原来这镜面凹凸不平，它把我的脸朝四下扭歪：鼻子到了左颊上，下巴有了两个，而且溜向一旁。

"我曾祖母的嗜好可真怪！"我说。

我的妻子犹豫不决地走到镜子跟前，也照了一下，顿时发生了一件可怕的事。她脸色煞白，全身哆嗦，突然喊叫一声。烛台从她手中掉下，在地板上滚了几下，蜡烛就熄灭了。黑暗把我们裹住。我立刻听见有一样重重的东西落在地板上的声音：我的妻子人事不省跌倒在地。

风呻吟得更加凄厉了，大老鼠奔跑起来，小耗子在纸堆里沙沙作响。当一扇百叶窗从窗口脱落、飞下去的时候，我的头发根根直竖，而且微动起来。月光照进窗户……

我抓住我的妻子，把她抱起，带出祖先们的住所。一直到第二天傍晚她才醒过来。

"镜子！把镜子拿给我！"她醒过来后说，"镜子在哪儿？"

这以后整整一个星期她不喝水，不进食，不睡觉，一个劲儿地要求给她把那面镜子拿来。她痛哭，她揪头发，在床上辗转反侧。

后来，医师宣布说，妻子可能死于精力衰竭，她的情况极其危险，这时我才克制住恐惧，又跑下楼去，从那儿给她取来了曾祖母的镜子。一看见它，她就乐得哈哈大笑，然后抓住它，亲吻它，两眼紧紧地盯着它。

已经十多年过去了，她一直在照那面镜子，片刻不离。

“难道这就是我？”她小声说，她脸上泛起红晕，还出现了幸福和喜悦的神情，“对，这就是我！除了这面镜子以外，全都在撒谎！人们在撒谎，我丈夫也在撒谎！啊，如果要我早些时候看到了我自己，如果我早知道我实际上是什么模样，那我就不会嫁给这个人了！他配不上我！匍匐在我脚下的应当是最漂亮和最高贵的骑士！……”

有一次我站在妻子身后，无意中看了一下镜子，我发现了一个可怕的秘密。在镜子里我看见了一个艳丽夺目的女人，我一生中从来没有见过这样的美人。这是大自然的奇迹，是美丽、优雅和爱情的和谐融合。然而究竟是怎么一回事呢？出了什么事呢？为什么我那难看的不匀称的妻子在镜子里显得如此漂亮？为什么？

这是因为凹凸不平的镜子把我妻子的一张难看的脸朝四下扭歪，脸上的线条经过这么一扭，倒凑巧地使脸变得漂亮了。真是负负得正！

现在我们俩，我和我的妻子，坐在镜子前，片刻不离地瞧着它：我的鼻子偏到了左颊上，下巴变成了两个，而且溜向一旁，然而我妻子的脸却令人销魂荡魄，突然间一种疯狂而炽烈的感情控制了我。

“哈哈哈！”我狂笑。

我的妻子低声说，低得几乎听不见：

“我多美啊！”

两部罗曼史

Ⅰ 医生的罗曼史

假如你已成年并结束了学业，那么处方：一个妻子①和要多少就拿多少②的嫁妆。

我就是这样行事的：娶了一个女人③（娶两个是不允许的），拿了嫁妆。古人早就谴责那些娶妻不收嫁妆的人（老顽固，XII，3）。

我为自己要了几匹马和最佳的二楼层，喝起法国红葡萄酒④来，花七百卢布给自己买了一件皮大衣。一句话，按艺术规则⑤过起日子来。

她的姿态⑥不错。中等个头。皮肤表层和黏膜的颜色正常，皮下细胞层发育良好。胸脯规范，没有啰音，有肺泡呼吸音。心脏无杂音。

在心理方面只发现一个缺陷：她多嘴饶舌好叫喊。由于她爱多说话，我患了右耳听觉神经过敏症。当我诊察病人的舌头时，我会联想起我的妻子，这种联想使我心搏过速。有一位哲学家说得对："舌头是人的敌人，是魔鬼和女人的朋友"⑦。岳母（属哺乳类⑧）也有同样的缺点。

如果她们俩一起在一昼夜之间叫嚷二十三个小时，我就会精神错乱，想要自杀。我敬爱的朋友们证实，十分之九的女人都患有那种夏科医生称之为语言中枢过敏的毛病。夏科医生建议截去舌头。

他期望以这种手术使人类摆脱一种可怕的病症，但是可惜，多次做过该种手术的比罗特医生在他的经典性回忆录中说，女人们在术后学会了用手势说话，这样她们的言语对她们的丈夫产生了更坏的作用：她们给丈夫催眠（回忆录，科学院，1878）。我建议实施另一种治疗方法（请参阅我的学位论文）。我不否认夏科医生提出的截去舌头的建议，我也完全相信像比罗特医生这样的权威所说的话，但我建议将截去舌头与戴连指手套的做法结合起来。我的观察表明，手戴只有一个指套的连指手套的聋哑人是缄默的，甚至在饥饿的时候也是如此。

II 采访记者的罗曼史

端正的小鼻子，妙不可言的胸部，富有魅力的头发，迷人的眼睛，—— 一点缺陷都没有！我经过校对一番后，就结婚了。

——你应该只属于我一个人！——结婚时我对她说，——零星出售是绝对禁止的！你要记住！

婚后第二天我已经在妻子身上发现了一些变化：头发稀疏了一些、双颊不那么嫩白可爱、睫毛不是乌黑乌黑的，而是棕红色的。她的行动已不是那么轻盈，话语也不那么温柔！唉！妻子乃是遭书报检查处删节了一半的未婚妻！

头半年我碰到她和一个准尉在一起，这个准尉在吻她（准尉们都喜欢无偿的[9]享受）。我向妻子宣布了第一次警告，而且第二次绝

---

① 原文为拉丁语。
② 同上。
③ 同上。
④ 同上。
⑤ 同上。
⑥ 同上。
⑦ 同上。
⑧ 同上。
⑨ 同上。

对严格禁止她零星出售。

下半年她送给我一个奖品：我得了一个儿子。我看看他，照镜子看看自己又再看看他。我对妻子说：

——孩子他妈，这是借用的情节！我从脸蛋上看得出来。你瞒不过我。

说完，我就向她宣布了第二次警告，并要她三个月内别让我看见。

但这些措施都没有起作用。第二年我妻子不只是和一个准尉往来，而是和好几个。我看到她不思悔改，而我又不愿意和自己的同事们谈心诉苦，所以我就向她宣布了第三次警告，并将她连同奖品一起打发到老家去，让我父母双亲看管着她，至今她仍住在那里。

我每月寄稿费给父母以赡养妻子。

《致博学邻人书》——《两部罗曼史》

朱逸森、郑文樾　译